W0233404

Zu diesem Buch

«Wer war er eigentlich? Ein Jude, ein moderner Mensch, Schriftsteller, Junggeselle, Einzelgänger, eine Niete. Ein Bauernfänger in den Tagen des akademischen Modernismus, der ein viktorianisches Erschauern durchmachte. Ein weißer Affe, der weit draußen von einem spindeldürren Himmelsbaum aus Sternen herabhing. Ein Staubfleck, dazu verdammt zu wissen, daß er ein Staubfleck ist. Eine Maus in einem Hochofen. Ein erstickter Aufschrei.»

Solche melancholischen Gedanken gehen Henry Bech durch den Kopf, als er in einem College, eingeladen, um literarische Vorlesungen zu halten und bei einem Dichterwettbewerb als Juror zu fungieren, unter der drängenden Bewunderung der jungen Schülerinnen in Panik gerät. Ein einziges Mal hat er einen guten Roman geschrieben, und das war sein erster. Nun ist er auf der Höhe seines Ruhms, aber auch in der Mitte seines Lebens, und Ängste aller Art kriechen auf ihn zu: sexuelle Ängste, Lebensängste, die Angst, nicht mehr schreiben zu können, die Angst der Vergeblichkeit. Aber das Leben geht weiter, er wird in den Kreis der bedeutenden Gelehrten und Autoren aufgenommen, er reist als Kulturbotschafter seines Landes in der Welt herum, er heiratet sogar, schreibt unter dem Druck seines Ehegesponses doch noch ein Buch, «Think Big», trennt sich aber bald wieder von seiner Frau, kehrt in seine New Yorker Junggesellenwohnung zurück und läßt sich weiterhin als literarische Berühmtheit feiern.

John Updike wurde 1932 in Shillington, einer kleinen Stadt in Pennsylvania, geboren. Nach einem Studium in Harvard und einem Jahr Kunstakademie in Oxford trat er 1955 als «Talk of the Town»-Reporter in die Redaktion des «New Yorker» ein. Neben Feuilletons, Parodien, Gedichten und vor allem Erzählungen schrieb er brillante Reportagen und Kritiken, darunter berühmt gewordene Aufsätze über den Baseball-Spieler Tes Williams, den Schweizer Theologen Karl Barth, den «Großmeister Nabokov» und die Antilleninsel Antigua. 1959 erschien der Roman «Das Fest am Abend» (rororo Nr. 1625). Es folgten die Romane «Hasenherz» (rororo Nr. 5398), «Der Zentaur» (rororo Nr. 4421), «Auf der Farm», «Ehepaare» (rororo Nr. 1488), «Unter dem Astronautenmond» (rororo Nr. 4151; die Fortsetzung des Romans «Hasenherz»), «Der Sonntagsmonat» (rororo Nr. 4676), «Heirate mich!» (rororo Nr. 4982), «Der Coup» und «Bessere Verhältnisse», für den er 1982 den Pulitzer-Preis und den National Book Critics Award erhielt. Die Erzählungen erschienen deutsch in den Sammelbänden «Werben um die eigene Frau» und «Der weite Weg zu zweit». Updikes zentrales Thema ist die protestantische kleinstädtische Mittelschicht, deren genauer Beobachter er ist, mit einem Blick für das Komische und das Traurige seiner Gestalten. John Updike lebt in Georgetown, Massachusetts.

John Updike

Henry Bech

Erzählungen

Aus dem Amerikanischen
von Hermann Stiehl und Karl Klewer

Rowohlt

Der deutschen Ausgabe liegen die beiden Titel
«Bech: A Book» und «Bech Is Back» von John Updike zugrunde
Die amerikanische Originalausgabe von «Bech: A Book»
erschien 1970 bei Alfred A. Knopf, Inc., New York,
die von «Bech Is Back» 1982 ebenfalls bei
Alfred A. Knopf, Inc., New York
Umschlagentwurf Manfred Waller

Deutsche Erstausgabe

Veröffentlicht im Rowohlt Taschenbuch Verlag GmbH,
Reinbek bei Hamburg, Dezember 1984
Copyright © 1984 by Rowohlt Taschenbuch Verlag GmbH,
Reinbek bei Hamburg
«Bech: A Book» Copyright © 1965, 1966, 1968, 1970 by
John Updike
«Bech Is Back» Copyright © 1975, 1979, 1980 by John Updike
Satz Bembo (Linotron 202)
Gesamtherstellung Clausen & Bosse, Leck
Printed in Germany
1280-ISBN 3 499 15448 x

BECQUE *(Henry)* ... *Après des débuts poétiques assez obscurs*
... *à travers des inexpériences et des brutalités voulues, un talent
original et vigoureux. Toutefois, l'auteur ne reparut que beau-
coup plus tard avec [œuvres nombreuses], où la critique signala
les mêmes défauts et la même puissance ... M. Becque a été décoré
de la Légion d'honneur en 1887.*

LA GRANDE ENCYCLOPÉDIE

Inhalt

Vorwort

Lieber John,

nun, wenn Sie unbedingt die künstlerische Unanständigkeit begehen wollen, sich über einen Schriftsteller auszulassen, dann doch lieber über mich als über Sie selbst. Beim Blättern frage ich mich lediglich, ob das wirklich *ich* bin, zur Genüge ich, ganz allein ich. Auf den ersten Blick klinge ich zum Beispiel in Bulgarien (eklektische Sexualität, Bravournarzißmus, schütteres lockiges Haar) wie ein etwas vornehmer Norman Mailer; dann der flüchtige Blick auf *silbernes* Haar in der Londoner Episode, das eher schimmert wie beim galanten, bezaubernden Bellow, dem König der Gnomen, als bei Ihrem alten, phlegmatischen und hausbackenen Freund. Meine Kindheit scheint bei Alex Portnoy und die Vergangenheit meiner Vorfahren bei I. B. Singer abgeschaut zu sein. In Ihrer Stadtluft bekomme ich einen Hauch von Malamud, und täuschen mich meine Sinne, wenn ich das Gefühl habe, daß mein «Block» eine völkische Version der mehr oder weniger edlen Selbstverleugnung von H. Roth, D. Fuchs und J. Salinger darstellt? Dazu etwas angelsächsisch, protestantisch Weißes, Theologisches, Verschrecktes und verletzend Ironisches, das, so meine Vermutung ins Blaue hinein, von Ihnen stammt.

Und doch haben Sie recht damit. Dieser monotone Held, der einem Flugzeug entsteigt, Sätze ausspricht, die er so eigentlich nicht meint, eine flüchtige Geschichte mit einer Frau anfängt und schließlich wieder ins Flugzeug steigt, hat gewiß etwas von Henry Bech an sich. Bis zu Ihrem kurzen Sammelband, der jedoch nicht ohne Längen ist, hat sich noch kein Revolutionär mit unserer Unterdrückung beschäftigt, mit dem seidenen Mechanismus, mit Hilfe dessen Amerika seine Schriftsteller zu Schwachsinnigen und Schwindlern reduziert. Beneidet wie die Neger und mit Unglauben betrachtet wie die Engel, drehen und wenden wir uns zwischen der Hurerei mit dem Rednerpult und der Folter am Schreibtisch, nur um schließlich unter einer beifallheischenden Masse von reuevollen, liliputanisch kleinen Nachrufen zusammenzubrechen, während unsere 08/15-Weihnachtsmannverkleidungen ob der Zweite-

Klasse-Jetset-Tickets und der Ehrenurkunden vom Möse-des-Monats-Club rascheln. Indes unsere Sprache im Mund von Fernsehleuten und Popsängern degeneriert und unsere formalen Maßstäbe wie Sandburgen unter den Tritten von Strandrowdies zerbröseln, ernähren wir nichtsdestotrotz und unglaublicherweise unter enttäuschender Mühsal (soeben mußte ich «enttäuschend» zum neunundneunzigstenmal im Lexikon nachsehen, weil ich schon wieder vergessen habe, ob es sich mit einem oder zwei ‹t› schreibt) eine blühende Kultur von Verlegern, Agenten, Lektoren, *Time*fritzen und Medienleuten in allen Schattierungen der Nonchalance, des Chics und der sexuellen Vorlieben. Wenn ich an all das Sichpaaren, das Gestöhne und an das frohlockende Rumgehure zwischen ektomorphen, obergeilen Lektoratsassistenten und grazilen, frisch von der Schule gekommenen weiblichen Kaffeekocherinnen und Empfangsdamen mit Leistungskurs in Englisch und Wahlfach Philosophie denke, das hochgepumpt wird mit dem Schwengel meiner zugekritzelten und überklebten Seiten (sie landen in den Lektoraten so steif vom Pritt-Stift wie das Bettuch eines Onanisten; die Lehrlinge benutzen sie als Teetabletts), dann könnte ich mich selbst verstümmeln wie der heilige Origenes, dann könnte ich wehklagen wie Jeremia. Jahwe sei Dank können diese himmlischen Bordelle bald gänzlich ohne Rücksicht auf uns auskommen; der Inhalt eines Buches zählt heutzutage ja bereits so wenig wie der einer Cornflakes-Packung. Es kommt alles auf die Sammelpunkte an, auf den Platz im Verkaufsregal und darauf, daß möglichst viel Luft zwischen den Cornflakes ist. Aber nichts für ungut. Ich bin sicher, daß Sie um einen Segensspruch gefeilscht haben und nicht um Verwünschungen, als Sie mit jenem glänzenden *gojischen* Schotter, dem in den Hintern zu kriechen ich niemals aufhören werde, wegen «ein paar Sätzen für das Vorwort» an mich herangetreten sind.

Hier ist er also, mein Segensspruch. Einige Dinge in diesen Berichten gefallen mir sehr gut. Die Kommunisten sind ausnahmslos gut – gute *Menschen*. Es gibt da eine Episode am Meer, ich habe die Seite vergessen, die sehr echt klang. Hier und da kamen mir Passagen überladen und verstopft vor; Sie stutzen zuviel zurecht. Prosa, habe ich für meinen Teil festgestellt, kann man nicht herauswürgen, man muß sie fließen lassen. Einige der Frauen, die Sie mir zugeteilt haben, gefallen mir, und auch ein paar von den Witzen. Übrigens benutze ich – im Gegensatz zu manchen in den Ruhestand getretenen Vertretern der leichten Muse – niemals Wortspiele. Aber falls

Sie . . . (an dieser Stelle folgte eine Liste mit Vorschlägen für Streichungen, Veränderungen, Auslassungen und Neuformulierungen, die aufs sorgfältigste übernommen wurden – Hg.), glaube ich kaum, daß die Veröffentlichung dieses Ihres etwas verspielten kleinen Büchleins uns beiden großen Schaden zufügen wird.

Manhattan, HENRY BECH
4.–12. Dez. 1969

Reich in Rußland

Studenten (wie gewiß auch andere Leute), die gezwungen sind, Taschenbuchausgaben seiner Romane zu kaufen – vor allem des ersten, ‹Travel Light›, obwohl sich in letzter Zeit ein gewisses akademisches Interesse an seinem mehr surrealen und «existentiellen» und vielleicht sogar «anarchistischen» zweiten Roman, ‹Brother Pig›, bemerkbar macht – oder die in einer glänzenden, dicken Anthologie über die Literatur um die Mitte des Jahrhunderts zu 12,50 Dollar irgendeinem Essay aus ‹When the Saints› begegnen, stellen sich vor, Henry Bech sei wie Tausende von weniger berühmten Leuten ein reicher Mann. Das ist er aber nicht. Die Taschenbuchrechte für ‹Travel Light› wurden seinerzeit von seinem Verleger pauschal für 2000 Dollar verkauft, von denen der Verleger 1000 und Bechs Agent 100 (10 Prozent von 50 Prozent) kassierte. Aber um gerecht zu sein, der Verleger mußte ein Drittel der bescheidenen Hard-Cover-Auflage verramschen, und als ‹Travel Light› seine große Zeit als letzter Nach-Golding-vor-Tolkien-Schrei in College-Studenten-Kreisen erlebte, da erzählte er gern wehmütig-sarkastisch bei Vertreterkonferenzen oben im «21» die Geschichte von Bechs verschenkten Rechten. Um auf die Anthologien zurückzukommen – die durchschnittliche Gebühr für die Abdruckrechte hat sich, wenn sie in Form eines Schecks in Bechs Briefkasten landet, inzwischen auf 64,73 Dollar oder eine ähnliche verdächtig ungerade Summe abgeschliffen, die kaum die Kosten eines Essens im Restaurant mit seiner Geliebten und einem mittelprächtigen Wein deckt. Obwohl Bech und seine allzu zahlreichen Interviewer eine schrullenhafte Tugend daraus gemacht haben, daß er jetzt schon seit zwanzig Jahren in einer düsteren, wenn auch geräumigen Mietswohnung am Riverside Drive lebt (der Briefkasten, in dem seine arg gestutzten Schecks eintreffen, ist von vorüberströmender urbaner Zerstörungswut völlig zerkratzt, und sein Nachname wurde von den Kugelschreibern sich witzig dünkender Hauseingangsbummler so oft entstellt, daß Bech jetzt das Namensschild unbeschriftet läßt und auf die Findigkeit der Briefträger vertraut), wohnt er dort in Wirklichkeit deshalb, weil er sich eine teurere

Wohnung nicht leisten kann. Er war in seinem Leben nur einmal reich, und das war 1964 in Rußland, ist also schon eine Tauperiode oder so her.

Rußland wirkte, wie dies für alle anderen Weltgegenden galt, in jenen Tagen etwas harmloser. Chruschtschow, gerade erst abgesetzt, hatte eine fast komische Atmosphäre der Wärme, einer gewissen unberechenbaren Aufgeschlossenheit, des undurchschaubaren Experiments und der Wege durch die Hintertür hinterlassen. Es schien eigentlich keinen Grund zu geben, weshalb sich diese liebenswerten paranoiden Giganten nicht einträchtig einen so großen und blauen Erdenball teilen konnten, und ganz gewiß nichts schien dagegen zu sprechen, daß Henry Bech, dieser feinsinnige, aber freundliche, künstlerisch stagnierende, aber gesellschaftlich bewegliche Romanschriftsteller auf Kosten des State Department für einen Monat nach Moskau geschickt wurde zu jener meist imaginären Aktivität, die sich «Kulturaustausch» nennt. Als Bech in Le Bourget die Aeroflot-Maschine bestieg, war ihm, als röche es hier wie in den Hinterzimmern bei seinen Onkeln in Williamsburg nach eingehüllter Körperwärme und kochenden Kartoffeln ganz in der Nähe. Dieser Eindruck hielt sich den ganzen Monat über; Rußland kam ihm jüdisch vor, und natürlich kam er Rußland jüdisch vor. Er wußte nie, wieviel von der Freundlichkeit und Gastfreundschaft, die er dort erfuhr, auf das Konto seiner Rassenzugehörigkeit ging. Sein Kontaktmann an der Amerikanischen Botschaft – ein pedantischer, verdrossener Ex-Basketballspieler aus Wisconsin mit dem All-Star-Namen «Skip» Reynolds – versicherte ihm, zwei von drei Sowjet-Intellektuellen hätten in ihrem Stammbaum einen Juden unterschlagen; und einmal sah sich Bech in einer Moskauer Wohnung, deren Bücherregale umrahmt waren von Fotografien (Kafka, Einstein, Freud, Wittgenstein), die pointiert die Glanzzeit der jüdischen Kultur vor Hitler heraufbeschworen. Seine Gastgeber, der Ehemann wie seine Gattin, waren Übersetzer von Beruf, und die Wohnung war verwirrend voll von Verwandtschaft, zu der auch ein rehäugiger junger Hydraulikingenieur zählte und eine Großmutter, die bei der Roten Armee als Dentistin gedient hatte und deren Behandlungsstuhl das Wohnzimmer beherrschte. Einen ganzen Abend voller Toasts wurde, vielleicht ebenso pointiert, vom Judentum nicht gesprochen. Bech ignorierte dieses Thema auch sehr gern. Mit seinen eigenen Werken hatte er aus dem Getto seines Herzens in die weiteren Regionen jenseits des Hudson hinüberzugreifen versucht; der künstlerische Triumph des amerikanischen Judentums stellte sich, so glaubte er, nicht in den Romanen der fünfziger, sondern in den Filmen der dreißiger Jahre dar, jenen gewaltigen, krassen Geistesprodukten, mit deren Hilfe jüdische Gehirne nichtjüdische Stars zum Himmel einer nichtjüdischen Nation hinaufschossen und aus ihrer Immigrantenfreude heraus einem formlosen Land seine Träume gaben und sogar eine Art von Bewußtsein. Der Vertrauensvorschuß war im Jahre 1964 gerade dabei, zu Ende zu gehen; durch Weltwirtschaftskrise und Weltbeben hindurch hatte der streberische Patriotismus Louis B. Mayers und der Gebrüder Warner das Land aufrechterhalten. Für Bech war das eine der großen Liebesaffären der Geschichte: die für beide Seiten profitable Romanze zwischen dem jüdischen Hollywood und dem ungeschlachten Amerika, zumeist im Dunkeln vonstatten gehend, gleichsam ein innig-heißes Klopfzeichenverhältnis durch die Felswände der San Gabriel-Berge hindurch; und sein liebster jüdischer Schriftsteller war der Mann, der seinen drei herrlichen Brooklyn-Romanen den Rücken kehrte und in die Wüste ging, um Drehbücher für Doris Day zu schreiben. Dies mag, außer für graduierte Studenten, völlig belanglos sein. Dort in Rußland vor fünf Jahren, als Kuba aus dem Ofen gezogen worden war, um abzukühlen, und Vietnam noch nicht so richtig siedete, fand Bech ein Leben vor – verarmt, doch zeremoniell, schäbig, doch reich geschmückt, sentimental, verschanzt und onkelhaft –, das ihn an seine vernachlässigte jüdische Vergangenheit erinnerte. Tugend, in Rußland wie in seiner Kindheit, schien etwas zu sein, das von Menschen ausging wie ein beruhigender Körpergeruch, und nicht etwas von oben, das die zappelnde Seele aufspießte wie einen Falter auf einer Nadel. Er verließ die Aeroflot-Maschine mit ihren augenfällig stämmigen Stewardessen und war umfangen von einer Atmosphäre der Großzügigkeit. Man begrüßte ihn mit Armen voll kühler Rosen. Am ersten Nachmittag gab ihm der Schriftstellerverband als Taschengeld einen Packen Rubel-Scheine, rosa und lila Lenin und pulverblauer Spaßkaja-Turm. Während der folgenden vier Wochen erhielt Bech als «Tantiemen» (zu Ehren seines Kommens hatte man ‹Travel Light› übersetzt und einige seiner kommentierenden Essays ‹MGM und die USA›, ‹Der aufgespießte Falter›, ‹Daniel Fuchs: Eine Würdigung› – waren in I Nostrannaja Literatura erschienen, aber da es keine Copyright-Vereinbarungen gab, wurden die Tantiemen willkürlich kalkuliert – wie Mannaregen) noch mehr Rubel-Scheine, so daß er, als die Woche seines Rückflugs kam, über 1400 Rubel angesammelt hatte – 1540 Dollar nach dem offiziellen Wechselkurs. Es gab nichts, wofür er das Geld ausgeben konnte. Alle seine Hotel-aufenthalte, seine Flugtickets, seine Mahlzeiten waren im voraus bezahlt. Er war Gast des Sowjetstaates. Von morgens bis abends war er nie allein. An jenem ersten Nachmittag hatte man ihm zusammen mit dem Rubel-Paket auch eine Dolmetscherin als Begleiterin mitgegeben: Jekaterina Alexandrowna Rylejewa, eine bemerkenswert magere rothaarige Frau mit flacher Brust und pa-pierfarbener Haut und einer durchsichtigen Warze über dem linken Nasenflügel. Er nannte sie schon bald nur noch Kate.

«Kate», sagte er und hielt ihr zwei Händevoll Rubel hin, wobei er einige zu Boden segeln ließ, «ich habe das Proletariat beraubt. Was kann ich mit meiner schmutzigen Beute anfangen?» Er hatte wäh-rend dieser langen Zeit, die sie immer bei ihm war, eine clownhafte superamerikanische Art entwickelt, die jeder Kritik einen Anschein von «Show» verlieh. Als Reaktion darauf hatte sich ihre ursprüngli-che Pose – nämlich schullehrerhafte Geduld mit zeitlosen, ländli-chen Wurzeln – verhärtet. Ihre normale Beschäftigung bestand darin, englischsprachige Science-fiction ins Ukrainische zu über-setzen, und er stellte sich vor, daß dieser Monat zusammen mit ihm für sie so etwas wie ein Urlaub war. Sie hatte eine Mutter, und spätabends, nachdem sie ihn den ganzen Tag begleitet hatte – zu einer schnapsfeuchten morgendlichen Begegnung mit den Heraus-gebern von *Junost,* zum Mittagessen beim Schriftstellerverband mit dessen haifischmäuligem Vorsitzenden, zu dem Haus, in dem Dostojewski seine Kindheit verbracht hatte (neben einem Irrenhaus gelegen und einige gemarterte, kreuzweise schraffierte Manu-skripte sowie eine ovale Nickelbrille bergend, so winzig wie für eine Haselmaus angefertigt), zu einem Volkskunstmuseum, zu einem endlosen Souper in einem Restaurant und einem Ballett-abend, – brachte Jekaterina ihren Schützling in sein Hotel zurück, schlang sich eine Babuschka um das buschige orangefarbene Haar und machte sich in den Schneesturm hinaus auf den Weg zu ihrer kränkelnden Mutter. Bech fragte sich nach Kates Geschlechtsleben. Skip Reynolds erklärte ihm feierlich, in Rußland sei das Privatleben undurchschaubar. Er versicherte Bech gleichzeitig, Kate sei zwei-fellos eine Spionin der Partei. Bech war betroffen und fragte sich, was an ihm des Spionierens wert sein sollte. Von Kindesbeinen an sind wir alle Spione; aber das ist nicht das Schlimme, das eigentlich Beschämende ist, daß die wenigen Geheimnisse, die es allenfalls zu entdecken gibt, so belanglos, so armselig sind. Jekaterina mochte vierzig Jahre alt sein, hätte also gerade einen im Krieg gefallenen

Freund gehabt haben können. War dies das Geheimnis ihres Wachens, der endlosen papierfarbenen Stunden, die sie an seiner Seite verbrachte? Sie dolmetschte immer für ihn, und das betonte noch ihre Neutralität und Transparenz. Auch er war nie verheiratet gewesen und stellte sich vor, daß es etwa so in einer Ehe zuging.

Sie antwortete: «Henry –», gewöhnlich berührte sie seinen Arm, wenn sie seinen Namen sagte, und selbst jetzt noch hatte das für ihn etwas leicht Faszinierendes, die Art, wie das «H» zu einem Gutturallaut zwischen «G» und «K» wurde – «Sie dürfen nicht spotten. Das ist Ihr Geld. Sie haben es mit dem Schweiße Ihres Gehirns verdient. In der ganzen Sowjetunion sitzen Ausschüsse von Menschen beisammen und diskutieren über ‹Travel Light› und seine wundervollen künstlerischen Qualitäten. Die Auflage von 100 000 Exemplaren ist in den Buchläden *bäng!* weggegangen.» Die Comicstrip-Farben der Science-fiction nuancierten ganz unerwartet ihre Ausdrucksweise.

«Bäng!» sagte Bech und verstreute das Geld über seinem Kopf; noch ehe der letzte Schein zu flattern aufgehört hatte, bückten sie sich beide, um die Rubel vom dicken roten Teppich aufzulesen. Sie waren in seinem Zimmer im *Sowjetskaja,* dem Hotel für Parteigrößen und wichtige Staatsbesucher; alle Suiten waren in hochzaristischem Stil eingerichtet: Kronleuchter, wächsernes Obst und Bären aus Messing.

«Wir haben Banken hier», sagte Kate schüchtern und griff unter das atlasseidene Sofa, «genau wie in den kapitalistischen Ländern. Sie zahlen Zinsen, Sie könnten Ihr Geld auf einer solchen Bank deponieren. Es wäre dann hier und hätte sich vermehrt, wenn Sie einmal wiederkommen. Sie würden ein numeriertes Bankbuch besitzen.»

«Was?» sagte Bech. «Ich soll zur Unterstützung des sozialistischen Staates beitragen? Wo ihr uns im Wettlauf um den Weltraum schon Jahre voraus seid? Dann würde ich euren Raketen ja noch mehr Schubkraft verleihen.»

Sie richteten sich auf, beide ein wenig außer Atem von der Anstrengung, was ihr Alter verriet. Sie hatte eine leicht gerötete Nasenspitze. Sie drückte ihm den Rest seines Vermögens in die Hand; ihr Schweigen wirkte verlegen.

«Außerdem», sagte Bech, «wann würde ich wohl wiederkommen?»

Sie meinte: «Vielleicht in einer Raumverkrümmung?»

Ihre Schüchternheit, ihre rote Nase, das karottenfarbene Haar und ihre Verlegenheit bekamen etwas Bedrückendes. Er winkte plötzlich mit den Armen. «Nein, Kate, wir müssen es ausgeben! Ausgeben, ausgeben. So will es der alte Keynes. Wir werden Mütterchen Rußland zu einer Verbrauchergesellschaft machen.»

Angesichts ihrer regungslosen, leicht geneigten Haltung hatte Bech, verwirrt durch die «Raumverkrümmung», eine beunruhigende Vision – nämlich daß sie in einer farblosen anderen Dimension eingeschlossen war, aus der nur ihre gerötete Nasenspitze herausragte. «Das ist nicht so einfach», verkündete sie.

Zum einen wurde die Zeit knapp. Bobotschka und Myschkin, die zwei Funktionäre vom Schriftstellerverband, die für sein Reiseprogramm verantwortlich waren, hatten die letzten Tage seines Aufenthalts mit obligatorischen kulturellen Ereignissen vollgestopft. Gestärkt durch relativ mußereiche Wochen in Kasachstan und im Kaukasus, war Bech, so glaubten sie anscheinend, wieder aufnahmefähig für eine Marathontour von Kriegsfilmen (der Held eines dieser Filme hatte seine Mitgliedskarte der Kommunistischen Partei verloren, was schlimmer war, als wenn man seinen Führerschein verliert; und in einem anderen Film fuhr ein junger Soldat schwarz auf einer Vielzahl von Zügen umher, um zum Schluß wieder am Ausgangspunkt anzukommen – «Sehen Sie, Henry», flüsterte Kate ihm zu, «jetzt ist er zu Hause, das ist seine Mutter, was für ein liebes Gesicht, so viel gelitten, jetzt küssen sie sich, jetzt muß er fort, oh –» und Kate weinte zu sehr, um noch dolmetschen zu können) und Museen und Heiligtümern und Brandytrinken mit verschiedenen Schriftstellern, die durch die Bank Gemingway bewunderten. Der November wurde sehr kalt, die an Weihnachten erinnernde Beleuchtung anläßlich der Revolutionsfeierlichkeiten war abmontiert worden, Kate hatte sich, während sie von Verabredung zu Verabredung eilten, einen Schnupfen zugezogen. Sie betupfte sich ständig die Nase mit einem Taschentuch. Bech verspürte ein jähes Schuldgefühl, wenn er sie so in die Kälte hinausschickte zu ihrer Mutter, bevor er sich in sein luxuriöses Hotelzimmer hinaufbegab mit seinem Vorraum voller Geschenkbücher und seinem alabasternen Badezimmer und seinem großen brokatenen Doppelbett. Er trank dann vielleicht einen Schluck Brandy – die Flasche hatte er in Georgien geschenkt bekommen – und stand am Fenster und blickte hinunter auf die hellerleuchteten Fenster eines Mietshauses, wo junge Russen nach Tonbandaufnahmen der Stimme Amerikas Twist tanzten. Chubby Checkers Geflügelrupferstimme wehte deutlich über die Kluft aus subarktischer Nacht zu ihm herüber. Hinter dem Fenster eines Zimmers nebenan liebte sich ein von den anderen großzügig allein gelassenes Paar; er sah Knie und Hände und dann eine rhythmisch zuckende Fessel. Um Dampf abzulassen, setzte sich Bech mit seinem Brandy an den Tisch und schrieb alkoholgeschwängerte, erinnerungsträchtige Briefe an ferne Frauen, die am nächsten Morgen feierlich dem Ex-Basketballspieler überreicht werden würden, um mit der Diplomatenpost aus Rußland hinausbefördert zu werden. Reynolds, selber so etwas wie ein Spion, war immer dabei, wenn Bech mit einer Gruppe sprach, ob es sich nun um Übersetzer handelte (als Bech, gefragt, wer Amerikas bester lebender Schriftsteller sei, Nabokov sagte, gab es ein längeres Schweigen vor der nächsten Frage) oder um Studenten (denen er versicherte, Jewtuschenkos Autobiographie sei ein gesundes und patriotisches Werk, das man, anstatt es zu verbieten, kostenlos an sowjetische Schulkinder verteilen solle). «Bin ich ins Fettnäpfchen getreten?» fragte Bech nachher besorgt – auch dies eine Show.

Der vorsichtige Mund des Amerikaners zuckte. «Ganz gut für sie. Schocktherapie.»

«Sie waren reizend», sagte Jekaterina Alexandrowna stets loyal, sich eifersüchtig einschaltend und Bechs Arm drückend. Sie konnte sich nicht vorstellen, daß Bech nicht gleich ihr alle Beamten und Funktionäre verabscheute. Sie hätte es nie für möglich gehalten, daß Bech diesem hier mit dem Respekt des Intellektuellen vor dem Athleten begegnete und daß die beiden privatim nicht Anti-Kreml-Gift, sondern literarischen Tratsch und Footballergebnisse, Liebesbriefe und alte Exemplare der Zeitschrift *Time* austauschten. Jetzt hatte Kate in ihrem Feldzug, sie auseinander zu halten, eine neue Waffe in die Hand bekommen. Sie drückte selbstzufrieden seinen Arm und sagte: «Wir haben gerade eine Stunde Zeit. Wir müssen ganz schnell *einkaufen.*»

Das andere Problem war: es gab nicht viel zu kaufen. Zunächst würde er einen zusätzlichen Koffer brauchen. Er und Jekaterina fuhren in ihrem chauffierten *Zil* zu einer, wie es Bech scheinen wollte, weit entfernten Vorstadt hinaus, an aufschimmernden Birkenhainen vorüber zu einem Bezirk mit neuen Siedlungen und Lagerhäusern von der Farbe nassen Betons. Hier fanden sie ein großes Kaufhaus, groß, obwohl jede Verkäuferin über ihr Revier von Regalen wie ein kleiner Tyrann herrschte. Es gab hier eine verwirrende Vielzahl von Kofferabteilungen; jede stellte den gleichen ekkigen Berg von dunklen Pappbehältnissen zur Schau, und jede schmollende Prinzessin antwortete mit verneinender Unbekümmertheit auf Jekaterinas Frage nach einem Lederkoffer. «Ich weiß, es waren ein paar da», sagte sie zu Bech.

«Macht nichts», sagte er. «Ich möchte einen aus Pappe haben. Mir gefallen die Metallbeschläge und der kleine schokoladenbraune Griff.»

«Sie machen sich lustig über mich», sagte sie. «Ich weiß, was Sie im Westen alles haben. Ich war auf dem Science-fiction-Schriftsteller-Kongreß in Wien. So ein großes Kaufhaus und kein Lederkoffer. Das ist eine Schande für das Volk. Aber kommen Sie, ich weiß ein anderes Kaufhaus.» Sie gingen zurück zu dem *Zil,* der wie eine Mantelablage roch und in dessen schwankenden, stickigen Tiefen er sich flau und gezüchtigt vorkam, weil er als Kind auf der Städtischen Schule Nr. 87 Ecke West 77. Straße und Amsterdam Avenue oft in den Garderobenraum hinausgeschickt worden war. Ein Dutzend stickige Meilen und drei weitere Kaufhäuser förderten auch keinen Lederkoffer zutage; endlich erlaubte ihm Kate, einen Pappkoffer zu kaufen – den größten, mit lustigem Schottenmuster auf der Seite und so lang wie eine Oboe. Um sie zu trösten, kaufte er auch einen Astrachan-Hut. Er stand ihm nicht (als er ihn aufsetzte, lachte die hochnäsige Verkäuferin laut), und er bedeckte seine Ohren nicht, an denen ihn fror, aber er hatte den Vorteil, daß er 54 Rubel kostete. «Nur ein Bojar», sagte Kate, durch seinen Kauf zum Flirten aufgelegt, «würde einen solchen Hut tragen.»

«Ich sehe darin wie ein Armenier aus», sagte Bech. Eine Demütigung kommt nie allein. Auf der Straße, mit seinem Koffer und Hut, wurde Bech von einem Mann angehalten, der ihm seinen Mantel abkaufen wollte. Kate übersetzte und schalt dann den Missetäter aus, der, ein mürrischer rotnasiger Mann, gekleidet wie ein New Yorker Kastanienverkäufer, stur vor sich auf den Bürgersteig starrte, während sie ihm, wie Bech annahm, wortreich mit einer Anzeige bei der Polizei drohte.

Als sie sich abwandten, sagte er in leisem Englisch zu Bech: «Ihre Schuhe. Ich gebe Ihnen 40 Rubel.»

Bech zog seine Brieftasche heraus und sagte: «*Njet, njet.* Für Ihre Schuhe gebe ich 50.»

Kate flatterte mit einem Aufschrei zwischen sie und zog Bech am Arm davon. Sie sagte unter Tränen: «Hätten die Behörden diese Szene beobachtet, wären wir alle zack-bum schon im Kittchen.»

Bech hatte sie noch nie bei Tageslicht weinen sehen – immer nur im Dunkel von Vorführsälen. Als er in den *Zil* stieg, fühlte er sich besonders elend und schuldig. Sie kamen etwas zu spät zu ihrem Mittagessen mit einem pausbackigen Museumsdirektor und seinem adlergesichtigen Mitarbeiterstab. Im Verlauf ihres Rundgangs durch das Museum versuchte Bech sie mit einer Lobeshymne auf den sozialistischen Realismus aufzuheitern. «Schauen Sie sich diese Turbine an. Keiner in Amerika kann eine solche Turbine malen. Seit den dreißiger Jahren nicht mehr. Alle Einzelteile so deutlich erkennbar, daß man sie danach rekonstruieren könnte, und doch ist das Ganze so romantisch wie ein Sonnenuntergang. Mimesis – nicht mehr zu übertreffen.» Er mochte diese riesigen, plakathaften Ölgemälde wirklich; sie erinnerten ihn an die Zeitschriftenillustrationen seiner Jugendzeit.

Kate ließ sich nicht aufheitern. «Das ist alles dummes Zeug», sagte sie. «Seit Rubljow hatten wir keine großen Maler mehr. Sie behandeln mein Land wie ein Picknick, Henry.» Manchmal war ihr Englisch von einer unheimlichen Präzision. «Nicht daß kein Talent da wäre. Wir sind groß, es gibt Millionen. Die Jungen brennen vor Talent, es verzehrt sie.»

«Kate, ich meine das ernst», sagte Bech, hoffnungslos im Irrtum beharrend wie gegenüber einer Schullehrerin, doch auch einem anderen Druck ausgesetzt, dem einer Frau, die ein sinnliches Vergnügen dabei empfand, sich nicht trösten zu lassen. «Ich sage Ihnen, hier kommt künstlerische Leidenschaft zum Ausdruck. Dieses Fahrrad. Herrlicher Impressionismus. Keine Speichen. Die Franzosen malen Äpfel, die Russen malen Fahrräder.»

Der Vergleich kam schief, unfreundlich heraus. Verbissen ihre roten Nasenflügel betupfend, ging Jekaterina in den nächsten Saal hinüber. «Einmal war dieser Raum hier voll mit Bildern von *ihm*», erläuterte sie. «Wenigstens ist das vorbei.»

Bech brauchte nicht zu fragen, wer *er* sei. Das unbestimmte Fürwort hatte einen konstanten Wert. In Georgien hatte man Bech den Grabstein einer Person gezeigt, die einfach als *Mutter* bezeichnet war.

Am nächsten Tag, zwischen Mittagessen mit Wosnessensky und Abendessen mit Jewtuschenko (die ihm beide schmeichelhafterweise eine hemisphärische Berühmtheit zuzugestehen schienen, die der ihren entsprach, und Entzücken heuchelten, als er ihnen seinen eigenartigen Status nicht in Form eines Löwen mit der einengenden Last symbolischer Bedeutung eines solchen, sondern als altersgraue, heimlich in Mode gekommene Ratte zu erklären versuchte, die man gleichgültig hinter der Holzverkleidung eines ohnehin zum

Abbruch bestimmten alten Hauses darauflos rumoren läßt), gelang es ihm und Kate und dem leidenschaftslosen Chauffeur, drei Bernsteinhalsketten, vier Holzspielsachen und zwei sehr flache Armbanduhren zu kaufen. Der Bernstein dünkte Bech hausbacken – geschmolzene und wieder erstarrte Butter –, aber Kate war stolz darauf. Die Armbanduhren, so argwöhnte er, würden bald stehenbleiben; sie waren so gefährlich flach. Die Spielsachen – kleine Kremls in Einzelteilen, geschnitzte Bären, die Holz hackten – waren schön, aber die einzigen Kinder, die er kannte, waren die seiner Schwester in Cincinnati, und das jüngste war neun. Die ukrainische Handarbeit, die Jekaterina ihm hoffnungsvoll aufdrängte, vermochte seine Phantasie mit keiner Frau in Verbindung zu bringen, die er kannte, nicht einmal an seiner Mutter konnte er sie sich vorstellen; seit seinem «Erfolg» ging sie jede Woche zum Friseur und trug Röcke, die erst kurz über dem Knie endeten. Wieder in seinem Hotelzimmer, in den zehn Minuten vor einem Schostakowitsch-Konzert, während Kate im Badezimmer schnüffelte und planschte (wie konnte eine so hagere Frau nur eine solche Wasserverdrängung haben?), zählte Bech seine Rubel. Er hatte erst 137 ausgegeben. Blieben also noch immer 1283, abgesehen von den Kopeken. Die Sache war hoffnungslos. Jekaterina kam aus dem Badezimmer mit einem eigenartig mitgenommenen Gesichtsausdruck. Kleine, verbrannte Spuren, Spuren aschener Tränen, hielten sich um ihre Augen herum, deren natürliche Farbe ein verwaschenes Blau war. Sie hatte versucht, Augen-Make-up aufzulegen und hatte es immer wieder abgewaschen. Hatte versucht, ganz vornehm zu sein. Sie wirkte zugleich ausdruckslos und verletzt. Bech nahm ihren Arm; sie eilten hinunter wie Verbrecher auf der Flucht.

Der nächste Tag war sein letzter Tag in Rußland. Den ganzen Monat hatte er Tolstois Landgut besuchen wollen, und der Ausflug war bis jetzt verschoben worden. Da Jasnaja Poljana vier Stunden von Moskau entfernt war, brachen er und Kate früh am Morgen auf und kehrten bei Dunkelheit zurück. Nach Meilen schläfrigen Schweigens fragte sie: «Henry, was hat Ihnen gefallen?»

«Mir gefiel, daß er ‹Krieg und Frieden› im Keller schrieb, ‹Anna Karenina› im Erdgeschoß und ‹Auferstehung› im Obergeschoß. Glauben Sie, er schreibt einen vierten Roman im Himmel?»

Diese Erwiderung, entnommen einem kleinen kommentierten Artikel, den er im Geist schrieb (und nie zu Papier bringen würde), erneuerte irgendwie ihr Schweigen. Als sie schließlich wieder sprach, klang ihre Stimme scheu. «Sind Sie gläubig – als Jude?»

Sein Lachen klang, als sei er ertappt worden, was er mit einem schüchternen Wiehern am Ende in Selbstmißbilligung umzuwandeln versuchte. «Juden halten nicht viel vom Paradies», sagte er. «Das ist etwas, was ihr Christen ausgebrütet habt.»

«Wir sind keine Christen.»

«Kate, ihr seid Heilige. Ihr seid ein Land von Mönchen, und eure Regierung ist eine ständige Buße.» Aus demselben ungeschriebenen Artikel – Arbeitstitel: «Gottes Geist in Moskau». Er fuhr fort, wobei Hollywood, Martin Buber und seine Onkel alle im stillen verschwommen in ihm lächelten: «Ich glaube, die Juden haben das Gefühl, daß es überall paradiesisch ist, wo sie gerade sind, eben weil sie da sind.»

«Haben Sie das hier so empfunden?»

«Sehr. Dies hier muß das einzige Land auf der Welt sein, nach dem man Heimweh hat, während man noch dort ist. Rußland ist ein einziger großer Fall von Heimweh.»

Vielleicht glaubte sich Kate hier auf gefährlichem Boden, denn sie bewegte sich auf früheres Terrain zurück. «Es ist merkwürdig», sagte sie, «wieviel in den Büchern, die ich übersetze, vom Übernatürlichen die Rede ist. Immaterielle Wesen wie Engel, ideale Gesellschaften von Geistern, Geschwindigkeiten schneller als das Licht, Zeitumkehrungen – alles unmöglich und vielleicht auch nicht. Irgendwie ist es schrecklich, in einer unserer klaren, kalten Nächte zum Himmel hinaufzublicken, hinauf zum Sternenhimmel, und sich vorzustellen, daß da oben irgendwo Wesen leben.»

«Wie Termiten an der Zimmerdecke.»

Da sein Vergleich so weit von der Erhabenheit entfernt war, die zu erwarten Kate ein Recht gehabt haben mochte, blieb er unbeantwortet. Der Wagen schwankte, dunkle Pfefferkuchendörfer flogen vorüber, der Kopf des Fahrers ragte regungslos vor ihnen auf. Bech summte ein paar Takte von ‹Midnight in Moscow› vor sich hin, dessen eigentlicher Titel, wie er herausgefunden hatte, «Dämmerlichtabende in den Moskauer Vororten» lautete. Er sagte: «Mir gefiel auch, daß Upton Sinclair in seinem Bücherregal stand und daß sein Haus eher den Eindruck eines Bauernhofs als den eines Herrensitzes macht, und mir gefiel sein Grab.»

«Ein tolles Grab!»

«Sehr anmutig für einen Mann, der so heftig gegen den Tod

kämpfte.» Es war ein ungekennzeichnetes Erdoval gewesen, gesäumt von frosttauem Gras, am Ende einer Straße in einen Birkenwald hinein, wo die Nacht herabrieselte. An dieser Stelle hatte Tolstoi von seinem Bruder den Rat erhalten, nach dem kleinen grünen Stöckchen zu suchen, das Krieg und menschlichem Leiden ein für allemal ein Ende setzen würde. Da ihr Schweigen unerträglich an seinen Nerven zu zerren begann, sagte Bech: «Das sollte ich mit meinen Rubeln machen: Tolstoi einen Grabstein kaufen. Mit einem Neonpfeil.»

«Oh, diese Rubel!» rief sie aus. «Sie verfolgen mich mit diesen Rubeln. Wir haben in einer Woche mehr eingekauft, als ich im ganzen Jahr einkaufe. Materielle Dinge interessieren mich nicht, Henry. Im Krieg haben wir alle erfahren, was materielle Dinge wert sind. Wert hat nur, was man in sich trägt.»

«Okay – dann werde ich sie hinunterschlucken.»

«Immer Witze machen. Ich habe noch eine letzte verzweifelte Idee. In New York – sind Sie da mit Frauen befreundet?»

Ihre Stimme war scheu geworden, wie auch immer dann, wenn sie das Thema Judentum berührte; sie fragte ihn praktisch, ob er homosexuell sei. Wie wenig kannten sich diese beiden doch nach einem vollen Monat! «Ja. Ich bin *nur* mit Frauen befreundet.»

«Dann könnten wir vielleicht ein paar Pelze kaufen. Keinen Pelzmantel, die Mode würde nicht passen. Aber Pelze haben wir, keine Lederkoffer, da können Sie sich ruhig über uns lustig machen, aber Pelze, die besten der Welt, und teuer genug sogar für einen so reichen Mann wie Sie. Ich habe oft mit Bobotschka gestritten, er sagt, Autoren sollten arm sein zum Leiden, so machen es die kapitalistischen Länder; und jetzt sehe ich, er hat recht.»

Verblüfft durch diese Tirade, die mit hin und her schwingendem Kopf gehalten wurde, so daß ihr Muttermal ab und zu durchscheinend wurde – denn sie hatten inzwischen die Außenbezirke von Moskau erreicht und damit gab es Straßenbeleuchtung –, vermochte Bech nur zu sagen: «Kate, Sie können meine Bücher nicht gelesen haben. Die handeln doch *nur* von Frauen.»

«Ja», sagte sie, «aber so kalt beobachtet. Wie außerirdisches Leben.»

Um es kurz zu machen: Am nächsten Morgen, in einer Drunter-und-drüber-Stunde vor der Fahrt zum Flughafen, suchten Bech und Jekaterina ein Geschäft in der Gorkistraße auf, wo ihm eine gleichmütige mongolische Schönheit Pelz um Pelz vorlegte. Der weniger erfolglose seiner Onkel war eine Zeitlang Kürschner gewesen, und nach dieser Kluft von Jahrzehnten hieß Bech wieder die eisgraue Üppigkeit des Silberfuchses, die zartere, spielerischere, sinnlichere Fülle des Rotfuchses willkommen, befühlte wieder Nerz und Otter, Nerz mit seiner häßlichen mahagonigetönten Selbstsicherheit, schlanken Otterpelz und kaiserlichen Hermelin mit schwarzer Schwanzspitze wie eine Schreibfeder. Jeder Pelz, mit seiner weichen, prickelnden Masse sibirisches Land morgenweise in sich zusammenfassend, kostete mehrere hundert Rubel. Bech kaufte für seine Mutter zwei Nerze, die gleichsam noch ihr erstarrtes Zähnefletschen zeigten, zwei Silberfüchse für seine derzeitige Geliebte, Norma Latchett, als Besatz eines Mantelkragens (ihr energisches weißes angelsächsisches Kinn sollte in Pelz *ertrinken,* so stellte er es sich vor), einen Hermelin als Spaßpräsent für seine Haussklavin-Schwester in Cincinnati und einen prächtigen Rotfuchs für eine Frau, der er erst noch begegnen mußte. Die mongolische Verkäuferin, auf erhabene Weise unbeeindruckt, addierte alles zu einem 1200 Rubel übersteigenden Betrag und wickelte die Pelze wie Fische in braunes Papier. Er bezahlte mit einem Salat von pastellfarbenen Banknoten und war blank. Bech hatte sich innerlich nicht mehr so leicht, so durch Wohlstand erhoben gefühlt, seit er seine erste Kurzgeschichte über ein Rekrutenausbildungslager verkauft hatte – im Jahre 1943, an *Liberty* für 150 Dollar. Es war eine sehr lustige Geschichte gewesen, ein New Yorker, der sich zwischen lauter Südstaatlern zurechtfinden mußte, und sie fehlt in den meisten Bibliographien.

Sie fuhren schnell ins Sowjetskaja zurück, er und Jekaterina, und packten noch seine letzten Sachen. Er versuchte die Geschenkbücher im Vorraum zu vergessen, aber sie bestand darauf, daß er sie mitnahm. Sie stopften sie in seinen neuen Koffer, zu den Pelzen, den Armbanduhren, dem Bernstein, den klobigen Holzspielsachen, die einen ob ihrer Sperrigkeit zum Rasen bringen konnten. Als sie fertig waren, platzte der Koffer aus allen Nähten und wog mehr als seine beiden anderen Koffer zusammen. Bech gönnte sich einen letzten Blick auf den Kronleuchter, die leere Brandyflasche, das Fenster der Liebenden und die abhörmikrofonbestückten Zimmerwände und schwankte zur Tür hinaus. Kate folgte ihm mit einem Buch und einer Socke, die sie unter dem Bett gefunden hatte.

Alle waren auf dem Flughafen, um ihn zu verabschieden – Bobotschka mit seinen silbernen Zähnen, Myschkin mit seinem Glasauge, der sehnige Amerikaner mit seiner kummervoll-vorsichtigen Miene. Bech schüttelte Skip Reynolds die Hand und küßte die zwei Russen vorbeistreifend auf die Wange. Er wollte auch, einmal dabei, Jekaterina auf die Wange küssen, aber sie drehte ihr Gesicht so, daß ihr Mund dem seinen begegnete, und er wurde sich entsetzt bewußt, daß er mit ihr hätte schlafen sollen. Man hatte das von ihm erwartet. Ihrem leicht süffisanten Lächeln nach zu urteilen nahmen Bobotschka und Myschkin jedenfalls an, daß er es getan hatte. Sie war ihm zu diesem Zweck zur Verfügung gestellt worden. Er war Staatsgast. «Oh, Kate, verzeihen Sie mir, natürlich», sagte er, aber so tolpatschig, daß sie ihn nicht verstanden zu haben schien. Ihr Kuß war farblos gewesen, aber feucht und herzhaft, wie eine gekochte Kartoffel.

Dann war er auf einmal spät dran, es gab eine kleine Panik. Seine Koffer waren noch nicht im Flugzeug. Eine ungeschlachte Person in Blau schnappte sich seine zwei handlichen Koffer und überließ es ihm, den Pappkoffer zur Maschine zu wuchten. Während er über die Rollbahn eilte, platzte das Ding auf. Das eine Schloß gab den Kampf auf, und das andere machte aus Sympathie mit. Die Bücher und Spielsachen wurden verstreut, und die Pelze begannen über die Betonpiste zu wehen, Pelze, hüpfend und schimmernd, als seien sie wieder zum Leben erwacht. Kate zwängte sich durch die Sperre und half ihm, sie einzufangen; gemeinsam schaufelten sie die ganze Beute wieder in den Koffer, bis auf ein Dutzend flatternder Bücher. Sie waren schwer und glatt, in kyrillischen Buchstaben gedruckt wie auf den Kopf gestellte Highschool-Jahrbücher. An einer der Uhren war das Glas gesprungen. Kate schluchzte und zitterte vor Aufregung; ein eisiger Wind trieb Schwaden von Graupeln und Schnee aus dem langen bevorstehenden Winter vor sich her. «Genry, die Bücher!» rief sie, um sich verständlich zu machen. «Sie müssen sie mitnehmen! Es sind Andenken!»

«Schicken Sie sie mir per Post!» brüllte Bech und rannte davon mit dem schrecklichen Koffer unter dem Arm, vor möglichen weiteren Verpflichtungen zurückschreckend. Auch hat er, obwohl in mancher Beziehung ein Mensch unserer Zeit, eine krankhafte Angst davor, eine Maschine zu versäumen oder aus der Hecktoilette zu fallen.

Obwohl das nun schon fünf Jahre her ist, sind die Bücher noch nicht mit der Post eingetroffen. Vielleicht hat Jekaterina Alexandrowna sie als Andenken behalten. Vielleicht sind sie in die kulturelle Frostperiode geraten, die auf Bechs Besuch folgte, und von einem Schneesturm begraben worden. Vielleicht sind sie im Eingangskorridor seines Mietshauses eingetroffen und von einem emigrierten Vandalen gestohlen worden. Oder der Postbote ist doch nicht so findig.

Bech in Rumänien
oder der rumänische Chauffeur

A ls Bech mit einem Astrachan-Hut, den er in Moskau gekauft
hatte, in Bukarest aus dem Flugzeug stieg, erkannten ihn die
Leute von der US-Botschaft nicht, die ihn hatten in Empfang nehmen sollen, und anstatt sich zu erkennen zu geben, setzte er sich
mürrisch auf eine Bank und blickte düster wie ein sowjetischer Ma-
schinenimporteur, während diese jungen Leute hin und her liefen,
in aufgeregtem Englisch miteinander sprachen und ab und zu den
Zollbeamten etwas auf Pidgin-Rumänisch zuriefen, wie es Bech
scheinen wollte. Endlich fielen einem dieser jungen Leute, dem
kleinsten und schlauesten, Princeton 1951 oder so, die abgerunde-
ten Spitzen von Bechs amerikanischen Schuhen auf, und er riskierte
ein vorsichtiges: «Entschuldigen Sie, *pazhalusta,* aber sind Sie –?»

«Könnte sein», sagte Bech. Nach fünf Wochen des Umgangs mit
Kommunisten fühlte er sich in wachsendem Maße versucht, seinen
amerikanischen Landsleuten auszuweichen, sie zu verwirren und
ihnen ein Schnippchen zu schlagen. Außerdem fand er, nachdem er
sich auf den platitüdenreichen, trägen Trott der Dolmetscherver-
ständigung eingestellt hatte, das schnelle Englisch sehr anstren-
gend. So wechselte er mit einiger Erleichterung ein paar Stunden
später aus der konspirativen Gesellschaft seiner Landsleute in die
Obhut eines monarchischen rumänischen Hotels und eines lächelnden Parteihandlangers namens Athanase Petrescu hinüber.

Petrescu, dessen ovales Gesicht ständig von einer Sonnenbrille
und von mehreren runden Heftpflästerchen über einer frischen
Messerrasur geziert war, hatte ‹Taipi›, ‹Pierre›, ‹Leben auf dem Missis-
sippi›, ‹Sister Carrie›, ‹Winesburg›, ‹Ohio›, ‹Über den Fluß und in die
Wälder› und ‹Unterwegs› ins Rumänische übersetzt. Er kannte Bechs
Werk recht gut und sagte: «Ihr Name wurde zwar mit ‹Travel Light›
berühmt, aber ich habe eine Schwäche für ‹Brother Pig›, das Ihre
Kritiker nicht so sehr loben.»

Bech erkannte in Petrescu hinter der bläulichen Wange und den
dunklen Brillengläsern einen demütig in Bücher verliebten Menschen, einen Literaturnarren. Als sie an diesem Nachmittag durch

einen traumhaften Bukarester Park mit Bronzebüsten von Goethe, Puschkin und Victor Hugo neben einem Teich schlenderten, in dem der grünschimmernde Sonnenuntergang silbern überzogen war, erzählte der Übersetzer aufgeregt von einem Dutzend Dingen und teilte Gedanken mit, die er niemandem hatte mitteilen können, während er, allein an seinem Schreibtisch, in die leuchtenden Abgründe und tiefen Geschmacklosigkeiten der amerikanischen Literatur hinabstieg. «Bei Hemingway – und zum Teil gilt das auch für Anderson – besteht das Übersetzerproblem darin, zu verhindern, daß die Einfachheit nicht einfältig wirkt. Denn wir haben hier keine solche Tradition belletristischer Verspieltheit, gegen die Hemingways Stil rebelliert. Können Sie sich die Schwierigkeit vorstellen?»

«Ja. Und wie haben Sie die Sache gedreht?»

Petrescu schien nicht zu verstehen. «Wie – gedreht?»

«Wie haben Sie die einfache Sprache übersetzt, ohne daß sie sich einfältig anhörte?»

«Oh. Indem ich äußerst subtil vorging.»

«Oh. Übrigens – es gibt Leute bei uns in den Staaten, die glauben, daß Hemingway wirklich ein schlichtes Gemüt war. Darüber wird zur Zeit heftig diskutiert.»

Petrescu nahm dies mit einem Nicken auf und sagte: «Ich weiß genau, daß sein Italienisch nicht immer korrekt ist.»

Als Bech in sein Hotel zurückkehrte – es lag an einem Platz, der ringsum von Häusern gesäumt war, die aus staubigem rosa Zuckerwerk gemacht schienen –, wartete eine Nachricht auf ihn: er möchte Phillips in der US-Botschaft anrufen. Phillips war Princeton 1951. Er erkundigte sich: «Was hat man denn so für Sie vorgesehen?»

Über Bechs Besuchsprogramm war kaum gesprochen worden. «Petrescu erwähnte eine Aufführung von ‹Gier unter Ulmen›, die ich mir ansehen könnte. Und wollte mich nach Brasow mitnehmen. Wo liegt Brasow?»

«In Siebenbürgen, eine ganze Ecke von hier, die Gegend, wo Dracula gehaust hat. Aber sagen Sie, können wir offen reden?»

«Wir können es ja mal versuchen.»

«Ich weiß genau, daß diese Leitung angezapft ist, aber sei's drum. Im Land hier siedet es. Der Antisozialismus kommt überall zum Vorschein. Ich vermute, man will Sie aus Bukarest heraus haben, möglichst weit fort von den liberalen Schriftstellern, die unbedingt mit Ihnen sprechen wollen.»

«Mit mir – sind Sie sicher? Nicht vielleicht mit Arthur Miller?»

«Scherz beiseite, Bech, in diesem Land hier gärt es, und wir möchten Sie da mit hineinbringen. Wann treffen Sie mit Taru zusammen?»

«Klopf, klopf. Taru? Taru wer?»

«O Gott, er ist der Vorsitzende der Schriftstellervereinigung – hat Petrescu keinen Termin mit Ihnen ausgemacht? Junge, dann führen sie Sie ja richtig rum um den Hollerbusch. Ich habe Petrescu eine Liste von Schriftstellern gegeben, die Sie sich mal vornehmen können. Ach, ich rufe ihn mal an und mache ein bißchen Wind und sage Ihnen dann gleich Bescheid. Klar?»

«Klar, Tiger.» Bech legte auf, er hatte die Einladung des State Department nur deshalb angenommen, weil er glaubte, er hätte dann eine Zeitlang vor Agenten Ruhe.

Knapp zehn Minuten später krächzte das Telefon mit jenem toten, rasselnden Laut, den es hinter dem Eisernen Vorhang hervorbringt, wenn es läutet. Es war Phillips, atemlos, siegesbewußt. «Sie können mir gratulieren», sagte er. «Ich habe mich wie ein Gangster aufgeführt und *deren* Gangster dazu gebracht, Sie heute abend zu Taru einzuladen.»

«Heute abend?»

Phillips hörte sich gekränkt an. «Sie sind nur vier Abende hier, wissen Sie. Petrescu holt Sie ab. Er sagte, er habe gedacht, Sie wollten sich vielleicht etwas ausruhen.»

«Er ist äußerst subtil.»

«Wie bitte?»

«Ach nichts – *pazhalusta*.»

Petrescu holte Bech in einem schwarzen Wagen ab, der von einer gekrümmten Silhouette gelenkt wurde. Die Schriftstellerunion hatte ihren Sitz am anderen Ende der Stadt, in einer Art Schloß, einem zinnenverzierten Herrenhaus mit einer ausladenden Steintreppe und einer eichengetäfelten Bibliothek, deren Regale über sechs Meter hoch waren. Die Bücher hatten alle Lederrücken. Die Treppen und Zimmer schienen verlassen. Petrescu klopfte an eine hohe Paneeltür aus schwärzlichem Eichenholz mit Angeln im düsteren spanischen Stil. Die Tür ging lautlos auf und gab den Blick frei in ein hohes, schmales Zimmer, behangen mit einem Wandteppich in hellbraun und blau, zu dessen Thema Massen von abgemagerter Soldateska gehörten, die sich einer unergründlichen Beschäftigung hingaben. Hinter einem riesigen, glänzenden, völlig schmucklosen Schreibtisch saß ein makelloser Miniaturmann mit rosigem Gesicht und Haar, das so weiß war wie eine Pusteblume.

Seine rosigen Hände, perfekt gepflegt bis zum kleinsten Fingernagel, waren auf der glänzenden Tischplatte gefaltet und wurden von
ihr reflektiert wie Wasserblumen; sein Gesicht trug einen lächelnden Ausdruck, an dem bis ins kleinste Fältchen hinein nichts mehr
zu verbessern war.

Auf magische Weise begann er jäh zu sprechen wie eine Spiel-
dose. Das war Taru. Petrescu übersetzte: «Sie sind ein literarischer
Mensch. Kennen Sie die Werke unseres Mihail Sadoveanu oder unseres edlen Mihai Beniuc oder vielleicht den wundervollsten Spre-
cher des Volkes, Tudor Arghezi?»

Bech sagte: «Nein, ich fürchte, der einzige rumänische Schriftsteller, den ich kenne, ist Ionesco.»

Der exquisite weißhaarige Mann nickte eifrig und gab eine ganze
Reihe klingelnder Laute von sich, die Bech einfach als «Und wer ist
das?» übersetzt wurden.

Petrescu, der sicher genau über Ionesco informiert war, starrte
Bech mit ausdruckslos-erwartungsvollem Gesicht an. Selbst in diesem Allerheiligsten hatte er die Sonnenbrille nicht abgesetzt. Bech
sagte gereizt: «Ein Dramatiker. Lebt in Paris. Theater des Absurden. Schrieb ‹Die Nashörner›», und er legte einen gekrümmten Zeigefinger an seine kräftige jüdische Nase, um ein Horn zu imitieren.

Taru gab ein feines, niesendes Lachen von sich. Petrescu dolmetschte, lauschte und gab dann die Erwiderung an Bech weiter.
«Er bedauert es sehr, noch nichts von diesem Mann gehört zu haben. Bücher aus dem Westen sind ein Luxus hier, deshalb sind wir
nicht in der Lage, jede neue nihilistische Bewegung zu verfolgen.
Genosse Taru fragt, was Sie während Ihres Aufenthalts in der
Volksrepublik Rumänien zu tun gedenken.»

«Wie ich gehört habe», sagte Bech, «sind hier einige Schriftsteller
an einem Gedankenaustausch mit einem amerikanischen Kollegen
interessiert. Ich glaube, meine Botschaft hat Ihnen eine Liste zuge-
hen lassen.»

Die Spieldosenstimme sprach und sprach. Petrescu hörte aufmerksam zu und gab dann an Bech weiter: «Genosse Taru wünscht
aufrichtig, daß dies der Fall sein möge und bedauert es, daß wegen
der späten Stunde und der Eile, mit der dieses Treffen auf Wunsch
Ihrer Botschaft vereinbart wurde, keine Sekretäre da sind, die diese
Liste ausfindig machen können. Er bedauert es außerdem, daß zu
dieser Jahreszeit viele unserer hervorragenden Schriftsteller sich
zum Baden am Schwarzen Meer aufhalten. Er weist jedoch darauf
hin, daß es in Bukarest eine ausgezeichnete Inszenierung von ‹Gier

unter Ulmen› zu sehen gibt und daß unsere Karpatenstadt Brasow wirklich einen Besuch wert ist. Genosse Taru fühlt sich selber durch viele angenehme Jugenderinnerungen mit Brasow verbunden.»

Taru erhob sich – ein äußerst dramatisches Ereignis im Rahmen des reduzierten Maßstabs, den er um sich aufgebaut hatte. Er sprach, klopfte sich hallend an den kleinen Brustkorb, sprach wieder und lächelte. Petrescu sagte: «Er wünscht, Sie davon in Kenntnis zu setzen, daß er in seiner Jugend viele Gedichtbände veröffentlicht hat, sowohl epischer wie lyrischer Art. Er setzt hinzu: ‹Ein hier entzündetes Feuer› –» und an dieser Stelle klopfte sich Petrescu seinerseits an die Brust in kraftloser Nachahmung – «‹kann nie erstickt werden.›»

Bech stand auf und erwiderte: «In meinem Land entzünden wir Feuer auch hier.» Er berührte seinen Kopf. Seine Bemerkung wurde nicht übersetzt, und nach einer überschwenglichen Zurschaustellung von Höflichkeit seitens des weißhaarigen kleinen Mannes schritten Bech und Petrescu durch das leere Herrenhaus hinunter zu dem wartenden Wagen, der sie ziemlich holprig zum Hotel zurückfuhr.

«Und wie fanden Sie Mr. Taru?» fragte Petrescu unterwegs.

«Er ist eine Puppe», sagte Bech.

«Sie meinen – eine Marionette?»

Bech wandte sich neugierig um, sah aber in Petrescus Gesicht nichts, was mehr verraten hätte als Verwirrung über den Wortsinn. Bech sagte: «Ich bin sicher, Sie haben einen besseren Blick für die Fäden als ich.»

Da sie beide noch nicht gegessen hatten, speisten sie gemeinsam im Hotel; sie sprachen über Faulkner und Hawthorne, während Kellner ihnen Suppe brachten und Kalbfleisch, einen Kontinent von Rußlands Kohlküche entfernt. Eine schlanke Frau auf unbeholfen hohen Absätzen stakste zwischen den Tischen hindurch und sang Schlager aus Italien und Frankreich. Das Mikrofonkabel wikkelte sich ab und zu um ihre Füße, und Bech bewunderte die verschlagene Wildheit, mit der sie sich, ohne ihr glasiertes Lächeln im geringsten zu verändern, wieder freikickte. Bech war lange ohne eine Frau gewesen. Er freute sich schon auf drei weitere Abende an diesem Tisch, an dem er, umgeben von Reisevertretern aus Ostdeutschland und Ungarn, den Anblick dieser schlanken Sängerin würde genießen können. Obwohl ihre Bewegungen eckig waren und ihr Lächeln starr, sah ihr hoher, runder Busen so duftig aus wie ein Soufflé.

Aber morgen, so erklärte Petrescu, sanft lächelnd unter seiner traueräugigen Sonnenbrille, morgen würden sie nach Brasow fahren.

Bech wußte wenig über Rumänien. Er wußte, aus seiner offiziellen Einweisung zu Hause, daß es «eine lateinische Insel in einem slawischen Meer» war, daß während des Zweiten Weltkriegs sein Antisemitismus der wildeste von ganz Europa gewesen war, daß es jetzt die wirtschaftliche Unabhängigkeit vom Sowjetblock anstrebte. Die Wildheit insbesondere interessierte ihn, weil von den vielen menschlichen Konditionen, die sich vorzustellen sein Geschäft war, tödlicher Haß mit zu denen zählte, die ihm am schwersten fielen. Er war Jude. Er konnte gereizt und sogar rachsüchtig sein, aber mörderische Brutalität fehlte in seinem Gefühlshaushalt.

Petrescu holte ihn um neun Uhr im Hotelfoyer ab, nahm ihm den Koffer aus der Hand und führte ihn zu dem Mietwagen. Bei Tageslicht war der Chauffeur ein kleiner aschenfarbener Mann – das Gesicht war wie weiße Asche, das stark gestutzte Schnurrbärtchen wie graue Zigarettenasche und Augen und Haar wie die dunklen Rückstände einer zähen Substanz. Sein Gebaren war nervös, zurückhaltend und geschäftig; Bech hatte den Eindruck einer solchen Stupidität, bei der das Denken selbst für die einfachsten Aufgaben stark angespannt ist. Während sie aus der Stadt hinausfuhren, hupte der Chauffeur ständig, um Fußgänger und Radfahrer auf sein Herannahen aufmerksam zu machen. Sie kamen durch die in Stuck ausgeführten Vorstadtviertel der Vorkriegszeit, die an das südliche Kalifornien erinnerten, passierten die Nachkriegs-Siedlungsblocks im Moskauer Stil, rechteckig, kantig, ohne Licht und Luft, sahen die ketzerische Ganzglas-Ausstellungshalle, die die Rumänen zur Feier des zwanzigsten Jahrestages industriellen Fortschritts im Zeichen des Sozialismus gebaut hatten. Sie hatte die Form einer riesigen Seemannsmütze, und davor stand eine Brancusi-Säule aus Aluminium.

«Brancusi», sagte Bech, «ich wußte gar nicht, daß Sie hier Brancusi anerkennen.»

«Oh, sehr», sagte Petrescu. «Sein Heimatdorf ist eine Gedenkstätte. Ich kann Ihnen viele seiner Frühwerke in unserem Nationalmuseum zeigen.»

«Und Ionesco? Ist er wirklich eine Unperson?»

Petrescu lächelte. «Das eminente Haupt unserer Schriftstellervereinigung», sagte er, «macht Späßchen. Er ist hier bekannt, wird aber noch nicht oft aufgeführt. Studenten lesen vielleicht gemeinsam in ihren Zimmern ein Stück wie ‹Die kahle Sängerin›.»

Bech wurde durch das ständige Hupen des Chauffeurs vom Gespräch abgelenkt. Sie waren jetzt in freiem Gelände und fuhren gerade eine leicht ansteigende Straße entlang mit Bäumen links und rechts, deren Stämme weiß angestrichen waren. Auf den Banketten stapften bündelförmige alte Frauen mit Bündeln auf dem Rücken dahin, kleine Jungen, die Esel antrieben, und Männer in blauer Arbeitskleidung mit leeren Händen. Ihnen allen hupte der Chauffeur sein Warnsignal zu. Seine Stummelhand mit den grauen Fingernägeln flatterte über den Signalknopf und brachte ein aufgeregtes Hupenstammeln hervor, das schon hundert Meter im voraus einsetzte und andauerte, bis die betreffende Person, die gewöhnlich nur den Kopf umwandte und die Brauen zusammenzog, passiert war. Da auf der Straße reger Verkehr herrschte, war die Hupe fast ununterbrochen in Betrieb und ging Bech schon nach der ersten halben Stunde auf die Nerven wie ein Zahnschmerz. Er fragte Petrescu: «Muß er das tun?»

«O ja. Er ist ein gewissenhafter Mensch.»

«Wozu soll denn das gut sein?»

Petrescu, der gerade an einem aufregenden Gedanken über Mark Twains Vernarrtheit in den Apparat des Kapitalismus spann, welcher sein bukolisches Genie untergraben hatte, erklärte nachsichtig: «Das Amt, bei dem wir unsere Wagen mieten, stellt den Fahrer. Sie sind alle sorgfältig für diesen Beruf ausgebildet.»

Bech wurde klar, daß Petrescu selbst nicht fahren konnte. Er lehnte sich im gedankenlosen Vertrauen eines Flugpassagiers in die Polster zurück, Beine übereinandergeschlagen, Sonnenbrille vor den Augen, und gab immer geschliffene Sätze von sich, während Bech sich beklommen vorneigte, den Fuß zum Bremsen gegen den leeren Wagenboden stemmte, an einem nicht vorhandenen Lenkrad drehte, gleichsam im Bemühen, diesem gräßlich unrhythmischen und brutalen Chauffeur die Kontrolle über das Fahrzeug zu entreißen. Wenn sie durch ein Dorf kamen, erhöhte der Mann die Geschwindigkeit und hupte womöglich noch öfter; Trauben von Bauersleuten und Gänsen spritzten fassungslos auseinander, und Bech hatte ein Gefühl, als würden Gänge krachen, die Gänge, die das Denken in Abschnitte einteilen und beschäftigen. Als sie ins Gebirge hinaufkletterten, demonstrierte der Chauffeur seine Kurventechnik: er fuhr an sie heran wie an einen Feind, immer schneller, und trat im letzten Augenblick auf die Bremse, als zerträte er eine

33

Schlange unter den Füßen. Von dem Rucken und Schwanken wurde Petrescu bleich. Seine bläuliche Wange bekam einen feuchten Glanz, und seine Sätze kamen ihm weniger lässig von den Lippen. Bech sagte: «Dieser Fahrer gehört hinter Schloß und Riegel. Er ist krank und gefährlich.»

«Nein, nein, er ist ein tüchtiger Mann. Diese Straßen sind schwierig.»

«Sagen Sie ihm wenigstens, er soll aufhören, an der Hupe zu spielen. Das ist ja eine Tortur.»

Petrescus Brauen wölbten sich, aber er beugte sich vor und sagte etwas auf rumänisch.

Der Chauffeur antwortete; die Sprache klirrte in seinem Mund, obwohl seine Stimme leise war.

Petrescu wandte sich wieder an Bech. «Er sagt, das ist eine Sicherheitsmaßnahme.»

«Ach du lieber Himmel!»

Petrescu war ehrlich verwirrt. Er fragte: «Fahren Sie in den Staaten Ihren eigenen Wagen?»

«Natürlich, das tut bei uns jeder», sagte Bech und warf sich dann vor, daß er diesen Sozialisten gekränkt hatte, der sich der aristokratischen Unbequemlichkeit des Gefahrenwerdens unterwerfen mußte. Im weiteren Verlauf der Fahrt sagte er kein Wort mehr wegen des Chauffeurs. Die matschigen Flachlandfelder mit mittelmeerischen Bauernhäusern hatten inzwischen tannendunklen Berghängen mit Gehöften in mitteleuropäischem Stil Platz gemacht. Auf der höchsten Stelle, wo einst die Grenze Österreich-Ungarns verlief, war frischer Schnee gefallen, und der rücksichtslos durch die Spurrinnen gesteuerte Wagen raste haarscharf an einigen Kindern vorbei, die Schlitten zogen. Von hier bis Brasow war es nur ein Stück abwärts. Sie hielten vor einem neu erbauten pistazienfarbenen Hotel. Bech hatte von der Fahrt Kopfweh bekommen. Petrescu stieg behutsam aus dem Wagen und fuhr sich mit der Zunge über die Lippen; seine Zungenspitze wirkte purpurrot in dem blutleeren Gesicht. Der Chauffeur, so unbewegt wie zusammengefegte Asche, die kein Lufthauch berührt hat, zog seinen grauen Fahrerkittel aus, überprüfte Öl- und Wasserstand und nahm sein Mittagsbrot aus dem Kofferraum. Bech beobachtete ihn genau, suchte ein Zeichen der Befriedigung, irgendeinen verräterisch-boshaften Zug an ihm zu entdecken – vergebens. Seine Augen waren lebendige Flecke, und sein Mund war der Mund des Schülers, der, da er weder stark noch intelligent ist, seine Bedeutungslosigkeit zu einem positiven Charakterzug entwickelt hat, der ihm eine gewisse Ehre macht. Er warf Bech einen ausdruckslosen Blick zu; doch Bech fragte sich, ob der Mann nicht vielleicht etwas Englisch verstand.

In Brasow verbrachten der amerikanische Schriftsteller und sein Begleiter die Zeit ganz harmlos mit der Besichtigung von Sehenswürdigkeiten. Das Stadtmuseum barg bäuerliche Trachten. Das Stadtschloß enthielt Rüstungen. Die lutherische Kathedrale war eine Überraschung; gotische Linienführung und gotischer Maßstab hatten sich hier vermählt mit klarem Glas und einer vornehmen, herben Schmucklosigkeit, die einen, das Gefühl hatte Bech, mit Gott viel zu sehr allein ließ. Er verspürte die Reformation hier als einen verödenden Wind vor vierhundert Jahren. Der Ausblick vom Dach des Hotels war sepiagetönt, und es gab einen leeren Swimmingpool und nassen Schnee auf den durchbrochenen Metallstühlen. Petrescu zitterte vor Kälte und ging hinunter auf sein Zimmer. Bech wechselte die Krawatte und ging hinunter in die Bar. Prikkelnde Musik sprudelte aus den Wänden. Der Barmixer verstand «Martini», wenn er auch Gin und Wermut im Verhältnis eins zu eins mischte. Die Gäste waren größtenteils junge Leute, und viele sprachen Ungarisch, denn Siebenbürgen war nach dem Krieg von Ungarn abgetrennt worden. Ein Jüngling von angenehmer Erscheinung fand, Bechs stockendes Französisch strapazierend, heraus, daß er einen *écrivain* vor sich hatte, und bat um ein Autogramm. Doch dies stellte sich nur als Vorspiel zu dem Vorschlag eines Schreibgeräteaustauschs heraus, bei dem Bech einen sentimental geliebten Esterbrook-Füllhalter verlor und dafür einen namenlosen Kugelschreiber bekam, der rot schrieb. Bech schrieb dreieinhalb Postkarten (an seine Geliebte, seine Mutter, seinen Verleger und die halbe an seinen Redakteur bei *Commentary*), dann gab die rote Mine den Geist auf. Schließlich erschien Petrescu, der weder trank noch rauchte. Bech sagte: «Mein Held, wo waren Sie? Ich habe in Ihrer Abwesenheit vier Martinis konsumiert und bin übers Ohr gehauen worden.»

Petrescu war verlegen. «Ich habe mich rasiert.»

«Rasiert!»

«Ja, es ist demütigend. Ich brauche jeden Tag eine Stunde zum Rasieren, und doch sehe ich nachher noch unrasiert aus, mein Bart ist so stark.»

«Benutzen Sie Klingen?»

«O ja, die besten, und ich brauche jedesmal zwei.»

«Das ist ja die traurigste Geschichte, die ich je gehört habe. Ich schicke Ihnen mal ein paar anständige Klingen, wenn ich wieder zu Hause bin.»

«Bitte nicht. Es gibt keine besseren Klingen als die, die ich benutze. Ich habe einfach einen phänomenalen Bartwuchs.»

«Sie können ihn ja bei Ihrem Ableben der rumänischen Wissenschaft hinterlassen», sagte Bech.

«Sie sind ironisch.»

Im Restaurant wurde getanzt – Twist, Hully Gully und Formationstänze mit viel Gehopse. Amerikanische Tänze hatten sich hier zu unschuldigem Vogelhüpfen entwickelt. Ab und zu sprang ein junger Mann, schlank und das Haar zu einem Papageienkamm gekämmt, in die Höhe und schien in der Luft zu schweben, einen schrillen, palatalen Schrei ausstoßend. Die Männer in Rumänien wirkten leichtfüßiger und modischer als die Frauen, die sich in ihren glockigen Cocktailkleidern mit einer hölzernen Erhabenheit bewegten, die sie vielleicht von ihren bäuerlichen Großmüttern geerbt hatten. Jedes Mädchen, das in der Nähe ihres Tisches vorüberkam, wurde von Petrescu, zunächst ganz ernst, als «typische rumänische Schönheit» bezeichnet.

«Und die da, mit den orangeroten Lippen und Wimpern?»

«Eine typische rumänische Schönheit. Die Backenknochen sind sehr klassisch.»

«Und die Blondine hinter ihr? Die kleine dicke?»

«Auch typisch.»

«Aber sie sind doch so verschieden. Welche ist typischer?»

«Sie sind gleichermaßen typisch. Wir sind eine vollkommene Demokratie.» In den Tanzpausen produzierte sich eine junge Sängerin, die mehr Talent hatte als die in dem Hotel in Bukarest. Sie hatte, wahrscheinlich aus westlichen Filmen, jene schreckliche Manieriertheit des Mühsamen gelernt, durch die jeder Ton, ganz gleich, wie leicht er zu treffen ist oder wie lässig er angegangen wird, dem Gesichtsausdruck die Aura einer ungeheuren Leistung verleiht. Ihr Lächeln am Ende jeder Nummer war eine gelungene Kombination von Verschwörerblinzeln, sublimer Ergebenheit und benommener Selbstbeglückwünschung postkoitaler Euphorie. Doch unter dem Gekünstelten steckte Leben in dem Mädchen. Besonders reizend fand Bech ein italienisches Lied, das mit viel Lippenschmollen, Fingerdrohen und Fäuste-in-die-Hüften-Stemmen dargeboten wurde. Petrescu erklärte ihm, das Lied handle von einer jungen Frau, deren Mann immer auf den Fußballplatz ging und nie bei ihr zu Hause blieb. Bech fragte: «Ist sie auch eine typisch rumänische Schönheit?»

«Ich glaube», sagte Petrescu mit einem Schnurren, das Bech noch nicht an ihm kannte, «sie ist ein typisches kleines Judenmädchen.»

Die Rückfahrt nach Bukarest am nächsten Tag war noch schlimmer als die Herfahrt, denn sie fand zum Teil bei Dunkelheit statt. Der Chauffeur begegnete dieser Herausforderung mit erhöhter Geschwindigkeit und noch heftigerem Hupen. In einer der seltenen Gefahrenpausen, auf einem geraden Straßenstück bei Ploesti, wo nur Öltürme die Flachheit der Landschaft unterbrachen, fragte Bech: «Nun mal im Ernst – merken Sie nicht, daß dieser Mann nicht ganz normal ist?» Fünf Minuten vorher hatte sich der Fahrer zum Rücksitz umgedreht und, gleichmäßige graue Zähne in einem verkrampften Tick von einem Lächeln zeigend, eine Bemerkung über einen toten Hund gemacht, der am Straßenrand lag. Bech vermutete, daß der überwiegende Teil der Bemerkung nicht übersetzt worden war.

Petrescu sagte, die Beine übereinanderschlagend in jener schlaffen, müden Art, die Bech auf die Nerven zu gehen begonnen hatte: «Nein, er ist ein tüchtiger Mann, ein äußerst freundlicher Mann, der seine Aufgabe nur zu ernst nimmt. Darin ist er wie das schöne Judenmädchen, das Sie so sehr bewundert haben.»

«Bei uns zu Hause», sagte Bech, «ist ‹Judenmädchen› ein fast aggressiver Ausdruck.»

«Hier», sagte Petrescu, «ist es ein rein deskriptives Wort. Unterhalten wir uns über Herman Melville. Ist es möglich für Sie, daß ‹Pierre› ein noch größeres Werk ist als ‹Moby Dick›?»

«Ich glaube nicht, daß das möglich ist für mich.»

«Jetzt machen Sie sich über mein Englisch lustig. Bitte, entschuldigen Sie, ich werde leicht reisekrank, das hat meine Gedanken entsammelt.»

«Unser Chauffeur würde jedem die Gedanken entsammeln. Ist es möglich, daß er der verblichene Adolf Hitler ist, den Graf Dracula am Leben erhalten hat?»

«Ich glaube nicht. Der Aufstand unseres Volkes im Jahre 1944 hat glücklicherweise die Faschisten ausgerottet.»

«Sehr schön. A propos Melville – haben Sie einmal ‹Omoo› gelesen?»

Melville war zufällig Bechs amerikanischer Lieblingsautor, in dem er die zwei Kräfte vereinigt fühlte, die später mit Dreiser und

James getrennte Wege gingen. Während des ganzen Abendessens – wieder ins Hotel zurückgekehrt – hielt er Petrescu einen Vortrag über Melville. «Keiner», sagte Bech – er hatte eine ganze Flasche rumänischen Weißweins bestellt, und seine Zunge war so lebhaft wie ein Schmetterling – «keiner ist mutiger unserem einheimischen Terror entgegengetreten. Er hat genau zwischen seine weit auseinanderstehenden kleinen Schweinsaugen gezielt, und dabei ist sein Genius zerbrochen wie eine Lanze.» Er schenkte sich noch mehr Wein ein. Die Hotelsängerin, die, wie Bech jetzt feststellte, vorstehende Zähne und linkische Beine hatte, stakste zu ihrem Tisch, entwirrte ihren Fuß aus dem Mikrofonkabel und erfreute sie mit einer französischen Version von ‹Some Enchanted Evening›.

«Sind Sie nicht der Ansicht», sagte Petrescu, «daß auch Hawthorne genau zwischen die Augen gezielt hat? Und der lakonische Ambrose Bierce?»

«Quelque soir enchanté», sang das Mädchen, und Augen, Zähne und Ohrringe blitzten wie die Facetten eines Kronleuchters.

«Hawthorne hat geblinzelt», verkündete Bech, «und Bierce hat geschielt.»

«Vous verrez l'étranger . . .»

«Ich mache mir Sorgen um Sie, Petrescu», fuhr Bech fort. «Müssen Sie nie nach Hause gehen? Gibt es keine Mrs. Petrescu, Frau oder Madame oder was auch immer, eine typische rumänische – na ja, egal.» Er fühlte sich unvermittelt sehr einsam.

Im Bett, nachdem das Zimmer das leise Schwanken einstellte, mit dem es sein Eintreten begrüßt hatte, erinnerte er sich an den Chauffeur, und das totengraue Gesicht des Mannes mit dem ordentlich gekämmten Haar darüber dünkte ihn das Gesicht alles Verfaulten, Abgestandenen, Dummen und Unkontrollierbaren auf der Welt. Er hatte diesen krampfhaften Tick eines Lächelns schon einmal gesehen. Wo? Da fiel es ihm wieder ein. West Eighty-sixth Street, auf dem Heimweg vom Riverside Park, ein Spielgefährte aus seiner Kindheit, mit dem er immer stritt und ständig den kürzeren zog, obwohl er immer recht hatte. Bei ihrem häßlichsten Streit war es um Comics gegangen, ob der Zeichner – sagen wir Segar, der Popeye zeichnete, oder Harold Gray von Little Orphan Annie – ob der Zeichner bei der Wiederholung von einem Bild zum andern, Tag für Tag, die Gesichter durchpauste oder nicht. Bech hatte behauptet, daß er das nicht tat. Der andere Junge hatte behauptet, daß er irgendeine Schablonentechnik benutzte. Bech versuchte zu erklären, daß die Sache gar nicht so schwierig war, daß genauso, wie man immer die gleiche Handschrift hat . – Der andere Junge, dessen Gesicht sich verfinsterte, sagte, das sei nicht möglich. Bech erklärte, was er so deutlich empfand, nämlich daß den Menschen mit ein wenig Übung und Talent alles möglich sei und daß die Mühelosigkeit und Variation jedes neuen Bildes im Comic-Streifen doch bewies. – Das Gesicht des anderen hatte sich völlig verschlossen, unmenschlich dicht verschlossen, indem es sich ständig «Nein, nein, nein» schüttelte, und Bech, ängstlich und wütend werdend zugleich, versuchte den anderen Jungen mit seinen Fäusten zu enthaupten, und der Junge bekam statt dessen ihn zu packen und drückte sein Gesicht in die Krümel aus Sand und Glas, die den betonierten Durchgang zwischen zwei Mietshäusern bedeckten. Diese nicht weggefegten kantigen Stücke, eine Art städtischer Humusboden, hatten sich unter seinen Augen vergrößert, und diese Erfahrung, diese Vergrößerung jener unbedeutenden Mineralteilchen unter Schmerzen, hatte, vielleicht, eine Vision geschaffen. Jedenfalls wollte es Bech, als er in den Schlaf hinüberglitt, scheinen, daß seine künstlerischen Gaben vergeudet worden waren in dem Bemühen, jenen Augenblick stechend-brennender Präzision wiedereinzufangen.

Der nächste Tag war sein letzter ganzer Tag in Rumänien. Petrescu besuchte mit ihm ein Kunstmuseum, wo inmitten vieler ethnischer Poster, die sich als Gemälde ausgaben, einige wenige Skizzen und modellierte Köpfe des jungen Brancusi wie Heiligengebeine rochen. Die zwei Männer zogen weiter zur «Zwanzig Jahre Industrie»-Ausstellung und bewunderten Reihen von bunt angestrichenen Maschinen – protzige Jetons in irgendeinem großen internationalen Spiel. Sie besuchten Läden, und überall spürte Bech, wie sich eine verdorrte, fröhliche Eleganz, wie auf einer Umlaufbahn, durch das düster-massive Metall des Sowjetismus auf eine Wiedergeburt von so etwas wie Stil zubewegte. Doch in Rußland hatte er eine zähe und heroische Naivität angetroffen, die er hier vermißte, wo etwas Achselzuckendes, Schlaffes Raum für eine Neigung zum aktiv Bösen zu lassen schien. Am Abend sahen sie sich ‹Patima de Sub Ulmi› an.

Ihr Chauffeur, der sie bis zur Pforte des Theaters fuhr, steuerte seinen Wagen eine von Fußgängern belebte geschwungene Auffahrt hinauf. Die im Scheinwerferlicht eingefangenen Leute waren verblüfft; Bech trat mit dem Fuß auf eine imaginäre Bremse, und Petrescu stieß einen knurrenden Laut aus und stemmte sich auf seinem Sitz nach hinten. Der Chauffeur tippte ständig auf die Hupe – ein irres, hartnäckiges Hupgestammel –, und die Menge machte um den Wagen herum Platz. Bech und Petrescu traten bei der Eingangstür in die schwüle Atmosphäre eines Volksauflaufs hinaus. Als der Chauffeur, das kindliche, kleinnasige Profil angespannt gesammelt, den Wagen rückwärts durch die Menge zur Straße zurückstieß, schlugen Fäuste gegen die Kotflügel.

Im Foyer in Sicherheit, nahm Petrescu seine Brille ab, um sich übers Gesicht zu wischen. Seine Augen waren von zartem, vorquellendem Blau, umgeben von gelblich verfärbtem Weiß; ein Gelehrtenzucken pulste im linken unteren Lid. «Wissen Sie», vertraute er Bech an, «dieser Mann, unser Chauffeur. Nicht alles ist richtig bei ihm.»

«Könnte sein», sagte Bech.

O'Neills darbende New England-Farmer wurden als russische Muschiks gespielt; sie trugen Kittel mit breiten Gürteln und hohe schwarze Stiefel und schlugen einander ständig auf den Rücken. Aus Abbie Cabot war eine typisch rumänische Schönheit zehn Jahre jenseits ihrer Blüte geworden, mit einem Schönheitspflästerchen auf der einen Wange und kunstvoll nackten Armen so schlank wie ein Schwanenhals. Da sie in der Mitte der zweiten Reihe saßen, hatte Bech eine gute, wenn auch nur gelegentliche Einsicht in ihren Ausschnitt, und so baute er sich, im ungewissen darüber, wann der Handlungsablauf sie in eine günstige Position brachte, recht zufrieden seine eigene Spannung auf. Aber Petrescu, dessen Treue zur amerikanischen Literatur sich über Gebühr strapaziert fühlte, bestand darauf, daß sie nach dem ersten Akt gingen. «Falsch, falsch», klagte er. «Sogar die Mistgabeln waren falsch.»

«Ich werde veranlassen, daß Sie vom State Department echte amerikanische Mistgabeln geschickt bekommen», versprach Bech.

«Und das Mädchen – das Mädchen ist nicht so, ist keine Kokette. Sie ist eine religiöse Naive, in wirtschaftlicher Notlage.»

«Na ja, kratz ein bißchen an einer Naiven und du findest darunter eine Kokette.»

«Das ist Ihre Gutmütigkeit, daß Sie Witze machen, aber ich schäme mich, daß Sie eine solche Travestie gesehen haben. Jetzt ist unser Chauffeur nicht da. Wir sind erledigt.»

Die Straße vor dem Theater, vorhin noch so belebt, lag leer und dunkel da. Ein einzelnes Paar kam langsam auf sie zugeschritten. Mit surrealistischer Plötzlichkeit umarmte Petrescu den Mann, wobei er ihm auf den Rücken schlug, und küßte dann die ruhig hingestreckte Hand der Frau. Das Paar wurde Bech als «ein glänzender junger Schriftsteller und seine bemerkenswert hinreißende Frau» vorgestellt. Der Mann, phlegmatisch und abweisend, trug eine randlose Brille und einen dicken karrierten Überzieher. Die Frau war hager; ihr Gesicht, potentiell hübsch, war durch den nervlichen Intelligenzstress bis auf die Knochen abgenutzt. Sie hatte einen Schnupfen und schnelle, aber begrenzte Englischkenntnisse. «Haben Sie eine Liebe für das?» fragte sie.

Bech schloß aus ihrer Geste, daß sie ganz Rumänien meinte. «O ja», antwortete er. «Nach Rußland erscheint es sehr zivilisiert.»

«Und wer ist das nicht?» gab sie zurück. «Was lieben Sie am meisten?»

Petrescu schaltete sich spitzbübisch ein. «Er hat eine Leidenschaft für Nachtclubsängerinnen.»

Die Frau übersetzte dies ihrem Mann; er nahm die Hände aus seinem Überzieher und klatschte mit den Händen. Er trug Lederhandschuhe, und das hörte sich recht laut an auf der verlassenen Straße. Er sagte etwas, und Petrescu übersetzte: «Er sagt, wir sollten Sie deshalb als Gastgeber in den bekanntesten Nachtclub von Bukarest führen, wo Sie viele Sängerinnen sehen werden, eine herrlicher als die andere.»

«Aber wollten sie nicht irgendwohin gehen?» fragte Bech. «Wollten sie nicht nach Hause?» Es bereitete ihm Kopfzerbrechen, daß Kommunisten nie nach Hause zu gehen schienen.

«Für was?» rief die Frau.

«Sie haben einen Schnupfen», sagte Bech zu ihr. Ihre Augen blickten verständnislos. Er faßte sich an seine Nase, die so viel größer war als die ihre. *«Un rhume.»*

«Puh», sagte sie. «Ist vorbei morgen.»

Der Schriftsteller hatte einen Wagen, und er fuhr sie mit der Behutsamkeit eines Tretboots durch ein Gewirr von Gassen, überragt von Fassadensimsen, die an Tortenguß erinnerten, an brechende Wogen, Muscheln, Löwentatzen, Einhornhörner und Kumuluswolken. Sie hielten gegenüber einem blauen Schild und gingen durch einen grünen Torbogen und eine gelbe Treppe hinunter. Musik wehte von der einen und ein Garderobenmädchen in Netztrikothosen von der anderen Seite auf sie zu. Bech war, als träume er von einem amerikanischen Nachtclub, der dabei die Träumen eigentümliche Geräumigkeit annahm. Der Hauptraum war aus mehreren Kellern zusammengezaubert – eine Höhle unter Juweliergeschäften und Gemüseläden. Tische waren in aufsteigenden Rängen um eine Mittelfläche herum angeordnet. Dort sprach ein Mann mit roter Perücke und getuschten Wimpern affektiert in ein Mikrofon. Dann sang er mit der Stimme eines zu spät kastrierten Chorknaben. Ein Kellner tauchte auf. Bech bestellte Scotch, der andere Schriftsteller Wodka, seine Frau einen Cognac und Petrescu eine Flasche Mineralwasser. Drei als ziemlich hüllenlose Radfahrerinnen gekleidete Mädchen erschienen zusammen mit einem Zwerg auf einem Einrad und vollführten mit unbeweglichen Gesichtern einige Tanzdrehungen zu Musikbegleitung, während er zwischen ihnen herumradelte und dabei an Schleifen zog und BH-Träger verschob. «Typische polnische Schönheiten», erklärte Petrescu in Bechs Ohr. Er und die Frau des Schriftstellers saßen auf dem Rang hinter Bech. Zwei Frauen, die eine noch ein Teenager, die andere eine korpulente, ältere Blondine, vielleicht ihre Mutter, beide in silberglänzenden, mit Ziermünzen behafteten Kostümen, brachten eine hypnotische, langweilige Nummer mit gefärbten Tauben, warfen sie in die Luft, sahen ihnen nach, wie sie durch die Schatten des Nachtclubs kreisten, und streckten die Handgelenke zu ihrer Rückkehr hin. Sie jonglierten mit den Tauben, reichten sie zwischen ihren Beinen hindurch, und als Höhepunkt fütterte die ältere Blondine eine aquamarinfarbene Taube mit Körnern, die sie zwischen den Lippen hielt, und holte dann alle Tauben an ihren Mund. «Tschechinnen», erklärte Petrescu. Der Zeremonienmeister erschien wieder in blauer Perücke und Torerojacke und brachte eine lustige Zwischennummer gemeinsam mit dem Zwerg, den man mit Hörnern aus Pappmaché ausgestattet hatte. Ein Mädchen aus der DDR, flachshaarig und apfelbäckig, mit den glatten Säulenbeinen der frühen Jugend, kam in einem minimalen Cowgirlaufzug ans Mikrofon und sang ‹Dip in the Hot of Texas› und ‹Allo Cindy Lou, Gootbye Hot›. Sie zog zwei Pistolen aus dem Gürtel und bekam viel proamerikanischen Applaus, aber Bech war bei seinem dritten Scotch und brauchte seine Hände, um Zigaretten zu halten. Der rumänische Schriftsteller saß neben ihm am Tisch, eine Karaffe mit Wodka vor sich, und starrte stur auf die Darbietungen. Er sah aus wie der junge Theodore Roosevelt oder vielleicht McGeorge Bundy. Seine Frau beugte sich vor und flüsterte Bech zu: «Ist genau wie zu Hause, hey? Wie Texas?» Er entschied sich dafür, daß das sarkastisch gemeint war. Ein dicker Mann in einem weitgeschnittenen kastanienbraunen Smoking stellte einen langen Tisch auf und ließ acht Teller auf der Spitze von biegsamen Stöcken wirbeln. Bech fand das kolossal, aber der Mann wurde ausgebuht. Ein rührendes schwarzhaariges

Mädchen aus Bulgarien sang stockend drei atonale Volkslieder in eine etwas betretene Stille hinein. Drei Frauen hinter Bech begannen zischelnd zu schwatzen. Bech drehte sich zurechtweisend um und wunderte sich über die Größe ihrer Armbanduhren, die so bullig waren wie Herrenarmbanduhren, wie in Rußland. Auch hatte er beim Kopfwenden Petrescu und die Frau des Schriftstellers dabei ertappt, wie sie sich an den Händen hielten. Obwohl Mitternacht vorüber war, kamen noch immer neue Gäste, und die Darbietungen gingen weiter. Die Polinnen kamen noch einmal wieder, als Ponies verkleidet, und sprangen durch Reifen, die der Zwerg ihnen hinhielt. Der Zeremonienmeister erschien in gestreiftem Badeanzug und schwarzer Perücke und brachte mit dem Zwerg zusammen eine Nummer, bei der eine Trittleiter und ein Eimer Wasser eine Rolle spielten. Eine schwarze Tänzerin aus Ghana wirbelte im Dunkeln mit Fackeln und klatschte dabei mit nackten Fußsohlen auf den Boden. Vier lettische Akrobaten produzierten sich auf einem Trampolin und einer Wippe. Das tschechische Mutter-Tochter-Paar trat noch einmal auf, zwar in anderem Kostüm – nicht mehr silberglitzernd, sondern goldglitzernd –, aber die Nummer war die gleiche, die Tauben schwirrten auf, kreisten und kehrten zurück, um Körner zwischen den Lippen der Mutter herauszupicken. Dann kamen fünf Chinesinnen aus der Äußeren Mongolei und –

«Mein Gott», sagte Bech, «hört das nie auf? Ihr Kommunisten seid ja unersättlich im Vergnügen.»

Die Frau des Schriftstellers sagte: «Für sein Geld bekommt man was wirklich.»

Petrescu und sie berieten sich kurz und kamen zu dem Schluß, daß es Zeit sei zu gehen. Eine der großen Armbanduhren hinter Bech sagte zwei Uhr. Beim Hinausgehen mußten sie einen Bogen um die Chinesinnen machen, die ihre in enge beigefarbene Bikinis gekleidete Körper in einem Wirbelspiel von bunten Fahnen abwechselnd preisgaben und verhüllten. Eines der Mädchen warf Bech einen Blick von der Seite zu, und er antwortete mit einer Kußhand – wie aus einem Zugfenster. Ihre gelben Körper dünkten ihn zerbrechlich; er hatte das Gefühl, ihre Knochen hätten sich, wie die Knochen von Vögeln, mit der Zeit hohl entwickelt, um leichter zu werden. Am Ausgang der Kellerhöhle redete der feminine Zeremonienmeister in einem Papageienkopfschmuck auf das Garderobenmädchen ein. Seine Absichten waren eindeutig heterosexuell; Bech drehte sich der Kopf ob solcher Duplizität. Obwohl man ihm das Gewicht seines Mantels auferlegte, schwebte er wie ein Ballon die gelbe Treppe hinauf, polterte hinaus durch die grüne Tür und stand dann unter der Straßenlaterne und inhalierte jede Menge blauer rumänischer Nacht.

Er fühlte sich zur Konfrontation mit dem anderen Schriftsteller verpflichtet. Sie standen beide auf dem kopfsteingepflasterten Bürgersteig wie auf den gegenüberliegenden Seiten einer transparenten Wand, deren eine Seite mit Scotch und deren andere Seite mit Wodka lackiert war. Die randlose Brille des anderen war beschlagen, und die Ähnlichkeit mit Teddy Roosevelt hatte sich verflüchtigt. Bech fragte ihn: «Worüber schreiben Sie?»

Die Frau, die sich die Nase mit einem Taschentuch betupfte und mit Mühe ein Husten unterdrückte, übersetzte die Frage und die Antwort, die sehr kurz war. «Bauern», sagte sie zu Bech. «Er möchte wissen, worüber *Sie* schreiben?»

Bech sprach ihn direkt an. *«La bourgeoisie»*, sagte er; und das vervollständigte den Kulturaustausch. Behutsam rumpelnd und schaukelnd brachte ihn der Wagen des Schriftstellers zu seinem Hotel zurück, wo sich Bech in den tiefen, keiner Rechtfertigung bedürfenden Schlaf des Gesättigten fallen ließ.

Die Maschine nach Sofia verließ Bukarest am nächsten Morgen. Petrescu und der Chauffeur mit dem aschgrauen Gesicht kamen in den hohen Fin de siècle-Speisesaal, um Bech abzuholen, der noch beim Frühstück saß – *jus d'orange, des croissants avec du beurre* und *une omelette aux fines herbes*. Petrescu wußte zu berichten, daß der Chauffeur zum Theater zurückgefahren war und gewartet hatte, bis Platzanweiser und das übrige Personal nach Mitternacht gegangen waren. Aber der Mann schien nicht nachtragend zu sein und warf Bech im fahlen Morgenlicht das Bruchstück eines Lächelns zu, einen *risus sardonicus,* an dem seine Augen nicht beteiligt waren. Auf der Fahrt zum Flughafen scheuchte er einen Schwarm Hühner auseinander, den eine alte Frau gerade über die Straße lockte, und zwang einen Militärtransport-Lastwagen zum Ausweichen aufs Bankett, während die Soldaten auf der Ladefläche Zeichen machten und johlten. Bechs Magen rebellierte und badete die *fines herbes* seines Frühstücks in Säure. Das endlose Trommeln auf die Hupe war wie ein Nagen an seinen sämtlichen Nervenenden. Petrescu verzog den Mund und seufzte durch die Nase. «Ich bedaure sehr», sagte er, «daß wir die Gelegenheit nicht besser genutzt haben, um über Ihre aufregenden Zeitgenossen zu sprechen.»

«Die lese ich nie. Sie sind zu aufregend», sagte Bech, als sie gerade ganz dicht an einer Reihe uniformierter Kinder vorbeiflogen und ein Feldarbeiter sich mit einer Schubkarre in Sicherheit brachte, daß einige Kartoffeln herunterkollerten. Der Tag war verhangen über den lehmig-tiefen Feldern und den Bäumen am Straßenrand mit ihren weißgestrichenen Stämmen. «Warum», fragte er, denn er hatte nicht die Absicht gehabt, unhöflich zu sein, «sind diese Bäume alle gestrichen?»

«Ja, stimmt», sagte Petrescu. «Mir ist das in all meinen Jahren noch nicht aufgefallen. Vermutlich ist es eine Maßnahme zur Insektenbekämpfung.»

Der Chauffeur sprach etwas auf rumänisch, und Petrescu informierte Bech: «Er sagt, es ist wegen der Autoscheinwerfer, bei Nacht. Immer denkt er an seinen Beruf.»

Auf dem Flughafen waren alle Amerikaner versammelt, die Bech vor vier Tagen hatten in Empfang nehmen wollen. Petrescu gab sogleich wie ein Bestechungsangebot den Namen des Schriftstellers preis, den sie am Abend zuvor getroffen hatten, und Phillips sagte zu Bech: «Sie haben den Abend zusammen mit *ihm* verbracht? Fabelhaft. Er steht ganz oben auf der Liste, Mann. Wir haben ihn noch nie erwischt. Er war immer unerreichbar.»

«Untersetzter Bursche mit Brille?» fragte Bech, seine Augen abschirmend. Phillips war so entzückt, das war wie ein helles Licht zu früh am Tag.

«Das ist er. Nach unserer Ansicht der heißeste rote Schriftsteller diesseits von Solschenizyn. Ausgeflippt. Bewußtseinsstrom, keine Interpunktion, alles. Bringt sogar etwas Sex.»

«Ein rotglühendes Eisen sozusagen», sagte Bech.

«Wie? Ja, sehr gut. Aber im Ernst, was hat er denn zu Ihnen gesagt?»

«Er hat gesagt, er läuft zum Westen über, sowie seine Hemden aus der Wäscherei zurück sind.»

«Und wir haben *La Caverne Bleue* besucht», sagte Petrescu.

«Mann», sagte Phillips, «dann sind Sie ja wirklich in den Untergrund gegangen.»

«Ich komme mir», sagte Bech bescheiden, «wie eine Art tieffliegende U-2 vor.»

«Scherz beiseite, Henry –» Phillips faßte Bech an den Armen und drückte sie – «hört sich ja an, als hätten Sie eine tolle Arbeit für uns geleistet. Danke, Freund.»

Bech umarmte alle zum Abschied – Phillips, den Geschäftsträger, den stellvertretenden Geschäftsträger, den zwölfjährigen Neffen des Botschafters, der in der Nähe des Flughafens Bogenschießunterricht nahm und gleich wieder fortrannte. Bech hob sich Petrescu für zuletzt auf und schlug ihm auf den Rücken, denn der Mann hatte ihn wieder an etwas erinnert, was er in Amerika zu vergessen versucht war, nämlich daß Lesen der beste Teil im Leben eines Menschen sein kann.

«Ich schicke Ihnen Rasierklingen», versprach er, denn bei der Umarmung hatte ihn Petrescus Bart gekratzt.

«Nein, nein, ich kaufe schon die besten. Schicken Sie mir Bücher, ganz gleich, was für welche!»

Die Maschine dröhnte startbereit auf, und erst als er sicher oder schicksalhaft in ihr verschlossen war, erinnerte sich Bech des Chauffeurs. Im Durcheinander der Formalitäten und des Gepäckabfertigens hatte er sich nicht von ihm verabschiedet. Schlimmer noch – er hatte das Trinkgeld vergessen. Die Leu-Scheine, die Bech dafür beiseite getan hatte, steckten noch zusammengefaltet in seiner Brieftasche, und sein Anfall von Schuldgefühl machte, als die Startbahn und die dunklen Felder sich neigten und unter ihm kleiner wurden, einer rachsüchtigen Befriedigung und einem frohen Losgelöstsein Platz. Wolken löschten die Landschaft aus. Er wurde sich bewußt, daß er vier Tage lang in Angst gelebt hatte. Der Mann neben ihm, ein stattlich gebauter Slawe, dessen kahle Stirn von beklommenem Schweiß beperlt war, drehte sich um und vertraute ihm etwas Unverständliches an, und Bech sagte: *«Pardon, je ne comprends pas. Je suis Américain.»*

Die bulgarische Dichterin

«Ihre Gedichte – sind sie schwierig?»

Sie lächelte. Nicht gewohnt, englisch zu sprechen, zeichnete sie mit zwei leicht zusammengelegten Fingern, die eine imaginäre Feder hielten, eine Linie in die Luft und antwortete langsam: «Sie sind schwierig – zu schreiben.»

Er lachte, verblüfft und entzückt. «Aber nicht zu lesen?»

Sein Lachen schien sie zu verwirren, doch sie ließ das Lächeln nicht erlöschen, obgleich es sich in den Winkeln defensiv-weiblich verdunkelte. «Ich glaube», sagte sie, «nicht so sehr.»

«Gut.» Gedankenlos wiederholte er: «Gut», entwaffnet durch ihre unerwartete Aufrichtigkeit. Er war selbst Schriftsteller, dieser junge Mann um die Vierzig, Henry Bech, mit seinem schon etwas schütteren lockigen Haar und der melancholischen jüdischen Nase, Autor eines guten Buches und dreier anderer, wobei das gute sein Erstlingswerk war. Er hatte, gewissermaßen aus Vergeßlichkeit, nicht geheiratet. Sein Ansehen war in dem Maß gewachsen, wie seine Kräfte abnahmen. Während er spürte, wie er mit seinen Büchern immer tiefer in eine eklektische Sexualität und einen Bravournarzißmus hineingeriet, während seine Suche nach schlichter Wahrheit ihn weiter und weiter in trügerische Bereiche der Phantasie und schließlich des Schweigens führte, wurde er immer hartnäckiger von Ehrungen verfolgt, von entschlossenen Exegeten, von arroganten Verehrern – Studenten zum Beispiel, die tausend Meilen per Anhalter zurückgelegt hatten, um seine Hand zu berühren –, von quengelnden Übersetzern, von Ernennungen zum Ehrenvorsitzenden aller möglichen Gesellschaften, von Einladungen, zu «sprechen», zu «lesen» oder an Symposien teilzunehmen, die irgendwelche ehrgeizigen Bildmagazine in schamloser Verbindung mit ehrwürdigen Universitäten durchführten. Ja, seine Regierung machte ihm, in erhaben ungestempelten Umschlägen aus Washington, den Vorschlag, als kultureller Botschafter in die andere Hälfte der Welt zu reisen, in die feindliche, geheimnisvolle Hälfte. Fast automatisch, aber mit der leisen Hoffnung, auf diese Weise die Last seiner selbst abschütteln zu können, erklärte er sich einverstanden.

Mit einem Paß versehen, dem so viele Visa beigeheftet waren, daß er flatterte, wenn er aus der Tasche gezogen wurde, schwebte Bech in die düsteren Flughäfen kommunistischer Großstädte ein.

Als er in Sofia eintraf, hatte tags zuvor eine Gruppe bulgarischer und afrikanischer Studenten die Fenster der amerikanischen Gesandtschaft eingeworfen und einen umgestürzten Chevrolet angezündet. Der Leiter der Kulturabteilung, bleich von einer schlaflosen, auf Wachposten verbrachten Nacht, stopfte sich auf der Fahrt zum Hotel mit zitternden Fingern eine Pfeife und riet Bech dringend, Menschenansammlungen aus dem Weg zu gehen. In der Hotelhalle wimmelte es von Negern in schwarzen Wollfesen und spitzen europäischen Schuhen. Bech, der seinen in Moskau erstandenen Astrachanhut als unvollkommene Verkleidung empfand, ging auf den Fahrstuhl zu, dessen Führer ihn auf deutsch ansprach. «Ja, vier», antwortete Bech, ebenfalls auf deutsch, «danke.» Er bestellte sich telefonisch in seinem schlechten Französisch etwas zu essen aufs Zimmer, blieb den ganzen Abend dort sitzen, hinter verschlossener Tür, und las Erzählungen von Hawthorne. Er hatte den Band auf einem Fensterbrett der Gesandtschaft gefunden, das noch mit Glasscherben bedeckt war. Einige gebogene funkelnde Splitter fielen zwischen den Seiten heraus auf seine Bettdecke. Die Schilderung, wie Roger Malvin mutterseelenallein sterbend im Wald liegt – «Der Tod würde mit gespenstischer Langsamkeit auf ihn zukommen, würde sich durch den Wald heranschleichen, näher und näher, und mit seinem bleichen, starren Gesicht bald hinter diesem, bald hinter jenem Baum hervorspähen» –, erschreckte ihn. Bech schlief früh ein und hatte quälende Heimwehträume. Es war Thanksgiving Day gewesen.

Als er sich am Morgen zum Frühstück hinunterwagte, stellte er zu seiner Überraschung fest, daß das Restaurant geöffnet, das Personal umgänglich, der Kaffee heiß, wenn auch sirupsüß war und daß es sogar Eier gab. Draußen bot sich Sofia sonnig dar und hatte (abgesehen von ein paar finsteren Blicken, die Bechs amerikanischen Schuhen galten) nichts gegen seinen Stadtbummel einzuwenden. Stiefmütterchen, die flach und spröde wie gepreßte Blumen aussahen, bildeten in den Beeten der Anlagen ein Rautenmuster. Frauen mit einem Hauch von westlichem Chic promenierten ohne Hut im Park hinter dem Dimitrov-Mausoleum. Bech entdeckte eine Moschee, ein Sortiment von Straßenbahnwagen aus den ältesten Erinnerungswinkeln seiner Kindheit und einen sprechenden Baum – das heißt, er war so voller Vögel, daß er unter ihrem Gewicht schwankte und wie ein riesiger belaubter Lautsprecher tschilpende Töne von sich gab. Dieser Baum war die Umkehrung von Bechs Hotel, dessen stumme Wände wahrscheinlich Abhörmikrofone enthielten. Die Elektrizität war in der sozialistischen Welt etwas unerklärlich Geheimnisvolles. Lichter gingen aus, ohne daß man den Schalter betätigt hatte, und Radios begannen von selbst zu spielen. Telefone läuteten mitten in der Nacht und atmeten einem wortlos ins Ohr. Vor sechs Wochen, beim Abflug von New York City, hatte Bech erwartet, Moskau als ein strahlend-helles Gegenstück der Stadt am Hudson vorzufinden; statt dessen sah er durch das Flugzeugfenster einen Strang zusammengeballter Lichter, der auf dieser riesigen schwarzen Ebene nicht heller leuchtete als ein Mädchenkörper in einem dunklen Zimmer.

Unweit des sprechenden Baumes befand sich die amerikanische Gesandtschaft. Der Bürgersteig, auf dem noch Haufen von zerbrochenem Glas lagen, war mit Seilen abgesperrt, so daß die Fußgänger in den Rinnstein ausweichen mußten. Bech löste sich aus dem Menschenstrom, überquerte die kleine Einöde des Trottoirs, lächelte den bulgarischen Milizsoldaten zu, die verdrossen die edelsteinglitzernden Scherben bewachten, und zog die bronzene Tür auf. Der Mann von der Kulturabteilung war nach einer ruhigen, im Bett verbrachten Nacht wesentlich munterer. Er klemmte sich die Pfeife zwischen die Zähne und reichte Bech eine kurze Namenliste. «Sie werden um elf Uhr im Schriftstellerverband erwartet. Das hier sind die Schriftsteller, die Ihnen für ein Gespräch zur Verfügung stehen. Unseres Wissens gehören sie zu den Fortschrittlichen.»

Begriffe wie ‹fortschrittlich› und ‹liberal› hatten in dieser Welt eine Bedeutungsveränderung erfahren. Manchmal kam es Bech in der Tat so vor, als wäre er durch einen Spiegel getreten, einen schmierigen, fleckigen Spiegel, der ein mattes Bild der kapitalistischen Welt reflektierte: in seinen trüben Tiefen war alles ähnlich, nur eben seitenverkehrt. Einer der Namen endete auf – ova. Bech sagte: «Eine Frau.»

«Eine Dichterin.» Der Kulturmensch beschäftigte sich angelegentlich mit seiner Pfeife, stocherte in dem Tabak herum, zog, paffte. «Sehr beliebt anscheinend. Ihre Bücher sind sehr schwer erhältlich.»

«Haben Sie irgendwas von diesen Leuten gelesen?»

«Ich will ganz offen zu Ihnen sein – meine Kenntnisse der bulgarischen Sprache reichen mit knapper Not zur Zeitungslektüre.»

«Aber was in der Zeitung steht, ist einem doch sowieso bekannt.»

«Verzeihung, ich weiß nicht, worauf Sie hinauswollen.»

«Ach, auf gar nichts.» Bech hätte nicht sagen können, weshalb ihn die Amerikaner, denen er hier begegnete, immer in Harnisch brachten – weil es ihnen so auffällig widerstrebte, sich in diese Schattenwelt einzufügen, oder weil sie ihn dauernd so feierlich auf alberne Botengänge schickten?

Beim Schriftstellerverband überreichte er dem Sekretär die Liste, wie sie ihm überreicht worden war, auf US-Gesandtschaftspapier. Der Sekretär, ein hochgewachsener Mann mit hängenden Schultern und den Händen eines Steinmetzen, schnitt eine Grimasse und schüttelte den Kopf, griff aber bereitwillig nach dem Telefon. Inzwischen wartete man schon in einem anderen Raum auf Bech. Es war der übliche Rahmen, wie er ihn mit kleinen Variationen von derartigen Empfängen in Moskau und Kiew, Eriwan und Alma-Ata, Bukarest und Prag her kannte: der polierte ovale Tisch, die Schale mit Obst, das helle Morgenlicht, die funkelnden Schnaps- und Mineralwassergläser, das Leninbild im Hintergrund, die sechs oder acht geduldig dasitzenden Männer, die bei Bechs Eintritt mit raschem, ausdruckslosem Lächeln aufsprangen. Zu diesen Männern gehörten unweigerlich ein paar ‹Kritiker› genannte Funktionäre mit hohen Parteiämtern, beredt und geistreich, die einen Toast auf die internationale Verständigung auszubringen hatten; zwei, drei ausgesuchte Romanschriftsteller und Lyriker, schnurrbärtig, tabakqualmend, verärgert über diese Verschwendung ihrer Zeit; ein Universitätsprofessor, Leiter des angloamerikanischen Seminars, der das schöne verwelkte Englisch von Mark Twain und Sinclair Lewis sprach; ein junger Dolmetscher mit einem feuchten Händedruck; ein zottiger alter Journalist, der sich beflissen Notizen machte; und am Rand der Gruppe, auf Stühlen, deren Anordnung erkennen ließ, daß die auf ihnen sitzenden Personen sich selbst eingeladen hatten, gab es noch ein, zwei Herren von schwer definierbarem Status, nervös und ohne Krawatte, einzelgängerische Übersetzer, die sich stets als die einzigen unter den Anwesenden entpuppten, die je ein Wort von Henry Bech gelesen hatten.

Hier war dieser Typ durch einen untersetzten Mann in einer Tweedjacke in britischem Stil mit Lederkappen an den Ellbogen vertreten. Das Weiße seiner Augen war stark gerötet. Er schüttelte Bech enthusiastisch die Hand, machte eine Verbrüderungsszene daraus und beugte sich so weit vor, daß Bech die Gerüche von Tabak, Knoblauch, Käse und Alkohol unterscheiden konnte. Während man um den Tisch herum Platz nahm und der Verbandsvorsitzende, ein eleganter Kahlkopf mit sehr blassen Augenwimpern, sein Schnapsglas ergriff, als wolle er es erheben, sprudelte der rotäugige Eindringling hervor: «Ihr ‹Travel Light› war ein so wunderbares Buch. Die Motels, die Highways, die Mädchen mit ihren Liebhabern, die Motorradfahrer, wunderbar das, so amerikanisch, die Jugend, die Begeisterung für Weite und Geschwindigkeit, das Barbarische der Neonreklamen, die Poesie, die darin liegt. Es versetzt uns wahrhaftig in eine andere Dimension.»

‹Travel Light› war der erste Roman, der berühmte. Bech sprach nicht gern über ihn. «In Amerika», sagte er, «schrieb die Kritik, es sei ein Buch der Hoffnungslosigkeit.»

Der Mann hob entgeistert die nikotinfleckigen Hände und ließ sie klatschend auf die Schenkel fallen. «Nein, tausendmal nein. Wahrheit, Erstaunen, Erschrecken sogar, Vulgarität, ja. Aber Hoffnungslosigkeit – nein, nein, kein Jota. Ihre Kritiker haben völlig unrecht.»

«Danke.»

Der Vorsitzende räusperte sich leise, ergriff sein Glas und hob es ein wenig über die polierte Tischplatte, so daß es zusammen mit seinem Spiegelbild eine Art Spielkarte darstellte.

Bechs Bewunderer ließ noch nicht von ihm ab. «Sie sind kein feuchter, kein sentimentaler Schriftsteller, nein. Sie sind ein trockener Schriftsteller, ha? Sie haben doch den Ausdruck – oder täusche ich mich – im Englischen, trocken, hart?»

«So ungefähr, ja.»

«Ich möchte Sie übersetzen!»

Es war der gequälte Aufschrei eines Verurteilten, denn der Vorsitzende hob jetzt unerbittlich sein Glas in Augenhöhe, und gleich einem Erschießungskommando taten es ihm die anderen nach. Mit seinen weißen Wimpern blinzelnd, blickte der Vorsitzende verschwommen in die Richtung des plötzlichen Schweigens und begann Bulgarisch zu sprechen.

Der junge Dolmetscher flüsterte die Übersetzung in Bechs Ohr. «Ich wünsche jetzt ... äh ... einen sehr kurzen Toast auszubringen. Ich weiß, er wird unserem verehrten amerikanischen Gast doppelt kurz vorkommen, nachdem ihm ... äh ... erst vor so kurzer Zeit ... äh ... die Gastfreundschaft unserer sowjetischen Genossen zuteil geworden ist.» Hier mußte ein Witz versteckt sein, denn die anderen lachten. «Aber Scherz beiseite – erlauben Sie mir die Feststellung, daß wir in der Vergangenheit zu wenige Amerikaner von Mr. Bechs ... äh ... progressiver Art bei uns gesehen haben. Wir hoffen, daß wir von ihm in der nächsten Stunde viel Interessantes über die Literatur seines großen Landes erfahren werden, vieles, was ... äh ... vom gesellschaftlichen Standpunkt aus nützlich ist, und möglicherweise können wir ihn ein wenig über unsere stolze Literatur informieren, von der er vielleicht bedauerlich wenig weiß. Äh ... so erlauben Sie denn – wie das Sprichwort sagt, führt zu langes Hofieren selten zur Heirat – erlauben Sie denn, daß ich mit unserem heimischen *slivovica* ... äh ... erstens auf den Erfolg dieses Besuches und zweitens auf das beiderseitige Wachsen des internationalen Verständnisses trinke.»

«Ich danke Ihnen», sagte Bech und leerte sein Glas aus Höflichkeit auf einen Zug. Das war ein Fehler; die anderen, die nur von ihrem Slibowitz genippt hatten, machten große Augen. Das rote Brennen drehte sich in Bechs Magen, und eine heftige Abneigung gegen sich selbst, gegen seine Rolle, gegen dieses ganze künstliche und nutzlose Getue konzentrierte sich auf den kleinen braunen Fleck einer Birne in der Obstschale, die funkelnd vor ihm auf dem Tisch stand.

Der rotäugige, nach Käse riechende Hanswurst schmückte den Toast aus. «Ich betrachte es als eine persönliche Ehre, daß ich den Mann kennenlernen darf, der in ‹Travel Light› der amerikanischen Prosa wahrhaftig eine neue Dimension hinzugefügt hat.»

«Das Buch wurde vor zwölf Jahren geschrieben», sagte Bech.

«Und seitdem?» Ein in sich zusammengesunkener, schnurrbärtiger Mann fuhr hoch und stürzte sich mutig ins Englische. «Seitdem Sie haben geschrieben was?»

Diese Frage war Bech in den letzten Wochen so oft gestellt worden, daß seine Antwort nunmehr recht knapp ausfiel. «Einen zweiten Roman mit dem Titel ‹Brother Pig› – als Bruder Schwein bezeichnete der heilige Bernhard den Körper.»

«Gut. Ja, und?»

«Eine Sammlung von Essays und Skizzen unter dem Titel ‹When the Saints›.»

«Diesen Titel ich finde weniger gut.»

«Es ist der Anfang eines berühmten Negersongs.»

«Wir kennen den Song», sagte ein anderer, ein Mann von kleinerer Gestalt mit dem Mund eines Hasen. Er trällerte leichthin: *«Lordy, I just want to be in that number.»*

«Und das letzte Buch», fuhr Bech fort, «war ein dickleibiger Roman mit dem Titel ‹The Chosen›, an dem ich sechs Jahre schrieb und der niemandem gefiel.»

«Ich habe Rezensionen gelesen», warf der Rotäugige ein. «Das Buch habe ich nicht gelesen. Ist hier schwer zu bekommen.»

«Ich gebe Ihnen ein Exemplar», sagte Bech.

Dieses Versprechen rückte den Mann offenbar in ein unglücklich auffälliges Licht; er schien, die nikotinfleckigen Hände ringend, anzuschwellen und auf groteske Weise in den inneren Ring einzudringen, so daß sich der Dolmetscher bemüßigt fühlte, Bech mit der Eile einer Entschuldigung ins Ohr zu flüstern: «Dieser Herr ist wohlbekannt als Übersetzer von ‹Erewhon› in unsere Sprache.»

«Ein wunderbares Buch», sagte der Übersetzer, erleichtert abschwellend, und suchte in seinen Taschen nach einer Zigarette. «Es versetzt uns in eine neue Dimension. Etwas, was getan werden muß. Wir leben in einem neuen Kosmos.»

Der Vorsitzende sprach eine Zeitlang Bulgarisch, in melodischem Tonfall. Man lachte höflich. Niemand dolmetschte für Bech. Der professorale Typ, dessen Haar wie ein flachsblondes Toupet aussah, beugte sich plötzlich vor. «Sagen Sie, ich habe gelesen –» seine Worte zischten leise wie eine verrostete Maschinerie – «daß die Aktien von Sinclair Lewis unter der Salinger-Welle rapide gefallen sind?»

Und so ging es weiter, hier genauso wie in Kiew, Prag und Alma-Ata, die gleichen Fragen, mehr oder weniger vorhersehbar, und Bechs Antworten, ihm mittlerweile schrecklich vertraut, mechanisch, abgestanden, irrelevant, unvollkommen, klaustrophobisch. Dann öffnete sich die Tür, und herein kam, mit dem rosigen Teint einer soeben dem Bad Entstiegenen, ein wenig atemlos, weil sie sich so beeilt hatte, eine blonde Frau in einem blonden Mantel und ohne Hut. Der Sekretär, der hinter ihr eintrat, schien mit seinen großen, gekrümmten Händen einen zärtlich wertschätzenden Raum um sie herum zu schaffen. Er stellte sie Bech als Vera Soundso-ova vor, die Dichterin, die er hatte kennenlernen wollen. Von den anderen Herrschaften auf der Liste, fügte er hinzu, sei leider keiner zu erreichen gewesen.

«Ist das nicht reizend von Ihnen, daß Sie gekommen sind?» Aus Bechs Mund klangen diese Worte wie eine echte Frage, auf die er irgendeine Antwort erwartete.

Sie sagte etwas auf bulgarisch zu dem Dolmetscher. «Sie bittet um Entschuldigung», gab der Dolmetscher an Bech weiter, «daß sie so spät gekommen ist.»

«Aber sie ist doch eben erst verständigt worden!» Im Überschwang seiner Verwirrung und Freude wandte sich Bech unmittelbar an sie, ohne die Verständigungsschwierigkeiten zu bedenken. «Es tut mir schrecklich leid, daß ich Ihnen den Vormittag verdorben habe.»

«Ich freue mich, Sie kennenzulernen», sagte sie. «Ich habe von Ihnen gehört reden in Frankreich.»

«Oh, Sie sprechen ja Englisch!»

«Nein. Nur kleine Menge.»

«Aber Sie *sprechen* es doch.»

Man holte aus einer Ecke des Zimmers einen Stuhl für sie herbei. Sie legte ihren Mantel ab und bot sich in einem ebenfalls blonden Kostüm dar, als wären ihre Kleider ein Aspekt einer totalen Übereinstimmung. Dann nahm sie Platz und kreuzte die Beine. Sie hatte wohlgeformte Beine; ihr Gesicht war merklich breit. Mit gesenktem Blick zupfte sie den Rock bis zur Kurve des Knies. Was Bech, der ihr gegenübersaß, am meisten rührte, war das Gefühl, daß sie sich beeilt hatte, beeilt, zu ihm zu kommen, und daß sie noch immer auf anmutige Weise erregt war.

Über die Obstschale hinweg sprach er zu ihr, sehr langsam, sehr deutlich, aus Angst, die zerbrechliche Brücke ihres Englisch zu stark zu belasten und zu zerstören. «Sie sind Lyrikerin. Als ich jung war, habe ich auch Gedichte geschrieben.»

Sie schwieg so lange, daß er schon glaubte, sie werde nicht antworten; doch dann lächelte sie und sagte: «Jetzt Sie sind immer noch nicht alt.»

«Ihre Gedichte – sind sie schwierig?»

«Sie sind schwierig – zu schreiben.»

«Aber nicht zu lesen?»

«Ich glaube – nicht so sehr.»

«Gut. Gut.»

Bech hatte, mochte es auch mit ihm als Schriftsteller bergab gehen, nach wie vor unbedingtes Vertrauen zu seinen Instinkten; er zweifelte nicht daran, daß ihm irgendwo eine ideale Möglichkeit offenstand und daß seine Intuition für sein Schicksal ausschlaggebend war. Er hatte, teils kürzere, teils längere Zeit, teils mit, teils ohne Erfüllung, etwa ein Dutzend Frauen geliebt; aber sie alle hatten, wie ihm jetzt klar wurde, eines gemeinsam: Sie waren lediglich Annäherungen an einen unenthüllten Prototyp, den sie in diesem oder jenem Punkt verfehlten. Die Überraschung, die er jetzt empfand, hatte nichts damit zu tun, daß diese zentrale Frau endlich erschienen war; er hatte stets mit ihrem Erscheinen gerechnet. Was ihn überraschte, war ihr Erscheinen in diesem fernen und mißbrauchten Land, in diesem Zimmer mit dem morgendlichen Licht, wo er sich auf einmal mit einem kleinen Messer in der Hand ertappte, und vor ihm auf dem Tisch lag golden und feucht eine genau in der Mitte zerteilte Birne.

Männer, die allein reisen, entwickeln romantische Neigungen. Bech hatte sich bereits in Prag in die sommersprossige Frau eines Botschaftsangehörigen, in Rumänien in eine Sängerin mit vorstehenden Zähnen, in Kasachstan in eine indolente mongolische Bildhauerin verliebt. In der Tretjakow-Galerie hatte es ihm die Statue einer Liegenden und in der Moskauer Ballettschule ein ganzer Übungssaal voller Mädchen angetan. Als er den Raum betrat, schlug ihm der zart säuerliche Schweißgeruch junger weiblicher Körper entgegen. Sechzehn und siebzehn Jahre alt, in bunt zusammengewürfelter Trainingskleidung, wirbelten die Mädchen so angestrengt herum, daß sich die Tanzschuhe in ihre Bestandteile auflösten. Ernste Schülerinnengesichter krönten die unbewußte Anmaßung ihrer Körper. Der Raum erhielt doppelte Tiefe durch einen vom Boden bis zur Decke reichenden Spiegel, vor dem Bech auf einer Bank saß. Über seinen Kopf hinweg beobachtete jedes Mädchen sich selbst mit kritischen Augen, die bei der Drehung für den Bruchteil einer Sekunde durch das gebieterische Zögern und Herumwerfen des Kopfes erstarrten. Bech suchte in seinem Gedächtnis nach den Versen von Rilke, die dies ausdrückten, dieses Herumwerfen und Zögern: *ist nicht die Zeichnung geblieben, / die deiner Braue dunkler Zug / rasch an die Wandung der eigenen Wendung geschrieben?*
Einmal war die Lehrerin, eine unförmige alte ukrainische Dame mit goldenen Eckzähnen, eine Primaballerina der dreißiger Jahre, aufgestanden und hatte etwas gerufen, was Bech als «Nein, nein, die Arme frei, *frei*!» verdolmetscht wurde. Um deutlich zu machen, wie sie es meinte, hatte sie eine rasche Folge von Pirouetten mit so stolzer Mühelosigkeit gedreht, daß die Mädchen, die da und dort wie Rehe an der Wand standen, spontan Beifall klatschten. Bech hatte sie dafür geliebt. Seinen schwärmerischen Zuneigungen wohnte stets ein Drang zu retten inne – er wollte die Mädchen von der Sklaverei ihrer anstrengenden Übungen befreien, die Statue vom kalten Zugriff ihres eigenen Marmors, die Frau des Bot-

schaftsangehörigen von ihrem langweiligen und salbungsvollen Gatten, die Sängerin von ihrer allabendlichen Demütigung (sie konnte nicht singen), die Mongolin von dem Phlegma ihrer Rasse. Die bulgarische Dichterin aber schien keiner Hilfe zu bedürfen; sie wirkte vollständig ausgeglichen, sich selbst genügend, vollendet. Seine Neugier war geweckt. Am nächsten Tag erkundigte er sich nach ihr bei dem Mann mit dem Mund eines Hasen – einem Romanschriftsteller, der jetzt Bühnenstücke und Drehbücher schrieb und der ihn zu einer Besichtigung des Rila-Klosters begleitete.

«Sie lebt, um zu schreiben», sagte der Bulgare. «Ich glaube nicht, daß sie gesund ist.»

«Aber sie sieht doch so gesund aus», wandte Bech ein. Sie standen neben einer kleinen Kirche mit weißgetünchten Mauern, die von außen wie ein Schuppen aussah, wie ein Stall für Schweine oder Hühner. Fünf Jahrhunderte hatten die Türken in Bulgarien geherrscht, und die christlichen Kirchen, mochten sie innen auch noch so reich geschmückt sein, waren schlichte Gebäude. Eine Bauersfrau mit zerzaustem Haar schloß ihnen die Tür auf. Obwohl die Kirche kaum mehr als dreißig Personen fassen konnte, war sie in drei Abschnitte unterteilt. Fresken aus dem 18. Jahrhundert schmückten die Innenwände. Im Narthex zum Beispiel war eine Hölle dargestellt, in der die Teufel Krummsäbel schwangen. Von dem winzigen Schiff aus spähte Bech durch die Ikonenwand in den abgetrennten Teil, der in der Symbolik der orthodoxen Architektur die nächste, die verborgene Welt – das Paradies – versinnbildlichte, und entdeckte dabei eine Reihe von Büchern, einen Lehnstuhl und eine alte Brille mit ovalen Gläsern. Als er wieder im Freien war, fühlte er sich aus der unangenehm beengten Atmosphäre eines Kinderbuches entlassen. Sie standen an einem Hang. Über ihnen war ein Kiefernwäldchen, in dessen Stämmen noch Eiskristalle glitzerten. Unter ihnen breitete sich das Kloster aus, eine Zitadelle des bulgarischen Nationalgefühls während der Türkenherrschaft. Die letzten Mönche waren 1961 ausgesiedelt worden. Ein zielloser, sanfter Regen fiel hier in den Bergen, und an diesem Tag waren nicht viele deutsche Touristen da. Jenseits des Tales, dessen silbriger Bach noch ein Wasserrad drehte, hob sich ein regungsloses weißes Pferd von einer grünen Wiese ab wie eine Brosche von einer grünen Bluse.

«Ich bin ein alter Freund von ihr», sagte der Bühnenautor. «Ich mache mir Sorgen um sie.»

«Sind ihre Gedichte gut?»

«Das kann ich schlecht beurteilen. Sie sind sehr weiblich. Vielleicht etwas einfältig.»

«Einfalt kann eine Art Aufrichtigkeit sein.»

«Ja. Sie ist sehr aufrichtig in ihrer Arbeit.»

«Und in ihrem Leben?»

«Auch.»

«Was ist ihr Mann?»

Der andere sah ihn erstaunt an und berührte seinen Arm, eine seltsame slawische Geste, in der sich eine untergründige, der Rasse eigentümliche Dringlichkeit ausdrückte und vor der Bech inzwischen nicht mehr zurückschrak. «Sie hat ja gar keinen Mann. Wie ich schon sagte, sie lebt für die Dichtung – so sehr, daß sie nicht geheiratet hat.»

«Aber ihr Name endet doch auf –ova.»

«Oh, das ist ein Mißverständnis. Hat nichts mit Familienstand zu tun. Ich heiße Petrov, meine ledige Schwester heißt Petrova. Alle Frauen.»

«Wie dumm von mir. Aber ich finde es schade, daß sie nicht verheiratet ist. Eine so charmante Frau.»

«Heiraten in Amerika nur die Uncharmanten nicht?»

«Ja, man muß schon wenig Charme haben, um ledig zu bleiben.»

«Das ist hier nicht so. Die Regierung ist sehr beunruhigt; unsere Geburtenzahl ist eine der niedrigsten in Europa. Ein Problem für Volkswirtschaftler.»

Bech deutete auf das Kloster. «Zu viele Mönche?»

«Vielleicht zu wenige. Wo nicht genug Mönche sind, hat jeder etwas vom Mönch an sich.»

Die Bauersfrau, die Bech alt vorkam, wahrscheinlich aber jünger als er war, begleitete sie bis zur Grenze ihres Reiches. Sie schwatzte mit rauher Stimme in einem Dialekt, den Petrov als ländlich und sehr amüsant bezeichnete. Hinter ihr, bald in ihre Rockfalten gedrückt, bald munter umherhüpfend, lief ihr Kind, ein etwa dreijähriger Junge. Er wurde von einem kleinen weißen Schwein hin und her gejagt, das sich, wie Schweine es tun, gleichsam auf Zehenspitzen bewegte und bemerkenswert rasche Haken schlagen konnte. Irgend etwas an der Szene, an dem strahlend vergnügten Abschiedslächeln der Frau und der unbekümmerten Art, wie ihr das Haar vom Kopf abstand, irgend etwas an dem Bergdunst und dem schwammigen, von Radspuren zerschnittenen Grasboden, in dem sich während der Nacht Reif eingenistet hatte, beschwor für Bech eine namenlose Abwesenheit herauf, mit der, wie ein Pferd mit einer Wiese, das Bild der Dichterin verknüpft war – ihr breites Gesicht, die wohlgeformten Beine, die Pariser Kleider und das glatt gebürstete Haar. Petrov, in dem er durch die Hüllen des Fremdländischen hindurch eine kluge und verwandte Seele zu ahnen begann, schien seine Gedanken mit angehört zu haben, denn er sagte: «Wenn Sie Lust haben, können wir zusammen essen. Ich will das gern arrangieren.»

«Mit ihr?»

«Ja, wir kennen uns gut, sie würde sich freuen.»

«Aber ich habe ihr gar nichts zu sagen. Mich interessiert nur diese eindrucksvolle Verbindung von gutem Aussehen und Verstand. Ich meine, was fängt eine Seele mit alldem an?»

«Sie könnten sie ja fragen. Morgen abend?»

«Tut mir leid, das geht nicht. Da soll ich mir ein Ballett ansehen, und übermorgen abend gibt die Gesandtschaft eine Cocktailparty für mich, und dann fliege ich zurück.»

«Zurück? So bald schon?»

«Mir kommt es nicht so bald vor. Ich muß ja auch bald wieder arbeiten gehen.»

«Dann treffen wir uns auf einen Drink. Morgen abend vor dem Ballett? Geht das? Oh, auch das geht nicht?»

Petrov war sichtlich verwirrt, und Bech erkannte, daß es seine Schuld war, denn er hatte genickt, und ein Nicken bedeutet in Bulgarien «nein», ein Kopfschütteln «ja». «Doch, doch», sagte er hastig. «Gern.»

Das Ballett hieß ‹Die silbernen Schuhe›. Während Bech die Darbietung verfolgte, kam ihm immer wieder das Wort ‹ethnisch› in den Sinn. Er hatte sich im Verlauf seiner Reise an diese Art von künstlerischer Evasion gewöhnt, an den Rückzug aus der schwierigen und enttäuschenden Gegenwart in die Bereiche des Volkstanzes, der Volkslegende und des Volksliedes, wobei immer impliziert wurde, das Volk sei unter dem bestickten Bauernkostüm genau das, was einem so sehr am Herzen lag: das Proletariat.

«Mögen Sie Märchen?» Das war der feuchthändige Dolmetscher, der ihn ins Theater begleitet hatte.

«Ich *liebe* sie», sagte Bech mit einer Inbrunst und Fröhlichkeit, die von der vorhergegangenen Stunde in ihm zurückgeblieben waren. Der Dolmetscher sah ihn besorgt an wie damals, als Bech den Schnaps auf einen Zug ausgetrunken hatte. Während der Vorstellung flüsterte er ihm unentwegt Erklärungen für ohne weiteres verständliche Vorgänge auf der Bühne zu. Allnächtlich schlüpfte eine Prinzessin in silberne Schuhe und tanzte durch ihren Spiegel, um sich mit einem Zauberer zu treffen, auf dessen Zauberstab sie es abgesehen hatte, weil man mit ihm die Welt beherrschen konnte. Der Zauberer war kein guter Tänzer, und einmal ließ er sie beinahe fallen, so daß ihr der Zorn aus den Augen sprühte. Die Darstellerin der Prinzessin war eine kleine Rothaarige mit hochsitzendem rundem Gesäß, erstarrtem Schmollmund und herrlich gelockerten Armbewegungen, und Bech fand es seltsam erregend, wenn sie, zu ihrem Sprung ansetzend, auf den Spiegel, ein leeres Oval, zutänzelte und ein anderes, genau wie sie in Rosa gekleidetes Mädchen aus den Kulissen hervorkam und als ihr Spiegelbild agierte. Und wenn die Prinzessin, hochmütig ihren unsichtbar machenden Umhang zurechtzupfend, durch das Oval aus Golddraht sprang, dann sprang Bechs Herz zurück in die verzauberte Stunde, die er mit der Dichterin verbracht hatte.

Obwohl das Treffen rechtzeitig verabredet worden war, kam sie in das Restaurant, als hätte man sie auch diesmal eben erst verständigt und zur Eile getrieben. Ein wenig atemlos und aufgeregt nahm sie zwischen Bech und Petrov Platz, verströmte jedoch wiederum jene ungreifbare Wärme: Intelligenz und Tugend.

«Vera, Vera.» Petrov schüttelte vorwurfsvoll den Kopf.

«Sie sind immer zu sehr in Eile», sagte Bech.

«Nicht so sehr», meinte sie.

Petrov bestellte einen Cognac für sie und setzte die mit Bech begonnene Diskussion über die neueren französischen Romanschriftsteller fort. «Das sind alles Tricks», sagte Petrov. «Gute Tricks, aber eben doch Tricks. Es hat nicht genug mit dem Leben zu tun, ist zuviel verbale Nervosität. Wo bleibt da der Sinn?»

«Es ist epigrammatisch», sagte Bech.

«Nur bei zwei von ihnen habe ich dieses Gefühl nicht: bei Claude Simon und bei Samuel Beckett. Bech, Beckett – Sie haben nichts miteinander zu tun, oder?»

«Nein.»

Vera sagte: «Nathalie Sarraute ist eine sehr bescheidene Frau. Sie war mütterlich zu mir.»

«Ach, Sie kennen die Sarraute?»

«In Paris ich habe sie sprechen gehört. Nachher war der Kaffee. Mir haben gefallen ihre Theorien von den, oh, *was* nur? Von den kleinen Bewegungen im Herzen.» Sie maß behutsam mit den Fingern eine winzige Prise Raum ab und lächelte, durch Bech, sich selbst zu.

«Tricks», sagte Petrov. «Aber bei Beckett habe ich dieses Gefühl nicht. Da findet man in einer niederen Form, ob Sie es glauben oder nicht, menschliche Substanz.»

Bech wußte, daß es seine Pflicht war, dieses Thema weiterzuspinnen und Petrov in die Enge zu treiben, indem er sich nach dem absurden Theater und nach der abstrakten Malerei in Bulgarien erkundigte (das waren die Prüfsteine der ‹Fortschrittlichkeit›: Rußland konnte keine Beispiele aufweisen, Rumänien einige, die Tschechoslowakei sehr viele). Statt dessen fragte er die Dichterin: «Mütterlich?»

Vera erklärte es, und ihre Hände machten dabei grazile, modellierende Bewegungen, mit denen sie die Kanten der Worte gewissermaßen zu Nuancen abrundete. «Nach ihrem Vortrag, wir haben uns – unterhalten.»

«Auf französisch?»

«Und auf russisch.»

«Ach, sie spricht Russisch?»

«Sie ist geboren in Rußland.»

«Wie ist ihr Russisch?»

«Sehr rein, aber – altmodisch. Wie ein Buch. Als sie sprach, fühlte ich mich wie in einem Buch, sicher.»

«Sie fühlen sich nicht immer sicher?»

«Nicht immer.»

«Finden Sie es schwierig, eine Dichterin zu sein?»

«Wir haben eine Tradition von Dichterinnen. Wir haben Elisaveta Bagriana, die sehr groß ist.»

Petrov beugte sich zu Bech, als wollte er seine Aufmerksamkeit erzwingen. «Und Ihre eigenen Werke? Sind sie von der *nouvelle vague* beeinflußt? Würden Sie sagen, daß Sie Anti-Romane schreiben?»

Bech blieb der Frau zugewandt. «Möchten Sie wissen, wie ich schreibe? Doch wohl nicht, oder?»

«Aber ja, sehr», sagte sie.

Er erzählte ihnen, erzählte ihnen ohne jede Scham, mit einer Stimme, deren ruhiges Gleichmaß und klare Nachdrücklichkeit ihn überraschten, wie er früher geschrieben, wie er in ‹*Travel Light*› versucht hatte, Menschen zu porträtieren, die mit ihrem Leben an der Oberfläche der Dinge blieben und die Dinge auf sich abfärben ließen, nicht anders als Gegenstände in einem Stilleben einander tönen, und wie er sich später bemüht hatte, der Melodie der Handlung eine metaphorische Gegenmelodie zu unterlegen, indem er Bilder verknüpfte, die nach oben getrieben waren und seine Story überschwemmt hatten, und wie er in ‹The Chosen› bestrebt gewesen war, diese Verwirrung zum eigentlichen Thema zu machen, zu einem epischen Thema, das heißt, er führte Charaktere vor, deren Handeln im Grunde stets durch die Sehnsucht bestimmt war, durch das Verlangen, zurückzutauchen in die Quellen ihrer privaten Metaphorik. Das Buch habe wahrscheinlich nichts getaugt, zumindest sei es schlecht besprochen worden, sagte Bech und entschuldigte sich, daß er ihnen das alles erzählte. Seine Stimme schmeckte ihm schal; er verspürte einen heimlichen Rausch und ein heimliches Schuldgefühl, denn er hatte es fertiggebracht, seinem Mißerfolg das Air eines über die Maßen edlen und romantisch verstiegenen komplexen Experiments zu verleihen, während, wie er vermutete, einfach eine gewisse Trägheit die Ursache war.

Petrov sagte: «Eine so formal sentimentale Prosaliteratur konnte man in Bulgarien nicht schreiben. Die Geschichte unseres Landes ist keine glückliche.»

Es war das erste Mal, daß Petrov wie ein Kommunist redete. Wenn Bech an diesen Leuten hinter dem Spiegel eines nicht ausstehen konnte, dann war es ihre anmaßende Überzeugung, daß sie, so zweitrangig sie auch auf anderen Gebieten sein mochten, im Leiden jedenfalls ganz groß waren. «Ob Sie es glauben oder nicht, das trifft genauso auf uns zu», konterte er.

Vera schaltete sich in ihrer ruhigen Art ein. «Werden Ihre Personen nicht von der Liebe berührt?»

«Doch, sehr sogar. Aber als eine Form der Sehnsucht. Wir verlieben uns, wie ich in dem Buch zu sagen versuchte, in Frauen, die uns an unsere erste Landschaft erinnern. Eine törichte Idee. Die Liebe hat mich immer sehr interessiert. Einmal habe ich einen Essay über den Orgasmus geschrieben – kennen Sie das Wort?»

Vera schüttelte den Kopf. Das bedeutete «ja», wie ihm gerade noch rechtzeitig einfiel.

«... über den Orgasmus als vollkommene Erinnerung. Das große Geheimnis ist nur: Woran erinnern wir uns?»

Sie schüttelte wieder den Kopf, und er bemerkte, daß ihre Augen grau waren und daß in ihren Tiefen sein Bild (für ihn unsichtbar) nach dem Erinnerten forschte. Sie legte die Fingerspitzen um das Cognacglas und sagte: «Es gibt einen französischen Dichter, er ist noch jung, der hat darüber geschrieben. Er sagt, nirgendwo anders sammeln wir ... versammeln wir in uns ... oh ...» Leicht verärgert sprach sie in schnellem Bulgarisch auf Petrov ein.

Er zuckte die Achseln und sagte: «Konzentrieren wir unsere Aufmerksamkeit.»

«... nirgendwo anders konzentrieren wir so sehr unsere Aufmerksamkeit», wiederholte sie, an Bech gewandt, als müßten die Worte von ihr kommen, damit er sie glaubte. «Ich sage das unschicklich – nein, ungeschickt, aber auf französisch ist das sehr gut und korrekt ausgedrückt.»

Petrov lächelte verbindlich. «Ein angenehmes Diskussionsthema – die Liebe.»

«Sie ist und bleibt –» Bech wählte seine Worte so bedächtig, als wäre auch seine Muttersprache nicht Englisch – «eines der wenigen Dinge, die noch immer des Nachdenkens wert sind.»

«Ich glaube, sie ist gut», sagte sie.

«Die Liebe?» fragte er verwirrt.

Sie schüttelte den Kopf und tippte mit dem Fingernagel an den Stiel ihres Glases, so daß Bech eine unhörbare Empfindung des Klingens hatte; dann beugte sie sich vor, schien den Inhalt des Glases näher betrachten zu wollen, und ihr ganzer Körper, der dem Cognac eine rosige Tönung entlieh, brannte sich in Bechs Gedächtnis ein – der silbrige Schimmer ihres Fingernagels, der Glanz des Haares, die Symmetrie der entspannt auf dem weißen Tischtuch liegenden Arme, alles außer ihrem Gesichtsausdruck.

Petrov fragte ihn nach seiner Meinung über Dürrenmatt.

Die Wirklichkeit ist eine laufende Verarmung der Möglichkeit. Bech hatte sich darauf gefreut, Vera bei der Cocktailparty wiederzusehen, hatte sich vergewissert, daß sie eingeladen worden war, und sie kam auch, aber er konnte nicht zu ihr gelangen. Er sah sie an Petrovs Seite den Saal betreten, aber da standen gerade ein Attaché der jugoslawischen Botschaft und seine braunglänzende tunesische Frau vor ihm; und später, als er sich durch das Gewühl von Gästen zu ihr vorzuarbeiten suchte, schloß sich eine stählerne Hand um seinen Arm, und eine aufdringliche Amerikanerin teilte ihm mit, ihr fünfzehnjähriger Neffe habe sich entschlossen, Schriftsteller zu werden und brauche dringend Rat. Nicht das übliche leere Gerede, sondern handfesten Rat. Bech kam nicht weiter. Er war umgeben von Amerika: die Stimmen, die engen Anzüge, die wässerigen Drinks, der Lärm, das Glitzern. Der Spiegel war trüb geworden, und er sah nur noch sich selbst. Endlich, als die offiziellen Gäste zu gehen begannen, konnte er sich losreißen und Vera in einer Ecke begrüßen. Sie hatte schon ihren Mantel – blond, mit einem Kaninchenfellkragen – angezogen und brachte nun aus einer Seitentasche ein Bändchen Gedichte in kyrillischer Schrift zum Vorschein. «Bitte», sagte sie. Auf das Vorsatzblatt hatte sie geschrieben: *Für H. Beck – härzlich, mit Shreibfelern aber auch viel Liebe.*

«Warten Sie», bat er und ging zu dem geplünderten Stapel seiner Widmungsbücher. Da er das Buch, das er suchte, dort nicht fand, stahl er aus der Gesandtschaftsbibliothek das Exemplar (ohne Schutzumschlag) von ‹The Chosen›. Als er es in ihre erwartungsvollen Hände legte, sagte er: «Nicht aufmachen», denn er hatte mit der stilistischen Sicherheit eines Betrunkenen hineingeschrieben:

Liebe Vera Glavanokova,
ich bedaure unendlich, daß Sie und ich auf entgegengesetzten Seiten der Welt leben müssen.

Bech nimmt, was sich ihm bietet

Obwohl Henry Bechs wenige ausdauernden Bewunderer unter den Kritikern seinen «höchst individuellen und unerschütterlichen Romantizismus» priesen, «seine hartnäckige Weigerung, sich in dieser Zeit des künstlerischen Staatsstreichs und des Herdentriebs vor irgendeinen anderen Karren spannen zu lassen als den seiner eigenen donquichottischen, äußerst zarten, eigenartig unjüdischen semitischen Empfindsamkeit», besaß der Autor dennoch einen verstohlenen Hang zum Modischen. Jedes Jahr im August verließ er seine schäbige, große Wohnung Ecke 99. Straße und Riverside und mietete ein Häuschen auf einer Insel vor der Küste von Massachusetts, deren Buchten und sandige Wege dicht bevölkert waren von anderen Schriftstellern, Fernsehproduzenten, Museumsdirektoren, Unterstaatssekretären, von alten *New Masses*-Redakteuren, die hartnäckig auf Küstengrundstücken hockten, die sie in der Weltwirtschaftskrise für ein Butterbrot erworben hatten, Filmstars, deren Filme aus den vierziger Jahren jetzt einen zweiten Frühling erlebten, und von Horden jener schönen, unterhaltsamen, berufslosen reichen Leute, die die Spalten zwischen den Berühmtheiten ausfüllen. Bech, ein Kind der unteren Mittelschicht, empfand ein naives Vergnügen dabei zu beobachten, wie diese Luxusmenschen barfuß die schmutzigen Bürgersteige der einzigen größeren Ortschaft auf der Insel entlangtappten oder sich in den winzigen Gemischtwarenhandlungen in einem Weiler auf den Höhen um viel zu teure Lebensmittel stritten. Es befriedigte ihn, dann und wann irgendein literarisches Idol seiner Jugend zu sehen, eingeschrumpft und zerbrechlich, von der Brandung hin und her geworfen; oder selber erkannt zu werden und von irgendeinem faunhaften Bikinimädchen, dem ‹Travel Light› auf der Brearly School als Thema zugeteilt worden war, oder von einer molligen Westchester-Matrone, noch ganz angenehm anzusehen in einem flotten Einteiligen, die freundlicherweise Bechs umstrittenes Hauptwerk ‹The Chosen› mit einem zeitgenössischen Bestseller gleichen Titels verwechselte. Obschon häufig auf diese Weise angesprochen, war Bech doch noch nie von einem Wagen gestoppt worden. Der kleine scharlachrote

Porsche – das lange Blondhaar der Person am Steuer flatterte – schnitt Bechs altem Ford den Weg ab, als er zum Strand hinunter wollte, und zwang ihn, so zu bremsen, daß er nur Zentimeter vor zwei mit Blumen bemalten und mit «Sea Shanty» und «Avec du Sel» beschrifteten Briefkästen zum Stehen kam. Der Junge – es war das lange Blondhaar eines Jungen – sprang heraus und stürzte zu Bechs Fenster, eine weiche Hand ausstreckend, die, als Bech sie gehorsam schüttelte, wie eine Vogelbrust zuckte. Das plumpe Gesicht des Jungen erschien durch die lange Mähne verfälscht; sie überflutete seine Ohren und verlieh seinem Mund, vielleicht weil er unverkennbar männlich war, einen aggressiven Zug. Seine Brauen waren bis zur Unsichtbarkeit sonnengebleicht; seine blaßblauen Augen waren ganz Erstaunen und Verehrung.

«Mr. Bech, hallo! Konnte gar nicht glauben, daß Sie es sind!»

«Und wenn ich es nun nicht gewesen wäre? Wie würden Sie dann erklären, daß Sie mich hier in den Straßengraben gelenkt haben?»

«Ich wette, Sie kennen mich nicht mehr.»

«Lassen Sie mich raten. Sabu sind Sie nicht, und Freddie Bartholomew sind Sie auch nicht.»

«Wendell Morrison, Mr. Bech. Englisch 1020, Columbia, 1963.»

Bech, der zu der letzten schreibenden Generation gehörte, die das Lehren für korrumpierend hielt, hatte sich einmal überreden lassen, einen Frühjahrskurs lang die bemerkenswert ungezwungenen Gespräche von fünfzehn Studenten zu überwachen – es lief auf kaum mehr als das hinaus – und ihre betrüblich unsauberen Manuskripte zu lesen. Träge und clever, hatte es diesen jungen Menschen nicht nur an Patriotismus und Glauben gemangelt, sondern sogar an der ganz groben Moral, die eine Wettbewerbssituation verlangt. Vom Geld von Vätern lebend, die sie verachteten, systematisch zum Anstößigen hingezogen, schienen sie für den Faschismus reif zu sein. Ihre politischen Ansichten machten sich über die liberalen Glaubenssätze lustig, die Bech teuer waren; ihr literarischer Geschmack führte sie zu chaotischen Zweitklassigen wie Miller und Tolkien und fort von jenen Heiligen des Formalismus – Eliot, Valéry, Joyce, deren demütiger Jünger Bech gewesen war. Bech hatte sogar in physischer Hinsicht etwas an ihnen auszusetzen: die Mädchen waren zwar größer und besser ausgestattet als die Mädchen in seiner Jugend, mit besseren Zähnen und reinerer Haut, aber ihre Schönheit hatte etwas Teigiges; die weniger wohlgenährten Mädchen von Bechs Generation hatten unbedingt schönere Beine gehabt. Ganz langsam erinnerte er sich Wendells. Der Junge saß immer zu seiner

Linken, ein blondschopfiger junger Wasp aus Stamford, Bürsten-haarschnitt, ein Connecticut-Yankee, ernster und respektvoller als die anderen, so höflich in der Tat, daß Bech sich fragte, ob sich dahinter nicht eine Art Ironie verbarg. Er schien Bech zu verehren; und Bechs Schwäche für angelsächsische Protestanten war bekannt. «Sie haben in kleinen Buchstaben geschrieben», sagte Bech. «Eine Orgie mit ein paar Mädchen in einem Haus mit teurem Mobiliar. Schimmern von rosa Fleisch in einem Kronleuchter. Jemand hat seine Notdurft auf einem Polarbärenfell verrichtet.»

«Ja, richtig. Ein kolossales Gedächtnis haben Sie.»

«Nur für Ausgefallenes.»

«Sie haben mir eine Eins gegeben, Sie haben gesagt, der Text hätte Sie wirklich gepackt. Für mich hat das sehr viel bedeutet. Ich konnte Ihnen das damals nicht sagen, ich habe damals auf lässig gemacht, das war meine Masche, aber jetzt kann ich's Ihnen sagen, Mr. Bech, das hat mir Mut gemacht, das hat mich richtig aufgemö-belt. Sie waren tadellos.»

Als das zwangloser werdende Vokabular des Jünglings auf eine längere Unterhaltung hinzudeuten schien, rekelte sich die neben Bech sitzende Frau unruhig. Wendells klare blaue Augen nahmen die Bewegung wahr, und Bech sah sich gezwungen, zwei Personen miteinander bekannt zu machen. «Norma, das ist Wendell Morris. Miss Norma Latchett.»

«Morrison», sagte der Junge und griff an Bechs Nase vorbei, um Norma die Hand zu schütteln. «Er ist in Ordnung, nicht wahr, Ma'am?»

Sie erwiderte trocken: «Es läßt sich aushalten.» Ihre schmale braune Hand ruhte in Wendells weißer plumper Hand, als sei sie dort gestrandet. Es war ein schwül-klebriger Tag.

«Weiter!» rief ein Kind hinten auf dem Rücksitz mit jener schrecklich gequietschten Stimme, die einem Wutanfall vorangeht. Hilflos umklammerten Bechs Hände das Lenkrad, und seine Nak-kenhaare standen starr ab. Nach zwei Wochen hatte er sich noch immer nicht auf die Zwänge der Ersatzvaterschaft eingestellt. Das Kind grummelte zornerfüllt; Bechs Magen krampfte sich solida-risch zusammen.

«Still!» sagte die Mutter des Kindes, leise, besänftigend. «Onkel Henry spricht mit einem ehemaligen Schüler. Sie haben sich seit Jahren nicht gesehen.»

Wendell neigte den Kopf, um weiter ins Wageninnere zu spähen, und Bech war gezwungen, mit der Vorstellung fortzufahren. «Das ist Normas Schwester, Mrs. Beatrice Cook, und ihre Kinder – Ann, Judy, Donald.»

Wendell nickte viermal grüßend. Seine pelzige, plumpe Hand klammerte sich beharrlich an den Rand von Bechs Fenster. «Na, da ist ja was los.»

Bech sagte: «Wir wollen noch zum Strand hinunter, bevor es sich bezieht.» Mit jedem Augenblick bewölkte sich der Himmel mehr. Oft lag die Insel im Nebel, während das Festland, dem Wetterbericht zufolge, in der Hitze schmorte.

«Wo wohnen Sie denn alle?» Die Annahme des Jünglings, daß sie alle zusammen wohnten, ärgerte Bech, weil sie richtig war.

«Wir haben einen Schuh gemietet», sagte er, «von einer alten Dame, die sich in eine Zigarrenkiste verbessert hat.»

Wendells Augen blieben auf den drei blonden Kindern ruhen, die nebst Sandeimern und aufgeblasenen Luftmatratzen neben ihrer Mutter auf dem Rücksitz eingeklemmt saßen. Er fragte die Kleinen: «Onkel Henry ist eine Marke, was?»

Bech hatte das Gefühl, Wendell gekränkt zu haben. In rascher Wiedergutmachung erklärte er: «Wir wohnen in einem Häuschen, das uns Andy Spofford vermietet hat – Andy Spofford hat oft in Kriegsfilmen mitgespielt, das war vor Ihrer Zeit, er hat die Nebenfiguren gespielt, die getötet wurden, jetzt lebt er größtenteils auf Korsika. Blauer Briefkasten, dritter Fahrweg nach Up-Island-Boutique, biegen Sie immer links ab, nur nicht das letzte Mal, da müssen Sie rechts abbiegen, aber nicht *ganz* rechts. Mrs. Cook ist aus Ossining für eine Woche zu Besuch herausgekommen.» Bech nahm davon Abstand, Wendell auch noch mitzuteilen, daß sie in Scheidung und von Pillen lebte und jeden Abend heulte. Bea war eine wenig aufregende Frau von mittlerer Größe und zwei Jahre jünger als Norma; sie trug unscheinbare Kleider, die geradezu dazu bestimmt zu sein schienen, die etwas scharf konturierte Schönheit ihrer Schwester zu betonen.

Wendell verstand Bechs entschuldigenden Informationsausbruch als eine Einladung und nahm die Hand von der Tür. «Ich weiß, es ist eine Zumutung, aber es wäre fein, wenn Sie nur mal einen Blick auf das Zeug werfen würden, das ich jetzt schreibe. Ich bin jetzt über die kleinen Buchstaben hinaus. Ich bin jetzt an etwas ziemlich Klassischem. Ich habe zweimal den Film ‹Ulysses› gesehen.»

«Und Sie haben sich das Haar wachsen lassen. Über den Friseur sind Sie wohl auch hinaus.»

Wendell sprach an Bechs Ohr vorbei die Kinder an. «Geht ihr drei gern Quallen fangen?»

«Ja!» antworteten Ann und Judy im Chor; sie waren Zwillinge.

«Was ist das, Quallen?» fragte Donald.

Am Strand spielen war das einzige Vergnügen der Kinder. Ihre Mutter war benommen von Betäubungsmitteln, Norma verabscheute körperliche Aktivität vor Einbruch der Dunkelheit, und Bech hatte Angst vor dem Wasser. Sogar das Übersetzen mit der Fähre vom Festland herüber war für ihn ein Problem. Er fuhr nie Boot und schwamm selten in Wasser, das ihm bis über die Hüften ging. Von seiner Wohnung am Riverside Drive blickte er nach New Jersey hinüber, als wäre der Hudson eine breite, flache schwarze Straße.

«Dann gehen wir gleich morgen los», sagte Wendell. «Ich hole sie so um ein Uhr mittags ab, wenn Ihnen das recht ist, Ma'am.»

Bea, verwirrt darüber, daß man sie plötzlich anredete – denn Bech und Norma hatten ihr fast so etwas wie Unsichtbarkeit aufgezwungen, indem sie ihre Auseinandersetzungen und Versöhnungen inszenierten, als wäre sie gar nicht mitanwesend im Ferienhäuschen – antwortete mit ihrer melodischen, kummerverlangsamten Stimme: «Das wäre lieb von Ihnen, wenn Sie sich wirklich die Mühe machen wollen. Ist es auch nicht gefährlich?»

«Kein bißchen, Ma'am. Ich habe Schwimmwesten dabei. Und ich war Ferienlagerhelfer.»

«Das muß gewesen sein, als Sie Ihren Polarbär geschossen haben», sagte Bech und ließ den Motor an.

Sie trafen am Strand ein, als die Sonne gerade hinter einer jener Wolken verschwand, deren Ränder den blauen Himmel stundenlang in Schach halten können. Die Kinder, endlich frei und voller Vorfreude auf die Ereignisse des nächsten Tages, stürzten sich in die Brandung. Norma – es war, als wickle sie ein zerbrechliches, vielleicht nicht ganz geschmackvolles Geschenk aus – entledigte sich ihres Strandkleids, einen malvenfarbigen Bikini zur Schau stellend, drückte sich Plastikschalen in die Augenhöhlen und lagerte sich auf der Mitte eines purpurnen Tuchs von der Größe eines Doppelbetts. Bea, unglücklich in einem losen braunen Strandkostüm, das ihrer Figur nicht gerecht wurde, setzte sich in den Sand mit einem Buch – einem Buch von Bech übrigens. Obwohl ihre Schwester seit zweieinhalb Jahren seine Geliebte war, hatte sie bis jetzt nur immer gerade ihre häuslichen Pflichten erledigen können. Verlegen, befürchtend, das Buch könne, so nah seiner körperlichen Gegenwart, irgendwie explodieren, bewegte sich Bech ein paar Schritte weiter und blieb dann stehen, barbrüstig, seinen großartigen Feind, das Meer, anstarrend, eine gedankenlose Hemisphäre, deren Schaumkronenflimmern verdrossen auch ohne die Sonne fortbestand. Bald darauf erklang eine schüchterne, heranwachsende Stimme, die Stimme, auf die er gewartet hatte, dicht neben seiner Schulter: «Oh, bitte, entschuldigen Sie, Sir, aber sind Sie vielleicht . . .?»

Für Wendell waren Bechs knappe Orientierungshilfen kein Hindernis – er holte die Kinder prompt am nächsten Tag um ein Uhr ab. Und die Expedition war ein solcher Erfolg, daß Beatrice ihren Aufenthalt um eine Woche verlängerte. Wendell nahm die Kinder mit zum Muschelsuchen und zum Minigolf; er zeigte ihnen eine alte indianische Begräbnisstätte und eine verlassene Windmühle und suchte mit ihnen vornehme Strandabschnitte auf, die zaunversperrt und schilderbewehrt «Unbefugte» abwehrten. Der Junge besaß eben diese angelsächsisch-protestantische Findigkeit, diese Leichtigkeit im Umgang mit Dingen – er wußte, wie man ein Muschelmesser ansetzt, wie man schnorchelte (schon beim Aufsetzen der Maske keuchte Bech nach Luft), wie man mittels Bluff und Charme auf Privatstrände gelangte (Bech glaubte alles, was er las), wie man Kinder mit ein paar zerbrochenen Muschelschalen in Erregung versetzte, die ganz von fern die Überreste zeremoniell aufgehäufter Muscheln sein mochten. Er war mit dem Land, der Erde, verbunden auf eine Weise, um die ihn Bech nur beneiden konnte. Obschon noch so jung, war er schon überall gewesen – Italien, Skandinavien, Mexiko, Alaska – wogegen Bech, abgesehen von Ferienaufenthalten in der Karibischen See und einer vom State Department finanzierten Tour durch einige kommunistische Länder, kaum herumgekommen war. Er wohnte jetzt zwanzig Straßen nördlich des Hauses, in dem er geboren war, und konnte in der Nacht, bevor er und Norma und sein klappriger Ford die Reise an der Küste hinauf zur Fähre riskierten, vor Nervosität nicht schlafen. Die einen ganzen Kontinent durchquerenden Motorradfahrer von ‹Travel Light› waren Tagträume gewesen, basierend auf den Klageliedern seiner in Cincinnati lebenden Schwester über ihren ältesten Sohn, einen Collegeversager. Wendell, gerade erst 23 Jahre alt, beschämte Bech mit seiner Yankee-Geschicklichkeit, seiner angeborenen Lederstrumpfweisheit – die zahllosen Handgriffe und Kniffe bei einem Strandpicknick zum Beispiel; der Ofen aus aufgehäuftem Sand, der in Seewasser gesalzene Mais, das Feuer aus eingesammeltem Treibholz. Alles dünkte Bech abenteuerlich, wie auch der Umstand, daß sich der Jüngling im bernsteinfarbenen Sommerdämmerlicht seiner Badekleidung entledigte, um sich als Bodysurfer zu betätigen. Wendell war ein zwar untersetzter, aber dennoch vollkommener Adonis, steifarmig in den Wellen, die Hinterbacken perlglänzend, die Genitalien deutlich sichtbar, wenn er in den Wellentälern stand. Die neue Generation war eingetaucht und verstrickt in die Welt, die Bechs Generation gleich einem törichten alten Bräutigam voller Whisky und Dogma zu besteigen und beherrschen versucht hatte. Bech hatte eine Scheu vor Dingen und besaß nur wenige, nicht einmal eine Ehefrau; in Wendells Zimmer, über einer Garage im Ferienhaus von irgendwelchen Freunden seiner Eltern, war alles von Sardellen in Dosen und einer Bibel bis zu pornographischen Fotos und einem Gramm LSD.

Seit Bech sie kannte, wollte Norma LSD nehmen. Zu ihren ständigen Klagen gehörte, daß er ihr nie welches besorgt hatte. Er, der wußte, daß alle ihre Klagen in Wirklichkeit dem Umstand galten, daß er sie nicht heiratete, sagte, dazu sei sie zu alt. Sie war 36; er war 43 und, obschon mit der Senilität kokettierend, die sich bei amerikanischen Autoren recht früh einstellt, hatte er noch immer lächerliche Angst, vor allem was seine Gehirnfunktionen beeinträchtigen mochte. Als Wendell auf der Veranda ihres Ferienhauses durchblicken ließ, daß er etwas LSD besaß, kam Bech Normas plötzlich veränderte Stimmung bekannt vor. Ihre Nasenflügel bebten, ihr breiter Mund fluktuierte rasch zwischen einem innigen Lächeln und einem strengen, herabgezogenen, fast zornigen Blick. Es war die Stimmung, in der sie vor zwei Jahren an Weihnachten auf einer Party an ihn herangetreten war, angeblich um über ‹The Chosen› mit ihm zu sprechen, in Wirklichkeit aber, um zu erreichen, daß er sie zum Abendessen ausführte. Sie sprach nur noch mit Wendell.

«Wo haben Sie das Zeug her?» fragte sie. «Warum haben Sie es nicht benutzt?»

«Oh», sagte er, «ich kannte einen Chemiestudenten. Ich habe es jetzt seit einem Jahr bei mir. Wissen Sie, das löffelt man nicht so vor dem Schlafengehen wie Ovomaltine. Da muß jemand dabei sein, mit dem man auf den Trip geht. Es kann sehr übel werden –» er besaß eine feierlich-flüsternde Stimme hinter seinem jungenhaft-naiven Ton – «wenn man sich allein auf einen Trip macht.»

«Sie haben es aber getan», bemerkte Bech höflich.

«Ja.» Sein schattenumflorter Tonfall passte zur Tageszeit. Der westliche Himmel sank dem Abendrot entgegen; die Segelboote nahmen Kurs zum Hafen. Im Zimmer hinter der Veranda saßen die Kinder beim Abendessen, aufgeregt lärmend nach einem Ausflug mit Wendell zur Hummerzuchtanstalt. Beatrice ging hinein, um ihnen den Nachtisch vorzusetzen und um sich einen Pullover anzuziehen.

Normas schlanke Beine zuckten beim Übereinanderschlagen, als sie sich mit ihrem raubgierigen Lächeln an Wendell wandte. Ehe sie noch etwas sagen konnte, stellte Bech eine Frage, die ihn wieder in den Mittelpunkt der Aufmerksamkeit rücken sollte. «Und darüber schreiben Sie jetzt? In der klassischen Art der ‹Ulysses›-Filme?»

Angesichts der Verlegenheit, seinen Lehrmeister belehren zu müssen, sprach Wendell noch einen Grad leiser. «Das ist eigentlich nicht mehr schreibbar. Schreiben macht Unterschiede, und das hier löscht sie aus. Ich erinnere mich zum Beispiel, wie ich in Columbia einmal aus meinem Fenster geschaut habe. Jemand hatte auf der Terrasse ein Badetuch liegenlassen. Vom Sonnenbaden, nehme ich an. Ich dachte, hm, hübsches grünes Tuch, angenehmer Grünton, *schöner* Grünton – und die Farbe hat mich *überfallen*!»

Norma fragte: «Wie überfallen? Hat das Tuch Zähne bekommen? Ist es größer geworden? Was war?» Bech hatte das Gefühl, daß es ihr schwerfiel, sich Wendell nicht an den Hals zu werfen. Die unschuldigen Augen des Jungen, so brauenlos wie die eines Teddybärs, blickten Bech forschend an.

«Sagen Sie es ihr», forderte Bech ihn auf. «Sie ist neugierig.»

«Ich bin *gräßlich* neugierig», rief Norma aus. «Ich hab's so satt, ich selbst zu sein. Alkohol hilft mir nicht mehr, Sex, einfach *nichts*.»

Wieder warf Wendell Bech einen Blick zu, diesmal einen besorgten. «Es – hat mich überfallen. Es wollte ich werden.»

«War es herrlich? Oder schrecklich?»

«Es war an der Grenze. Sie müssen das verstehen, Norma, das ist kein Spaß. Das nimmt einem alles, was man hat.» Er sprach jetzt in dem unnatürlich, vielleicht ironisch-respektvollen Ton, den er im Kurs Englisch 1020 angeschlagen hatte.

«Das zieht dir sogar glatt die Schuhe aus», sagte Bech, zu Norma gewandt.

Bea erschien auf der Schwelle, verschwommen hinter dem Fliegendraht. «Solange ich noch auf bin – hätte jemand gern noch einen Drink?»

«Oh, *Bea*», sagte Norma und sprang auf, «du mußt nicht alles machen. Ich habe heute Küchendienst, komm, ich helfe dir.» Zu Bech sagte sie, ehe sie hineinging: «*Bitte,* organisier du das, meinen

Trip mit Wendell. Er glaubt, ich mache Ärger, aber er *betet* dich an. Sag ihm, ich werde mich hervorragend anstellen.»

Sie ging, und die Männer wußten sich eine Zeitlang nichts zu sagen. Haufen von Schäfchenwolken glitten einem magentaroten Sonnenuntergang entgegen; Bech fühlte sich in eine Situation hineingezogen, in der nichts, weder Takt noch Vernunft, noch die Moral, die er von seinem Vater und von Flaubert gelernt hatte, einen Anhaltspunkt lieferte. Schließlich fragte Wendell: «Wie innerlich gefestigt ist sie?»

«Sehr un . . .»

«Liegen irgendwelche psychologischen Störungen vor?»

«Nein. Nur die übliche psychiatrische Behandlung. Hat die Analyse nach vier Monaten abgebrochen. Leistet ihre Arbeit offenbar zu voller Zufriedenheit – Layout und Design für eine Werbeagentur. Gibt sich gern launisch, hat aber dabei einen guten Blick für das, was ihr nützt.»

«Ich müßte wirklich eine gewisse Zeit mit ihr zusammen verbringen. Es ist äußerst wichtig, daß Leute, die gemeinsam auf einen Trip gehen, kongenial sind. Ein Trip dauert zwölf Stunden. Ohne innere Beziehung ist das ein Alptraum.» Der Junge war so ernst, so blind für das Unerhörte seines Vorschlags, daß Bech lachen mußte. Als weise er Bech mit seinem größeren Ernst zurecht, flüsterte Wendell im Dämmerdunkel: «Die Menschen, mit denen zusammen Sie auf einen Trip gehen, werden die wichtigsten Menschen in Ihrem Leben.»

«Na», sagte Bech, «dann wünsche ich Ihnen und Norma viel Glück. Wann verschicken wir die Anzeigen?»

Wendell sagte geziert: «Ich spüre, daß Sie die Sache mißbilligen. Ich spüre Ihre Angst.»

Bech war sprachlos. Wußte der Bursche denn nicht, was eine Geliebte war? Kein Gefühl für Privatbesitz in dieser Generation. Die frühen Christen; Brook Farm.

Wendell fuhr behutsam, bedächtig fort. «Lassen Sie mich einen Vorschlag machen – hat sie schon einmal Marihuana geraucht?»

«Nicht in meinem Beisein. Ich bin eine altmodische Vaterfigur. Zwei Teile Abraham plus ein Teil Fagin.»

«Dann würde ich doch sagen, wir rauchen erst einmal zusammen etwas Marihuana, sie und ich, Mr. Bech. Auf die Weise kann sie ihre weibliche Neugierde befriedigen und gleichzeitig feststellen, ob wir zu einem Trip miteinander geeignet wären. Wie ich sie einschätze, ist sie viel zu praktisch veranlagt, als daß es ihr damit ernst wäre; sie will nur modern sein und vielleicht Sie ein bißchen ärgern.»

Der Junge war so voller Interesse, so vernünftig, daß Bech nicht umhin konnte, ihn als Studenten zu behandeln, mit allen erworbenen Prärogativen, den rücksichtslosen Befugnissen zu forschen und zu fragen, die Studenten eigen sind, junge amerikanische Köpfe. Weltraumwettlauf mit Rußland. Bech hörte sich nachgeben. «Na schön. Aber Sie nehmen sie nicht mit hinüber in Ihre Zauberlehrlingswerkstatt.»

Wendell war etwas verwirrt; er wirkte im Dämmerlicht wie ein unschuldiges Pelztier, das sich vorsichtig witternd durch den Irrgarten der Vorurteile des anderen Mannes hindurcharbeitete. Schließlich sagte er: «Ich glaube, ich weiß, was Sie befürchten. Für Sex besteht nicht die geringste Chance. Alle diese Sachen sind natürlich sexuell hemmend. Das ist medizinisch belegt.»

Bech lachte erneut. «Wagen Sie es nicht, mir Norma sexuell zu hemmen. Das ist alles, was wir noch haben, sie und ich.» Doch indem er diese Kombination von Witz und Eingeständnis von sich gab, hatte er den Jungen aus dem Irrgarten erlöst und ihn tiefer in sein Leben eindringen lassen, als er beabsichtigt hatte – und dies alles, so argwöhnte Bech, weil er im Grunde Angst hatte, als unmodern zu gelten. Sie vereinbarten, daß Wendell etwas Marihuana holen ging und dann zum Abendessen blieb. «Sie werden nehmen müssen, was sich bietet», sagte Bech.

Norma war nicht gerade entzückt. «Wie lächerlich von dir», sagte sie, «mir nicht zu trauen, allein mit diesem Kind. Du bist so unreif und paschahaft. Aber ich bin nicht dein Eigentum. Ich bin frei und ledig, wie's dir beliebt.»

«Ich wollte dir Peinlichkeiten ersparen», sagte er. «Ich habe die Geschichten deines ‹Kindes› gelesen; du weißt nicht, was in ihm vorgeht.»

«Nein, nachdem ich dir drei Jahre lang Gesellschaft geleistet habe, hab ich vergessen, was in einem normalen Mann vorgeht.»

«Dann gibst du also zu, daß er ein normaler Mann ist. Und kein Kind. Na schön. Bleib mir aus dem Studio dieses Burschen draußen oder wie er es sonst nennt. Opiumhöhle.»

«Man könnte meinen, du wärst der glühende junge Liebhaber! Ich frage mich, wie ich bloß dreißig Jahre und ein paar mehr ohne deine Fittiche ausgekommen bin.»

«Das frage ich mich auch, wo du so selbstzerstörerisch bist. Und übrigens sind wir nicht seit drei Jahren zusammen, sondern erst seit zweieinhalb Jahren.»

«Du scheinst die Minuten gezählt zu haben – ist meine Zeit bald um?»

«Norma, *warum* nur willst du mit all diesen Drogen ins Nirwana abschwirren? Ich finde das beleidigend für die Welt.»

«Ich will einmal etwas *erleben*. Ich hatte nie ein *Baby,* der einzige Trauring, den ich je getragen habe, das ist der, den du mir leihst, wenn wir im Winter nach St. Croix fahren, ich war nie in Pakistan, und ich werde nie in die Antarktis kommen.»

«Ich kauf dir einen Kühlschrank.»

«Ja, das ist typisch für dich – noch ein Möbelstück kaufen, eines angenehmer als das andere. Also, was mich betrifft, ich glaube, dein wunderbarer Lebensstil, deine berauschende Mixtur von L'art pour l'art und Wirtschaftskrisenbammel deckt einfach nicht alles ab. Mein Leben wird immer mehr eingeschlossen, und das ist schrecklich, und ich dachte, auf diese Art könnte ich es ein bißchen öffnen. Nur ein *bißchen*. Nur einen *winzigen* Spalt, daß ein kleiner Sonnenstrahl hereinfällt.»

«Er kommt ja wieder. Deine Dosis ist schon unterwegs.»

«Ach, wie kann ich denn high werden, wenn ihr mit langen Gesichtern dabeisitzt, du und Bea? Das ist doch grotesk. Das hemmt einen doch. Meine jüngere Schwester. Mein freundlicher Beschützer. Da könnte ich auch gleich meine Mutter rufen – die kann von West Orange mit dem Riechsalz angeflogen kommen.»

Bech war ihr dankbar dafür, daß sie ihren Zorn, ihre Not wieder abklingen ließ von dem höchsten Punkt, den sie mit dem Klageruf, daß sie kinderlos geblieben war, erreicht hatte. «Wir nehmen das Zeug mit dir zusammen», versprach er ihr.

«Wer? Du und Bea?» Norma lachte verächtlich. «Ihr zwei Kindermädchen. Ihr seid die zwei vorsichtigsten Menschen, die mir je begegnet sind.»

«Wir würden gern einmal Marihuana rauchen, nicht wahr, Bea? Komm, nimm dir mal einen Tag frei. Reiß dich von deinem Nembutal los.»

Beatrice, die Lammkoteletts gebraten und für vier Personen gedeckt hatte, während Bech und ihre Schwester sie, im Durchgang zwischen Küche und Eßplatz gestikulierend, behinderten, blieb stehen und überlegte. «Rodney bekäme einen Anfall.»

«Rodney läßt sich von dir scheiden», sagte Bech. «Denk mal an dich selbst.»

«Ach, das ist einfach zu lächerlich», protestierte Norma. «Das nimmt der Sache den ganzen Witz.»

Bech fragte in scharfem Ton: «Liebst du uns nicht?»

«Na gut», sagte Bea, «unter einer Bedingung. Die Kinder müssen schlafen. Ich will nicht, daß sie vielleicht sehen, wie ich etwas Verrücktes mache.»

Wendell hatte dann den klugen Einfall, die Kinder auf der Veranda schlafen zu legen, fern von möglichem Lärm und Rauchdunst. Er hatte aus seinem Wundervorratslager zwei Schlafsäcke mitgebracht, davon war einer zweischläfrig, für die Zwillinge. Er brachte die drei kleinen Cooks zur Ruhe, indem er ihnen die Sternbilder und diejenige Himmelsgegend zeigte, wo es nach den Zeitungsvorhersagen dieser Woche Sternschnuppen geben mochte. «Und wenn ihr nicht hinsehen wollt», sagte Wendell, «dann macht ihr einfach die Augen zu und lauscht, ob ihr eine Eule hört.»

«Gibt's hier Eulen?» fragte einer der Zwillinge.

«Ja, natürlich.»

«Auf dieser Insel?» fragte der andere Zwilling.

«Eine oder zwei. Jede Insel muß eine Eule haben, sonst würden sich die Mäuse vermehren und vermehren, und es gäbe kein Gras mehr, nur noch Mäuse.»

«Schnappt sie uns?» Donald war der jüngste, fünf Jahre.

«Du bist doch keine Maus», wisperte Wendell. «Du bist ein Mann.»

Bech, der das Gespräch heimlich mitangehört hatte, verspürte einen inneren Stoß und beneidete die neuen Amerikaner um ihre zwanglose Art im Umgang mit Kindern. Wie schrecklich dünkte es ihn, einen Juden, keine Kinder zu haben, der Würde eines Vaters zu ermangeln. Die vier Erwachsenen aßen ein nüchternes und gesprächsarmes Mahl. Wendell fragte Bech, was er gerade schreibe, und Bech sagte, nichts, er lese bei seinen alten Büchern Korrektur und entdecke dabei viele Druckfehler. Kein Wunder, daß die Kritiker ihn mißverstanden hätten. Norma hatte sich in ein schimmerndes Hauskleid geworfen, einen pfauenfarbenen seidenen Kimono, den Bech ihr zum letzten Weihnachtsfest geschenkt hatte, ihrem zweiten Jahrestag. Er fragte sich, ob sie wohl ihre Unterwäsche angelassen hatte, und erhaschte schließlich, als sie sich stirnrunzelnd über ihr zu scharf gebratenes Lammkotelett beugte, einen beruhigenden Blick auf die bleiche Kante eines Büstenhalters. Während des Kaffees räusperte er sich: «Ja, Kinder, wollen wir mit der Séance anfangen?»

Wendell stellte vier Stühle in einem Rechteck auf und zog eine Pfeife hervor. Es war eine gewöhnliche Pfeife, die Art, an die sich Autoren in jenen altmodischen Tagen, als sich Bechs Vorstellung vom literarischen Leben herausgebildet hatte, auf Buchumschlagfotos zu klammern pflegten. Norma nahm sich den besten Stuhl, den Korblehnstuhl, und rauchte ungeduldig eine Zigarette, während Beatrice abdeckte und nach den Kindern sah. Sie schliefen friedlich unter den Sternen. Donald hatte seinen Schlafsack an den der Mädchen geschoben und lag da, den Daumen im Mund und die andere Hand auf Judys Haar. Beatrice und Bech setzten sich, und Wendell sprach zu ihnen wie zu Kindern, zeigte ihnen die magische Substanz, die aussah wie ein Bodensatz aus Krümeln vom Bleistiftanspitzen in einem schmutzigen Tabaksbeutel, und erklärte ihnen, wie sie Luft einsaugen und gleichzeitig rauchen mußten, wie sie den Rauch schlucken und ihn drunten halten mußten, damit das kostbare Narkotikum Lungen und Magen und Adern und Hirn durchdrang. Die Gründlichkeit dieser Anweisungen erweckte in Bech die Überzeugung, daß etwas schiefgehen würde. Er fand Wendell als Instrukteur etwas aufgeblasen. Unter wildem Saugen und theatralischem Inhalieren brachte der Junge die Pfeife in Gang und bot Norma den ersten Zug an. Sie hatte noch nie Pfeife geraucht und bekam einen Hustenkrampf. Wendell beugte sich vor und inhalierte aus der Luft den Rauch, den sie verschwendet hatte. Er war, von der Seite gesehen, mit seiner blonden Mähne zu einem Löwenbaby über einem Knochen geworden; seine hungrigen, raschen Bewegungen waren von einem düsteren Schweigen gepolstert. «Schnell!» forderte er Norma mit heiserer Stimme auf. «Verschwenden Sie das Zeug nicht. Das ist alles, was ich noch habe von meiner letzten Reise nach Mexiko. Es reicht vielleicht nicht für vier.»

Sie versuchte es noch einmal – Bech spürte, wie verkrampft sie war, wie widerspenstig, nur zu sehr der Tatsache bewußt, daß sie mit der Pfeife zwischen den Zähnen zu einer scharfnasigen alten Frau wurde – und mußte wieder husten und klagte: «Ich kriege nichts hinunter.»

Wendell wirbelte herum, barfuß, und sagte, mit dem Pfeifenmundstück nach ihm stechend: «Mr. Bech.»

Der Rauch war süß und kreisrund und weich, weicher, als Bech sich hätte vorstellen können, sich aufblähend in seinem Mund und im Hals und in der Brust wie eine wohltätige Quellwolke, wie eines jener Valentinstagsgeschenke aus seiner Kindheit, die sich zu einem dreidimensionalen Fächer aus Seidenpapier entfalteten. «Mehr», befahl Wendell und stieß wieder mit der Pfeife nach ihm, wobei er gierig die Rauchfetzen einschnüffelte, die Bech nicht mitbekam. Diesmal war da ein leichtes Brennen – die Andeutung eines unfreundlichen Tabakkratzens. Bech empfand sich als Kuppelraum, mit Gewölben und Ausbuchtungen nach oben, die die Wolke willkommen hießen; er schloß die Augen. Die Farbe der Empfindung war gelb vermischt mit blau, aber deshalb keineswegs grün. Unten in seiner Kehle brannte es befriedigend.

Während seine Aufmerksamkeit nach innen gekehrt war, bekam Beatrice die Pfeife gereicht. Rauch entwich zwischen ihren zusammengepreßten Lippen; es dünkte Bech geradezu ergreifend, daß sie selbst in der Verworfenheit keinen Lippenstift auflegte. «Gebt sie *mir*», sagte Norma und streckte gierig die Hand aus. Wendell riß die Pfeife an sich und inhalierte Marihuana mit der Inbrunst eines Verschütteten, der durch eine Röhre atmet. Die Luft begann süßlich zu riechen, blumig und mild. Norma sprang von ihrem Stuhl auf und ergriff mit schimmerndem Kimono die Pfeife, so daß kostbare Funken flogen. Wendell drückte sie wieder auf ihren Stuhl zurück und schob ihr das Mundstück zwischen die Lippen wie eine Mutter, die ihr Baby füttert. «Ruhig, ganz ruhig», flötete er, «ziehen Sie es ein, spüren Sie, wie es oben gegen Ihren Gaumen drückt, wie es in Ihnen erblüht, halten Sie es fest, ganz fest.» Seine ‹S› klangen unwahrscheinlich zischend.

«Was soll diese ganze Hypnose?» fragte Bech. Ihm mißfiel die Art, wie Wendell mit Norma umging. Der Junge rauschte auf ihn zu und schob ihm die nasse Pfeife in den Mund. «Tiefer, tiefer, so, ja, gut ... gut ...»

«Es brennt», protestierte Bech.

«Das soll es ja», sagte Wendell. «Das ist schön. Dann kriegen Sie es richtig in sich hinein.»

«Und wenn mir nun schlecht wird?»

«Es wird einem nie schlecht davon. Das ist medizinisch erwiesen.»

Bech wandte sich an Beatrice und sagte: «Wir haben eine Generation von Amateurpharmakologen großgezogen.»

Sie steckte die Pfeife in den Mund; als sie sie Wendell zurückreichte, lächelte sie und sagte: «Hm.»

Norma schnickte die Beine übereinander und sagte empört: «Es *passiert* gar nichts. Ich *merke* nichts.»

«Kommt schon, kommt schon», versicherte Wendell. Er setzte

sich auf den vierten Stuhl und reichte die Pfeife weiter. Dünner Schweiß perlte über sein rundliches Gesicht.

«Haben Sie schon bemerkt, was für hübsche Beine Norma hat?» fragte ihn Bech. «Sie ist so alt, daß sie biologisch Ihre Mutter sein könnte, aber geruhen Sie, einen Blick auf ihre Beine zu werfen. Wir waren die *Sehnige Generation*.»

«Was ist das für eine Generationsvorstellung, in der Sie da befangen sind?» fragte Wendell, noch immer ziemlich respektvoll Englisch 1020. «Wir sind alle Menschen.»

«*Unsere* biologische Mutter», verkündete Beatrice recht unerwartet, «war der Ansicht, *ich* hätte die bessere Figur. Sie sagte immer, Norma sei knochig.»

«Also das gibt es nicht, daß ihr hier über mich redet wie über ein Stück Fleisch», sagte Norma. Widerwillig gab sie die Pfeife an Bech weiter.

Als Bech rauchte, säuselte Wendell: «Ja, tiefer, daß es Sie ganz ausfüllt. Er hat's wirklich raus. Mein Meister, mein Guru.»

«Selber Guru», sagte Bech, die Pfeife an Beatrice weiterreichend. Er sprach mit einer dröhnenden Langsamkeit, so sonor wie die Stimme eines Idols. «Ihr Blumentypen seid alle latente Faschisten.» Die ‹A› und die ‹S› hatten in seinem Mund eine persönliche Sattheit angenommen. «Beinahe-Faschisten.»

Wendell lehnte die Pfeife ab, die Beatrice ihm anbot. «Geben Sie sie wieder unserem Lehrmeister. Wir bedürfen seiner Weisheit. Wir bedürfen der Frucht seines Leidens.»

«*Beinahe, beifern*», fuhr Bech fort, an der Pfeife saugend und Rauch inhalierend. Was eine Frau beim Koitus empfinden mußte. Mehr, mehr.

«*Mon maître*», seufzte Wendell sich vorbeugend, atemlos, ehrfürchtig, liebevoll.

«Seines Leidens!» sagte Norma spöttisch. «Den Tag, an dem Henry Bech es über sich bringt zu leiden, streiche ich im Kalender rot an. Er ist der unerschütterlichste Mensch in Amerika, seit sie Tom Dewey in Pension geschickt haben. Oh, das ist gräßlich. Ihr seid alle so albern, und ich sitze da und bin völlig nüchtern. Ich hasse das. Ich hasse euch alle.»

«Hört ihr Musik?» fragte Bech und reichte die Pfeife direkt zu Wendell hinüber.

«Schaut euch mal die Fenster an, ihr Menschen alle», sagte Beatrice. «Sie kommen auf uns zu.»

«Oh, hör auf, so zu tun als ob», sagte Norma zu ihr. «Du hast

Mutter immer nach dem Mund geredet. Ich bin lieber die knochige Norma als die sanfte Bea.»

«Sie ist schön», sagte Wendell zu Norma, sich auf Beatrice beziehend. «Aber schön sind auch Sie. Der Herr Krischna verteilt Gaben mit großzügiger Hand.»

Norma wandte sich an ihn und lächelte. Ihre Neigung zum Unechten – wie die einer Blume zur Sonne. Breiter, warmer Mund, in dem Erinnerungen an Freuden zu giftigen Worten wurden.

Behutsam fragte Bech den anderen Mann: «Warum ähnelt Ihr Gesicht der Unterseite eines Küchensiebs, in das man nassen Salat gehäuft hat?» Das Bild schien zugleich elegant und präzis, grausam, aber treffend. Doch der Gedanke an Salat störte seine Verdauung. Gras. Alle Menschen. Dinge wachsen in Kreisbahnen. Stoppt die Kreisbahnen.

«Ich schwitze leicht», gestand Wendell freimütig. Die mühelose Schamlosigkeit, erkauft für eine undankbare Generation mit Dekaden von Armut und Krieg.

«Und Sie schreiben schlecht», sagte Bech.

Wendell blieb ungerührt. Er sagte: «Sie haben mein neues Zeug noch nicht gesehen. Das ist wirklich kolossal diszipliniert. Ich lasse die Dinge die Emotionen beherrschen statt umgekehrt. Glauben Sie nicht auch, daß seit ‹Finnegan's Wake› die Zeit für Emotionen in der Prosa vorbei ist?»

«Unterhalten Sie sich mit mir», sagte Norma. «Er ist völlig von sich selbst besessen.»

«Er ist mein Gott», erklärte Wendell schlicht.

Beatrice fragte: «Wer ist jetzt dran? Macht sich keiner wegen dieser Fenster Sorgen?» Wendell gab ihr die Pfeife. Sie rauchte und sagte: «Schmeckt wie Bodensatz.»

Als sie Bech die Pfeife anbot, winkte er vorsichtig ab. Er hatte das Gefühl, daß der Gipfel seiner Apotheose vorübergeglitten war und einem allgemeinen Abwärtsrutschen Platz gemacht hatte. Seine Wahrnehmungen waren klar, er spürte, wie sie alle zu ihm durchzudringen versuchten, Norma, die Liebe suchte, Wendell, der ein Lob begehrte, Beatrice, die sich nach ein paar weiteren Tagen kostenloser Ferien sehnte; doch diese fordernden Pfeile waren auf ein in der Metamorphose begriffenes Werk gerichtet. Bechs Brust neigte sich nach oben und versuchte, seinen Kopf in eine entspannte Lage zu heben, wie damals vor dreißig Jahren, wenn ihm schlecht wurde auf der langen U-Bahn-Fahrt zu seinen Onkeln in Brooklyn und er den Blick starr-verzweifelt auf sein Spiegelbild in der vibrierenden schwarzen Glasscheibe richtete. Die komische wollene Buster Brown-Mütze, die er trug, weil seine Mutter es wollte, sein bleiches kleines Gesicht, alt für seine Jahre. Die höchste Erlösung beim letzten magenverkrampfenden Anhalten des Zugs. In der unteren Ecke seines Blickfelds sprang Norma auf und nahm Beatrice die Pfeife ab. Etwas fiel hin. Funken. Beide Frauen krabbelten auf dem Boden herum. Norma richtete sich auf in ihrem schimmernden Kimono und klagte majestätisch: «Sie ist aus. Alles fort. Verdammt, du gierige Bea!»

«Zurück nach Mexiko», rief Bech. Seine eigene Stimme kam von weither, durch Decken einer sich ansammelnden Erwartung hindurch, durch die sich ausdehnende Bewegungslosigkeit der Übelkeit. Aber daß ihm schlecht werden würde, wußte er mit Bestimmtheit erst, als Normas Stimme, ein, zwei Meter entfernt in der gleitenden Umnebelung, so scharf und klein wie ein Bild in einem umgekehrten Fernglas, verkündete: «Henry, du bist ja ganz gelb!»

Im Badezimmerspiegel sah er, daß sie recht hatte. Alles Blut war aus seinem langen Gesicht gewichen und hatte, Abschaum gleich, das talgige Gelb seiner Sommerbräune zurückgelassen und einen lila Sonnenbrandfleck auf seiner melancholischen Nase. Ein Gesicht, das er aus tausend Abgründen angeschaut hatte, beim Friseur und in Bars, in der U-Bahn und im Flugzeugfenster über dem Schwarzen Meer, vor dem Rasieren und nach dem Liebesakt; es lächelte geistlos, mit sehr müden Augen. Bech kniete nieder, ergab sich der Ekstase des Verfinstertwerdens, das Denken ins Nichts gedrängt durch die Heftigkeit der Umkehrung, durch die sein Magen sich leerte, wiederholt, bis ein befriedigender Schmerz ihm Tränen aus den Augen zwang und er rein war.

Beatrice saß allein im Wohnzimmer neben dem alten Kamin. Bech fragte sie: «Wo sind die anderen?»

Unbeweglich und klaglos sagte sie: «Sie sind hinausgegangen, und zwei Minuten später ist der Motor seines Wagens angesprungen.»

Bech, mitgenommen, aber völlig klar, sagte: «Wieder eine medizinische Tatsache im Eimer.»

Beatrice blickte ihn fragend an. Sie schnickt den Kopf herum wie Norma, dachte Bech. Schwestern. Ein Stöckchen, im Wasser vom Licht gebrochen. Unsere biologische Mutter.

Er sagte: «A – der Bursche versichert mir, mir wird davon nicht schlecht, und B – er schwört feierlich, das Zeug wirkt nicht sexuell hemmend.»

«Du glaubst doch nicht – sie sind auf seine Bude gegangen?»

«Doch. Du nicht?»

Beatrice nickte. «So ist sie. So war sie schon immer.»

Bech blickte sich um und sah, daß die vertrauten Gegenstände – das Glas mit eingetrocknetem Myrtenwachs; die ungeordnete Muschelsammlung, sandig und übelriechend; der feuchtigkeitsklamme Stoß Bücher auf dem Sofa – noch immer so etwas wie einen letzten, dünnen Schleier trugen von dem Mysterium, in das das Marihuana sie gekleidet hatte. Er fragte Bea: «Wie fühlst du dich? Noch immer Ärger mit den Fenstern?»

«Ich sitze die ganze Zeit hier und sehe sie an», sagte sie. «Mir ist immer, als würden sie gleich umkippen und ins Zimmer fallen, aber ich glaube eigentlich doch nicht, daß sie das tun.»

«Vielleicht doch», sagte Bech. «Du darfst nicht so wenig auf deine Intuitionen geben.»

«Ach bitte, würdest du dich zu mir setzen und sie zusammen mit mir beobachten? Ich weiß, es ist albern, aber es wäre mir doch eine Erleichterung.»

Er entsprach der Bitte, rückte Normas Korbstuhl dicht an Bea heran und bemerkte, daß den Fensterrahmen, weiß lackiert inmitten von ungestrichenen Bretterwänden, tatsächlich die Neigung innewohnte, in Bewegung zu geraten und eine bedrückende Wirkung auszuüben. Ihr Schwerpunkt schien sich von einer Ecke zur anderen zu verlagern. Er entdeckte, daß er Beas Hand – schlaff, kühl und weniger knochig als die Normas – in die seine genommen hatte. Sie kehrte ihm stufenweise ihr Gesicht zu, und er wandte seines ab, weil er fürchtete, der Geruch nach Erbrochenem könnte noch seinem Atem anhaften. «Gehen wir hinaus auf die Veranda», schlug er vor.

Die Sterne hingen dicht über ihnen wie reife Früchte. Wie lautete dieser Satz aus ‹Ulysses›? Bloom und Stephen kommen aus dem Haus, um zu urinieren, und schauen plötzlich auf – *Der Himmelsbaum der Sterne, behangen mit feuchten nachtblauen Früchten*. Bech verspürte eine Traurigkeit, einen Schrecken, daß er das nicht geschrieben hatte. Daß er niemals so etwas schreiben würde. Eines der Kinder wimmerte und rekelte sich im Schlaf. Beatrice trug ein loses, bleiches Kleid, das in der Luft auf der dunklen Veranda leuchtete. Die Nacht war feucht, lebendig; Lichter pulsierten den Horizont entlang. Die Glockenboje erdröhnte auf einer lautlosen Dünung.

Bea setzte sich auf einen Stuhl vor der schindelverkleideten Wand, und er nahm auf einem Stuhl ihr gegenüber Platz, mit dem Rücken zum Meer. Sie fragte: «Fühlst du dich betrogen?»

Er bemühte sich zu denken, suchte die verstreuten Sterne seines nachlassenden Verstands nach der Antwort ab. «Ein wenig. Aber ich bin selbst dran schuld. Ich bin ihr bewußt auf die Nerven gegangen.»

«Wie ich Rodney.»

Er antwortete nicht, da er die Bemerkung nicht verstand, und fragte sich statt dessen verwundert, als die Frau die Beine übereinanderschlug und wieder herunternahm, wie sie wohl als Norma gewesen sein könnte – als eine sanftere, jüngere Norma.

Sie erläuterte die Bemerkung: «Ich habe die Scheidung erzwungen.»

Das Kind, das gewimmert hatte, schrie jetzt laut; es war der kleine Donald, der mit tonloser Stimme sagte: «Die Eule!»

Beatrice, gegen die Langsamkeit ihres Körpers ankämpfend, stand auf und ging zu dem Kind, kniete hin und weckte es auf. «Keine Eule», sagte sie. «Nur Mami.» Mit jener uralten seltsamen Kraft der Mütter zog sie den Kleinen aus dem Schlafsack und trug ihn auf den Armen zurück zu ihrem Stuhl. «Keine Eule», wiederholte sie, ihn behutsam einwiegend, «nur Mami und Onkel Henry und die Glockenboje.»

«Du riechst so komisch», sagte das Kind zu ihr.

«Wie denn?»

«So nach Süßigkeiten.»

«Donald», sagte Bech, «wir würden nie Süßigkeiten essen, ohne es dir zu sagen. Das brächten wir gar nicht fertig.»

Der Kleine gab keine Antwort – er schlief schon wieder.

«Ich bewundere dich», sagte Beatrice schließlich, und die einwiegende Bewegung schwang noch in ihrer Stimme mit. «Du bist du selbst.»

«Ich habe versucht, andere Menschen zu verkörpern», sagte Bech abwehrend, «aber ich konnte keinen damit überzeugen.»

«Ich liebe dein Buch», fuhr sie fort. «Ich wußte nicht, wie ich es dir sagen sollte, aber ich habe immer etwas spöttisch über dich gelächelt, ich habe dich als Teil der überspannten Gesellschaft betrachtet, in der Norma verkehrte, aber wie du schreibst, das ist so voller Zartheit. In dir ist etwas, an das du keinen von uns heranläßt.»

Wie immer, wenn in seinem Beisein über seine Bücher gesprochen wurde, setzte in seiner Brust ein unsicheres Beben ein. Er verspürte das übliche wilde Verlangen davonzulaufen, Lob zurückzuweisen, in Ekstase die Augen zu schließen. Mehr, mehr. Er sagte etwas heftig: «Warum hat nicht wenigstens einer an die Tür geklopft, als ich im Bad bald den Geist aufgegeben habe? Ich habe nicht mehr so gekotzt, seit ich Soldat war.»

«Ich wollte ja, aber ich konnte mich nicht bewegen. Norma sagte, so was sei typisch, du wolltest eben immer im Mittelpunkt der Aufmerksamkeit stehen.»

«Das Aas. Ist sie tatsächlich mit diesem jungen Mähnenschnösel abgezogen?»

Beatrice sagte mit einer emphatischen Betonung, die verschwommen, aufregend vertraut klang: «Du *bist* eifersüchtig. Du *liebst* sie tatsächlich.»

Bech sagte: «Ich mag es einfach nicht, daß mich Creative Writing-Studenten aus dem Bett expedieren. Ich gebe zwar einen guten Herakles ab, aber ich bin ein schlechter Zerberus.»

Es kam keine Antwort; er ahnte, daß sie weinte. Verzweifelt das Thema wechselnd, deutete er zu einem fernen, wirbelnden, vom Dunst aufgeblähten Licht hinüber. «Die ganze Landspitze», sagte er, «gehört einem ehemaligen Mitglied der kommunistischen Partei, und der Mann verbringt seine ganze Zeit damit, ‹Betreten verboten›-Schilder aufzustellen.»

«Du bist lieb», schluchzte Beatrice, mit dem schlafenden Kind in den Armen.

Ein Fahrzeug näherte sich auf dem schalldämpfenden Sandweg. Scheinwerfer glitten über das Verandageländer, und die Schritte von zwei Personen stürmten durch das Ferienhaus. Norma und Wendell traten auf die Veranda hinaus, Wendell mit einem unordentlichen dicken Packen maschinenbeschriebener Blätter unterm Arm. «Na, das hat ja nicht lange gedauert», sagte Bech. «Wir dachten schon, ihr bleibt die ganze Nacht fort. Oder ist es schon Morgengrauen?»

«Oh, Henry», sagte Norma, «du glaubst auch, *alles* ist Sex. Wir sind zu Wendell hinübergefahren, um sein LSD die Toilette hinunterzuspülen, er hat sich so schuldig gefühlt, als dir schlecht wurde.»

«Das Zeug kommt für mich nicht mehr in Frage, Mr. Bech. Ich habe diese Unterbewußtseinsmache hinter mir. Hier, ich hab Ihnen ein Stück von meinem Kram mitgebracht, es ist nicht eigentlich ein Roman, Sie brauchen es nicht jetzt gleich zu lesen, wenn Sie nicht wollen.»

«Ich könnte es gar nicht», sagte Bech. «Nicht mal, wenn es darauf ankäme.»

Norma nahm die veränderte Atmosphäre wahr und klagte ihre Schwester an: «Hast du Henry angeödet und mich bei ihm schlechtgemacht? Wie *konntet* ihr beiden nur denken, ich würde mich mit diesem *Jungen* vor eurer Nase vor*bei*benehmen? Das würde ich doch sicher etwas geschickter anstellen.»

Bech sagte: «Wir dachten, du bist vielleicht high vom Marihuana.»

Norma jammerte triumphierend: «Ich habe *überhaupt* nichts gemerkt. Und ich bin überzeugt, ihr habt auch nur so getan.» Aber als man Wendell nach Hause geschickt und die Kinder in ihre Betten umquartiert hatte, fiel sie in einen so tranceartig festen Schlaf, daß Bech, der noch keine Ruhe fand, sich von ihrer Seite stahl und ohne Gefahr mit Beatrice schlief. Er stellte fest, daß sie wach war und auf ihn gewartet hatte. Im Herbst erzählte man sich in literarischen Kreisen, Bech habe wieder einmal die Geliebte gewechselt.

Wer möchte nicht ...

... erfolgreich sein, anerkannt und reich? Henry Bech, der weltberühmte Schriftsteller, hat all das im Übermaß und ist dennoch voller Lebensangst.

Um glücklich zu sein, muß man frei von Angst sein. Und das kann man auch mit geringen Mitteln.

Wenn dazu allerdings noch ein kleines Sümmchen auf der hohen Kante liegt, ist das Leben eine runde, schöne Sache.

Bech in Panik

Diesem Augenblick in Bechs Erdenleben muß man sich ehrfürchtig, zögernd nähern, wie dies einem Mysterium zukommt. Wir besitzen da einige wenige Dias: Bech – wie er vor einem Raum voll adretter Mädchen posiert, die im Haremstil auf dem Bogen lagern; Bech – wie er im rüschenbesetzten Gästezimmer eines Studentenwohnheims wach in den Kissen liegt; Bech – wie er neben einer granitenen Collegekapelle mit einer Frau in purpurrotem Trikotanzug spricht; Bech – wie er sich gleich einem Samenkorn auf die laubbedeckte süße Erde Virginias wirft, in einem Eichenhain am Rand des Campus, und stumm irgendwen oder irgend etwas um Gnade bittet. Im übrigen nichts als Halbdunkel und das beklemmende Sausen des Ventilators, der den Projektor kühlt, sowie die raschelnden, klappernden Geräusche des Vorführers, der ärgerlich nach weiteren Dias sucht, die nicht vorhanden sind. Was hat Bech in Panik versetzt? In jenem Monat März inmitten der reifenden Düfte des ländlichen Virginia, in jenem See bewundernder Mädchen?

Den ganzen Winter über hatte er sich unwohl gefühlt, müßig, gereizt, fehl am Platze. Er hatte mit Norma gebrochen und traf sich jetzt mit Bea. Die Bahnfahrt nach Ossining hinauf war langweilig, und die Kinder erschienen ihm, dem Junggesellen, erstaunlich allgegenwärtig; die Zwillinge, die beiden Mädchen, sahen abends fern, bis selbst «Onkel Henry» einnickte, und dann kam mitten in der Nacht der kleine Donald schlafwandelnd und schluchzend in das Bett gestolpert, in dem Bech mit seiner bleichen, sanften, molligen Geliebten lag. Als der Kleine das erste Mal auf der blinden Suche nach seiner Mutter Bechs haarigen Körper berührte, hatte er aufgeschrien, und die Folge war, daß Bech seinerseits erschrocken aufschrie. Obschon Donald, der nur wenig Vorurteile hatte, recht bald den Wirrwarr von Fleisch auseinanderzuhalten vermochte, den er bisweilen im Bett seiner Mutter vorfand, konnte sich doch Bech seinerseits nie ganz an den völlig nahtlosen Übergang zwischen Beas Sinneslust und Beas Mutterliebe gewöhnen. Ihr Tonfall, die Rundung ihrer Gesten schien unverändert. Er, Bech, 44 Jahre alt und international bekannt, und dieser strohblonde Dreikäsehoch hingen gleichsam parallel von demselben breiten Körper ab, denselben seidenweichen Brüsten und demselben Bauch, denselben schläfrig-zärtlichen Singsangtönen und Zärtlichkeiten. Natürlich wußte er auf abstrakte Weise, daß das so sein mußte – Freud sagt uns schließlich, daß die Liebe eins und unteilbar ist, wie die Elektrizität –, aber konkret gesehen fühlte sich dieser ehelose *homme de lettrès*, der zu Hause der einzige Sohn gewesen war und der die Familie seiner Schwester in Cincinnati weniger als einmal im Jahr besuchte, bei seinem Eintauchen in diesen Morast familiärer Promiskuität beleidigt. Es nahm dem Sex die Würde, wenn Bea, während Bechs Leidenschaftlichkeit noch aus ihrer Scheide tropfte und ihre Lustseufzer noch in seinen Träumen widerhallten, sich plötzlich aus alldem herausreißen, sich umdrehen und sich fast auf genau die gleiche Weise um die Nachtängste eines kleinen Jungen kümmern konnte. Das ließ sie etwas komisch und unappetitlich erscheinen – wie ein riesiger Milchautomat in einer Imbißstube. Manchmal, wenn sie sich nicht die Mühe gemacht hatte, ihr Nachthemd anzuziehen, oder wenn es in ihrer beider Liebestrance irgendwo unauffindbar hingestrampelt worden war, barg sie den Jungen an ihren nackten Brüsten, und Bech fand sich dann an ihrer kühlen Rückseite zusammengerollt, verwirrt durch die Prioritäten und durch die Entwicklung einer ehernen Eifersuchtserektion.

Seine Versuche, sie von ihrer Familie zu trennen, waren erfolglos. Einmal war er in einem Motel in der Nähe des Bahnhofs abgestiegen und führte sie in ihrem eigenen Wagen zu einem Abend aus, der nach dem Souper in Bechs gemietetem Zimmer fortgesetzt werden und dann damit enden sollte, daß Bea nicht später als um Mitternacht wieder zu Hause eintraf, da der Babysitter die fünfzehnjährige Tochter des ortsansässigen Methodistenpfarrers war. Aber das allzu sättigende Mahl in einer ländlichen Kneipe und ihr verstohlenes Herangleiten mit gedrosselter Geschwindigkeit auf dem Kiesweg vor dem Motel (wo ein Kiwanis Club-Bankett stattfand, das den ganzen Parkraum in Anspruch genommen hatte), seine fummelnde Eile, den widerspenstigen Aluminiumknopf der Tür zu öffnen, um seine unerlaubte Besucherin außer Sicht zu bugsieren, und das makabre Interieur aus auf Eiche getrimmter Wandverkleidung und gerahmten, großäugigen Pastellgemälden – das alles erwies sich insgesamt als seiner Potenz nicht gerade förderlich. Obwohl seine Gefährtin aus der Vorstadt, weniger eigenen Instinkten als dem exemplarischen Trend gewisser zeitgenössischer Romane folgend, recht anmutig sein lummeriges Glied zu kräftigen versuchte, indem sie es in die samtigen Bandagen ihrer Lippen hüllte, brachte Bech nicht mehr als eine Zwei-Drittel-Erektion zustande, die jedesmal, wenn die kohlehydratreiche Füllung ihrer Mägen rumpelte oder sein Blick irgendwelchen Pastellaugen an der Wand begegnete oder die Kiwanis eine neue Beifallssalve losließen oder Beas einsetzende Freudenjauchzer ihn von dem fundamentalen Pegel hinunterscheuchten, auf dem seine Lust endlich zu gedeihen begann, auf einen nicht mehr verwendungsfähigen Bruchteil zurückschrumpfte. Wer vermag schon, wie ein Rabbi einmal sagte, durch bloßes Trachten seiner Größe eine Elle hinzuzufügen? Bech jedenfalls nicht, obgleich er es versuchte. Des Pfarrers sommersprossige Tochter schlief auf dem Sofa, als er und Bea schließlich zurückkehrten, so steif von getrocknetem Schweiß wie zwei Squashspieler.

In Manhattan, in Bechs heimeliger Atmosphäre, war das Problem ganz anderer Natur: mit Bea ging eine beunruhigende Veränderung vor. Zu Hause in Bechs düsteren großen Räumen Ecke Riverside und 99. Straße entwickelte sie sich in Ausdrucksweise und Gebaren eine Stufe hinunter und in Herrschsüchtigkeit eine Stufe hinauf – kurzum, sie wurde wie ihre verschmähte Schwester Norma. Bea neigte zu autoritären Feststellungen, indes ihre Unterwäsche und Bechs Socken nebeneinander auf der Heizung im Badezimmer trockneten: «Du solltest aus dieser trostlosen Wohnung ausziehen, Henry. Sie ist zum größten Teil daran schuld, daß du keine Silbe mehr schreiben kannst.»

«Keine Silbe mehr? Ich dachte immer, ich bin nur etwas langsam an der Schreibmaschine.»

«Na, was tust du denn schon? Einmal am Tag die Leertaste drükken?»

«Oho.»

«Entschuldige, das war gemein. Aber es stimmt mich traurig, wenn ich sehe, wie ein Mensch mit deinen Gaben nur so – so herumstagniert.»

«Vielleicht habe ich eine Gabe zum Herumstagnieren.»

«Zieh zu mir.»

«Und was ist mit den Nachbarn? Und mit den Kindern?»

«Ach, den Nachbarn ist das egal. Die Kinder lieben dich. Zieh zu uns und erlebe draußen den Frühling. Hier kommst du ja um vor lauter Kohlenmonoxyd.»

«Dort wäre ich ja lebendig in Fleisch begraben. Du nagelst mich fest und die anderen rollen auf mir rum.»

«Nur Donald. Und reagierst du da nicht etwas komisch? Rodney und ich, wir waren beide der Ansicht, daß die Kinder von *nichts* Körperlichem ausgeschlossen sein sollten. Wir hatten *keine* Hemmungen, uns von ihnen nackt sehen zu lassen.»

«Erspare mir das Bild, es erinnert mich an Grünewald. Wie ich sehe, wart ihr euch in allem einig, du und Rodney.»

«Zumindest war keiner von uns eine zimperliche alte Jungfer.»

«Im Gegensatz zu einem gewissen *écrivain juif, n'est-ce pas?*»

«Du bringst es wunderbar fertig, mich als gemeines Weib hinzustellen. Aber ich bin *wirklich* überzeugt davon, Henry, daß du mit dir etwas anderes anfangen mußt.»

«Und nach Suburbia ziehen. Henry Bech, Ossinings Ein-Mann-Getto.»

«So ist das doch gar nicht. Ossining ist kein Dorf in Polen. Keiner denkt mehr in diesen Kategorien.»

«Wird man mich auffordern, den Kiwanis beizutreten? Oder wäre Mamis Boyfriend vielleicht geeignet, im Elternbeirat zu sitzen?»

«Das heißt bei uns heute nicht mehr Elternbeirat.»

«Bea, Kindchen, Liebstes – hier stehe ich, ich kann nicht anders. Ich wohne hier seit zwanzig Jahren.»

«Genau das ist dein Problem.»

«Ich bin am Broadway bekannt wie ein bunter Hund. Von der chinesischen Wäscherei bis zur schwedischen Bäckerei. Vom Obstladen bis zum japanischen Schlemmerland. Da geht er, sagen sie. Old Man Bech, eine Legende zu seinen Lebzeiten. Oder Cheesecake Charley, wie die Farbigen in meinem Straßenblock mich nennen, der letzte der Joe Louis-Liberalen.»

«Du hast wirklich Angst vor einem ernsthaften Gespräch, oder?» sagte Bea.

Das Telefon läutete. Wie würden wir, so fragte sich Bech, ohne das Telefon je darum herumkommen, uns einen Heiratsantrag zu machen? Der Apparat stand neben einem Fenster auf einem Tischchen mit einem eingelegten Schachbrett, das sich durch Jahre der Nichtbenutzung und die Dampfheizung verworfen hatte. Ein staubgetränkter Balken Vier-Uhr-Sonne ruhte lauwarm auf einem aufgeplatzten Saum des Sofabezugs, auf einer löffelförmigen Delle im Lampenschirm, einem vergilbenden Stoß von Widmungsexemplaren einst neuer Romane, der nun so angeordnet war, daß er den wackligen, ausgedörrten Beinen des Schachtischs einige Stütze verlieh. Das Telefonbuch war Jahre alt und auf seinem Deckel bekritzelt mit Nummern, an die Bech sich nicht mehr erinnerte, darunter auch, eines Morgens früh in gierigem Rot eingerahmt, die von Norma. Der Hörer, von der staubigen Luft mit einem Schmierfilm überzogen, barg eine ganze Geschichte von Fingerabdrücken. «Hallo?»

«Mistah Bech? Spreche ich mit Hejnry Bech, dem Autoah?»

«Könnte sein», sagte Bech. Die Südstaatlerstimme, entzückend weiblich, plapperte weiter, wobei sie spitzenartige, schmeichlerische und aufgeregte Modulationen hineinwebte, und lud ihn ein, zu einem Vortrag oder einer Lesung, ganz wie er wolle, Gast eines Mädchencolleges in Virginia zu sein. Bech sagte: «Tut mir leid, so etwas mache ich im allgemeinen nicht.»

«Oh, Mistah Bech, ich wußte, daß Sie das sagen würden, die Leiterin unserer Englisch-Abtahlung, eine Miss Eisenbraun, Sie werden sie nicht kennen, hat gesagt, Sie zu kriegen wäre seah schweah, aber Sie haben so viele Fans untah unsahn Mädchen hiah, daß wir alle die Hoffnung trotzdem nicht aufgeben.»

«Nun gut», sagte Bech – eine schlechte Wortwahl angesichts der Situation.

Die Stimme mußte gespürt haben, daß er den Akzent verführerisch fand, denn er wurde noch breiter. «Die Landschaft hiah um unsah College ist seah schön, der Autoah von ‹Travel Laht› wäre sich schon deshalb einen Besuch schuldig, und wenn wir uns natüahlich auch alle bewußt sinn, daß füa ahnen Mann von Ihrem Fohmat Geld kahne Verlockung darstellt, so haben wir doch dieses Jah eine seah gut gefüllte Kasse für Gastvorträge und können Ihnen dahaeh ein großzügiges Angebot machen, nämlich –» Und sie nannte eine Summe, die Bech doch in Verwirrung brachte.

Er fragte: «Wann wäre das?»

«Oh –» ihr Freudenruf war fast koitaler Natur – «oh, Mistah Bech, hahßt das, Sie kommen?» Ehe sie ihn den Hörer auflegen ließ, hatte er zugesagt, im nächsten Monat in Virginia zu erscheinen. Bea war empört. «Du hast all deine Grundsätze aufgegeben. Du hast dir Honig ums Maul schmieren lassen.»

Bech zuckte die Achseln. «Ich versuche mal etwas anderes mit mir anzufangen.»

Bea sagte: «Damit habe ich nicht gemeint, daß du dich von einer Aula voller flaumköpfiger Rassistinnen angurren lassen sollst.»

«Ich betrachte es eher als einen Besuch des Apostels bei den Heiden.»

«In Columbia sprichst du nicht, obwohl das nur zwei U-Bahn-

Stationen entfernt ist und dort lauter Leute von deiner Wellenlänge sind, aber du fliegst tausend Meilen weit in irgendein drittklassiges Mädchenpensionat in der vagen Hoffnung, daß du mal mit Scarlett O'Hara im Gras liegen kannst. Du bist krank, Henry. Du bist schwach und krank.»

«Es handelt sich sogar um zwei Übernachtungen», informierte sie Bech. «Ich kann also auch noch Melanie beglücken.»

Bea begann zu weinen. Das innerliche Zusammensacken, das er empfand, als er ihr stolzes angelsächsisches Kinn zucken und ihren blonden Kopf sich neigen sah, war vielleicht eine Vorahnung seiner Panik. Er versuchte sich mit einem Witz aus der Affäre zu ziehen: «Beababy, ich folge doch nur deinen Anweisungen, ich sehe mir den Frühling draußen im Grünen an. Man hat mir rund tausend Dollar angeboten. Ich kaufe ein dreischläfriges Bett für dich, mich und Donald.»

Ihre blauen Augen verschleierten sich; Lippen und Augenlider nahmen die polierte rosafarbene Tönung ihrer Brustwarzen an. Sie hatte sich das Haar gewaschen und trug nur seinen seidenen Bademantel, den Norma ihm einmal geschenkt hatte, um sich für einen Kimono zu revanchieren, und als Bea den Kopf neigte und die Handballen auf die Augen preßte, gingen die Aufschläge auseinander und ihre Brüste boten sich herrlich seinen Blicken dar. Er versuchte, sich trostreiche Worte einfallen zu lassen, wußte aber, daß außer den Worten «Heirate mich» keine anderen genügend Trost spenden würden. Also blickte er in eine andere Richtung, sah an dem eingedellten Lampenschirm vorbei auf das eingerahmte Rechteck der City, das er besser kannte als sein Innerstes – den zerbrechlichen Wald von Fernsehantennen, die verkümmerten Höfe mit laublosen Götterbäumen, das verklemmte Uhrwerk von Feuerleitern. Sein Zusammenbruch hing pulsierend in ihm in der Schwebe wie ein hängengebliebenes Gegengewicht.

Zwei niedliche, adrette Mädchen holten ihn am Flugplatz ab und fuhren ihn in einem rosa Cabrio mit hoher Geschwindigkeit durch die wogende, knospende Landschaft. Hier hatte der Frühling schon Einzug gehalten. In New York war es rauh und windig gewesen. Die Marzipandenkmäler von Washington, vom Flughafen aus gesehen, hatten über den Kirschblüten geflimmert. Die Piedmont-Airlines hatten ihn emporgehoben und über bergiges Gelände mit stumpfem Nadelgrün auf den Kämmen und frischem Laubgrün in den Tälern geschaukelt. Der Schatten der Maschine überquerte

Rennbahnovale und Gürtel von bestelltem Land. Punktgroße Pferde zogen innerhalb eingezäunter Diagramme langsame Galopplinien. Als Bech hinunterblickte, wurde ihm schwindlig; zweimal senkten sie sich auf kleine, in Hänge eingeschnittene Flugplätze hinab. Beim drittenmal stieg Bech aus. Die Sonne stand halbwegs im Sinken, wie an dem Tag, als das Telefon geläutet und Bea sich über seine Nachgiebigkeit lustig gemacht hatte, aber jetzt war es eine Stunde später; es war fünf Uhr vorbei. Die beiden Mädchen, kichernd und atemlos, holten ihn ab und fuhren ihn in atemberaubendem Tempo – wenn das Cabrio sich überschlug, würde sein Kopf glatt von den Schultern abrasiert werden; er sah im Geist die Feuerwehrleute, die seine Überreste mit Schläuchen vom Highway spritzten – zu einem Campus, der einst zu einer Großplantage gehört haben mußte. Hier schlenderten viele Mädchen mit hohen Absätzen und dünnen Strümpfen und, wie es Bech vorkam, mit Hüftgürteln über kilometerweite hügelige Rasenflächen, über denen der starke Geruch von Pferdemist hing. In seiner urbanen Nase lief dieser Gestank gleichsam Amok, doch in der vornehmen Erscheinung des Ortes deutete nichts auf ihn hin – weder in den frisch gewaschenen und gepuderten Gesichtern der Mädchen noch in den Backstein- und Fachwerkfassaden der Gebäude und auch nicht in den Magnolienbäumen, die dicht und dick behangen waren mit lila und cremefarbenen, kohlrübenförmigen Knospen. Es war. als wäre einer seiner Sinne an einem falschen Anschluß kurzgeschlossen worden – oder als würde eine Gruppe von Taubstummen ein Menuett zur mißverstandenen Begleitung eines Wagnerschen Sturmfuriosos aufführen. Er hatte plötzlich ein übles, hohles Gefühl im Magen. Die sinkende Sonne noppte den Rasen mit schattenrückigen Grasbüscheln, und als Bech einen Steinfliesenweg entlang zu seiner ersten Verpflichtung geführt wurde (einer «zwanglosen Stunde» im Kreis des Lanier Clubs, einem Zweig knospender Dichterinnen) schien die Landschaft eine tiefe Falschheit auszustrahlen. Zusammen mit den röter werdenden Strahlen der Sonne und dem Fäkalgestank schlug eine allgemeine Traurigkeit über ihm zusammen. Er wußte, daß er sterben würde. Daß er sein bestes Werk schon hinter sich hatte. Daß er hier nichts zu suchen hatte und erschreckend weit von zu Hause fort war.

Bech hatte nie das College besucht. Der Krieg war gekommen, als er achtzehn war, und eine vorzeitige Zusage von *Liberty* zwei Jahre später. Er war noch ein Jahr nach dem Victory Day in Deutschland geblieben, um ein Mitteilungsblatt für die US-Besatzungsstreitkräfte in Berlin herauszugeben, und hatte bei der Heimkehr seinen Vater im Sterben liegend vorgefunden. Als der Vater endlich – er war noch nicht alt, erst in den Fünfzigern – sein letztes Stück Luftröhre dem Chirurgenmesser geopfert hatte und zum allerletztenmal aus der Unterwelt der Anästhesie zurückgekommen war, hatte Bech das Gefühl, daß er fürs College zuviel wußte. Er schloß sich dem Heer von Kriegsveteranen an, die glaubten, sie hätten sich das Recht zur eigenen Lebensgestaltung verdient. Er trat ein in eine tranceverzückte Dekade, erfüllt von abstrakter Liebe, von den Freuden des Tippens auf der Schreibmaschine und der durchdiskutierten Nächte in Erwartung der literarischen Renaissance, die ganz gewiß diejenige der zwanziger Jahre um so viel übertreffen würde, wie dieser Krieg in Erhabenheit und Umfang und Schlüssigkeit den vorhergehenden übertroffen hatte. Doch man mußte dort beginnen, bei den finsteren Titanen des Modernismus, bei Joyce und Eliot, bei Valéry und Rilke. *Alles neu machen! Das unerträgliche Ringen mit Wort und Sinn.* Bech entwöhnte sich von den Hochglanzmagazinen und arbeitete sich in die Vierteljahrsschriften vor. *Commentary* bot ihm einen Platz in seiner Redaktion. Wie er Vera Glavanakova gestand, schrieb er Gedichte: dünne Gedichte, über die Seite gestreut wie Ruß auf Schnee. Er besprach Bücher, Bücher jeder Art, Geschichte, Kriminalromane, Jahrbücher, Pornographie – alles, was gedruckt war, besaß seine eigene Magie. Ein paar Monate lang war er Filmkritiker einer kurzlebigen Zeitschrift mit dem Titel *Displeasure*. Bech war nicht gerade anziehend damals, eine windige Figur, ein Schmalspurverführer, ein großäugiger Käfer von einem Mann in jenen Tagen, bevor Whisky und Berühmtheit ihn Speck ansetzen ließen, sein Kopf war wenig mehr als eine Nase und eine Wolke unkämmbaren Haars. Er war geschäftig und müßig, melancholisch und glücklich. Obwohl er selten aus Manhattan hinauskam, war er sich der Freiheit bewußt – seiner Freiheit, morgens lange zu schlafen, Schinken zu essen, in der Bücherei in der 42nd Street ‹Tausendundeinenacht› zu lesen, eine Stunde im Rembrandtraum des Metropolitan zu sitzen, jene eigenartigen Absätze zu ziselieren, die keine richtigen Geschichten sind und die undurchsichtig aussehen, wenn man sie im Schoß hält, aber ans Fenster gehalten ein symmetrisches Milchglasmuster beabsichtigter Adern durchscheinen lassen. In dem Jahr vor ‹Travel Light› durchwanderte er seine graue City mit einer Hoffnung im Herzen, mit der Erwartung, daß er, wenn nicht heute, so doch morgen, diese steinernen Rechtecke um ihn her mit den grauen Rechtecken seiner gedruckten Prosa zur vollkommenen Vereinigung würde bringen können. Autodidakt und Kind der Straße damals, war er für die Traurigkeit von Schulen besonders empfänglich. Sie stanken ihm nach ländlicher Grausamkeit – dieses Zusammentreiben, dieses Einsperren von Menschen in ihrer ersten animalischen Blüte, die man dann mit schwerfälligen Klassikern betäubte und Lehrern unterwarf, welche abgestumpft und um den Verstand gebracht waren von Strömen jungen Blutes, die durch ihre Jahre flossen; schon die lippenleckende Ehrfurcht, mit der Professoren das Wort «Studenten» aussprechen, versetzte Bech einen Schock.

Unser Dia zeigt ihn in einem pompösen Gemeinschaftsraum, dessen Wände mit ledergebundenen Ausgaben von Scott und Carlyle gepolstert sind und dessen Fußboden ausgelegt ist mit dekorativ angeordneten Exemplaren heiratsfähiger Weiblichkeit. Er war möglicherweise so charmant und geistreich wie gewöhnlich – der blumige Brief, den er in New York von der Sekretärin des Lanier Clubs erhielt, ließ zumindest darauf schließen. Aber er selbst hatte den Eindruck, seine Zunge bewege sich merkwürdig, so langsam wie eines jener galoppierenden Pferde, die er vom Flugzeug aus beobachtet hatte, während seine wahre Aufmerksamkeit nach innen gerichtet war auf das Anschwellen seiner Furcht, auf seine noch nie erlebte Erkenntnis des Grauens. Die Erscheinungen zu seinen Füßen – diese ernsthaft funkelnden Augen, diese vor Eifer geröteten Wangen, diese züchtig zur Schau gestellten Waden und Knie – erschreckten ihn mit ihrem Abgrund von Unschuld. Er fühlte sich benommen, betäubt. Das Wesen der Materie, dies sah er, ist Angst. Der Tod hing hinter allen in der Schwebe, ein wahrhaftiges Skelett, das im Begriff war, durch eine Tür in diesen falschen Wänden aus Büchern zu springen. Er sah sich, in diesem Nest aus zarten Gliedern, Gliedern, die dem von der Natur beabsichtigten lasterhaften, verführerischen Zauber noch entgegenreiften, als einen Samen unter zu vielen Eiern, als ungestümen aufregenden Eindringling, als echten männlichen intellektuellen Juden, mit haarigen Achselhöhlen und überkronten Backenzähnen, als einen Mann aus dem wilden Norden, dem Norden, der den Süden einst so heftig gebimst hatte, daß dieser immer noch nachzitterte – dergestalt sah sich Bech, aber wie in einer Laterna Magica, deren bemalte Wände, aus der einzigen Perspektive des Gucklochs gesehen, eine dreidimensionale Einrichtung und eine ganze Folge von Bogengängen vorspiegeln. Er spürte, was von ihm erwartet wurde, und er nahm wahr, daß er es vortrug; dabei fühlte er das Betrügerische des Vortrags und erkannte diese Wahrnehmungsebenen als die Treibsände der Absurdität, der Nichtigkeit, des Todes. Sein Tod nagte in ihm wie ein übler Parasit, während er zu diesen reizenden Töchtern des fruchtbaren Virginia sprach.

Eine fragte ihn: «*Söah*, glauben Sie, in der modernen Lyrik ist noch Platz für den *Raam*?»

«Für den was?» fragte Bech und löste plätscherndes Gekicher aus.

Das Mädchen wurde puterrot, das Blut schoß ihr ins Gesicht wie in eine Wunde. «Für den *Rei-em*», sagte sie. Sie war ein zartes Geschöpf, mit einem kleinen Kopf und einem langen Hals. Ihre blauen Augen hinter den Brillengläsern schienen auf Stielen zu stehen. Bechs Übelkeitsgefühl verstärkte sich, als er sagte: «Bitte, entschuldigen Sie, ich hatte Sie nicht richtig verstanden. Sie fragen nach dem Reim. Nun, ich schreibe nur Prosa –»

Ein süßer Chor murmelnder Stimmen sagte empört, nein, seine Prosa sei die eines Dichters, sei Lyrik.

Er fuhr fort, während er unter dem Schmerz im Innern zusammenknickte, benommen vor Verwunderung darüber, daß er sich noch einigermaßen verständlich auszudrücken vermochte: «– aber mir scheint, der Reim gehört zu den Dingen, mit denen wir uns die Sache erschweren und aus nichts ein Spiel machen, damit wir gewinnen oder verlieren und die, ja, die was? die Unbestimmbarkeit des Lebens erleichtern können. Paul Valéry spricht an irgendeiner Stelle darüber, die erste Zeile, die einem als Geschenk der Götter zufällt, und dann die zweite Zeile, die wir selber machen, Wort für Wort, unter Aufbietung all unserer Kräfte, damit sie sich *reimt*. Wie ich die Passage in Erinnerung habe, vertrat er die Ansicht, daß unser Leben, unsere Gedanken, unsere Sprache, daß das alles ein ‹vertrautes Chaos› ist und daß die willkürliche Tyrannei einer strengen Prosodie uns zu Heldentaten gewissermaßen der Rebellion anstachelt, die wir sonst gar nicht vollbringen könnten. Dem möchte ich nur hinzufügen – etwas im Widerspruch dazu –, daß das Phänomen des Reims schon sehr alt ist, daß der Reim mit Rhythmus zu tun hat und daß vieles in unserem alltäglichen Leben durch Rhythmus gekennzeichnet ist.»

«Könnten Sie uns ein Beispiel nennen?» fragte das Mädchen.

«Nun, denken Sie an den Liebesakt», sagte Bech und sah sie zu seinem Entsetzen abermals erröten, wobei er bemerkte, daß hinter dieser Verfärbung ein ganzes siedendes Universum von hirnlosen Zeugungen, von feuchter gegenseitiger Durchdringung, von klebrig umklammernder Kopulation, von Balztänzen und Anlockungssignalen stand, zu denen, ohne daß sie es wußte, auch ihr unglückliches Erröten zählte. Die massierte Fruchtbarkeit der Mädchen war erdrückend; ihre Körper wurden gedehnt und darauf vorbereitet, aus ihren eigenen Zellen einen neuen Körper zu erzeugen, der aus dem alten ausgestoßen werden würde und zu gegebener Zeit seinerseits wieder Körper ausstoßen würde und so weiter bis in alle Ewigkeit, ein Meer von sich immer wieder verdoppelnden Zellen, in dem sein eigener bewußter Augenblick bald untergehen würde. Er hatte kein Kind. Er hatte seinen Samen auf dem Boden vergossen. Doch wir sind alle wie auf dem Boden vergossener Samen. Diese Gedanken kamen, wie Valéry vorausgesagt hatte, nicht geordnet, in klingenden Sprachpaketen, sondern als kriechende, gleitende, sich überschneidende Empfindungen, als Gedankenmikroorganismen, die alle zusammen Angstschweiß auf Bechs Handflächen und eine fühlbare Übelkeit hinter seinem Gürtel auslösten. Er versuchte zu lächeln, und der Teich von jungen Damen erzitterte, als hätte man einen Stein hineingeworfen. Als letzte Rettung schlug eine unsichtbare Uhr die halbe Stunde, und eine matronenhafte Stimme mit Manhattan-Akzent rief: «So, meine Damen, jetzt muß unser Gast aber mal etwas essen!»

Bech wurde in einen Speisesaal von der Größe einer Kathedrale geführt und mit acht jungen Damen zusammen an einen Tisch gesetzt. Ein farbiges Mädchen saß zu seiner Rechten. Sie war eine von zweien an der ganzen Schule. Die Schülerschaft hatte sich, elterlichen Protesten und vom Staat verfügten Finanzkürzungen zum Trotz, auf eigenen Antrag integriert. Das Mädchen war ziemlich hellhäutig, mit einer Afro-Look-Frisur so hoch wie ein Brotlaib; sie sprach zu Bech mit einer Stimme, aus der alle Dixielandspuren ausgemerzt waren. «Mr. Bech», sagte sie, «wir bewundern sprachliches Talent, aber wir fragen uns, ob Sie nicht ab und zu etwas rassistisch sind?»

«Oh? Wann?» Die Existenz von Speise – Krabbensalat, umhüllt von Salatblättern in Tulpengläsern – hatte sein Panikgefühl nicht vermindert; er wußte nicht, ob er es wagen konnte zu essen. Die Krabben schienen sich noch ihrer Augen und Beine zu erfreuen.

«In ‹Travel Light› zum Beispiel nennen Sie Roxanne immer eine Negerin.»

«Aber sie war doch auch eine.» Er setzte hinzu: «Ich habe Roxanne geliebt.»

«Feststeht, daß das Wort einen deutlich rassistischen Beigeschmack hat.»

«Ja, wie sollen wir sie dann nennen?»

«Nun, Sie könnten sagen ‹schwarze Frau›.» Aber ihr spröder Tonfall ließ durchblicken, daß sie, gleich einer alten Jungfer, die einen Vortrag über die Anatomie des Mannes hält, gewisse Dinge am liebsten überhaupt nicht benannte. Bech wurde für den Augenblick aus seiner Panik herausgerissen durch diese Bedrohung, daß es Löcher in der Sprache geben sollte, Dinge, denen man keinen Namen geben konnte. Er sagte: «Sie eine schwarze Frau zu nennen wäre so ungenau, als wenn man mich einen rosa Mann nennen würde.»

Ihre Antwort kam prompt: «Mich eine Negerin zu nennen, wäre geradeso beleidigend, als wenn man Sie einen Itzig nennen würde.»

Ihm gefiel die Art, wie sie das sagte. Bestimmt, klar, entschieden. Kannst mich mal. Schwarz ist schön. Durch das Argument gezwungen, sich mit ihrer Hautfarbe zu beschäftigen, sah er, daß ihr Brotlaib von Haar zimtfarben getönt war und Sommersprossen ihre Nasenwurzel sprenkelten. Durch dies hindurch sah er, in einer gleitenden Folge von Bildern, die ihn wieder in seine Panik zurückstießen, einen irischen Aufseher, der eine Sklavin vergewaltigte, sich übergebende Sklaven, wie Sardinen zusammengedrängt unter dem Deck eines schwankenden Schiffes, Afrikaner, die Afrikaner verkauften, Stämme aller Hautfarben, die einander folterten, Irokesen, die Jesuiten brennende Holzscheite den Rachen hinunterrammten, Chinesen, die einander in sauberen Streifen die Haut abzogen, Plünderung und Grausamkeit, die vor die Zeit der Menschen bis zum Morgengrauen des Lebens zurückreichten, Pantoffeltierchen in einem Tropfen Wasser, Äonen von Evolution, jede Krümmung eines Schnabels oder Ausformung eines Zehes geformt durch ein geologisches Muster individueller Tode. Seine Worte hallten schwach im tiefen Brunnen seiner Vision wider. «Eine schwarze Frau könnte eine Frau sein, die sich schwarz angemalt hat. ‹Neger› bezeichnet wissenschaftlich gesehen eine bestimmte rassische Gruppe, wie die kaukasische Rasse oder die mongolische Rasse. Ich gebrauche den Begriff ohne jedes Vorurteil.»

«Wie gefällt Ihnen dann ‹Judenmädchen›?»

Jetzt log Bech; bei dem Wort fuhr er immer zusammen. «Genauso wie ‹Blumenmädchen›.»

«Was Ihre Liebe angeht», fuhr das Mädchen fort, noch immer bewußt würdevoll, den Kopf so gerade haltend, als balanciere sie etwas darauf, und sich an den ganzen Tisch wendend im vollen Bewußtsein ihrer beherrschenden Rolle, «wir haben genug von eurer Liebe. Ihr liebt uns unten in Georgia und Mississippi seit Hunderten von Jahren. Wir sind zu Tode geliebt worden, jetzt wollen wir respektiert werden.»

«Womit Sie wohl meinen», sagte Bech, «Sie wollen gefürchtet werden.»

Ein weißes Mädchen am Tisch schaltete sich mit hastiger Höflichkeit ein. «Bitte, verzah, Beth Ann, aber Mistah Bech, glauben Sie wirklich an Rassen? An der Schule, auf der ich vorher war, da haben wir einen Mistah Carleton Coon gelesen. Er sagt – ich glaube kahn Wort davon, aber er sagt, Schwarze haben längere *Fersen*, und daheah können die Männer bahm *Sprint* schneller laufen.»

«Schwarze *Menschen*, Cindy», korrigierte Beth Ann. Bei ihrem gezierten Erschauern brach der Ring von rosa Gesichtern in erleichtertes, übertriebenes Lachen aus.

Cindy errötete, ließ sich aber nicht ablenken; sie fuhr fort: «Er sagt auch, Mistah Bech, sie hätten *dünnere Schädel*, und daheah würden so viele im Boxring sterben. Man hat uns immer gesagt, sie hätten *dickere!*»

Verwirrt durch die Heftigkeit ihres Errötens sah Bech, daß für dieses erregte, zum Liberalismus bekehrte junge Mädchen die Anthropologie so nervenkitzelnd war wie Pornographie. Er sah, daß sogar in einem Zeitalter der Wissenschaft und des Unglaubens unsere Ideen Träume sind, Stilrichtungen, abergläubische Vorstellungen, bloße animalische Geräusche, dazu bestimmt, abzuwehren oder anzulocken. Er blickte sich in dem Kreis kauender weiblicher Wesen um und sah ihre Körper so, wie ein Marsmensch oder eine Molluske sie sehen mochte, als breiige Stiele von gebündelten Nerven, zusammengezwängt zu einem Konzentrationsknoten im Kopf, einem haarigen Knochenklumpen, der einige Pfund geleeartiger Masse barg, in der eine Trillion Schaltungen und Stromkreise, zumeist abgeschaltet, Tatsachen zu Protokoll nahmen, motorische Operationen verschlüsselten und ein Übermaß an Elektrizität erzeugten, das sich in die haarlose Seite des Kopfes hineindrückte und durch die Öffnungen heraustropfte in Form von schmerzvollen, hoffnungsvollen Geräuschen und einem affigen Tanz von Fältchen. Ein unmögliches Trugbild! Ein kleiner Fleck auf nichts. Und sich jetzt vorzustellen, daß alle Anstrengungen seines Lebens – sein Sich-Herausputzen, sein Lieben, sein Getippe auf der Schreibmaschine – letztlich nichts anderes waren als das Bemühen, ein paar Funken zu verlagern, ein paar Stromkreise zu beeinflussen in einigen zufällig andersgearteten Schüsseln voll geleeartiger Masse, die sich in kürzerer Zeit völlig aufgelöst haben würden, als die San Andreas-Spalte braucht, um einmal zu zucken, oder der Schwanzstern des Skorpions, um eine Elle weit über die Himmelskarte zu kriechen. Weltweite Berühmtheit und beständigste Vortrefflichkeit schrumpften in dieser Perspektive zu nichts zusammen. Während Bech aß, mechanisch dem Schrecken, der sich in ihm eingenistet hatte, Opferbissen toten Lamms darbietend, sah er, daß man die Leere hätte unbelästigt lassen, ihr diesen Wirrwarr von Materie, Leben und, was das Schlimmste war, Bewußtsein hätte ersparen sollen.

Dia Nummer zwei. Sein Schlafzimmer war das Eckzimmer im ersten Geschoß eines großen neogeorgianischen Wohnheims. Verschlossene Glastüren trennten seine Gemächer von den Korridoren ab, wo Jungfräulichkeit reihenweise schlief. Doch Rüschen- und Krausentupfen wisperten und kicherten in dem Zimmer – der bebänderte Lampenschirm, die Petticoatvorhänge aus gepunktetem Schweizer Musselin unter den samtenen Übergardinen, die Fülle von Spitzendeckchen und Porzellanfiguren auf kleinen Tischchen. Sein Bett, das mit den beiden aufgeschütteten Kissen übereinander wirkte wie ein Pop-Art-Sandwich, die bestickte Überdecke, an der einen zurückgeschlagen wie ein Hier-Öffnen-Zipfel an einer Frühstücksflockenpackung, erschien künstlich frisch und sauber: ein Krankenhausbett. Und in der Tat stellte er wie ein Kranker fest, daß er nur in einer einzigen Lage liegen konnte, auf dem Rücken. Auf beiden Seiten schien, wenn er sich drehte, ein Abgrund zu gähnen, und in der Bauchlage drohte er in der Vergessenheit zu ertrinken, die aus dem von seinem eigenen Körper erhitzten Dunkel aufsprudelte. Die Collegegeräusche jenseits seiner Fenster sanken in die Stille zurück. Der letzte Abschiedsgruß wurde gerufen, die letzten hohen Absätze tappten einen Steinfliesenpfad hinunter. Die Glocken der Collegekapelle zählten die Viertelstunden aus. Das Land hinter dem Campus machte sich vernehmbar in den Geräuschen eines Güterzugs, einer Eule, eines Pferdes, das leise wieherte auf irgendeiner Mitternachtswiese, wo Dung und Gras Yinyang spielten. Bech versuchte sich auf diese Geräusche zu konzentrieren und aus ihnen durch die Kraft schierer Aufmerksamkeit den Balsam ihrer Unbestreitbarkeit herauszupressen, die Unschuld, die irgendwie ihre simple Existenz charakterisierte, losgelöst von ihren Attributen. Alle Dinge haben die gleiche Existenz, teilen sich in die gleichen Atome, jeweils neu zurechtgeschüttelt: Gras zu Dung, Fleisch zu Würmern. Unter diesem Gedanken lag eine Schwärze wie Glas, von dem Eisblumen abgerieben werden. Er versuchte seinen abendlichen Triumph auf angenehme Weise nachzuerleben, seine mit so warmem Beifall aufgenommene Lesung: er hatte ein längeres Stück aus ‹Brother Pig› gelesen, den Abschnitt, in dem der Held seine Stieftochter vergewaltigt in der Kegelbahn, hinter der Maschine, die die Kegel wieder aufstellt, und er hatte sich beim Lesen über die Kohärenz der Worte gewundert, über ihr furchtloses Vorrücken. Der Applaus, jetzt in der Erinnerung, bedrückte ihn gleich einer Decke. Er versuchte es mit Wortspielen. Er ging das Alphabet mit Welterlösern durch: Attila, Buddha, Christus, Danton … Woodrow Wilson, Xerxes der Große, Brigham Young, Zarathustra. Es lag ein leichter Trost in der Erkenntnis, daß die Welt alle ihre Erlöser überlebt hatte, aber Bech hatte sich nicht zum Schlafen gebracht. Seine Panik – wie ein Schmerz, der sich verstärkt, wenn wir uns um ihn kümmern, wenn wir ihn mit unserer ungeteilten Aufmerksamkeit entflammen – wirkte, dem Brausen des Beifalls entrückt, schlimmer; doch gleich einer Wunde, die tastend umrissen wird durch die Anstrengungen des Körpers zur Asepsis und Abstoßung, offenbarte sie eine gewisse Form. Sie nahm sich teigig und steif aus. Der Furcht beigemischt, eine Art Gerinnungsmittel, war Scham: Scham darum, daß er eine «religiöse» Krise hatte, die er nach allen psychologischen Faustregeln irgendwann in der Adoleszenz hätte verdaut haben sollen, zusammen mit dem postmasturbatorischen Schuldgefühl; Scham über die Entartung eines ehemaligen Schülers so großer Schriftsteller und Dichter wie Flaubert und Joyce zu einem billigen Beifallsjäger in hinterwäldlerischen Colleges; Scham darüber, daß er mit einer Negerin gestritten, daß er Bea zum Weinen gebracht, daß er sich in allen seinen Beziehungen zu Frauen, bei seiner Mutter angefangen, als überempfindlich, mäkelnd, wankelmütig, raffiniert und undankbar erwiesen hatte. Jetzt, wo sie zu herzleidend und arthritisch war, um allein zu leben, hatte er seine Mutter in ein Pflegeheim in Riverdale gesteckt, anstatt sie in seine geräumige Wohnung einzuladen, Schauplatz seiner öden, sterilen Zurückgezogenheit. Sein Vater wäre in einer solchen Situation zum Krankenpfleger seiner Mutter geworden. Sein Großvater hätte sich zu ihrem Sklaven gemacht. Sechstausend Jahre Sippenloyalität kehrten sich in Bech um. Er versagte sogar seinen Romangestalten das letzte Maß an Liebe, das ihnen ermöglicht hätte, von seinen Lieblingsmetaphern, seinen eingefahrenen Phrasen, den Ketten, loszukommen, die jedesmal rasselten, wenn er sich an die Schreibmaschine setzte. Er versuchte sich zu analysieren. Er sagte sich, daß seine Angst, da das Es den Begriff des Todes nicht erfassen kann, der als nicht existent an sich nichts Fürchtenswertes ist, sich auf etwas Begrenzteres, Spezielleres, Gedrucktes beziehen müsse. Er fürchtete, daß seine Kritiker recht haben könnten. Daß seine Werke in der Tat dünn, ohne Empfindung, nicht überzeugend und zentrifugal waren. Daß die angemessene Buße für seine künstlerischen Sünden Schweigen und Enthaltung war; daß ihn sein Es, in Zusammenarbeit mit den Über-ich-Figuren von Alfred Kazin und Dwight Macdonald, zur künstlerischen Impotenz verurteilt hatte und nun auf seine etwas ziellose, großzügige Weise die Auslöschung seiner Person anstrebte: daher das nervös-aufbegehrende Flattern seines schwächlichen Ichs. Lieber in einem Zementmixer schlafen als inmitten solcher Offenbarungen. Schlaf, der Vorbote des Todes, der Tupfer Gift, den wir täglich einnehmen, um die Erschütterung hinauszuzögern, wurde unmöglich. Die einzige Lage, in der sich Bech auch nur halbwegs entspannen konnte, war die Rückenlage, den Kopf auf beide Kissen gestützt, damit er nicht erstickte, die Glieder still gehalten in der Vorstellung, daß er eine Porzellanfigur sei, zerbrechlich, kühl und ganz klein, in der Schale einer großen, festen Hand. So trickste sich Bech, als die Glocken der Collegekapelle gerade drei geschlagen hatte, in den Schlaf – in sich ein verheerender Beweis für die Macht des Körpers, uns mit sich hinabzuziehen. Seine Träume waren seltsamerweise so leicht wie Federn und wehten hierhin und dorthin. In einem unterhielt er sich fließend Französisch mit Paul Valéry, der aussah wie Mischa Auer.

Steif am ganzen Leib wachte er auf. Zwischen Bett, Koffer und Badezimmer bewegte er sich im übertreibenden Bückgang eines alten Mannes. Im Licht dieses neuen Tages, durch die trüben Brillengläser seiner Panik, erschienen ihm die Gegenstände – Gegenstände, die atomaren Trugbilder mit schmerzenden Kanten – komisch-heroisch in ihrer Hartnäckigkeit, ihrer donquichottischen Treue zu den Formen, in die der Zufall sie gepreßt hatte. Sie schienen ihn zu beobachten, schienen seine Not zu bezeugen. So begann er wie der Urmensch das Universum zu personifizieren. Er hatte reichlich Stuhlgang, heißes, gasiges Zeug, durch seine Angst zur Diarrhöe zersäuert, wie er vermutete. In diesen letzten unproduktiven Jahren war seine Ausscheidung an Exkrementen angewachsen, so daß er anstatt rationeller fünf Minuten jetzt den größten Teil seines Arbeitsmorgens in der Toilette gefangen zu verbringen schien, lustlos in einem Exemplar von *Commentary* oder *Encounter* blätternd. Ausscheidung, Beseitigung war Bechs Stärke geworden: er beantwortete Briefe mit der Promptheit eines Korbballrückbretts, er schickte zweimal im Jahr seine Lose-Blatt-Akten an die Library of Congress. Er hatte sich zu einem fanatischen Papierkorbleerer entwickelt. Toiletten, Briefkästen, weibliche Scheiden waren allesamt zu Gefäßen eines leidenschaftlichen und unablässigen Mühens geworden, sich um Ballast zu erleichtern, als wollte er fliegen. Vor dem Becken aus lavendelgrünem Porzellan stehend (das sich, neu installiert, eines jener Einzelhähne rühmen konnte, die warm und kalt mixen wie der Steuerknüppel bei den alten Doppeldeckern), kam sich Bech, seiner Nippesfigurvorstellung aus der vergangenen Nacht weit entrückt, gefährlich groß vor: ein himmelhohes Ungetüm, das umzukippen oder einzustürzen drohte. Seine Körperpflegehandlungen – Zähneputzen, Abwischen des Hinterns, Rasieren – schienen, unter dem angehaltenen Atem schwerfälliger Artefakten, erstarrter Wesen, die, wie er glaubte, ihm wohlgesonnen waren, dem Körper wie aus kosmischer Distanz aufgetragen. Besonders ermutigte und berührte ihn das elfenhafte fliederfarbene Stück Seife von Motelformat, das er über eine interstellare Kluft hinweg auswickelte.

Doch als Bech dann angekleidet in den Sonnenschein hinaustrat, zerschmetterte ihn der rücksichtslose Maßstab der Welt draußen. Er war überwältigt von den vielfachen transparenten Zeichen – den Knospen, dem Gezwitscher, dem Frühlingsglänzen –, von Wachstum und natürlichem Vorgang, dieser unmenschlichen gegenseitigen Verzehrung, auf welche die Natur hinausläuft. Ein von Mistgeruch befleckter Westwind rief ihm sein erstes Erschrecken ins Gedächtnis zurück. Er frühstückte in benommener Verfassung, mit einem Kitzeln in der Nase, das mit dem Wunsch zu weinen hätte identisch sein können. Doch die acht Mädchen an seinem Tisch – acht neue, allesamt der kaukasischen Rasse angehörig – taten so, als fänden sie seine Antworten auf ihre Fragen adäquat, ja amüsant. Als er zu seiner ersten Vorführung des Tages gebracht wurde, einem Seminar über den amerikanischen Nachkriegsroman, sprach ihn bei der Kapelle eine dralle Frau in einem purpurfarbenen Trikotanzug an. Sie war biegsam, eher klein, in den Dreißigern, und hatte zurückgekämmtes schwarzes Haar, von dem ihr einige Strähnen immer wieder über Schläfen und Wangen fielen und mit den Fingern zurückgeschoben werden mußten, was sie geschmeidig, geschickt und unablässig tat. Ihre Lippen waren sehr lang; die Oberlippe trug einen zarten Schnurrbartflaum. Auch ihre Nase war lang, mit etwas erquickend Entwickeltem und Intelligentem in den Modulationen von der Nasenspitze zu den Flügeln. Sie sprach nicht in südstaatlerisch schleppendem Ton, sondern mit Bechs Akzent, dem reizlosen, aber schnellen und entgegenkommend deutlich artikulierenden Akzent von New York. Sie war eine Jüdin.

Sie sagte: «Mr. Bech, ich weiß, Sie sind in Eile, aber meine Mädchen, die Mädchen vom Lanier Club gestern abend, waren so, ich glaube, beeindruckt ist das richtige Wort, daß sie sich eine recht zudringliche, um nicht zu sagen lästige Bitte ausgedacht haben, und da sie nicht selbst an Sie heranzutreten wagten, haben sie mich geschickt. Ich bin ihre Studienberaterin. Ich war übrigens auch beeindruckt. Ich bin Ruth Eisenbraun.» Sie streckte ihm die Hand hin.

Ihr Händedruck war wärmer als Porzellan, doch bestimmt und fest. Er fragte: «Was treiben Sie inmitten dieses fremden Weizens, Ruth?»

Die Frau sagte: «Ja, ich weiß, aber man muß leben. Ich bin jetzt schon im vierten Jahr hier. Mir gefällt's sogar. Die Mädchen sind unwahrscheinlich lieb, und nicht alle sind dumme Püppchen. Hier können Sie sehen, wie sich etwas entwickelt, hier können Sie wirklich *beobachten*, wie diese Mädchen aus sich herausgehen. Daß Sie zu uns gekommen sind, hat der Sache einen ungeheuren Auftrieb gegeben.» Sie entzog ihm ihre Hand, um das «herausgehen» und das «ungeheuer» mit den nötigen Gesten zu untermalen. In der Sonnenhelle, die von der granitenen Kapelle zurückgeworfen wurde, konnte Bech den geschmeidigen und gleichmäßigen Fluß ihrer Ausdrucksfülle bewundern; er genoß es, wie sie seine Person kühl abschätzte – es war wie das Maßnehmen eines Schneiders –, während sie dabei einen Vorhang von Geplapper herunterließ, in dem jede trockene und rasche Redewendung ein ganz bestimmtes, ungeniertes Angebot ihrer selbst war. «Hier geht sogar», sagte sie, «die Gesellschaft insgesamt aus sich heraus. Wenn ich ein Schwarzer wäre, würde ich lieber im Süden leben. Im Norden glaubt jetzt niemand an die Integration, weil sie sie dort nie gehabt haben, aber hier gibt es ökonomisch und sozial schon die ganze Zeit eine Integration, wenn auch natürlich nur vom Standpunkt des Mannes aus gesehen. Meine Mädchen sind, zumindest bis sie den Sheriff oder den Coca-Cola-Lieferanten am Ort heiraten, wirklich auf sehr naive –» wieder die Arabesken mit den Händen – «ehrliche Weise erregt bei der Vorstellung, daß Schwarze *Menschen* sind. Ich finde sie lieb. Nach fünf Jahren als Lehrerin in New York ist das hier wie ein herrlicher frischer Wind. Man kann sich aufrichtig sagen, daß man diesen Mädchen etwas *beibringt*.» Und indem sie so oft «Mädchen» wiederholte, brannte sie in Bechs umnebeltes Denken das Bewußtsein ein, daß sie, selbst ein Mädchen, auch noch etwas mehr war.

«Worum wollten sie mich denn bitten?»

«O ja, richtig. Und dieses Seminar wartet auf Sie. Wissen Sie, was sie für einen Spitznamen dafür haben? – ‹Bellow's Belles›*. Und *da*raus ist dann ‹Bellow's Balls›** geworden. Ist das nicht ein gutes Zeichen, daß sie auch obszön sein können. *Meine* Mädchen haben mich also beauftragt, *Sie* zu bitten –» und Bech stellte im stillen den Ursprung dieses Auftrags in Frage – «Sie ganz, ganz herzlich zu bitten, bei einem Gedichtwettbewerb, den sie veranstaltet haben, als Preisverleiher zu fungieren. Ich habe mir von Dekanin Coates Ihr ‹Programm› geben lassen und sehe, daß Sie heute am Spätnachmittag einige Stunden Zeit haben; wenn Sie also um fünf in der Ruffin Hall drüben sein könnten, würden sie Ihnen in ihrer besten Sonntagsschulmanier ein paar gräßliche Knittelversgedichte vortragen, die Sie dann mit auf Ihr Zimmer nehmen könnten. Ihr Urteil würden wir morgen früh erwarten, ehe Sie zurückfliegen. Es ist eine Zumutung, ich weiß. Aber die Mädchen werden schmelzen vor Begeisterung.»

Der Reißverschluß ihres Trikotanzugs stand vom Hals herunter ungefähr zehn Zentimeter offen. Zog er ihn, so schätzte Bech, noch weitere fünfzehn Zentimeter herunter, so würde er entdecken, daß sie keinen BH trug. Vom Hüftgürtel gar nicht zu reden. «Ich würde mich freuen», sagte er. «Ich fühle mich geehrt, bitte, bestellen Sie ihnen das.»

«Oh, das ist fein von Ihnen», erwiderte Miss Eisenbraun lebhaft. «Ich hoffe, Sie hatten sich nicht auf ein Mittagsnickerchen gefreut.»

«Ehrlich gesagt – ich habe schlecht geschlafen. Ich fühle mich recht seltsam.»

«Inwiefern?»

Sie blickte zu seinem Gesicht auf wie ein Dentist, der ihn gebeten hatte, den Mund aufzumachen. Sie war interessiert. Wenn er von Hämorrhoiden gesprochen hätte, wäre sie noch immer inter-

---

* *belles* = Schönheiten, schöne Frauen, Mädchen. «Bellow's belles» also frei übersetzt: «Bellows Harem» (Anm. d. Übers.).
** balls = «Eier» (Hoden) (Anm. d. Übers.).

essiert gewesen. Halb Mutter, halb Ärztin. Er hätte sich mehr mit Jüdinnen abgeben sollen.

«Ich kann es nicht beschreiben. Angst. Ich fürchte mich vor dem Sterben. Alles ist so unerbittlich. Vielleicht liegt es an all diesen Erdgerüchen, die so plötzlich auf einen eindringen.»

Sie lächelte und atmete tief ein. Als sie schnupperte, verbreiterte sich ihre Oberlippe flaumig. Der vergessene Flaum jüdischer Frauen. Ihre haarigen Schenkel. «Im Frühjahr ist es am schlimmsten» sagte sie. «Man gewöhnt sich daran. Darf ich Sie fragen, ob Sie sich einmal haben psychoanalysieren lassen?»

Seine jungfräuliche Eskorte, die sich diskret einige Meter zurückgezogen hatte, als Miss Eisenbraun aus ihrem Hinterhalt herausgetreten war, begann unruhig zu werden. Bech verbeugte sich. «Ich werde erwartet.» Sich um Munterkeit bemühend für den Fall, daß sie ihn für verrückt hielt, fügte er hinzu: «Sprach der Emir zum Scheich . . .»

«Gehn wir lieber gleich»: ha! – Straßeneckenjuden, die ihr Gequassel plätschern ließen im Land, wo Milch und Honig fließt, zum Ergötzen der edlen Eingeborenen. Aber in ihrer Gegenwart war es ihm für einen abwesenden Augenblick möglich gewesen, das Nagen des Wurms in ihm zu vergessen.

Tatsächlich, wie seltsam seine Lage war! So sehr alles andere ausschaltend wie Schmerz, aber doch schmerzlos. So weltverändernd wie Trunkenheit, doch mit keinem Schimmer von Nüchternheit am Horizont. Innerlich so schwächend wie ein gebrochenes Rückgrat, und doch gestattete sie ihm, nach außen hin eine überzeugende Version seiner üblichen Fähigkeiten darzubieten. Was bewies, falls es dazu eines Beweises bedurfte, was für ein Schauspieler er war. Wer war er? Ein Jude, ein moderner Mensch, Schriftsteller, Junggeselle, Einzelgänger, Niete. Ein Bauernfänger in den Tagen des akademischen Modernismus, der ein viktorianisches Erschauern durchmachte. Ein weißer Affe, der weit draußen von einem spindeldürren Himmelsbaum aus Sternen herabhing. Ein Staubfleck, dazu verdammt zu wissen, daß er ein Staubfleck ist. Eine Maus in einem Hochofen. Ein erstickter Aufschrei.

Seine Angst, gleich einem Fieber oder einer tiefen Erniedrigung, deckte die von den Dingen verhüllte Schönheit auf. Seine toten Augen, des gesunden Egoismus beraubt, entdeckten eine verblüffte Zärtlichkeit, wie ein jungfräuliches Flüstern, in jedem Zweig, jeder Wolke, in allem – Backstein, Kiesel, Schuh, Fessel, in den Fensterbalken und dem flaschengrünen Schimmern ferner Hügel. Bech hatte sich in dieser seiner komprimierten religiösen Evolution vom groben morgendlichen Animismus hinbewegt zu einem Nachmittag der natürlichen Romantik, der pantheistischen Wehen. Nach dem Mittagessen (Spargel in Creme, Pommes frites und Hackbraten) hatte er frei bis zum Dichterwettbewerb; er unternahm einen langen Spaziergang um den Campus herum, atmete die rastlosen Gerüche ein, war Zeuge einer Myriade von Stößen neuen Wachstums durch humuslaubbedeckten Waldboden. Leben, das sich in den Schwanz beißt. Bech hob den Blick zu den Hängen, die vom Grün ins Blau übergingen, und die Erhabenheit des Theaters, in dem die Natur ihren einfältigen Zyklus inszenierte, versetzte ihm erneut einen Stoß und vergrößerte den schmerzenden Zuwachs an Furcht, den er so unverrückbar in sich trug, wie eine geschmeidige junge Frau die erste Leibesfrucht in ihrem Schoß trägt. Er fühlte sich zunehmend hoffnungslos; von dieser Not konnte er nie entbunden werden. In einem abgeschiedenen Eichenhain in abfallendem Gelände warf er sich mit einem entschlossenen Knurren auf den feuchten Boden und bat irgendwen, irgendwas um Gnade. Er hatte Gott geschaffen. Und jetzt nahm das Schweigen des geschaffenen Universums für Bech die wunderbare Eigenschaft einer gewollten Zurückhaltung, eines göttlichen Takts an, der ihn dazu befähigte, in tiefster Demut auf einem Stück feuchten Bodens zu beten und der keinerlei Antwort gab außer der vertrauten des Raschelns, des Wisperns, des unsichtbaren Wachsens wie ein Netz, das langsam in das Meer des Himmels einsinkt; das allmähliche Bewußtwerden, daß die Erde unendlich bevölkert ist, daß eine dahinkriechende Schnecke ein totes Eichenblatt in die Höhe hob und eine forschende Schar von Ameisen eifrig ein plötzlich sich darbietendes Objekt untersuchte, Bechs Daumen, der fleischfarben zu ihnen herniedergegangen war.

Schließlich erhob sich der Autor und versuchte sich die feuchte Erde von Knien und Ellbogen abzuwischen. Zu seiner Angst gesellte sich Zorn, Zorn auf das Universum darüber, daß es ihm ein Gebet entlockt hatte. Doch sein Kopf fühlte sich leichter; er ging zur Ruffin Hall in der Stimmung eines zum Tode verurteilten Spions, der, den Hof betretend, wo das Hinrichtungskommando wartet, zumindest eine feuchtkalte Zelle hinter sich läßt. Als die Mädchen ihre Gedichte vortrugen, traf ihn jedes einzelne Wort wie eine Kugel. Das Mädchen mit dem kleinen Kopf und dem langen Hals trug vor:

Luft, dies durchsichtige Feuer
brennt unsere rote Erde
so wie wir täglich vergehen
Sing! Wie Wasser in Urnen
von Flüssen und Ufern flüstert,
sing, Leben, in dem Krug
gestaltet sich jede glühende Seele
aus diesem kalten Stern

Das Gedicht ging noch weiter, sprach von der Natur, von feinädrigen Blättern und Ästchen so scharf wie Vogelkrallen, und dann folgten andere Gedichte, von Wiesen und Pferden und pangleichen Erscheinungen, in denen Bech Collegejungen mit Marihuanazigaretten zu erkennen glaubte, und andere Dichterinnen, ein ungeschlachtes, männlich wirkendes Mädchen mit einer unglücklichen Art, nach jeder langen roethkeschen Zeile die Lippen zu rollen, und ein nonnenblasses Kind, das das Bombardieren strohgedeckter Dörfer durch die US-Luftwaffe mit Lowellschen Betrachtungen anprangerte, und eine Tallulah-Epigonin, die auch Allen Ginsberg und Edna St. Vincent Millay zu bewundern schien; doch Bechs Ohren schlossen sich, sein wundgescheuertes Herz zuckte zurück. Diese jungen Herzen, dies sah er, wußten alles, was er wußte, aber auch wenn man die Regeln eines Spiels kennt, besteht nicht die Verpflichtung mitzuspielen. Die festgefügte Struktur des Naturalismus war für sie eine Schule, für ihn ein Gefängnis. Zum Abschluß trug eine blendende glotzäugige Schönheit Verse aus Laniers ‹The Marshes of Glynn› vor, dem großartigen Hymnus, der mit den Zeilen beginnt

> *Wie das Sumpfhuhn heimlich auf dem moorigen Gras,*
> *siehe, so will ich mir ein Nest bauen auf der Er*
> *habenheit Gottes.*

und dann fortfährt

> *Und die See gibt reichlich, wie die Marsch:*
> *schau, aus seiner Fülle strömt das Meer geschwind:*
> *sehr bald muß die Zeit der Flut anbrechen.*

und schließlich endet mit

> *Der Gezeitenstrom ist in Verzückung,*
> *die Flut an ihrem höchsten Punkt:*
> *und es ist Nacht.*

Etwas verschleierte Bechs Augen, weniger richtige Tränen als jene Trübung, die Blütenstaub beim Allergiker auszulösen pflegt.

Nach der Lesung ging es zum Abendessen im Haus der College-präsidentin – man kennt sie: Hortensienhaar und lebhafte Gebärden, und ein Zuhörerlächeln so scharf und glatt wie ein Elfenbeinkamm. Und dann gab es ein Symposium mit drei Studentinnen, zwei Angehörigen der Englisch-Abteilung und Bech selbst über «Das Schicksal des Romans in einer nichtlinearen Zukunft». Und dann eine Party im Haus des Vorsitzenden der Abteilung, einer rauh-herzlichen alten Chaucer-Gestalt mit einem fleischfarbenen Hörgerät, hinters Ohr geklemmt wie ein Kaugummi. Die Gäste traten auf Bech, ihren berühmten Eindringling, zu, machten, humorvoll oder ernst, ihre Honneurs und zogen dann wieder untereinander die altgewohnten Kreise der Rivalität und der erotischen Anziehungskraft, wie sie in allen Englisch-Abteilungen vorherrschen. In ihrer Mitte kam sich Bech plump und unbeholfen vor; Schriftsteller sind keine Gelehrten, sondern Athleten, die Bierbäuche bekommen, wenn sie über dreißig sind. Miss Eisenbraun löste sich von den anderen und geleitete ihn über den Campus zu seiner Unterkunft zurück. Ein dicker Südstaatenmond hing über den Magnolien und Kuppeln.

«Sie waren wunderbar heute abend», sagte sie.

«Ach, ja?» sagte Bech. «Ich kam mir sehr unbeholfen vor.»

«Sie sind einfach unwahrscheinlich liebenswürdig zu Kindern und Nervensägen», fuhr sie fort.

«Ja. Bei faszinierenden Erwachsenen versage ich.»

Eine kleine Pause, drei Schritte lang, wie um die Tiefe der Transaktion zu ermessen, die sie ins Auge faßten. Eins, zwei, drei: ein relativ bescheidener Grad. Doch um sie über die Schwelle des Schweigens ins Gespräch zurückzuheben, war eine bewußte Anstrengung erforderlich, etwas, das in einer filzverkleideten Schublade aufbewahrt wurde. Sie zog das Französisch heraus.

«*Votre malaise – est-il passé?*» Die Sprache der Diplomatie.

«*Il passe, mais très lentement*», sagte Bech. «Es entwickelt sich zu einem Teil von mir.»

«Vielleicht hat Ihr Zimmer Sie niedergedrückt. Die Gästezimmer sind schrecklich jungmädchenhaft und steril.»

«Genau. Steril. Ich habe das Gefühl, ich bin eine Infektion. Ich bin der einzige Keim in einem Universum aus Porzellan.»

Sie lachte, etwas unsicher. Sie hatten die Glastüren des Wohnheims erreicht, wo er schlief. Eine Eule rief. Der Mond überzog einen fernen Hügelkamm mit Silber. Er fragte sich, ob ihn in seinem Zimmer die Angst wieder zum Beten bringen würde. Irgendwo spielte ein gedämpftes Radiogerät Countryrock.

«Keine Angst», beruhigte er sie. «Ich bin nicht ansteckend.»

Ihr Lachen veränderte sich; es wurde zu einem aufgereckten Angebot ihres Halses, gefolgt von ihren Brüsten, ihrem Körper. Sie trug jetzt statt des Anzugs ein schwarzes Cocktailkleid mit waagerechtem Ausschnitt, doch der Eindruck einer losen, rutschigen Glätte, die zum Herausschälen aufforderte, war der gleiche geblieben. Sie hielt einen großen Umschlag mit Gedichten an die Brust gedrückt, die auf seinen Spruch warteten. «Ich glaube, Ihr Zimmer ist nicht ausreichend möbliert», sagte sie.

«Das sind meine Zimmer in New York auch nicht.»

«Sie brauchen etwas, neben dem Sie schlafen können.»

«Ein Sauerstoffzelt?»

«Mich.»

Bech sagte: «Ich glaube, wir sollten lieber nicht» und weinte. Er schien damit, für seine eigene Vorstellung, zu meinen, daß er zu häßlich war, zu krank; doch schwang darin auch der abergläubische Gedanke mit, daß sie das schlafende Wohnheim, dieses friedliche Lesbos, nicht mit einer Kopulation entweihen durften. Ruth Eisenbraun starrte, während ihre Hände den Umschlag mit Gedichten fester umklammerten, entgeistert auf das Mondlicht, das auf Bechs impotenten Tränen schimmerte. Ihr straffer, bereitwilliger Körper, der sich als Silhouette von dem tauigen Geruch schlafenden Grases abhob, dünkte ihn ein weiteres Gedicht, abgründig in seiner Ignoranz, trügerisch in seinem Verlangen, das Universum zu mildern. Poesie und Liebe, Zwillingsversuche, aus einer verfahrenen Sache das Beste zu machen. Impotent; doch in seiner Haltung, seinem Nein zur Umarmung, müssen wir eine besondere Art von Festigkeit bewundern, den aufgerichteten Stolz auf seine Trostlosigkeit, eine Entschlossenheit, sie als sein Territorium zu verteidigen. Ein feiger Heide noch an diesem Morgen, war er bis Mitternacht zum strengen Mönch geworden.

Dies ist alles Spekulation. Wir tappen hier wirklich im dunkeln. Da wir Bech von anderen besser ausgeleuchteten Gelegenheiten her kennen, bezweifeln wir, daß er unter den gegebenen Umständen – dieser sich aufdrängenden Frau, der Nähe der Glastüren und des Schlüssels in seiner Tasche – sie bei all seiner Schwäche nicht doch mit hineingenommen hat in sein Krankenbett und sie die feuchte, warme Packung ihres Fleisches auf seine Wunde auftragen ließ.

Auch war Ruth ihrerseits Literaturprofessorin; sie würde kaum die Werke so sehr mißverstanden haben, daß sie den Mann dahinter falsch beurteilte. Man stelle sich die beiden also vor. Über Bech und Ruth hängt die schwarze Kuppel ihres Grabmals; auch ihre Brustwarzen erscheinen schwarz, indes sie über ihm baumeln, seinen Mund necken, seinen Mund, der so blind ist wie der eines Babys, obwohl seine Augen, wenn er sie schließt, durch das weiche Polster hindurchsehen bis auf das Kalziumxylophon ihrer Rippen. Sein Phallus ein nachgemachter Knochen, ein trügerisches Wesen – gleich dem Menschen – an der Grenze von Substanz und Illusion, von Tod und Leben. Sie finden zu einem Rhythmus. Ihre Höhlung wird zu einer positiven Kraft, beginnt zu saugen, zu stoßen. Genug. Gleich Bech gelangen wir an einen Punkt, an dem Worte gräßlich erscheinen, Maden auf dem Aas der Realität, sich mästend, vermehrend; wir suchen Frieden in Schweigen und Zurückhaltung.

Augenblick. Augenblick. Da ist noch ein Dia, ein fünftes, gefunden unter einem Stapel goldener Kuppeln aus Rußland. Es zeigt Bech am nächsten Morgen. Wieder hat er auf dem Rücken geschlafen, den Kopf von zwei Kissen hochgestützt, eine Porzellanfigur, durch die müßig Träume wehen. Die Kissen sind übereinandergetürmt, damit wir nicht wissen, ob zwei Köpfe darauf gelegen haben oder nur einer. Er erhebt sich steif. Wiederum ist er wunderbar produktiv, was seine Exkremente betrifft. Seine Wunde wird schorfiger, trockener; er weiß, jetzt kann er einen Tag damit durchstehen, kann damit leben. Er macht Toilette – wäscht, wischt, bürstet, schabt. Er setzt sich an das kleine Pseudo-Sheraton-Tischchen und schüttelt den Stoß Gedichte auseinander, als könnte er sich daran verbrennen. Er gibt den ersten Preis, einen Scheck über 25 Dollar, dem Mädchen mit dem kleinen Kopf und den blauen Stielaugen und schreibt dazu:

Miss Haynsworths Gedichte halte ich für technisch vollendet – sie nehmen sich als gute, loyale Bürger unter der Tyrannei des Reims aus – und für erstaunlich reich – erstaunlich angesichts des jugendlichen Alters der Verfasserin – an jenen Qualitäten, die wir seit Sappho mit Dichterinnen verbinden. Sie sind lakonisch, klaräugig, anmutig der Welt gegenüber und in ihrer Hinnahme unserer tödlichen Gebrechlichkeit entschieden mutig.

Bech ließ Miss Eisenbraun den Umschlag durch eine dritte Person zustellen und wurde dann von einer hausbackenen, hochgewachsenen, langzahnigen Frau zum Flughafen gefahren, deren Stimme, wie sich herausstellte, jene Stimme war, die ihn übers Telefon gereizt hatte. «Das tut mir *so* lahd, Mistah Bech, alle sagen, Sie waren *so nett*, aber ich mußte zur Hochzaht mahner Schwester nach Roanoke fahren, das kam ganz plötzlich, und ich bin erst heute morgen zurückgekommen! Glauben Sie mir, Sah, es tut mir *so lahd!*»

«Nehmen Sie's nicht tragisch», sagte Bech und faßte sich an die innere Brusttasche, um sich zu vergewissern, daß sein Scheck darin war. Die Landschaft, die sich nun rückwärts abspulte, schien grüner als auf dem Hinflug und die Geschwindigkeit weniger gefährlich. Bea, die unter großen Mühen einen Babysitter aufgetrieben hatte, damit sie ihn am La Guardia-Flughafen abholen konnte, spürte, schon als sie ihn aus dem silbrigen Riesenleib herauskommen und im Regen über den Rollfeldasphalt eilen sah, daß mit ihm etwas geschehen war, daß nicht mehr genug von ihm für sie übrig war.

Bech in Swinging London

Bech traf zusammen mit den Osterglocken in London ein; er wußte, daß er sich verlieben mußte. Es war nicht sein Körper, der dergleichen verlangte, sondern seine Kunst. Sein erster Roman, ‹Travel Light›, war zu so etwas wie einem Klassiker der fünfziger Jahre geworden, zusammen mit ‹Picnic›, ‹The Search for Bridey Murphy› und den Maximen von John Foster Dulles. Sein zweiter Roman, eine lyrische Geste des Abscheus von Novellenlänge unter dem Titel ‹Brother Pig›, tat seinem Ruf keinen Abbruch und läuterte, wie er glaubte, sein Hirn zu einem Frontalangriff auf das Wunder des Lebens. Er brauchte zu diesem Angriff überraschenderweise fünf Jahre, und sein Denken und seine Arbeitsgewohnheiten entwickelten sich während dieses Zeitraums in Kreisen oder Schleifen, die in wachsendem Maße durch Müßiggang und Launenhaftigkeit beeinflußt wurden; wenn er sich zum Beispiel zum Schreiben hinsetzte, schien sein jüngeres Ich, der irgendwie fiktive Autor seiner früheren Romane, nicht ganz verdrängt zu sein, so daß er zu einem unbehaglichen, verschwommenen Bestandteil wurde, gleich einem Bild, das durch zu lange Belichtung auf dem Film zurückbleibt. Die schließliche Frucht seiner wirren Mühen, ‹The Chosen› wurde allgemein als Fehlschlag eingestuft – jedoch als einer jener «ehrenhaften» Fehlschläge, die dem Völkchen der Kritiker, die sich lieber der erhabenen Schwierigkeit der Kunst versichern lassen, als sich mit einer potenten schöpferischen Verve zu messen, einen Schriftsteller eher sympathisch machen. Bech spürte, wie er sich aus dem Geröll schlechter Rezensionen größer denn je erhob, als noch bekanntere, gefragtere Persönlichkeit. Geradeso wie nach Freud das Es nicht zwischen einem Wunschbild und einem realen äußeren Objekt unterscheiden kann, schiebt die Publicity, auch eine unersättliche schwachsinnige Größe, alle qualitativen Kriterien beiseite und nährt sich von Gut und Böse gleichermaßen. Jetzt waren fünf, nein, sechs Jahre vergangen, und Bech hatte in dieser Zeit praktisch nur als er selbst posiert, Besprechungen und «impressionistische» Artikel für Commentary und Esquire zu Papier gebracht und eine Reihe abweisender Stempelaufdrucke entworfen.

**henry bech bedauert – er
hält keine öffentlichen ansprachen.**

**tut mir leid, bin für
petitionen nicht zuständig.**

**henry bech ist zu alt und krank
und unsicher, um fragebogen auszufüllen oder interviews zu geben.**

**es ist ihre doktorarbeit;
schreiben sie sie bitte selbst.**

Indem er die eingehenden Briefe mit einem der Sachlage entspre-
chenden Stempel versah und an den Absender zurückschickte, vermochte Bech seine Korrespondenz zu vereinfachen. Doch sechs
Jahre waren vergangen, sein drittes Stempelkissen war eingetrock-
net, das Ende seines fünften Lebensjahrzehnts war in Sicht, und es
war höchste Zeit, daß er wieder etwas schrieb, um die Vorstellung
eines edlen und nützlichen Einsiedlers zu rechtfertigen, die er von
sich selbst hatte.

Eine neue Liebe? Eine Reise? Was die Liebe betraf, war er gerade
erst durch die Hände eines Schwesternpaars gegangen, zunächst die
der einen, dann die der anderen; die eine war neurotisch, eckig,
herb, blendend schön, kinderlos und auszehrend, die andere vernünftig, sanft, unscheinbar, mütterlich und ebenfalls auszehrend
gewesen. Beide hatten einen Ehemann gesucht. Beide hatten welt-
liche, utilitaristische Vorstellungen von ihrer eigenen Person, zu deren Bestätigung Bech sich nicht bringen konnte. Es machte seinen
Charme und seinen Wahn aus, daß er in Frauen Gottheiten sah –
Idole, deren Juwel nicht mitten auf der Stirn, sondern zwischen den
Beinen war, mit einem zweiten Juwel zwischen den Lippen und
noch weiteren, paarweise angebracht, hinauf und hinunter, von den
Fersen bis hinauf zu den Augen, ihren ganzen anbetungswürdigen
Körper entlang. Seine Transaktionen mit diesen übernatürlichen
Wesen durchdrangen ihn jedesmal tiefer mit dem Bewußtsein sei-
ner eigenen Sterblichkeit. Sein Leben kam ihm immer mehr wie
jenes düstere Märchen vor, in dem jeder gewährte Wunsch ein
Stück magisches Leder kleiner werden läßt, das in Wirklichkeit das
Leben des Wünschenden ist. Aber vielleicht, dachte Bech, vielleicht
würde eine andere Frau, nur noch eine, nur noch ein weiterer Hup-
fer, ihn sicher in jenen ruhigen, hochgelegenen Hafen der Unsterb-

lichkeit lenken, in dem Proust und Hawthorne und Catull schwimmen, glasäugig und Bauch nach oben. Noch eine letzte verzehrende Liebe würde seinen Genius von der Knechtschaft seines erschlaffenden Fleisches befreien.

Was das Reisen betraf: sein englischer Verleger, J.J. Goldschmidt, der Bechs gesammelte Essays (in den Vereinigten Staaten und Kanada veröffentlicht unter dem Titel ‹When the Saints›) übergangen und ‹Brother Pig› mit einer Eile verramscht hatte, die gewöhnlich den Memoiren von Bischöfen und Bildbänden über pharaonische Kunst vorbehalten ist, hatte sich, möglicherweise durch den schleichenden Erfolg des kleinen Romans in der Taschenbuchausgabe in Verlegenheit gebracht und, angesichts der geringfügigen Vorschüsse und knauserigen Auflagen, in die er Bechs aufblühenden Namen eingezwängt hatte, von Schuldgefühlen geplagt, entschlossen, eine ‹The Best of Bech› betitelte Anthologie zu 30 Shilling herauszubringen. Zur Förderung dieses Projekts bat er den Autor, die Woche vor Erscheinen des Buches in London zu verbringen und sich «ein bißchen feiern zu lassen». Die Phrase eilte schneller als ein Augenzwinkern die 3000 Meilen Unterwasserkabel entlang.

«Lieber würde ich mich durchprügeln lassen», antwortete Bech.

«Wie bitte, Henry? Entschuldigen Sie, ich kann Sie kaum verstehen.»

«Macht nichts, Goldy. War nicht wichtig.»

«Was war nicht richtig?»

«Schon gut. Die Verbindung ist schlecht.»

«Ihnen ist schlecht?»

«Noch nicht. Aber lassen wir's – ich komme.» Er traf, wie schon gesagt, mit den Osterglocken ein. Die Viscount neigte sich über Hampton Court zur Seite, und die Gelbtönung der Blumen war von oben aus zu sehen. Im Hyde Park, neben dem Serpentine-See, am Birdcage Walk im St. James Park, am Grosvenor Square zu Füßen des Roosevelt-Denkmals und am Russell Square zu Füßen des Gandhi-Denkmals, auf allen Plätzen, in allen Anlagen machten die Osterglocken eine millionenfache goldene Verbeugung vor den Touristen, die, wie unser Held, von der düsenschnellen Zeitverschiebung benommen und so einsam wie Wolken dahinglitten. *Ein Dichter mußte,* erinnerte sich Bech, *in solch heiterer Runde einfach heiter sein*. Und die Leute auf den Straßen, so schien ihm, ob sie nun die Oxford Street entlanggingen oder auf dem Trafalgar Square von Löwe zu Löwe schlenderten, bildeten eine weitere goldene Heerschar, schön anzusehen in der antiken, kaltgesichtigen Art von Blakes pastellfarbenen Menschenmassen, bleiche dionysische Wesen, nackte Schenkel und buntfarbenes Tuch, glattes Haar und Hosen mit großem Schlag. *So stetig, wie die Sterne scheinen und blinzeln hoch am Firmament.* Und am nächsten Morgen, als er Merissa nackt zum Fenster und zu ihrem Ankleidekabinett schreiten sah, hatte er das Gefühl, daß ihre Vollkommenheit – die parallelen Sehnen ihrer Kniekehlen, die kußgleichen Schattensprünge zwischen ihren Schultermuskeln – nach draußen floß, um sich zu dem Spitzenschleier der grauen britischen Luft zu gesellen. Eine Viscount hing in lautlosem Abstieg über den Wipfeln des Regent's Park. Er erhob sich und sah, daß auch dieser Park seine goldenen Tümpel hatte, seine wandernden Beete von Osterglocken, und daß unter dem sonnenlosen Mittagshimmel Liebespaare – ihre Köpfe androgyne Massen von Haar – gekommen waren, um sich umschlungen auf das kalte grüne Gras zu legen. *Das kalte grüne Gras*, hörte Bech. Das Echo beunruhigte und verwirrte ihn. Die papierne Tageswelt, übersät von Büchern, die er nicht geschrieben hatte, schnitt jäh ein in die substantiellen Träume von Trunkenheit und Liebe.

Jørgen Josiah Goldschmidt, ein lebhafter, unruhiger kleiner Mann mit einem ehrgeizig großen Kopf und dem herabhängenden Profil eines florentinischen Bankiers, hatte für Bech noch am Abend des Ankunftstags eine Party arrangiert. «Aber Goldy, nach Ihrer Zeit hier bin ich seit zwei Uhr morgens auf den Beinen.»

Sie hatten sich mehrmals in New York getroffen. Goldschmidt hatte Bech offensichtlich als harmlosen Irren eingestuft, den man schon freundlich-betulich auf Vordermann brachte. Bech seinerseits sah in Goldschmidt einen jener Selfmademen, die dafür – dafür, daß sie sich nicht von Gott haben machen lassen – mit kleineren Mängeln wie innerer Taubheit und ständiger Neuralgie bezahlen müssen. Goldschmidts Leben war ein einziger Erfolg. Als dänischer Jude war er Ende der dreißiger Jahre nach England gekommen. Innerhalb von zwanzig Jahren hatte er es vom Angestellten im Informationsministerium über die Stationen eines BBC-Mannes und des Leiters eines angesehenen Verlagshauses Mitte der fünfziger Jahre zur Gründung eines eigenen Verlags gebracht, der sich auf ausländische Avantgarde-Schriftsteller spezialisierte und auf hübsche kleine Anthologien lyrischer Werke, deren Copyright ausgelaufen war. Ein Kochbuch für biodynamische Suppen und eine Sammlung von Gebeten für Humanisten retteten ihn vor dem

Bankrott. Jetzt war er ein wohlhabender Mann, hauptsächlich, weil es ihm gelang, seine Anwälte und Drucker dazu zu überreden, ihn in zunehmendem Maße obszöne amerikanische Autoren veröffentlichen zu lassen. Er fand zwar persönlich an Obszönität überhaupt keinen Gefallen, aber er hatte eine Welle gefunden, auf der er nun ritt. In Akzent und Kleidung war er untadelig britisch. Dem Geschmack der Zeit entsprechend, hatte er sich buschige Koteletten wachsen lassen. Sein Gesicht war immer wie vom Grau eines nagenden Schmerzes umflort. Seine braunen Augen – in Ruhestellung ließen sie in reizvolle bernsteinfarbene Tiefen blicken, erleuchtet vom Feuer seines Denkens, aber sie kamen kaum je zur Ruhe – eilten an Bechs Schulter vorbei schon dem nächsten Problem zu, als er sagte: «Henry, Sie müssen kommen. Man will Sie unbedingt sehen. Ich habe die allernettesten Leute eingeladen. Ted Heath schaut später vielleicht mal herein, und Prinzessin Margaret hat es sehr bedauert, daß sie gerade jetzt nach Ceylon muß. Sie können im Hotel ein feines Nickerchen machen. Wenn Ihnen das Zimmer nicht gefällt, nehmen wir ein anderes. Ich dachte mir, Sie mögen den Ausblick auf den Straßenverkehr, nach Ihren Büchern zu urteilen. Ihr Interview ist erst um fünf, ein sehr netter, intelligenter Bursche, Landsmann von Ihnen. Wenn Sie sich nichts aus ihm machen, erzählen Sie ihm einfach eine halbe Stunde lang das übliche Zeug, und dann sind Sie ihn los.»

Bech protestierte: «Ich habe kein übliches Zeug auf Lager», aber der andere hörte gar nicht hin, sagte nur: «Bis später» und ging.

Zu erregt durch die neue Stadt und das Bewußtsein, wieder einen Flug überlebt zu haben, ging Bech spazieren, anstatt zu schlafen, sah sich die Osterglocken an, die Häuserreihen im georgianischen Stil mit den Schildern der Abrißfirmen und den Friedensslogans daran, die Krausenhemden und die Unisexhosen in den Schaufenstern, die Bobbies, die humorlosen männlichen Modellen glichen, die Gruppe schmuddeliger Hippies, die sich die schwarze Insel des Eros auf dem Piccadilly Circus mit abgasfarbenen Tauben teilten. In der Great Russell Street, dort das British Museum, da eine Hindu-Imbißstube, wies eine Tafel an der Hauswand auf eine Beziehung zu einem Roman von Dickens hin – als ob die Romanfiguren den gleichen Zeitraum bevölkert hätten, durch den Bech spazierte. Er ging in sein Hotel zurück, und im Foyer bedrückten ihn die amerikanischen Stimmen, die ganze pseudo-edwardianische Aufmachung, die illustrierte Schautafel mit den akzeptierten Kreditkarten. Typische Schnapsidee von Goldschmidt, ihn in solch eine Touristenfalle zu verfrachten. Ein blasser junger Mann, an seinem rundköpfigen Haarschnitt und der cleveren Armesünderart, wie er sich von der Seite an ihn heranmachte, zweifelsfrei als Amerikaner zu erkennen, trat auf Bech zu. «Mein Name ist Tuttle, Mr. Bech. Ich fürchte, ich muß Sie interviewen.»

«Das fürchte ich auch», sagte Bech.

Der junge Mann neigte den Kopf ein wenig zur Seite wie ein Radarschirm, als versuche er, den bitteren Unterton in Bechs Stimme zu orten, und sagte: «Ich mache so etwas sonst eigentlich nicht, genauer gesagt, ich halte genausowenig von Interviews wie Sie –»

«Wieso wissen Sie, daß ich von Interviews wenig halte?» Bech begann die durch den Düsenflug bedingte Zeitverschiebung zu spüren; in seinen Ohren dröhnte es gereizt.

«Das haben Sie selbst gesagt –» der junge Mann lächelte schüchtern, aber gewissenhaft – «bei Ihren anderen Interviews.» Seinen Vorteil ausnutzend, fuhr er rasch fort: «Aber es soll kein Interview wie die anderen werden. Sie bestimmen, wie es ablaufen soll, ich verfolge keinerlei persönliche Interessen. Ein Freund von mir beim *Sunday Observer* hat mich gebeten, für ihn einzuspringen, eigentlich bin ich in London, weil ich an einer Dissertation über Drucker im 18. Jahrhundert arbeite. Recht weit von ‹The Best of Bech› entfernt. Aber ganz offen gesagt, es schien mir eine einmalige Gelegenheit. Ich habe Ihnen einmal Briefe geschrieben, drüben in den Staaten, aber das haben Sie sicher vergessen.»

«Habe ich sie beantwortet?»

«Sie haben sie zurückgeschickt – mit einem Stempel versehen.»

Tuttle hielt inne, vielleicht auf eine Entschuldigung wartend, und fuhr dann fort: «Wissen Sie, ich dachte mir das als eine Chance für Sie, einmal alles sagen zu können, was Sie sagen wollen. Was *Sie* sagen wollen. Man kennt hier Ihren *Namen*, Mr. Bech, aber *Sie* kennen die Leute kaum.»

«Na ja, das ist eben deren Privileg.»

«Entschuldigen Sie, Sir, aber ich glaube, Sie gehen ihnen verloren.»

Bech spürte, wie er schwach wurde, ohne etwas dagegen tun zu können. «Setzen wir uns da drüben hin», sagte er. Den Jungen mit auf sein Zimmer zu nehmen, dachte er benommen, hieße Päderastie simulieren und das Schicksal Wildes riskieren.

Sie nahmen einander gegenüber in zwei Foyersesseln Platz; Tuttle saß ganz vorn auf der Sesselkante, als hätte ihn der Chef gerade hereingerufen. «Ich habe jedes Wort, das Sie geschrieben haben, fünf-, sechsmal gelesen. Offen gesagt, für mich sind Sie der Größte.» Dies klang Bech als das einwandfreieste Lob in Ohren, das er je gehört hatte; ein Appetit, der mit den Jahren nicht nachgelassen hatte, war der auf ehrliche, unumwundene Superlative.

Er beugte sich vor und stieß den jungen Mann leicht an. «Jetzt sind Sie aber ganz groß.»

Tuttle errötete. «Ich wollte damit sagen, was andere Leute lediglich vorgeben zu tun, das tun Sie tatsächlich.» So etwas wie ein Echo beunruhigte Bech; er hatte das schon einmal gehört, aber nicht auf sich bezogen. Doch das Dröhnen hatte immerhin aufgehört. Das Erröten hatte auf irgendeinen inneren Konflikt hingedeutet, und Bech vermochte seinen Abwehrschirm nur angesichts eines ganz einfachen, entschlossenen Angriffs aufrechtzuerhalten. Jedes Zeichen von Verlegenheit oder Unsicherheit verwechselte er mit Kapitulation. «Nehmen wir einen Drink», sagte er.

«Danke – nein.»

«Sie meinen, Sie sind im Dienst?»

«Nein, ich trinke nicht.»

«Nie?»

«Nie.»

Da hat man mir also einen Sektierer geschickt, dachte Bech. Daran erinnerte ihn Tuttles Blässe, seine verstohlene Strenge, seine verlegene Beharrlichkeit: an einen sendungsbewußten Fanatiker, der an die Tür klopft. «Dann lassen Sie mich ganz offen gestehen, ich tu's manchmal. Trinken.»

«Oh, ich weiß. Ihre Trinkgewohnheiten sind bekannt.»

«Wie Hitlers Vegetarismus.»

In dem Bestreben, Bech zu beruhigen, verzichtete Tuttle darauf zu lachen. «Bitte, sprechen Sie weiter. Wenn Sie aus dem Zusammenhang kommen, höre ich mit meinen Notizen auf, und wir setzen die Sache an einem anderen Tag fort.»

Der arme Henry Bech, dem die Naivität in ihren Galoschen der Grobheit und dem nassen Regenmantel der Anmaßung immer als möglicherweise engelhaft erscheinen muß, der mit Obdach und Speise zu versorgen ist. Er bestellte einen Drink – «Wissen Sie, was ein Whisky-Sauer ist?» fragte er den Kellner, der entgegnete: «Selbstverständlich, Sir» und ihm einen Whisky-Soda brachte – und versuchte zu einem weiteren erniedrigenden Mal, im Abfallhaufen seiner «Karriere» zu graben und mit der verlorenen Armbanduhr der Wahrheit zum Vorschein zu kommen. Ermuntert durch die fanatische Art, wie der Junge Seite um Seite seines Notizbuchs mit wild ausschlagenden Zeilen bedeckte, sprach Bech vom Roman als einem Äquivalent der Realität und legte dar, daß der springende Punkt, die Rechtfertigung, in jenen Momenten zu liegen scheine, wenn sich eine Folge von Bildern verknüpfe und dann noch ein weiteres Bild sich einstelle und gleichsam darüberlege und eine Dichte erzeuge, die vielleicht dem schrecklich dichten Gewebe der Realität entspreche, zum Beispiel der blitzschnellen Stufenleiter chemischer Veränderung in der Körperzelle, die Furcht in Handeln umsetzt oder, sagen wir, der Implosion mathematischer Zahlenreihen, die den Kern von Sternen verzehrt. Und das Zermürbende ist die Erkenntnis, daß niemand, weder der Kritiker noch der Leser, je diese Momente bemerkt, sondern statt dessen, lobend oder abfällig, über Stücke von sich selbst daherredet, die er in dem Werk wie in einem zersprungenen Spiegel erkannt hat. Daß es notwendig ist, zuerst an einen idealen Leser zu glauben, und daß dieser sich allmählich als nicht existent herausstellt. Es ist weder der tägliche Rezensent, der ein in Plastikmaterial gebundenes Bündel Korrekturfahnen überfliegt, noch die auf die Dicke des Buches bedachte Hausfrau, die zwischen Lebensmittelhändler und Friseur einen neuen Roman kauft, noch der emsige Student mit seinem Zettelkasten und vervielfältigten Material, auch nicht der unbeholfen formulierende junge Kugelschreiberheld, der via Who's Who einen weiteren unausgegorenen Brief losläßt, zu schlechter Letzt nicht einmal man selbst. Kurz, man verliert den Mut bei der Entdeckung, daß man nicht gelesen wird. Daß die Fähigkeit zu lesen und damit zu schreiben allmählich verlorengeht, zusammen mit der Fähigkeit des Zuhörens, Sehens, Riechens und Atmens. Daß alle Fenster des Geistes fest vernagelt werden. An dieser Stelle schnappte Bech, um seine Feststellung zu unterstreichen, nach Luft. Dann sagte er, aufrechterhalte ihn, soweit ihn überhaupt etwas aufrechterhalte, die Erinnerung an Lachen, das spezifisch jüdische, kampfgerüstete, religiöse, von genügend Verzweiflung getränkte, nicht ganz aus dem Bauch heraufkommende Lachen seines Vaters und dessen Brüder, seiner geliebten Brooklyner Onkel; die amerikanischen Juden hätten sich dieses Lachen eine Generation länger bewahrt als die Nichtjuden, daher ihre derzeitige Vorherrschaft in der literarischen Welt; und wenn die Neger nicht schreiben lernten, dann könne diese Kunst nirgendwo mehr herkommen; und in der Welt von heute besäßen sie nur noch die Russen, vielleicht die Peruaner und Mao Tse-tung, aber sonst keiner von den Chinesen. Nach seiner, Bechs, Ansicht.

Tuttle kritzelte noch eine Seite voll und blickte hoffnungsvoll auf. «Der Maoismus scheint die kommende Gefühlslage zu sein», sagte er.

«Die maonische Gefühlslage», sagte Bech und erhob sich. «Ob Sie's glauben oder nicht, mein Freund, ich muß jetzt duschen und dann zu einer Party gehen. Macht korrumpiert.»

«Wann könnten wir weitermachen? Ich glaube, wir haben einen faszinierenden Anfang hingekriegt.»

«*Anfang?* Wollen Sie denn noch *mehr*? Für eine kleine Lobhudelei im *Observer*?»

Als Tuttle aufstand, war er, obwohl hager und mit einem runden Kopf wie eine Treppengeländerkugel, größer als Bech. Er wurde hartnäckig. «Es muß viel mehr werden, Mr. Bech. Viel mehr als ein kleiner Artikel. Man hat mir so viel Raum versprochen, wie ich brauche. Sie haben hier, wenn Sie mich richtig rannehmen, die Chance, ein definitives T-t-testament zu m-m-machen.»

Hätte der junge Mann nicht gestammelt, wäre Bech ihm vielleicht entwischt. Doch das Stottern, jene kleinen Ansätze hilflosen Schweigens, hielten ihn fest. Abwartend fragte er: «Sie trinken nie?»

«Nein.»

«Rauchen Sie?»

«Nein.»

«Aus Prinzip nicht?»

«Ich habe einfach nie Geschmack daran gefunden.»

«Essen Sie zwischen den Mahlzeiten?»

«Ja, das kommt schon mal vor.»

«Rufen Sie mich morgen an.» Bech verabscheute sich selbst wegen dieses Zugeständnisses. Sonderbar, wie schmutzig er sich vorkam bei dem Versuch, ernsthaft zu sprechen. Vergleichbar dem, was er empfand, wenn er sah, wie jemand auf ein Buch drückte, damit es aufgeschlagen liegen blieb, und dabei selbstzufrieden und unwiderruflich den Buchrücken zerbrach.

Bechs Smoking hatte im Laufe der Jahre einen wächsernen Glanz bekommen und war etwas zu klein geworden, so daß er ihn den ganzen Abend grausam zwickte. Das Taxi – so geräumig, daß Bech sich darin wie Ballast vorkam – bog in eine Reihe immer kleinerer Straßen ein und stoppte schließlich in der Wendebucht einer Sackgasse, wo gleich der mystischen Drohung eines Christbaums ein Säuleneingang erstrahlte. Der Türklopfer war ein Goldschmiedehammer mit einem schwungvollen Doppel-J darauf. Ein Diener in blauer Livree ließ Bech ein. Goldy kam geschäftig herbeigeeilt in rotem Samtjackett und flatternden Rüschen. Ein anderer Diener schenkte Bech warmen Scotch ein. Goldy, dessen Augen hin und her gingen wie die eines Hockeyspielers, steuerte Bech an einem riesigen Pfeilerspiegel vorbei in einen Raum, wo schöne Frauen in Cremeweiß, Safrangelb und Magentarot in langsamer Bewegung wallten und wogten. Männer in Schwarz standen wie Bojen in diesem Meer. «Hier ist eine reizende Person, die Sie kennenlernen müssen», sagte Goldy zu Bech. Zu ihr sagte er: «Henry Bech. Er ist sehr schüchtern. Erschrecken Sie ihn mir nicht, Liebes.»

Sie war eine Erscheinung – breite, gepuderte Schultern, langes, glattes Kinn mit der Andeutung eines Grübchens, Lippen, in deren geschminkter Perfektion etwas Gespenstisches lag, graue Augen, deren Licht ihre Käfige aus falschen Wimpern und Lidschatten überflutete. Bech fragte sie: «Was machen Sie?»

Sie erbebte leise; ihre Mundwinkel zuckten gezwungen, und er wurde sich bewußt, daß seine Frage höchst töricht gewesen war, daß jeden Morgen aufstehen und die Haut bis zum Rand mit solcher Lieblichkeit zu füllen für jede Frau eine Vollbeschäftigung darstellte.

Aber sie sagte: «Nun, ich habe einen Mann und fünf Kinder, und ich habe gerade ein Buch veröffentlicht.»

«Einen Roman?» Bech sah jetzt alles vor sich: blaßgrünlichblaue Jacke, kurzer Ehebruch an ländlichen Wochenenden, spaßige Abwechslung durch das Treiben frühreifer Kinder.

«Nein, nicht eigentlich. Die Geschichte der Arbeiterbewegung in England vor 1860.»

«Gab es viele?»

«Mehrere. Sie hatten es sehr schwer.»

«Wie reizend von Ihnen, daß Sie sich darum kümmern», sagte Bech. «Wo Sie so –» er unterdrückte das Wort «chic» – «gar nicht nach Arbeiter aussehen.»

Wieder erbebte ihr Gesicht – nein, keine Veränderung des Ausdrucks, der blieb freundlich und aufmerksam, aber ein seismographisches Beben, als hielte sie nur mit Mühe vulkanische Hitze zurück. Sie fragte: «Worum geht es in Ihren Romanen?»

«Oh, um gewöhnliche Menschen.»

«Wie reizend dann von Ihnen – wo Sie so außergewöhnlich sind.»

Ein Mann, der keine Boje im Gewoge mehr sein wollte, näherte sich und berührte ihren Ellbogen, und sie wandte sich hoheitsvoll um und ließ Bech ihre Duftausstrahlung zurück, gleich einem Astronomen, der von Radiowellen aus einer leeren Ecke des Weltraums überflutet wird. Er versuchte nach ihrer Schmeichelei eine Peilung vorzunehmen, indem er auf dem Weg zu einem weiteren Drink in einen Spiegel blickte. Seine Nase war mit den Jahren gewachsen und hatte sich deutlich gerötet; ein Haarschnitt im Stil der jungen Leute hatte zu wolligen Ausbrüchen von Grau über den Ohren geführt, und eine talgigweiße Haarmasse lockte sich im Nacken dem Kragen entgegen: er sah aus wie ein vom Mob gesteuerter Congressman aus Queens, der für einen Südstaatensenator gehalten zu werden hoffte. Sein Gesicht war teigig vor Müdigkeit, obwohl seine Augen krampfhaft lebendig wirkten. Er beobachtete im Spiegel, wie ihn eine schlanke junge Afrikanerin in durchscheinendem Pyjamaanzug musterte. Er drehte sich um und fragte: «Was können wir nur machen mit Biafra?»

«Je le regrette, Monsieur», sagte sie, «mais maintenant je ne pense jamais. Je vis, simplement.»

«Parce que le monde est trop effrayant?»

Sie zuckte die Achseln. «Peut-être.» Wenn sie die Achseln zuckte, erzitterten ihre silhouettenhaft sich abzeichnenden Brüste unter ihrer Schwere; Bech fühlte sich in die Tage seines begierigen jugendhaften Blätterns in illustrierten Geographiebüchern zurückversetzt. Er sagte: «Je pense, comme vous, que le monde est difficile à comprendre, mais certainement, en tout cas, vous êtes très sage, très belle.» Doch sein Französisch war nicht gut genug, um sie zu fesseln, und sie wandte sich ab und trug Bikini-Unterhöschen mit Tigerstreifen unter dem Safrangelb ihrer weiten Hosen. Blaulivrierte Diener läuteten zum Dinner. Er stürzte seinen Drink hinunter und wich dem Seitenblick des Congressman aus Queens aus.

Zu seiner Rechten saß eine mittelalterliche Dame von offenkundiger Bedeutung, wenn auch ihre Schönheit zu keiner Zeit mehr als Konzentrat von Schärfe und Funkeln gewesen sein konnte. «Ihr amerikanischen Juden», sagte sie, «seid so romantisch. Ihr haltet jede kleine Puppe für Delilah. Ich hasse dieses ‹Hab Mitleid mit mir› in all euren Büchern. Frauen wollen nicht angejammert werden. Sie wollen umgelegt werden.»

«Ich werd's mal probieren müssen», sagte Bech.

«Tun Sie das, tun Sie das.» Sie schwenkte zu einem langzahnigen Galan herum, der grinsend zu ihrer Rechten wartete; «Darling!» rief sie aus, und ihre Köpfe quetschten sich zusammen wie Orangen im Sack. Zu seiner Linken hatte Bech ein magentarotes Wesen – sein erster Blick hatte ihm geraten, es zu ignorieren. Es glitzerte und war jung. Bech traute keinem unter dreißig; die Jungen bewegten sich jetzt mit der ehrwürdigen und gefährlichen Sicherheit der Alten, als er jung gewesen war. Sie aß zögernd von ihrer Suppe wie ein Kind. Ihre Hand war klein wie die eines Kindes, mit kurzgeschnittenen Fingernägeln und entzückenden Schatten um die Knöchel. Er hatte das Gefühl, die Hand schon gesehen zu haben. In einem Roman? ‹Lolita›? ‹Zauberberg›? Die simple Etikette gebot, daß er sich nach ihrem Befinden erkundigte.

«Danke – mies.»

«Denken Sie an mich», sagte Bech. «Nach der Zeit, zu der ich heute aufgestanden bin, ist es jetzt vier Uhr morgens.»

«Ich hasse schlafen. Ich schlafe manchmal tagelang nicht und fühle mich prima. Ich glaube, die Menschen schlafen zuviel, deshalb verhärten sich ihre Arterien.»

Er sollte die Entdeckung machen, daß sie in Wirklichkeit schlief wie die jungen Menschen, in langen mühelosen Schwüngen, die die Überstunden in ihren Bogen mit einbeziehen und sich über alle Geräusche hinwegsetzen, obwohl sie wie jede Frau dazu neigte, sich bei Morgengrauen zu rekeln. Sie fuhr fort, als mache sie höfliche Konversation: «Haben Sie verhärtete Arterien?»

«Meines Wissens nicht. Nur Impotenz und Gicht.»

«Das klingt etwas derb.»

«Sie müssen schon entschuldigen – mir wurde gerade gesagt, Frauen wollten nicht angejammert werden.»

«Ja, ich hab's gehört. Glauben Sie der alten Nutte nicht. Die Frauen lieben es. Warum sind Sie impotent?»

«Das Alter?» Eine Stimme in ihm sagte: *Das Alter? sagte er vorfühlend.*

«Reden Sie keinen Unsinn.» Er mochte ihre Stimme, eine jener britischen Stimmen, die halb unten in der Kehle erzeugt werden und nicht schräg unterhalb der Nebenhöhlen, mit beunruhigenden Oktavsprüngen. Sie trug eine goldene Großmutterbrille auf ihrem herzförmigen Gesicht. Er konnte nicht feststellen, ob ihre Wangen natürlich gerötet oder geschminkt waren. Er bemerkte wohlgefällig, daß sie, obwohl von zierlicher Figur, Brüste hatte, die kräftig zum Ausschnitt ihres Kleids herausdrängten, das mit kleinen Spiegeln besetzt war. Ihre Lippen, kreidig und von Schminke überzogen, mit intelligenten, zuckenden Mundwinkeln, schienen von der ersten Frau zu stammen, der er begegnet war, als hätte die eine als

Arbeitsstudie für die andere gedient. Er bemerkte, daß sie einen kleinen Flaumschnurrbart hatte, so zart wie zwei ausradierte Bleistiftstriche. Sie sagte: «Sie schreiben.»

«Das habe ich, bis vor einiger Zeit.»

«Was ist geschehen?»

Lücke im Dialog. Später ausfüllen. «Anscheinend weiß ich es nicht.»

«Ich war bis vor einiger Zeit verheiratet. Mein Mann war Amerikaner. Ist es noch, wenn ich's mir recht überlege.»

«Wo haben Sie gelebt?» Die junge Frau und Bech blickten gleichzeitig vor sich und begannen sich mit dem Essen zu beeilen.

«New York.»

«Hat es Ihnen gefallen?»

«Fand es himmlisch.»

«Ist es Ihnen nicht schmutzig vorgekommen?»

«Herrlich schmutzig.» Sie kaute. Er stellte sich scharfe, kleine, ebenmäßige Zähne vor, die blutiges Rindfleisch zerrissen und zermalmten. Er legte seine Gabel hin. Sie schluckte und fragte:

«Gefällt Ihnen London?»

«Ich kenne es noch nicht.»

«Nein?»

«Habe bis jetzt nur Zeit gehabt, mir die Osterglocken anzusehen.»

«Ich werde Ihnen London zeigen.»

«Wie können Sie das? Wie kann ich Sie wiederfinden?» *Stil der Jahrhundertwende? Neu schreiben.*

«Sind Sie allein in London?»

Ein krustiges Stück Yorkshire-Pudding sah zu lecker aus, um verschmäht zu werden. Bech griff wieder nach der Gabel. «Hmhm. Ich bin überall allein.»

«Hätten Sie Lust, mit mir nach Hause zu kommen?»

Die Dame zu seiner Rechten wandte sich zu ihm um und sagte: «Ich muß sagen, das ist schäbig, daß Sie mich ganz diesem alten Knaben da überlassen.»

«Nicht jammern. Männer hassen das.»

Sie entgegnete: «Ihr Haar ist toll. Sie könnten fast der Weihnachtsmann sein.»

«Ach, sagen Sie, meine Beste, wer ist dieses – dieses Wesen zu meiner Linken?»

«Das ist die kleine Miss Giftig. Ihr Vater hat sich unter Macmillan den Peertitel gekauft.»

Die junge Frau in Bechs Rücken kitzelte seine Nackenhaare mit ihrem Atem und sagte: «Ich ziehe meine Einladung zurück.»

«Trinken wir alle noch etwas Wein», sagte Bech laut und begann einzuschenken. Der Mann mit den langen Zähnen legte die Hand über sein Glas. Bech hoffte auf einen Zaubertrick, wurde aber enttäuscht.

Und an der Tür, als sich Bech mit seiner Begleiterin an dem gefräßigen Pfeilerspiegel vorbeizuschleichen versuchte, schien Goldy enttäuscht zu sein. «Aber haben Sie denn auch alle kennengelernt? Das hier sind die nettesten Leute in ganz London.»

Bech drückte seinen Verleger an sich. Darf ich vorstellen Wächserner alter Smoking, darf ich Samt und Rüschen vorstellen? Erfahre jeder, wie die andere Hälfte lebt. «Goldy», sagte er, «die Party war nett, netter, am nettesten. Sie hätte nicht netter sein können. Und jetzt, trali, trala.» Er sah in betrunkenen Lauten den Schlüssel zu seinem Abgang. Sonst brachte ihn dieses Samtjackett dazu, sich noch eine Stunde feiern zu lassen. Brr.

Goldy nahm die Niederlage mit der Anmut seiner Rasse hin. Seine klaren Augen, so geschäftig, als spiele er eine Partie Blitz-Schach, eilten an Bechs Schulter vorbei zu der jungen Frau hin. «Merissa, mein Liebes, sorgen Sie gut für unsere Berühmtheit. Mein Vermögen hängt von seinem Charme ab.» So erfuhr Bech ihren Vornamen.

Das Taxi war mit zwei Personen darin jetzt weniger eine hohle Schale als vielmehr ein kleiner Salon, in dem man nicht laut zu sprechen braucht. Sie berührten sich nicht, was vielleicht merkwürdiger ist. *Vielleicht merkwürdiger?* Er bekam ja keinen richtigen Satz mehr hin. Er war auf der dunklen Seite der Erde in einem Taxi zusammen mit einem Wesen, an dessen Kleid Dutzende von Spiegeln funkelten. Ihre Beine waren weiß wie Messer und wurden einmal so, einmal so übereinandergeschlagen. Ein dreieckiger Fluchtpunkt, wo die Schenkel endeten. Das Taxi fuhr durch leere Straßen, vorbei an schmiedeeisernen Gittern, die an den Himmel getuscht waren, und an granitenen Museen, die unter der Last ihres Säulengebälks die Stirn runzelten, durch die hellerleuchtete, laute Schlucht von Hyde Park Corner und Park Lane, und dann wieder dunklere, stillere Straßen. Sie passierten ein Gebäude mit geschlossenen Fenstern, das Merissa als die Botschaft der Volksrepublik China identifizierte. Sie kamen wieder in einen Bezirk, wo die zottigen Baumwipfel von phantastisch langen Kolonnaden zu träumen schienen und von hohen weißen, ins Endlose zurückweichenden

Geburtstagstortenfassaden. Das Taxi hielt an. Merissa bezahlte. Sie ließ ihn ein durch eine Tür, deren Knauf, Klopfer und Brief-schlitz seidenglatt waren vom vielen Polieren. Marmorstufen. Noch eine Tür. Noch ein Schlüssel. Gerüche von Bohnerwachs, schalem Zigarettenrauch, Narzissen in einer mit Kies gefüllten Schale. Brandy mit seinem versengten, teuren Geruch wurde ihm vor die Nase gestellt. Gehorsam trank er. Er wurde in ein Schlaf-zimmer geführt. Parfum und Puder, Leder und ein Wachstuch-geruch, der ihn in englische Kinderbücher zurückversetzte, die seine Mutter, auf seine «Fortbildung» bedacht, bei Scribner's in der Fifth Avenue zu kaufen pflegte. Ein Fenster ging auf. Frische Aprilgerüche. *Der Winter hielt uns warm.* Sie schob die Vorhänge zurück. Ein Stück schiefergrauer Nacht, gelblich über den Bäu-men. Die Positionslichter eines Flugzeugs, die beim Ansetzen zur Landung blinzelten. Ein Rascheln rings um ihn her. Der Candyge-schmack von Lippenstift. Saubere Luft, warme Haut. *Ein kleines Leben mit getrockneten Knollen füttern.* Ihr nackter Rücken eine Mondfläche unter seinen Händen. Der vergessene Eindruck des Eindringens, der subtilen, monströsen Vergewaltigung, den die Besonderheiten eines neuen Frauenkörpers in uns auslösen. *Der Sommer überraschte uns.* Muß ihren Nachnamen herausfinden. Welle auf Welle der Erleichterung empfand Bech in der Wonne, der jähen Befreiung um seine Taille, als er seinen Smoking auszog. Muß zum Schneider gehen.

«Als Sie an ‹The Chosen› schrieben», fragte Tuttle, «haben Sie da bewußt einen blumigeren Stil schaffen wollen?» Diesmal hatte er ein Tonbandgerät mitgebracht. Sie saßen in Bechs Gemächern, ei-ner geräumigen Ecksuite mit einem vorgetäuschten Kamin und ei-nem Bett, das nicht benutzt worden war. Der Kamin war nicht gänzlich vorgetäuscht; er barg die kraus gewellte Plastikskulptur eines Kohlenfeuers, die erglühte, wenn man sie einstöpselte, und sogar eine Imitation von Wärme von sich gab.

«Ich denke nie an Stil, an das Schaffen eines Stils», diktierte Bech in das Babymikrofon des Bandgeräts. «Mein Stil ist immer so einfach, wie es der Stoff erlaubt. Wenn man älter wird, stellt man jedoch fest, daß immer weniger Dinge einfach sind.»

«Zum Beispiel?»

«Zum Beispiel ein Reifenwechsel. Entschuldigen Sie, Ihre Frage erscheint mir albern. Dieses ganze Interview erscheint mir albern.»

«Versuchen wir's anders», sagte Tuttle, so aufreizend geduldig wie ein Kinderpsychiater. «Bei ‹Brother Pig› – waren Sie sich da der Einflechtung der politischen Resonanzen bewußt?»

Bech blinzelte. «Tut mir leid, wenn Sie ‹politische Resonanzen› sagen, verstehe ich nur Bahnhof. In ‹Brother Pig› geht es um das, was die Worte aussagen. Es ist keine Maske für etwas anderes. Ich schreibe nicht in Codeschrift. Ich vertraue darauf, daß mein Leser die englische Sprache beherrscht und über ein gewisses erworbenes Vokabular menschlicher Erfahrungen verfügt. Ich hoffe, meine Bücher wären für Paviane oder Tintenfische unverständlich. Meine Bücher handeln von menschlichen Transaktionen – Liebeleien, Streitereien.»

«Sie sind müde», sagte Tuttle.

Er hatte recht. Merissa hatte ihn in ein von Homosexuellen geführtes Restaurant in der Fulham Road geschleppt und dann ins *Revolution*, wo große Poster von Ho und Mao und Engels von den Wänden zusahen, wie junge Leute in Paillettenkleidern und ausgestellten Hosen inmitten eines betäubenden, stampfenden, schillernden Lärmwirbels auf und nieder hopsten. Bech wußte, daß hier etwas geschah, ein spirituelles Aufwallen gleich dem Christentum unter den Sklaven Roms oder dem Kabalismus unter den bäuerlichen Juden des unbeweglichen slawischen Europa, doch sein altmodischer, auf die Einzelheiten gerichteter Blick zerlegte das Gewühl ständig in seine Komponenten: Mädchen, die sich mit einem benommenen nächsten Morgen an der Schreibmaschine abgefunden hatten; geschlechtslose junge Männer aus der Mode- und Fotografenbranche, die von Berufs wegen hier waren; die wirklich Müßigen, die Reichen und die Schwarzen, die dem leeren Blick gespenstiger Stunden entrinnen wollten; die Möchtegern-Jungen gleich ihm selber, alte lüsterne, wollhaarige Yankees, deren unbeständiger Charme und absteigende Erfolgsleiter sie daran gehindert hatten, sich mit Anstand zurückzuziehen; rätselvolle, nuttenhafte Puppen wie Merissa, zu deren Wohnung, wie er entdeckt hatte, ein Zimmer voller elektrischer Spielsachen und Teddybären gehörte, mit einem Bett, in dem ein Kind schlief, ihr Kind, wie sie gestand, ein Sohn, acht Jahre alt, geboren in Amerika, als Merissa neunzehn war, ein Kind, das aufs Internat geschickt und, wie Bech vermutete, selbst in den Ferien meistens in den Park oder den Zoo geführt wurde von Isabella, Merissas spanischem Dienstmädchen, einer alten, rundlichen Frau, die durch eine Türspalte Bech rasch einen Blick zuwarf und die Tür dann rasch und leise wieder schloß ... es war verwirrend. Das *Revolution* war die Höhle einer neuen Religion, doch Bech sah, daß alle aus enttäuschend vernünftigen und opportunistischen Gründen gekommen waren: Um zu wissen, was los war. Um gesehen zu werden. Um sich beruflich zu verbessern. Um sich zu bilden. Die Kleine dort in ihrem Kettengliederumhang und sonst nichts schliff ihren Yorkshire-Akzent ab. Der Mann da, der unter dem blauen Pulsieren der Lichtorgel wie ein Derwisch mit dem Arm zuckte, machte in Gedanken ein Grundstücksgeschäft. Bech bezweifelte, daß die Männer an der Wand billigten, was sie sahen. Sie waren einfache, gescheiterte Buchhändler wie er selber, erzogen in den Vor-Freudschen Wahrheiten. Hunger und Schmerz sind schlecht. Arbeit ist gut. Der Mensch wurde für das Tageslicht geschaffen. Orgasmen sind Privatsache. *Down in Louisiana, where the alligators swim so mean ...* Merissa, ihm gegenüber – sie konnte plötzlich groß wirken, obwohl ihn gerade ihre kleine Figur reizte – Merissa blinkte durch die Löcher in ihrem Kleid und bewegte ihre Glieder und kehrte ihm ein erschauerndes Profil zu, die Augen geschlossen, wie um besser das Klopfen zwischen ihren Beinen zu fühlen, jenes flatternde, flüchtige Klopfen: *Was wir erleben*, verkündete Bech in seinem Kopf, in seiner Rolle als College-Wanderredner, *ist der Triumph des Klitoralen nach dreitausend Jahren phallischer Hegemonie*. Sie rief durch den tosenden Lärm zu ihm hinüber: «Wird langsam etwas langweilig, nicht?» Und da spürte er, wie sein Herz den Ruck tat, auf den er gewartet hatte, den Ruck der Liebe zu ihr; es öffnete sich gleich einer Muschel, wenn man den Schließmuskel durchschneidet. Und er schmeckte ihn, den zuckersüßen Biß des Unmöglichen. War er doch am besten, wenn es darum ging, das zu lieben, was er nie haben konnte.

«Gott, bist du entzückend», sagte er. «Gehen wir nach Hause.»

Sie sagte vorwurfsvoll: «Du liebst nicht London, du liebst nur mich.»

Seine Gespräche mit Merissa hatten die Tendenz zu Zweizeilern. Zum Beispiel

MERISSA: «Ich hab's so satt, eine Weiße zu sein.»

BECH: «Aber du bist dabei doch so blendend.»

Oder:

BECH: Mir ist nie klargeworden, was Sex für eine Frau bedeutet.»

MERISSA: (angestrengt nachdenkend) «Es ist wie – Nebel.»

Am nächsten Morgen um neun klingelte das Telefon. Es war Tuttle. Goldschmidt hatte ihm Merissas Nummer gegeben. Bech wollte schon grob werden, aber da der Junge nie trank, wußte er auch nicht, wie einem mit einem Brummschädel zumute war. In der verschwommenen Vorstellung, jene Kräfte des Tageslichts und des gerechten Zorns zu besänftigen, die am Abend zuvor an den Wänden des *Revolution* verhöhnt worden waren, verabredete er sich mit Tuttle um zehn Uhr im Hotel. Vielleicht tat ihm dieser Versuch der Selbstverleugnung gut, denn auf der Fahrt ins West End im schwankenden Oberstock eines Busses der Linie 74 von leichten Übelkeitswellen erfaßt, mit nichts als trockenem Toast und aufgewärmtem Tee im Magen (Merissa hatte sein Fortgehen mit einem Seufzer und einer Drehung auf den Bauch quittiert, und ihr Kühlschrank enthielt nur Joghurt und Champagner), auf die Passanten in der Baker Street hinunterstarrend – schimmernde Saris, gepunktete Regenschirme –, auf dieser Fahrt wurde Bech von der Inspiration heimgesucht. Der Titel seines neuen Romans stand ihm plötzlich vor Augen: ‹Think Big›. Er bildete ein Gegengewicht zum Titel seines ersten, ‹Travel Light›. Vom Rahmen seiner Konsonanten, gestützt von den zwei kräftigen «I», war Amerikas Verheißung, Pathos, Ungeschlachtheit, Größe umschlossen. So wie ‹Travel Light› von einem jungen Mann gehandelt hatte, mußte ‹Think Big› von einer jungen Frau handeln, von Offenheit und Verwirrung, von Glanz und von dem Verlust der weiblichen Fortpflanzungsfunktion. Merissa konnte die Heldin sein. Aber sie war Engländerin. Sie in eine Amerikanerin zu verwandeln würde bedeuten, hunderterlei Widerstände zu überwinden, so etwa wenn sie sich auszog und weiß war wie eine Artemis aus Marmor, während eine junge Amerikanerin den ganzen Winter über den komischen geisterhaften Schatten des Bikinis vom letzten Sommer trägt, der die erogenen Zonen wie ein Diagramm hervorhebt. Und Merissas bezaubernd kleiner Wuchs, die Art, wie ihre Vollkommenheit in einem Elfenmaßstab zur Geltung kam, so daß Bech bei Lampenlicht die Knochen eines Knöchels und Fußes bewundern konnte, wie er eine Elfenbeinminiatur bewundert haben würde, eine Kleinheit, die auf aufregende Weise verletzt wurde, wenn ihr Mund in den Dimensionen des Gewöhnlichen plätscherte – auch dies war unamerikanisch. Das typische Bennington-Girl hatte Turnschuhe Größe 41 und trug ihren Sex wie in einem Rucksack, der nur bei Nacht ausgepackt wurde. Die allgemeine Entwicklung ging hin zur burschikosen Pfadfinderin, nicht zu der parfümierten, leicht treulosen Feminität, die Merissa aus jeder einzelnen Pore verströmte. Trotzdem, sagte sich Bech, während der Bus in die Oxford Street einbog und die Passanten in psychedelischem Zeitraffer am Fenster vorbeitanzten, sie war, so wie sie war, nicht ganz überzeugend (was *machte* sie zum Beispiel, wie kam sie zu der teuren Wohnung und zu Isabella, zu einer Einladung zum Dinner bei Goldy und zu ihren Schränken voller eleganter Kleider, ganz zu schweigen von Reithosen und schlammverkrusteten Golfschuhen?), und Bech war sich sicher, daß er ihre Lücken mit Stückchen von Amerikanerinnen ausfüllen, sie tatsächlich fast aus dem Nichts neu erschaffen konnte, mit weniger als einer Rippe, mit nichts als dem lebendigen Keim seiner Vernarrtheit, seiner Liebe. Schon hatten Kleinigkeiten von daher und dorther, am Leben erhalten durch irgendeine Laune seines vergeßlichen Mechanismus, begonnen, zueinanderzufinden, sich zusammenzufügen. Ein Tanzsaal, zu dem er einmal hinaufgestiegen war, in der Nähe des wegen des Krieges verdunkelten Broadway. Ein fanatischer trotzkistischer Friseur, den sein Vater immer aufgesucht hatte. Die Art, wie New Yorks Nebenstraßen den Sonnenuntergang herbeisehnen, und die Art, wie auf der Fifth Avenue zielbewußte Frauen mit Sonnenbrillen lässig an trägen Schaufensterpuppen in goldverzierten Gewändern vorüberschritten und an schwarzen, mit Juwelen bestückten Samtfutteralen, die an Alarmanlagen angeschlossen waren. Aber wie sollte die Handlung des Buches aussehen (es war ein dickes Buch, er sah es schon, mit einem blauen Schutzumschlag aus gestrichenem Papier, mit seinem ganzseitigen Foto hintendrauf, einem Bild, auf dem er nicht lächelte), der zu behandelnde Konflikt, sein Problem, seine Lösung? Die Antwort kam gleich dem Titel so tief aus seinem Innern, daß sie eine Botschaft aus dem Jenseits zu sein schien: Selbstmord. Seine Heldin mußte sich das Leben nehmen. Sein Herz zitterte vor Erregung angesichts der Enormität seines Verbrechens.

«Sie sind müde», sagte Tuttle und fuhr fort: «Man hat bezüglich Ihres Werks die Kritik geäußert, die Art von ethnischer Loyalität, die Sie vertreten, Loyalität gegenüber einer schmalen, individualistischen Vergangenheit, sei ein spaltendes Element und fördere den Krieg und sei mit eine Erklärung für Ihr Zögern, bei der Friedensbewegung und der sozialen Revolution mitzuwirken. Was würden Sie darauf erwidern?»

«Wo, sagten Sie, wurde diese Kritik geäußert?»

«In einer Zeitschrift.»

«In *welcher* Zeitschrift? Sind Sie sicher, daß Sie sich das nicht ausgedacht haben? Über mich ist ja schon mancher Blödsinn geschrieben worden, aber so etwas Geschmackloses und Doktrinäres ist mir neu.»

«Mr. Bech, ich versuche, Ihre Meinungen auszuloten. Wenn Sie das für ein unfruchtbares Gebiet halten, gehen wir weiter. Vielleicht stelle ich das Gerät eine Zeitlang ab, bis Sie Ihre Gedanken gesammelt haben. Wir verschwenden sonst nur Tonband.»

«Von meinen Lebenssäften gar nicht zu reden.» Doch Bech versuchte trotz seines benommenen Kopfes, dem jungen Mann zu Gefallen zu sein; er beschrieb seine melancholischen Empfindungen in dem Go-Go-Lokal am Vorabend und sein Gefühl, daß Selbsterhöhung und unternehmerische Energie das waren, was die Welt vorwärts brachte, und daß dem entgegenstehende Slogans und Bewegungen schädliche Träume waren, schädlich insofern, als sie die Menschen von bestimmten, konkreten Realitäten ablenkten, aus denen sich alles Gute und Wirksame ableitete. Er war Aristoteliker und kein Platoniker. Mußte man ihn unbedingt etikettieren, so sollte man ihn eben einen Ungläubigen nennen; er glaubte zum Beispiel nicht an den Papst, nicht an den Kreml, an den amerikanischen Adler, an Astrologie, an Arthur Schlesinger, Eldridge Cleaver, Senator Eastland und Eastman Kodak. Auch glaubte er nicht allzusehr an seinen Unglauben. Er hielt die Intelligenz für eine Funktion des Individuums, und bei Gruppen stand die Intelligenz in umgekehrtem Verhältnis zur Anzahl ihrer Mitglieder. Nationen besaßen den Verstand einer Amöbe, während sich ein Ausschuß dem Geisteszustand eines abrichtungsfähigen Schwachsinnigen annäherte. Er glaubte, falls dieses Bandgerät das interessierte, an die Güte von etwas gegen nichts, an die Würde des Leblosen, die Komplexität des Lebenden, die Schönheit der Durchschnittsfrau und den gesunden Menschenverstand des Durchschnittsmannes. Das Band war zu Ende und flappte mit der Spule herum.

Tuttle sagte: «Ganz großartiges Material, Mr. Bech. Noch eine solche Sitzung, und wir dürften es geschafft haben.»

«Aus, aus, aus, aus», sagte Bech. Ein gewisser Zug in seinem Gesicht scheuchte Tuttle zur Tür hinaus. Bech legte sich angekleidet auf sein Bett und schlief ein. Er erwachte und stellte fest, daß ‹Think Big› gestorben war. Es war zum Geist eines Buchs geworden, zu einem leeren Raum zwischen den verblaßten Einbanddeckeln, die er schon heraufbeschworen hatte. ‹Think Big› hatte keinen Inhalt außer Verwunderung, und die bestand aus Leere. Er blickte zurück, sah sein Leben, so viele Träume mit ihrem Erwachen, so viele Gesichter, denen er begegnet war, Ampeln, vor denen er angehalten, und Straßen, die er überquert hatte, und da war nichts Greifbares; er hatte sein Leben hinuntergewürgt wie eine schlecht gekaute Mahlzeit, die Verdauungsbeschwerden hinterläßt. Am Anfang hatte die frische Flamme seines Geistes sauber gebrannt – die ganze graue Stadt, Stein, Ruß und Vortreppen. Kilometerlange Bürgersteige mit gesprungenen Platten waren ihm nicht zuviel gewesen. Er war beim Geheul von Sirenen eingeschlafen und zum Ruf der Obstverkäufer aufgewacht. Um ihn herum war ein schützender Ring warmer, alter großer Körper gewesen, dessen Redegesumm Weisheit zu sein, dessen Singen und Lachen direkt von Gott heruntergeholt zu sein schien, der über den höchsten flimmernden Lichtern der Stadt regierte und wachte. Da waren Klassenzimmer gewesen, die nach Radiergummikrümeln rochen, und Abendspaziergänge, wenn die Lichter von New Jersey wie Perlenketten am Horizont hingen, und Freunde, von denen man Treue und Stoizismus lernen konnte, und der erste betäubende Zug an einer Zigarette, und das erste Mädchen, das seine tastenden Hände nicht abwehrte, und die ersten Freuden des Erdichtens, Erfindens, Vollendens.

Dann war das Unwirkliche hereingebrochen. Es war seine Schuld; er hatte wahrgenommen, gerühmt werden wollen. Er hatte ein Mann von Welt, ein «Schriftsteller» sein wollen. Zur Strafe hatte man aus dem Reisig-und-Lehm-Gebilde seiner Worte eine plumpe große Puppe gemacht, die man befragen und quälen konnte, was nichts ausgemacht hätte, wenn er nicht in ihr gefangen gewesen wäre, mit ihr den Namen und das Bankkonto geteilt hätte. Und das Leben, das andere Menschen berührte und erfaßte, das sie umspülte wie eine erlösende Brise, konnte ihn durch die Kruste nicht erreichen. Er war, bei all seinem tapferen Gerede von individueller Intelligenz und der Dummheit von Gruppen Tuttle gegenüber zu allein.

Er rief den Verlag Goldschmidt an und hörte, daß Goldy gerade zum Lunch gegangen war. Er rief Merissa an, aber dort meldete sich niemand. Er ging hinunter und versuchte mit dem Hotel-Türsteher über das Wetter zu sprechen. «Tja, Sir, Wetter ist Wetter, hab ich meistens das Gefühl. An manchen Tagen ist's schön, an anderen trüb. Der Himmel heute, der ist wohl so etwa der Jahreszeit entsprechend. Ich sage mir immer, es gleicht sich alles aus, bis wir im Grab sind, meinen Sie nicht, Sir?» Bech hatte etwas gegen Aufheiterungsversuche, und die Totengräberszene lag ihm schon gar nicht. Er schritt unter dem lustlosen, homogenen Himmel dahin, der ausdruckslos war bis auf einige Nimbusfetzen, die Regen versprachen, der nicht kam. Wo waren die berühmten englischen Wolken, die Wolken von Constable und Shelley? Er versuchte die

Osterglocken für seinen Roman in den Riverside Park zu verpflanzen, konnte sie sich dort aber nicht vorstellen, zwischen den unratverseuchten Dickichten mit ihren jugendlichen lebenden Heroinleichen, diese britischen Knollen, die in ihr erdiges Bett gesteckt worden waren von alten, gebeugten Männern, den Urgroßenkeln des Feudalismus, die die Wege, auf denen Bech wandelte, mit Besen fegten, ja, das war wirklich schön, mit richtigen Reisigbesen, die mit einem richtigen Faden zusammengebunden waren. Es begann zu regnen.

Bech wurde zu einem fügsamen Touristen und Interviewkandidaten. Er scherzte im 3. Programm des BBC mit einem stimmgewaltigen jungen Walliser. Er las, zwischen zwei Streiks, vor einer Zuhörerschaft von bärtigen Jünglingen der London School of Economics aus seinen Werken. Er ließ eine Cocktailparty in der US-Botschaft über sich ergehen. Er nahm an einer Fernsehdiskussion über den Zusammenbruch des amerikanischen Traums teil, zusammen mit einem empfindlichen homosexuellen Historiker, dessen Toupet dauernd rutschte, mit einem krugförmigen kleinen Mann, der vor dreißig Jahren eine gravitätische Versform erfunden hatte, die dem Limerick glich, mit einem unwahrscheinlich ungehobelten Radikalen mit aufgeplusterten Lippen und einem das Gespräch beherrschenden Stammeln und, als Diskussionsleiterin, einer jungen BBC-Dame, deren lange Schenkelpartien Bech immer wieder mitten im Satz innehalten ließen – sie hatte Glotzaugen und eine furiose Art, die Dinge zusammenzufassen, so als ob sie die ganze Zeit ihren eigenen Engelstimmen gelauscht hätte. Bech ließ sich von Merissa in ihrem beigefarbenen Fiat nach Stonehenge und Canterbury fahren. In Canterbury stritt sie sich mit einem Kirchendiener über die genaue Stelle, an der Beckett erstochen worden war. Sie nahm Bech mit zu einem Konzert in die Albert Hall, deren höhlenartiges Interieur er mit Victorias Schoß verwechselte, worauf er prompt einschlief. Danach besuchten sie einen Club mit einem Spielsalon, wo Merissa, die bei zwei Blackjack-Spielen gleichzeitig mitmachte, in zwanzig Minuten 60 Pfund verlor. Er glaubte eine professionelle Angespanntheit zu entdecken in der Art, wie sie an dem grünen Filztisch saß, und er fragte sich erneut, was sie eigentlich machte. Er war sicher, daß sie irgendeinen Beruf hatte. In ihrer Wohnung standen ein völlig nackter Schreibtisch und ein Bücherschrank, der vollgepackt war mit Nachschlagewerken. Bech hätte sich ja mal umgesehen, aber immer lauerte Isabella irgendwo, und die Tagesstunden, die er in ihrer Wohnung zubrachte, ließen sich an einer Hand abzählen. Merissa sagte ihm ihren Nachnamen – Merrill, so hieß ihr amerikanischer geschiedener Ehemann –, wehrte aber alle anderen Fragen ab mit der Bemerkung, das sei typisch Schriftsteller, und der entwaffnenden Bitte, sie einfach als seine «Londoner Episode» zu betrachten. Aber wovon lebte sie? Sie und ihr Sohn und das Dienstmädchen. «Oh», sagte Merissa, «meinem Vater gehört alles mögliche, frag mich nicht was. Er kauft immer wieder was anderes.»

Er hatte den Gedanken, sie zur Heldin seines Meisterwerkes zu machen, noch nicht ganz aufgegeben. Er mußte wissen, wie das war, jetzt jung zu sein. «Die anderen Männer, mit denen du schläfst – was empfindest du für die?»

«In dem Augenblick finde ich sie nett.»

«Und nachher? Sind sie da nicht mehr so nett?»

Diese Vorstellung beunruhigte sie; nach der Art zu urteilen, wie sich ihre Augen weiteten, hatte sie das Gefühl, er wolle etwas Böses in ihre Welt einfügen. «O doch, auch dann noch. Sie sind so dankbar. Das sind Männer überhaupt. Sie sind so dankbar, wenn man ihnen morgens nur eine Tasse Tee macht.»

«Aber wie soll das alles weitergehen? Hast du vor, wieder zu heiraten?»

«Eigentlich nicht. Das erste Mal war ziemlich öde. Er hat immer solche Sachen gesagt wie: ‹Heb deine Unterwäsche auf›, und: ‹In Asien leben sie von 90 Dollar im Jahr›.» Merissa lachte.

Ihr Haar war ein Wunder, auf dem Kissen ausgebreitet im Morgenlicht, eine schimmernde, endlose Masse, jedes einzelne Fädchen von leuchtendem Schwarz, einem Schwarz, das rotes Licht in sich gefangen hielt. so wie die Materie Hitze birgt – während bei ihm sogar schon einige von den Haaren auf seinen Zehen weiß geworden waren. Wie goldene Lettern auf einer Ehrentafel. Als Romanfigur würde Merissa ein Rotkopf sein, mit jener verletzlichen, sommersprossigen Blässe und übergroßen, unregelmäßigen, ernsten Schneidezähnen. Merissas Zähne waren so perfekt im Abstand, daß sie das Werk einer Maschine zu sein schienen, genau wie ihre Augenbrauen. *Wie Sterne mit einem Talent zum Habt-Acht-Stehen.* Als sie lachte und die schlüpfrige Grotte hinter ihrem Gaumen zeigte, spürte Bech Abscheu in seiner Kehle aufsteigen. Er blickte zum Fenster; ein Flugzeug glitt aus einer grauen Wolkendecke herunter. Er fragte: «Nimmst du Drogen?»

«Kaum. Ab und zu mal ein bißchen Marihuana, um kein Spielverderber zu sein. Aber ich glaube nicht daran.»

Ihr amerikanisches Gegenstück würde natürlich Rauschgift nehmen. Bech sah die Figur im Geist vor sich: eine bleiche Puritanerin, selbstzerstörerisch, die blauen Augen verblaßt wie zu oft gewaschene Baumwollkleidung. Merissas grüne Augen funkelten; ihre hektischen Wangen brannten. «Woran glaubst du?» fragte er.

«Mal an dies, mal an das», sagte sie. «Du scheinst auch nicht so sehr für die Ehe zu sein.»

«Doch, bei anderen Leuten schon.»

«Ich weiß, warum es so aufregend ist, mit dir zu schlafen. Es ist, als ginge man mit einem Pfarrer ins Bett.»

«Merissa», sagte Bech. Er versuchte sie in sich aufzusaugen. Ihr das Rot von den Wangen zu saugen. Er küßte ihr die Handgelenke ab, preßte die Stirn gegen ihren Rücken. Armes Kind, unter diesem alten Scheusal, das sein Leben so schlecht gekaut hatte, daß ihm der Magen davon weh tat, dessen Lebenserfahrungen allesamt von ihrer fiktionalen Bearbeitung verfolgt wurden, dessen Leben im Wachzustand ein ermüdender Traum von Echolauten und ausradierten Bleistiftzeilen war; er bat sie um Verzeihung, während sie unter vorweggenommener Wonne stöhnte. Es hatte keinen Zweck; er kam nicht in Erregung, konnte sie nicht lieben, konnte weder Romanze noch Roman fortführen, ohne weiterzublicken bis zur bitteren Trennung und den sehr unterschiedlichen Rezensionen. Anstatt zu schauspielern, begann er ihr das zu erklären.

Sie unterbrach ihn: «Henry, du mußt lernen, Leidenschaft durch Kunst zu ersetzen.»

Das Kühl-Praktische dieses Ratschlags, ein selbstgefälliger Verweis auf Millennien von Bauernregeln und Aristokratenmaximen, auf all jene zivilisierte Weisheit, der Amerika hatte entfliehen wollen, um eine Alternative zu suchen, empörte ihn. «Kunst *ist* Leidenschaft», sagte er.

«Schlechte Künstler geben sich dieser Hoffnung hin.»

«Lies deinen Wordsworth.»

«In Ruhe, Darling.»

Ihre Bereitschaft zu diskutieren, begann ihn zu erregen. Er hielt es für möglich, daß Geist und Logik in der heraufkommenden gesetzlosen Welt vielleicht doch weiterleben konnten. «Merissa, du bist so klug.»

«Das müssen die Schwachen auch sein. Das lernt England jetzt.»

«Glaubst du, ich bin notwendigerweise impotent? Als Künstler?»

«Unnotwendigerweise.»

«Merissa, sag mir: was *machst* du?»

«Du wirst schon sehen», sagte sie, preßte ihren Kopf wieder in das Kissen und lächelte in zuversichtlicher Befriedigung, während sein riesiges Glied vor und zurück ging. Der Schwanz, der mit dem Hund wedelt.

Am Tag vor seiner Abreise erwischte ihn Tuttle im Hotel und fragte ihn, ob er irgendeine Affinität zu Ronald Firbank empfinde. «Nur die Affinität», erwiderte Bech, «die ich zu allen römisch-katholischen Homosexuellen empfinde.»

«Ich hoffte, Sie würden so etwas Ähnliches sagen. Wie geht es Ihnen, Mr. Bech? Das letzte Mal sahen Sie gar nicht gut aus. Ehrlich.»

«Mir geht's jetzt besser, seit Sie mich in Ruhe lassen.»

«Großartig. Es war mir eine Ehre und ein Vergnügen, wirklich. Ich hoffe, der Artikel gefällt Ihnen, mir gefällt er. Hoffentlich nehmen Sie es mir nicht übel, daß ich ein wenig reserviert war.»

«Nein, heutzutage kommt man ohne Reservierungen nicht weit.»

«Haha.» Dies war das einzige Mal, daß Bech Tuttle lachen hörte.

Merissa meldete sich nicht, als er sie anrief. Bech hoffte, sie werde zu der Abschiedsparty kommen, die Goldy für ihn gab – eine ganz formlose Angelegenheit, ohne blaugewandete Diener, und Bech in seinem umgearbeiteten Smoking war der einzige männliche Anwesende in strikter Abendkleidung, aber sie kam nicht. Als Bech sich nach ihr erkundigte, sagte Goldy nur: «Sie hat zu tun. Sie bedauert sehr und läßt Sie grüßen.» Bech rief sie um Mitternacht an, um ein Uhr, um zwei, um fünf, als die Vögel zu zwitschern begannen, um sieben, als die ersten Kirchenglocken läuteten, um neun und um zehn, während er seine Sachen packte. Nicht einmal Isabella kam an den Apparat. Sie mußte übers Wochenende aufs Land gefahren sein. Oder besuchte den Jungen im Internat. Oder war verschwunden wie ein guter Abschnitt in einem Buch, das zum Nocheinmallesen zu dick ist.

Goldschmidt fuhr ihn in seinem kastanienbraunen Bentley zum Flughafen und drückte ihm mit dringlicher und stolzer Gebärde eine Reihe von Sonntagsblättern in die Hand. «Der Artikel im *Observer* ist länger», sagte er, «aber die *Times* scheint dafür positiver eingestellt zu sein. Alles in allem, finde ich, ein gutes Echo auf ein, seien wir ehrlich, recht aufgebauschtes Mischmaschbuch. Jetzt müssen Sie uns einen ganz großen Hit schreiben.» Er sagte dies, aber seine Augen wanderten schon an Bechs Schulter vorbei zu dem Strom von Neuankömmlingen hin.

«Ich habe nur den Titel», sagte Bech. Er sah jetzt, daß Goldy mit hinein mußte, und zwar als jüdischer Onkel. Ein Lederarbeiter, die rechte Handfläche vom Hantieren mit der Ahle so hart wie ein Schildkrötenpanzer. Er sah den schweren verhätschelten Florentinerkopf, gebeugt, voller habgieriger Träume unter der nackten Glühbirne, indes Brieftaschen, Gürtel und Sandalen von der Schlachtbank voller brüllender Kälber hinunterfielen. Die barocke Schönheit der nachlässig zu seinen Füßen aufgehäuften Abfälle. Eine Feuerleiter vor dem Fenster. Einige der Scheiben waren aus durchsichtigem Drahtglas, andere waren unerklärlicherweise überstrichen.

Goldschmidt fügte Bechs Fluglektüre noch eine zusammengefaltete Bildzeitung hinzu.

BRAUT EINES PEERS
BEI RAUSCHGIFTRAZZIA IN DORSET GESCHNAPPT

lautete die Schlagzeile. Goldschmidt sagte: «Seite siebzehn dürfte Sie interessieren. Wie Sie wissen, ist das die Zeitung, die Merissas Vater letztes Jahr gekauft hat. Wird von Millionen gelesen.»

«Das wußte ich nicht. Sie hat mir nichts von ihrem Vater erzählt.»

«Ein sympathischer alter Gauner. Fast der letzte der echten Tories.»

«Ich hätte geschworen, sie ist sozial-liberal eingestellt.»

«Merissa ist ein sehr kluges Kind», stellte Goldschmidt fest und preßte die Lippen zusammen. In unserer langen Diaspora haben wir gelernt, nicht über unsere Gastgeber zu klatschen. Goldys rechte Hand, zum Abschied geschüttelt, war unwirklich weich.

Bech hob sich Seite siebzehn für zuletzt auf. Die Rezension in der *Times* trug die Überschrift «Weitere ethnische Erzählliteratur aus der Neuen Welt» und warf ‹The Best of Bech› mit einem Roman über kanadische Indianer von Leonard Cohen sowie aufbegehrenden Essays und skatologischen Gedichten von LeRoi Jones in einen Topf. Die lange Abhandlung im *Observer* trug den Titel «Bechs Bestes nicht gut genug» und war mit L. Clark Tuttle unterzeichnet. Bech überflog das Ganze, so wie ein Fakir über heiße Kohlen geht, der nirgendwo so lange anhält, daß die Feuchtigkeit auf seinen Fußsohlen von der Hitze verzehrt wird. Von fast keinem Zitat, das er dem Notizbuch und Tonband des Jungen eingegeben hatte, war Gebrauch gemacht worden. Statt dessen wurde ein gedrängter Überblick über sein Oeuvre geboten, durchsetzt von wenig überzeugenden Entgegnungen.

> ... Befragt nach dem blumigen, um nicht zu sagen saftigen Stil von ‹The Chosen›, tat Bech das ganze Stilproblem ab, indem er (scherzhaft?) behauptete, er denke nie an Stil ... Der grundlegenden Schwäche des Buches, der lähmenden Unvereinbarkeit seiner großartigen Intentionen und der Trivialität der moralischen Ansichten seiner Charaktere scheint sich Bech auf erhabene Weise nicht bewußt zu sein, indem er zu der charmanten, wenn auch eher mechanisch aphoristischen Bemerkung Zuflucht nimmt, «wenn man älter wird, wird das Leben kompliziert» ... Dem Interviewer fiel in der Tat die defensive Art von Bechs Geschwätzigkeit auf; sein Charme fungiert als Abwehrschirm gegen andere – ihre drohenden Meinungen, das rohe *Material* ihres Lebens –, geradeso wie, vielleicht, der Alkohol als Abwehrschirm gegen seine eigenen, innersten Selbstzweifel dient ... konterrevolutionäre Nostalgie ... möglicherweise ironischer Glaube an das «Unternehmertum» ... nichtsdestoweniger, zweifellos eine Wortgewalt ... traumatisiert durch die Wirtschaftskrise der dreißiger Jahre ... ein mittelmäßiger Meister für Leerseiten in Zeitungsbeilagen ... nicht einzuordnen, Bechs treue *New York Review*-Claque vom Gegenteil überzeugt, mit dem frühen Bellow oder dem späten Mailer ... erinnerte, schließlich, nach den oberflächlichen Vergleichen und überstrapazierten substanzlosen Themen dieses selbstgesalbten «Besten» an (und diese Gegenüberstellung mag englischen Lesern als Hinweis von aktueller Relevanz dienen) Ronald Firbank!

Bech ließ die Zeitung sinken. Die Maschine war zur Startbahn gerollt, und er wappnete sich für den gefährlichen Anlauf in den Flug. Erst als sie einige Höhe gewonnen hatten, als Hampton Court sicher unter ihm lag, ein zartes sepiabraunes Diagramm seiner selbst, und Londons große Steinmassen sich in einer Wolke hinter ihm auflösten, wandte sich Bech Seite siebzehn zu. Dort trug eine Spalte die Überschrift MERISSAS WOCHE. Die Federzeichnung des Mädchens erinnerte Bech erotisch an die Flächen ihres Gesichts – die katzenhafte Spanne zwischen ihren Augen, die gemalten Kreise ihrer Wangen, den plötzlichen feuchten Abgrund ihres Mundes, der in der Karikatur als verzerrte Tilde erschien, ein ~.

> Merissa hatte eine ruhige Woche***. Die Osterglocken waren genau wie in alten Zeiten, nicht wahr, W. W.?*** Vorsicht: der Blackjack-Geber im *L'Ambassadeur* zieht bis sechzehn und schafft's immer***. Ein Kirchendiener in der Kathedrale von Canterbury ist ein solcher Ignorant, daß ich ihn für einen Agenten vom Rauschgiftdezernat hielt***. Die neue Akustik in der Albert Hall ist noch schlimmer als die auf der Salisbury Plain***. John und Yoko werden bei der Aufnahme ihrer nächsten Platte auf dem Kopf stehen, die Hinterteile so bemalt, daß sie sich gleichen***. Swinging London war noch eine Spur mehr swingy diese Woche, als der reizende amerikanische Autor

Henry (‹*Travel Light*›, ‹*Brother Pig*› und bitte nicht aufregen, es gibt sie als Taschenbücher) Bech im *Revolution* und in anderen In-Lokalen aufkreuzte. Das Herz manches übersättigten Mädchens schlug froher, als es Bechs Rabbinerlocken im Rhythmus von ‹*Poke Salad Annie*› und anderen derzeitigen Hits hüpfen sah. Merissa sagt: Komm schnell zurück, H. B., transatlantische Männer sind die existentiellsten***. Er war in Londinium, um für die Crème seiner Crème zu werben, ‹*Bech's Best*›, ein J. J. Goldschmidt-Buch mit einem sehr langweiligen Schutzumschlag – ganz ohne den Witz des Autors. Im Vertrauen gesagt, sein Herz gehört dem schmutzigen alten New York.

Bech schloß die Augen und spürte, wie seine Liebe zu ihr sich ausdehnte, während die Entfernung zwischen ihnen zunahm. Unternehmertum wieder im Sattel. *Rabbinerlocken:* irgendwie hatte er ihr das verkauft. *Mechanisch aphoristisch:* auch das hatte er verkauft. *Als Abwehrschirm gegen andere.* Firbank mit vierzig gestorben. Weiter an Höhe gewinnend, wurde er sich bewußt, daß er nicht tot war; sein Schicksal war nicht so substantiell. Er war zu einer Figur von Henry Bech geworden.

Bech kommt in den Himmel

Als Henry Bech ein leicht zu beeindruckender angehender Jüngling von dreizehn Jahren war, den die Frage, ob die Yankees 1936 die Siegesfahne aus Detroit zurückholen würden, mehr langweilte, als er zugeben mochte, holte ihn seine Mutter eines Nachmittags vorzeitig von der Schule ab, nachdem sie mit dem Direktor gesprochen hatte; solche Gänge zum Direktor waren für sie nichts Neues. Sie hatte die Schulleitung aufgesucht, als Henry in die erste Klasse aufgenommen wurde, als er aus der zweiten mit einer blutigen Nase heimkam, als er die dritte übersprang, als er in der fünften in Schönschreiben eine 5 erhielt, und als er die sechste übersprang. Er ging zur Städtischen Schule Nr. 87, Ecke 77. Straße und Amsterdam – ein ödes Backsteingebäude, dessen innere Vielfalt von Gerüchen und Erregung, besonders während eines Schneesturms oder um Allerheiligen herum, etwas Außerordentliches an sich hatte. Die tägliche Anspannung von Intrige, Scherz, Verlangen, Persönlichkeit, geistigen Anstrengungen und Gefühlsregungen, die einem so viele schmerzhaft wichtige Nuancen von Prestige und Rollenspiel abverlangten, konnten auch nur ganz junge Herzen aushalten. Bech, eher klein für sein Alter, aber mit einer großen Nase und großen Füßen, die auf weiteres Wachstum schließen ließen, wurde von seinen Klassengefährten sogleich als einziger Sohn, und zwar eher als Muttersöhnchen als der Sohn seines Vaters als verhätschelt und ziemlich aufgeweckt eingestuft, wenn er auch kein Wunderkind war (er hatte keine gute Singstimme, und seine mathematischen Fähigkeiten waren nicht die eines Einstein); natürlich wurde er gehänselt. Nicht jedes Hänseln nahm die Form von blutigen Nasen an; manchmal kitzelte das Mädchen neben ihm seine Unterarmhaare mit ihrem Bleistift oder sein Name wurde durch den Drahtzaun gerufen, der die Geschlechter in den Pausen trennte. Die Familien des umliegenden Altbauviertels, die ihre Kinder in diese Schule schickten, zählten damals noch zur Mittelschicht, wenn man unter Mittelschicht kein bestimmtes Armutsniveau versteht (im Gegensatz zu den Armen von heute hatten sie keine Autos und keine Kredit- und Liefervereinbarung mit dem

Spirituosenladen), sondern ein Niveau der Selbstachtung. Bis zum Hals in der Weltwirtschaftskrise steckend, hatten diese Leute ihre Familien zusammengehalten, sich nicht ganz absinken lassen und sich den Glauben an die Zukunft bewahrt – mehr an die Zukunft ihrer Kinder als an ihre eigene. Diese Kinder brachten eine gewisse Erleichterung in die heiligen Hallen des Schulgebäudes, Erleichterung darüber, daß die Welt oder doch zumindest dieser aus ihr herausgeformte Backsteinwürfel wieder einen Tag überlebt hatte. Wie zerbrechlich ihnen die Welt vorkam! – so zerbrechlich, wie sie den Kindern von heute, die sie zerstören möchten, unnachgiebig erscheint. Bechs Gymnasium wurde hauptsächlich von jüdischen Schülern besucht, aber es gehörte auch eine kühne und aufgeweckte Minderheit von deutschstämmigen Jungen und Mädchen dazu, deren Väter auch ein Geschäft hatten oder ein Handwerk ausübten, und von Osteuropäern, deren so ganz anderes Gebaren und gelispeltes Englisch sie zum Mittelpunkt romantischer Begeisterung und wilder, neckischer Angriffe machte. Zu jener Zeit waren Neger, genau wie die Chinesen, exotische Wesen, wie Zebras im Scherz erschaffen. Alle lernten im Schein gelblicher Deckenlampen und im Angesicht des über der Tafel an die Wand genagelten Achtundvierzig-Sterne-Banners schreiben, bekamen die Gewürzstraßen eingetrichtert, Export und Import der drei Guayanas, die Dreisatzrechnung und andere Routinedinge, denen ihre Bedeutung durch Schlangen vor den Lebensmittelverteilungsstellen und durch Hinterhäuser verliehen wurde, geradeso wie die Plackerei ihrer Väter in diesem oder jenem Beruf ihre Würde, ja Heiligkeit, durch die direkte Verbindung mit Essen und Überleben erhielt. Der kleine Bech mochte die Schule, obwohl er auch dies nur zögernd zugegeben hätte; er freute sich über seine Zugehörigkeit zu dieser bunten Gemeinschaft, war hingerissen von dem sommersprossigen Kinn und den himmelblauen Augen Eva Hassels, die neben ihm in der nächsten Bankreihe saß, und verabscheute die häufigen Eingriffe seiner Mutter in seine amerikanische Schulausbildung. Jedesmal wenn sie vor dem Büro des Direktors – Mr. Linnehan, ein verweltlichter Priester mit entzündeten Lidern und einem leicht nachzuäffenden Blinzeln und Stammeln – erschien, wurde er in der Schulgarderobe oder unten während der Pause geneckt; jedesmal wenn sie es geschafft hatte, daß er eine Klasse überspringen konnte, war er um so mehr der Benjamin der neuen Klasse. Mit dreizehn ging er zusammen mit Mädchen in eine Klasse, die schon junge Frauen waren. An jenem Tag im Mai zeigte er der Mutter seinen Zorn, indem er kein Wort mit ihr sprach, während sie die ausgetretenen Schulhausstufen hinunterstiegen, die Seventy-eighth hinabschritten, vorbei an einem Apartmenthaus im Pseudo-Tudorstil, das einem unschön vergrößerten Märchenchalet glich, hinüber zum Broadway und zur Seventy-ninth und zum Kiosk in der U-Bahn mit seinem Mischmaschduft von heiß gelaufenen Bremsbelägen, warmen Brötchen und Erbrochenem.

Sonderbarerweise nahmen sie einen Zug nach *Norden*. Ihr ganzes Leben war nach *Süden* ausgerichtet – nach Süden zum Times Square und zur Stadtbücherei, nach Süden zu *Gimbels*, nach Süden zu den zwei Brüdern seines Vaters in Brooklyn. Im Norden, da waren nur Grants Grab und Harlem und das Yankee-Stadion und Riverdale, wo ein reicher Vetter, ein Theatermanager, ein Apartment voller Glasmöbel und einer Galerie lächelnder, mit Autogrammen versehener Fotos bewohnte. Nördlich davon gähnte eine fremdartige Weite, die zunächst Bundesstaat New York hieß, aber dann im Westen in andere Namen, andere Staaten überging, wo die Gojim ihre Farmen hatten, in ihren Zweisitzern fuhren, auf ihren Verandaschaukeln wippten und sich den zahllosen moralisch-heroischen Auseinandersetzungen widmeten, die ständig in den Hollywoodfilmen im Broadwaykino beschrieben wurden. Der junge Henry wußte natürlich, daß seine Insel Manhattan auf dem riesigen, von Staubstürmen und von Stürmen des christlichen Gewissens heimgesuchten Körper der Vereinigten Staaten nur so etwas wie eine Warze darstellte; daß, relativ gesehen, seine kleine Familie eine Einwandererenklave, die Religion, die sie ausübte, ein tolerierter Affront und die Sprache dieser Religionsausübung ein weit zurückreichender Archaismus war. Er und die Seinen und ihresgleichen waren in überheizten Hinterzimmern in Umhangtücher eingehüllt, während draußen eine riesige und schöne Wildnis im Wind mit den Fensterladen klapperte und die Scheiben mit Eisblumen bemalte; und alle Habe, die sie aus Europa mitgebracht hatten, die Schemel und Gebetsriemen, die Ausgaben von Tolstoi und Heine, der Ehrgeiz, das zurückhaltende Wesen und die Innigkeit, gehörte diesem stickigen Hinterzimmer an.

Nun lenkte seine Mutter ihn nach Norden, in die Kälte. Ihre Spiegelbilder erzitterten in dem schwarzen Glas, als der Expreßzug durch Nebenstationen raste, bleiche Lichtinseln, wo dicke, farbige Frauen mit Einkaufsnetzen warteten. Bech war jedesmal überrascht, daß diese eingefrorenen Ausblicke nicht in tausend Stücke zerfielen, wenn sie sie durchbohrten; vielleicht war es das Dahingleiten auf mehreren Ebenen, das stoßende, gerade noch vor dem Zusammenstoß zur Seite gelenkte Metall und weniger die Gerüche und die unterirdische Platzangst, das bewirkte, daß dem Jungen in der U-Bahn schlecht wurde. Er hatte das Gefühl, daß er acht Stationen durchhalten konnte, ehe die Übelkeit begann. Sie hatte gerade eingesetzt, als die Mutter seinen Arm berührte. Hoch, hoch oben auf der West Side kamen sie heraus, in einer Landschaft, wo Klippen und windumwehte Hügel sich vom Asphaltmuster nur mit Mühe bändigen zu lassen schienen. Ein lauter Frühlingsruf stieg vom Fluß auf, und unerwartet spannten sich Brücken aus grünem Metall seraphisch über ihnen. Gemeinsam schritten der Junge und seine Mutter – er in einem wollenen Knickerbockeranzug, der zwischen seinen Beinen kratzte und schabte, sie in einem erzitternden Hut aus glänzendem schwarzem Stroh – eine breite Straße entlang, die gesäumt war von Kopfsteinpflaster und Bäumen mit braun- und weißgefleckter Rinde wie ein Giraffenhals. Dies war das letzte Jahr, in dem sie größer war als er; als er sie von der Seite anblickte, gewann er den für ein Kind einschüchternden Eindruck von rosigen Flecken an ihrem Hals unter dem schwankenden Fleisch ihres Kinns, die auf Erregung oder Zorn hindeuteten. Es war wohl besser, sein Schweigen zu brechen. «Wo gehen wir hin?»

«Oh», sagte sie, «hast du deine Zunge wiedergefunden?»

«Du weißt, ich mag's nicht, wenn du in die Schule kommst.»

«Herr Rühr-mich-nicht-an», sagte sie, «schämt sich seiner Mutter so sehr, daß er es gern hätte, wenn all seine blauäugigen Schicksen glauben, er sei unter einem Steinbrocken herausgekrochen, was? Oder er lebt auf einem Baum wie Siegfried.»

Irgendwann einmal hatte sie ihm das Eingeständnis entlockt, daß er für die deutschen Mädchen in der Schule schwärmte. Er errötete. «Du hast es ja inzwischen geschafft, daß sie alle zwei Jahre älter sind als ich.»

«Nicht in ihren hohlen Blondköpfen, mein Kind, da sind sie nicht so alt. Vielleicht in ihren Schlüpfern, ja, aber das kommt noch früh genug auf dich zu. Jag nicht hinter den Jahren her – bald jagen sie dich.»

Moralpredigt, Schmeichelei und Demütigung, das war es, womit seine Mutter ihn Tag für Tag behandelte, so wie ein Bildhauer seinem Steinbrocken Schläge versetzt. Er errötete noch tiefer, als sie Eva Hassels Schlüpfer erwähnte. War es das, was bald auf ihn zukommen würde? Das war typisch für sie, seine Wirklichkeit zu verspotten und seine Erwartungen zu überspannen. «Das ist doch Unsinn, Mutter.»

«Ha, von wegen Unsinn. Diese blondschopfigen Mädchen tun nichts lieber, als sich an einen klugen, kleinen jüdischen Jungen zu hängen. Der ist ihnen lieber als irgendein Fritz an der Wurstmaschine, der Bier trinken geht und sie verprügelt, noch eh er 25 ist. Steck du deine Nase in die Bücher.»

«Das war sie ja auch bis vorhin. Wo führst du mich hin?»

«Du sollst etwas sehen, was wichtiger ist, als wo du deinen Heini hinsteckst.»

«Mußt du denn so vulgär sein, Mutter.»

«Vulgär nenne ich einen Jungen, der seine Mutter unter einen Steinbrocken schieben will. Seine Mutter und seine Leute und seinen Verstand, alles unter einen Steinbrocken.»

«Jetzt weiß ich Bescheid. Du willst mir Plymouth Rock zeigen.»[*]

«So etwas Ähnliches. Wenn du schon als Amerikaner aufwachsen mußt, dann sehen wir uns wenigstens nicht nur die Unterseite an. Arnie –» das war der Vetter in Riverdale – «hat mir über Josh Glazer zwei Karten für eine Veranstaltung besorgt. Ich weiß nicht genau, was es ist. Wir werden ja sehen.»

Der Hügel unter ihren Füßen wurde flacher; sie erreichten ein Gebäude aus unbeflecktem Granit, das den paradoxen Eindruck erweckte, als hätte es schon immer hier gestanden und wäre nur selten benutzt worden. Obenherum lief ein Fries mit eingemeißelten Namen: PLATO . NEWTON . AESCHYLOS . LEONARDO . AQUIN . SHAKESPEARE . VOLTAIRE . KOPERNIKUS . ARISTOTELES . HOBBES . VICO . PUSCHKIN . LINNAEUS . RACINE und endlos so weiter, um Simse herum und die zurückweichende Flucht der zwei hohen Flügel des Gebäudes entlang. Ein Vorhof folgte dem anderen, jeder ein wenig höher gelegen als der vorherige. Konisch gestutzte immergrüne Büsche standen stumm Spalier; irgendwo plätscherte ein Brunnen. Eine verwirrende Anzahl bronzener Türen bot sich an. Bechs Mutter stieß eine davon auf und sah sich einem grün uniformierten Wächter gegenüber. Sie sagte: «Mein Name ist Hannah Bech, und das ist mein Sohn Henry. Hier sind unsere Karten, heute soll die Veranstaltung sein, steht darauf; ein guter Bekannter von Josh Gla-

---

[*] Plymouth Rock – Küstenfelsen bei Plymouth, Massachusetts, wo 1620 die «Pilgrim Fathers» landeten; amerik. Nationaldenkmal (Anm. d. Übers.).

zer, dem Dramatiker, hat sie uns besorgt. Ich wußte nicht, daß es von der U-Bahn noch ein solcher Anstieg ist, deshalb bin ich so außer Atem.» Der Wächter und dann noch ein Wächter, denn sie verirrten sich mehrmals, dirigierten sie (seine Mutter wiederholte jedesmal die ausführlichen Anweisungen) eine sich verzweigende Reihe von Marmortreppen hinauf zur Empore eines Auditoriums, dessen Decke – so wirkte es auf den jungen Bech – mit Gipsspielzeug verziert war – Schnecken, Masken, Muscheln, Kreisel und Sterne.

Eine Zeremonie war bereits im Gange. Ihre Diskussionen mit den Wächtern hatten Zeit gekostet. Die hellerleuchtete Bühne unter ihnen bot ein magisches Tableau. Auf einem erhöhten Podium, bestehend aus sechs oder sieben Sitzreihen, saßen etwa hundert Leute, zumeist Männer. Obwohl man sah, daß sich einige bewegten – einer wandte den Kopf, ein anderer kratzte sich am Knie –, boten sie das Bild einer eisernen Einheit; sie wirkten eingraviert, aus Stein gehauen. Jedes einzelne Gesicht trug selbst über die Entfernung der Empore den Stempel besonderer Präzision, den ehrfürchtige Aufmerksamkeit und häufiges Fotografiertwerden einem Gesicht aufprägen; jedes hatte die Kristallisation der Berühmtheit über sich ergehen lassen. Der junge Henry sah, daß es andere Arten von Himmel gab, weniger wildbewegt und erhabener als die Schule, kompakter und weniger tragisch als das Yankee-Stadion, wo die verstreuten Spieler, die in ihrer weißen Kleidung so zerbrechlich wirkten, von der drachenförmigen Menge verschlungen zu werden schienen. Er wußte, noch bevor seine Mutter mit Hilfe einer Liste in ihrem Programmheft Namen aufzuzählen begann, daß unter seinen Augen die Blüte der Künste in Amerika versammelt war, ihre Rabbis und Häuptlinge, Wesen, die, obwohl sie noch atmeten, schon der Unsterblichkeit teilhaftig waren.

Die Oberfläche dieses kollektiven Ruhmesglanzes geriet in Bewegung, wenn der eine oder andere aufstand, aus seiner Reihe heraustrat, zum umstrahlten Pult schritt und eine Rede hielt. Einige erhoben sich, um Preise zu verleihen, andere, um sie zu empfangen. Sie applaudierten einander mit höflichem Klatschen, das widerhallend verstärkt wurde durch die anonyme, sterbliche Menge auf der anderen Seite des Schleiers, eine fügsame, verschwommene Masse, die von den vordersten Reihen mit den festlich gekleideten Angehörigen hinaufeilte bis in die entfernten Regionen der Empore, wo bloße Zuschauer saßen, wo der junge Bech benommen starrte, während seine Mutter sich geschäftig über die Namensliste beugte. Sie identifizierte und zeigte ihm mit jener Begeisterung für das navigatorische Detail, die ihrer beider Eintreffen verzögert hatte, Emil Nordquist, den Barden der Prärie, einen Mann mit wildwuchernden Augenbrauen, der in unwiderstehlichem *vers libre* den gebündelten Mais und die schwedischstämmigen Milchmädchen feierte; John Kingsgrant Forbes, New Englands gewandten Sittenromancier; Hannah Ann Collins aus Alabama, die kleine, mystische Poetin der gedrängten Leidenschaft, die reizvollste Stimme Amerikas seit den Tagen der Amherst-Einsiedelei; den wuchtigen Jason Honeygale, eine wortsprühende legendäre Figur aus Tennessee; den scharfäugigen Torquemada Langguth, Besinger der jähen Klippen und unbevölkerten Landschaften Kaliforniens; und John Glazer aus Manhattan, den geistreichen Broadway-Mann, Komödienschreiber, Schlagerdichter und Romeo. Und da waren untersetzte, kahlköpfige Bildhauer mit großen, gekrümmten Daumen; rotbärtige Maler, die schmutzbeworfenen Propheten glichen; zierliche, strahlende Philosophen, die griechische Schlagworte ins Mikrofon piepsten; gebeugte und schleppend sprechende Historiker aus Kentucky und Missouri und drumherum eingeschworene Kommunisten mit papiertrockenen Gesichtern und baumelnden schwarzen Bändern an ihren Kneifern; Komponist atonaler Musik, die artig Preise und Pariser Erinnerungen austauschten, wobei die Französisch gesprochenen Passagen nasal in ihre Rede einschnitten wie Posaunenstöße; sibyllinische alte Frauen mit bronzenen Gesichtern – allesamt vereint, in den Augen des jungen Bech, nicht nur durch die dunkle Masse ihrer Kleidung und die Helle der Bühne, sondern auch in ihrer Überwindung des Zeitlichen: sie hatten den Hafen bleibender Leistung erreicht und sich von der nagenden Last des Weiterwachsens und von dessen Zwillingsbruder (den er schon damals vorzeitig an seinen Zähnen spürte) Verfall losgelöst. Er nahm in kindlicher Einfalt an, sie würden, obwohl nur jeden Mai entschleiert, in alle Ewigkeit so dasitzen, in der gleichen eisernen Anordnung, unter dieser Kuppeldecke von Schnecken und Sternen.

Endlich wurde der letzte Glückwunsch ausgesprochen, der letzte bescheidene Dank vorgebracht. Bech und seine Mutter machten sich auf den Rückweg durch den Irrgarten von Treppen. Ihnen war beiden nicht nach Sprechen zumute, doch sie ahnte an seiner benommenen Art, wie er sich an ihrer Seite hielt und ihre Berührung weder begrüßte noch zurückwies, als sie nach seinem Arm griff, um ihn in der Menge ihrer Anwesenheit zu versichern, sie ahnte, daß sein Streben erfolgreich anderen Zielen zugelenkt worden war. Seine Ohren waren rot, zeigten, daß eine innere Flamme angezündet worden war. Sie hatte ihm einen Weg gewiesen, einen Weg, der – Mrs. Bech ignorierte einen plötzlichen Zweifel, der sie wie ein unhöfliches Schubsen von hinten ankam – der richtige sein mußte.

Bech wagte nie daran zu glauben, daß er einmal in dieses Pantheon einziehen könnte. Jene Gesichter der dreißiger Jahre, gleich den Büchern, die er zu lesen begann, während er alle Baseballstatistiken für immer aus seinem Denken verbannte, stellten eine unmöglich hohe und ferne Welt dar, einen unwandelbaren Text, eingehauen – so war sein wirrer Eindruck – in die steinerne Stirn von Manhattan. Als er die mittleren Lebensjahre erreichte, überraschte ihn die Erkenntnis, daß beispielsweise Louis Bromfield nicht mehr zu den Weisen gezählt wurde, daß van Vechten, Cabell und John Erskine so obskur geworden waren wie die Gangster der gleichen Epoche und daß eine ganze Generation zur Weisheit herangewachsen war, ohne auch nur einmal über eine Zeile von Arthur Guiterman oder Franklin P. Adams zu schmunzeln. Als Bech in einem Kuvert – nicht unähnlich solchen, die Schreiben enthielten, in denen man ihm die Mitgliedschaft im Erotica Book Club oder im Verein zur Förderung der Bildung der Apachen antrug – von seiner Aufnahme in eine Gesellschaft unterrichtet wurde, deren Name an eine fusionierte Kirche erinnerte, verbunden mit einer Einladung zu ihrer Mai-Veranstaltung, verband er diese Ehrung keineswegs mit einem Nachmittag, den er vor über drei Jahrzehnten damit verbracht hatte, die Schule zu schwänzen. Er nahm die Einladung an, weil er es sich in seinen brachen mittleren Jahren dreimal überlegte, eine Einladung auszuschlagen, ob sie sich nun auf eine Reise ins kommunistische Europa oder aufs Marihuanarauchen bezog. Sein Arbeitstag war kurz, sein Lebenstag war lang, und stets lag die Hoffnung auf der Lauer, er könnte gleich um die Ecke bei einer Stegreifbekanntschaft unter aufgeregt gemurmelten Entschuldigungen und fehlplacierten Küssen seine lang vermißte Geliebte, die Inspiration, in die Arme schließen. An dem angegebenen Tag fuhr er mit dem Taxi gen Norden. Zufällig wurde er an einem Seiteneingang abgesetzt, der in keiner Weise an den erhabenen Haupteingang erinnerte, durch den er einst im Schatten seiner Mutter geschritten war. Hinter der bronzenen Tür wurde Bech von einer miniberockten Sekretärin begrüßt, die ihm, sich mit der Zunge über die Lippen fahrend und vielleicht unabsichtlich ihr Becken dem seinen bis auf zwei, drei Zentimeter annähernd, seinen Namen in Plastik an den Rockaufschlag heftete, und ihm dann noch, oh, quälend aufreizende Zugabe, die Zungenspitze in spielerischer Konzentration exponiert, die Krawatte geraderückte. Weitere ähnlich zuvorkommende Huris überwachten das Eintreffen von anderen Neuankömmlingen, befreiten ältliche Belletristen mit philatelistischer Sorgfalt von ihren Mänteln, dirigierten mürrisch nickende Dichterinnen zum Fahrstuhl, sorgten für die Verteilung von bunten Stapeln von Namensschildern, Einlaßkarten und geheimnisvollen Zahlen. «Sein» Mädchen trug einen Button mit der Aufschrift GOTT FLIPPT AUS.

Bech fragte sie: «Wird irgend etwas von mir erwartet?»

Sie sagte: «Wenn Ihr Name aufgerufen wird, dann stehen Sie auf.»

«Komme ich mit dem Fahrstuhl hinauf?»

Sie tätschelte ihm die Schultern und zupfte ihn am Ohrläppchen. «Ich glaube, Sie sind noch so jung, daß Sie die Treppe benutzen können.»

Er stieg folgsam mit vielen anderen die Marmortreppe hinauf und fand sich inmitten einer Wolke von murmelnden Wesen wieder; einige Gesichter waren ihm bekannt – Tory Ingersoll, ein unermüdlicher alter Knabe mit schildkrötenartigen und affektierten geröteten Gesichtszügen, der in den letzten Jahren auf Hipster gemacht hatte und zu einem wortreichen Propagandisten und Herausgeber «neuer» Poesie geworden war, ob nun konkret, non-assoziativ, neo-gita oder schlichtweg Protest; Irving Stern, ein dunkelhäutiger, wiederkäuender Kritiker, etwa in Bechs Alter und aus dem gleichen Milieu, der bei aller krampfhaft zur Schau getragenen McLuhanschen Offenheit nie aufgehört hatte, durch die Brille der leninistischen Ästhetik zu schielen und dessen eigener Prosastil wie gekaute Aspirintabletten schmeckte; Mildred Belloussovsky-Dommergues – ein Name, der so polyglott war wie ihre Ehen – mit ihren Gewichtheberschultern und dem breiten Mund einer weise gewordenen Hure, deren gedruckte Erzeugnisse perverserweise zu dahintröpfelnden elliptischen Dimetern zusammenschrumpften; Char Ecktin, der revolutionäre junge Dramatiker, dessen törichtes Lächeln und schrilles Lachen schlecht zu der leichthändigen Bitterkeit in den Auflösungen seiner Stücke paßte – aber noch viele andere waren ihm halbwegs vertraut, verschwommen erinnerte Gesichter wie die von Statisten in zweitklassigen Filmen, oder wie solche, die durch einen erstaunlich warmherzigen Nachruf aus der Vergessenheit herausgerissen werden, oder wie jene Namen, die auf den Titelseiten ganz klein geschrieben werden, als Übersetzer, Mitherausgeber oder Erzähler von Erzähltem, Gesichter, deren

Eindruck flüchtiger Bekanntschaft auf eine gespenstische Familienähnlichkeit, auf eine Cocktailparty vor zehn Jahren, ein PEN-Treffen oder einen Augenblick in einer Buchhandlung zurückgeführt werden mochte – ein rasch überflogener Buchumschlag mit seinen biographischen Angaben, der dann zusammen mit dem Buch ungekauft wieder ins Regal zurückgestellt wurde. Bech hörte, wie jemand leise seinen Namen rief, und fühlte sich am Ärmel gezupft. Er sah jedoch nicht hin, aus Angst, er könnte den Zauber brechen oder das halbdunkle, höfliche Treiben um sich her stören. Sie gelangten ans Ende ihres labyrinthischen Treppensteigens und wurden einen verdächtig schmalen Gang hinuntergeführt. Bech zögerte, wie selbst der sturste Ochse vor dem Engpaß zum Schlachter gezögert hätte, aber der Druck von hinten schob ihn weiter, nach draußen in ein hellerleuchtetes Gewirr von herumirrenden Menschen und gerückten Stühlen. Er befand sich auf einer Bühne. Stühle waren in geschwungenen Rängen angeordnet. Mildred Bellousovsky-Dommergues winkte mit alabastern-muskulösem Arm: «Huh-huh, Henry, kommen Sie. Oh, kommen Sie zu mir.» Sie sprach sogar jetzt – so gründlich korrumpiert die Kunst den Künstler – in Dimetern. Bereitwillig bewegte er sich zu ihr hinauf. Immer in seinem Leben, wie schlecht möbliert es auch in anderer Hinsicht gewesen sein mochte, hatte es eine Frau gegeben, an deren Seite er Schutz suchen konnte. Der Stuhl neben ihr trug seinen Namen. Auf der Sitzfläche lag ein zusammengefaltetes Programm. Auf der Rückseite des Programms lag eine Liste. Das Diagramm paßte zu einer Erinnerung, und als er nach draußen schaute, in das bevölkerte Dunkel, das nach hinten anstieg bis zu einer Empore, unter einer Decke, die verziert war mit spielzeugartigen Vorsprüngen aus Gips, dämmerte es Bech endlich, wo er war. Den Instinkten des Literaten folgend, wandte er sich Bestätigung heischend dem Gedruckten zu; er beugte sich über die Liste und fand dort tatsächlich seinen Namen, seine Nummer, seinen Stuhl. Er war hier. Er hatte sich jenem strahlenden, unveränderlichen Tableau zugesellt. Er war auf die andere Seite gelangt.

Jetzt erinnerte er sich wieder an jenen vergessenen Ausflug mit seiner Mutter und an den Aufstieg durch diese Verzweigungen aus Marmor, der, wenn auch profan, den Aufstieg widerspiegelte, den er soeben in heiligen Hallen unternommen hatte; er schloß daraus, daß dieses Gebäude zweimal so groß war: ein gewölbeartiges Inneres, das in diesem Kuppelsaal zusammenlief, wo Sterbliche und Unsterbliche einander durch einen Schleier schauen konnten, der die eine Seite verschwimmen ließ und abdunkelte und der anderen eine übernatürliche Sichtbarkeit verlieh, den Glanz und die Präzision platonischer Formen. Er musterte seine linke Hand – seinen Partner in zahlreichen bescheidenen Vergehen, seinem Delegierten bei vielen verstohlenen Erkundungen – und sah, daß sie, hinter dem flammenblauen Schein seiner Manschette, Glied für Glied bis zu den Fingernägeln teilhatte an der feinen Artikulation, die man weniger in der Wirklichkeit findet als in den prometheischen anatomischen Studien von Leonardo und Raphael.

Bech ließ den Blick schweifen; die Bühne füllte sich. Er glaubte ganz vorn, wo das Bühnenlicht am hellsten war, das oft fotografierte (von Steichen, von Karsh, von Cartier-Bresson) Profil und das lockere Maisfaserhaar von – aber das konnte doch nicht sein – Emil Nordquist zu erkennen. Der Barde der Prärie lebte noch! Er mußte ja hundert Jahre alt sein. Halt, nein – wenn er Mitte der dreißiger Jahre in den Vierzigern war, dann war er jetzt erst achtzig. Während sich Bech, damals ein angehender Jüngling, den Fünfzigern näherte; mit ihm war die Zeit weit grausamer umgesprungen.

Und jetzt betrat von der anderen Seite her, wo die Fahrstühle waren, mit den quälenden Schlurfschritten des Halbgelähmten, aber eindrucksvoll elegant im gestreiften Zweireiher mit hohem, steifem Kragen, John Kingsgrant Forbes die Bühne, dessen letzte scharfsichtige und weltläufige Untersuchung der Sitten von Beacon Hill im Zweiten Weltkrieg erschienen war, während der Papierknappheit. Hatte Bech sich seinen Nachruf nur eingebildet?

«Es tritt auf – unsere Königin», murmelte Mildred Bellousovsky-Dommergues spöttisch zu seiner Linken mit jener zweideutigen Spur eines ausländischen Akzents, die als verschlammter Rückstand von ihren verschiedenen Ehegatten geblieben war. Und zu Bechs Verblüffung näherte sich, gestützt auf den höflichen Arm von Jason Honeygale, dessen epische Körpermasse zu ädrigen, über Dinosaurierknochen gespannten Hautfalten zusammengeschrumpft war, die kleine, tattrige Gestalt von Hannah Ann Collins mit dem verwirrten Gesichtsausdruck der Blinden. Sie wurde ganz nach vorn geführt, wo sich die hagere Gestalt von Torquemada Langguth, das Rückgrat fast rechtwinklig gekrümmt, die Falkenmähne jetzt so weiß wie der Federbusch eines Silberreihers, erhob, um sie zu begrüßen und ihr mit zittrigen Bewegungen den Stuhl hinzurücken.

Bech murmelte nach links: «Ich dachte, die wären alle tot.»

Mildred erwiderte affektiert: «Wir finden es einfacher, nicht zu sterben.»

Ein Schatten plumpste plötzlich auf den Stuhl rechts von Bech; es war – oh, nicht zu fassen! – Josh Glazer. Seine Nähe schien die eines Protektors zu sein, denn er erklärte hochtrabend: «Menschenskind, Bech, seit Jahren habe ich hier die Werbetrommel für Sie gerührt, aber immer haben die Burschen gesagt: ‹Warten wir noch sein nächstes Buch ab, das letzte war doch solch ein Reinfall.› Schließlich habe ich ihnen gesagt: ‹Kinder, der arme Kerl schreibt *nie* mehr ein Buch›, und da haben sie gesagt, ‹Okay, dann lassen wir ihn in drei Teufels Namen rein.› Willkommen an Bord, Bech. Gott, ich gehöre zu Ihren Fans seit der Stunde Null. Wann schreiben Sie mal eine Komödie, am Broadway ist nichts mehr los.» Er war taub, sein Haar war schwarz gefärbt, und falsche Zähne hatte er auch, denn seine Atemstöße trugen einen üblen Geruch nach zurückgebliebenem Alkohol und nach einem schrecklichen organischen Etwas herüber, das Bech – an eine Überempfindlichkeit rührend, die alles war, was sich bei ihm von der Orthodoxie seiner Ahnen erhalten hatte – an den Gestank verfaulender Schalentiere erinnerte. Bech wandte den Kopf und sah überall auf dieser Bühne Auflösung und Aufruhr. Die zerfurchten Schädel von Philosophen schwankten in bacchischer Benommenheit. Boshaft-grinsende Blicke gingen zwischen Gesichtern hin und her, die in das Sanctum von Schul- und Lehrbüchern eingezogen waren. Eustace Chubb, Amerikas poetisches Gewissen während des ganzen Kalten Krieges, hatte Löcher in den Socken und rieb sich ständig einen wunden Fleck an seinem Schienbein. Anatole Husač, der Vater des Neo-Figurismus, schwitzte einen Drogenrausch aus, seine Hände zappelten wie erstickende Fische. Während die Zeremonie ihren Fortgang nahm, hätte keine Klasse von ungezogenen Handelsschülern unaufmerksamer sein können. Mildred Bellousovsky-Dommergues kitzelte unablässig mit ihrem Programm die Haare an Bechs Handgelenk; Josh Glazer bot ihm einen Schluck aus einem von den Brüdern Gershwin signierten silbernen Flachmann an. Der Löwenkopf vor Bech – er gehörte einem bekannten Lexikographen – sank zur Seite und gab unleserliche Schnarchlaute von sich. Kingsgrant Forbes erhielt die Medaille für Moderne Erzählliteratur; der celloförmige Kritiker (bekannt hauptsächlich als skrupulöser Herausgeber der sechsbändigen Hamlin-Garland-Korrespondenz) begann seine Rede mit «In diesen trüben Tagen des sogenannten Schwarzen Humors, der Apotheose der Unterentwickelten in der Unterhaltungsliteratur», und ein Neger in der Mitte von Bechs Reihe gab einen einzigen schwarzen Kraftausdruck von sich und trat unter lautem

Stühlerücken von der Bühne ab. Eine Reihe von Stipendien wurde verliehen. Einer der Empfänger, ein auf Zehenspitzen gehender Bursche in einem malvenfarbenen Overall, schleuderte Papierschlangen in den Zuschauerraum und entblößte seine Brust, auf die ein psychedelisches Schwein mit Namen «Milhaus» gemalt war; daraufhin stampften mehrere alte Männer, ein Naturalist aus Arizona und ein New Deal-Moralist, davon, und man hörte sie noch geraume Zeit nach dem Fahrstuhl klingeln. Der höhnische Aufruhr wurde immer lauter. Man wurde ungeduldig. «Verdammt noch mal», Josh Glazer hauchte Bech an, «ich habe unten eine Limousine stehen, die ich nach Zeit bezahlen muß. Herrje, und im *Plaza* wartet eine verdammt scharfe kleine Hure auf mich.»

Endlich kam man zur Vorstellung der neuen Mitglieder. Die Namen wurden von einem weitsichtigen Landschaftsmaler verlesen, der Mühe hatte, seine Papiere, das Pultlicht und seine Lesebrille auf so kurze Entfernung in Übereinstimmung zu bringen. «Henry Bech», las er vor, den Namen wie «Betsch» aussprechend, und Bech erhob sich verwirrt. Die Scheinwerfer blendeten ihn; er hatte das Gefühl, unterm Mikroskop untersucht zu werden, seltsam klein zu sein. Als er aufstand, hatte er geglaubt, sich zu voller Mannesgröße zu erheben, statt dessen stand er nicht größer da als ein Kind.

«Ein gebürtiger New Yorker», begann die Würdigung, «der sich vorgenommen hat, von den kontinentalen Distanzen zu singen –»

Bech fragte sich, warum Schriftsteller in offiziellen Positionen angeblich immer «sangen»; er konnte sich nicht einmal erinnern, wann er das letzte Mal gesummt hatte.

«– ein Melvilles Romantik treuer Sohn Israels –»

Er erzählte zwar Interviewern, daß Melville sein Lieblingsautor war, aber von *Pierre* hatte er nicht einmal ein Drittel geschafft.

«– ein Dichter in Prosa, dessen Eleganz übri – obri – ich bitte um Entschuldigung, ich habe neue Bifokalgläser –»

Gelächter im Zuschauerraum. Wer saß da draußen eigentlich?

«– versuchen wir es noch einmal: dessen Eleganz üppige Fruchtbarkeit ausschließt –»

Seine Mutter war da draußen im Zuschauerraum!

«– ein Magier der Metapher –»

Sie war dort unten, ganz vorn, und sonnte sich im reflektierten Bühnenlicht, eine festliche Orchidee am Kleid.

«– und Freund des menschlichen Herzens.»

Aber sie war doch vor vier Jahren gestorben, in einem Pflegeheim in Riverdale. Als der Applaus einsetzte, sah Bech, daß die alte Dame mit der Orchidee nur höflich klatschte, sie war nicht seine Mutter, sondern die eines anderen, vielleicht des Jungen mit dem Schwein auf dem Bauch, obwohl für einen Augenblick, ein Spiel des Lichts vielleicht, etwas Entschlossenes und Erwartungsvolles in der Neigung des Kopfes, etwas Hoffnungsvolles ... Das Licht in seinen Augen wurde zu warmem Wasser. Der Applaus verklang. Er setzte sich wieder. Mildred stieß ihm in die Seite. Josh Glazer schüttelte ihm zu heftig die Hand. Bech versuchte wieder einen klaren Blick zu bekommen, indem er die Nacken vor sich anstarrte. Sie waren ausdruckslos: ausdruckslose schäbige Hinterköpfe aus einem Pappgemälde, das seine Substanz allein durch die Leichtgläubigen erhielt, durch alte Frauen und Kinder. Seine Knie zitterten wie nach einem anstrengenden Anstieg. Er hatte es geschafft, er war hier, er war im Himmel. Und was jetzt?

Drei Erleuchtungen im Leben
eines amerikanischen Autors

Obwohl der Schriftsteller Henry Bech um die Lebensmitte herum fast gänzlich aufgehört hatte zu schreiben, lebten seine Bücher wie ihm zum Hohn weiter und warfen schaudernde Schatten über das, was sein Leben ausmachte, dorthin nämlich, wo sein sogenannter guter Name sich ängstlich zusammenkauerte. Daß er einst dichterische Arbeiten verfaßt hatte, belegte ihn, wie er meinte, mit einem unauslöschlichen Fluch der Unwirklichkeit. Mitten in der Nacht ging das Telefon, ein bierseliger junger Mann wollte mit ihm über die ambivalente Haltung zum Judentum streiten, die sich (wie sein Professor meinte) in ‹Brother Pig› ausdrückte. «Bekennen Sie sich zu Ihrer Rasse, Mann», riet ihm der andere. Bech legte auf und versuchte, aus der Gelbfärbung des Nachthimmels über Manhattan die Uhrzeit zu schätzen, erlag dann, als aus dem Gelb das Perlgrau der Morgendämmerung wurde, der fordernden Umarmung seines unterbrochenen Schlafs. Nach dem Aufstehen kam er sich beim Blick in den Badezimmerspiegel merklich reduziert vor. Die Zeit, ihr unbarmherziger Verhutzelungsprozeß, hatte seinem einstigen Löwenhaupt zugesetzt, dem von geistiger Kraft kündenden krausen Schopf und den Wangen, die von whiskeyschwangeren mitternächtlichen Gesprächsrunden mit Philip Rahv eingekerbt waren. Das Telefon klingelte, am anderen Ende war ein weit entfernter College-Dekan, der ihn, plötzlich ein alter Kumpel, aufforderte, eine Eröffnungsrede in Kansas zu halten. «Ich sag es lieber gleich», kam die breitschultrige Stimme des Dekans. «Der Ausschuß hat einstimmig für Sie votiert, als Ken Kesey absagt hat. Na ja, eine Kollegin mußten wir ein bißchen überreden. Sie hatte noch nie etwas von Ihnen gelesen, nur Kate Milletts Verriß der Vergewaltigungsszene in ‹Travel Light›. Wir haben ihr ein Exemplar von ‹When The Saints› zu lesen gegeben, und jetzt ist sie Ihre glühendste Anhängerin. Wir wollen Sie nicht bedrängen – aber Sie wollen dem Mädel doch nicht das Herz brechen?»

«Doch», erklärte Bech feierlich. Da ihm der Dekan den Lacher verweigerte, mußte der Autor weiterplappern und verheddderte sich dabei immer mehr in der bodenlosen Rechtfertigung, zu der sein unproduktives Dasein neuerdings geworden war. Trotz aller Ausreden hörte er sich, wie aus der Ferne, zusagen. Ihm blieben noch Monate, und vielleicht brach ja bis dahin der Dritte Weltkrieg aus. Er legte auf und sann über die wundersamen Zeitkrümmungen des literarischen Lebens nach. Man bleibt immer jung und bloß vielversprechend. Fünf, ja sogar zehn Jahre Schweigen vergehen dem phlegmatischen reptilischen Geschlecht der Kritiker wie eine unbemerkt verstrichene Pause. Ein Achtzehnjähriger liest ein Buch, das fast so alt ist wie er selbst, und in seinem unverdorbenen Gemüt entsteht man von neuem, als habe man die Feder gerade von der beendeten Seite gehoben. In diesem fortwährenden Widerhall konnte Bech unentwegt weiterquasseln, war «er selbst», ging in seiner Bechmaske zu Gesellschaften und Eröffnungsfeiern. Er hatte seine Freunde, seine Anhänger und sogar seine Sammler. Kein aktiverer Getreuer meldete sich im Lauf der längerwerdenden Jahre an seinem Telefon als der eifrigste Bechiana-Sammler, Marvin Federbusch aus Cedar Meadow im Staat Pennsylvania.

Die ersten Anrufe kamen kurz nach Erscheinen seines ersten Romans 1955. Ob Mr. Bech wohl freundlicherweise ein Exemplar der ersten Auflage zu signieren bereit sei, das man ihm in einem rücksendefertigen gepolsterten Freiumschlag zuschicken würde? Selbstverständlich erfüllte der junge Autor den Wunsch; ihm schmeichelte die Unterstellung einer zweiten Auflage, und irgendwie belustigte ihn die volle Stimme des Mannes, der ungewöhnlich langsam sprach, onkelhaft und geduldig auf die Hervorbringung aller Konsonanten bedacht schien, was Bech an seine eigenen deutschjüdischen Vorfahren denken ließ. Deutsche Gründlichkeit war auch das Kennzeichen der bibliographischen Unerbittlichkeit, mit der der unsichtbare Federbusch Schritt hielt mit Bechs einst üppiger Produktion und selbst so Abgelegenes erwarb wie das Jahrbuch von Bechs Schulabschluß-Jahrgang und aus der Kriegszeit stammende Exemplare der Zeitschriften *Collier's* und *Liberty*, die Bechs erste Kurzgeschichten abgedruckt hatten. Als Bechs Schöpferkraft – gelähmt durch die unfreundliche Behandlung seines um-

fangreichen Hauptwerks ‹The Chosen›* seitens der Kritik und dann
zutiefst geschwächt durch den Schwung, mit dem er sein neuestes
Projekt (Arbeitstitel *Think Big*) anging – keine Sammelobjekte
mehr hergab, wurde hier und da etwas nachgedruckt, und Ausgaben in unvermuteten fremden Sprachen (Koreanisch, Türkisch)
schoben sich scheu nach vorn und ließen einige der frühen Werke,
die Bechs gefeierte künstlerische Impotenz fast in den Rang von
Klassikern erhoben hatte, nachträglich an Bedeutung gewinnen.
Federbusch hielt eine ganze Schar von Buchhändlern damit in
Atem, daß er sie nach diesen abgelegenen Ausgaben fahnden ließ,
und alle Bücher fanden irgendwann ihren Weg in die zugige, unter-
bevölkerte Wohnung des Autors an der Ecke 99. Straße und Riverside Drive, damit dieser sie signiere und retourniere. Dabei erfuhr
Bech mancherlei über sich selbst. So zum Beispiel, daß er auf serbo-
kroatisch zusammen mit Washington Irving als Heimatdichter des
Hudson-Tals erschien und daß ‹The Chosen› in Paraguay Hauptvor-
schlagsband eines Buchklubs war, der General Alfredo Stroessner
zum Ehrenvorsitzenden hatte. Er erfuhr, daß in Japan mehr Bücher
von ihm veröffentlicht worden waren als er geschrieben hatte, und
daß man in Ungarn ein auf beigefarbenem Papier gedrucktes um-
fängliches Sammelwerk über Kerouac, Bech und Isaac Asimov herausgebracht hatte. Auf seinen brasilianischen Schutzumschlägen
sah Bech südländisch dunkel aus, auf den finnischen blaßgesichtig
und gletscheräugig und auf den australischen ein wenig wie ein

* Dieser Titel ist nicht zu verwechseln mit ‹The Chosen› von Chaim Potok
(Simon & Schuster, New York 1967). Auch nicht mit ‹The Chosen› von
Edward J. Edwards (P. Davies, London 1950); ‹The Chosen› von Harold
Uriel Ribalow (Abelard-Shuman, London 1959); ‹Chosen Country› von
John Dos Passos (Houghton Mifflin, Boston 1951); ‹A Chosen Few› von
Frank R. Stockton (Charles Scribner's Sons, New York 1895); ‹The Chosen
Four› von John Theodore Tussaud (Jonathan Cape, London 1928); ‹The
Chosen Highway›, von Lady Blomfield (The Bahá'i Publishing Trust, Lon-
don 1940); ‹Chôsen-koseki-kenkyû-kwai› (Keijo, Seoul 1934); ‹The chosen
One› von Rhys Davies (Heinemann, London 1967); ‹The Chosen One› von
Harry Simonhoff (T. Yoseloff, New York 1964); ‹The Chosen People› von
Sidney Lauer Nyburg (J. B. Lippincott, Philadelphia 1917); ‹The Chosen
Place, the Timeless People› von Paule Marshall (Harcourt, Brace & World,
New York 1969); ‹The Chosen Valley› von Margaret Irene Snyder (W. W.
Norton, New York 1948); ‹Chosen Vessels› von Parthene B. Chamberlain
(T. Y. Cronwell & Co, New York 1882); ‹Chosen Words› von Ivor Brown
(Jonathan Cape, London 1955); oder mit ‹Choses d'autrefois› von Ernest Ga-
gnon (Dussault & Proulx, Quebec 1905).

Känguruh. Alle diese mannigfaltigen Bände kamen von Federbusch und kehrten zu ihm zurück; die Stimme des Sammlers wurde über die Jahre hin tiefer, bis sie eine körnige, alles vergebende Großväterlichkeit annahm. Bech war als Mann und Künstler heruntergekommen und hilflos geworden – Federbusch saß dort draußen in der Bläue jenseits des Hudson-Rivers und sammelte, was zu sammeln war. Was Federbusch nicht sammelte, verdiente, der Vergessenheit anheimzufallen, als Schlacke von Bechs Tagen in den Gossen der West Side zu landen und von den Frühlingswinden in jemandes Auge geweht zu werden.

In diesen mageren Zeiten hielt sich der Autor durch Lesungen in Colleges über Wasser. Dort schleppte man ihn aus dem Seminar für kreatives Schreiben zur Fachbereichs-Cocktailparty, weiter zum John-Edler-Stifter-Gedächtnis-Hörsaal und schließlich, während der bestürzende Beifall noch in seinen Ohren hallte, ins Holiday Inn. Einmal, mitten in Pennsylvania, wo die düsteren kleinen Schulhäuschen oben auf ihren Hügelchen stehen und voller wohlgenährter Schüler sitzen, die wie Jungfische glubschen, kaum daß sie ihrer fundamentalistisch gefärbten Unterweisung entschlüpft sind, verfügte Bech über einen freien Nachmittag, einen Mietwagen und eine Straßenkarte, der er entnahm, daß er sich nicht weit von Cedar Meadow befand. Ihm kam der Gedanke, er könne Federbusch einmal aufsuchen. Vor seinem geistigen Auge sah er sich als vom Olymp herabsteigende Gottheit, launenhaft wie Zeus, strahlend wie Apollo. Die Gegend konnte etwas Strahlendes gebrauchen. Der schwere Geist der Kohle hing über allem. Ihren Namen mußte man der Stadt Cedar Meadow, Zedernau, in einem Anfall von Sehnsucht nach dem Ländlichen verliehen haben, denn sie bestand lediglich aus einem dichtbebauten Ziegelhaufen an einem schwarzen Fluß und einigen Fabriken, die man in aller Eile errichtet hatte, um die mörderischen Nordstaaten-Armeen für den amerikanischen Bürgerkrieg auszurüsten. Die unerwartete Wirklichkeit dieses Ortes, der auf seine Art so verwinkelt und geschichtet war, so Elgrecohaft und trübe zwischen seinen baumbestandenen Hügeln, unter seinen rußigen Wolken, in seinem unwirtlichen Gesamteindruck so fern von der schmeichelhaften Büchchervernarrtheit, die bisher sein einziger Eindruck auf Bechs Gemüt gewesen war, brachte ihn beinahe dazu durchzufahren, die elenden steilen Straßen hinauf und hinab bis zum Holiday Inn für den kommenden Tag, das in der Nähe eines mennonitischen Lehrerseminars lag.

Doch dann kam er durch eine Straße, deren Name, Belleview, von mehr als fünfzehn Jahren Rücksendeumschlägen in ihm hallte: Marvin Federbusch, 117 Belleview. Die ausgemergelte Straße stieg zum namengebenden Aussichtspunkt an, vorbei an oben mit scharfkantigen Steinen bewehrten Stützmauern; an den schiefen Straßenecken lagen Läden von der Art, wie Bech sie aus den Dreißigern in Erinnerung hatte. Solche Läden hatte es in der oberen Bronx gegeben, die Eingangstür quer über die Hauskante geschnitten, die Schaufenster voller verblichener Kaufanreize aus Pappe. Er kam zum Haus mit der Nummer 117: vom Wetter angefressene Aluminiumziffern über einer Treppe mit Betonstufen, die in der Mitte von oben zur Straße hinab durch einen eisernen Handlauf geteilt wurde. Bech stellte den Wagen ab und erklomm sie. Er stand vor einem schmalen, rotbemalten Backsteinhaus, eigentlich war es nur ein halbes, denn das Gebäude war ebenso zweigeteilt wie die Treppe davor: die Rottöne der Bemalung paßten nicht genau zueinander. Dem Blick von der verspielten vorderen Veranda boten sich, dicht an dicht wie Dominosteine, die man zum Umfallen nebeneinandergestellt hat, ähnliche Häuser sowie aus dem Tal aufragende Industrieschornsteine und bläuliche Hügel, in denen verlassene Steinbrüche Löcher hinterlassen hatten. Von fern schepperte die Türglocke. Eine kleine unförmige Frau Mitte Sechzig öffnete. «Mein Bruder hat sich ein wenig hingelegt», sagte sie.

Ihr schwarzes Kleid war vorn von unten bis oben geknöpft, ihre Züge schienen unstet auf dem Gesicht hin- und herzuwandern wie Stahlkügelchen, die man als Kind nicht in die Löcher der Geschicklichkeitsspiele bekam, die den Popcornpackungen beigelegt waren.

«Könnten Sie ihm sagen, daß Henry Bech da ist?»

Wortlos und ohne ihn zum Eintreten aufzufordern, wandte sie sich ab. Federbusch kam so lange nicht, daß Bech annahm, man habe ihm seinen Namen nicht richtig gesagt; vielleicht konnte der Sammler auch nicht glauben, daß der Gegenstand fünfzehnjähriger Verehrung wunderbarerweise höchstpersönlich aufgetaucht war.

Doch als Federbusch schließlich kam, wußte er durchaus, wen er vor sich hatte. «Sie wirken älter als auf den Umschlagbildern», sagte er mit vagem Lächeln und kaltem, festem Händedruck.

Es war die richtige Stimme – aber der Mann paßte nicht dazu. Er hatte ein teigiges und sauertöpfisches Gesicht, wirkte aber jünger, als er wohl war, und hatte kein Gramm sympathisches Fett am Leibe. Er trug ein weißes Hemd und eine von Hosenträgern gehaltene dunkle Hose. Seine Augen waren vom Schlaf noch rotgerändert, und sein kaum ergrautes Haar stand ihm zu Berge. Die Fäden einer alten und längst vergangenen Sorge hatten die untere Hälfte seines Gesichts in tiefe Falten gezogen. «Nett, daß Sie vorbeischauen», sagte er, als wohne Bech um die Ecke – als wäre Cedar Meadow nicht der trübselige Rand der Welt, sondern mehr oder weniger ihr Nabel. «Kommen Sie doch rein.»

Das Innere des Hauses enthielt ein luftdicht abgeschlossenes Stück Vergangenheit. Die Möbel wirkten angenagelt und rochen wie Eingelegtes. Nie war etwas fortgeworfen worden; unsichtbare Hände, vermutlich die der Schwester, hielten alles in Ordnung – den bunten Schnickschnack, die Zierdeckchen und die Hochzeitsfotos der verstorbenen Eltern, wie auch die Landschaftsbilder, die eine inzwischen gestorbene Tante nach Zahlen gemalt hatte, und die kleinen Kristallschälchen mit vermutlich versteinerten Pfefferminzplätzchen. Eindrucksvolle Zeitschriften – *Christian Age, Publishers Weekly*, die Zeitschrift der Historischen Gesellschaft für Snyder County – lagen in makelloser Unberührtheit nebeneinander auf der Spitzendecke eines Tischs unter einem mit ganzen Wolken von Vorhängen verhangenen Fenster und einer Fensterbank voller Kunststoffnarzissen. In den Zimmerecken trugen vorspringende Abwasserrohre die gleiche Tapete wie die Wände und die sehr hohe Decke. Kafka hatte recht, erkannte Bech: Im Leben aller geht es um den Bau, in dem sie hausen. Neben ihm strömte Federbusch einen seltsamen welken Geruch aus – der empfindliche Gestank des Gekränktseins. Bech nahm an, daß er sich zu ungeniert umgesehen hatte, und sagte, eine Erklärung suchend: «Ich sehe meine Bücher gar nicht.»

Auch damit traf er nicht den richtigen Ton. Sein Gastgeber sagte mit einer volltönenden Stimme, die Bech als Grabesstimme empfand: «Die sind in einem Wandschrank, das Licht bleicht sonst jeden Schutzumschlach aus.»

In einem Raum hinter diesem abgestandenen Empfangszimmer waren über die ganze Wandbreite Schränke eingelassen. Federbusch öffnete einen, schloß ihn eilends wieder, öffnete einen anderen. Eine wahre Fundgrube von Bechiana – alter Bech in aus der Mode gekommenen Umschlägen der Fünfziger, Neudruckbech in poppigen Taschenbüchern der Siebziger, mit den Silberbuchstaben von phantastischen Romanen, Bech auf französisch und deutsch, dänisch und portugiesisch, Bech anthologisiert, analysiert und deluxisiert, Bech zur Ruhe gebettet. Die Bücher standen nicht nebeneinander, sondern waren in diesem lichtlosen Wandschrank wie Bauholz oder dubiose Edelmetallbarren aufeinandergeschichtet, zusammen mit –

welche Heimtücke – ähnlich vollständigen, dicht an dicht gedrängten und wunderbar ungelesenen Sammlungen von Roth, Mailer, Barth, Capote … Die Schranktür schlug zu, bevor Bech all die Weggefährten registrieren konnte, die der wahllos sammelnde Federbusch da eingefangen hatte.

«Ich selbst hab keine Kinder», sagte der Mann traurig, «aber die Jungen von meinem Bruder können das später alles mal erben.»

«Ich kann es kaum erwarten», erklärte Bech. Seine Gedanken waren trübe. Sie kreisten um unsere Unzulänglichkeitstragödien, unser abscheulich muffiges Privatleben. Es war ein Fehler gewesen, in diesen Bau einzudringen, Federbusch fühlte sich mit Recht verletzt. Der gierige Autor hatte sich, nicht zufrieden mit Bewunderung in zwei Dimensionen, in einer verhängnisvollen dritten dargeboten und dabei seinen buchführenden Engel zutiefst verletzt. «Mein Händler hat mir grade 'n paar neue Taschenbuchausgaben geschickt», sagte Federbusch beschämt nuschelnd, «und es würde Porto sparen, wenn …» Bech signierte sie und fuhr die gewundene Straße zwischen den Spuren der Zerstörung tragenden Hügeln zu der mennonitischen Lehrerakademie, wo er sich über das naive Vertrauen der Studenten lustig machte und sich später beim Empfang im Holiday Inn dadurch demütigte, daß er sich betrank. Doch kein Akt der Versöhnung vermochte Federbusch aus seinem Gekränktsein hervorzulocken, nie wieder belästigte er Bech am Telefon.

Zu einer Zeit, da Bech sich noch bemühte, ‹Think Big› fertigzustellen, lief ihm eine weibliche Figur über den Weg, die das Projekt vielleicht retten, den erlahmten Schwung und die Zielstrebigkeit erneuern konnte. Zuerst war sie eine ganz schwach wahrgenommene Erscheinung, ein «Mondgesicht», das mit einer gewissen leicht transpirierenden Helligkeit über den verlorenen Horizont seines Handlungsgerüsts schimmerte. Ihre Züge waren von gojischer Blässe, sie trug den Stempel nordischer Nebel und Fröste und paßte wenig zu dem städtischen und zwangsläufig jüdischen Rummel, den Bech auf die Beine zu stellen versuchte. Große Romane beginnen aus winzigen Anfängen – das Stück Teegebäck, das in Prousts Mund zerging, die lausgraue Farbschattierung, die Flaubert für Emma Bovary vorschwebte –, und Bech hatte seine unordentliche Ansammlung von Seiten mit kaum mehr als einem Summen begonnen, einem Summen, das immer wieder erstarb und das vielleicht ein seelischer Zwilling des Rumpelns war, mit dem die IRT-Linie der U-Bahn den Broadway so laut unterquerte, daß ein gelangweilter Junggeselle es noch zwei Nebenstraßen weiter westlich im sechsten Stock spüren konnte. Das Summen, die Hintergrundstrahlung des Universums, das er zu schaffen versuchte, ging, wenn es schon nicht der Sinn des Lebens war, doch in etwa in die Richtung der Sinnlosigkeit unserer, am Ende des 20. Jahrhunderts angesiedelten, postnuminosen, industrie- und konsumorientierten Kultur, Abt. Nordamerika, Unterabt. Mittlerer Atlantik. In dies Summen mischten sich jetzt durchdringend unheimliche Flötenklänge von diesem undeutlich wahrgenommenen «Mondgesicht».

Nun, sie würde anziehend sein müssen, das sind Frauen in der Dichtung immer. Von der Rundung ihres Gesichts, seiner unschuldig drängenden aufrechten Geradheit würde eine gewisse Herrschsucht, eine recht unzugängliche Kühle strömen, das würde sie in Widerspruch zu den feineren, ironischen, konfliktgeladenen, windigen Intelligenzlern setzen, die im Organismus seiner so gut wie bankrotten Vorstellungskraft bereits Machtpositionen einnahmen. Da diese verträumte junge Frau (ihre Kühle und der Eindruck von Salatfrische waren entweder ein Zeichen von Jugend oder von gründlicher Tiefkühlung) außerhalb der bereits geknüpften Geschäfts- und Familienbande stand, würde sie eine Geliebte sein müssen. Aber wessen? Bech dachte daran, sie Tad Greenbaum zuzuschieben, dem über einsneunzig großen, umtriebenen, von Sommersprossen übersäten Jungen, der, trügerisch, wie er war, die Fron eines Pointenschreibers durch verbale Kraftakte in ein Reich von Fernseh-Tagesprogrammen verwandelt hatte. Aber Tad hatte bereits eine Geliebte – die hitzige, zutiefst neurotische Thelma Stern mit dem rabenschwarzen Haar. Außerdem wollte das Mondgesicht, auf Grund welcher kaum erkennbaren Abneigung auch immer, nichts mit Greenbaum zu tun haben. Statt dessen bot Bech sie Thelmas Bruder Dolf an, dem unehrenhaften Advokaten mit seinem seidigen Schnurrbart, seinem verräterischen Gestotter und seinem riesigen, peinlichst aufgeräumten Schreibtisch, dessen Platte aus Glas bestand. Bech steckte die beiden sogar zusammen ins Bett; er beschrieb gern zerknitterte Laken und den farngrünen Anblick von Bäumen aus einer im sechsten Stock gelegenen Wohnung, und wie die Schornsteinaufsätze auf den Dächern nebenan Zinnfiguren in schwarzen Schlafanzügen glichen, die soeben im Zeitlupentempo einen Einbruch verübten. Doch obwohl die Metaphern nur so blühten, wurde aus der Verbindung nichts. Niemand war gut genug für diese Frau, außer Bech selbst. Sie brauchte einen Namen. Mondgesicht, Morna – nein, er hatte bereits eine Thelma, seine neue Dame war kühler, unnahbarer ... Verhängnis, Poe, Lenore. *Nur ein Wort ließ hin sie streichen, durch die Nacht, das mich erbleichen ließ: das Wort «Lenor'»!* Lenore wäre gut. Ihre Aufgabe? Das freundliche Herumkommandieren, die zuversichtliche Geradheit – das Beste, was ihm einfiel, war, sie zur Hilfsproduzentin in seiner erdachten Sendeanstalt zu machen. Aber das war nicht das Rechte, es trug ihrer übernatürlichen Gelassenheit nicht Rechnung.

Sie wurde ihm so wirklich wie der Lichtschein an der Zimmerdecke, wenn er schlaflos im Bett lag. Er schrieb Szenen, in denen sie sich an- und auszog, dort zwischen den zerknitterten Laken und dem Fenster, von dem aus man Baumwipfel und Hausschornsteine sah; er beschwor eine Szene herauf, in der Lenore züchtig die Beherrschung verlor und Tad Greenbaum beschuldigte, ein Tyrann zu sein. Tad warf sie hinaus und schickte dann Thelma zu ihr, damit diese sie überredete, nichts über den Vorfall in der Fernseh-Klatschspalte zu schreiben. Bech steckte, mit Lenores eigentümlich androgyner Kühle experimentierend, sie und Thelma miteinander ins Bett, um zu sehen, was geschehen würde. Es geschah einiges, und möglicherweise zog der Autor selbst mehr Lustgewinn daraus als seine beiden Gestalten; ohne seine, des männlichen Voyeurs, Anwesenheit, hätten sie sich vielleicht mit Wortgefechten begnügt und ihrer beider weiches Fleisch unberührt gelassen. Doch Thelma war, so hatte Bech es von langer Hand eingefädelt, von ihrem früheren Ehemann, Polonius Stern, schwanger, und so konnte man ihr keine sapphische Leidenschaft gestatten, die Lenore in die Tiefen der Handlung hinabzog. Bech strich die Schwangerschaft, dennoch verharrte das Mondgesicht schwebend über dem Ganzen und verlieh ihm ein Leuchten, eine große Ruhe und die Hoffnung, diese schlecht eingerichtete Welt Bechs möge in Schwung kommen. Sie, Lenore, schien näher zu rücken.

Eines Abends, er las in der New School, wurde Bech aus dem Augenwinkel heraus ihrer Gegenwart gewahr. Am anderen Ende des Saals bemerkte er jenseits der dem Lesenden aufmerksam zugewandten Gesichter – der schreckliche Schwall der künftigen Autorengeneration, die jungen Leute mit ihren Blue jeans, in denen sie aussahen wie Schlägertypen, die mit ihren Kräuselbärten, all ihrem puerilen schlechten Benehmen, ihrem Jungmädchenkummer und ihrer modischen Tendenzhörigkeit nur darauf warteten, zu Literatur zu gerinnen; die Lektoren freuten sich schon darauf, ihr frisches Blut zu schlürfen – ein rundes Frauenantlitz, leuchtend und ergriffen schweigend. Er versuchte sie anzusehen, verhaspelte sich im

Vortrag und las denselben Satz zweimal ab. Er hallte in seinen Ohren wider, und die Zuhörer kicherten. Es war ihnen peinlich für ihn, diesen alten toten, in Anthologien einbalsamierten Wal, der noch immer seine Atemfontäne hochzuprousten versuchte. Danach hielt er den Blick auf das Manuskript gerichtet, und als er ihn schließlich unter erleichtertem Beifall hob, war Lenore verschwunden, oder er fand die Stelle nicht wieder, wo sie gesessen hatte. *Trink das freundliche Vergessen, das bald tilgt das Bild Lenor's!*

Eine Woche später, bei seiner Lesung im CVJM, war die Verlorengeglaubte näher gerückt, saß jetzt in der dritten oder vierten Reihe. Ihr breites, bleiches, leicht schwitzendes, in atemloser Aufmerksamkeit aufwärts gerichtetes Gesicht lachte nicht einmal dann, wenn alle Umsitzenden es taten. Als Bech auf dem Podium mit seiner mikrofonverstärkten Stimme einige alte Schnurren zum besten gab, übertraf er sich selbst mit komischen Lauten, um seine blaßbleiche Verehrerin zum Lächeln zu bewegen; statt dessen blickte sie hie und da ernsthaft in den Schoß, um etwas zu notieren. Anschließend kam sie, in dem unplanbaren Augenblick der Belagerung, der auf eine Lesung folgt, nach vorn und wartete in der ungeduldig drängenden Reihe der Autogrammjäger, bis sie an der Reihe war. Als er sich ihr schließlich zuzuwenden wagte, hatte sie ihr Notizbuch in der Hand. War das wirklich Lenore? Obwohl ihm bei ihrer Beschreibung einige Einzelheiten entgangen waren (die kleinen runden goldenen Ohrringe, die ordentliche und sinnlich wirkende Art, wie sie ihr volles Haar beiläufig hinten am Kopf zusammengefaßt trug), füllte ihre körperliche Gegenwart die durchscheinende changierende Haut seines geistigen Kindes mit einer betäubenden Greifbarkeit. Mit einer Reflexbewegung wollte er ihr Heft nehmen, weil er annahm, er solle ihr ein Autogramm hineinschreiben, doch sie hielt es fest und sagte: «Vielleicht interessiert es Sie, daß Sie drei Wörter falsch ausgesprochen haben: Es heißt ‹Hékate› und nicht ‹Hekáte›, am Anfang von Koitus werden die beiden Vokale getrennt ausgesprochen, das ‹i› möglichst lang, und es heißt ‹Bredouille› und nicht ‹Bedrulje›.»

«Wer sind Sie?» wollte Bech wissen.

«Eine ergebene Leserin.» Sie lächelte und überdehnte das zweite ‹e› von ‹ergeben›. Eine weitere ergebene Leserin zog Bech am Ellenbogen zu sich hinüber, und als er sich umwandte, war Lenore verschwunden. *Dunkel dort – nichts weiter mehr.*

Er überlas, was er geschrieben hatte. Die Thelma-Szene war heiliger Unflat, Traumstoff, niemand sollte daran rühren; aber der berufliche Hintergrund des Mondgesichts hatte sich deutlicher gezeigt – sie war Lehrerin. Grundschullehrerin; sie unterrichtete irgendwie besondere Kinder, ihm war noch nicht klar, ob hochbegabte oder lernbehinderte. Doch indem er schreibend Lenore in ihre Kleider und dann in den Aufzug folgte, sodann die von Dampf feuchten, sich leicht neigenden Straßen von Manhattans West Side entlang, wurde der Name über dem Eingang des Gebäudes lesbar, das sie betrat: Sie unterrichtete an einer Rudolf Steiner-Schule. Ihre Beziehung zu den anderen Personen aus seinem Buch ‹Think Big› mußte daher über die Kinder erfolgen. Bech durchblätterte das Manuskript, um zu sehen, ob er Tad Greenbaum und seiner schwergeprüften Frau Ginger Jungen oder Mädchen zugedacht hatte, und wie alt sie waren. Er hätte das tabellarisch festhalten sollen, wie es Faulkner und Sinclair Lewis zu tun pflegten. Aber Bech hatte sich immer gegen diese praktischen Hilfsmittel gesträubt, die störend in den wesenhaft literarischen Vorgang seines Wachtraums hätten eindringen können. Lenore gehörte in den Bezirk unterbewußter Zusammenballung. Sie mußte breithüftig sein: Diese Erkenntnis kam ihm, als er den mit den Papierfetzen einer Woche gefüllten Papierkorb in einen Kunststoff-Müllsack leerte. Aber hatte die Frau, die zu ihm getreten war, auch wirklich breite Hüften gehabt? Es war so rasch gegangen, so wundersam, bewußt hatte er nur den Umriß ihres Körpers in der Menge wahrgenommen. Er mußte sie wiedersehen, um der Forschung willen.

Als sie ihn erneut ansprach, im alljährlich für das Frühlingsfest der Amerikanischen Akademie auf den Höhen hinter Harlem errichteten großen Zelt, kam sie, als wolle sie die Ankunft des Sommers beschleunigen, in einem bunten Dirndlrock und einem leuchtendroten Leibchen ohne etwas darunter. Als besonderen Pfiff trug sie einen rosa Strohhut; die erhabene Haltung, mit der sie dafür Sorge trug, daß der breitrandige Hut an seinem Platz blieb, fügte Lenores Wesen eine neue Dimension hinzu. Sie war inmitten grüner Matten aufgewachsen, beispielsweise auf einer Farm im Nordosten Connecticuts, wie man sie bei Hardy findet. Obwohl ihre Taille schmal war, hatte sie ausladende Hüften. Die Schwüle im Zelt, der aus weichen Plastikbechern verschüttete Alkohol, das schwere Atmen der Kollegen, die wie Bech selbst zu den Unsterblichen gehörten, ergaben einen romantischen Brei, in dem ihre Stimme kaum hörbar war; er mußte sich vorbeugen, unter ihren Hut sehen und ihr die Wörter von den Lippen ablesen. Wo war jetzt ihr gerühmter «Kommandoton»? Sie sagte: «Mr. Bech, ich habe allen Mut zusammengenommen, um Sie zu fragen, ob Sie wohl einmal kommen und zu meinen Schülern sprechen würden? Sie sind so lieb und haben so wirre Vorstellungen, ich versuche sie mit Menschen zusammenzubringen, die Werte vertreten, ganz gleich, welche Werte. Kürzlich war ein Regisseur von Pornofilmen da, den mir Bekannte vermittelt hatten. Sie brauchen also keine Hemmungen zu haben. Seien Sie ganz Sie selbst.» Im Schatten des Hutes wirkten ihre Augen indigofarben, und ihre suchenden Lippen verzogen sich zu einer Rundung, die er sich nie erträumt hatte.

Auch eine dunkelhaarige junge Frau sah Bech in Lenores Nähe stehen; sie trug ein Herren-Tweedjackett und kein Make-up. Eine nahe oder eine weitläufige Bekannte? Als die junge Frau sah, daß sich die Unterhaltung vertiefte, schlenderte sie beiseite. Bech fragte: «Wie alt sind Ihre Schüler?»

«Nun ja, in der dritten Klasse, aber es ist eine Rudolf Steiner-Schule –»

«Ich weiß.»

«– und ich bleibe in allen Schuljahren mit ihnen zusammen. Schon möglich, daß das jetzt noch ein bißchen über ihre Köpfe geht; vielleicht sollten wir ein paar Jahre warten, bis sie in der fünften sind.»

«Und ich Zeit hatte, etwas für meine Aussprache zu tun.»

«Bitte entschuldigen Sie, ich wollte nicht unhöflich wirken. Es ist so erschreckend zu sehen, daß ein Meister der Sprache die Wörter nicht so mit seinem inneren Ohr hört wie man selbst.» Während sie das sagte, klangen ihre eigenen Worte etwas verwischt. Sie hielt einen leeren Plastikbecher in der Hand wie ein im Morgengrauen aufgesammeltes Ei.

Lag es am spätnachmittäglichen Gin oder an der Hochstimmung, in die ihn die Verleihung einer Medaille versetzt hatte (die Melville-Medaille, die alle fünf Jahre dem amerikanischen Autor verliehen wird, der am bedeutungsvollsten geschwiegen hat), dies Zusammentreffen bezauberte Bech. Das im violetten Schatten des rosa Hutes schwitzende fragende hübsche Gesicht, um ihn herum das fröhliche Geplauder von Schriftstellern, die nicht schrieben, der drängende Maigeruch, der durch die Zeltwände kam, der leicht elektrisierende Schub einer neuen Persönlichkeit – alles wirkte zu schön, um wahr zu sein. Er fühlte sich in lieblicher Weise überwältigt, so wie die Wirklichkeit stets die Dichtung überwältigt.

Er fragte sie: «Aber werden wir noch in Verbindung sein, wenn Ihre lieben Kleinen in der fünften Klasse sind?»

«Mr. Bech, das liegt bei Ihnen.» Sie senkte den Blick im Schatten ihres Hutes.

«Bei mir?»

Ihre blauen Augen hoben sich kühn. «Wem sonst?»

«Was halten Sie dann davon, Abendessen zu gehen, sofern wir ein Stück Zeltbahn finden können, das sich öffnen läßt?»

«Wir beide?»

«Wer sonst?» *Klar*, dachte er mit der Stimme der Vernunft, die zu jeder Euphorie die trübselige Begleitmusik spielt, *es gibt eine vernünftige Erklärung dafür. Da sei Gott davor. Ich habe dies Geschöpf mit dem Blick meiner Augen und der Art, wie ich spreche, aus der nichtssagenden Menge hervorgezaubert, so wie ich sie, weniger überzeugend, auf dem nichtssagenden leeren Papier hervorgezaubert habe.* «Wie war noch Ihr Name?»

«Ellen.» Das war ihm also nicht so ganz gelungen. Wie sich im Lauf der Monate herausstellte, galt das auch für hundert weitere Einzelheiten. Ihr Verhältnis endete, bevor Ellens Schüler in die fünfte Klasse kamen. Es stellte sich heraus, daß sie das Literarische an ihm liebte, seine Gegenwart im Buch. Außerdem hielt sie tatsächlich – hier hatte ihn sein Instinkt nicht getrogen – das männliche Geschlecht auf sexuellem Gebiet für zweitklassig. Dennoch gab sie genug von sich selbst preis, um das Bild des *strahlendsüßen Mädchens, in der Engel Mund Lenor'* zu tilgen und zu zermalmen, und wieder einmal stockte die Arbeit an ‹Think Big›, und es störte ihn nicht.

Bech bekam ein verlockendes Angebot. Eine Tochtergesellschaft des Ölmultis Superoil, die sich Superbuch nannte, hatte eine Reihe mit Klassikerausgaben begründet; und jetzt sollte Bech gegen ein Honorar von einem Dollar fünfzig pro Blatt für eine in echtes Schweinsleder gebundene Ausgabe von ‹Brother Pig› 28 500 Vorsatzblätter aus hadernhaltigem Papier signieren, zu allem Überfluß gelegentlich eines zweiwöchigen Traumurlaubs auf einer Karibikinsel, auf der Superoil eine Feriensiedlung besaß. Er konnte jemanden mitbringen, der ihm die signierten Blätter wegzog; wenn nicht, war man bereit, an Ort und Stelle jemanden für diese Aufgabe anzuheuern. All das erklärte ihm ein Mann mit Grabesstimme, der aus der Firmenzentrale – eine 500 Hektar große, Disneyland ähnelnde Anlage irgendwo im Staat Delaware –, anrief, wie einem ziemlich begriffsstutzigen Kind.

Wie stets, wenn ihm Fortuna lächelte, wollte Bech kneifen.

«Muß ich so jemand zum Wegziehen haben?» fragte er. «Ich hab noch nicht mal 'nen Agenten.»

«Die Antwort auf Ihre Frage», sagte der Mann von Superbuch, «ist eindeutig 100 Prozent ja. Aus Erfahrung wissen wir, daß ohne Wegzieher die Leistung deutlich und rasch abnimmt. Wie ich sagte, wir können vor Ort eine Frau einstellen und sie anlernen.»

Bech stellte sie sich vor, eine grazile, braunhäutige Schöne, die man zum Sekretärinnen-Schnellkurs geflogen hatte, aber nach dem ersten Glücksgefühl zweifelte er, daß er sie würde zufriedenstellen können. Also lud er Norma Latchett zum Wegziehen ein.

Ihre Antwort kam, wie sie kommen mußte. «Großartig», sagte sie.

Die trübe Wahrheit sah so aus, daß Bech und Norma nach einer langen Romanze in eine Art Schwebezustand, eine heterosexuelle Kumpelbeziehung, hineingeschlittert waren, in der man von Zeit zu Zeit das leise Fiepen aufgegebener Hoffnungen vernahm. Sie würden nie heiraten, nie fruchtbar sein und sich mehren. Das Inselchen San Poco war genau die passende Bühne für ihr letztes Drama – die durch unsachgemäße Lagerung im Theatermagazin beschädigten Palmen, die ihre Wedel hängen ließen, die für eine kurze Existenz zusammengeschusterten, mit Teerpappe gedeckten Wellblechhütten, die Dielenbretter, kaum bedeckt mit einer dünnen Sandschicht, die wie Kaffeesatz aussah, die See ein Stück raschelnder Seidenstoff, der Sonnenschein so grell, weiß und unaufhörlich wie Bühnenscheinwerfer. Auf der ganzen Insel waren alte Inspirationen verstreut – ein Trupp sammelte die Reste von Hotels, Nachtclubs, *cabañas* und Eßlokalen ein, die eine alles überragende Trägheit übermannt hatte. Das Stranddorf, in dem Bech und Norma zusammen mit den 28 500 Blatt untergebracht waren, verdankte seine Existenz einem Verfahren, bei dem man über aufgeblasene große Ballons Beton goß, aus diesen die Luft entweichen ließ und sie dann zur Tür hinauszerrte; die auf diese Weise entstandenen Gebäude waren fensterlos. Die ganze Krümmung einer dunklen Wand entlang zogen sich Stapel von Kartons mit je 500 Blatt. Superoils unsichtbare Hilfsgeister hatten in die Mitte der Halbkugel einen langen Tisch auf Böcken gestellt, nüchtern wie eine Folterbank, und Schachteln voller Filzschreiber. Bech benutzte nie Filzstifte, er zog das mannhafte Gekratze und den plötzlichen Trockentod von Kugelschreibern vor. Trotzdem setzte er sich, noch im Wintermantel, probehalber gleich einmal hin und signierte einen Karton voll, einfach um zu sehen, wie es ging.

Es ging wie der Wind. Pfeile, die vom Buchbinder weggeschnitten werden würden, wiesen auf das zu signierende Feld. Norma zog ihm, als spiele sie für den Part der Gehilfin vor, die Blätter mit lieblichem Schwupp noch unter der Hand weg. Dann zogen sie sich aus – seit er sie zuletzt nackt gesehen hatte, war ihr Leib weicher geworden, ein anrührender Anblick; und auch seiner war in einer talgigen Weise gesackt, die unvertraut wirkte – und gingen im lauwarmen Spätnachmittagsmeer schwimmen. Aus seiner weichen Fläche schlug die sinkende Sonne Goldflecke gemeinsamer Glückseligkeit; Bech pries Superoil, während er, den behaarten Bauch emporgereckt, dahintrieb. Ihm fiel ein, wie er sein nächstes Buch nennen konnte, wenn ‹Think Big› erst einmal fertig war: ‹Easy Money›. Oder hatte Daniel Fuchs den Titel schon während der Weltwirtschaftskrise verwendet? Als er und Norma ihre riesige Badewanne verließen, prägten sich Bechs Fußspuren tief im weichen Korallensand ein wie die eines Riesen.

Aufwachen, essen, schwimmen, signieren, essen, sonnen, signieren, trinken, essen, tanzen, schlafen. So vergingen ihre Tage. Beide bekamen Farbe, Bech wurde so dunkelhäutig wie auf seinen brasilianischen Ausgaben. Der Kartonstapel mit den signierten Blättern wuchs langsam an der gegenüberliegenden Wand der Betonkuppel empor. Sie mußten zusehen, daß sie jeden Tag durchschnittlich 2000 Blätter schafften. Je besser Norma die Sonne vertrug, desto mehr sah sie die drinnen verbrachten Stunden als vertane Zeit an, und es schien Bech, als ziehe sie ihm die Blätter immer schneller weg, so daß er sein Schluß-h mehr als einmal vermurkste. «Du wirst langsamer», sagte sie, um sich zu verteidigen, als das in einer Arbeitssitzung zum drittenmal geschah.

«Ich versuch bloß, den armen Säcken für ihre ein Dollar fünfzig 'nen anständigen Gegenwert zu liefern», erklärte er. «Du solltest besser auf *mich* achten, statt gleichzeitig zu lesen und zu ziehen.» Sie hatte sich angewöhnt, nebenher in einem Roman zu lesen – von einem jungen Autor übrigens, im Vergleich zu dessen Werk, einem Kritiker zufolge, «alle bisherige jüdisch-amerikanische Literatur wie fader Matzenteig wirkt».

«Brauch ich nicht», sagte sie. «Das hör ich, deine Unterschrift hat einen Rhythmus. Mmm-timtitum*tum*, Rabbedibutz. Du hebst den Stift in der Mitte von ‹Henry› und haust dann das ‹Bech› aufs Papier. Dein Vorname gefällt dir und dein Nachname ist dir zuwider – wie kommt das?»

«Das ‹B› fällt mir immer schwerer», gab er zu. «Und das ‹e› läuft mit dem ‹c› zusammen. Miss O'Dwyer, meine Volksschullehrerin, hat mir mal eine Reformschreibmethode beizubringen versucht. Sie meinte, man muß mit dem ganzen Arm schreiben und nicht bloß mit den Fingern.»

«Du bist zu alt, um dir was abzugewöhnen; mach einfach so weiter.»

«Sie hatte aber recht. Die Unterschriften sind scheußlich. *Scheißlich.*»

«Mein Gott, Henry, versuch doch keine Kunstwerke draus zu machen; die Leute von Superbuch wollen doch bloß, daß du das fertigkrakelst.»

«Superbuch will Superschrift», sagte er. «Zumindest wollen sie eine Signatur, die zeigt, daß der Autor mit sich selbst im reinen ist. Sieh dir doch bloß meine großen ‹H›s an, das sind umgedrehte ‹N›s. Und das kleine ‹h› hinten sackt immer nach unten durch. Das ist ein Zeichen von Mutlosigkeit. Weißt du, daß Napoleons Unterschrift nach der Niederlage bei Waterloo unter allen Verträgen richtig vom Blatt weggerutscht ist? Von der Pergamenturkunde.»

«Du bist aber nicht Napoleon, sondern einfach ein unfreier freier Schriftsteller, der mich daran hindert, in der Sonne zu liegen.»

«Du kriegst noch Hautkrebs. Immer mit der Ruhe. Noch 1100, und wir genehmigen uns eine *piña colada*.»

«Mach doch nicht soviel Wind um die Unterschriften! Es regt mich auf! Die ersten Kartons hast du einfach runterge*fetzt*.»

«Da war ich auch noch jünger und hatte meine Unterschrift noch nicht richtig verstanden. Dafür, daß sie so kurz ist, geht es ganz schön rauf und runter. Stell dir vor, ich wär Richard Penn Warren oder Solschenizyn.»

«Selbst wenn du H. D. wärst, säß ich immer noch in dem verdammten dustern Iglu hier. Mir tun die Schultern weh. Am schlimmsten sind die Pausen dazwischen, die Anspannung.»

«Geh raus in die Sonne. Lies dein pickliges Genie. Ich zieh selbst weg.»

«Jetzt versuchst du, mir weh zu tun.»

«Geht sicher prima. Ich kenn meinen Rhythmus.»

«Henry Bechs Rückwärtskriechstil. Ich mach weiter, und wenn wir beide dabei draufgehen.»

Er probierte eine Unterschrift, und weil ihm das ‹nry› nicht gefiel, machte er ein riesiges X über das Blatt. «Von dir geht eine verheerende Ausstrahlung aus», erklärte er.

«Das war ein Dollar fünfzig», sagte Norma, die protestierend aufgesprungen war.

«Jawoll, und das ist jetzt die Umsatzsteuer», sagte Bech und tippte die vorige Unterschrift auch durch, deren ruckhafte ‹ch›-Verbindung ihn schon beim Hinschreiben gestört hatte, doch hatte er gemeint, er könne es durchgehen lassen. Er knüllte das Blatt zusammen und warf es so, daß es Norma mitten zwischen Bikiniober- und -unterteil traf.

Als sie danach einander an dem langen Tisch gegenübersaßen, beeinträchtigte die Furcht vor einer Wiederholung dieses Streits die Übereinstimmung zwischen ihnen. Angst vor dem Mißlingen lähmte ihm die Hand. Die kleinen Fingermuskeln, die dieselbe Aufgabe schon Tausende von Malen verrichtet hatten, versagten den Dienst. Das Fließband wurde sabotiert, zusätzliche Schnörkel ergaben ‹Hennry›, und das ‹B› von ‹Bech› kam schrecklich krampfhaft heraus, wie ein Symptom einer Geisteskrankheit. Man hörte das Gläserklirren und Plappern von Urlaubern, die an der nicht weit entfernten strohgedeckten Bar vor der herunterbrennenden Sonne Zuflucht gesucht hatten, Bech schrieb ‹Henry› und hatte vergessen, was danach kam. Während ein nicht mehr beherrschbarer Druck zwischen ihnen aufwellte, wurde der Abstand zwischen seinem Vor- und Nachnamen immer größer. Die Unterschrift wucherte über die Pfeile hinaus, obwohl er sich dagegen zur Wehr setzte und Norma die Stapel immer wieder zurechtzupfte. Ihre Tagesleistung fiel, statt 2000 wurden es erst 1700, dann drei Kartons, und schließlich zählten sie nicht einmal mehr die Kartons.

«Das *muß* alles hier fertig werden», drängte Norma. «Das Zeug ist zu schwer, wir können es nicht mitnehmen.» Ihre beiden Wochen neigten sich dem Ende zu, und die Wand aus ungeöffneten Kartons schien über Nacht knisternd zu wachsen. Sie öffneten sie mit einer Klinge aus Bechs Rasierapparat; er schnitt sich in den Zeigefinger und mußte den Stift mit einem pflasterumwickelten Finger halten. Unter seinen überempfindlichen Fingern entpuppten sich die Stifte, die ihm anfänglich identisch vorgekommen waren, als immens unterschiedlich, und er mußte manchmal sechs zur Seite legen, bis er einen fand, der nicht zu leicht und nicht zu schwer war, dessen Fluß dem seiner Hand in etwa entsprach. Trotzdem war etwa jede fünfte Unterschrift nicht einwandfrei, was Norma stöhnend und ihre Schultern massierend quittierte. «Ich vermute, es ist ein Schreibkrampf», sagte sie.

«Schon seltsam», sagte er. «Gegen Ende seiner Laufbahn stand der große Golfer Hogan stocksteif da, wenn er den Ball keinen halben Meter mehr ins Loch zu schieben brauchte.»

«Mach jetzt bloß keine Konversation», bat Norma. «Schreib einfach.»

Die Lautsprecheranlage in den Palmen unterbrach ihre millionste Wiederholung eines Ohrwurms, um Bech auszurufen. Am Telefon im Büro der Verwaltung sagte der Mann von Superoil: «Wir sind davon ausgegangen, daß Sie bis morgen hundertprozentig fertig sind und haben einen Kurier in einen Jet gesetzt, der das Ganze abholt und zu unserer Binderei nach Oregon bringt.»

«Wir hatten da gewisse Schwierigkeiten», erklärte Bech, «und die Wegzieherin ist aufsässig geworden.»

Die Stimme verlor eine Spur an Verbindlichkeit. «Wieviel Prozent, würden Sie sagen, sind noch nicht erledigt?»

«Schwer zu sagen. Die Kartons sind so groß wie Güterwaggons geworden. Zuerst waren sie wie Streichholzschachteln. Vielleicht noch zehn.»

Nach kurzem Schweigen: «Können Sie das irgendwie hinbiegen?»

«Ich weiß nicht, ob das der richtige Ausdruck ist. Wie wär's mit hinlegen?»

«Die Flugzeugcharter läßt sich nicht stornieren. Sehen Sie zu, daß Sie möglichst viel schaffen, den Rest können Sie dann in Ihrem Gepäck mitbringen.»

«Im Gepäck!» schnaubte Norma, als er es ihr im Iglu berichtete. «Ebensogut könnte ich versuchen, ein Korallenriff einzupacken. Außerdem denke ich nicht daran, mir meinen letzten Tag hier verderben zu lassen.»

Bech arbeitete den ganzen Nachmittag allein, während sie es sich am Strand wohl sein ließ und mit zwei Sporttauchern anbändelte. «Jeff wollte mich mit unter Wasser nehmen, aber ich hatte Angst, unsere Schläuche würden sich verheddern», berichtete sie. «Wie viele hast du geschafft?»

«Vielleicht einen Karton. Mir war immer ganz schwindlig.» Das stimmte; seine Unterschrift war zu einer Alptraumlandschaft aus Schründen und Schluchten geworden. Seine Finger zeichneten seismographisch ein konstantes Erdbeben auf. Tief in den Schichten der Zeit wogte glühendes Magma. Wer war dieser Henry Bech? Was hatte ihn aus seiner Bank in Miss O'Dwyers Klasse zu diesem unverschämten und anmaßenden Ruhmesgekritzel emporgetragen? Ihr strenger Geist verspottete ihn jedesmal, wenn ihm ein ‹e› zu flach geriet oder ein ‹B› unter seiner Berührung zusammenschnurrte.

Norma begutachtete seine Arbeit. «Wilde Dinger. Da gibt's nur eins», sagte sie. «'N paar *piña coladas* holen und die Nacht durcharbeiten. Ich mach mit.»

«Das wär schon mal *einer*.»

«Dreckskerl. Ich hab mir mein Leben mit Warten versaut, weil ich dachte, du tust mal *etwas*, und jetzt *das*. Schluß. Wenn wir das hier hinter uns haben, helf ich dir nie wieder aus der Patsche.»

«Das hat die Jungfrau von Orleans dauernd zu ihrem Dauphin gesagt», kommentierte Bech.

Der Vergessensmechanismus seiner Träume legte einen gnädigen Schleier über die Vorgänge jener Nacht. Einmal, nachdem er von seinem letzten Gang zur Bar mit einer Flasche Rum und einem Sechserpack Pampelmusensoda zurückgekehrt war, löste sich seine Unterschrift vom Blatt und wollte ihn ins Papier hineinziehen. Dann kam es ihm vor, als hämmere er auf Norma ein, aber seine Faust versank in ihrem weichen Unterleib wie in schlammigem Wasser. Sie riß einen Pfeil von einem noch nicht signierten Blatt und wehrte ihn damit ab. Die bleiche Morgendämmerung, unter der eine in Leuchtfarbe getauchte See erkennbar wurde, zeigte, daß noch ein ungeöffneter Karton übrig war. Bech und Norma schritten, sich bei den tintenbefleckten Händen haltend, an der Bucht entlang. «Bech, Bech», flüsterten die kleinen Wellen und sprachen das ‹ch› falsch aus. Schräg über dem Bett liegend, fielen die beiden inmitten von Pappschnipseln in Schlaf. Als an der mit einer Jalousie versehenen Tür Geräusche laut wurden, erwachten sie mit einem Gefühl dörrhalsigen Ekels. Zwei Schwarze luden die fertigen Kartons auf ein Wägelchen. Die Pakete aus geöffnetem und wieder verschlossenem Packpapier wirkten draußen im Freien unter der deutlich zutage tretenden Wahrheit von Himmel, Sonne und Sand eigentümlich, anstößig und leichtverderblich. Menschen in Badekleidung sammelten sich neugierig um die Pyramide, diese vom Betonei ausgebrütete monströse Ansammlung von Papier. Zu Bechs Erschöpfung und Kater gesellte sich ein Gefühl der Scham, derselben, die er in Buchläden empfand, oder nach dem Erbrechen. Einer der Schwarzen erkundigte sich: «Iss das alles?»

«Noch ein Karton», gab Bech zu. Zum erstenmal seit zwei Wochen schob sich eine Wolke vor die Sonne.

«Der Flieger aus Delaware wartet. Se wolln alles», erklärte der andere Schwarze. Plötzlich begann es zu regnen, in blitzenden runden Tropfen, jeder so groß, daß er ein Schnapsglas füllen konnte. Die Gaffer in Badekleidung verschwanden. Die Pappe färbte sich dunkler, Die Tinte würde verlaufen, das Papier sich werfen und wieder zu Holzbrei werden. Die Schwarzen machten sich mit dem Berg von Bechs Signaturen auf und versprachen, den letzten Karton später zu holen.

Im jetzt feuchten Iglu hatte Norma den letzten Stapel aus 500 Blättern, glatt und sauber, in die Mitte des Tischs gelegt. Sie nahm Platz, zum Wegziehen bereit. Benommen setzte sich Bech unter der Kuppel, auf die der Wolkenbruch hinabprasselte. Die Pfeile auf dem obersten Blatt wiesen nach innen. Geschickte Frauenfinger schoben sich unter eine Ecke, wachsam auf die Gelegenheit wartend, den Bogen blitzschnell fortzunehmen. Die beiden Lasttaxenfahrer kamen wieder, mit tropfnassen Hemden, und standen an einer Wand, ehrfürchtig schweigend angesichts des kulturellen Rituals, dessen sie Zeugen werden sollten. Bech hob einen Stift. Alles wartete, und dem Autor schien die aufnahmebereite Unberührtheit des Papiers geradezu eine Wonne, während er einen tiefen Blick in die negative Vollendung warf, die seine Laufbahn erreicht hatte. Er war nicht imstande, seinen eigenen Namen zu schreiben.

Bech und die Dritte Welt

Der Botschafter in Ghana war sechzig, schlank und maskulin, und er trug einen Anzug, der so weiß war wie er selbst. Er gab auf dem Weg von Accra nach Cape Coast Anweisung, in einem Dorf anzuhalten, wo eine bemerkenswerte Eingeborenenskulptur in unheimlicher mimetischer Sympathie einen reichverzierten rätselhaften Turm aus bemaltem Gips bildete. Den mit schnecken- und ananasförmigen Schnörkeln verzierten grünrosa Turm, der innen so fest war wie Marzipan, bewachten lebensgroße Gipssoldaten, deren Uniformen die Merkmale und Rangabzeichen eines halben Dutzends verschiedener kaiserlicher Uniformen in sich vereinigten. Ihre teigigen Gipsgesichter sahen mit fremd wirkenden blauen Augen zum Meer hinüber, von woher der weiße Mann gekommen war, zuerst die Portugiesen. In diesen tropischen Breiten verwitterte das seltsame Bauwerk rasch. Es diente wohl, mutmaßte Bech, magischen Zwecken; doch die eigentliche magische Wirkung ging von ihrer Botschaftslimousine aus, als sie, gefolgt von einer Fahne aus aufgewirbeltem Staub, mit einem winzigen amerikanischen Stander auf dem Kotflügel, ins Dorf donnerte: blitzartig verschwand alles von der Straße. Während die kleine Kulturtruppe in der heißen Sonne auf dem weichen Boden stand und wartete – der Botschafter wischte sich das bedeutend aussehende rosa Gesicht; Bech popelte nervös mit dem Nagel seines kleinen Fingers an einem Eckzahn; der Kulturattaché, ein lockenköpfiger, mitteilsamer, kummergesichtiger Mann aus Minnesota; seine Mitarbeiterin, eine schlankgliedrige Schwarze aus Charlotte, North Carolina, die, soweit Bech sehen konnte, als einzige in ganz Afrika ihr Haar im Afrolook trug; und der Botschaftsfahrer, ein Ghanese mit glänzender Haut, einen ganzen Kopf kleiner als die anderen –, warfen die Dorfbewohner hinter Palmen hervor und aus ovalen Eingängen heraus verstohlene Blicke auf sie. Bech mußte daran denken, wie sich die nordkoreanischen Soldaten in Korea auf ihrer Seite der Waffenstillstandslinie herumdrückten, einige mit Ferngläsern vor den Augen, andere mit drohenden Gebärden. «Haben wir was falsch gemacht?» fragte Bech.

«Ach was», gab der Botschafter zurück, mit seiner sich leicht überschlagenden Begeisterung, wie ein Zirkusdirektor, der zu den letzten Bänken hinaufruft, «so sind die Drecksäcke nun mal.»

In Seoul führte ein Dolmetscher bei einer Gesellschaft, die in einem zum offiziellen Bankettsaal umgewandelten Tempel stattfand, einen japanischen Dichter zu Bech. «Es war lange mein Wunsch», sagte der Dolmetscher, «die Bekanntschaft des ehrenwerten Henry Bech zu machen.»

«Warum?» fragte Bech gedankenlos. Er war sehr müde, und er hatte es satt, in Asien höflich zu sein.

Kaum war diese grobe knappe Frage übersetzt, strömte ihm eine endlose Antwort entgegen. In den Worten des Dolmetschers nahm sie sich so aus: «Ihr schönes Buch ‹Travel Light› hat uns in Japan gezeigt, was wir von der Zukunft zu erwarten haben.» Weitere japanische Wörter, wiedergegeben als: «Junge Rowdies mit Gesichtern aus Glas.» Damit waren sicherlich Bechs bekannteste Gestalten gemeint, die Männer mit den Motorradbrillen aus seinem ersten, jetzt hochgeschätzten, aber langweiligen Roman.

Der Dichter im Kimono beugte sich in einem unveränderlichen Winkel vor. Bech erkannte, daß seine heitere Gelassenheit nicht nur seiner Rasse zuzuschreiben war; er war betrunken. «Und was», erkundigte sich Bech über den Dolmetscher, «machen *Sie*?»

Die Antwort hieß: «Ich schreibe viele Gedichte.»

Bech befürchtete, er werde gleich in Ohnmacht fallen. Die Zeitverschiebung durch den Flug über den Pazifik machte sich unabweisbar geltend, und überall, wohin er kam, blendeten ihn Fotografen in völlig gleichen grauen Anzügen. Und in blaue Schuluniformen gekleidete koreanische Schulmädchen steckten ihm in Aufzügen Liebesbriefe zu. Schon zwei Minuten, nachdem er das Flugzeug verlassen hatte, war er viermal gefragt worden: «Welche Eindrücke haben Sie von Korea gewonnen?»

Wo war er? Ein schmächtiges ockerfarbenes Männchen in einem silbern schimmernden Kimono schwankte vor ihm, von einem untersetzten Dolmetscher gehalten, der in einem Anfall von Aufmerksamkeit schielte. «Und worum geht es in Ihren Gedichten?» wollte Bech wissen.

Die Antwort kam wie aus der Pistole geschossen. «Flösche», sagte der Dolmetscher. Der Poet strahlte.

«Frösche?» fragte Bech zurück. «Großer Gott. *Viele* Froschgedichte?»

«Viele.»

«Wie viele?»

Keine Frage war zu dämlich, hier in diesem Tempel, als daß man sie nicht einer Antwort würdigte. Der Dichter selbst gab sie in stolzem Englisch. *«One hunnert twelve.»*

Das Fort von Cape Coast warf sich dem grünen Atlantik wie ein Schiff entgegen; das große steinerne Deck der alten Sklavenzwingburg war gepflastert mit Tafeln zum Gedenken an den Tod junger britischer Offiziere, die hier ein, zwei Jahre Dienst getan hatten – mit zwanzig, zweiundzwanzig, fünfundzwanzig Jahren am Fieber gestorben. «Die dachten, Gin hält ihnen die Malaria vom Leib», berichtete ihm der Kulturattaché, «und deswegen waren die meisten dauernd sturzbetrunken. Die sind im Suff davon. Sicher ein Anblick für Götter.»

«Was wollten sie denn hier?» fragte Bech in seiner Rolle als Botschafter aus dem Reich der dummen Fragen.

«Dasselbe wie in Amerika. Hochkommen, schnell reich werden.»

«Wußten sie denn nicht» – Bech war angesichts der Gedenktafeln ungehalten wie vor einem Auditorium aus unaufmerksamen Studenten – «daß sie sterben würden?»

«Tote erzählen nichts», unterbrach ihn der Botschafter mit derber Herzlichkeit und schwang eine imaginäre Reitgerte. «Die haben natürlich in England bei der Anwerbung keinen Mucks über das gesagt, was mies war; dafür hat man den armen Kerlen das Blaue vom Himmel herunter über schwarzes Gold vorgeschwärmt. Das Teufelsloch hier haben die ja auch tatsächlich ‹Goldküste› genannt.»

Die Gruppe um den Botschafter begab sich hinab zu den Verliesen. In einem davon schien man einen Schrein zu verehren; Knochen, Glasstückchen, Kerzenstümpfe und frische Asche lagen auf einer Felsplatte. Im tiefsten Kerker gab es einen aus dem Steinboden herausgehauenen Trog, der wohl die Fäkalien abgeleitet hatte, und ein enger Gang, den die Besucher kriechend durchqueren mußten, hatte einst die schwarzen Gefangenen in Ketten zu den Schiffen hinausgeführt, der Neuen Welt entgegen. Bloße Füße hatten aus der rohen Felsbank einen Trampelpfad herauspoliert. Zu ihren Häupten waren vermutlich aus einem engen Sprechkamin die Befehle derer gekommen, die sie in ihre Gewalt gebracht hatten. «Einen Weißen, der hier runtergekommen wäre», erklärte der Botschafter mit lautstarker Befriedigung, «hätte man schneller in Stücke gerissen als ein Kaninchen.»

Der Nachhall des enggedrängten, verängstigten Lebens, das einst hier eingepfercht gewesen war, schien an dieser grottenhaften historischen Stätte in der Luft zu hängen, ja, sogar noch sein Geruch.

«Leontyne Price war vor einem Jahr hier», sagte der Kulturattaché. «Die ist richtig ausgerastet und hat angefangen zu singen. Sie sagte, sie müßte.»

Bech warf einen Blick auf die Schwarze aus Charlotte, um zu sehen, ob sie auch ausrastete. Sie blieb unbeweglich, sekretärinnenhaft. Sie war früher schon hier gewesen; es gehörte zur Besichtigungsreise durch Ghana. Doch sie spürte Bechs Blick und gab ihn plötzlich, dort im Dämmer des Kerkers, dunkel und kühl zurück. Können Blicke töten?

In Venezuela war der höchste Wasserfall der Welt wolkenverhangen. Das Flugzeug setzte holpernd auf einer kleinen grünen Lichtung auf und rollte munter bis ans Ende der Landepiste. Der Pilot war ein Draufgängertyp mit mächtigem Schnauzer und einem großzügigen romanischen Lächeln unter vorsichtig blickenden, undurchdringlichen Augen. Als Führerin hatte man Bech eine etwas träge wirkende dunkelhäutige junge Frau zugeteilt, die im Dienst der Creole Petroleum Company oder des Ministeriums zur Nutzung menschlichen Kapitals oder beider stand. Sie wirkte auf Bech anziehend und unnahbar. Er folgte ihr aus dem Flugzeug in die Tropenluft, die alles nah erscheinen läßt; den Fluß, der dem unsichtbaren Wasserfall entströmte, hörte man aus verschiedenen Richtungen. Auf der anderen Seite der Lichtung sah man winzige braune Menschen gehen, halbnackt, einige allerdings trugen Hüte. Es mochten insgesamt acht sein, die Kinder waren lediglich kleiner, sonst in keiner Weise anders. Sie gingen im Gänsemarsch, mit der hölzernen Würde aus der Mode gekommenen Spielzeugs, doppelt klein vor der grünen Baumwand und den hoch aufragenden Wolken am feuchten, winddurchblasenen Himmel. «Wer sind die?» fragte Bech.

«Indianer», antwortete seine gutaussehende Führerin. Ihr Englisch war makellos; sie hatte mehrere Jahre an der Universität von Michigan studiert. Doch etwas Spanisches in ihren Antworten ließ sie schroffer klingen als aus einem nordamerikanischen Mund.

«Wohin gehen sie?»

«Nirgendwohin. Absolut nirgendwohin.»

Dieser Nachdruck, vermutete Bech, veranlaßte ihn, weiterzufragen. «Was denken sie?» wollte er wissen.

Die Eigentümlichkeit der Frage rief ein samtäugiges Zwinkern hervor. «Sie überlegen», erklärte die *señorita* dann, «wer Sie wohl sind.»

«Können sie mich denn sehen?»

Sie waren im Wald am Fluß verschwunden, die Indianer, wie Tonscherben im Gras verloren. «Selbstverständlich», sagte sie. «Die können Sie nur zu gut sehen.»

Die Zuhörerschaft in Cape Coast wurde im Verlauf von Bechs langen Auslassungen über «Die kulturelle Situation des amerikanischen Schriftstellers» unruhig, und anschließend sprangen zahlreiche Zuhörer in den bunten Gewändern von Stammessprechern auf und stellten kämpferische Fragen. «Warum», wollte ein bebrilltes Männchen mit zitternder und wegen der Lautsprecheranlage weithin hallender Stimme wissen, «hat der als Vertreter der Vereinigten Staaten sprechende Herr keine schwarzen Autoren erwähnt? Darf ich fragen, ob er die Meinung vertritt, daß auch die schwarzen Autoren in seinem Land der dekadenten und, so darf ich wohl sagen, uninteressanten Richtung angehören, die er beschrieben hat?»

«Nun», begann Bech, «ich denke, der amerikanische Neger hat in der Tat teil an der Dekadenz, wenn auch vielleicht nicht in dem Umfang...»

«Das haben wir alles schon früher gehört», fuhr der Mann fort, in ein weites Gewand gehüllt wie ein Zauberer; sein afrikanisch gefärbtes Singsangenglisch kam dröhnend verstärkt aus den Lautsprechern, «von eurem großartigen Melville und Whitman, von ihren *Moby Dicks* und *Scharlachroten Buchstaben*. Aber was ist mit Eldridge Cleaver und Richard Wright, Langston Hughes und Rufus Magee? Warum haben Sie uns keine hübsche Blütenlese aus deren Werken vorgelesen? Wir würden gern wissen, Bech, was Sie mit dem Ausdruck» – eine wutschnaubende Pause – «‹amerikanischer Autor› meinen.»

Der Lärm aus der Masse wuchs an. Die meisten schienen Schülerinnen zu sein, in weißen Blusen und blauen Röcken, wie in Korea, nur war ihre Haut schwarz, und ihre Zöpfe standen waagerecht von den Köpfen ab oder lagen in zahlreichen Reihen nebeneinander wie Ähren. Es mußte Stunden gedauert haben, sie zu flechten. «Damit», sagte Bech, «meine ich jeden, der schreibt und zugleich amerikanischer Staatsbürger ist.»

Er hatte das nicht als Witz gemeint und empfand das aufbrandende Gelächter als beunruhigend. Lachten sie, weil sie es lustig fanden, oder lachten sie ihn aus?

In Korea wurde nur wenig gelacht, als er über das Thema «Amerikanischer Humor bei Twain, Tarkington und Thurber» sprach. Obwohl Bech selbst, während er neben dem gelangweilten belgischen Vorsitzenden auf dem Podium laut vorlas, wiederholt innehielt, um sein eigenes Gegluckse im Zaum zu halten, kam ein Echo darauf ausschließlich vom Amerikaner-Tisch – und meist, so fürchtete Bech, als taktische Unterstützung. Das einzige andere Geräusch in dem riesigen blaßgrün gehaltenen Raum war das Gemurmel der Dolmetscher (französisch, spanisch, japanisch und koreanisch) aus den Kopfhörern, die gelangweilte Asiaten abgenommen hatten. Von einem mit Vietnamesen besetzten Tisch ertönte hie und da ein Juchzen. Dieser Tisch mit dem Schild ‹Vietnam›, der das im Untergang begriffene Gemeinwesen Süd-Vietnam vertrat, stand aus Gründen des Alphabets zufällig neben dem der Vereinigten Staaten, und, was doppelt peinlich war, einer der daran sitzenden Delegierten war nicht ganz richtig im Kopf. Ein langgesichtiger Mann mit topfförmig geschnittenem reichem schwarzem Schopf krähte und krakeelte bei allen Ansprachen vor sich hin und erhob sich dann, um jedesmal mit derselben Rede zu antworten: nämlich daß der Humor in Vietnam seit zwanzig Jahren bitter sei. Humor war das Tagungsthema. Malaysische Professoren zerlegten malaysische Witzverse; der burmesische Ausschuß für Fäkalsprache bestand aus lauter würdigen Mitgliedern. Gelacht wurde wenig, und überhaupt nicht, als Bech mit einigen profunden Gedanken über das häusliche Durcheinander als notwendige Grundlage bürgerlicher Ordnung schloß. «Y a-t-il des questions?» erkundigte sich der Vorsitzende.

Ein junger Asiate, dem das Hemd aus der Hose hing, stand mit angstverzerrtem Gesicht auf und begann zu schreien. Nein, doch nicht, er las etwas von Blättern ab, die er in seinen zitternden Händen hielt. Furcht legte sich auf die Gesichter derer um ihn herum, die verstehen konnten, was er sagte. Bech nahm den vor ihm liegenden Kopfhörer auf und wählte die Nummer für die englische Übersetzung. Es gab keine, und auch auf den Kanälen für Französisch, Spanisch und Japanisch gähnte Stille. Den erhebenden, in singendem Tonfall vorgetragenen Klängen nach rezitierte der junge Mann Gedichte. Zwei Polizisten, so jung wie er, mit Gesichtern so glatt wie ihre weißen Helme und von ihren Körpern so losgelöst wie die Gesichter auf fernöstlichen Drucken, kamen herein und faßten den jungen Mann bei den Armen. Als er um sich schlug, weil er, meinte Bech, wenigstens die Strophe zu Ende lesen wollte, versetzte ihm der Polizist zu seiner Rechten einen unauffällig wirkenden Hieb auf die Halsschlagader, der Kopf sank nach vorn, und die Blätter stoben umher. Niemand lachte. Später erfuhr Bech, daß es sich um einen satirischen koreanischen Dichter handelte.

In Kenia, auf einem Vortragspodium in Nairobi, wurde ihm ein Zettel mit der Mitteilung zugesteckt: *Rechts von Ihnen Verrückter mit Baskenm., lassen Sie sich auf nichts ein.* Als er nach seinem Vortrag, den er seit Ghana in «Persönliche Eindrücke vom literarischen Leben in den Vereinigten Staaten» umbenannt hatte, die unvermeidlichen Seitenhiebe (Rassismus, Vietnam, die Niederlage der Amerikaner beim olympischen Basketballturnier) eingesteckt oder abgewehrt hatte, trat ein junger kinnbärtiger Afrikaner, eine Baskenmütze auf dem Kopf, zu ihm an den Rand des Podiums und sagte: «Ihre Bücher weinen, aber es sind keine Tränen darin.»

Auf einer Bühne wirkt alles eigentümlich histrionisch überhöht. Bech, den die Scheinwerfer blendeten, war entzückt von dem, was ihm als wunderbar treffende Anmerkung erschien. Endlich ein Kritiker, der ihn verstand. Endlich eine Gelegenheit, das Gefühl der Peinlichkeit auszudrücken und auszulöschen, das er hier in der Dritten Welt empfand. «Ich weiß», gab er zu. «Ich *hätte* gern Tränen darin», fügte er hinzu und kam sich feige vor, während er es sagte.

Verrückterweise standen mit einem Schlag Tränen in dem jungen schwarzen Gesicht mit dem Pharaonenbart ihm gegenüber; sie schimmerten auf seinen Wangen, als er mit der Grazie derer, denen wie Clowns, Armen und Königen nichts geschehen kann, eine gebieterische Hand auf die Zuhörerschaft richtete und halb zu sich selbst, halb zu ihnen sprach. Sein Singsang war spröder als der der Westafrikaner, in ihm schwang Arabisch, schwang die Savanne mit; die Ostafrikaner waren schlanker und schmallippiger als die Stämme, die Amerika mit Sklaven versorgt hatten. «Die Welt», begann er und hängte diesen Wortflitter in der offenkundigen Sicherheit, er werde sich mit Sinn füllen, in den Raum ihres angespannten Schweigens, «wird immer schlimmer. Worte können keine große Hilfe bringen. Dieser Weiße, ein Jude, ist von weit her gekommen, um uns Worte zu geben. Es sind gute Worte. Aber brauchen wir Worte? Was sollen wir ihm dafür geben? Früher hätten wir ihm den Tod dafür gegeben. Früher hätten wir ihm Elfenbein dafür gegeben. Aber heutzutage würde die Welt durch solche Geschenke schlechter. Wir wollen ihm Worte dafür geben. Frieden.» Er verbeugte sich vor Bech.

Dieser hob sich gerade so weit von seinem Stuhl, daß er sich gleichfalls verbeugen konnte, und antwortete: «Frieden.» Unter prasselndem erleichtertem Beifall wurde der junge Mann zwischen einem schwarzen und einem weißen Saalwächter abgeführt.

In Caracas hatten der reiche Kommunist und seine elegante französische Gemahlin Bech zum Abendessen eingeladen, damit er ihren Henry Moore bewundern konnte. Der Moore, eine Liegende aus vielfach riefiger Bronze – die Kunst, die danach trachtet, die geduldige Wildheit der Natur nachzuahmen –, stand in einem umschlossenen grünen Garten, wo ein angestrahlter Springbrunnen plätscherte und Bougainvilleen blühten. Die Getränke – Scotch, Cointreau – tauchten wie aus dem Nichts auf Glastischen auf. Bech wollte die Getränke, den Moore, die Schönheit der üppigen Umgebung, die Paradoxe politischer Ansichten genießen, aber er stand noch unter der Einwirkung des Flugs von Canaima, wo er die winzigen Indianer hatte verschwinden sehen. Der draufgängerische Pilot hatte auf dem unbeleuchteten Militärflugplatz in der Stadtmitte statt auf dem internationalen Flughafen an der Küste landen wollen, und andere Leichtflugzeuge, ebenfalls von Draufgängern geflogen, fielen eines nach dem anderen vor ihm vom Himmel, wollten vor Einbruch der Dunkelheit landen, also mußte er fluchend immer wieder den Kurs ändern, die Maschine wandte sich hin und her, und die Wellblechdächer der Elendshütten an den Hängen von Caracas sandten blitzende Lichtreflexe durch die schrägstehenden Fenster – schwindelerregende Schwälle von Mosaik.

«Caramba!» wollte der *escritor norteamericano* ausrufen, aber er hatte Angst, das Wort falsch auszusprechen. Mit Wohlgefallen nahm er im Aufwogen seines Entsetzens wahr, daß auch die gelassene Reiseleiterin fahl vor Angst war. Ihr olivfarbenes Gesicht wirkte gealtert. Die Lider mit den seidigen Wimpern hielt sie geschlossen – weil ihr schlecht war, weil sie beten wollte? Ihre Hand tastete nach seiner, die langen Fingernägel kratzten ihn. Bech hielt ihre Hand. Er würde mit ihr sterben. Die Maschine ging nach unten und landete sauber, unter einem romantischen Vollmond, der soeben am postkartenroten Nachthimmel über Monte Avila aufgegangen war.

Der Botschafter gab eine Abendgesellschaft für Bech und die Elite Ghanas. Sie war es unter Nkrumah gewesen, war es unter dem gegenwärtigen Regime und würde es auch unter dem nächsten sein. Allerdings nahmen die Menschen innerhalb dieser Elite unterschiedliche Positionen ein; ein leicht angetrunkener Mann erzählte in einwandfreiem Oxford-Englisch Bech und den Damen an seinem Ende des Tischs, wie er einst bei einer Parade hinter Nkrumah gegangen war. Damals (und zweifellos auch jetzt) trug die Elite Schußwaffen. «Ohne jede Vorankündigung oder eine erkennbare Herausforderung», berichtete er, während mit Gin angereicherter Schweiß auf seinem Gesicht glänzte wie auf einem Basaltstern, «empfand ich den überwältigenden Drang, ihn umzubringen. Überwältigend – es zuckte richtig in meiner Handfläche, ich konnte mit den Fingerspitzen das Fischhautmuster des Pistolengriffs erfühlen. Ich richtete den Blick genau dorthin, wo, in der Mitte seines Hinterkopfs, die Kugel eindringen würde. Er war zum Tyrannen geworden. Stimmt doch, meine Damen?»

Leises, vorsichtig zustimmendes Gekicher der ghanaischen Frauen antwortete ihm. Hinreißend, die ghanaischen Frauen, vom Kinderwagen zum Kabinettsitz, fruchtbar und voller Hoffnung, in ihre üppigen Gewänder und stoffreichen Turbane gewickelt. Bech wollte für immer im Kerzenlicht ruhen, umgeben von diesen Frauen, wie ein Sultan inmitten zahlloser Kissen. Frauen, Tod und Flugzeuge: das ergab eine angenehme Dreiheit, erkannte er schläfrig.

«Der Drang wurde unwiderstehlich», fuhr der Mann fort. «Ich rang mit einem wahrhaften Dämon; ich war in Schweiß gebadet wie jemand, der sich gleich erbrechen wird. Ich mußte reden. Zufällig ging ich neben einem seiner Leibwächter. Ich flüsterte ihm zu: ‹Sammy. Ich will ihn erschießen.› Ich mußte es jemandem sagen, oder ich hätte es getan. Ich wollte, daß er mich hinderte, vielleicht sogar – wer kennt die Tiefen der Sklavenseele? –, daß er mich erschoß, damit ich nicht diesen Frevel beging. Und wissen Sie, was er mir sagte? Er wandte sich mir zu, der Leibwächter, um die einsneunzig war er, und sagte ganz ernst: ‹Ich auch, Jimmy. Aber nicht jetzt. Noch nicht. Laß uns noch warten.›»

In Lagos schliefen sie auf den Straßen. Als Bech in einem hochherrschaftlichen Wagen aus dem Nachtclub zurückkehrte, wo man ihn ins feine Leben eingeführt hatte (die Taille der Dame, die sich dieser Aufgabe widmete, war in seinen Händen wie eine lebende, sich langsam windende Schlange), sah er die Leiber auf den Gehwegen ausgestreckt, unter den prächtigen alten britischen Kolonnaden, den Straßenlaternen, ohne Decken. So gesehen wirken Menschen bukolisch, wie eine unbehaarte, besonders friedliche Tiergattung, die sich einer der fünf Tätigkeiten hingibt, die das Leben ausmachen. Die anderen sind: essen, trinken, atmen und einander bespringen.

In Seoul trugen die Huren weiß. Es waren lauter junge Mädchen, und sie sahen in ihren weißen Kleidern, unter ihren zierlichen Sonnenschirmchen aus wie Kinder, die an den Hotelmauern gemeinsam auf den Bus warteten, der sie zur Erstkommunion bringen sollte. In Caracas standen die Nutten zwischen den schräg geprakten Autos die Hauptstraße entlang, so daß Bech den kulinarischen Eindruck eines Drive-in-Restaurants hatte, das sich über mehrere Straßenzüge erstreckte und in dem den Kellnerinnen keine bestimmte Bekleidung vorgeschrieben war, vorausgesetzt, sie zeigten viel Bein in verschiedenen köstlichen Geschmacksrichtungen.

In Ägypten hatten die Bettler Schwären und aufwärts gewendete blinde Augen; Bech kam es vor, als blickten sie nach ihrer Belohnung auf und spürten durch ihre Augen die seelische Pyramide, die heilige Hierarchie des Leidens, die der moderne Mensch mit alptraumhafter Mühe umzukehren und auf eine feste materielle Grundlage aus Vernunft, Gesundheit und Überfluß zu stellen trachtet. Auf einer Nilinsel blühte der Royal Cricket Club unter neuer Geschäftsführung auf; die beleibten Herren, die Boccia spielten und Gin schlürften, waren eine, zwei Schattierungen dunkler als die Briten, strahlten aber wohlerzogen. Die Rasenfläche war topfeben und glänzte, der Gin war von Beefeater's, das sportsmännische Gelächter hallte hierhin und dorthin, alles war nett und fröhlich. Bech fühlte sich wohl dort. Das ging ihm nicht überall so, in der Dritten Welt.

Ein Bekannter, Teilnehmer am Korea-Krieg, hatte Bech ohne Boshaftigkeit berichtet, das ganze Land stinke nach Scheiße. Als Bech aus dem Flugzeug stieg, merkte er, daß es stimmte: Ein fauliger, schlammiger Geruch schlug über ihm zusammen. Das war sein erster Eindruck gewesen, nur hatte er ihn verschwiegen, als die Reporter ihn fragten.

Während das Publikum in Cape Coast höflich ein wenig verwirrten Beifall spendete, wandte sich Bech zum Botschafter um und merkte an: «Harte Fragen.»

Der Botschafter, dem zum vollständigen Kolonialdress nur noch der breitrandige Hut und die schmale Schnurkrawatte fehlte, reagierte mit einem Ausbruch von Begeisterung. «Das waren keine harten Fragen, die haben Sie mit Glacéhandschuhen angefaßt. Der übliche Kram. Die Kerle sind weich, deshalb waren sie ja so gute Sklaven. Mein voriger Posten war in Somalia; die Danakil da – na, das sind Burschen nach meinem Herzen. Die legen Sie für einen Groschen um, für einen Blechlöffel. Ach was, einfach aus Spaß an der Sache. Bin nur ungern da weg. Gerade als ich angefangen hatte, die verdammte Sprache zu lernen. Steckt voll grammatischer Besonderheiten, das Danakali.»

Tansania war unheimlich. Der junge Kulturattaché war ein Hansdampf in allen Gassen, gleichermaßen begeistert vom Sozialismus des Landes wie von seinem Zauberkult. «Dann hat der Alte den Namen der Krankheit und den meines Bruders auf die Guavaschale geschrieben, und sie *versackten* richtig darin. Man konnte sehen, wie sich die Wörter *zur Mitte hin* bewegten. Als ich mal versucht hab, was auf eine Guava zu schreiben, hat es nicht einmal 'nen Kratzer gegeben. Tatsächlich hab ich Wochen später von meinem Bruder 'nen Brief bekommen, und er schrieb, daß es ihm mit einem Schlag viel besser gegangen war. Wenn man die Zeitverschiebung einrechnet, war es genau *an dem Tag*.»

Sie hielten Bech so weit wie möglich im Hintergrund; er sprach nicht in einem Saal, sondern in einem Seminarraum, am Abend, und dann sprach er weniger, als daß er achtungsvoll zuhörte. Die Studenten zählten als dekadent und unerheblich auf: Proust, Joyce, Shakespeare, Sartre, Hemingway – den Hemingway, der so gern in Tanganjika war, dort Kudu-Antilopen schoß, sich am Lagerfeuer betrank und päpstlich gab – sowie Henry James. Wer aber, fragte Bech schmerzlich, wurde dann den harten Maßstäben gerecht, die der afrikanische Sozialismus für die Literatur gesetzt hatte? Das Schweigen, das ihm antwortete, zog sich in die Länge. Dann meinte der klügste der jungen Burschen, der militanteste, der auch am meisten sagte: «Jack London», und rieb sich die Augen. Er war müde, erkannte Bech. Bech war müde. Jack London war müde. Alles auf der Welt war müde, außer der Angst – Angst und Zauberkult.

Allein an der Küste vor Daressalaam, wohin allein zu gehen man ihn gewarnt hatte, kehrte er auf den Sandstrand zurück, nachdem er versucht hatte, in den milchigen, wegen der Sandbänke seichten Indischen Ozean einzutauchen – seine Armbanduhr war verschwunden. Um ihn herum nichts als Palmen und einige Felsen. Keine Fußspuren außer seinen eigenen führten zu seiner Decke. Trotzdem war die Uhr fort; er erinnerte sich deutlich, wohin er sie gelegt hatte, erinnerte sich an ihr winziges fadenartiges Schnurren in seinem Ohr, als er mit dem Rücken zur Sonne auf der Decke lag. Nicht um die Uhr ging es ihm, eine am oberen Broadway gekaufte simple Timex. Furcht sprang ihn an, Angst vor den Palmen, den Felsen, dem fahlen, unbefriedigenden Ozean, seinem kleinen scharfen Schatten, der spottenden Leere um ihn herum. Die Dritte Welt war ein Vakuum, das auch ihn in sich aufsaugen konnte, zusammen mit seiner Uhr und den Worten auf der Guavaschale.

In der Mitte eines Tischs, an dem Angehörige der venezolanischen Elite saßen, diskutierte Bech über «Die Rolle des Autors in der Gesellschaft». Im Spanischen braucht man offenbar noch mehr Worte als im Englischen, um etwas zu sagen, und so entstanden riesige Dolmetsch-Pausen. Die Pflicht des Autors gegenüber der Gesellschaft, hatte Bech gesagt, bestünde einfach darin, die Wahrheit zu sagen, wie seltsam, unbedeutend oder privat seine Wahrheit auch scheinen möge. Während der Ewigkeit, die die füllige Dolmetscherin das, ihre Worte mit ausholenden Handbewegungen unterstreichend, ins Mikrofon sagte, nahm ein Mitglied der Gruppe seine Brille mit auffälliger Gebärde immer wieder ab und setzte sie von neuem auf, und der reiche Kommunist besah forschend seine Rechte, als habe sie ihm ein dienstfertiger Kellner auf den Tisch gelegt – viereckig, tief gebräunt, mit weißer Manschette und goldenem Ring. Aber was war dann, so durfte der Mann mit der unruhigen Brille schließlich fragen, mit Dreiser und Jack London, mit Steinbeck und Sinclair Lewis – was ist in den Vereinigten Staaten mit deren großer Tradition der Sozialkritik geschehen?

Sexuelle Zurschaustellung ist daraus geworden, hätte Bech sagen können; statt dessen sprach er lieber von Melville und Henry James, obwohl er es leid war, deren riesigen mißgestalteten, aber verpflichtenden Ruf um den Globus zu zerren, Lumpenpuppen, deren Füllung längst ins Rutschen gekommen war und an den Nähten herausrieselte. Worte, Worte. Während Bech sprach und die Dolmetscherin sich fieberhaft Notizen zu seinem komplizierten

Gedankengang machte, verteilten junge Venezolaner – Studenten –
nicht besonders geräuschvoll Flugblätter im Publikum und ließen
einige auf den Tischen liegen. Der Kommunist besah eins, drehte es
um und legte seine elegante unappetitliche Hand auf die leere Rückseite des Blattes. Bech sah einem nach, das am Fuß seines Mikro-
fons zu Boden flatterte. Es zeigte ihn, mit einer riesigen Nase, als
Geier, dessen Flügel die Sterne und Streifen der amerikanischen
Flagge trugen, wie er auf einem Gewirr vielfarbiger kleiner Leiber
saß; darunter stand in Großbuchstaben: INTELECTUAL, REACCIONA-
RIO, IMPERIALISTA, ENEMIGO DE LOS PUEBLOS.

Die englischen Wörter *Rolling Stone* sprangen ihn an. Vor einigen
Jahren hatte er in New York verärgert einem Interviewer dieser
Subkultur-Zeitschrift etwas zum Thema Vietnam gesagt, sinnge-
mäß etwa, daß ein Land von einer gewissen Größe, sofern man es
zum Krieg herausfordert, kämpfen muß. Außerdem hatte er gesagt, da er die kommunistische Welt bereist habe, könne er keine
radikalen Illusionen über sie teilen und vietnamesischen Bauern
kein System wünschen, unter dem er selbst auch nicht würde leben
wollen. Obwohl das seine feste Überzeugung war, tat ihm leid, daß
er es gesagt hatte. In gewisser Hinsicht tat es ihm allerdings auch
leid, daß er jemals irgend etwas über irgendeinen Gegenstand gesagt hatte. Er hatte mit erhabenem Schweigen geliebäugelt. Es gab
da in der Welt einen Schmerz, hinsichtlich dessen Gott ein Beispiel
untadeliger Zurückhaltung gegeben hatte. Diese Gedanken dauer-
ten nur eine, nicht einmal peinliche Pause lang in seinen Auslassungen über ironische Glanzlichter; er redete tapfer weiter und überlegte, wann der Aufruhr und in dessen Gefolge sein gewaltsamer
Tod kommen würde.

Doch die venezolanischen Studenten traten beiseite, nachdem sie
ihr Flugblatt verteilt hatten, benommen von dem fortwährenden
Bombardement nordamerikanischer Pedanterie, und wichen sogar
unsicher murmelnd zurück, als sich die Runde auflöste und die
Leute vom Informationsdienst der USA Bech zusammen mit dem
reichen Kommunisten aus dem Raum geleiteten. Die Studenten
mit ihren dunklen Augen wirkten rührend schmal, adrett und einfühlsam – die Feinheit ihrer Haut und ihres Haars fielen ihm besonders auf, als sei das Kürschnerauge seines Onkels Morris plötzlich
in ihm erwacht und als begutachte er Felle. An der Tür kam er so
nah an ihnen vorbei, daß er sie hätte berühren können. Wäre er des
Spanischen mächtig gewesen, hätte er ihnen womöglich gesagt,
wie dankbar er für ihren Versuch war, ihn zu erschlagen, wie einer

der Drachen bei Spenser, die es gar nicht erwarten können, von der Liste der Bösewichter gestrichen zu werden.

Er lebte. Draußen, in der schimmernden, schlurfenden Tropennacht wich ihm der kommunistische Autor erst von der Seite, als der Mann vom Informationsdienst eine Taxe herbeigewinkt hatte, und drückte ihm, als Antwort auf Bechs Dankesworte (weil er für ihn den Leibwächter gemacht und ihm seinen Moore gezeigt hatte), korrekt und kalt die Hand. Ein reicher Radikaler und ein armer Reaktionär: natürliche Verbündete, die sich beide darüber ärgerten.

Um Bechs Besorgnisse zu zerstreuen, brachten ihn einige untere Chargen des Außenministeriums zu einem in Caracas stattfindenden Tennisturnier, bei dem unter Flutlicht eine in den Westen geflohene Tschechin eine Schwedin mit Pferdeschwanz schlug. Aber seine Furcht schwand erst, als er am folgenden Morgen, nachdem er Plakate und Bücher für alle Ehefrauen, Vettern und Basen des Botschaftspersonals signiert hatte, am Flughafen Maiquetía die Pan Am-Maschine besteigen konnte. Seine Regierung hatte ihm einen Platz in der ersten Klasse reservieren lassen. Er bestellte einen Drink, kaum daß das Zeichen ‹Sitzgurte anlegen› erlosch. Die Stewardess hatte einen texanischen Akzent und einen kosmetisch flachen Unterleib. Sie lächelte ihm zu. Sie warf ihm nichts vor. Vielleicht starb er mit ihr. Die Sonne über den endlosen Wolkenfeldern schleuderte einen goldenen Bogen durch den Gratiswhiskey, der neben dem Plastik-Rührstäbchen auf dem Plastiktablett erschauerte. In Korea hatten ihm die Mädchen in Schuluniformen auf blaulinierte Papier geschriebene Mitteilungen zugesteckt, etwa so: *Libster Mr Bech Wir musten für Mr Kim unsern Lehrer ire geschichte mit den Jude lesen es war für mich die schönste ich denke sie sind berümt auf die ganze Welt ich libe sie.*

In Nigeria hatte die Frau, die ihn in den Freuden des feinen Lebens unterwies, ihm freundlich zwei feste schwarze Hände auf die Hüften gelegt, um ihn zur Ruhe zu bringen: Er hatte zu der sanften Musik einen heftigen Hopser getan. In der Luft bekam die 747 einen Schlag, schwankte ein wenig, blieb aber oben. Kein Tropfen seines goldenen Getränks schwappte über. Er gelobte sich, nie wieder in der Dritten Welt umherzuziehen, es sei denn, jemand lüde ihn ein.

Australien und Kanada

Saubere gerade Straßen. Städte, deren Kern nicht verödet ist, sondern voll unschuldigen Lebens. Angelsächsische Bürger, Briten zweiten Grades, schreiten langbeinig und unerschrocken aus einer undeutlichen, wenig bekannten Vergangenheit in eine Zukunft, die so aussieht wie viele andere. Mineralienreiche menschenleere Gebiete. Eindrucksvolle Bauten aus der Zeit der Empire. Parks, in denen niemand Angst vor Überfällen haben muß. Bech ging in seinem Niedergang überallhin, zog aber allmählich sicherere Umgebungen vor.

Aus Kanada war eine Einladung gekommen, er sollte in Toronto als Henry Bech, der ausnehmend unproduktive Autor, für das Fernsehprogramm *Vanessa Views* interviewt werden. Vanessa war eine vierschrötige Frau mit einer Haut wie orangefarbene indische Baumwolle, die aber auf einem 58-cm-Bildschirm, wenn schon nicht hübsch, so doch lebendig aussah. «Es hat mit den Augen zu tun», erklärte sie. «Leute mit tiefliegenden Augen tun sich schwer. Wer beim Zuschauer ankommen will, muß die Augen weit vorn im Kopf haben. Wenn die Augen nach innen gehen, schalten die Zuschauer gleich ab.»

«Und wenn die Augen dicht beisammensitzen?» erkundigte sich Bech.

Vanessa war nicht bereit, das als Spaß zu nehmen, obwohl eine Frauenstimme hinter den Scheinwerfern und Kameras lachte. «Sie als Autor», erklärte sie ihm verweisend, «brauchen nicht telegen zu sein. Sie sollen es nicht einmal. Der Zuschauer traut solchen Autoren nicht.»

Es war die eigentümliche Minute vor der Sendung. Glattzüngiger rauhbauziger Routinier, der Bech war, plauderte er leichthin, kämpfte die unbesiegbare Nervosität nieder, ein schwebendes und hebendes, aber keinesfalls erhebendes Gefühl, so, als werde er mit jeder Sekunde der tickenden Studiouhr mehr aufgeblasen. Seine Hände juckten, es kam ihm vor, als schwöllen sie an; er sah in seine Handflächen, sie schienen völlig ohne Linien. Sein Gesicht fühlte sich steif an, man hatte es mit etwas Wohlriechendem eingerieben, so etwas wie das seltsame Zeug, mit dem die Bevölkerung Amerikas vor 30 Jahren ihre Margarine hatte einfärben sollen, um die Kriegsanstrengungen der Nation zu unterstützen. Die Frau, die hinter den Scheinwerfern gelacht hatte, merkte er jetzt, war die Produzentin, ein langbeiniges Geschöpf, bleich wie ungefärbte Margarine, mit vom Schnupfen geröteten Nasenflügeln und fahlem leblosem Haar, das sie immer wieder mit der einen Hand zurückwarf, die andere hielt ein Taschentuch. Sie hieß Glenda und schien von ihrer eigenen Tüchtigkeit bedrängt zu werden, mochte sie sich nicht eingestehen und fegte ihre Anweisungen an die Kameraleute beiseite, kaum daß sie sie geäußert hatte. Bech meinte zu erkennen, daß das Leben sie ähnlich wie ihn in eine Rolle gezwängt hatte, die auszufüllen ihr nicht nur Behagen bereitete.

Seine krötenähnliche Interviewerin hingegen, an der noch die Warzen telegen waren, blies sich förmlich auf; sie war entschlossen, dies schwächliche Volk von einer Küste zur anderen zu informieren. Die Sekundenanzeige auf der Studiouhr schrumpfte zu einstelligen Ziffern, gedämpftes elektronisches Geklöter hinter den Scheinwerfern setzte ein, und Bechs hämmerndes Herz blähte sich, als müsse er ersticken. Vanessa begann zu sprechen. Dann, das nie sich versagende Wunder, tat er es ihr nach.

Er sprach in die Leere. Auch ohne das helle Abbild seines Kopfes und seiner Schultern auf dem Monitor, das am linken oberen Rand seines Sehfelds gestikulierte wie eine illuminierte Initiale auf einem Blatt aus einer nachgedunkelten Handschrift, spürte Bech, wie die Kameras sein Bild aufleckten und es mit Lichtgeschwindigkeit von Ontario bis British Columbia verbreiteten. Er legte einen Finger an die Nase, um eine nachdenkliche Pause auszuschmücken, und die Geste platschte an die Ufer der Meerprovinzen und fiel als silbriger Schnee auf den öden Yukon River. Während er sprach, wunderte er sich ebensosehr über seine Worte wie über das elektronische Wunderding, das sie ausstrahlte; denn so wie dies Ausstrahlen eine luftige und schmeichelhafte Hülle um den erdgebundenen, Gerüche ausströmenden, verwirrten Mann schuf, dessen Körper den Bruchteil eines Kubikmeters an Platz und einen Kunststoffsessel in diesem schmuddeligen Studio ausfüllte, waren seine Worte eine Hülle, ein unwirklicher Schirm über seinem Kern aus wahrer Menschlichkeit, aus den mehr oder weniger kindischen Befürchtungen und Vorlieben, aus denen heraus er schrieb, wenn er schrieb. Auf dem Bildschirm erschienen jetzt, während die kehlig sprechende Interviewerin seinen Lebensweg kommentierte, seine Bücher, und auf ihren

Umschlägen Fotos von Bech – segelohriger, kämpferischer, unfertiger junger Mann auf der Umschlagklappe von ‹Travel Light›; einige Jahre älter bei ‹Brother Pig›, mit längerem Haar, mißtrauischerem und, so schien es Bech in dem Sekundenbruchteil, in dem das Bild aufblitzte, verschwörerischem Blick, als versuche er eine zulässige Beziehung zum Leser herzustellen, die beiden Seiten als Entschuldigung dienen konnte; ein offen und nichtssagend bacchisches Profil auf seiner Essaysammlung und, verhutzelter, wenn auch um nichts weiser, ausgebeutet und edel wie eine Golftasche sein Gesicht, umgeben von einem Kranz wilder Wolle, der einem Kikuyu-Zauberdoktor gut angestanden hätte, vom hinteren Deckel seines ‹großen› Romans, den die Kritik ein Jahrzehnt zuvor jubelnd verrissen hatte. Bech erkannte, während er die Bildmontage betrachtete, daß er einem Künstler immer ähnlicher sah, je mehr seine künstlerische Kraft nachließ. Dann zeigte der Bildschirm ein noch älteres, das erschreckende Gesicht eines Greises, der müde die Füße setzte, ein Gesicht voll hintersinnigem Witz, das darauf wartete, die beleckten und verbrecherischen Lippen zu kräuseln, und er erkannte, das war er, jetzt, in diesem Augenblick, wie er im Studio saß. Das Gespräch ging, wunderbarerweise, weiter.

Später kam die Produzentin dieses Programmteils hinter den Kabeln und Kameras hervor, erklärte, er sei großartig und lud ihn, da es ein schöner Tag war, zu einer Besichtigung der Stadt ein. Ihm blieben drei Stunden bis zu einer Abendgesellschaft bei einem kanadischen Dichter, der nicht nur mit Cocteau und einem anglikanischen Priester die Klingen gekreuzt, sondern auch eine Bech-Konkordanz verfertigt hatte. Glenda warf ihr Haar ganz in Gedanken zurück; Bech suchte ihr Gesicht nach einem plötzlich aufblitzenden Hinweis darauf ab, wie weit er bei ihr wohl gehen sollte. Ihre Augen waren ein gleichmäßiges Grau vor einer nichtssagenden nördlichen Freundlichkeit. Er nahm die Einladung an.

In Australien hatten zwei junge Frauen ihn durch Sydney geführt: Hannah, die dunkle und düstere Requisiteurin bei der Fernseh-Talkshow, in der er sieben Minuten lang als Gast aufgetreten war (mit einem Milzbrandexperten, einem Führer der Westaustralischen Sezessionisten, einem Einarmigen, der einen Haiangriff überlebt hatte, sowie einem als Protestmaler tätigen Ureinwohner), und Moira, die mit Hannah zusammenlebte und Lehrbeauftragte für die wirtschaftlichen Hintergründe der Unterentwicklung in der Dritten Welt war. Es war doch kein so schöner Tag. Da gerade ein Gewitterregen herniederging, als sie in Hannahs kleinem Subaru das Opernhaus erreichten, stiegen sie erst gar nicht aus, sondern bewunderten das weltberühmte Bauwerk aus einer gewissen Entfernung. Der Architekt hatte an Segel gedacht, Bech schienen die symbolischen Bauelemente eher offene Fischmäuler, die im Begriff standen, etwas zu benagen. Vielleicht ihn. Er gestattete Hannah weiterzufahren. «Schade», sagte Moira vom Rücksitz aus, «daß so schlechtes Wetter ist. Das Ganze ist mit weißem Keramikmaterial verkleidet und sieht in der Sonne hinreißend aus.»

«Ich kann es mir vorstellen», log Bech höflich. «Hat man drinnen ein Gefühl von Erhabenheit?»

«Nein», sagte Hannah.

«Es ist alles ziemlich zusammengestoppelt», erläuterte Moira. «Wir haben den Dänen nach Hause geschickt, der die Fassade gemacht hat, und es drinnen selbst zu Ende gebaut.»

Das gemeinsame Leben der beiden jungen Frauen, vermutete Bech, enthielt wohl ein gerüttelt Maß an Moiras bisweilen üppig wirkender Ausführlichkeit um den dunklen und düsteren Kern der anderen herum. Hannah war nach der Talkshow auf ihn zugekommen, als ziehe eine finstere Schwerkraft, wie sie die äußeren Planeten an die Sonne bindet, sie an. Er war jetzt bei den Antipoden, sagte Bech sich; seine Leiblichkeit fühlte sich nach einer Ewigkeit in Flugzeugen immer noch fehl am Platze. Aber Hannahs schwarze Augen waren allem Anschein nach von grenzenloser Tiefe. Hinab, hinein, hinab, sagten sie.

Sie fuhr zu einem steilen Ufervorsprung, von wo aus der Hafen, als der Regen aufhörte, herüberglänzte wie gerade geputztes Silber. Sydney, erklärte Moira, liebe seinen Hafen und schließe ihn in seine Arme wie keine andere Stadt auf der Welt, nicht einmal San Francisco. Sie war einmal dort gewesen, auf ihrem Weg nach Afghanistan. Hannah war nirgendwohin gereist, seit sie mit drei Jahren Europa verlassen hatte. Sie war Jüdin, es ließ sich an ihren Augen und den schimmernden, spitz zulaufenden Fingern ablesen. Sie fuhr nach Bondi Beach hinunter, dort zogen sie ihre sechs Schuhe aus und gingen über den schweren nassen Sand. Bech kamen die Oberseiten seiner fünfzigjährigen Füße so weiß vor wie Papier, billiges Papier, als seien seine Füße nichts anderes als das Innenfutter seiner Schuhe. Die jungen Frauen liefen voraus und forderten ihn zu einem Weitsprung-Wettbewerb heraus. Er gewann. Dann, beim Dreisprung, fühlte sich sein Herz so angenehm an, als wolle es bersten, hier unten, wo der Tod nicht wirklich war. Blonde Surfer in nassen Neoprenanzügen kamen mit der Dämmerung herein; ein frischer Wind begann die Wolkenfetzen fortzublasen. Hannah neben ihm sagte: «Allein deshalb schon sollte ich einen Büstenhalter tragen.»

«Weshalb?» fragte Moira, als sie Bech nichts sagen hörte.

«Sieh nur meine Brustwarzen. Mir ist kalt.»

Bech blickte zu Boden; sie trug in der Tat nichts unter ihrem Pullover, und der Temperaturabfall hatte ihr Brustspitzen sich aufrichten lassen. Ein selten empfundenes Erröten legte sich auf sein Gesicht, das noch von Fernseh-Make-up bedeckt war. Er löste seinen Blick von Hannahs Pullover und sah: Der ganze Strand war mit Gebäuden wie rosa Spitze besetzt, es wirkte wie gewagte Unterwäsche. Sydney, erklärten die beiden, während die Führung von Bondi über Woollahra und Paddington nach Surry Hills und Redfern weiterging, steckt voll reichgeschmücktem Eisen, das als Schiffsballast aus England gekommen ist. Sträflinge hatten die ältesten Gebäude errichtet: Kasernen und Forts aus in Quader geschnittenen und festgefügten bleichen Steinen, wie eigenhändig von der Rechtschaffenheit errichtet.

Mit größtem Stolz zeigte ihm Glenda in Toronto das Rathaus, zwei riesige, von einem Finnen geplante Wolkenkratzer mit geschwungenem Grundriß. Was aber Bech bewegte, ihn an eine verlorene Zeit und die unschuldige Gegenwart gemahnte, waren die sich breit hinlagernden, ehrwürdigen Gebäude aus der viktorianischen Ära, die die Kanadier auf dem Universitätsgelände und entlang der Bloor Street liebevoll errichtet hatten – im Gegensatz zu dem, was das rußige und schmuddelige Amerika am gegenüberliegenden Seeufer baute – Valentinstagsgeschenke aus Backsteinen, ihrer fernen Königin Viktoria zugedacht, die das durchaus nicht zum Lachen fand. Glenda sprach von den sich in der Stadt aufhaltenden Bürgern der USA, die sich dem Wehrdienst entzogen und den älteren, die nach dem Vietnam-Krieg ihre Zuflucht in Kanada gesucht hatten, weil ihnen ein Leben in den Vereinigten Staaten unmöglich geworden war: Man denke nur an die Rassenfrage, Korruption, den Druck von oben, die Abfall-Lawine.

Ihr fahles Haar zurückwerfend, als wolle sie es mit einem Ruck mit Leben erfüllen, vermutete Glenda, Bech sei derselben Ansicht wie sie und die Exilamerikaner, und etwas in ihm war das auch in lustloser Weise; aber eine andere Seite seines Wesens, sein häßlicher Patriotismus, begann wütend zu schnauben, als sie weiterplapperte über die Sünden seines Landes und die Balkanisierung ihrer eigenen tadelsfrei lebenden Heimat durch das Geld, das der amerikanische Kapitalismus noch in seinen Todeszuckungen nordwärts schleuderte. Als Bech das hörte, empfand er stellvertretenden Machtstolz – er, der zurückgezogen in der von der Drogenszene beherrschten West 99. Straße lebte und sowohl dem Abenteuer der Ehe aus dem Weg ging, obwohl seine in der Vorstadt lebende Geliebte mehr als bereitwillig war, wie auch dem des Gedrucktwerdens, obwohl sein Verleger, der liebe alte Ned Clavell, ihn auf seinem Totenbett im Harkness-Pavillon gebeten hatte, doch wenigstens seine Memoiren in Druck zu geben. Während Glenda redete, kam sich Bech wie etwas Riesiges und verlegen Kraftvolles vor, das im Begriff steht, einen Appetithappen zu verschlingen. Er heuchelte Zustimmung und lobte die Zeugnisse neuer Architektur, die sich an den kerzengeraden Straßen fanden, weil er annahm, daß diese Frau – ihr Körper eine Handbreit neben ihm auf dem Vordersitz eines kanadischen Ford – ihn mochte und sogar den Hauch gefährlicher Wildheit, der ihm anhaftete; sein eigener Körper spürte den Schauder, die empfindungslose Erwartungshaltung auf der ganzen Haut, die eine sexuelle Eroberung voraussagte.

Er unterbrach sie. «Macht verdirbt den Charakter», sagte er. «Die Machtlosen sollten dankbar sein.»

Sie blitzte ihn an. «Klingt Ihnen selbstgefällig, was ich sage?»

«Nein», log er. «Aber Sie scheinen mir auch nicht machtlos zu sein. Ziemlich gekonnt, wie Sie Ihre Leute beim Fernsehen behandeln.»

«Es macht mir Spaß, das ist das schlimme daran. Sie waren himmlisch, hab ich Ihnen das schon gesagt? So nachgiebig. Vanessa fragt manchmal so schrecklich direkt.»

«Es hat mir nichts ausgemacht. Man macht seine Sache, und dann fliegt es über die Drähte davon und verschwindet. Nicht wie beim Schreiben, das sitzt da und starrt einen an wie das Gorgonenhaupt.»

«Woran schreiben Sie gerade?»

«Was ich zu Vanessa gesagt hab. Ein Roman mit dem Arbeitstitel ‹Think Big›.»

«Ich dachte, Sie scherzten. Wie groß?»

«Größer als ich.»

«Das bezweifle ich.»

Sie gefallen mir. Es wäre ihm leichtgefallen, das zu sagen, so dankbar war er für ihren Zweifel, aber sein Eindruck von Empfindungslosigkeit, der bedeutete, daß physische Liebe unmittelbar bevorstand, hatte sich noch nicht zur vollständigen Betäubung verdichtet. «Mir gefällt», sagte er, das Gesicht zum Fenster gewandt, «Ihre vernünftige, hübsche Stadt.»

«Hat mir gefallen», sagte Bech nach der Besichtigungsfahrt durch Sydney. «Würden Sie mich am Hotel absetzen?»

«Nein», kam es von Hannah.

«Sie müssen uns erlauben, Sie zum Essen einzuladen», führte Moira aus. «Sind Sie kein hungriger Löwe? Peter hat gesagt, er würde vorbeikommen, dann wären wir zu viert.»

«Peter?»

«Er ist Diplomforstwirt», erläuterte Moira.

«Und was tut er dann hier?»

«Er hat den Wald für eine Weile verlassen», sagte Hannah.

«Wer von Ihnen . . . kennt ihn?» fragte Bech eifersüchtig zögernd.

Sein Zögern war unmerklich, verglichen mit ihrem; beide schwiegen und warteten, daß die andere zuerst den Mund auftat. Schließlich sagte Hannah: «Wir teilen ihn uns sozusagen.»

Moira ergänzte: «Er hat mir gehört, aber Hannah hat ihn mir weggenommen, und ich bin gerade dabei, ihn ihr wieder auszuspannen.»

«Böse Sache», sagte Bech; der abgehackte australische Tonfall kroch bereits in seine Aussprache.

«Alles halb so schlimm», sagte ihm Moira ins Ohr. «Immerhin haben wir einander, wenn er nicht da ist. Wir passen phantastisch zusammen.»

«Das stimmt», gab Hannah düster zu, und Bech spürte wieder Eifersucht, auf ihre Freundschaft, oder Liebe, wenn es Liebe war. Er hatte niemanden. Flaubert ohne Mutter. Bouvard ohne Pécuchet. Selbst Bea, deren trauriges Vorortdasein zu einem beständigen Gebet geworden war, er möge sie doch heiraten, war verstummt, die Erdkrümmung war dazwischengetreten.

Sie waren im Dunkeln an palmenbesetzten Parks und Golfplätzen, Einkaufsstraßen und kunstvoll verzierten eisernen Balkonen vorübergefahren, bis sie zu einem Bezirk aus winzigen, erstklassig in Schuß gehaltenen und in Pastellfarben gestrichenen Reihenhäuschen kamen: die Boheme, die ein heruntergekommenes Wohngebiet vor dem Untergang rettet. Auf der Straße spielende Kinder riefen hinter dem Wagen her, als sie Hannah erkannten. Bech fühlte sich beruhigt. Beinahe beruhigt, denn da war noch Peter, der Gedanke an ihn, den Mann aus den Wäldern, in dessen Reich der gealterte Löwe einzudringen wagte.

In dem Teil Torontos, in dem ihn Glenda steil bergauf fuhr, standen große Häuser, britisch mit ihrem verspielten neugotischen Backsteinwerk, aber ganz Neue Welt mit ihrer Weitläufigkeit und ihren riesigen Rasenflächen – Rasen so dunkel wie zu stark eingeschwärzte Radierungen, überschattet von hohen Bäumen, die es aus den unendlichen Wäldern des Nordens nach Süden verschlagen hatte. In einem dieser Miniaturschlösser war eine Abendgesellschaft arrangiert worden. Der anglikanische Priester, der die Konkordanz seiner Werke erstellt hatte, fragte ihn, ob ihm der exorbitant häufige Gebrauch der Adjektive unbillig, frohlockend, berserkerhaft, erratisch und exorbitant aufgefallen sei. Bech erklärte, dergleichen sei ihm nicht aufgefallen, und er hätte bestimmt andere verwendet, wenn er auf sie gekommen wäre – auch müsse man vielleicht eine nützliche kritische Unterscheidung zwischen immer wiederkehrenden Bildern und der exorbitanten Dummheit des Autors machen; sicher habe diese Konkordanz ungeheuer viel Mühe gekostet, selbst bei einem so schmalen œuvre. Ach, eigentlich nicht, war die Antwort: Seminaristen in seinem Seminar über nachchristliche Kerygmatik hatten ihm die Texte aufbereitet, und ein Sortiercomputer hatte die Kollationierung und das Ausdrucken ruck zuck in zwölf Minuten besorgt.

Der Autor, der einst Cocteau «*touché!*» zugerufen hatte, war uralt und voll jugendlichen Überschwangs. Sein Gesicht war so rot wie das eines Bergsteigers, sein Haupt bedeckte seidiger Haarflaum. Alles an ihm erinnerte Bech an die zwanziger Jahre, eine Zeit, da Autoren in ihrem Gewerbe, dem sie mit wilder Leidenschaft oblagen, glücklich waren. Nach reichlichem Whiskey, Wein und Fruchtlikör legte sich der (in einem schimmernd gelbgrünen Hemd steckende) Arm des alten Heiligen immer wieder um Glendas Taille und drückte sie väterlich an sich. Als Bech mit ihr später (die alkoholbedingte Benommenheit bewirkte, daß es ihm vorkam, als beuge er sich über eine Museumsvitrine) eine Liebhaberausgabe des berühmtesten kanadischen Gedichts, ‹The Pines›, betrachtete, liebkoste ihn Glenda, während beide mit je einer Hand das Buch hielten, gleichsam mit ihrem ganzen Leib, als wolle sie den Segen des altehrwürdigen Poeten auf den Amerikaner abfärben lassen. Ihr Schenkel drängte sich an seinen, und sanft schob sich eine Brust in seine Armbeuge, seine ganze Haut öffnete frohlockend ihre Poren, er meinte vornüberzufallen. «Zeit zu gehen?» fragte er sie.

«Gleich», gab Glenda zurück.

Peter war nicht im Haus, doch stand die Tür offen, und sein

schmutziges Geschirr war im Spülbecken aufeinandergestapelt. Bech fragte die beiden jungen Frauen: «Wohnt er hier?»

«Er ißt hier», erklärte Hannah.

«Er wohnt ganz in der Nähe», führte Moira aus. «Soll ich ihn holen?»

«Meinetwegen nicht», sagte Bech; aber sie war schon fort, und der Regen setzte erneut ein. Das Geräusch ließ das Häuschen sich auf sich selbst zurückziehen – die abgewetzten Orientteppiche, die Reihen von Büchern über Kapital und Unterentwicklung, die Zeugnisse von Eingeborenenkunst aus Neuguinea und Afghanistan an den Wänden, all der zierliche Krimskrams von Frauen, die allein leben, in Nestern ohne Eier.

Hannah goß Scotch in zwei Gläser und versuchte, einen Joint zu drehen. «Sonst macht das Peter», sagte sie; ihren ungeübten Fingern entfielen Marihuanakrümel. Als Junge hatte Bech gesehen, wie Cowboys in Filmen mit einer Hand lässig eine Zigarette drehten, kurz daran leckten, und fertig. Sein Versuch, es ihnen nachzutun, mißlang so gründlich, daß Hannah ihm Papier und Marihuana fortnahm und aus beiden ein klumpiges Etwas machte, eine Art weißen Brei mit Speicheltröpfchen, den sie unter zischendem Funkensprühen zu rauchen vermochten. Bechs Kehle brannte zwischen den Schlucken Alkohol. Hannah legte eine Platte auf. Die Nadel zog ihre Kreise über die Rillen und brachte Musik hervor. Unablässig fiel Regen, obwohl sein Bewußtsein ihn nur hin und wieder wahrnahm. Irgendwann machte sie in einem der zerknitterten Zeitabschnitte ein Omelett. Sie sprach über ihren Beruf, ihr Leben, den Mann, den sie verlassen hatte, um mit Moira zusammenzuleben, über Moira, sich selbst. Ihre Eltern stammten aus Budapest, hatten den Zweiten Weltkrieg als Flüchtlinge in Portugal verbracht, nach Kriegsende war nur Australien bereit, sie aufzunehmen. Eine australische Jüdin, dachte Bech und schluckte, um seiner verbrannten Kehle Erleichterung zu verschaffen. Die Vorstellung schien unabschätzbar nah und weit, wie die von Australien selbst. Er war hier, aber es war dort, eine ganze Weltbreite von seiner leeren, säuerlich riechenden, behaglichen Wohnung am Riverside Drive, Ecke 99. Straße entfernt. Er umarmte sie, und sie schienen zusammenzuschlagen wie zwei Klöppel in einer Glocke. Sie war fest und füllig. In seinen Armen fühlte sich ihr Körper ungegliedert an; sie war wie eine der hölzernen Puppen, die immer kleinere identische Puppen enthielten und die man im slawischen Teil Europas kaufen konnte, den er einst besucht hatte und wo sie geboren war. Zwischen ihren

Küssen, die in seinem Bewußtsein kamen und gingen wie das Geräusch des Regens, und die in Rillen im Kreis liefen wie die Musik, fragte er, ob sie aufbleiben sollten, bis Peter und Moira kamen.

«Nein», sagte Hannah.

Moira hätte das näher ausgeführt, aber weil sie nicht da war, unterblieb es.

«Soll ich mit raufkommen?» fragte Bech, denn Glenda wohnte im obersten Stock eines der Schlösser Torontos, einige Minuten zu Fuß – ein Schwimmen durch Schatten und Blätter – von dem Haus entfernt, das sie verlassen hatten.

«Außer Kaffee», sagte sie, «kann ich nichts anbieten.»

«Genau, was ich brauche, zufällig», sagte er. «Oder sollte ich sagen frohlockend? Berserkerhaft?»

«Sie Ärmster», sagte Glenda. «War es schlimm? Müssen Sie jeden Abend auf solche Gesellschaften?»

«Fast jeden», sagte er, «ich hab Angst, aus dem Haus zu gehen. Ich sitz daheim, les Dickens und seh mir Nixon im Fernsehen an. Reiß Witze, weiß Ritze – exorbitant, was?»

«Brauchen Sie den Kaffee wirklich?» erkundigte sie sich zweifelnd. Warum wohl, überlegte Bech. Sie war ihm bestimmt todsicher. Diese leuchtende Leiblichkeit. Ihre Wohnung duckte sich unter das Dach, Bücherregale und schlanke Lampen, die unter den schrägen Wänden aussahen, als könne man sie leicht umwerfen. Am anderen Ende der Wohnung sah er in einem Raum ein Bett, darauf eine mit Federn geschmückte indianische Tagesdecke und Samtkissen. Ebenso bestimmt, wie sie ihren Kameraleuten Weisungen gab, führte sie ihn in die entgegengesetzte Richtung, in ein kleines Wohnzimmer, dessen Bücherwände eng beisammen standen. Sie legte eine Platte auf, Gordon Lightfoot, erklärte sie; ein kanadischer Sänger, der mit einer aus unerfindlichen Gründen sanften Stimme amerikanischen Country Blues nachahmte. Glenda sprach über ihren Beruf, ihr Leben, den Mann, mit dem sie früher verheiratet war.

«Was ist schiefgegangen?» wollte Bech wissen. Ehe und Tod faszinierten ihn: Was das betraf, war er ein altmodischer Romancier.

Sie zuckte unbestimmt die Schultern. «Er wurde zu abhängig. Das erstickte mich. Er war schrecklich nett, ein wirklich lieber Mensch. Aber er saß immer nur rum, las und fragte mich, was ich empfände. Die meisten Bücher sind seine.»

«Sie müssen müde sein», sagte Bech und sah vor seinem inneren Auge das Bett mit der befiederten Decke.

Sie überraschte ihn mit offenen Worten: «Mit meinen Blutkörperchen stimmt was nicht, die Ärzte wissen nicht, was, sie suchen noch. Jedenfalls bin ich schlagkaputt. Deshalb hab ich auch gesagt, daß ich Ihnen nur Kaffee anbieten kann.»

Bech war fasziniert, geschmeichelt, erleichtert. Die körperliche Liebe bedurfte der Beteiligung, Krankheit brauchte nur einen Zeugen. Einen liebenden Zeugen. Glendas Geste, mit der sie sich erhob, ihr Haar zurückwarf und die Platte umdrehte, war einnehmend und bestimmt. Die Bewegung schien eine Unruhe auf der Treppe auszulösen, ein Schlüssel drehte sich im Schloß, ein männlicher Stoß gegen die Tür folgte. Sie wurde eine Spur bleicher und sah Bech unverwandt an; der rosafarbene Teil ihrer Nase hob sich ab wie ein Ausrufezeichen. Zu verblüfft, um zu flüstern, sagte sie zu Bech: «Das muß *Peter* sein.»

Unten hörte man mehr als zwei Füße ins Häuschen treten, und aus dem Gebrumm einer Männerstimme schloß Bech, daß jetzt Moira mit Peter zurückgekehrt war. Das Paar unter ihnen rumpelte, kicherte, legte eine Platte auf. Es war chilenische Flötenmusik; Hannah hatte ihm die Platte schon vorgespielt – schrill, unaufhörlich, durchdringend, psychedelisch. Dieser kleine weiße Kontinent, verlassen zu Füßen Asiens, suchte an den Westküsten der Neuen Welt Kultur und Gesellschaft. Kalifornische Kleidung und Andenflöten. «Mein bleiches Land», hatte er einen australischen Lyriker vortragen hören; vom Flugzeug aus war es genau das, ein bleiches Land, gefleckt und farblos wie der Staat Wyoming mit einer Küste. Ein Kontinent so verlassen wie der Planet. Peter und Moira ließen die Platte erneut laufen; sonst hörte man von unten nichts, entweder waren sie *high*, oder sie vögelten. Bech erhob sich und fuhr suchend mit der Hand über Hannahs Möbel, ob da ein Papiertaschentuch oder sonst etwas war, das er sich in die Ohren stopfen konnte. Er ertastete ein Taschentuch, davon konnte man wohl ein paar Blätter zerknüllen. Als er vom Vorsatzblatt zwei Ekken abriß, sah er im Morgendämmer, daß es eins seiner eigenen Bücher war, ‹Brother Pig› in der Penguin-Ausgabe mit diesem lächerlich buchstabengetreuen Titelbild, das ein grinsendes Schwein zeigte, als handele es sich um ‹Die Farm der Tiere› oder etwas in der Art. Mit dem knisternden und in die Ohrmuscheln schneidenden Papier legte er sich wieder hin. Die stattliche Hannah neben ihm, zur Hälfte aufgedeckt und tief schlafend, wirkte wie ein Schiff: Ihr

Atem war die Maschine, ihr geschmierter Leib dampfte in den Morgen, ihre wie Schornsteine aufragenden Brustwarzen hatten sich für die Überfahrt entspannt. Die Flötenmusik hörte auf. Die Erde drehte sich nicht mehr. Bech zählte in der Stille bis zehn, zwanzig, dreißig, und sein Bewußtsein begann sich aufzulösen, als ein Mann lachte und die chilenische Flöte, wie auch der Druck in Bechs Schläfen, wieder einsetzte.

«Peter Syburg», stellte Glenda vor. «Henry Bech.»

«Je sais, je sais bien», erklärte Peter und schüttelte Bechs Hand mit der schmerzenden Heftigkeit dessen, der weiß, daß er eine Berühmtheit vor sich hat. «Ich hab dein Dings gestern abend in der Glotze gesehen. Einsame Klasse. Die ganze Zeit den Leuten locker was vorgesabbelt und mit keiner Silbe gesagt, was eigentlich Sache ist. Spitzenmäßig, ehrlich. Mann, du bist *das* Medium. Das ist ein Kompliment, brauchst also nicht so verbissen zu gucken.»

«Ich wollte ihm gerade Kaffee machen», versuchte Glenda die Situation zu entspannen.

«Könnte ich lieber 'nen Cognac haben?» fragte Bech. «Ich empfinde jetzt das Bedürfnis nach geistiger Stärkung.»

«Zieh hier keine Schau ab», sagte Peter, «du bist auch so ganz in Ordnung.» Peter war untersetzt, sein rötliches Haar begann schütter zu werden. Wenn er lächelte, wirkte sein Gesicht wie ein ausgehöhlter Kürbis. Er war deutlich über dreißig, vielleicht schon vierzig, aber eine entschlossene Jugendlichkeit an ihm verscheuchte diese Vorstellung sogleich wieder. Er warf sich in einen niedrigen Segeltuchsessel, schlug die Beine abwechselnd von links nach rechts und von rechts nach links übereinander. Sie waren so kurz, daß es Bech vorkam, als drehe er seine Daumen. In gewisser Hinsicht waren Glenda und er Kollegen, sein Einsatzort war Montreal, wo er bei der Canadian Broadcasting Company (CBC) arbeitete. Wenn Glenda dort zu tun hatte, was häufig der Fall war, benutzte er ihre Wohnung hier, und umgekehrt. Ob er auch Glenda benutzte, wenn er sich in Toronto aufhielt, war Bech nicht klar; ihm war immer weniger klar. Immer weniger verstand der Autor, wie die Menschen lebten. Trübe Episoden wie diese waren jetzt die einzigen Fenster zur Welt, die ihm Einblick in das Leben anderer verschafften. Er wollte fort, aber das wäre ein Rückzug gewesen – Montcalm, der vor General Wolfes (der Mann, der für die Briten Kanada erwarb) verstohlenem Aufstieg schlappmachte. Statt zu gehen, gönnte er sich noch einen Cognac. Er merkte, daß er in eines der nicht besonders häufigen Experimente verwickelt war, bei denen er, leidenschaftslos wie ein Naturwissenschaftler, der ein Stück Metall biegt, seine eigenen Fähigkeiten auf die Probe stellte. Er fühlte sich aufquellen wie vor der Fernsehkamera, während der Cognac floß und Peter ihm all die Fragen stellte, die sich sogar die Gemütsathletin Vanessa versagt hatte («Was ist eigentlich mit dir und Capote los?» «Wieso seid ihr Amis immer so schnell am Ende?» «Wie wär's mit Drehbüchern fürs Fernsehen?»), und sich über die Wunder der Welt McLuhans verbreitete, in der er, Peter, mit seinen daumenartigen Beinen und wie Beeren glänzenden Augen vorankam, wohingegen er, Bech, in ihr ein malerisches Relikt darstellte. Glenda warf ihr fahles Haar nach hinten, besah aufmerksam ihre Hände und tat mit Zigaretten ihren schlagkaputten Blutkörperchen Gewalt an. Noch ein Cognac, schätzte Bech, dann war er ganz und gar bewegungsunfähig, und Peter würde heimgeschickt. Sein Glücksgefühl wurde nicht einmal dadurch getrübt, daß sich die beiden in kanadischem Französisch darüber unterhielten, ob sie ihm eine Taxe kommen lassen sollten.

«*Taxi, non*», rief Bech aus und bemühte sich, auf die Beine zu kommen. «*Marcher, oui. Je pars, maintenant. Vous le regretterez, quand je suis disparu. Au revoir, cher Pierre.*»

«Zu Fuß, unmöglich. Es ist weit.»

«Hindern Sie mich, Sie elektronischer Hampelmann», sagte Bech, die Fäuste hebend.

Glenda brachte ihn zur Treppe und begleitete ihn nach unten, Stufe für Stufe; unten umschlang sie ihn mit ihrem ganzen Leib, als wolle sie durch Osmose befruchtet werden. «Ich dachte, er wäre in Winnipeg», sagte sie, «ich möchte ein Kind von dir.»

«Immer langsam mit den jungen Pferden», wollte Bech sagen, doch was er herausbrachte, war: «*Toujours lent avec les jeunes chevaux.*»

Glenda wollte wissen: «Kommst du je wieder nach Toronto?»

«*Jamais*», gab Bech zur Antwort, «*jamais, jamais*», und das Zauberwort, das so sehr für jeden Augenblick galt, für jede Liebespein, für jeden Schritt auf einem Boden, den man nie wieder betreten wird, hallte ihm während des ganzen Rückwegs zum Hotel in den Ohren. Es ging bergab. Das gekrümmte Lichtband des Rathauswolkenkratzers wies ihm die Richtung. Zu seiner Linken lagen eine bewaldete Schlucht und ein gedämpft rauschender Fluß. Und Sterne. Und Häuserblock auf Häuserblock voll eindrucksvoller, ungestörter Leere. Er rechnete damit, überfallen oder zumindest angepöbelt zu werden. In seinem empfindungslosen Zustand wäre ihm Gewalttätigkeit recht gewesen. Doch auf dem kilometerlangen Heimweg sah er nichts als leuchtende Verkehrsampeln und gefühllose Architektur. *Und das will eine Großstadt sein*, dachte er verächtlich. *In New York hätte man mich schon sechsmal umgebracht und meiner Leiche die Radkappen runtergerissen.*

Der Lärm spielender Kinder weckte ihn. Die Flöte war endlich verstummt. Die Lust der gestrigen Nacht war Stroh in seinem Mund geworden; die Frau neben ihm kam ihm vor wie ein großes Stück Abschaum. Ihre Lider bebten, als reagierten sie auf die Bewegungen seines Geistes. Es schien ein Gebot der Höflichkeit, sie zu berühren. Die Kinder unter dem Fenster johlten.

Am folgenden Morgen schlich Bech fußkrank zu Torontos Royal Ontario Museum, bewunderte dort die chinesischen Vasen und die Totempfähle und schickte Bea samt ihren drei Kindern eine Ansichtskarte, die einen geschnitzten Walroßzahn zeigte. Unten, in Sydney, war Moira aufgestanden, kämpfte mit dem Geschirr am Vorabend und pfiff vor sich hin. Bech erkannte die Melodie. «Wo ist Peter?» erkundigte er sich.

«Gegangen», sagte sie. «Er glaubt nicht, daß es Sie gibt. Wir haben gestern abend noch stundenlang auf Sie gewartet, aber Sie sind nicht gekommen.»

«Wir waren *hier*», sagte Hannah.

«Ja, das haben wir uns dann auch gedacht.» Sie führte aus: «Peter hatte so schlechte Laune, daß ich gesagt hab, er soll gehen. Ich glaube, er liebt immer noch *dich* und hat dies arme Kind vom rechten Weg abgebracht.»

«Was willst du zum Frühstück?» fragte Hannah Bech, so matt, als habe sie und nicht er die ganze Nacht wach gelegen. Er fühlte sich eigentümlicherweise recht gut, dafür, daß er fünfzig und auf der Unterseite der Welt war. «Erzählen Sie mir etwas über Afghanistan – meinen Sie, ich sollte da hin?» sagte er zu Moira und setzte sich neben sie auf den Diwan, auf dem eine Decke lag, während sich Hannah in ihrem schlotternden blauen Morgenmantel in der Küche zu schaffen machte und das Frühstück vorbereitete. «Pampelmuse, wenn welche da ist», rief er zu ihr hinüber und unterbrach damit Moiras Bericht über Kabul. «Sonst Apfelsinensaft.» *Mein Gott*, dachte er bei sich, *sie ist meine Frau geworden. Schon flirte ich mit einer anderen.*

Bech bestieg die Maschine (von Australien, von Kanada) mit vor Schlafmangel so wirrem Kopf, daß es ihn kaum beunruhigte, als sie abhob und zum Steigflug ansetzte. Sein Magen schmerzte, als sei er mit Split ausgelegt, sein Gesicht war grau im Toilettenspiegel. Im Rückblick wirkten seine Abenteuer gefährlich. Geheimnisvolle Krankheiten, fremde Männer, die im Dunkeln lachten, Frauen mit lockeren Sitten. Er dachte an das Volk, zu dem er zurückkehrte, seine Ausschreitungen und Skandale, seine Sünden, seine Macht und knirschendes Metall. Er dachte an Bea, sein molliges Vorort-dummchen, deren Unterleib mit feinen silbrigen Schwanger-schaftsstreifen überzogen war, und er gelobte sich, sie zu heiraten, sicherheitshalber.

Das Heilige Land

Ich hätte nie eine Christin heiraten sollen, dachte Bech, während er sich seinen Weg die Via Dolorosa emporbahnte. Seit einigen Monaten war Beatrice Latchett (geschiedene Cook) Frau Bech. Sie und der Jesuit und Archäologe, den seine Gastgeber in den *Mishkenot Sha'ananim* unserem jüdisch-amerikanischen Autor als Führer zu den heiligen Stätten der Christenheit beigegeben hatten – ein gebildeter Vergil für den ungläubigen Dante Bech –, eilten ihm immer wieder ein wenig voraus. Beas Kopf und seiner, blond der eine und kahl der andere, murmelten fromm miteinander, während Bech zurückfiel in dem staubigen Gewimmel aus Nonnen und Araberengeln, aus fettleibigen protestantischen Pilgern, die durch die umgehängten Taschen mit dem Emblem ihrer Fluggesellschaft noch umfänglicher wirkten. Gelangweilte hagere Händler mit Dreitagesbärten sahen dem unaufhörlichen Zug aus den Eingängen ihrer Andenkenläden zu. Ihr finsterer anklagender Gram rührte Bech an. Sein Künstlerauge wurde wie stets auf das Unwichtige gelenkt: Die Schicht von Kommerz über dieser alten heiligen Straße fesselte ihn – Kodachrome, wo Christus strauchelte, Fantaflaschen, wo Ihn dürstete. Zum Kauf lockten Kopftücher, Kaftane, Schnickschnack aus Olivenholz. Als Kind hatte Bech befürchtet, Ladeninhaber könnten verhungern; die Union Avenue in Williamsburg – seine Onkel wohnten ganz in der Nähe – war gesäumt von unbeachteten engen Lädchen, eine kafkaeske Welt voller Hungerkünstler, die unbemerkt in ihren Käfigen warteten. Das hier war schlimmer.

Père Gibergue hatte bestätigt, was Bea bereits aus ihren Reiseführern wußte: Genau kannte niemand den Weg, den Jesus nach dem Schuldspruch durch Pilatus einst nach Golgatha gezogen war. Ohnehin lagen alle Straßen des Jerusalem aus dem ersten nachchristlichen Jahrhundert unter fast vier Metern Schutt und späterem Pflaster. Also gingen sie und ihre Mitpilger alle buchstäblich auf Luft. Der Priester, in ausgestellter Hose und kurzärmeligem Hemd, wartete, bis Bech heran war und wies nach oben auf die Hälfte eines Rundbogens, der mit einiger Sicherheit aus der Zeit des Königs

Herodes zu stammen schien. Die andere Hälfte war unwiederbringlich in eine graue Fassade einbezogen, die mit Wörtern in vielen Sprachen bemalt war, unter denen Bech das Wort SOUVENIRS entziffern konnte. Beas Gesicht wirkte neben dem sonnengebräunten des Archäologen strahlendblaß. Sie schwitzte ein wenig. Ihren Reiseführer drückte sie an ihre Bluse wie ein Meßbuch. «Ist das nicht alles ganz herrlich?» fragte sie ihren Mann.

Bech gab zu: «Ich hatte ja keine Ahnung, was für ein hohes Tier dieser Herodes war. Für mich hatte er immer nur irgendwas mit Weihnachten zu tun.»

Père Gibergue erklärte mit ernster Stimme in seinem nahezu makellosen Englisch: «Er war verrückt, aber er hat großartige Bauten errichten lassen.» Um die Nase des Priesters lag ein unglücklicher Zug, dachte Bech; davon abgesehen war ihm seine Berufung wie auf den Leib geschneidert.

«Es gab mehrere Könige, die Herodes hießen», ließ sich Bea vernehmen, «Herodes der Große ist für den Mord an den unschuldigen Kindlein verantwortlich. Sein Sohn Herodes Antipas herrschte, als Jesus gekreuzigt wurde.»

«Wir stoßen auf Herodes, wo immer wir jetzt graben», sagte Père Gibergue, und Bech dachte: *Die Wissenschaft hat diesen Mann verführt. In seiner Leidenschaft für die Archäologie hat er aus einem gottlosen Tyrannen einen Helden gemacht.* Jerusalem wirkte auf Bech wie die stadtgewordene Verkörperung eines Loyalitätskonflikts. Nachdem er mit Bea dem Flugzeug entstiegen war und sie spätabends im Taxi durch besetztes Land vom Flughafen zur Heiligen Stadt fuhren, fiel ihm auf, wie dunkel das Land dalag, eine gewollte Kriegsverdunkelung, wie er sie seit seiner Soldatenzeit in den spannungsgeladenen nächtlichen Landschaften Englands und der Normandie nicht erlebt hatte. Ihr Begleiter, Sohn amerikanischer Zionisten, die in den dreißiger Jahren hergekommen waren, sprach von den Geleitzügen, die man im 67er-Krieg diese Straße entlanggezwungen hatte, und wies auf einige Stellen in den Hügeln, von wo aus das Feuer der Jordanier besonders mörderisch gewesen war. Zerstörte Panzer und Lastwagen, im Dunkeln unsichtbar, waren als Mahnmale zurückgeblieben. Bech erinnerte sich, als ihre Taxe verwundbar zwischen den dunklen Wällen dahineilte, an die Empfindung (bei ihm hatte sie sich auf das Gesicht konzentriert, mehr noch den Mund als die Augen – hatte er mehr Angst, seine Zähne zu verlieren als sein Augenlicht?), für Kugeln offen zu sein, denen man nicht auszuweichen vermochte. Bevor das Gehirn etwas aufnehmen konnte, wäre der Schaden geschehen. Geborstene Zähne, die Zunge herausgefetzt, Blut strudelte durch den zerlöcherten Gaumen.

Als dann der Wagen in das Reich des Lichts einfuhr – die Vororte Jerusalems –, mußte Bech an Südkalifornien denken, wohin er einst zu fruchtlosem Getändel mit einigen Filmproduzenten gezogen war, die nicht imstande waren, seinen alten Roman ‹Travel Light› so zu präsentieren, daß man die Banken dafür erwärmen konnte. Hier gab es ebensolche niedrige Häuser und Palmwedel, den gleichen Eindruck von Bühnenbeleuchtung, insbesondere im Vordergrund, als lösten sich die Rückseiten der Gebäude in unbemalte Latten und vermodernde Leinwand auf, in Unkraut und heiße Luft – diese stehende, aromatische, erwartungsvolle Luft, die bei Sonnenuntergang über Hollywood liegt. Die *Mishkenot* – das offizielle Gästehaus der Stadt, in dem sich dieser vielversprechende zweiundfünfzigjährige Autor mit seiner molligen protestantischen Gattin drei Wochen lang aufhalten sollte – schienen massiv aus demselben Material von Traumfabrikillusion erbaut zu sein: Jerusalemer Kalkstein, künstlich vom Meißel des Steinmetzen bearbeitet, den Widerhall der üblichen Geräusche zurückwerfend, die müde Gäste beim Auspacken machen, wie die Gipskartongänge eines Tempels aus einem Cecil B. DeMille-Film. Eine geschwungene Treppe aus pseudobiblischem Mauerwerk führte zu einer Nische, wo ein Schreibtisch, eine Landkarte, ein Papierkorb und ein Sofa seiner Meditationen harrten. Mit einer Verzauberung, die in riesigen Kinopalästen ihren Ursprung hatte, tänzelte Bech diese Treppe auf und ab; er war Bojangles, Fred Astaire und George Sanders; er trug eine alberne Kopfbedeckung und grinste, frohlockte über die Gefangennahme und bevorstehende Folter einer weißgliedrigen Jungfrau, die ihrem Jahwe nicht abschwören will, obwohl sie vor Angst so zittert, daß ihr Schmuck klirrt. Israel bedeutete ihm sonst nichts; sein Vater, ein Marxist, eher vom Typ Salontheoretiker, hatte alle Zionisten in einen Topf geworfen mit den *Luftmenschen*, die der Ansicht waren, dem grausamen und der Notwendigkeit gehorchenden Netz einer Welt aus Ausbeutung und Raub könnten freundliche Ausnahmen eingewebt sein. Bech, der nach dem Krieg in Manhattan alle Hände voll zu tun hatte, waren die Ereignisse in Palästina als eine weitere Balgerei erschienen, die stattfand, damit Schluß war, auch wenn es dabei um eine Mannschaft gegangen war, mit der er sich ebenso mühelos identifizieren konnte wie mit den Baseballern der ‹New York Yankees›.

Bea, Mitglied der Episkopalkirche, war hingerissen vom Bewußtsein, in Israel zu sein. Sie nannte es stets das ‹Heilige Land›. Morgens weckte sie ihn, damit er teilhatte an dem, was sie durch bleigefaßte Scheiben sah: den Ölberg, gelbbraun und mit Zypressen bestanden, und die silbrigen Zwiebeltürme einer russisch-orthodoxen Kirche, die aus dem Garten Gethsemane herüberschimmerten. «Ich hätte nie gedacht, daß ich mal hierherkäme, *nie*», sagte sie ihm, und noch als sie sich abwandte, schien auf ihrem Gesicht der Abglanz des Morgenschimmers zu liegen. Bech gab ihr einen Kuß und las über ihre Schulter eine in zahlreichen Sprachen abgefaßte Warnung, keine Wertgegenstände auf dem Fensterbrett liegenzulassen. «Warum hast du nicht zu Rodney gesagt, daß er mit dir hierherfahren sollte, wenn dir so viel daran lag?» wollte er wissen.

«Ach der! Für den waren Rucksackwanderungen in Maine der Inbegriff spirituellen Erlebens.»

Bech hatte diese Frau an einem Aprilnachmittag in der Jahreszeit unangemessener Kälte und Schneeschauern in Lower Manhattan standesamtlich geheiratet. Sie war die jüngere, angenehmere Schwester einer Geliebten, die er viele Jahre lang gekannt und mit der er sich beständig gestritten hatte. Er und Bea stritten selten, und das schien ihm in seinen Jahren ein Vorzug. Geheiratet hatte er sie, um seinem berühmten früheren Ich zu entfliehen. Seine Wohnung Ecke 99. Straße und Riverside Drive, die dadurch geweiht war, daß sie zwanzig Jahre lang im *Who's Who* erwähnt worden war, hatte er aufgegeben und war mit Bea, deren Sohn und Zwillingstöchtern nach Ossining gezogen. Unvermittelt ging ihm all das jetzt wundervoll und mit seltsamer Schnelligkeit durch den Sinn, während er die wonnestrahlende Fremde ansah, die alle Welt seine Frau nannte. «Warum hast du mir denn nichts gesagt», fragte er weiter, «wenn es dir so viel bedeutet?»

«Du weißt doch, daß ich schon immer zur Kirche gehe.»

«Zur Episkopalkirche. Ich dachte, das muß man aus gesellschaftlichen Gründen, weil Rodney wollte, daß seine Kinder als Angehörige der oberen Mittelschicht aufwachsen.»

«Das hielt er für selbstverständlich; schon deshalb, weil es seine Kinder waren.»

«Gott im Himmel, ich weiß nicht, ob ich das schaffe: den Kindern eines Snobs und einer fanatischen Christin ein guter Stiefvater sein.»

«Henry, es ist auch dein Heiliges Land. Auch für dich müßte es ein Erlebnis sein, hier weilen zu dürfen.»

«Es macht mich nervös. Ich denke immer an ‹Samson und Dalila›.»

«Es *ist* ein Erlebnis für dich, das merke ich dir an.» Ihre blauen Augen, sonst hell wie der Himmel, wenn bleiche Zirrostratus-Fetzen für den kommenden Tag ein Gewitter verkünden, blickten mit neuem, leicht gezwungen wirkenden Glanz auf ihn. Der Schimmer des Heiligen Landes. Bech traute dem nicht, doch wirkte es in einer Tiefe seines Selbst, in die selten Licht fiel, irgendwie schmeichelhaft. Während er den Ausdruck in ihren Augen zu entschlüsseln versuchte, bildete ihr Mund Wörter, die er jetzt, wie von einem Tonbandgerät abgespielt, hörte und verstand: «Möchtest du mit mir ins Bett gehen?»

«Weil wir im Heiligen Land sind?»

«Mich erregt das alles so», gestand sie und wartete, errötend. Noch eine Hungerkünstlerin.

«Das ist Gotteslästerung», wandte Bech ein. «Außerdem werden wir in zwanzig Minuten zur Stadtbesichtigung abgeholt. Wie wäre es statt dessen mit Frühstück?» Er gab ihr erneut einen Kuß und fühlte sich fremd. Er war zu alt für eine Hochzeitsreise. Seine Ehe war wie der zionistische Staat, in dem sie sich befanden: ein Irrtum, den man lange vor sich hergeschoben hat, eine Fehlgeburt aus verflogener Leidenschaft und veralteter Stammesrechtschaffenheit, ein Versuch, Sicherheit auf einem Boden zu finden, auf dem keine zu haben war.

Zu ihrer Unterkunft in den *Mishkenot* gehörte auch eine Küche. Von dort rief Bea: «Hier ist zweierlei Besteck. Auf dem einen steht ‹Milch› und auf dem anderen ‹Fleisch›.»

«Völlig Wurscht, welches du nimmst», rief Bech zurück, «nur durcheinanderbringen darfst du sie nicht.»

«Was passiert dann?»

«Weiß nicht. Probier's. Vielleicht gibt's 'nen Knall und der Messias kommt.»

«Das ist wohl keine Gotteslästerung? Außerdem *ist* er bereits gekommen.»

«Wir können nicht alle seine Visitenkarte lesen.»

Als einzige Antwort klapperte sie mit dem Besteck.

Ich bin zu alt für eine Ehe, dachte Bech, mußte aber im stillen lächeln. Er trat ans Fenster und sah auf die Aussicht hinaus, die seine Frau sexuell erregt hatte. Hinter den nahen Hügeln aus dem Neuen Testament von der Farbe unglasierter mexikanischer Töpferarbeiten lagen lavendelfarbene Wüstenberge wie lange Falten im Schoß Gottes.

«Muß ich irgendwas über Eier und Butter wissen?» rief Bea.

«Halt sie vom Schinken weg.»

«Gibt's keinen. Im ganzen Kühlschrank ist kein Fleisch.»

«Die haben dir nicht getraut. Die wußten, daß du versuchen würdest, irgendwas zu machen, was nicht in Ordnung ist.» Seine christliche Frau war dreizehn Jahre jünger als er. Ihr Unterleib wies silbrige Schwangerschaftsstreifen von der Zwillingsgeburt auf. Beim Vögeln gab sie sanfte Jammerlaute von sich. Bech überlegte: Hatten ihm geschlechtliche Wonnen je Freude gemacht, oder war das nur so eine Vorstellung, wie Junggesellen sie sich machen? Als Kurzstreckler war er ganz gut gewesen, meinte er, aber sein Stehvermögen über die Langstrecke war bisher nicht auf die Probe gestellt worden. In seinem Alter war wohl gemächlicher Dauertrab das beste.

Die erste Sehenswürdigkeit, zu der sie ein jüdischer Archäologe mit einer randlosen Brille führte, war die Klagemauer. Es war Samstag. Sabbatfeiernde hatten sich unter der Sonne des Kalksteinplatzes versammelt, den die Israelis freigemacht hatten, indem sie Dutzende von arabischen Behausungen mit der Planierraupe niedergewalzt hatten. Die Menschen sangen und tanzten, Fotografieren war verboten. Männer mit Schläfenlocken lehnten den Kopf betend an die Mauer, die breitrandigen Hüte der Chassidim wurden dabei nach hinten gedrückt. Der Archäologe erklärte Bech und Bea, daß man sie von dort, wo sie jetzt standen, ein volles Jahrtausend lang nicht hatte sehen können und wies dorthin, wo die klobigen, mit unverkennbaren Kanten versehenen herodianischen Steine aufhörten und Sultan Saladin und die Mamelucken weitergebaut hatten; man sah es an den kleineren Steinen. Bea forderte Bech auf, bis zur Mauer zu gehen. Die große Fläche davor galt als Synagoge mit getrennten Bereichen für Männer und Frauen, so daß sie nicht gemeinsam durch die Absperrung gehen konnten. «Ich geh nirgendwohin, wo du nicht hin darfst», sagte er.

Bechs Großvater, ein Diamantschleifer und Spinozaanhänger, war 1880 aus dem Getto von Amsterdam nach Amerika gekommen; Bechs Vater war ein agnostischer Sozialist gewesen; und in Bech selbst war die sozialistische Ehrfurcht zu einem störrischen Rest künstlerischen Gewissens geschrumpft. So gab es hinsichtlich seiner Herkunft nur wenig, das er Beas glühendem Drängen entgegensetzen konnte. «Ich möchte es aber, Henry. Bitte.»

Er erklärte: «Ich hab keinen Hut. Ohne Hut darf man nicht dahin.»

«In dem Korb dort sind Jarmulken aus dünner Pappe», wies der Archäologe. Er war klein und bärtig, in seiner gelangweilten Haltung war kein Wunsch erkennbar, seinerseits an die Mauer heranzutreten. Er stand auf dem grelleuchtenden Kalkstein des Platzes, als habe ihn sein Schatten dort festgeklebt.

«Wir wollen es gut sein lassen», sagte Bech. «Ich seh von hier aus, wie's geht.»

«Nein, Henry», beharrte Bea. «Du mußt hingehen und sie berühren. Du mußt. Tu es für mich. Denk doch. Vielleicht kommen wir nie wieder her.»

Am meisten rührte ihn in ihrer Bitte das ‹wir›. Seit seiner ehrenvollen Entlassung vom Militär war Bech stets ein Ich gewesen. Er entnahm dem Korb ein schwarzes Käppchen, das nicht auf seinem Kopf sitzen wollte; sein Haar war zu wollig, zu sehr von modischer Fülle. Mit dem Ergrauen war es krauser geworden. Von der Mauer her schien eine leichte Brise zu wehen, die seine Jarmulke zweimal beinahe davongetragen hätte. Unter dem neugierigen Blick chassidischer Jünglinge, deren Schläfenlocken so drohend aussahen wie Löwenmähnen, hielt er das Käppi mit der Hand auf seinem Hinterkopf fest und tat vorsichtig Schritt für Schritt auf das zu, was vom Tempel geblieben war.

Sie, die Mauer, stellte etwas dar. Die großen rechteckigen Steine, die unter Herodes gelegt worden waren, jeder von den Steinmetzen der Antike mit einer flachen Umrandung versehen, so daß sie wie Visitenkarten aussahen, wimmelten von Läusen. In den Erosionsrissen steckten enggefaltete Gebetszettel – je genauer er hinsah, desto mehr davon entdeckte er. Bech vermutete, daß Papier in diesem kalifornischen Klima ewig hielt. Der Raum um ihn, schon die bloße Luft, wirkte angespannt, wie angehaltener Atem. Wie betäubt streckte er die Hand aus, und als er die überraschend warme heilige Fläche berührte, krähte die Stimme eines Amerikaners hinter ihm aus einem kleinen Kreis von Chassidim, die auf in der Nähe stehenden Stühlen saßen, ihm grell in die Ohren. «Wer ist dieser Gott?» fragte sie laut. «Wenn Er so gut ist, warum läßt Er dann all das Leiden auf der Welt zu? Denk nur mal an Kambodscha, Mann ...» Der Sprechende und seine Zuhörer gaben sich der obligaten Übung der religiösen Debatte hin. Die jüdische Zunge, von Gott zu steter Tätigkeit bestimmt. Bech hielt sich die Ohren zu und trat rasch den Rückweg an. Erneut haschte der Luftzug nach seiner Papier-Jarmulke. Er warf das läppische Ding in den Korb. Bea wartete vor der Absperrung.

Sie strahlte stolz; an ihr hatte ihn angezogen, was ihn in so reiner Weise anspornte. Unter den vielen, die ihm in diesem vergangenen Jahrzehnt, da er auf der Stelle getreten hatte, zu neuer Kraft und neuem Selbstverständnis hatten verhelfen wollen, war sie zu dem Ergebnis gekommen, daß seine Vervollkommnung allein durch die Vertiefung von Eigenschaften möglich sei, die er bereits besaß. Da er Jude war, würde es um so besser gehen, je jüdischer er unter ihrer christlichen Fürsorge wurde.

«War es nicht herrlich?» erkundigte sie sich.

«Ganz nett», räumte er bereitwillig ein. Merkwürdige Krankheiten, dachte er, brauchen merkwürdige Heilmittel: er, sie. Während sie sich nach der von einer sexistischen Orthodoxie erzwungenen Trennung unterhakten, verstand Bech sie mit von diesem hellen, trockenen Licht Israels erneuerter Klarheit: als ein Geschöpf, das um die Mitte herum füllig war, das Weibchen einer nahezu haarlosen Gattung mit seltsamem Gang, deren Fleisch sich dem Ende seiner Fortpflanzungsfähigkeit näherte und deren Hirn von einem absonderlichen Glauben besessen war, ein Geschöpf, das ihm dennoch gefiel, das so selbstverständlich und hilflos nach seiner Treue verlangte, wie sie ihm ihre schenkte.

Ihr Begleiter führte sie eine schräg ansteigende Straße empor, an einem jugendlichen Soldaten mit einer Maschinenpistole vorbei auf die Mauer. Links von ihnen beteten und kreisten die Gläubigen weiterhin; rechts von ihnen sah man in der Tiefe die häßlichen Ergebnisse der Archäologie, Reste von Fundamenten. «Die Davidstadt», sagte ihr Führer stolz, «genau da, wo sie nach der Bibel liegen mußte. Alles», sagte er, und seine Handbewegung schien die ganze Heilige Stadt mit einzuschließen, «ist, wie es in der Bibel geschrieben steht. Wir lesen erst und graben dann.» Am Maurentor übergab ihr Führer sie einem würdevollen arabischen Professor – gelbgesichtig, brauner Anzug, Oxford-Englisch –, der sie auf Strümpfen durch die beiden Moscheen führte, die auf der riesigen Plattform, die bis zum Jahre 70 n. Chr. den Tempel getragen hatte, errichtet worden waren. Strenggläubige Juden kamen nie her, sie wollten nicht versehentlich den Fuß dorthin setzen, wo die Bundeslade gestanden hatte, das Allerheiligste der Judenheit. In der El Aqsa-Moschee erfuhren Bech und Bea von einer neueren Gewalttat: König Abdullah von Jordanien war hier 1951 in der Nähe des Eingangs vor den Augen seines Enkels, des gegenwärtigen Königs Hussein, ermordet worden; und 1969 hatte ein verrückter Australier mit beträchtlichem Erfolg den Mekka zunächst liegenden Teil der Moschee anzuzünden versucht. Verrücktheit, zog es Bech durch den Sinn, hat im Verlauf der Geschichte eindrucksvolle Leistungen vollbracht.

Sie kamen an einem blitzenden Springbrunnen vorbei, einige Marmorstufen führten zum Felsendom. Innerhalb eines Achtecks aus Iznikziegeln las unter einem sinnverwirrend reichgeschmückten und symmetrisch sich aufschwingenden Abgrund ein Felsgrat: der Gipfel des Bergs Moria, wo Abraham seinen Sohn Isaak hatte opfern wollen und, als sein Opfer nicht zugelassen wurde, zum Begründer dreier Religionen geworden war. Hier hatten auch, fuhr der Professor umdrängt von Gläubigen und Sehwütigen fort, Kain und Abel ihre verhängnisvollerweise unterschiedlich aufgenommenen Opfer dargebracht und war Mohammed auf seinem bemerkenswerten Pferd Burâq zum Himmel aufgefahren. Die Gläubigen meinen dessen Hufabdrücke sowie die Fingerspuren eines Engels zu erkennen, der den Felsen daran hinderte, gleichfalls zum Himmel aufzufahren. Die Kreuzfahrer hatten – warum, wußten sie wohl selbst nicht so recht – den Felsen stark behauen. Große Klopfer, die Kreuzfahrer. Und Suliman der Prächtige, der ihn den (von seinem Standpunkt aus) Ungläubigen wieder abgerungen hatte, ließ seinen Namen in goldenen Lettern hoch in der prachtvollen Kuppel anbringen. Der marokkanische König hatte die grünen Teppiche gestiftet, in die Beas bestrumpfte Füße einsanken, voll Ungeduld, von diesen nichtssagenden Wunderdingen fortzukommen, hin zu den heiligen Stätten der Christenheit. *Sexy Füßchen*, dachte Bech; von seinen ersten Beziehungen zu Frauen an hatte ihn der dunkle Rand gereizt, der die in Strümpfen steckenden Zehen einer Frau zur Hälfte verdeckt und uns auf diese Weise den Anblick von acht winzigen verlockenden Ausschnitten beschert.

«Wollen Sie die Haare aus dem Bart des Propheten sehen?» fragte der Professor und fügte sogleich hinzu: «Der Andrang ist stets sehr groß.»

Haare des Propheten waren zwar die Art Sehenswürdigkeit, die Bech gefiel, doch er sagte: «Ich glaube, meine Frau möchte weiter.»

Sie wurden über einen friedvollen Pfad, der an einem arabischen Friedhof entlanglief, von der Plattform des Herodestempels hinabgeführt. Mit einemmal lachte ihr Führer auf; seine Zähne waren so gelb wie sein Gesicht. Er wies auf ein zugemauertes Tor in der Mauer, die die Altstadt umgab. «Das goldene Tor. Weil es heißt, der Messias werde durch dies Tor kommen, haben es die Omaijaden zumauern lassen und sicherheitshalber gleich daneben einen Friedhof angelegt, denn der Messias kann angeblich nicht über Gräber gehen.»

«Wenn das für alle gilt, kann kein Mensch irgendwo einen Fuß hinsetzen», sagte Bech und warf einen Seitenblick auf Bea, um zu sehen, wie sie solche abergläubische Mißgunst aufnahm. Sie sah rosa, schwitzend und munter aus, der Glanz des Heiligen Landes auf ihren Zügen war ungetrübt. Am Ende des angenehmen Weges, am Löwentor, wurden sie dem umgänglichen Jesuiten zu treuen Händen übergeben und machten sich auf zur Via Dolorosa.

Gott, laß mich bloß nicht ersticken, dachte Bech. Der Priester führte sie immer wieder in den Untergrund, zeigte ihnen überbaute herodianische Wasserbecken, kleine Teiche und römische Wachstuben, aus denen durch Jahrhunderte des Absinkens Höhlen geworden waren, und Bodenplatten, die das ‹Königsspiel› spielende Soldaten verkratzt hatten – irgendwie diente all das als Beweis für den historischen Jesus. Père Gibergue kannte sich aus. Er eilte ins Hinterzimmer einer Bäckerei, wo ein Stapel zerschlagener Kisten einen schmutzigen Stützpfeiler von hohem archäologischem Interesse umgab. Bei einem anderen Schlenker vom Weg wurden Bech und Bea auf das Dach der Grabeskirche geführt; hier unterhielt eine alte Kongregation abessinischer Mönche ein Kloster, das aussah wie ein afrikanisches Dorf mit Rundhütten, vor denen Mönche lächelnd in der Sonne saßen. Einer von ihnen posierte für Beas Kamera vor einer Kuppel. Unter ihr, erläuterte Père Gibergue mit dem Eifer des Archäologen, lag die Krypta, in der 327 die Heilige Helena, Mutter Konstantins, das unverfaulte Holz des Wahren Kreuzes entdeckt hatte. Zu Père Gibergues Kummer versagte ihnen der junge russisch-orthodoxe Priester (sein Gesicht weiß wie Wachs, der schüttere Bart zu zwei dünn auslaufenden Spitzen gezwirbelt: so hatte sich Bech stets Iwan Karamasow vorgestellt), der auf ihr Klingeln hin geöffnet hatte, des Sabbats wegen den Zutritt zum Gewölbe unter dem Alexandra-Hospiz. Dort hatte man eine abgewetzte Türschwelle ausgegraben, die gewiß der Fuß des fleischgewordenen Gottes betreten hatte.

Und das hatte die Gojim so viele Jahre in Schwung gehalten. Bech litt unter all diesen Ebenen – Dächer auf Straßenniveau, heilige Fußabdrücke, metertief unter den ihren begraben – wie unter einer Flut von Druckfehlern. Vielleicht sah so das Leben aus: Fehler auf Fehler gehäuft, ein Eiweißmolekül ins andere verschlungen, bis das Durcheinander komplett war. Nur daß alles so schrecklich tot roch. Die Grabeskirche war von solch unnötiger Häßlichkeit, daß Bech zu Bea sagte: «Die hättet ihr euch von 'nem arabischen Architekten hinstellen lassen sollen.»

Ihr Führer, der das hörte, erklärte: «Tatsächlich bewahrt seit 800 Jahren eine arabische Familie die Schlüssel auf, damit sich die verschiedenen christlichen Gruppen nicht darum streiten.» Drinnen schien dann auch der Priester von der Scheußlichkeit des Bauwerks überwältigt; er setzte sich auf eine Bank neben einem verrosteten Gerüstträger und sagte: «Gehen Sie nur, ich bete derweil.» Er verbarg das Gesicht in den Händen.

Unbeeindruckt führte Bea, den Reiseführer in der Hand, Bech eine Marmortreppe zum Ort der Kreuzigung empor. Er erwies sich als ein riesiger verräucherter Pilzhaufen aus Ikonen und Votivlämpchen, die sich dort angelagert hatten. Knapp zwei Meter von dem goldgeränderten Loch, in das Christi Kreuz eingelassen gewesen sein sollte, nahm ein dicker griechischer Priester, der mit seinem Hut – wie ein Zuckerstreuer – an einem Tisch saß und Kerzen verhökerte, einen Schluck aus einer Flasche, die in einer Tüte steckte. Neben Bech tauchte Bea kniebeugend weg und starrte verzückt auf diese Ansammlung von Kränkungen des Schönheitssinns. Deutsche Touristen schlurften geräuschvoll umher und ließen Blitzbirnen detonieren.

«Bloß weg von hier», murmelte Bech.

«Aber warum nur, Henry?»

«Das jagt mir Angst und Schrecken ein.» Hier herrschte der alchemistische Gestank mittelalterlicher Kellergewölbe, wo sich Dämpfe zu Dämonen, Pogromen und Autodafés verdichteten. Torquemada, Hitler, die Zaren – jeder größere oder kleinere Despot, der versucht hatte, Bechs Volk zu unterdrücken und zu vernichten, hatte diese christlichen Dämpfe eingeatmet. Er zog Bea fort, wieder hinab ins Erdgeschoß der Kirche, das sogar der Reiseführer als ein *Konglomerat von großen und kleinen Räumen, die man unmöglich als Ganzes ansehen kann*, bezeichnete.

Ihr Jesuit hob das sonnengebräunte Oval seines Hauptes. Hoffnungsfroh fragte er: «Genug?»

«Mehr als», gab Bech zurück.

Der Priester nickte. «Jammerschade. Chartres müßte das hier

sein. Statt dessen ...» Zu Bea sagte er: «Sie sollten fotografieren, was die Griechen da tun. Ohne daß es ihnen jemand erlaubt hätte, trennen sie einfach ihren Teil des Schiffs ab. Barbarisch. Aber nicht untypisch.»

Bea lugte durch ein vergoldetes Gitter in ein Stück heiligen Raums, das voller Gerüste und unbehauener rosa Steinblöcke war. Sie hob ihre Kamera nicht ans Auge. Sie war, erkannte Bech, in ein Reich entrückt, das jenseits des Abscheus lag. «Wir können auf keinen Fall gehen, ohne das Grab Christi gesehen zu haben», verkündete sie.

Père Gibergue sagte: «Ich rate ab. Da wartet immer eine lange Schlange. Es gibt nichts zu sehen. Glauben Sie mir.»

Bech echote: «Glaub ihm.»

Bea sagte: «Ich werde kaum noch einmal herkommen», und reihte sich in die Schlange vor einem kleinen Gebäude, das Bech, der sich zu ihr stellte, vor allem an die seltsamerweise mit Schmuckelementen überladenen Häuschen erinnerte, die früher in den Parks in Brooklyn und der Bronx in unauffälligen Winkeln standen, zu prachtvoll für die Unterbringung von Rasenmähern, doch in keiner Weise als Bedürfnisanstalt gekennzeichnet; er hatte sich immer gefragt, was es in solchen würdevollen Bauwerklein gab – in seiner Vorstellung waren es Herrenhäuser von Zwergen. Die Schlange rückte nur langsam vor, und die Gesichter der Herauskommenden wirkten gequält.

Zwei Räume. Im ersten enthielt eine Vitrine ein Stück von dem Stein, den der Engel vom Eingang des Grabes weggewälzt haben soll; eine Deutsche vor Bech küßte einen Sprung in der Vitrine und liebkoste sich selbst in einem längeren Anfall frommer Verzükkung. Ihre Augen rollten, und aus ihrer Kehle gluckerte ein Gurren wie von einer Taube. Er war erleichtert, daß sich Bea besser benahm: Sie sah hinab, nahm Kenntnis und ging vorüber. Er besah das über ihrem schweißfeuchten Nacken hochgesteckte weißliche Haar, als sehe er es zum letztenmal. Sie standen im Begriff, durch ein niederträchtiges Wunder getrennt zu werden.

Den Zugang zum nächsten Raum bildete eine so niedrige Tür, daß Bech in die Knie gehen mußte, obwohl der Autor nicht groß war. Drinnen gab es, wie vorhergesagt, «nichts zu sehen». Blakende Lampen hingen dicht an dicht wie Fledermäuse von der niedrigen Decke. Eine kahle Marmorplatte. Keine Spur des echten, aus dem Fels des Berges Golgatha gehauenen Grabes. In diesem engen Raum wedelte ein verwirrt dreinblickender weiterer untersetzter griechischer Priester, dicht an Bech gedrängt, mit brennenden Wachskerzen, die er geschickt zwischen gespreizten Fingern hielt. Man konnte sie kaufen. Der Priester sah Bech an. Bech kaufte nicht. Mit leisem ärgerlichem Grunzen wedelte der Priester die Flämmchen aus. Bech war von diesem traurigen Augenblick enttäuschten Handels gefesselt; er stellte sich vor, wie das heiße Wachs auf die Wurstfinger des Mannes tropfte, wie es schmerzen mußte. Ein Hungerkünstler. Der Priester äugte erneut zu Bech hinüber. Das Weiß seiner Augen über den leidvoll herabhängenden unteren Lidern war stark blutunterlaufen. *Smoke gets in your eyes.*

In ihrem Zimmer in den *Mishkenot* fragte er Bea: «Wie geht's deinem Glauben?»

«Gut. Und deinem?»

«Ich versteh nicht viel von Anbetungsstätten, aber war das nicht die gottverlassenste Kirche, die du je gesehen hast?»

«Das ist Geschichte, Henry. Man muß durch die äußeren Zufälligkeiten die Dinge des Geistes sehen. Du warst religiös und archäologisch nicht darauf vorbereitet. Im Führer steht, daß man leicht enttäuscht sein kann.»

«Enttäuscht! Entsetzt. Sogar der arme Jesuit, der schon tausendmal da war, mußte sein Gesicht in den Händen verbergen. Hast du gehört, wie er sich über das beklagt hat, was die Griechen mit ihrem Stück vom Kuchen tun? Hast du mitbekommen, was er von den Kopten erzählt hat, wie die eines Nachts klammheimlich eine Kapelle hingesetzt haben, die man dann aus irgendwelchen abergläubischen Gründen nicht wieder abreißen konnte?»

«Sie wollten dem Heiligen Grab nahe sein», sagte Bea, während sie aus ihrem Rock trat.

«Ich hab so was noch nie gesehen. Es war Schund, unüberbietbarer.»

«Es war schön, da zu sein, einfach herrlich», sagte Bea und schälte sich mit einer einzigen Bewegung aus Bluse und Büstenhalter.

Wie war es nur gekommen, fragte sich Bech, daß er aus einem ganz und gar materialistisch ausgerichteten Volk, in dem es 100 Millionen abtrünnige Christen gab, dies eine leuchtende Gegenbeispiel zu seiner Frau ausersehen hatte? *Riecher*, gab er sich zur Antwort; sein unfehlbarer Riecher für das, was Verwirrung stiftet. Auf dem Höhepunkt des Liebesspiels, das die Jungverheirateten in die eine schattige Stunde zwängten, die ihnen bis zum Abendessen blieb, kam ihm der blutunterlaufene Augapfel des erfolglos seine

Kerzen feilbietenden Priesters in den Sinn. Er schob sich an Bech heran wie ein Dämon an einen anderen, dem er unvermutet begegnet, während sie im Begriff stehen, dasselbe Grab zu berauben.

Das Abendessen fand in Gesellschaft israelischer Autoren in einem Restaurant mit arabischer Bedienung statt. Araber, merkte Bech, sind Israels Neger. Schlanke junge Männer kamen und gingen geräuschlos, nahmen Bestellungen auf und bedienten, während die lauten, freundlichen, ergrauten, kräftigen Intellektuellen redeten. Drei Ehepaare waren es, je ein männlicher und weiblicher Lyriker, Romancier und Professor für Englisch, wenn auch nicht in einander zugeordneten Berufspaaren. Alle sechs waren schon vor vielen Jahren eingewandert und damit Veteranen mehrerer Kriege; da Bech ihresgleichen kannte, wurde er rasch mit ihnen warm, so, als sei er unter lauter Verwandten. Doch strahlten sie eine Spannung aus, eine ihm ungewohnte Härte und Streitlust – in seinen Augen typisch für Nicht-Juden, Bestandteil ihres psychischen Backgrounds, zu dem auch die Wahllosigkeit ihrer Ernährung gehörte sowie ihre blutbefleckte und grausame Religion. Und diesen Juden hier haftete die Unruhe und Heftigkeit derer an, die etwas haben, woran sie sich halten können. Die Stärke des Ewigen Juden hatte darin gelegen, daß er, der nirgendwo daheim war, die Welt als Heimat hatte. Der Lyriker, dessen Gesicht beständig zu lächeln schien, wohl weil es durch abstehende Ohren, über denen drahtiges Haar konzentriert war, in die Breite gezogen wurde, sagte zum Thema Klagemauer: «Die Steinquader wirken jetzt kleiner als früher, als man sie nur von weitem sehen konnte.»

Die Gattin des Professors, eine Romanautorin, ereiferte sich: «Wie kann man so etwas Reaktionäres sagen! Ich finde wunderschön, was sie an der Ha Kotel gemacht haben. Ein heiliges Stück Slum.»

Bech wollte wissen: «Gab es da viele arabische Wohnungen?»

Der Lyriker zog eine Grimasse, während sein Gesicht wegen seiner Form nach wie vor lächelte. «Die Leute hat man umgesiedelt und abgefunden.»

Die Romanautorin sagte zu Bech: «Vor 1967, als ihnen die Altstadt noch gehörte, haben die Jordanier ein Hotel auf dem Ölberg gebaut und die alten Grabsteine als Baumaterial für ihre Kasernen genommen. Eine ungeheuerliche Entweihung vor aller Augen, es hat uns sehr geschmerzt.»

Der Romancier, dessen zierliche, zurückhaltende Frau die Lyrikerin war, bot eine Art Waffenstillstand an. «Ich fühle mich in einer arabischen Landschaft daheim, aber nicht in Tel Aviv, zwischen all den Hotels wie in Miami Beach. So hatte Israel nicht aussehen sollen, ein zweites Miami Beach.»

«Und wie hätte es aussehen sollen?» fragte die Romanautorin herausfordernd – eine trotz des Schwergewichts leichtfüßige Tändlerin inmitten von struppigen Reaktionären. Bei einer anziehenden Frau, dachte Bech, besteht ein zeitlicher Abstand zwischen der verblassenden Wahrnehmung ihrer selbst und dem Verblassen der Wirklichkeit.

Der Romancier, dessen sonnengebräunte Haut von winzigen Äderchen durchzogen war und schwerfällig und locker auf den Knochen hing, wandte sich mit solchem Ernst an Bech, daß die Unterhaltung am Tisch verstummte; ein arabischer Kellner, der gerade servieren wollte, stand bewegungslos da. «Das», kam es mit dem zögernden Murmeln übergroßer Sicherheit, «läßt sich nicht leicht sagen. Wie hätte es aussehen sollen? Nicht Freud und Einstein, aber auch nicht Auschwitz. Irgend etwas ... dazwischen.»

Bechs Auge zuckte unbehaglich zu dem Kellner hinüber und nahm wahr, was auf dessen Namensschild stand: SULIMAN.

Die Lyrikerin, wie um den Worten ihres Mannes etwas von ihrem Gewicht zu nehmen, fragte die amerikanischen Besucher: «Wie waren Ihre ersten Eindrücke? Ich weiß, eine törichte Frage, Sie sind ja erst einen Tag hier.»

«Ob einen Tag oder eine Woche», mischte sich die Romanautorin lärmend ein, «auf jeden Fall wird Henry Bech, wenn er zu Hause ist, einen Bestseller über uns schreiben. Alle tun das.»

Der Kellner servierte die Speisen – ein reichliches, jeden nationalen Einschlags beraubtes Hilton-Essen –, und während Bech sich eine taktisch kluge Antwort zurechtlegte, nahm Bea an seiner Stelle das Wort. Er war so verblüfft, als hätte plötzlich eine seiner Rippen gepiepst. «Henry ist hingerissen», sagte sie, «und ich auch. Ich kann gar nicht glauben, daß ich hier bin, es ist wie ein Traum.»

«Ein kostspieliger Traum», ergänzte der Professor, der jüngste der Männer und der einzige, der einen Bart trug. «Ein für viele Menschen kostspieliger Traum.» Sein Bart war rot wie der eines Wikingers, er fuhr mit den Fingern glättend hindurch.

«Das Heilige Land», fuhr Bea unbeirrt fort, mit einer Stimme wie von oben herabfließende Milch, «es kommt mir vor, als sei ich hier geboren. Sogar die Luft *stimmt*.»

Die Fremdheit zwischen ihnen beiden schien ihrem Mann in diesem Augenblick ans Wunderbare zu grenzen. An diesem Tisch voller Juden, die es leid waren, auf den Messias zu warten und daher die Welt selbst verändert hatten, erklang Beas Stimme mit ihrem Unterton von eilig zu berichtender froher Botschaft als verblüffende Unterbrechung. Bech antwortete der Lyrikerin, als habe ihn niemand unterbrochen: «Es erinnert mich an Südkalifornien. Das eine Mal, als ich dort war, kam ich mir vor wie von Feinden umgeben. Nicht bei Menschen wie Ihnen», fügte er diplomatisch hinzu, «sondern oben in den Bergen. Scharfschützen. Agenten.»

«Sie waren vor dem Sechstagekrieg da», scherzte die Professorin; sie hatte bislang kein Wort gesagt, nur ihrem Mann, dem lächelnden Lyriker, zugelächelt. Bech überlegte, daß vielleicht ihr Englisch etwas unsicher war. Schließlich waren diese Menschen nicht verpflichtet, Englisch zu können. Eigentlich müßte er auf ihrem Boden Hebräisch sprechen – wie kam es, daß er mit dem Englischen verheiratet war, diesem von normannischen Rittern und sächsischen Bauerntöchtern gezeugten Bankert? Diese Sprache hatte etwas Undeutliches und Eklektisches, das ihm zu denken gab. Es ging ihm gegen den Strich; er hatte den Impuls, Bücher und Zeitschriften hinten aufzuschlagen und die letzten Seiten zuerst zu lesen.

«Was sollen wir tun?» fragte ihn die prächtig herausgeputzte Romanautorin eindringlich, wobei sie offensichtlich den Status Israels meinte. «Wir können kaum noch darüber reden, so satt haben wir es. Wir haben den Krieg satt, und jetzt haben wir das Gerede vom Frieden satt.»

«Das Schwierige am Frieden», gab Bech zu bedenken, «ist wohl, daß er nicht immer aus Friedfertigkeit entsteht.»

Sie lachte, schrill, das herausfordernde Lachen einer Frau. «Sie sind also auch ein Reaktionär. Ich selbst würde ihnen alles geben – den Sinai, das Jordan-Westufer. Ich würde ihnen sogar die Oststadt wiedergeben, damit Frieden wäre.»

«Nicht Ost-Jerusalem!» rief die Christin in ihrer Mitte aus. «Jerusalem», sagte Bea, «gehört allen.»

Und ihr Gesicht, vom Schimmer eines Vertrauens in Ungesehenes überstrahlt, wurde den sieben anderen Anlaß zum Staunen. Die zierliche, zurückhaltende Lyrikerin, deren halbergrautes Haar exakt in der Mitte ihres schmalen Schädels gescheitelt war, fragte im Plauderton: «Möchten Sie hier leben?»

«Das würden wir liebend gern», antwortete Bea.

Es schien Bech, daß er einen Fuß auf dieses kriechende ‹wir› setzen mußte. «Meine Frau spricht für sich», sagte er. «Ihre Begeisterung hat sogar den Priester erschlagen, der uns heute nachmittag über die Via Dolorosa geführt hat. Ich fand die heiligen Stätten der Christen scheußlich zusammengestümpert. Gefallen haben mir die Moscheen.»

Bea erklärte mit der Geduld einer Heiligen: «39 Jahre habe ich darauf gewartet, und ich habe mir gesagt, das lasse ich mir von keinem vermiesen, nicht mal von meinem Mann.»

Fleißbildchen aus dem Kindergottesdienst, vermutete Bech. Bilder in der Bibel unter Seidenpapier. Bea hatte seit Kindertagen diese der Konvention gehorchenden ockerfarbenen und moosgrünen Darstellungen in ihrer Vorstellung mit sich herumgetragen, sie, als es soweit war, sorgsam auf die tragischen zerfressenen Hügel Jerusalems gelegt und die Übereinstimmung für vollkommen erklärt. Daß sie dem kleinen Mädchen, das sie einst war, die Treue hielt, gefiel ihm an ihr. In dem kurzen Schweigen, das ihre fromme Seligkeit hatte eintreten lassen, fragte Suliman, was zum Nachtisch gewünscht wurde. Die satten Israelis wollten keinen, Bech nahm Apfelkuchen und Bea, von ihren Gastgebern darob bewundert, Feigensorbet. Junge Ehe, junger Appetit.

«Weißt du», sagte er in der Taxe, die sie zu den *Mishkenot* zurückbrachte, «das Heilige Land ist diesen Menschen nicht auf dieselbe Weise heilig wie dir.»

«Das ist mir klar.»

«Für sie», fühlte er sich verpflichtet hinzuzufügen, «ist es heilig, weil es endlich *überhaupt* ein Land ist; nach 1900 Jahren des Herumgeschubstwerdens haben die Juden etwas, wovon sie sagen können: So, das ist unser Land. Ich glaube nicht, daß ein Christ das verstehen kann.»

«Ich schon. Henry, es betrübt mich, daß du meinst, mir all das erklären zu müssen. Rodney und ich haben einmal an einer Diskussionsgruppe über Zionismus teilgenommen. Frag mich nach Herzl. Frag mich über die britische Mandatszeit.»

«Ich erkläre es nur, weil du mich mit deinen Glaubenssätzen überrascht hast.»

«Ich kann sie für mich behalten, wenn es dir nicht recht ist.»

«Nein, aber sag nicht, daß du hier einwandern willst. Du bist hier nicht erwünscht. Gegen mich hätten sie nichts, aber ich hab auch so schon genug Probleme.»

«Eins davon bin ich.»

«Das hab ich nicht gesagt. Meine Arbeit ist eins.»

«Ich glaube, du könntest hier sehr gut arbeiten.»

«Großer Gott, nein. Es würde mich deprimieren. Für mich ist das Land nichts als ein Getto voller landwirtschaftlicher Betriebe. Ich *kenne* diese Leute. Ich hab mein ganzes Leben mit dem Versuch zugebracht, von ihnen loszukommen, Größeres im Sinn zu haben.»

«Vielleicht ist das dein Problem. Warum willst du von deinem Judentum loskommen? All die Motorräder, Cincinnati und der heilige Bernhard – das alles mußt du dir ausdenken. Hier wäre für dich Wirklichkeit. Du könntest schreiben, und ich könnte unter Pater Gibergue bei einer Grabung mitarbeiten.»

«Und deine Kinder?»

«Gibt es denn keine Kibbuzschulen?»

«Für Mitglieder der Episkopalkirche?»

Tränen stiegen ihr in die Augen, aus einer Art süßer Überfülle heraus, wie wenn Engel weinen. «Ich dachte, es würde dich freuen, daß es mir hier gefällt», bekam sie heraus, «mit dir.»

«Das *tut* es ja. Freust du dich denn nicht, daß es mir in Ossining gefällt, mit dir?» Als das, was sie sagten, unsinnig wurde, dämmerte ihm von fern, was die Wörter ‹Heiliges Land› bedeuten konnten. Heiliges Land war, wo zu sein man bereit war. Die Lebensmitte war ein heiliges Land. Die Ehe.

In ihrem Zimmer in den *Mishkenot* wartete eine Visitenkarte auf sie. Bech sah auf die hebräische Schrift und sagte: «Ich kann das nicht lesen.»

«Ich schon», sagte Bea und drehte die Karte auf dem Messingtablett um, so daß die lateinischen Buchstaben auf der Rückseite sichtbar wurden.

«Was steht drauf?»

Bea schloß die Hand um die Karte und sagte mit kessem Blick: «Wird nicht verraten.»

«Ich hätte nie eine Christin heiraten sollen», sagte Bech, ohne es zu glauben. Er lächelte der Erscheinung seiner molligen weißen protestantischen Amerikanerin zu, die eine Visitenkarte vom Aussehen eines der Quader aus der Mauer des Herodes in der Hand hielt.

Als rechte Ehefrau empfand sie Mitleid. «Jemand von der *Jerusalem Post*. Wahrscheinlich will er ein Interview.»

«Grundgütiger», sagte Bech.

«Ich nehme an, daß er noch einmal kommt», verkündete Bea.

«Hoffentlich nicht», sagte Bech lästerlich.

Macbech

Bea war mütterlicherseits eine Sinclair, und zu ihren langgehegten Wunschträumen hatte ein Besuch im Land ihrer Vorfahren gehört – das waren die Grafschaften Sutherland und Caithness im Osten des schottischen Hochlands. Bech, den sein neuer Rechtsstatus verpflichtete, ihre Wünsche zu erfüllen, erbot sich, da er durch den Verkauf einer halbvergessenen ollen Kamelle aus der Zeitschrift *Collier's* an eine Fernsehgesellschaft, die eine Serie ‹Kleine Meister der amerikanischen Kurzgeschichte› bringen wollte, ein wenig wohlhabender geworden war, ihr die Reise dorthin – mit ihm – zum vierzigsten Geburtstag zu schenken. Sie übergaben ihr zerfallendes, dem Tudorstil nachempfundenes altes Haus in Ossining mitsamt seinen drei jugendlichen Bewohnern einem jungen Paar vom Mercy College, das sich etwas verdienen wollte, zur Betreuung und flogen im Mai nach London, fuhren von dort mit der Bahn nach Edinburgh und weiter nach Inverness. England gefiel Bech, da dessen Niedergang ebenso allbekannt war wie seiner, und aus demselben Grund gefielen ihm Züge. Je weiter sie nach Norden kamen, desto glücklicher wurde er seltsamerweise.

Er bemerkte sein Glücksgefühl zum erstenmal in Edinburgh, während er ihrer beider Gepäck aus den Tiefen der Hallen aus Glas und Stahl des Bahnhofs Waverley eine berghohe Treppe emporwuchtete. Beim Einbiegen auf die North Bridge, jenseits derer sie ihr Hotel erwartete, fiel sein Blick nicht auf großstädtische Rechtecke, sondern auf den sanften grünen Vorsprung eines aufragenden unbebauten Hügellandes, das, so las Bea aus ihrem blauen Führer vor, während er sich neben ihr abschleppte, Arthur's Seat hieß. Trotz des schweren Gepäcks fühlte sich Bech erhoben, ins Luftige und Epische. Schottland schien zugleich alt, unwirtlich, schmutzig, üppig, geheimnisvoll und gesittet. Wie Bech bestand es aus Enttäuschungen. Zahlreich waren die verlorenen Schlachten. Verteidiger des Schlosses wurden unverzüglich vor dem Tor mit der Zugbrücke gehängt, Hexen haufenweise verbrannt, Verfechter des presbyterianischen Glaubens abgeschlachtet. Im Holyrood Palace schlich sich die rothaarige Königin der Schotten, größer als gedacht, in ihren brokatbestickten Pantöffelchen eine steinerne Wendeltreppe hinab, um den hübschen Burschen Darnley zu besuchen, der, bar allen gesunden Menschenverstandes, eines Abends in ihr kleines Eßzimmer eingedrungen war, gemeinsam mit anderen ihren Lieblingssekretär David Rizzio fortgeschleppt und ihn im Audienzzimmer mit 56 Stichwunden tot liegengelassen hatte. *Den angeblich unauslöschlichen Blutfleck, falls es ihn gibt, verdeckt der Bodenbelag. Neid auf Rizzios politischen Einfluß und vielleicht ein dunkler Verdacht Darnleys dürften die Motive für das Verbrechen gewesen sein.* Eingetrocknetes Blut und dunkle Verdächtigungen beherrschten die kaledonische Vergangenheit; nichts in der Geschichte sinkt rascher dahin, dachte Bech, als die tatsächlichen Triebfedern menschlichen Handelns, sofern es nicht ihre geschlechtliche Anziehungskraft ist. In dieser heiteren und schizophrenen Hauptstadt – die durch die grüne Furche eines 1816 abgelassenen *loch* geteilt wird – bewunderte er das größte je einem Autor errichtete Denkmal, ein riesiger, spitz zulaufender Turm über einem Standbild Sir Walter Scotts mit seinem Hund, und er spähte die schräg abfallende Royal Mile hinab in winzige Gäßchen, solche wie die, in denen Boswell seine geliebten Dirnen gehascht und umfangen hatte. «Der wahre Himmel», sagte Bech immer wieder zu Bea, die sich daran zu stoßen begann.

Doch Bechs tiefempfundenes Glücksgefühl nahm zu, als sie einige Tage später aus den Fenstern ihres nächsten Zuges der ginsterbedeckten Hänge der Grampians ansichtig wurden, richtige Berge, grün und grau von Heidekraut und Torf. In Inverness mieteten sie ein kleines kirschrotes Auto, in dem alles rechts war, was sonst links lag; als Bech nach dem Schalthebel faßte, griff er in die Luft, und beim Blick in den Rückspiegel sah er nichts. Bea teilte ihm mehrfach besorgt mit, daß sie, zu seiner Linken, anwesend und der Wagen einer Steinmauer schrecklich nah sei. «Willst du fahren?» fragte er, und auf ihre Antwort «Bloß nicht», mit der er gerechnet hatte, fuhr er versuchshalber die kurze Strecke zum Loch Ness; dort standen sie inmitten der leuchtend gelben Büsche am Ufer und hofften, ein Ungeheuer zu erblicken. Das Wasser, finster sogar in den rasch vorübergehenden Augenblicken des Sonnenlichts, wurde in winzige Wellchen zerhackt, deren jedes der Schatten einer Flosse oder eine dahingleitende Nüster sein konnte. «Möglich ist es», sagte Bech, «denk an den Quastenflosser.» Seine blonde Frau legte ihm erschauernd die Hand auf den Arm. «Was für ein dunkles Gewässer.»

«Es heißt, vom Torf, der sich darin auflöst. Winzige schwarze

Teilchen hängen überall im Wasser, und deshalb können die teuren Kameras, die sie runterlassen, nichts sehen. Da könnten sich Wale drin verstecken.»

Bea nickte, den Blick unverwandt aufs Wasser gerichtet. «Es ist viel größer, als man sagt.»

Ehelicher Friede, dies schwer zu fassende Geschöpf, das gleichfalls im Dunkeln schwimmt, überkam sie, als sie wieder im Hotel waren, ein Gebäude mit vielen Giebeln am lieblichen Fluß Ness. Nach dem Abendessen spazierten sie im späten Tageslicht des Nordens über eine Brücke und stießen zufällig auf eine Art Stadion, wo eine Veranstaltung für Touristen im Gange war: Kinder in Schottenröckchen führten zum Wimmern des Dudelsacks traditionelle Tänze auf. Auf Reisen mochte das Paar alle Kinder, eigene hatten sie keine. Ihre Ehe würde stets unfruchtbar bleiben; Bea war bereit gewesen, obwohl sie sich dem Ende ihres vierten Lebensjahrzehnts näherte, doch Bech schreckte vor der Vaterschaft mit ihren erdrückenden Verpflichtungen zurück. Er hatte keinen höheren Ehrgeiz, als einer von den Onkeln dieser Erde zu sein; und daß er mit einem Schlag Stiefvater von Beas halbwüchsigen Zwillingen Ann und Judy sowie des kleinen Donald geworden war (der ihn zuerst «Mr. Bech» und dann «Onkel Henry» nannte), war Segen und Bürde genug, was das Thema Vormundschaft anging. Seine Bücher und, in den Jahren seiner Schaffenspause, seine Reisen waren seine Kinder, und indem er Bea mitnahm, gab er ihr an neuen Bindungen an die Erde, was er konnte. Einige der schottischen Kinder waren so klein, daß sie beim Tanzen kaum über die flach ins Gras gelegten Schwerter zu hüpfen vermochten, und andere wurden von ihren älteren Schwestern durch Schieben und Ziehen in die rituellen Schrittmuster eingeweiht. Während Bea den immer gleichen ernsthaft durchgeführten Abläufen zusah, legte sich ihr ein versunkenes Lächeln auf die Lippen; Tränen standen in ihren blauen Augen, doch löschten sie das Lächeln nicht aus, eine nicht überraschende Mischung in diesem Klima, wo sich Sonne, Schauer und Regenbogen in rascher Folge abwechselten. Bech und Bea schienen die einzigen Touristen zu sein; das übrige Publikum bestand aus Müttern, Vätern und Onkeln mit Kinder-Regenmänteln auf den Knien. Während Bech und Bea zum Hotel zurückkehrten, fügte der noch immer dämmrige Himmel, über den rasche Wolken zogen, dem blitzenden Fluß, der völlig klar wirkte, obwohl er aus dem schwarzen *loch* gespeist wurde, einige silbrige Tropfen hinzu.

Am folgenden Tag wagten sie es, auf der linken Straßenseite

nordwärts zu fahren, über Dingwall, Tain, Dornoch und Golspie. Am Schloß Dunrobin verwehrte ihnen ein Regenguß den Besuch der berühmten kunstvollen Parkanlage; statt dessen zogen sie unbegleitet durch einen der getäfelten Räume nach dem anderen, vorbei an Porträts, Hirschgeweihen und gerahmten Fotos von Wochenendszenen um die Jahrhundertwende. Auf ihnen hielten der Herzog und seine gezwungen dreinblickenden Gäste, alle in weißen Flanellhosen, Tennisschläger, die aussahen wie Schneeschuhe. *«Der Name des Besitzes»*, las Bech Bea aus dem Führer vor, *«könnte auf Robin zurückgehen, nach Robert, dem sechsten Grafen von Sutherland, dessen Gemahlin eine Tochter des grausamen Alexander war, Graf von Buchan, ein jüngerer Sohn König Roberts II. und als ‹Der Wolf von Badenoch› bekannt.* Das nenne ich *Geschichte»*, sagte er. «‹Der grausame Alexander›. Der dritte Herzog von Sutherland», fuhr er, frei ausschmückend fort, «war der größte Grundbesitzer Westeuropas. Fast die gesamte Grafschaft Sutherland, eine gute halbe Million Hektar. Sein Vater und Großvater haben die große Vertreibung und die Abholzung des Hochlands auf dem Gewissen. All die armen Kartoffelbauern mußten verschwinden, nur damit *ihre* Schafe weiden konnten – nichts in Europa, bis hin zu Hitler, kommt einem Völkermord so nahe, außer man zählt die Armenier in der Türkei mit.»

«Mach mir bloß keine Vorwürfe», sagte Bea. «Ich war eine einfache Sinclair.»

«Ein Mann namens Sinclair hat das Cheviotschaf nach Norden, in die Grafschaft Caithness, gebracht.»

«Die Linie meiner Mutter ist dort um 1750 ausgewandert.»

«Die Hochlandschotten hatten denselben Ruf wie zu Zeiten der Königin Viktoria die Völker Afrikas – sie galten als wild, faul und besserungsbedürftig. Und so sprach man auch von ‹Verbesserung›, als man die Menschen zugunsten der Schafe verjagte.»

«Sieh mal, Henry! In dem Bett hier hat Königin Viktoria geschlafen. Und ihre feinen Spitzenhandschuhe liegengelassen.»

Die Bettpfosten waren vergoldet, das Bett sah klein aus und war wohl hart. *Schwer ruht das Haupt.* Bech sagte zu Bea: «Willst du wirklich wissen, auf was für Greueltaten ein Schloß wie das hier errichtet worden ist?» Er hörte sich mit der Stimme seines Vaters reden und hielt unvermittelt den Mund.

Beas breites mütterliches Gesicht war erhitzt, gerötet und von der Luftfeuchtigkeit benetzt, während der Regen an die bleigefaßten Scheiben schlug, die auf die Nordsee hinausgingen. «Nun, ich hätte nicht gedacht, daß ich dem *jetzt* ins Auge sehen muß, nur weil ich ein bißchen Schottenblut hab. Die Sinclairs haben die Landräumung nicht veranlaßt, sie waren Opfer wie alle anderen.»

«Sie hatten ein Schloß», gab Bech finster zu bedenken.

«Nicht später als im 17. Jahrhundert», widersprach sie.

«Ich möchte den Strathnaver sehen», beharrte er. «Da war es am schlimmsten.»

Im Wagen sahen sie auf die Karte. «Wir können es schaffen», sagte Bea, die ihre ehefrauliche Haltung wiedergewonnen hatte. «Über Wick nach Norden, bei John o'Groats westwärts, über Thurso zum Strathnaver, und dann das Tal entlang nach Lairg. Wahrscheinlich wird es nicht viel zu sehen geben, einfach leeres Land.»

«Das ist es ja gerade», sagte Bech. «Erst haben sie die armen Kätner vertrieben und dann deren Katen verbrannt. Widerstand haben am ehesten noch die Frauen geleistet. Also haben sich die Männer der Sheriffs Mut angetrunken, den Frauen mit ihren Knüppeln eins übergebraten und sie dann in die Brüste getreten.»

«Es war ganz und gar schrecklich», sagte Bea, ihm freundlich assistierend. Ihr Gesicht wirkte strahlend, während der Regen hart auf das Dach ihres kleinen roten englischen Ford trommelte, in dem alles verkehrt herum war. Ihr Land, sein Patriotismus. Ihr Geburtstag, seine Freude. Wie seltsam, bemühte Bech sich einzugestehen, daß sein Glück in Schottland darin bestand, sich ihr gegenüber niederträchtig zu verhalten.

Die Sinclairs hatten auf den riesigen baumlosen Feldern von Caithness, deren smaragdgrüner Schwung bis an die Kante der gefährlich abstürzenden Klippen reichte, Ackerbau getrieben und taten es vielleicht immer noch. Die steilen Abstürze und die freistehenden Türme, die die See durch jahrtausendelanges Zusammenbacken des Materials geschaffen hatte, das aus den als *gills* bezeichneten Schluchten ausgewaschen worden war, bestanden aus grauen Sandsteinstreifen, die so gleichmäßig übereinanderlagen wie die Blätter eines Buchs. Unten am Gestade schienen riesige geneigte Steintafeln an Fußspuren eines Riesen zu gemahnen, der in die See hinausgeschritten war, oder Zeugnis vom Untergang einer ungeheuren Bibliothek abzulegen. Kein Zaun hielt Kühe oder Touristen vom jähen Sturz aus der Höhe ab, die das Produkt zahlreicher angelagerter Schichten aus Erosionsgestein war; Fußwege waren parallel zum Rand des Steilfelsens getreten worden, sie führten zu *cairns,*

Steinhaufen, deren erklärende Inschriften von Flechten verdunkelt waren und, an einer Stelle, zu einer wilden Müllkippe, wo Zeitungen und Kondensmilchdosen am Rand des Absturzes abgeladen worden, aber nicht alle hinabgefallen waren. Möwen nisteten unmittelbar unter der Sodenkante und den gesamten Steilhang hinab in Felsspalten; ihre weißen Leiber, die Schwingen im Flug gestreckt, malten Flecke in den windumtosten hohen Raum zwischen dem Spiegel der blitzenden See und der Kante, an der Bech und Bea standen. Der Blick in die Tiefe war schwindelerregend, und sie kreischte auf, als er, um sie zu necken, einige Schritte nach vorn tat und nach unten griff, als wolle er ein Möwenei aus dem Nest nehmen. Die Möwenmutter legte den Kopf schief und sah mit einem unbeeindruckten rosa Auge zu ihm hinauf. Bech zog sich atemlos zurück. Trotz seiner knabenhaften gespielten Tapferkeit zitterten ihm die Knie. Alle Tiefen lockten ihn: *Fall. Flieg.*

Statt des Windes, der sonst so scharf blies, daß in dieser nördlichsten britischen Grafschaft kein Baum von selbst wuchs, wehte heute eine sanfte Maibrise, die Beas Wangen rötete und Bechs Nasenflügel sich im Geruch des salzigen Gischts weiten ließ. Die Wikinger waren an diese Küste gekommen und hatten Zerstörung, aber auch flachshaarige Kinder zurückgelassen. Die Häuser hier waren geduckt, mit Reet oder Schiefer gedeckt, und rechteckig behauene Stücke der allgegenwärtigen Steintafeln waren so aufgestellt worden, daß sie Felder als Zäune eingrenzten. Hauptsächlich jedoch empfand man in diesem Land die unbegrenzte Leere, halbzahm und süß, kaum daß ein Auto auf der A9 oder ein Fußgänger diesseits des grünen Horizonts zu sehen gewesen wäre, hinter dem die Wiesen braunem Moor wichen, wo aus langen geraden Gräben schwarze Torfziegel herausgestochen wurden, und wo die Leere erst richtig begann. Auf jedem Friedhof, an dem sie angehalten hatten, lagen Sinclairs; Bea war ganz aufgeregt, sich auf dem Boden ihrer Ahnen zu befinden, wenn auch weniger verzückt als in Israel. Dort hatte sich Bech von Menschen eingeengt gefühlt, aber hier, in der Tweedjacke mit den vielen Taschen, die er in der Princes Street gekauft hatte, auf dem Kopf den erst gestern in Wick erworbenen Hut mit dem tief hinabreichenden Rand, fühlte er sich wohl. «So was wie hier brauch ich», behauptete er von der Felskante herab zu Bea, als er wieder zu Atem gekommen war und seine Knie nicht mehr zitterten.

«Du zahlst mir jetzt nur heim», sagte sie, «daß es mir im Heiligen Land so gefallen hat.»

«Das war überentwickelt. Hier ist es gerade richtig. Abschnitte von jeweils rund 500 Hektar Größe.»

«Mit dem Hut siehst du lächerlich aus», ließ sie ihn unfreundlich wissen, es war nicht ihre Art. Vielleicht hatte ihr der Wind etwas ins Auge geweht. «Ich bin auch nicht sicher, ob dir die Jacke steht.»

«Ich fühl mich in beiden wohl. *Blast, Wind und sprengt die Bakken!*»

«Sie gibt dir so ein trollhaftes Aussehen.»

«Was für ein trollhaftes Aussehen?»

«Eben das trollhafte Aussehen, das –»

Er beendete den Satz für sie. «Das Juden bekommen, wenn sie in Tweed herumlaufen. Scheiße. Ich hab's tatsächlich geschafft. Ich hab 'ne Antisemitin geheiratet.»

«Das wollte ich überhaupt nicht sagen.» Aber sie verriet ihm auch nicht, was sie hatte sagen wollen. Erst als sie sich in ihrem Bett im modrig riechenden dritten Stock des Hotels Thurso Arms aneinanderkuschelten, hörten die Ungeheuer in der tiefen Kluft zwischen ihnen auf sich zu rühren. Das Backsteinstädtchen schwand hinter den Gardinen ihrer Fenster dahin wie eine Stadt in einem trüben Märchen. Pflichtgemäß liebten sie sich, da man ihnen ein Zimmer mit Doppelbett zugewiesen hatte. Es gab keinen Zweifel: Bea nahm ihm übel, daß er Schottland so bereitwillig – geradezu begierig – in sich aufsog. Steine und Gras dieses Landes, seine Türmchen, sein Straßenpflaster und sein winddurchfegtes Grau, seine Geschichte aus immerwährendem, wenn auch heftig bekämpftem Verlust gegenüber dem grünen Land im Süden, das es sich wohl sein ließ ... waren nicht die Schotten einer der zehn verlorenen Stämme Israels? Wie die Juden lebten die Kelten an den Rand der Ereignisse in Europa gedrängt, ohne aber ganz unberührt von ihnen zu bleiben: Sie hatten Europas unerbittlichem Vorwärtsdrang zusehen und in verkrampften Herzen und ihrem verkniffenen Leben eine Kritik hegen dürfen, aus der dann – jenseits von Spinoza, Hume, Maxwell und Einstein – Amerika wurde. So jedenfalls schien es Bech, während Bea schlief und er wach lag, das Gefühl genießend, sich am Nordrand dieser so gründlich kommentierten Insel zu befinden, an einer Art magischem Rand, der Himmel noch immer weiß, obschon die Mitternacht nahe war. Unter seinem Fenster erklang der unerwartete Lärm heiseren jugendlichen Herumalberns, ein hungriges Füßescharren und Geschrei, das Bechs weltumspannende mystische Gefühle zusätzlich bereicherte. Denn auch wenn sein eigenes beengtes und narzißtisches Dasein genug des Wunders darstellte, über das man schreiben konnte, war gewiß ein dahinein verwobenes Wunder, daß andere Menschen ihr anderes Leben lebten, wohin auch immer auf der Karte man den Fuß setzte.

Außer, anscheinend, im schottischen Hochland. Häufig schien dort, wo auf der gestrichelten Linie der Straße ein Ortsname aufblühte, nichts zu sein, nicht einmal die zerfallenen Mauern eines einzigen Hauses. Nichts war von den Menschen geblieben als dieser Name auf der Karte und die heller leuchtenden grünen Flecken, wo sie vor mehr als einem Jahrhundert Kartoffeläcker gedüngt hatten. Sonst lag da nur noch kilometerweit welliges braunes Moorland, kaum einmal von einem Fluß oder See unterbrochen oder von einer dieser purpurgrünen Erhebungen, nicht Berg, nicht Hügel, für die als einzige Bezeichnung das schottische Wort *ben* möglich war. Bech und Bea waren von Thurso aus an der Küste entlang westwärts gefahren und hatten sich durch das Tal des Strathnaver nach Süden gewandt; hier war es bei der Vertreibung der Kleinbauern zu den schlimmsten Ausschreitungen gekommen. Ungeheuerlichkeiten, die der Mensch begeht, hinterlassen keine Spuren auf dem Boden, sah Bech. Die Natur geht darüber hinweg und ordnet die Dinge neu an. Vielleicht gab es in Polen Landstriche, die man entvölkert hatte wie diesen hier. Die Straße schien das einzige Zeichen für die Anwesenheit von Menschen in dieser Gegend zu sein; sie war einspurig und weitete sich hier und da, so daß man beiseite fahren und entgegenkommende Fahrzeuge vorbeilassen konnte. Man lernte das Spiel rasch: Kamen zwei Wagen aufeinander zu, beschleunigten beide Fahrer, um die letztmögliche Ausweichstelle vor dem Zusammenstoß zu erreichen. Bea erklärte, so sehe die Spielregel keineswegs aus, vielmehr wetteiferten die Fahrer um das Vorrecht, einander auszuweichen und den anderen freundlich und dankbar vorbeizuwinken. «Willst du fahren?» fragte er sie.

Er hielt an und stieg aus. Er sog die reine Hochlandluft ein. Die violetten Weiten der Moorlandschaft waren mit weißen und rosa Blümchen übersät. Die Wolken saßen in ihrer Eile, irgendwohin zu gelangen, schräg am Himmel, und große Fetzen von ihnen rissen dabei ab. Man sah keine Schafe. Auch sie waren vertrieben worden. Während Bea fuhr, das Kinn vor Anstrengung, nicht nach rechts zu geraten, hoch emporgereckt, las er ihr über die Vertreibungen vor: *«Wir haben kein Land, für das wir kämpfen könnten. Ihr habt es uns genommen und den Schafen gegeben. Da ihr den Menschen Schafe vorge-*

zogen habt, laßt euch jetzt auch von den Schafen verteidigen!» Bei der Vorstellung eines Heeres aus Schafen stieg ihm ein Kloß in die Kehle. Jüdischer Humor. «Das haben sie zu den Werbern gesagt, als sie hier im Hochland eine Truppe anwerben wollten, die ihnen im Krimkrieg helfen sollte. Die *lairds*, die schottischen Grundherren, waren in erster Linie Kriegshäuptlinge, nach der Niederlage der Schotten bei Culloden aber gab es keine Kriege mehr, und die Kleinbauern, die ihre Pacht meist in Form von Militärdienst bezahlten, hatten nichts. Die *lairds*, die nach London und in den hübschen Teil Edinburghs gezogen waren, den wir gesehen haben, brauchten Geld, und das bekamen sie, indem sie ihr Land den Schafzüchtern aus dem Süden verpachteten.»

«Schlimm», sagte Bea abwesend, wich nach links auf einen Erdstreifen aus und nahm das dankbare Winken des flachshaarigen Fahrers aus einem ratternden alten Lastwagen entgegen.

«Das hier ist eine hübsche Stelle», sagte Bech. «Der Herzog von Sutherland kam höchstpersönlich aus London herbei, um zu sehen, was los war, und ein alter Mann aus der Versammlung stand auf und sagte: *Alle hier im Land sind der Ansicht, daß wir keine schlechtere Behandlung zu erwarten hätten, als wir sie in den letzten fünfzig Jahren von Ihrer Familie erfahren haben, wenn demnächst der Zar von Rußland Besitz von Schloß Dunrobin und von Stafford House ergriffe.»* Bech lachte leise vor sich hin; er dachte an seine Vorfahren, die sich im selben Krieg auf der Gegenseite der Einberufung entzogen hatten. Seine Mutter stammte aus Minsk. Geschichte, wie Erdkunde, erregte und ängstigte ihn wegen der ungeheuren Fülle des darin enthaltenen Lebens, die über sein unbedeutendes eigenes hinausging.

Zwinkernd fragte Bea: «Wieso begeistert dich das so?»

«Dich etwa nicht?»

«Es ist traurig, Henry, du siehst dir ja die Landschaft überhaupt nicht an.»

«Doch. Sie ist hinreißend. Aber man muß als Teil des Bildes auch das Elend sehen.»

«Du meinst, *unseres* Bildes. Deswegen drückst du mich ja mit der Nase da rein. Du fährst mit mir her und sagst, es ist ein Geburtstagsgeschenk, und dann erinnerst du mich an all die Schlachten, Vertreibungen, an Hungersnöte und Habgier, als wenn *uns* das etwas anginge. Schön, wir sind sterblich. Wir sind fehlbar. Aber das heißt nicht, daß wir zwangsläufig auch grausam sind.» Eine der schrägen dahineilenden Wolken war dunkler als die anderen, und mit einemmal begann es mit solcher Wildheit zu regnen und zu hageln, daß Bea leise seufzend den Wagen an einer Ausweichstelle anhielt. Die weißen Kügelchen hüpften von der Motorhaube hoch, als kämen sie von dorther und nicht vom Himmel; die Finsternis des Himmels war so, wie es wohl ein Blinder empfindet, bevor das Licht endgültig verlöscht. Dann wurde es heller; der Hagel hörte auf; und im feinen Dunst, der dabei entstand, überspannte ein Regenbogen den Schatten eines Tales, in dem ein bebautes Feld einen Hang aus sanftem Grün bildete. Aus dem fernsten Hochland waren sie in ein Gebiet gekommen, wo Ackerbau begann, und Telefonleitungen unterstrichen die Majestät des subarktischen Himmels. Sie verließen beide den kleinen Wagen, um dem Regenbogen näher zu sein, der, ein Schenkel länger als der andere, vor ihnen zurückwich und zu einer Art Lächeln am purpurgrünen Rand eines *ben* wurde. Bech schwelgte in der wilden Schönheit rundum und sagte: «Laß uns ein Schloß kaufen, König Duncan ermorden und uns niederlassen. Hier gehören wir her.»

«Nicht *wir*», rief Bea. «*Ich!*» Er war verblüfft, und sein Gesicht mußte Furcht gezeigt haben, denn der Ausdruck besorgter ehefraulicher Schuld legte sich auf ihres, während sie, den Tränen nahe, bei ihrer Ansicht blieb: «Das ist *typisch* für euch Autoren – ihr eignet euch alles an. Mir hat man mein armes kleines bißchen Schottentum genommen; jetzt bist du schottischer als ich. Zum Schluß bleibt mir gar nichts mehr, und du gehst her und eignest dir von einem anderen etwas anderes an. Henry, diese Eheschließung war ein schrecklicher Irrtum.»

Doch der bloße Schreck vor dem, was sie sagte, trieb sie ihm mit ihrem verschwommenen runden Gesicht, rosa und weiß wie das eines Kaninchens, in die Arme. Er hielt sie und tätschelte ihren Rücken, während sie schluchzend seine Tweedschulter näßte und der Regenbogen vor der ginstergelben Sonne verblaßte. Bea wollte immer noch sich, ihren Ausbruch, erklären. «Seit wir verheiratet sind –»

«Ja?» ermunterte er sie und sah über ihren sonnenbeschienenen Kopf hinweg, daß die unteren Hänge des Berges, Äonen hindurch unbedecktes Moorland, mit Regimentern von Fichten bepflanzt worden waren, damit die Papiermühlen im Süden Futter hatten.

«– komme ich nicht von dem Eindruck los, daß du mich in deinen Gedanken *verdaust*, mich zu einer deiner *Gestalten* machst.»

«Du bist ein sehr wirklicher Mensch», versicherte er ihr, dabei mechanisch weitertätschelnd. «Mein Christenmädchen.» Aus Achtung vor dem reizbaren Rückgrat feministischen Empfindens, das sie unter seinen Händen entwickelt hatte, änderte er es rasch ab in: «Gottes Christenmädchen.»

Ehebech

Das Haus in Ossining, ein großes, dem Tudorstil nachempfundenes Gebäude mit einem nicht dazu passenden Mansardendach, stand auf einer gut einen halben Hektar großen rasenbedeckten Erhebung am Rand eines Wäldchens irgendwo zwischen der Taconic State Street und der Briarcliff-Peekshill-Parkstraße. Das von außen sichtbare Balkenwerk war im glänzenden Dunkelgrün von Parkbänken gehalten, und der Verputz war so stark nachgedunkelt, daß er aussah wie in der Pfanne verbrutzelt. Im Inneren gab es weite zugige Räume im Überfluß – widerhallende Treppenhäuser mit machtvoll aufragenden Treppen sowie schmale fensterlose Gänge, über die unsichtbare Dienstboten huschen konnten. Solange Beas und Rodneys Ehe glattging, hatten sie Jahre damit verbracht, das Gebäude herzurichten: Sie hatten erst den weißen, dann eine Schicht darunter den rosa Lack von den Geländerpfosten und den Handläufen abgekratzt, bis das rohe Eichenholz freilag; sie hatten alle zerbrochenen Scheiben und den zerbröselten Kitt in dem kleinen Wintergarten ersetzt, der sich an die Bibliothek lehnte, die Badezimmer im Obergeschoß neu gefliest, die Wände an der Hintertreppe frisch verputzt sowie eine Fliederhecke gärtnerisch gestaltet und einen Tennis-Hartplatz angelegt. Als ihre Ehe auf Grund lief, hörte das Farbkratzen in halber Höhe des linken Treppengeländers auf, und den Tennisplatz übernahmen die Kinder aus der Nachbarschaft sowie deren Babysitter mit ihren honigfarbenen Gliedmaßen. Bech kam sich in dem Herrensitz vor wie ein Einsiedlerkrebs, den es in ein Vogelhaus verschlagen hat. Alles war viel zu weiträumig, er konnte sich weder an die Treppenhäuser gewöhnen noch an ihren hochnäsig geforderten Bedarf an Luftraum, und auch nicht daran, daß die Wärme im Haus nicht aus dampfdurchströmten Heizkörpern kam, die durch eine viele Stockwerke weiter unten liegende höllische Wärmequelle gespeist wurden, sondern statt dessen aus dünnen Röhren sickerte, die sich dicht über dem Boden an Fußleisten entlangwanden, aus Leitungen, die durch mit Namen versehene allmonatliche Ölrechnungen und unheilverkündende schnaufende Besuche des Tankwagens warmgehalten wurden. Im

Keller konnte man die Lagertanks sehen – zwei riesige rostbraune Dinger, die sich fettig anfühlten. Und da befand sich auch der Kessel, ein umgebauter alter Kokskessel, der in einem zerbröselnden Mantel aus gipsverkleidetem Asbest steckte. Darin rumpelte und brummelte es die ganze Nacht wie im Gehirn eines Verrückten. Bech hatte zuvor kaum je einen Keller betreten; er hatte oben gelebt, an der frischen Luft wie die Mistel oder das dichtbepelzte Faultier, Untergattung ‹manhathattensis›. Obwohl er seine in Cincinnati lebende Schwester besucht und seine neueste Phantasie, ‹*Travel Light*›, unter dem Eindruck der bei seinen dortigen Onkelbesuchen gewonnenen Erlebnisse geschrieben hatte, war ihm noch nie bewußt geworden, woraus Amerika bestand: aus einsamen vorgeschobenen Posten, aus Blockhütten, deren Ritzen mit Schlamm und Moos verstopft sind.

Ein immer wiederkehrendes Gesprächsthema bei Unterhaltungen mit den Nachbarn war die Wärmedämmung, und im ersten Winter schleppte Bech seinen entwurzelten Krebsschwanz zur Baustoffhandlung an der Route neun und brachte in Beas Volare-Kombi mit dem schwergängigen Getriebe dicke Rollen rosafarbener Glasfasermatten mit silbriger Beschichtung heim; mit sich verhärtender Hand nagelte er dies sperrige, wenn auch leichte Material zwischen die Sparren eines leerstehenden Zimmers mit unverputzten Wänden, das für Dienstboten oder als Lagerraum vorgesehen war, und schuf sich so, rings umsilbert und umgeben von den Werbesprüchen der Mattenhersteller, eine Art von Traumbild, eine surreale Variante seiner verlassenen klosterartigen Wohnung hoch über der windumtobten Ecke zwischen 99. Straße und Riverside Drive. Hier, wo die sich überschneidenden Strahlen zweier elektrischer Heizöfen seine Schienbeine rösteten, sollte er schreiben.

«Schreiben?» fragte er Bea, die diese Raumzuteilung vorgeschlagen hatte. «Wie geht das?»

«Weißt du», sagte sie, ohne sich aus dem Konzept bringen zu lassen, «das kommt alles wieder, jetzt, da du dich an einem Ort niedergelassen hast, wo man dich liebt.»

Sein Herz, das bei ‹niedergelassen› zusammengezuckt war, floh so rasch vor dem Wort ‹liebt›, daß er für einen Augenblick taub war. Solche glücklichen Zustände hatten nichts mit Schreiben zu tun. Glücklichsein war nicht der Verbündete der Wahrheit, sondern ihr Feind. Wie sie in ihrem etwas formlosen Hauskleid dastand, das Blondhaar in der strähnigen Unordnung äußerster Aufrichtigkeit, schien die liebe Bea als massives Hindernis dem nicht ganz durchsichtigen Fortgang seines Unbehagens, in dem seine Seele auflebte und das seiner pedantisch-modernistischen Haltung Nahrung bot, im Weg zu stehen. Zu sicher in ihrem auf Freud zurückgehenden, ihr aus siebter Hand übermittelten Bewußtsein, die Antwort auf alle seine Fragen liege zwischen ihren weichen Schenkeln, meinte sie, die lange unfruchtbare Zeit seines unbeweibten Daseins vor ihr sei nichts gewesen als ein Fehler, eine Wanderschaft durch eine steinerne Wildnis voller Weiber und Reisen. Er zweifelte, ob es so einfach war. Künstlerschaft war eine Sache schwierigen und lang-währenden Manövrierens; wer vermochte zu sagen, wo man eine falsche Bewegung machte? Man denke an Prousts oder Rilkes jahr-zehntelanges unsicheres Zögern. Die Zerrüttung der Sinne, hatte Rimbaud gefordert. Fanden nicht alle Ausschweifungen Hart Cra-nes ihren Daseinsgrund in einigen wenigen flammenden Versen, die noch brannten, lange nachdem sich das düstere, von seinem Selbstmord hervorgerufene Aufsehen gelegt hatte?

«Du mußt nur», erklärte Bea, während sich ihre blauen Schotten-augen beiseite einem anderen Detail der Haushaltsführung zuwand-ten, «jeden Tag gleich morgens da hochgehen und eine bestimmte Anzahl von Seiten schreiben – nicht zu viele, sonst vermiest du es dir selbst. Aber die schreibst du, Henry, ob gut oder schlecht, Sommer oder Winter, dann wird man ja sehen.»

«Gut oder schlecht?» fragte er, ungläubig.

«Klar, warum nicht? Wer weiß das denn schon? Denk nur an Kafka, den du so bewunderst. Wen interessiert denn heute noch, ob *Amerika* oder *Das Schloß* besser ist? Beides ist Kafka, und nur das interessiert uns. Alles, was du schreibst, ist Bech, und mehr ver-langt niemand von dir. *Mehr Licht; mehr Bech.*»

Er hatte nicht gewußt, daß sie so viel deutsch konnte. «Ich be-wundere Kafka nicht», knurrte er und empfand dabei die ange-nehme Widerspenstigkeit eines Kindes. «Er kommt mir vor wie ein älterer Bruder, der mich tyrannisiert. Er unterdrückt mich so, wie Kafka von seinem Vater unterdrückt wurde.»

«Du bestrafst alle anderen», fuhr Bea fort. «Seit dem Verriß von ‹The Chosen› hältst du die Luft an wie ein wütender Säugling. Schluß jetzt. Schreib ‹Think Big› zu Ende.»

«Ich wollte es eigentlich ‹Easy Money› nennen.»

«Gut. Viel besserer Titel. Vermutlich hat dich der frühere einge-schüchtert.»

«Aber es geht darin um New York. Wie kann ich über die Stadt schreiben, wenn du mich da rausgeholt hast?»

«Das ist gerade gut», sagte Bea munter und drückte ihr Haar näher an den glänzenden Kreis ihres Gesichts heran. «New York ist dir gar nicht bekommen, du hast dich immer von der Hauptsache ablenken lassen.»

«Wer will schon entscheiden», fragte er mit einem neuen Versuch, seine frühere Ästhetik ins Spiel zu bringen, «was eine Hauptsache ist?»

«Ganz einfach. Alles, was dich weiterbringt. Stell dein Licht nur unter den Scheffel, wenn du das für richtig hältst. Ich kann mich nicht ewig mit dir herumstreiten. Nach dem zu urteilen, was ich da draußen höre, stellen Donald und seine Freunde schreckliche Dinge mit dem Hund an.»

Es stimmte. Donald und zwei Spielkameraden von gegenüber versuchten, mit Max, einem müden alten Golden Retriever, den Rodney und Bea als Welpen gekauft hatten, Rodeo zu spielen. Als sie ihm ein Lasso um den Hals warfen, jaulte er auf, und als sie ausgeschimpft wurden, ließ er die Rute beschämt hängen – er hatte nicht petzen wollen. Bech hatte nie zuvor in näherer Beziehung zu einem Hund gestanden. Er war erstaunt über die Vielzahl von Empfindungen, die das Tier mit seinem Schwanz, seinen Ohren und der beweglichen lockeren Haut seiner Schnauze auszudrücken vermochte. Immer, wenn er und Bea von einer Besorgung im Supermarkt oder einer Fahrt in die Stadt zurückkehrten, schlug der alte Max in seiner schlichten Freude mit der Rute an die Kotflügel des Volare, faßte, wenn sich sein neues Herrchen niederbeugte, um ihm den Kopf zu tätscheln, Bechs Hand mit der Schnauze und versuchte ihn zum Haus zu ziehen – ihn zu apportieren sozusagen, was ja die Aufgabe eines Retrievers ist. Die Klammer seiner Zähne war, auch wenn freundliche Absichten dahinterstanden, so fest, daß es schmerzte und bläuliche Spuren auf der Haut zurückblieben. Bech mußte lachen, während er versuchte, die Hand wegzuziehen, ohne sie zu verletzen. Maxens Schnauze bewegte sich mit freundlicher Entschlossenheit, während er sich bemühte, den niedergebeugten, zusammenfahrenden Mann zur Hintertür zu zerren. Seine Ohren waren vor Begeisterung angelegt, und Katzen kamen von der Veranda heruntergesaust, um sich eifersüchtig an Bechs Knöcheln zu reiben. Katzen gehörten zu diesem Haus wie die Nagetiere, die Donald hielt, und die eingingen, wenn sie ihren Käfigen entkamen. Alle drei Kinder hatten lautstarke Freunde, und auch Bea verbrachte manchen Vor- und Nachmittag damit, Hausfrauen aus der Nachbarschaft, aus Briarcliff Manor oder aus Pleasantville zu bewirten – alte Freundinnen aus Rodneys Zeiten, die vielleicht aus Neugier kamen und einen Blick auf den berühmten Autor erhaschen wollten (in den Wohnstädten ist spätestens seit ‹Die Leute von Peyton Place› jeder Autor *sui generis* berühmt), den Bea – ausgerechnet *Bea* – da auf welche Weise auch immer an Land gezogen hatte. Kamen diese Besucherinnen zum Vormittagskaffee, hatten sie für Bech kaum mehr übrig als ein blitzmunteres, von leuchtenden Augen begleitetes Lächeln über ihren in Kaschmirpullovern stekkenden gestärkten Blusenkragen; doch traf er sie in den länger werdenden Schatten der Cocktailstunde, warfen ihm diese *gojischen* Hausfrauen, die in einer finstern Ecke des Wohnzimmers mit seiner Balkendecke vor ihrem zweiten Glas saßen, verschwommene und erwartungsvolle Blicke zu und baten ihn, von der allgemeinen guten Laune zur Unvorsichtigkeit verführt, sie doch «in» ein Buch zu «bringen». An diesen Frauen fiel ihm leidvoll auf, daß sie im Unterschied zu denen Manhattans und seiner Reisen gänzlich unablösbar von dieser ihm unleserlichen Umgebung Westchesters waren.

Ohne eine solche Vielzahl von Anstößen, nach oben zu fliehen, hätte sich Bech womöglich nie in seinem silbrigen Zimmer eingerichtet. Doch es schien die einzige Stelle in dem ganzen riesigen Haus zu sein, wo er nicht in eine Balgerei, eine Gesellschaft oder ein Konzert hineingezogen wurde. Vor allem die Zwillingsschwestern waren unfähig, sich außerhalb der Hörweite lautstarker Musik aufzuhalten. Sie waren fünfzehn, als Bech ihr Stiefvater wurde – ziemlich knochige, bläßliche Geschöpfe mit Rodneys breiter Stirn und unfroh dreinblickenden, leicht hervortetenden grauen Augen. Sie lasen, oben in ihrem Zimmer auf das Sofa gelümmelt, dicke Schmöker mit Schauer- und Hexengeschichten, die im Staat Maine vorgekommen sein sollten, und ließen sich dabei vom donnernden Geprassel und den Weltuntergangstexten der Reggaemusik berieseln. Donald, der mehr von Beas Rundungen und schweißfeuchten rosafarbenen Schattierungen geerbt hatte, war zehn und trug eine Zeitlang, wo er ging und stand, ein batteriebetriebenes CB-Funkgerät mit sich herum, über das er mit den Fahrern von hinter dem Wäldchen nordwärts rollenden Fernlastzügen Gespräche anzuknüpfen versuchte. Der Lärm des Verkehrs, auch wenn er nur von fern her klang, durchdrang dennoch Westchester County, sein Klang wirkte, weil ihn das Blattwerk abschirmte, finsterer als das offene Dröhnen Manhattans. Durch die Eheschließung mit Bea, die im Kielwasser ihrer stürmischen Schwester in sein Leben getrieben war, hatte Bech, ohne es zu wissen, eine Arche des Vorstadtlebens betreten, und jetzt pulsten ihre Maschinen um ihn herum wie die eines sinkenden Kauffahrers bei Joseph Conrad. In solcher Umgebung ließ sich Lärm nicht ignorieren. In New York gab es Wände, Bezirke, Zonen und Vorschriften, die für Anonymität sorgten; hier in Ossining war jede Störung persönlich gefärbt: Das Telefon klingelte nie in der Wohnung eines anderen, und das Kind, das unten heulte, war stets das eigene. Eine Art Belagerungszustand umgab das schwerfällige halbgrüne Haus, das auf seiner Rasenkuppe wie auf dem Präsentierteller stand – eine Belagerung aus möglicherweise unheilverkündendem Stöhnen in den Wasserleitungen und Rissen im Gebälk, während die Tierwelt ringsum den geschwächten Bau benagte, bekratzte und umflatterte. Die pulverförmigen Exkremente unsichtbarer Käfer und Ameisen bedeckten den Boden des Kellers, und Bech war erstaunt zu sehen, wieviel wildes Leben noch in einem gründlich gezähmten und mit Hypotheken bedeckten Stück Waldland lauerte und es überall besetzt hielt. Eichhörnchen – oder waren es Fledermäuse? – tanzten über seinem Kopf im Silberzimmer oberhalb der Decke mit ihrer phantasievollen Landkarte aus Flecken, in den staubigen Gebäuderitzen, mit den Baumwipfeln durch Löcher verschmolzen, die er nie vom Erdboden oder einer Leiter aus zu entdecken vermochte. Sogar im Sommer hielt er das einzige Fenster seines Zimmers vor der ablenkenden Vielfalt der Vogelrufe verschlossen. In jenem zweiten Frühjahr hatte ein unauffälliges Vögelchen in einem Spalt hinter den Windbrettern des Mansardendachs genistet und Bech mit seinen unaufhörlichen Flügen zum Nest behext. Ein leiser Flügelschlag, ein kaum vernehmbares Tschilpen, das vor eifriger Beschäftigung mit der Nahrung für eine kleine Weile verstummte, dann entfernte sich der Flügelschlag wieder. So viel verbissene Mühe, um dem Dschungel der Welt ein paar neue mausgraue Vögelchen hinzuzufügen. Eines Morgens war dann plötzliches Schweigen im Nest; die Jungen waren flügge geworden. Einsamkeit umgab den Horst des Autors mit seinem alten olivgrünen Schreibtisch aus der 99. Straße, seinem blechernen elektrischen Heizöfchen, seinen Bücherregalen aus rohem Fichtenholz, die mit Blechwinkeln an den Sparren verschraubt waren, seinen Kartons voller verworrener Manuskriptblätter, deren Zahl beständig zunahm, denn Bech war schon vor der Reise nach Schottland in seinem Vogelhaus heimisch geworden; er pickte sich, Beas Rat folgend, beharrlich durch das geisterhafte Gewirr von ‹Think Big› voran.

Bechs viérter und, wie es bei den Kritikern heißt, «lange erwarte-ter» Roman bestand aus mehreren Anfällen, oder Schwärmen, der Eingebung. Begonnen hatte es in London, während einer kurzen Liebelei mit einer niedlichen reichen Erbin und Klatschspaltenver-fasserin namens Merissa; in seiner Vorstellung nahm das Werk die Gestalt eines ehrgeizigen elegischen Romans an, der auf den Selbst-mord der Heldin hin angelegt war wie ‹Anna Karenina› und ‹Madame Bovary›. Die Heldin sollte Merissas feinen Knochenbau und ihre katzenhafte Anschmiegsamkeit besitzen, aber unumwun-den, selbstzerstörerisch und sorglos Amerikanerin sein. Als Name für sie fiel ihm, mit einer Sonderbarkeit, die von tiefem unbewuß-ten Drängen zeugte, Olive ein. Bech brachte etwa 60 handgeschrie-bene Seiten zustande, auf denen es hauptsächlich um Olives Col-legezeit in den Südstaaten ging. In seinem College vermischte sich ein den gestriegelten Campusrasen unpassenderweise überwehen-der strenger Geruch von Pferdedung mit dem idyllischen Bild hö-herer Töchter, die in modischen Röcken und auf Stöckelschuhen zu den Vorlesungen eilten. Als es aber an der Zeit war, sie im Roman nach New York zu bringen, in die Hauptstadt zugrunde gerichteter Unschuld, wußte er nicht, in welchem Beruf er sie versacken lassen sollte. Das einzige, was unser Autor aus eigener Anschauung kannte, die Arbeit im Verlag, erfüllte ihn, wenn er ihm in der Lite-ratur begegnete, mit großem Abscheu; er mochte keine Verwick-lungen, weder auf Drucken von Escher, bei Irisblättern noch im romantischen Thema des Inzests. Doch was geschah in all diesen Glaskästen, die auf der Stadt lasteten, welche Reiche entstanden und vergingen? Er konnte es sich nicht vorstellen. Im Schwebe-zustand ließ Bech ein Jahr verstreichen, während er Einladungen nachkam und Fragebogen ausfüllte, die ihm Doktoranden ins Haus schickten. Dann schaltete er eines knackend kalten Winternachmit-tags, an dem der Dampf üppig den Heizkörperventilen entquoll, als Gegenmittel gegen sein Gefühl des Eingesperrtseins den Fernseher ein und sah auf dem Bildschirm eine junge Schauspielerin sich fle-hend aufwärts dem unter einer aseptischen Kopfbedeckung erkenn-baren Gesicht eines Arztes zuwenden, in dessen einschmeicheln-dem Bariton es drohend grollte. Bech ging auf einen anderen Kanal und belauschte den Stummeldialog zweier keifender Weiber, die dabei in dem Mobiliar eines Wohnzimmers von texanischen Aus-maßen hin- und hereilten.

Über einen Kanal elektronischer Tickernachrichten und einen weiteren mit Situationskomödien für die spanischsprechende Minderheit gelangte er zu einem dritten größeren Sender. Ein junges Mädchen heulte wegen einer Abtreibung Rotz und Wasser, während an den Seitenscheiben ihres Kabrios kalifornische Klippen vorbeisausten. Hier, merkte Bech, war ein Reich, ein Königtum, so ausgedehnt und mystisch verzweigt wie eine chinesische Dynastie; das riesige sommersprossige Gesicht des jungenhaften und unbarmherzigen Tad Greenbaum trieb ihm die Züge von Tads Geliebter ins Großhirn, der anschmiegsamen, pillenschluckenden Thelma Stern, ihres diabolischen früheren Mannes, des rätselhaften Polonius Stern, sowie ihres skrupellosen, unbekümmerten Bruders, des Anwalts Dolf Lessup. Eine Welt aus grellbeleuchteten Tonstudios und Schneideräumen von intimer Schummrigkeit, aus Männern, die wie rasend von einer geschlossenen teuren Welt gläserner Schreibtische, weicher Teppiche und dämmriger französischer Restaurants aus nach den ungesehenen Millionen griffen, die einsam in schäbigen Zimmern hockten, bot sich Bech als eine so gnadenlose Wildnis dar, daß man sich einfach an sie als eine Welt erinnern mußte, in der er all seine Wissenslücken mit Fetzen aus alten Hollywoodfilmen füllen konnte, die zeigten, wie Hollywoodfilme gedreht wurden. Einige Seiten lang zog der Autor durch diesen Lichtdschungel, wo seinen Weg abwechselnd Bogenlampen und *crêpes flambées* beleuchteten, so lange, bis alle Lichter erloschen und er erneut verdorrte. Denn Macht, und der Kampf darum, war für Bech von öder Langeweile. Dann lernte er Ellen kennen, Lehrerin an einer Rudolf Steiner-Schule, und im Schimmer ihres intelligenten Mondgesichts, auf dem kein Lächeln lag, arbeitete er einige der vergilbten alten Eingebungsschwärme auf. Aus seiner Heldin Olive wurde Lenore, nicht so verletzlich und unschuldig wie damals, als sie erdacht ward, gegen Ende der immer noch sexistischen sechziger Jahre. Die junge Frau von heute wäre eher zu einem Mord fähig als zum Selbstmord. Und verwirrenderweise waren rührselige Fernsehserien zu einer Mode geworden, zu einem Klischee geronnen. Es war wie eine Gnade, daß weitere Reisen dazwischentraten. Bech hatte die fünfzig überschritten, sein Haar war auf den für die Werbung bestimmten Fotos ein verblüffender weißer Klecks geworden, und man hatte sein unbeendetes Projekt, ‹Think Big›, bereits so oft in Zeitschriften erwähnt, daß Sammler ihm nicht ohne Gereiztheit schrieben, sie sähen sich außerstande, ein Exemplar aufzutreiben. Dies Durcheinander aus hoffnungsvollen Anfängen, diesen verwünschten Traum, gebot ihm Bea jetzt Wirklichkeit werden zu lassen.

Was verstand sie von Kunst? Sie hatte ihr Studium am Vassar College mit guten Noten abgeschlossen; ihr Hauptfach war Betriebswirtschaft gewesen. An der ganzen Ostküste hatte keiner kürzeren Prozeß gemacht als ihr kürzlich verstorbener Vater, der alte Richter Latchett. Ihre Schwester, die schwierige Norma, das nur notdürftig verhüllte Vorbild zu Thelma Stern, hatte eine scharfe Zunge geführt, die rasch ein Urteil über andere formulierte. Beas Weisheit, die ihn angelockt hatte, verhüllte eine angeborene Tüchtigkeit; im tiefsten Inneren war sie noch immer das brave kleine Mädchen, das jeden Morgen vor dem Schulweg auf dem Tagesplan Zähneputzen, Frühstück und Töpfchen abhakte. «So kann man nicht schreiben», wandte er ein.

«Wie?»

«Wie Zähneputzen, Frühstück und aufs Töpfchen gehen. So braucht es die Welt nicht.»

Sie dachte nach, mit einem Gesicht, das im Ruhezustand rund war und nicht lächelte, wie das seiner Gestalt Lenore. «Aber *du*», sagte sie. «Du brauchst es. Du bist Schriftsteller. Jedenfalls hast du das immer behauptet.»

Bech überhörte den darin mitschwingenden Vorwurf, er könne sie in all den Jahren ihrer jungen Liebe getäuscht haben, und fuhr auf der eingeschlagenen Linie fort: «Um sich zu rechtfertigen, muß Schreiben ungewöhnlich sein. Wenn es gewöhnlich ist, ist es schlimmer als wertlos; es ist ein einziges Durcheinander. Geh in einen beliebigen Buchladen und versuch da zu atmen. Es geht nicht. Zu viele Wörter, von Leuten produziert, die jeden Morgen arbeiten.»

«Weißt du», sagte Bea, «Rodney war auch nicht gerade scharf auf seine Arbeit als Anlagenberater. Er hätte gern jeden Tag von morgens bis abends Tennis gespielt. Statt dessen ist er aufgestanden und hat bei jedem Wetter den Zug um 7 Uhr 31 genommen; es hat mir fast das Herz gebrochen. Ich hab mich immer im Bett verkrochen, bis er weg war, so ein schlechtes Gewissen hatte ich ihm gegenüber.»

«Sieh mal», sagte Bech. «Durch die Heirat mit mir hast du die Schuld gesühnt.» Doch jedesmal, wenn sie ihm Rodney als Vorbild unter die Nase rieb, erkannte er, daß er der Welt der Macht einen Haken gegeben hatte, den sie in sein Fleisch senken konnte.

«Donald will immer wissen, was du eigentlich machst», fuhr Bea unerbittlich fort, «und die Mädchen hat man in der Schule gefragt, ob es stimmt, daß du nicht richtig im Kopf bist. Ich meine, dreizehn Jahre, und kein Wort.»

«Jetzt tust du mir weh.»

«Du tust *uns* weh», sagte sie. Ihr Gesicht bekam rosa Stellen. «Rodney bedauert mich, das merke ich am Telefon.»

«Dein Rodney kann mich am *Arsch* lecken. Was interessieren mich die Rodneys dieser Welt? Warum hast du ihn denn bloß verlassen, wenn er so ein toller Hecht ist?»

«Er war ein Brechmittel, aber ich mag es nicht sagen. Dich liebe ich, das ist doch klar. Vergiß, was ich gesagt hab, mir gefällt nun mal die Art, wie du dich rein erhältst, indem du nie die Feder aufs Papier setzt. Nur eine Kleinigkeit.»

«Und zwar?»

«Laß gut sein.»

«Nein, sag's mir.» Er mochte Geheimnisse, seit ihm sein Vater ins Ohr geflüstert hatte, die Mutter habe an einem bestimmten Tag schlechte Laune, ohne daß sie etwas dazu konnte, und er werde das eines Tages verstehen, wenn er groß sei. Erst als er mit nahezu 38 Jahren neben einer hinreißenden schlafenden jungen Frau im Bett lag, begriff Bech, daß sein Vater die Menstruation gemeint hatte.

«Wir brauchen das Geld», sagte Bea.

«Aha. Jetzt läßt du die Katze aus dem Sack.»

«Das große Haus muß geheizt werden, und es heißt, Heizöl soll demnächst 25 Dollar pro 100 Liter kosten. Außerdem fehlen seit dem Sturm in der vorigen Woche ein paar Dachziegel an der Nordseite.»

«Wir können den Kasten hier verkaufen und nach New York zurück ziehen. Da ist das Leben unkompliziert.»

«Ich würde das liebend gern tun, wie du weißt, aber es geht wegen der Kinder nicht.»

Er hörte von dieser Bereitschaft zum erstenmal, aber es machte ihm Spaß, Bea zum Lügen zu bringen. Ihm gefielen diese Kabbeleien, bei denen die Norma in ihr zum Vorschein kam, und sie hätten damit auch bestimmt weitergemacht, wenn es nicht geklingelt hätte. Marcie Flint stand vor der Tür, auch so eine Veteranin des Vorstadtlebens. Sie war gekommen, um Zweitehen bei einer Tasse Kaffee zu vergleichen. Bech floh nach oben, an all dem durcheinandergewürfelten Spielzeug und den Decken der Kinderschlafzimmer vorbei, in seine Zuflucht im dritten Stock. Er strich die Wörter *Think Big* auf der übel mißhandelten ersten Seite seines Manuskripts durch und ersetzte sie durch *Easy Money*. Dann änderte er den Namen seiner Heldin zurück in Olive. Voll verwegenen Zorns begann er von vorn.

Während er mit seinen vier die Maschine bearbeitenden Fin-

gern gegen das nervöse Rascheln der Nager über seinem Kopf an-
schrieb, während die hellgrünen Knospen des Frühlings und die
nachlassenden Brisen dem üppigen Wuchern des Sommers wichen,
das seinerseits getrocknet und entsprechend der letzten Herbst-
mode gefärbt zum gefrorenen Erdreich zurückkehren würde,
durchfluteten ihn unvorhersehbar Erinnerungen an Manhattan wie
Schmerzanfälle bei einer Schleimbeutelentzündung. Dort äußerten
sich die Jahreszeiten weniger in der Flora der sich große Mühe ge-
benden Parks als in den Gewandungen der menschlichen Fauna, aus
Pelz und Wolle, aus Lederstiefeln, Gürteln, der sommerlichen
Baumwolle und den Sandalen mit Holzsohlen wie auch in den letzten konditionsbewußten Jahren die leuchtenden ärmellosen West-
chen und superkurzen Shorts der jungen Damen, die aus den steinernen Flächen so mühelos emporgewachsen waren wie Blumen
aus dem Schlamm. In der Erinnerung war New York so ge-
schlechtlich; alles wirkte wie im Inneren eines Hauses, inmitten
umgebender Gefahr, hinzu kam, daß man dort zwangsläufig gesund war, weil man lange Fußwege auf der Suche nach Taxis machen, sich durch Drehtüren zwängen und schwere Taschen voll Kä-
sekuchen und Pampelmusen treppauf und treppab schleppen
mußte, weil der Aufzug nicht funktionierte. Auf dieser Insel pri-
mitiven Lebens kam es ebenso beiläufig zur Kopulation wie bei den
Polynesiern, während Scarlatti aus der Stereoanlage dröhnte und
der Müllwagen zwei Nebenstraßen entfernt sein frühmorgendli-
ches Lied winselte. Bech erinnerte sich aus dem gemütlichen langen
Jahrzehnt, bevor Claire in sein Leben getreten war, wie er nach einer
Verlagsparty eine Lektorin heimbegleitet hatte und ihm in der engen Küche ihrer Wohnung deren volle silbrigen Brüste in die Hände
geflossen waren, während ihre Münder im selben Augenblick in
der Glut des ersten Kusses verschmolzen und sich seine Augen, die
verstohlen seine Umgebung musterten, mit den Kugeln der leuchtenden roten Zwiebeln füllten, die von einem vorkragenden Nagel
über dem Spültisch seiner überquellenden Dame herabhingen. Er
erinnerte sich an Claire, die schlank wie ein Fisch nackt durch die
Aquarienbeleuchtung seiner Räume gehuscht war, als ein kurzer
Wintertag draußen in einem Wirbel nassen Schnees endete, der sich
Flocke um Flocke auf den Rändern der Feuerleiter sammelte. In
jenen fernen Tagen hatte sie Tanz studiert, und man hätte im Dämmerlicht meinen können, sie übe in einem fleischfarbenen Trikot zu
den die Luft erfüllenden Gitterrhythmen Ravels, wäre da nicht der
senkrechte Fleck ihres Schamhaars gewesen; statt des üblichen

dunklen Dreiecks bedeckte ein einer kleinen Säule ähnelndes Geflecht ihre Muschi wie eine Rauchsäule. An Claires Nachfolgerin dachte Bech mit geringerer Wehmut, denn sie war Norma Latchett gewesen, seine jetzige Schwägerin. Gelegentlich besuchte Norma ihn und Bea und verdreckte dabei alle Aschenbecher im Haus mit je einem lippenstiftbeschmierten Zigarettenstummel. Von ihr ging eine raubgierige Melancholie aus, die sich ihm noch durch die Kerkermauern des Sippentabus mitteilte, das jetzt zwischen ihnen stand. Richter Latchett war, nachdem er so vielen Menschen zu ihrem wohlverdienten Lohn verholfen hatte, zum seinigen eingegangen, die Mutter der beiden Schwestern war durch Beschluß des Vormundschaftsgerichts entmündigt worden, und so strömte jetzt Norma für Bech einen schwachen Geruch nach Familiendeprimiertheit aus, wie sie sich nur bei weißen angelsächsischen Protestanten findet. Die romantische Periode mit Norma quoll jetzt bittersüß in ihm auf und füllte die leeren Stellen seines unfertigen Manuskripts; ihm schien es ein bekennenswertes Wunder, daß sich das Volk während der Jahre öffentlicher Verklemmtheit unter zwei sauertöpfischen Präsidenten Katakomben privaten Lebens zu bewahren vermocht hatte. Bech stellte an seinem olivgrünen Stahlschreibtisch diesen riesigen unterirdischen Raum Einzelheit für Einzelheit wieder her und verwob die zufällig gehörte Musik der tranceversunkenen Zeit mit der gierigen Verwirrung, die von seinen Gestalten ausging. Abgesehen von Olive und einigen weniger bedeutenden *schicksen* waren seine Geliebten Jüdinnen gewesen, und hier in diesem, von Protestanten erbauten und immer wieder von Protestanten erworbenen Haus, das auch jetzt, von ihm selbst abgesehen, ausschließlich blonde Menschen bewohnten, in diesem Haus, durch das Rodney Cooks schmallippiges Gespenst spukte, wurde ihm auch das Judentum zu einer Art Wunder – eine fadenscheinige Fabel, an der noch gesponnen wurde, eine Energie und Ironie, die voll Rachsucht die Ruinen des Christentums mit Leben erfüllte, eine wahrhaft übermenschliche Atmosphäre, List, humorvolle Haltung und begeisterte Unbesonnenheit, ein Schauspiel, das um das in der Bibel zugesagte Ausmaß über das Drama der übrigen Menschheit emporragte. Seine eigene Kindheit, seine Onkel in Brooklyn und sein Heranwachsen auf der West Side erkannte er jetzt durch das unschätzbare falsche Ende des Fernrohrs so deutlich und spielzeughaft, wie er einst durch das richtig herum gehaltene Fernrohr die proletarischen Motorradfahrer des Mittelwestens gesehen hatte. Tag um Tag entzündete sich seine Vorstellungskraft ein

wenig und ließ einige Seiten zum Grau des Typoskripts verschwe-
len. Er hatte beschlossen, den Text nicht auf seine übliche Spinnen-
art neu zu schreiben oder ihn auch nur noch einmal durchzulesen,
außer um festzustellen, ob die Farbe des Sportwagens einer seiner
Gestalten oder ihre Haarfarbe stimmte. Wo die Ereignisse unwahrscheinlich wirkten, erklärte er, ein Roman über Greenbaum
Productions habe einen Anspruch auf einen Hauch rührseliger
Abendunterhaltung; wo eine Gestalt unausgeformt und blaß
schien, beruhigte er sich damit, daß sie in späteren Episoden an
Format gewinnen würde; wo eine Lücke klaffte, brachte Bech feier-
lich noch eine weitere erotische Erinnerung an die Vergangenheit
unter, die durch die Ferne der Zeit und seines Exils in Ossining
verzaubert war. Er verwarf die übergenauen Autoren Flaubert und
Kafka als geistige Schutzpatrone und machte sich den pragmati-
schen Fatalismus der großen «begnadeten Pfuscher» Melville und
Faulkner zu eigen. Was für Mängel auch immer er unsortiert in sein
Opus hineinwickelte, sah er als sich verstärkende Rache an Bea an.
Denn unter anderem war sein ihm wesensfremdes Arbeitstempo
von Gehässigkeit getragen – Erfüllung eines Gelöbnisses, «es ihr zu
zeigen». «Dir werd ich's zeigen!» riefen gelegentlich die Kinder,
den Tränen nahe, unter seinem Fenster.

Wenn das sinnenbetäubende Dahinsausen des Tages mit den be-
sudelten Engeln seiner Vorstellung vorüber war, erwartete ihn unten eine schöne neue Welt der Häuslichkeit. Zu Mittag bekam er
vielleicht ein paar angetrocknete, mit Erdnußbutter und Fruchtge-
lee bestrichene Brotschreiben, die Donald und ein Spielkamerad
eine Stunde zuvor verschmäht hatten. Mit dem Fortschreiten des
Sommers lagen dann Gemüse aus Beas Garten – Bohnen, Brokkoli
und Zucchini – auf der einem Hackklotz ähnlichen Küchentheke,
man konnte sie roh nagen. Daß rohem, selbstgezogenem Gemüse
ein hoher – auch sittlicher – Nährwert nachgesagt wurde, war eine
der christlichen Vorstellungen, die ihn mäßig belustigten. War Bea
in der Nähe, konnte es sein, daß sie ihm eine Dose Suppe warm
machte, sich zu ihm an den runden Küchentisch setzte und etwas
mitaß. Vielleicht war Frühstücksfleisch im Kühlschrank, vielleicht
auch nicht, je nachdem, was ihre Einkäufe erbracht und was die
Raubzüge der beiden Jungen übriggelassen hatten, mit denen Ann
und Judy befreundet waren. Es war ein chaotischer Kontrapunkt zu
der Art, wie sich Bech in seiner Junggesellenzeit ernährt hatte, als
sich der Stapel Salamischeiben aus dem Delikatessenladen auf dem
zweiten Gitter des Kühlschranks pro Tag um exakt drei Scheiben

verminderte, wie ein Buch, das jemand langsam liest. Abends pflegte er in jener Zeit gewöhnlich außerhalb zu essen. Sofern dem aber ein Schneesturm entgegenstand oder eine Fernsehsendung, die er nicht missen mochte, wärmte er sich eine tiefgekühlte chinesische Mahlzeit auf, wobei das Innere der Frühlingsrolle immer von köstlicher Eisigkeit blieb. Hier gab es für den Ehemann gelegentlich von Bea geplante große Festmähler, die zelebriert wurden, als wolle sie ihn schlachtreif mästen, sonst aber mußte er sich mit ungesitteten Halbwüchsigen um Reste prügeln.

Anns und Judys Freunde erschienen ihm als eine lautstarke und übelriechende Ansammlung von Hautkrankheiten, eine Meute heulender Wölfe, die sich in die bunten Fetzen hüllten, die soeben der letzte Schrei waren. Alles dehnte sich bis zum Bersten unter dem Druck ihrer wachsenden Leiber, die Art, wie sie den Mädchen den Hof machten, konnte man unmöglich nicht zur Kenntnis nehmen. Das ging von den Vorführungen ihrer überragenden Fähigkeiten im *football* auf dem Septemberrasen bis zu den nach einigem jugendlichen Getanze fälligen nachmitternächtlichen Runden mit dem väterlichen Mercedes auf der kiesbestreuten Auffahrt. Die Zwillinge selbst – Ann eine Spur nachdenklicher und ernsthafter als Judy, Judy ein Hauch fraulicher als Ann, als gewährte ihr die Viertelstunde, die sie eher in die Welt getreten war, einen immerwährenden Vorsprung an Reife – verbrachten viel Zeit in der Schule. Ärgerlicherweise war sich Bech ihrer Anwesenheit am meisten an solchen Abenden bewußt, an denen sie, von den Hausaufgaben gelangweilt, gemeinsam in Flüstern und Kichern ausbrachen und aus dem Haus einen überall hörbaren, unergründlichen Wirbel weiblicher Ausgelassenheit machten, die sich immer wieder an sich selbst entzündete und Anlässe fand, erneut auszubrechen, wohin auch immer sie den Blick richteten. Bech vermutete, daß sie aus dem einen oder anderen Grund über ihn lachten, und er fürchtete, das ganze Haus und mit ihm er selbst werde in ihre unersättliche Heiterkeit hinabgezogen, die in so trüber Weise durch ihre Zwillingshaftigkeit verstärkt wurde. Der kleine Donald hingegen, Leidensgefährte, was den Fehler betraf, männlichen Geschlechts zu sein, rief in ihm ausschließlich zärtliche Empfindungen hervor. Er sah sich selbst in der schwerfälligen kriegerischen Energie des Jungen; während er über das Bett des schlafenden Kleinen gebeugt stand, ermaß er sein eigenes groteskes Alter, und angesichts dieser traumgeröteten vollkommenen Wange den Gipfel seiner eigenen Verderbtheit. Donald kam gegen vier mit dem kürbisfarbenen Schulbus zurück, und bisweilen spielten er und Bech Ballfangen mit einem Baseball oder Football, wobei sich die vergessenen Bewegungen Bechs Schultern mitteilten, wie auch der Aufprall und das Reiben von Leder seinen Händen. Manchmal gingen sie beide zusammen mit Bea ins Schwimmbad hinter einem der Nachbarhäuser schwimmen, bevor es unter der Herbstkälte abgelassen und die Abdeckung darübergezogen wurde. Bea hatte dort Zutritt, weil sie schon lange mit den Leuten bekannt war, und gelegentlich gesellte sich die Frau des Hauses zu ihnen und bot ihnen zu trinken an. Diese alten Bekannten Beas, mit Namen wie Wryson, Weed, Hake oder Crutchman – schneidende englische Namen wie auf dem Dienstplan eines Segelschiffs –, hatten ihren Reiz und zweifellos ihre Leidenschaften, Enttäuschungen und Geschichten, aber sie kamen Bech so exotisch vor, so vergänglich, bleich und überheblich zwischen ihren Schwimmbädern und Hartriegelsträuchern und den alten, im holländischen Verband errichteten Trennmauern, daß er sich unter ihnen wie ein Spion fühlte, und wenn schon nicht wie ein stummer Spion, so doch wie ein übermäßig aufdringlicher, gelockter Prahlhans. Als literarisch Schaffender verfeinert und schlaff kam er sich unter beasgleichen ordinär und zudringlich vor, wie einer der Marx Brothers, der im Begriff steht, einer Frau den Rock hochzuheben oder eine Zigarre in einer Fingerschale auszudrücken. Ein Abend inmitten solcher Erwartungen ermüdete ihn. «Ich weiß nicht», seufzte er zu Bea hin, «es ist einfach nicht die Art Leute, mit denen ich umzugehen gewohnt bin.»

«Du hast ihnen ja noch gar keine Gelegenheit gegeben», sagte sie, während sie ihn über die schmale gewundene Straße heimfuhr. «Du denkst wohl, nur weil sie nicht in Wohnblocks leben, keine bis zur Decke mit Büchern vollgestopften Metallregale haben und weil ihre Großeltern nicht aus einem *Schtetl* stammen, sind es keine Menschen. Aber Louise Bentley, du hast sie heute abend kennengelernt, hat vor Jahren etwas Schreckliches erlebt, und Jonny Hake hat sich wirklich zusammengerissen. Ich weiß, er ist zu allerlei imstande.»

«Ich zweifle nicht daran», sagte Bech, «aber es ist nicht mein Bier.» Geld zum Beispiel, wie es diese protestantischen Angelsachsen besaßen, schien starr und unsichtbar zu sein, wie Glas. Obwohl man es aufsplittern und verteilen, erwerben und weitergeben konnte, fehlte ihm ganz und gar ein elementares festliches Aussehen. In jüdischen Händen hingegen war Geld wie Hefe: es wuchs, breitete sich aus und hüpfte über den Zähltisch. Dann ihre eigentümliche weihnachtliche Religion; eine Vielzahl von Beas Bekannten ging ebenso zur Kirche, wie sie hingebungsvoll Tennis und Golf spielten und Versammlungen besuchten, auf denen dafür geworben wurde, daß Spekulanten in der Gegend keinen Grund und Boden erwerben konnten. Dennoch lag ihr Gott, trotz all seiner farbigen Geschichte und flitterbesetzten Attribute, über der Erde wie ein Hauch von eisigem Zirrus, ein sich im Hintergrund haltender und schüchterner Anderer, dessen Ranken sich nicht mit kräftigem Blut und Muskeln vermischt hatte; hingegen der ununterdrückbare Judengott, das Rätsel scherzender Rabbiner, der mit Hiob und Abraham seine Streiche trieb und seine Auserwählten jahrtausendelang in die Patsche geführt hat, ohne ihnen auch nur ein Leben nach dem Tode zu versprechen: dieser Gott, neben dem noch die vielarmigen Gottheiten der Hindus schlank und plausibel wirkten, mischte sich dennoch in das Alltagsleben ein und kibitzte bei allem, was die Menschen trieben. Unter den *gojim* zu sein, ängstigte Bech wahrhaftig; die von ihnen allen ausgehende Kälte war die Kälte von Teufeln.

Er fühlte sich wohler im Ort Ossining, mit seinen in der Sonne sitzenden Schwarzen und seinen verfallenen Geschäftsstraßen, die sich scharf zum Hudson hinabneigten, und seiner untersetzten gotischen Architektur aus Backstein und Gesimsen, die Bechs Vorstellungskraft etwas von Raubrittern, Märchen und Washington Irving zuflüsterte. Auf Washington Heights, vermutete er, hatte es einst kaum anders ausgesehen als jetzt hier. Eine solch vielköpfige dunkelhäutige Präsenz so weit oben am Hudson hatte er nicht vermutet, und ebensowenig die leicht schläfrige südliche Art des Ganzen – die leeren Ladenfronten, die untätig daliegenden Piers, die Bretterschuppen, die vor sich hin rostenden Bahnanschlüsse und die Denkmäler, die an den Bürgerkrieg erinnerten. Er erkannte, daß es überall im Nordosten der Vereinigten Staaten Städte wie diese gab, die längst vollkommen fertiggestellt worden waren und die man nur deshalb mit Speiseeis und Marschmusik anfüllte, damit sie so in eine sonnengelähmte Schläfrigkeit glitten, wie kleine Pyritstücke rostfarbige Eisensulfatlösung von der Fläche eines granitnen Steilabbruchs herabtropfen lassen. Der Name Ossining, erfuhr er, war eine Beschönigung; 1901 benannten die Dorfväter den Ort um, der zuvor ‹Sing Sing› geheißen hatte – diesen Namen hatte inzwischen das berühmte Zuchthaus mit Beschlag belegt. Ursprünglich war ‹Sin Sinck› ein indianischer Name, er bedeutete ‹Stein auf Stein›. Stein auf Stein war die riesige Strafanstalt entstanden; wenn hier auf dem elektrischen Stuhl eine Hinrichtung stattfand, wurden im Umkreis von Kilometern die Lampen dunkler, so jedenfalls hatte Bech es als Junge in der Massenpresse gelesen. Die grobgerasterten Zeitungsfotos des berühmten ‹heißen Stuhls› in Sing Sing und die Filmszene, in der Cagney, stöhnend und mit nachgebenden Beinen, einen langen Gang seinem Ende entgegengeführt wird, hatten dem jungen Bech alles gesagt, was er je über den Tod hatte wissen wollen. Er fragte sich, ob die Bewohner der Unterwelt einander immer noch wütend anknurrten: «Dafür wirst du in der Hölle schmoren», und meinte, wohl kaum. Die Lichter von Ossining wurden nicht mehr dunkler vor Mitgefühl mit kaltgemachten Mördern. Die Menschen in der Stadt wirkten auf Bech fröhlich und der ganze Ort wie eine Spielzeugstadt; wie alle wahren New Yorker glaubte Bech, Menschen, die woanders lebten, sei es irgendwie nicht ernst damit. Er genoß es, auf dieser geneigten Bühne zwischen Peekshill und Tarrytown zu den Kleinstadtbesingern zu gehören; oft erbot er sich, kleinere Besorgungen für Beas Haushalt zu erledigen; er schlug dann die Zeit in dem schlauchartig langen, dunklen und nichtklimatisierten Drugstore tot, sah begehrlich auf die glänzenden Taschenbuchausgaben der jüdischen Autoren Uris und Styron und staunte, wie weit die kosmetische Unschuld des handeltreibenden Amerika reichte. Die Beschwingtheit, die ihn an solchen Nachmittagen fern des heimischen Herdes erfaßte, gab ihm die Kraft, die er brauchte, um sich weiterhin durch die verschlungenen Gänge der Phantasie zu graben, die er zwischen den verloren dastehenden Türmen von Batmans Stadt Gotham anlegte.

Er erinnerte sich der großen Stadt im Regen, jener ohne Vorankündigung herabstürzenden Wolkenbrüche, die die Asphalt-Trockentäler Wasser führen ließ, die Gullydeckel überschwemmte und die Bürger zwang, sich unterzustellen – Millionäre und ihre Mätressen wie Vertreterinnen und Botenjungen: unter Restaurantvordächern und den vorspringenden Marmoreingängen internationaler Banken, jenen glatten Festungen im Verborgenen wirkender Macht. Ein solcher Wolkenbruch überrascht Tad Greenbaum und Thelma Stern ohne ihren Wagen. Seit einer Weile, man erinnere sich, ist Thelma entschlossen, Tad zu verlassen, fürchtet sich aber, es ihm zu sagen und schiebt es auf. Taxen fahren spritzend vorbei, die *Frei*-Lichter auf dem Dach ausgeschaltet, auf den Rücksitzen sieht man als Schatten die Köpfe jener geheimnisvollen Menschen, die im schlimmsten Wetter Taxen bekommen: Wenn die Atombomben zu fallen beginnen, werden diese selben Schatten die Stadt unter dem Ticken der Taxameter entspannt verlassen. Zierliche Schuhchen von Delmans, im Grunde nichts als hohe goldene Absätze, denen je ein schmales Goldband an Thelmas Knöcheln Halt gab, werden vom Durchwaten des schwarzen Baches im Rinnstein so durchnäßt, daß sie sie abnimmt und barfuß über den glänzenden Asphalt hastet. Nein, das streichen wir, sie ist nicht barfuß, gewiß trägt sie eine Strumpfhose, in einem irrsinnigen Impuls bleibt sie unter dem verschwimmenden HALT der Fußgängerampel stehen, greift nach oben unter ihren Shantungrock und befreit sich, schält erst das linke und dann das rechte Bein aus der Umhüllung. Jetzt sind ihre Füße wahrlich nackt. Ausgelassen knüllt sie, die als schlankes und rankes Mädchen in der freien Wildbahn der Berge Kentukkys aufgewachsen ist, das durchnäßte Nylongewebe zusammen und schleudert es nachlässig in einen der UFO-ähnlichen Abfallbehälter, die die von einer Müllawine überrollte Weltstadt aufgestellt hat. Tad, der sie einholt, die Leguanlederschuhe Größe 46 immer noch klatschnaß am Fuß, lacht laut über ihre unbekümmerte Geste. Der Strumpfhose folgen die goldenen Schuhe auf dem Fuß in den Abfallbehälter; Tads ungeheurer sommersprossiger Bariton übertönt den Lärm aus Wasser, Taxireifen und kreischenden Nutten in ihren grellroten Stretchhosen, die der Regen einige Straßen von der Dritten Avenue entfernt überrascht hatte und die nichts über dem Kopf fanden als ein Schild mit der Aufschrift MASSAGESALON. «Ich – will *raus*», ruft sie ihm plötzlich zu. Ihr rabenschwarzes Haar ist eng wie die schlangenähnlichen Löckchen der Medusa um ihr schmales knochiges Gesicht gelegt.

«Aus – *was* – raus?» dröhnt Tad zurück.

Noch immer gebietet die Fußgängerampel HALT, obwohl die für die Fahrzeuge bereits auf Rot gesprungen ist. Thelmas geisterbleiches, im strömenden Regen ihm zugewandtes, Gesicht nimmt mit einem Schlag eine grünliche Färbung an. «Aus – *dir*», kann sie schließlich hervorstoßen, der Sprung ihres Lebens, mit der Äußerung sinkt ihr das Herz in Übelkeit erregender Weise; sein Gesicht dräut über ihr wie ein kleines Luftschiff, gedunsen und unverhofft, das wirre kastanienfarbene Haar über seiner breiten sommersprossigen Stirn flachgedrückt. Über eine Schläfe läuft ein dünnes Rinnsal des Haartönungsmittels, das sein Friseur mit Vorliebe benutzt, bräunlich gefärbt. Im Grunde, denkt sie bei sich, ist er ein Junge, der allmählich älter wird, mit der Brutalität eines Knabenkriegers und der Unwissenheit von Jungen bei Dingen, auf die es ankommt. Wie wären Männer ohne diese Unwissenheit imstande zu handeln?

Wie könnten sie Reiche gründen oder auch nur die Straße überqueren?

Das Signal ist von Rot auf Weiß gesprungen, ein undeutlicher Umriß sagt gefährlich GEHEN. Tad und Thelma rennen auf die andere Seite der Dritten Avenue, um unter den Arkaden eines Kürschnerladens Zuflucht zu suchen. Die Straßenoberfläche ist eine mit Wellchen bedeckte Folie; Plastiktüten liegen auf dem Gully an der Ecke wie Taschentücher von Brautjungfern. Das Gefühl von Teer unter den Fußsohlen und das Geprassel des Regens auf die ganze Länge ihrer bloßen Waden hat in Thelma ein elementares Selbst wachgerufen, das Tad, seine auf Spesen laufenden Kreditkarten und seine Steuervorteile verachtungsvoll von sich weist. Er wiederum, mit seinem naß an der Haut klebenden Savile Row-Maßanzug und einer absurd wirkenden Folge von Tropfen, die ihm von der Nasenspitze fallen, sieht trübe und wie geistesgestört drein. «Du Miststück», sagt er ihr in der geänderten Akustik dieses trockenen Orts. «Den ‹Friß Vogel oder stirb›-Quatsch machst du nicht noch mal mit mir; du weißt, es ist alles nur 'ne Frage der Zeit.»

Damit meint er, vermutet sie, daß er Ginger verläßt – Ginger Greenbaum, sein stures Pummelchen von Ehefrau, das stets in Kaftane und Dschellabas gehüllt ging, um zu vertuschen, daß sie fast fünfzehn Kilo zuviel wog. Thelma ist über sich selbst erstaunt: Wie konnte sie nur mit einem Mann ins Bett gehen, der mit diesem verzogenen und ständig maulenden Zerrbild einer Frau schlief, deren Geld (das ihr Vater mit der Herstellung von Fleischkonserven verdient hat) Tads alles umschlingende krakenhafte Jungenhaftigkeit aufgepäppelt hat. Eigentlich komisch. Sie lacht und stupst mit einem respektlosen Zeigefinger an die durchnäßte gerippte Mako-Hemdbrust des Mannes, sein Bauch ist schwammig; als Kontrast dazu drängt sich ihr das Bild des festen Leibes ihrer schlanken Olive auf, der Gedanke an ihrer beider zärtliche gegenseitige Erforschung in der engen dreieckigen Wohnung an der West Side, in die das Licht von New Jersey waagerecht einfällt wie Musiktakte und mit langen Schatten das atmende Schweigen der beiden ineinander verschlungenen Frauen überlagert.

Tad schlägt nach ihr, besser gesagt, seine Faust schrammt ihre Schulter, da sie die Bewegung im Ansatz erkannt hat und ihr ausgewichen ist; der Schlag schleudert sie gegen ein Einbruchsschutzgitter, hinter dem eine lehmgesichtige Schaufensterpuppe in einem knöchellangen chinchillagefütterten Burnus prunkt. Der Regen hat nachgelassen, die vorbeifahrenden goldfarbenen Taxen sind alle frei. «Du hast an die andere Schlampe gedacht», mutmaßt Tad klug.

«Hab ich nicht», lügt Thelma mit Nachdruck, jetzt entschlossen, um jeden Preis die schlanke Andere zu schützen, die in ihrer Stadt Fremde; sie erinnert sich, wie die zartgeformten Ränder von Olives Hüftknochen waagerechte Schatten über ihren flachen, kaum merklich sich wölbenden Unterleib warfen. «Gehen wir zu dir und sehen zu, daß wir was Trockenes auf die Haut kriegen.»

Und vor seinem inneren Auge sah Henry Bech die abtrocknenden Straßen, von zerfetzter Dunkelheit wie nach einem Gewitterregen aus Kohlepapierschnipseln, und aus jedem Gully stieg ein Dampf, der nicht von Lecks aus Dampfrohren der Fernheizung zu unterscheiden war. Und die Vögel, mit jener unbemerkten Wonne der New Yorker Vögel, singen jetzt, singen aus jeder Grüninsel der Stadt, aus jedem Blumenkübel am Straßenrand, während der Sonnenschein allmählich wiederkehrt und Thelma – in Tads großer, in den Boden eingelassener taubengrauer Wanne bis auf die Schlehenaugen und die lackierten Fingernägel unsichtbar in der knisternden, in allen Regenbogenfarben schillernden Wolke eines Schaumbads – zu weinen beginnt. Es ist ein schönes Gefühl, wie Champagner, der in der Nase kribbelt. Es kribbelte Bech in der Nase, er hob die Augen und las die Wörter *Innenseite zum Wohnraum* auf der Aluminiumbeschichtung einer Randleistenmatte. Er richtete seine Aufmerksamkeit durch das Fenster nach draußen, wo der kleine Donald mit einem schmutzigen Spielkameraden Löcher in den gemähten Rasen grub, um eine Minigolfbahn anzulegen. Bech überlegte, ob er sie von seiner Höhe herab anbrüllen sollte, unterließ es dann aber – es war ja nicht sein Rasen, seine Welt; seine Welt war hier, bei Tad und Thelma. Sie kommt aus dem Badezimmer und trocknet sich mit einem rostbraunen Badelaken von der Größe eines Tischtennistisches ab. «Du großes Schwein», sagt sie zu Tad mit der Selbstverachtung von Frauen, ihrem liebsten und finstersten Wesenszug: «Ich mag dein abscheuliches Benehmen.» In einen seidenen Morgenmantel gehüllt stellt er Champagnergläser auf einen niedrigen Mies van der Rohe-Glastisch – nein, es ist ein runder Couchtisch, Leder in der Mitte, ein dicker Eichenrand und geschnitzte Eichenfüße mit Greifenklauen – und, in einem silbernen Salznäpfchen aus dem 18. Jahrhundert, das er auf einer Versteigerung bei Sotheby erworben hat, das weiße, weiße Kokain. Taxihupen ertönen von tief unten. Thelma sitzt – ob in unverhülltem Spott angesichts der unvermeidlich bevorstehenden Nummer, oder um die Empfindung der Unbändigkeit des barfüßigen Mädchens aus den Bergen nachzuschmecken, die sie auf der regennassen Straße hatte, eine Psychologe müßte her, das zu entscheiden, dazu genügt kein einfacher Romancier – nackt auf einer luxuriös mit Zebrafell bezogenen Ottomane. Jedes Haar ist eine winzige pieksende Nadel. Bech ruckelte auf seinem quietschenden Stuhl voll Mitgefühl von einer Hinterbacke auf die andere.

Durch solche leichtsinnigen täglichen Anfälle wuchs, indes nach und nach sieben Jahreszeiten einander in den Wäldern und Gärten Ossinings ablösten, das Manuskript: Viele leere Schreibmaschinenpapierkartons waren zu seiner Aufnahme nötig, und noch immer wirkte die dargestellte Welt unvollständig erforscht, eine von einer funzligen Taschenlampe erhellte Höhle, in der hinter diesem oder jenem Stalagmiten noch mehr Ereignisse und Aussichten harrten, oder auch nur der unbeleuchtete jenseitige Rand eines reglos daliegenden mineralienhaltigen kleinen Sees. Vor dem Einschlafen las er Bea bisweilen einige Seiten vor, sie nickte dann, neben ihm liegend, stieß den Rauch des letzten Zugs aus ihrer Zigarette aus (sie hatte sich nach Jahren der Enthaltsamkeit das Rauchen wieder angewöhnt; in welcher Stimmung, ob aus erneuter Verzweiflung oder wiederaufgelebtem Zorn, vermochte er nicht zu ergründen) und erklärte entschieden: «Das ist gut, Henry.»

«Sonst hast du nichts dazu zu sagen?»

«Es ist locker. Es geht dir flott von der Hand. Du hast die Leute genau da, wo du sie haben willst.»

«An der Art, wie du das sagst, merke ich –»

«Was erwartest du von mir? Soll ich vor Freude juchzen?» Sie löschte ihre Kippe mit einem heftigen Zischen in dem zur Hälfte mit Wasser gefüllten Papierbecher, den sie statt eines Aschenbechers am Bett stehen hatte – den Kniff kannte sie noch aus dem College in Vassar. «All die blöden Weiber, mit denen du in New York rumgebumst hast, meinst du, es macht mir Spaß zu erfahren, wie toll die waren?»

«Schätzchen, das ist Dichtung. Solche Menschen hab ich nie gekannt. Die da haben Geld. Die Leute, die ich kannte, waren lauter *Commentary*-Abonnenten aus der Zeit, bevor das Blatt faschistisch wurde.»

«Ist dir eigentlich klar, daß in deiner ganzen Geschichte kein einziger Nichtjude vorkommt, der nicht einem Juden sexuell hörig ist?»

«Nun, so ist –»

«Nun, so ist das Leben, willst du wohl sagen?»

«Nun, so ist das in dem Buch nun mal. In ‹Travel Light› kamen *nur* Nichtjuden vor.»

«Ja, und zwar als Schurken. Ungehobelte Rowdytypen. Wie kannst du nur so denken, wo du jetzt schon zwei Jahre lang mit Ann, Judy und Donald unter einem Dach lebst? Er vergöttert dich geradezu, weißt du das nicht?»

«Weil er mich beim Schiffeversenken schlagen kann. Sag mal, weinst du etwa?»

Sie hatte den Kopf abgewandt und hantierte klappernd auf ihrem Nachtisch, steckte sich, immer noch mit dem Rücken zu ihm, eine weitere Zigarette an. Der Raum, den das Zimmer umschloß, hatte sich gewandelt, als sei ihre Ehe durch ein schwarzes Loch gegangen und als Antimaterie wieder herausgekommen. Bea zog ihr Tun in die Länge, im Bewußtsein, in ihm ein schlechtes Gewissen wachgerufen zu haben, und als sie sich ihm schließlich wieder zuwandte, zeigte sie ihm ein Profil, das so kalt war wie das auf einer Münze. Beas Härte war lange hinter der ihrer Schwester verborgen gewesen, jetzt aber im Laufe ihres Alleinseins ans Licht getreten. «Ich wüßte einen anderen Titel», sagte sie und biß die Worte sanft und knapp ab. «Nenn es doch *Juden und die bösen anderen*. Oder wie wär's mit *Juden und Halunken*?»

Bech verkniff sich den Protest, mit dem sie rechnete. Am meisten störte ihn an ihr, wenn sie diese Launen hatte, der Eindruck, programmiert und in ein enges Reaktionsmuster eingezwängt zu werden; sie, sein liebendes Vorstadtweibchen, das keiner Fliege etwas zuleide tat, wollte ihn festnageln.

Von seinem Schweigen verärgert, gewährte sie ihm den Anblick ihres ganzen Gesichts, ihrer im Bemühen, die Tränen niederzuhalten, rotgeriebenen Augen und der verschwimmenden fleischfarbenen Wolke ihres Mundes, die verlockender war als jeder Lippenstift. Sie legte einen Arm um ihn. Er erwiderte die Geste, ohne dabei die Zigarette dicht neben seinem Ohr aus dem Auge zu lassen. «Ich dachte nur», gestand sie, und ihre Stimme kam in warmen kleinen Atemstößen, «du würdest in deinem Buch auch etwas *Nettes* schreiben, wo du doch schon so lange hier bei mir, bei *uns*, wohnst. Aber die Menschen bei dir sind so tückisch, Henry. Keine Liebe treibt sie an, nur Ichsucht und Habgier. Siehst du uns so? Ich meine, uns Menschen?»

«Nicht doch», sagte er, tätschelte sie beruhigend und dachte dabei, daß er sie tatsächlich so sah.

«Ich erkenne die Einzelheiten und die Möbelstücke, die du aus deinem Leben hier verwendet hast, aber es sieht mir alles nicht ähnlich. Diese dämliche Ginger verabscheue ich, und dabei kommen manchmal ganze Sätze aus ihrem Mund, von denen ich weiß, daß ich sie gesagt hab.»

Er streichelte ihre runde Schulter, die der herabhängende Träger ihres Nachthemds freiließ, während ihr die Tränen ungehindert über das Gesicht liefen und ihm den Geruch ihrer aufgelösten Feuchtigkeitscreme in die Nase steigen ließen. «Das einzige, was Ginger Greenbaum und du gemeinsam habt», versicherte er ihr, «ist, daß ihr beide mit Ungeheuern verheiratet seid.»

«Du bist kein Ungeheuer, sondern ein lieber, gütiger Mann –»

«Wenn ich nicht am Schreibtisch sitz», warf er ein.

«– aber als du mir aus deinem Buch vorgelesen hast, hatte ich den Eindruck, du wolltest es mir irgendwie *heimzahlen*. Dafür, daß ich dich liebe. Daß ich dich geheiratet habe.»

«Wer wollte denn», fragte er, «daß ich jeden Tag ein paar Seiten schreib, ohne mir Sorgen um das treffende Wort zu machen und um die Fähigkeit, alles endlos zu feilen? Na, wer?»

«Sei doch nicht so ärgerlich», bat Bea. Die Hand des Arms, der nicht um seine Schultern lag und die Zigarette hielt, die Hand, die unter und zwischen ihren aneinander und einander gegenüberliegenden Körpern lag, fand sein schlaffes Glied und umschloß es tastend. «Mir gefällt dein Buch», sagte sie. «Die Menschen da drin sind so dumm und zügellos. Ganz anders als wir. Arme kleine Olive.»

Seine Stimme wurde weicher, während sein Glied härter wurde. «Du redest, als hätte ich zum erstenmal über Juden geschrieben. Das stimmt aber nicht. In ‹Brother Pig› gab es den Gewerkschaftsfunktionär und in ‹The Chosen› kamen sogar Rabbiner vor. Ich wollte einfach nicht tun, was alle tun, und was Singer sowieso schon auf jiddisch getan hat.»

Sie schniefte, jetzt ganz sein Christenmädchen, und vergrub ihre rosa Nase tiefer in den grauen Bewuchs seiner Brust, während ihre Berührung weiter unten die Reinheit und Geschmeidigkeit von Quecksilber annahm. «Ich muß dir etwas Schreckliches gestehen», sagte sie. «Ich hab ‹The Chosen› nie zu Ende gelesen. Es war vor Jahren mal Pflichtlektüre in einer Lesegruppe hier draußen, in der ich war, und ich hab auch versucht, es zu lesen, nur ist immer was dazwischengekommen. Als dann die Gruppe darüber geredet hat, war es so, als *hätte* ich es gelesen.»

Jedes schlechte Gewissen, das Bech ihr gegenüber etwa gehabt hatte, schwand dahin. Claire hatte ‹The Chosen› gelesen; es war ihr gewidmet gewesen. Norma hatte es zweimal gelesen und sich Notizen gemacht. Er drehte sich über Beas Leib und machte das Licht aus. «Keiner, der es gelesen hat, mochte es», sagte er im Dunkeln, über ihr kniend, nahe an ihrem Gesicht.

«Warte», sagte sie und ließ ihre Zigarette zischend erlöschen. Etwas wie ein feuchter Rauchring umgab ihn; zog sich zusammen, löste sich auf. Was für Ungeheuer wir alle sind. Was für Schweine.

Wie Thelma immer sagte: *Ich mag dein abscheuliches Benehmen*.

Bea besorgte ihm eine Schreibkraft – Mae, eine dreißigjährige Schwarze mit einer IBM-*Selectric*. Sie wohnte in einem kleinen Ranchgebäude von der Farbe verblaßter Himbeeren in der Shady Lane. Ein grüner Großsittich saß in einem Käfig, und ein kleines braunes Kind verbarg sich hinter allen Möbelstücken. Bech fürchtete, Mae sei in Rechtschreibung schwach, doch es erwies sich, daß sie die Schreibmaschinengenauigkeit in Person war; sie lehnte sich gegen das Rassenklischee auf, in das sie eingezwängt war, wie ein chinesischer Rüpel oder ein Araber, der ungern feilscht. Es war geradezu angsteinflößend zu sehen, wie ihn sein schlampig heruntergehauenes und ungenau durchgesehenes Manuskript verließ und am Wochenende darauf in Gestalt einiger wohlgeordneter Stapel auf weißem Papier sauber getippt zurückkam, mit einem Durchschlag auf hauchdünnem Papier und einem besonderen Blatt mit Fragen zu von ihm vorgenommenen Änderungen. Er fühlte sich näher an den gefürchteten Sprung in die Veröffentlichung herangedrängt, es war wie früher, als er in einer Schlange zitternder nasser Kinder auf Coney Island zu der großen Wasserrutsche hinaufkletterte – eine schwankende kleine Plattform, kilometerhoch über türkisfarbenen Tiefen, die noch schäumten vom Verschlingen ihres letzten Opfers – und das Kind hinter ihm stieß ihn in die Kniekehlen, dabei wollte Bech doch nur eine Weile stehenbleiben und es sich überlegen.

«Vielleicht sollte ich», sagte er zu Bea, «wo Mae doch so prima ist und das Geld wohl auch dringend braucht – bei der sieht man nie 'nen Ehemann, immer nur den blöden Papagei –, es noch mal durchgehen und es sie neu abschreiben lassen.»

«Untersteh dich», sagte Bea.

«Du hast selbst gesagt, daß dir das Buch stinkt. Vielleicht kann ich hier und da noch was glätten. Zum Beispiel die Stelle rausnehmen, wo sich das ganze Fernsehteam über Olives mit Drogen vollgepumpten Körper einen runterholt und statt dessen schreiben, wie sie alle nach Ossining kommen und beim Anblick des Herbstlaubs ‹ah› und ‹oh› machen.» Der Herbst hatte ihre kleinen Wäldchen mit seinen üblichen großartigen Verwüstungen heimgesucht. Zwei Frühjahre zuvor hatte Bech in seinem isolierten Zimmer mit der Arbeit begonnen. Frühling, Sommer, Herbst und Winter, Frühling, Sommer, Herbst: das waren die sieben Jahreszeiten, die er sich mit der Entstehung gemüht hatte. Inzwischen war der kleine Donald zwölf und Ann, wie Judy ausgeplaudert hatte, entjungfert worden.

«Es widerstrebt mir, aber so bist du nun einmal», sagte Bea. «Zeig's deinem Verleger.»

Das war noch angsteinflößender. Fünfzehn Jahre war es her, daß er bei The Vellum Press ein Manuskript vorgelegt hatte. Seither war das Unternehmen an eine Supermarktkette verkauft worden, die es an einen Ölmulti verhökert hatte. Diesem wiederum gefiel das patrizische Rot in der Vellum-Bilanz nicht, und es war ihm gelungen, den Verlag an einen Konzern mit Sitz an der Westküste loszuschlagen, der sich mit Bauholz und Ölschiefer beschäftigte und hinter dem, so munkelte man, ein finsteres Zusammenspiel aus japanischem und saudiarabischem Kapital stand. Es war wie bei einem gefallenen Mädchen in früheren Zeiten: Wer sich einmal verkauft hatte, war nie wieder wie zuvor. Doch bei jedem Eigentümerwechsel kamen Bechs Bücher, die so überspannt waren, daß das Publikum sicher sein durfte, man hatte künstlerische Erwägungen nicht gänzlich beiseite gelassen, in einer neuen Taschenbuchausgabe heraus. Der Lektor, der bei Vellum lange mit ihm gearbeitet hatte, der stets korrekt gekleidete und gewandte, vernünftige Ned Clavell, war einer durch zahlreiche Martinis wohlverdienten Leberzirrhose erlegen und zum großen Geschäftsessen im Himmel versammelt worden. ‹Big› Billy Vanderhaven, der zu einer Zeit, als die Steuer noch nicht alles wegfraß, den Verlag als Spielzeug eines reichen Mannes gegründet und dessen Namen spielerisch vorwiegend aus Bestandteilen seines eigenen zusammengebastelt hatte, lebte schon seit langem auf Hawaii und ernährte sich dort mitsamt seiner fünften Ehefrau von Seetang und Nüssen. Offenbar war es diesem ‹Big› Billy – so genannt, damit man ihn von seinem schwächlichen, eine Weile gesellschaftlich vielversprechenden Vetter ‹Little› Billy Vanderhaven unterscheiden konnte – gelungen, das Geheimnis des ewigen Lebens zu enträtseln: es hieß «Tu, Was Dir Spaß Macht». Das hatte er auch getan; er liebte den Nervenkitzel, war in Nepal geklettert, in Le Mans Rennen gefahren und hatte vor Acapulco getaucht. Hätte sich nun dieser inzwischen Achtzigjährige dazu bewegen lassen, unter dem Schirm japanischen und saudiarabischen Kapitals Vellums Steuer erneut in die Hand zu nehmen, es hätte kaum weniger sensationell gewirkt, als daß Henry Bech jetzt mit einem neuen Manuskript auf der Bildfläche erschien. Bech kannte im Verlag niemanden mehr mit Namen, außer der für Abdruckerlaubnisse zuständigen Dame, die ihm seine bescheidenen Schecks sowie Belegexemplare der jeweiligen Anthologien mit ihren wachsartigen Umschlägen und ihren entsetzlichen Druckfehlern schickte. Als er sich schließlich schluckend hinsetzte, die Augen schloß und, bereit sich in das Abenteuer zu stürzen, die Nummer von Vellum wählte, verlangte er den Cheflektor. Verbunden wurde er mit der Stimme eines jungen Rotzlöffels.

«Sind Sie etwa der Cheflektor?» fragte er ungläubig.

«Nein», sagte die Stimme durch die Nase. «Ihre Sekretärin.»

«Aha. Kann ich mit ihr sprechen?»

«Dürfte ich erfahren, wer am Apparat ist?»

Sie durfte.

«Können Sie das bitte buchstabieren?»

«Wie Beck's Bier, nur mit ‹h› am Ende, wie ‹Heineken›.»

«Tatsächlich? Ganz schön alkoholisiert heute morgen!»

Man hörte eine Abfolge elektronischer Piepsgeräusche, eine pokalförmige Stille, und schließlich fragte eine tiefe Frauenstimme: «Mr. Tuborg?»

«Nein, nein. Bech. B-E-C-H. Henry. Ich bin einer Ihrer Autoren.»

«Das kann man wohl sagen. Es ist mir eine Ehre und ein Vergnügen, Ihre Stimme zu hören. Zum erstenmal hab ich etwas von Ihnen in der Irvington High School gelesen; die fortgeschrittene Gruppe hatte ‹Travel Light› als Aufgabe bekommen. Es hat mich richtig umgehauen. Noch heute steht mir alles deutlich vor Augen. Von den anderen ganz zu schweigen. Was kann ich für Sie tun, mein Herr? Mein Name ist übrigens Doreen Erbs. Schade, daß wir uns nicht persönlich kennen.»

All dem entnahm er, daß er in den Korridoren von Vellum eine Art modriger Legende sein mußte, und daß er mit einer vielbeschäftigten Frau sprach, die ihre eigene Schwerkraft, festgelegte Geschwindigkeit und ihren eigenen Verdrängungskoeffizienten hatte. Also rasch zur Sache. «Ich finde es auch schade», begann er.

«Ich würde Sie *gern* einmal hier zum Essen sehen und von Ihnen hören, was Sie über die Art und Weise denken, wie wir Ihre Nachdrucke herausgebracht haben. Wir finden die Arbeit der neuen Designerin großartig; sie hat die Rhode Island School of Design gerade abgeschlossen, aber diese Strichmännchen vor den leuchtenden Farben, die Hochglanzkaschierung und die erhaben geprägten Buchstaben –»

«Großartig», stimmt Bech zu.

«Wissen Sie, es macht das Ganze so *ein*heitlich; meiner Ansicht nach erfährt der Käufer dadurch, was *Sie* sind, im Unterschied zum jeweiligen Titel. Die Vertreter berichten, daß die Handelsketten begeistert sind; einige haben uns ihre Schaufenster für eine ganze Woche zur Verfügung gestellt. Und bei ernsthafter Literatur in Taschenbuchausgabe ist das 'ne Menge.»

«Nun, Frau? – Fräulein? –»

«Sagen Sie einfach Doreen.»

«Ich rufe wegen eines Buchs an.»

«Ja?» Da war es, ein einzelner Dampfstoß, ungeduldig. Das Getändel war vorüber, jetzt lief die Uhr.

«Ich hab ein neues geschrieben und würde gern wissen, wem ich es schicken soll.»

Diesmal hatte die Stille nicht die Form eines Pokals, sondern eher die eines Likörglases, eng, durchsichtig, mit zerbrechlichem Stiel.

Sie erkundigte sich: «Was meinen Sie genau mit, Sie haben es geschrieben? Es geht nicht einfach um einen Entwurf oder eine Kapitelliste, für die wir ein Angebot abgeben sollen?»

«Nein, es ist fertig. Ich meine, natürlich kann es noch nötig sein, die Andrucke zu korrigieren –»

«Jaa, die Fahnen.»

«Wie auch immer. Und was das Angebot betrifft, früher, als Big – als Mr. Vanderhaven noch im Haus war, nahm man es einfach, druckte es und zahlte mir ein Honorar, das man für angemessen hielt.»

«Das war wirklich die *gute* alte Zeit», sagte Doreen Erbs und gestattete sich ein schallendes Lachen und etwas, das so klang, als ziehe sie an einer Zigarre. «Wir wollen die Dominosteine in die richtige Reihenfolge bringen, Mr. Bech. Sie haben ein Manuskript fertig. Handelt es sich dabei um ‹Think Big›, das Sie in Interviews von Zeit zu Zeit erwähnen?»

«Den Titel habe ich versuchsweise abgeändert. Meine Frau, ich bin jetzt verheiratet –»

«Das habe ich in *People* gelesen. Vor einem halben Jahr ungefähr, nicht wahr?»

«Zweieinhalb Jahre. Meine Frau hat so ihre Vorstellung darüber entwickelt, wie man ein Buch schreiben soll. Setz dich an den Schreibtisch –»

«Und mach's. Natürlich. Kluges Mädchen. Und Sie rufen an, weil Sie wissen wollen, wem Sie es schicken sollen? Was ist mit Ihrem Agenten?»

Er errötete – am Telefon ein vergebliches Signal.

«Ich hatte nie einen. Ich mag es nicht, wenn man über meine Schulter mitliest.»

«Henry, ich schneid mir ins eigene Fleisch, wenn ich Ihnen das sage, aber ich an Ihrer Stelle würde mir einen suchen. Sofort. Ein Buch von Henry Bech ist eine umfangreiche Operation. Wenn Sie aber darauf bestehen, es auf Ihre Weise zu tun, schicken Sie es mir. Doreen Erbs. Wie die Gemüseerbse, nur ohne ‹e› am Ende.»

«Ich könnte mit dem Zug nach New York fahren und es vorbei-bringen. Sieht so aus, als wohnte ich hier in Westchester.»

«Sagen Sie wo, und ich schicke Ihnen einen Boten mit einem Wagen, der es abholt.»

Er sagte es ihr und fragte: «Ist es nicht sehr teuer, extra dafür einen Wagen zu schicken?»

«Nun, wir finden, daß es nicht nur kein Porto kostet, sondern uns auch hinsichtlich des Zeitaufwands ein Vermögen einspart. Wir wollen uns nichts vormachen: Sie sind doch ein Topautor. Wie war der Titel noch mal?»

«*Easy Money.*»

«Ach jaaa.»

Es klang gedehnt. Er fragte sich, ob er ihr wohl auf die Nerven ging. «Ach, eins noch, Miss Erbs, Doreen. Sollte sich herausstel-len, daß es Ihnen gefällt und Sie es herausbringen wollen –»

«Ach, ich bin sicher, daß wir es bringen, so schrecklich wird es schon nicht sein. Sie sind so süß bescheiden, Henry, aber Sie haben einen Namen, und Namen wachsen heutzutage nicht auf Bäumen; das Fernsehen bringt so viele neue Berühmtheiten heraus, daß das Publikum nicht mehr nachkommt. Das Publikum hat konservative Gewohnheiten; ihm gefällt das Erprobte und Bewährte. Sie wissen das bestimmt besser als ich.» Sie lachte erneut dröhnend; sie war zu dem Ergebnis gekommen, daß er sie irgendwie hochnahm und daß er alles, was sie an praktischem Verstand besaß, auch haben müsse.

«Was ich fragen wollte», fuhr Bech fort, «würde man mich einem Lektor zuteilen? Mein früherer, Ned Clavell, ist vor ein paar Jahren gestorben.»

«Das war vor meiner Zeit, aber ich hab 'ne Menge über ihn gehört. Er muß großartig gewesen sein.»

«Er hatte seine Vorzüge. Er legte nicht nur Wert auf sauber gebaute Sätze, er achtete auch streng darauf, daß sie stilistisch einwandfrei waren – und darauf, daß man ihm nicht zuviel Wermut in seine Martinis kippte.»

«Jaaa. Ich glaube, ich weiß, was Sie sagen wollen. Ich verstehe, Henry.»

Tat sie das? Es kam ihm vor, als summe sie, doch vielleicht war es eine andere Unterhaltung, die sich in ihre Leitung drängte.

«In dem Fall», entschied Doreen, «sollten wir Sie wohl mit unserem Mr. Flaggerty zusammentun. Er ist jung, aber glän-*zend*. Sehr. Und einfühlsam. Er weiß, wann er aufhören muß, das wird Ihnen wohl am meisten gefallen. Jim ist großartig, ich bin sicher, daß Sie mit ihm *sehr* gut auskommen werden.»

«*So* gut brauche ich gar nicht mit ihm auszukommen», sagte Bech, doch wurde ihre Unterhaltung von einem Ausbruch elektronischen Gebrabbels unterbrochen. Keiner von beiden hielt es für erforderlich, den anderen erneut anzurufen.

Der Wagen kam um fünf. Ein Aknejüngling mit einer angeklatschten Elvis Presley-Tolle schob sich aus dem Fond und stierte Ann und Judy, die in die Diele gestürzt waren mit dem Ausdruck unverhüllter Begehrlichkeit in seinen Glubschaugen an. Bech begann zu fürchten, daß er mit diesen erblühten Zwillingen Schätze zu hüten hatte. Ihr wirklicher Vater, Rodney, hatte sich nach einer Zeit zorniger Trauer um seine Ehe in das Bäumchen-wechsle-Dich-Spiel gestürzt, das im mittleren Manhattan gespielt wurde, und so wurde seine väterliche Gegenwart immer weniger spürbar. Er tauchte sonntags auf und ging mit Donald in den Zoo auf der Bronx oder in einen Katastrophenfilm, und das war es im großen und ganzen schon. Die einzigen Männerstimmen, die die Kinder im Haus hörten, waren die Bechs und des alten Mannes, der mit einem Plastikhelm auf dem Kopf kam, um die Wasseruhr abzulesen. Doch nachdem er jetzt sein Buch aus der Hand gegeben hatte, das ab November «greifbar» sein sollte, kam ihm das gemütliche, dem Tudorstil nachempfundene Haus, das sich in einen Waldzipfel schmiegte, nicht mehr vor wie die Klause eines Einsiedlers. Anrufe aus der Herstellung und der Werbeabteilung bei Vellum zerrissen die Stille, und eine gefährliche Veränderung der Atmosphäre sikkerte wie ein geruchloses tödliches Gas durch die Risse im Fundament in die riesigen geheizten Weiten ihres Heims: Bech, erneut ein tätiger Autor, war nicht mehr ganz der Mann, den Bea geheiratet, nicht mehr der, an den sich die Kinder gewöhnt hatten.

Vellum Press (der bestimmte Artikel war im Zug einer Modernisierungskampagne unter Federführung einer der früheren Konzerneigentümer gestrichen worden) residierte in den obersten sechs Stockwerken eines neuen Wolkenkratzers an der Lexington Avenue, der im Milchweiß von Klaviertasten aus Elfenbeinersatz schimmerte; der Architekt, ein in den Westen geflüchteter Rumäne, dem die Klatschpresse viele Spalten widmete, weil er als Begleiter der *grandes dames* des weniger bekannten *jet set* auftrat, hatte jeden Quadratzentimeter des Baugrundstücks ausgenutzt, der Silhouette aber am oberen Ende einen Pfiff in Gestalt eines tortenschachtelförmigen Aufsatzes gegeben, dessen gerundete Fenster der Werbeabteilung das Aussehen eines Flughafen-Kontrollturms gaben. Als Bech 1955 sein erstes Buch bei Vellum herausgebracht hatte, befand sich der ganze Verlag in einem einzigen, im östlichen Teil der 67. Straße gelegenen Haus aus braunem Sandstein. Damals thronte Big Billy selbst mit seinem vom Sport im Freien geröteten Gesicht in einem ledernen Ohrensessel in einem Raum, den man durch Niederlegen der Trennwand zwischen den Dienstmädchenzimmern im vierten Stock geschaffen hatte. Er pflegte stets mit einem aus dem Himalaja stammenden Brieföffner zu spielen, und er sprach unaufhörlich von seinen Reisen, seinen Klettertouren, seinen Unterwasserjagden mit der Harpune und seiner Niederlage im Kampf gegen die Habgier und das bedenklich nachlassende Arbeitsethos im Druckgewerbe.

Bech genoß diese magisterhaften Vorträge und fühlte sich richtig aufgeräumt, wenn sie vorüber waren und er in die undogmatische, stets frische Straßenwirklichkeit der Gingkobäume, der polierten Messingschilder an den Türen und der schlankbeinigen Frauen in Nerzjacken zurückkehrte, die ihre phantasievoll getrimmten Pudel spazierenführten. Ned Clavells Büro war eine zweckentfremdete Spülküche im Erdgeschoß; aus ihrem schmalen Fenster konnte Bech sehen, wie dieselben Hunde ihre flockigen Hinterbeine hoben, ein malvenfarbiges Stück Pudelfleisch entblößten und geziert gegen den einige Meter entfernten Eisenzaun pinkelten. Ned gab sich mit jeder Seite Prosa größte Mühe; es bereitete ihm Pein, und das versuchte er höflich zu verbergen oder äußerst taktvoll zu erläutern; seine Hände zitterten leicht, während sie mit Manuskriptblättern hantierten, sein nobles Gesicht war blaß von den Spuren eines Katers oder vom Kampf gegen die unausrottbare Unvollkommenheit der Sprache. Seine Stimme hatte etwas von der geschäftigen Eile, mit der Schauspieler der dreißiger Jahre wie Ronald Colman und George Brent sprachen, und er hatte stets sorgfältigst darauf geachtet, abwechselnd seinen grauen, braunen und blauen Anzug zu tragen; den zweireihigen Nadelstreifenanzug behielt er Abendgesellschaften vor. Eine winzige goldene Nadel drückte den Knoten seiner Krawatte nach außen und hielt seine Kragenecken nieder; er trug an beiden Händen Ringe, und er hatte nie geheiratet. Bech überlegte jetzt, ob er wohl homosexuell gewesen war, in jenen Jahren konnte ein Nicht-Heiraten als einfach Unachtsamkeit angesehen werden, als Unterlassung eines seinem Beruf ergebenen Mannes. «Verpiß dich, Miststück!» knurrte er unter seinem bleistiftschmalen Schnurrbart hervor, wenn einer der Pudel seine Pflicht tat; und es dauerte Jahre, bis Bech dahinterkam, daß Ned damit nicht den Hund meinte, sondern die Frau mit den straffen Nylonknöcheln, die der kleinen schäumenden Verrichtung mit ihren Blicken beiwohnte. Besondere Qualen bereitete Ned Bechs Vorliebe für erdhafte Ausdrücke, und die beiden verbrachten mehr als einen Vormittag mit dem Feilschen über den Verbleib bestimmter Wörter im Text, auf die der Lektor stumm mit gespitztem Bleistift wies, weil er es nicht über sich bringen konnte, sie auszusprechen. Lieber toter Ned: jetzt vermutete Bech, daß er seine eigenen geheimen Sorgen gehabt hatte, seine unveröffentlichen Ergüsse und seine niemandem bekannten Begierden, aber der junge Autor hatte nichts im Kopf als seinen eigenen Ehrgeiz und bediente sich des anderen so ungerührt, wie er sich des Postboten bediente. Nun war der Mann dahin und hatte seine Zweireiher-Epoche mit ins Grab genommen.

Durch die riesige gewölbte Scheibe von Mr. Flaggertys Bürofenster versperrten allmählich sich erhebende neue Wolkenkratzer den Blick auf den East River und die Industrieanlagen an der Wasserfront von Queens. Auch Flaggerty war hochgewachsen, mindestens einsneunzig, und die Hand, die er Bech entgegenstreckte, bestand ausschließlich aus rötlichen Knöcheln. Er trug Blue Jeans und ein kariertes offenes Hemd von der Art, die Bech mit Stahlarbeitern in Zusammenhang brachte, die abends kegeln gingen. Er überlegte: *Wie der Mann wohl mit seinen Autoren ins Restaurant geht?* «Ganz großartig, daß Doreen Sie mit mir zusammengetan hat», sagte Flaggerty.

«Es heißt, mit mir sei schlecht Kirschen essen.»

«Das hab ich anders gehört. Wer Sie von früher kennt, sagt, Sie sind wie eine schnurrende Katze.»

Der junge Mann hatte ein seltsam verträumtes Lächeln an sich, und es schien ihn zu befriedigen, endlos lange lächelnd an seinem Schreibtisch mit der gläsernen Platte zu sitzen, so in den Sessel zurückgelehnt, daß seine Knie die Höhe der bis obenhin vollgepackten Eingangs- und Ausgangskästen auf dem Tisch erreichten. Sein blasses längliches Gesicht bestand aus lauter miteinander verschmolzenen Rundungen, vor allem auf seiner hohen Stirn lag höckriger Glanz. Die Arbeitsplatte seines Schreibtisches war wie leergefegt, und man konnte nicht sagen, woran er dachte, während er Bech mit einem Blick voll Wertschätzung ansah.

Bech fragte ihn: «Haben Sie das Buch ganz gelesen?»

«Jedes verdammte Wort», sagte Flaggerty, als sei das nicht üblich.

«Und –?»

«Es hat mich umgehauen. Man kann gar nicht aufhören zu lesen. Spaßig *und* blutrünstig.»

«Haben Sie irgendwelche Anregungen oder Vorschläge zu machen?»

Flaggertys buschige Augenbrauen schoben sich hoch in die Stirn, was die Zahl der Höcker vervielfachte. «Nein. Warum sollte ich?»

«Fanden Sie die Sprache nicht – stellenweise ein wenig ungeschliffen?» Einer von Ned Clavells Lieblingsausdrücken.

Dieser Gedanke schien ihn doppelt zu verblüffen. «Nein, natürlich nicht. Meiner Ansicht nach war alles in Ordnung. Es gehörte zur Handlung.»

«Die Szene mit Olive und dem Fernsehteam –»

«Hinreißend. Unheimlich scharf, klar, aber es schwingt doch auch, wie soll ich sagen, viel verrückte Zärtlichkeit mit. Das können Sie wirklich gut, Mr. Bech. Stört es Sie, wenn ich Henry zu Ihnen sage?»

«Aber nein. Seien Sie nur ganz offen, Jim.» Bech hatte immer noch nicht, was er wollte – einen eindeutigen Hinweis darauf, daß sich sein Gegenüber wirklich gründlich mit dem Manuskript beschäftigt hatte. Wie er mit Flaggerty sprach, hatte er das seltsame Empfinden, daß sein Lektor das Buch weniger gelesen als es in sich aufgesogen hatte; daß Bechs Buch eingeschmolzen, in diesen tortenstückförmigen Büros verdampft und in den Ozon gesandt worden war, um sich dort mit dem ehemaligen Inhalt von Spraydosen

zu vermischen. Hier, auf den gewundenen und in Pastelltönen gestrichenen Gängen von Vellum sah man weit mehr gleichgültig-
matte junge Frauen mit draculaweiß geschminkten Gesichtern als
irgendwelche Hinweise auf den Literaturbetrieb; an den Schwarzen
Brettern drängten sich vorwiegend Tampon- und Unterwäschean-
zeigen aus Zeitschriften, mit all ihren Anklängen an den Männlich-
keitswahn, die mit wütend hingehauenen Filzschreiberstrichen her-
vorgehoben und kommentiert waren. Die Wände in Flaggertys
Büro waren weiß und nahezu gänzlich kahl. Ohne die grobkörnige
Vergrößerung an einer Wand, die Thomas Wolfe beim Einsteigen in
eine Straßenbahn zeigte, hätten sie ebensogut in einem Computer-
raum sitzen können. «Wie gefällt Ihnen der Titel?»

«‹*Easy Money*›?» So weit also war er immerhin gekommen.
«Nicht schlecht. Verwirrt die Leute möglicherweise, wenn sie an all
die vielen ‹Wie werde ich schnell reich›-Bücher denken.»

«Ursprünglich sollte es ‹*Think Big*› heißen, aber ich kam mit dem
Titel nicht so ganz zurecht. Ich hab erst richtig was zustande gebracht, als meine Frau mir geraten hat, den Titel aufzugeben.»

«Ah, ‹*Think Big*›?» Flaggertys tief in ihren Höhlen liegende Augen weiteten sich. «Gefällt mir.» Sie waren von hellem Meergrün:
eine blasse Katzenaugenfarbe. «Ihnen nicht?»

«Doch», gab Bech zu.

«Es hinterläßt irgendwie einen tieferen Eindruck. Hat mehr
Schmiß. Setzt tiefer im Unbewußten an.»

Bech nickte. Dieser hochgewachsene Bursche sprach trotz seiner
Schlappheit und seiner unzivilisierten Kleidung Bechs Sprache. Sie
waren im Geschäft.

BECH FEIERT COMEBACK! sollte der Hauptslogan der Wer-
bekampagne heißen. Zeitungsanzeigen, dreißigsekündige Einblen-
dungen im Werbefunk, Pappaufsteller in Buchhandlungen, Plakate
mit Bildern Bechs, wie er vor mehr als einem Jahrzehnt ausgesehen
hatte und wie er jetzt aussah. Als zusätzlicher Werbespruch war
vorgesehen: *Fünfzehn Reifejahre.* Doch zuerst einmal waren neun
Monate Trächtigkeitszeit zu überstehen, während derer Fahnenabzüge in den Haftzellen der Buchherstellung vor sich hin kümmerten
und Umschlagentwürfe quälend langsam auf ein Mindestmaß an
schlechtem Geschmack hin verfeinert wurden. In Ossining tobte
Bea wegen Anns verlorener Jungfräulichkeit. Bei Judy, erklärte sie,
hätte sie das nicht so entsetzt, aber Ann war stets die Brave gewesen, die Einserschülerin, die Erbin von Rodneys Ernsthaftigkeit.

«Vielleicht hat sie es deshalb getan», versuchte Bech zu erklären. «Man braucht eine gewisse Ernsthaftigkeit, um seine Unschuld zu verlieren. Ein Mädchen, das wie Judy immer herumtändelt und bei den Fans des Sportvereins rumhängt, wird so abgeklärt, daß kein Junge sie mehr anzufassen wagt.»

«Was verstehst du denn schon davon? Du hattest doch nie Töchter.»

«Aber 'ne Schwester», sagte er gekränkt. «Außerdem hatte ich mal 'ne Geliebte von einundzwanzig.»

«Das sieht dir ähnlich», gab Bea zurück. «Typisch. Du bist genau die Art Mann, von der Rodney und ich immer gehofft hatten, daß unseren Töchtern keiner über den Weg läuft.»

Die Zwillinge waren siebzehn. Am Valentinstag würden sie achtzehn werden. Der Deflorierer gehörte, wenn man Judy glauben durfte, zu der buntgemischten Jungensbande, die sich mit den Wagen ihrer Väter auf der Auffahrt herumtrieben. «Ich seh da kein Problem», sagte Bech. «Es ist ein Gleichaltriger, Sandkastenbekanntschaft, keine Vergewaltigung, kein Charles Manson-Kult oder sonstwas. Ich hab kürzlich erst gelesen, daß die durchschnittliche Amerikanerin ihr erstes sexuelles Erlebnis so um sechzehneinhalb hat.»

«Da sind alle mitgezählt», blaffte Bea. «Leute aus den Slums, geistig Minderbemittelte und so weiter. Wenn ich gewollt hätte, daß meine Töchter in die Gettostatistik kommen, wär ich mit ihnen in ein Getto gezogen.»

«Hör mal», sagte Bech, erneut verletzt. «Einige meiner wertvollsten Vorfahren sind im Getto aufgewachsen.»

«Verstehst du denn nicht?» wütete Bea mit fahlem Gesicht und schmalen Lippen. «Es ist eine Befleckung. Eine Frau kann das nie wiederbekommen.»

«Und wenn sie es zurückbekäme, was würde sie damit anfangen? Laß gut sein, Schätzchen. Du bauschst die Sache unnötig auf.»

«Das sagst du so. Für dich ist das einfach. Meinst du denn, das wär passiert, wenn dein Buch nicht im Haus rumgelegen hätte, mit all dem verrückten Pornokram, den du aus deinen eigenen dreckigen Erlebnissen zusammengekocht hast?»

«Ach, hat Ann es gelesen?»

«Das war gar nicht nötig. Sie hat uns drüber reden hören. Es lag in der Luft.»

«Ich bitte dich. Damit die Sex in der Luft wittern, brauchen sie doch kein Buch von mir.»

«Natürlich nicht. Schieb bloß nichts auf deine Bücher. Die sitzen einfach da hinter dem Grinsen ihrer Verfasser. Du tust so, als wäre die Welt eine Sache und Kunst eine andre, und sie dürfen um Himmels willen nicht aufeinandertreffen. Ich bin davon überzeugt, daß die Unschuld meiner Tochter deinem verdammten Drecksbuch zum Opfer gefallen ist.»

Noch nie zuvor hatte Bech Bea so wütend erlebt. Am meisten ängstigten ihn ihre Augen, die nichts wahrnahmen, und der Mund, der wie eine Maschine aus mittelweichem Fleisch arbeitete, die man nicht abstellen konnte. Dies Gesicht, das in jeder Krümmung seines Körpers geruht hatte, schwebte jetzt wie eine angriffslustige Möwe über ihm, getragen von ihrer Wut, sah rotgerändert auf ihn, als wolle es auf das ungeschützt daliegende Fleisch seines Gesichts hinabstürzen. «Großer Gott», erklärte er leicht verärgert, «die Kleine ist siebzehn. Laß sie doch vögeln, wenn ihr der Sinn danach steht.»

«Hör doch auf! Wie könnte ihr der Sinn nach einem von diesen entsetzlichen Kerlen stehen? Sie will es eben *nicht,* das ist es ja gerade; sie will es mir nur *zeigen.* Ihrer Mutter. Weil ich ihren Vater verlassen habe und mich von dir ficken laß.»

«Ich dachte, Rodney hätte dich sitzenlassen.»

«Kleb doch nicht so am Wort, du weißt genau, wie so was ist. Es gehören immer zwei dazu. Aber daß ich mich dann so bald mit dir eingelassen hab, im Haus in Martha's Vineyard damals, und daß wir miteinander so g-glücklich waren» – ihr Gesicht wechselte von fahl zu rosa und drängte sich näher an seines – «ich hab mir nie Gedanken darüber gemacht, wie es auf die Kinder wirken mußte. Vor allem die Mädchen. Sieh doch ein, ich hab sie mit etwas konfrontiert, was sie so früh nicht hätten kennenlernen dürfen, mit der Sexualität ihrer eigenen» – jetzt war ihr Gesicht an seiner Schulter, ihr Atem streifte heiß seinen Nacken – «M-Mutter! Und *natürlich* wollen sie das nicht, *natürlich* treiben sie nun mir zum Trotz Selbstzerstörung!» Er war jetzt von ihr umklammert, trotz des großen Kummers ein fester Griff. Während der Gewissenssturm Beas gebrechliches christliches Nervensystem durchtobte, betrachtete der zähe, semitische Bech, Träumer und Täter zugleich, Autor von ‹Think Big›, seines lange erwarteten Buchs, dessen Veröffentlichung unmittelbar bevorstand, gedankenverloren und mit offenen Augen die unebene, getünchte und leicht angekohlte Umrandung des aus Feldsteinen gemauerten offenen Kamins. Darüber hing ein Ölgemälde, das vor porzellanblauem Himmel mit einer einzigen Wolke darauf einen Schnellsegler unter Vollzeug zeigte, den einst

Beas Urgroßvater mütterlicherseits befehligt hatte. Das Schiff durchfurchte die flaschengrüne See, deren Wellen so ordentlich lagen wie die Dauerwelle einer alten Dame; durch geheiligten Brauch standen an beiden Enden des Kaminsimses zwei phallische Kerzenhalter aus Keramik, der eine von Ann, der andere von Judy bei einem lange zurückliegenden Sommerkurs in Briarcliff angefertigt. Neben der Umrandung lehnte eine zerbrochene Angelrute, die nach Donalds Willen auf alle Zeiten in der Ecke stehen sollte, wo Feldsteine und Blumenmuster der Tapete aneinanderstießen. Das bürgerliche Leben: es hatte Haken in allen Größen.

Bech tätschelte Beas Rücken und fragte: «Und an alldem soll ich schuld sein?»

«Nicht du – wir.»

Wie Adam und Eva. Die erste bedeutende romantische Vorstellung: die Vertreibung aus dem Paradies. Die ursprüngliche Dreiheit von Produzent, Werbung und Konsument. Das Blondhaar der Frau vor ihm war voller sich windender Mythen. Ihr Schluchzen war köstlicher Selbstzweck geworden, eine Art Wollust, die nicht ihm galt, sondern Rodneys Geist, und das Ganze wurde begleitet von geistlicher Klaviermusik, gespielt vom Ehrenmitglied zahlreicher Vereinigungen, die keine Juden als Mitglieder zuließen, Richter R. Austin Latchett.

Tad schmierte ihr eine. Bech sah sich nach kaltem Wasser um und bespritzte sie damit. «Was ist mit Empfängnisverhütung?» fragte er.

Bea blickte mit ihrem tränenbefleckten Gesicht hoch. «Was soll damit sein?»

«Wenn die Kleine sich ein Kind hat aufdrücken lassen, ist es besser, sie kriegt es auch – sonst hast du nämlich Grund zum Heulen.»

Beas Augenlider flatterten: «Vielleicht war's ja nur einmal.»

Bech drückte an ihrem Nasenflügel eine Träne platt, Zärtlichkeit kehrte zurück. «Ich fürchte, so was tut niemand nur einmal. Man wird süchtig danach. Hast du je mit den beiden Mädchen über das ganze Zeugs gesprochen?»

«Ach, doch», sagte Bea zögernd. «In der Schule hatten sie Hygieneunterricht... Es ist *schlimm,* Henry. Sie sind so lange so klein, daß es keinen Sinn zu haben scheint, und mit einem Schlag sind sie so groß, daß man denkt, sie wissen schon alles, und man kommt sich richtig albern vor.»

«Nun, es gibt Schlimmeres, als sich albern vorkommen.» Es fiel ihm schwer zu glauben, daß diese Frau seinen Rat und seine Weisheit brauchen könnte. Fünf Jahrzehnte lang hatten ihm die Klänge weiblichen Spotts und dessen südstaatlicher Cousine, weiblicher Glorifizierung, in den Ohren geklungen; daher bereitete ihm diese schüchterne ehefrauliche Melodie Schwierigkeiten, diese zögernde sanfte Bitte um Führung in einer Welt, deren Grundrätsel weiblicher Eingebung kaum durchsichtiger zu sein schienen als männlicher. «Du mußt mit ihr sprechen», war Bechs entschlossen klingender Rat.

«Aber wie kann ich zu erkennen geben, daß ich was weiß, ohne Judy preiszugeben?»

Der Prototyp eines Irrgartens, hatte Bech einmal irgendwo gelesen, ist das Innenleben einer Frau. Er bemühte sich, geduldig zu sein. «Das brauchst du doch gar nicht. Sprich einfach ganz allgemein mit ihr über die Sache.»

«Das müßte ich dann mit beiden gleichzeitig tun.»

Er mußte sich eingestehen, daß sie damit recht hatte. Laut sagte er: «Ach was, bei so was spielt das Zwillingsein keine Rolle mehr. Laß Ann gegenüber einfach durchblicken, daß du genauso eine Unterhaltung mit Judy schon hattest oder noch führen willst, jetzt aber erst einmal unter vier Augen mit ihr sprechen möchtest. Ich finde, die Kleine muß genau wissen, worauf sie sich da eingelassen hat, und sie *will* es bestimmt von ihrer Mutter hören. Sie wird dir schon keine unangenehmen Fragen darüber stellen, was oder woher du es weißt.»

Je mehr Überredungskunst er aufwendete, desto betrübter und ruhiger wurde ihr Ausdruck. «Aber womit genau soll ich anfangen?»

«Sag: ‹Ann, du kommst jetzt in ein Alter, in dem hierzulande viele Mädchen geschlechtliche Beziehungen aufnehmen. Ich kann nicht sagen, daß ich das für richtig halte, trotzdem solltest du einiges über die medizinische Seite der Sache wissen.›»

«Das klingt nicht nach mir. Sie würde lachen.»

«Laß sie. Sie ist ein kleines Mädchen im Körper einer Frau. Sie gebietet auf einmal über die Macht, aus ihrem Fleisch neues menschliches Leben entstehen zu lassen. Das ist beängstigender, als wenn man den Führerschein macht. Sie hat mehr Angst als du.»

«Woher weißt du das alles?»

«Ich bin ein Mann von Welt. Menschenkenntnis ist mein Beruf.»

Bea kam ein neuer Gedanke. «Benutzen solche Jungen nicht so Dinger?»

«Na ja, früher schon, aber heutzutage sind sie wohl zu verwöhnt und zu faul dazu. Es quetscht so, das mögen sie nicht.»

«Aber wenn ich so ganz selbstverständlich über Empfängnisverhütung mit ihr rede, denkt sie, ich erlaub's ihr. Ich sag ihr damit ja, es ist *gut so*.» Panik trieb die beiden letzten Wörter dünn wie Draht aus ihr heraus.

«Ist es vielleicht ja auch», sagte er. «Denk nur an Samoa oder Sansibar. Vergiß nicht, daß die bürgerliche Kultur des Westens in der Geschichte des *homo sapiens* ein Irrläufer ist.»

Sie hörte die Ungeduld in seiner Stimme, seine Langeweile angesichts ehelicher Sorgen und Weisheiten. «Es tut mir leid, Henry, daß ich mich so töricht anstelle. Ich hab einfach Angst, etwas falsch zu machen. Aus irgendeinem Grund kann ich nicht denken.»

«Nun», begann er mit tiefer Stimme, zum drittenmal: «Guter Rat ist billig, solange es nicht um das eigene Leben und den eigenen Tod geht. Bei meinem Buch bist du auch nicht gerade vor Anteilnahme übergequollen.»

«Und darüber ärgerst du dich», erklärte sie mit endlich getrockneten Augen.

Nach dieser gespannten Aussprache über Sexualität kam es Bech vor, als ziehe sich die ursprünglich so freigebige und neckische Bea zurück, sie, die so offensichtlich davon bezaubert gewesen war, diesen neuen, behaarten, älteren, knorrigeren und erfahreneren Mann in ihrem Bett zu haben. Wenn er jetzt spätabends im Bett die Leselampe ausschaltete und Bea versuchsweise liebkoste, erstarrte sie unter seiner Berührung – offensichtlich drang er damit in ihren inneren Tumult ein. Noch wenn sie unter ihm lag und ihn umschloß, wirkte sie abwesend. «Woran denkst du jetzt?» fragte er dann.

In solchen Augenblicken schien es, als habe er sie aufgeweckt. Dabei glänzten ihre Augäpfel schlaflos im Mondlicht, das über Ossining lag. Bisweilen gestand sie es ein und gab sich die Schuld an der Sünde des Mädchens und dieser frigiden Buße dafür: «Ann.»

«Kannst du nicht mal an was anderes denken?»

«Gott weiß, wie gern ich das möchte.»

Der schlaksige, schlagwortreiche Flaggerty hatte im Verlag Vellum Press eine Assistentin, ein flinkes schwarzhaariges Geschöpf frisch vom Sarah Lawrence College. Bech überlegte, ob es wohl ihre Hände waren, die man auf den Fotokopien der Fahnenabzüge vom Verlag erkennen konnte. Wer auch immer Blatt für Blatt flach auf den Fotokopierer gelegt und festgehalten hatte: an den eher dunklen Rändern waren deutlich die Abbildungen von Frauenhänden zu sehen, manchmal so scharf, daß sie der Polizei zur Überprüfung der Fingerabdrücke hätten dienen können. Bech untersuchte diese Teilstücke körperloser Hände mit Interesse; sie schienen ihm eine Spur kleiner als richtige Hände, doch ist weibliche Zartgliedrigkeit, die Brüsseler Spitzen und rumänische Gymnastik möglich macht, bekanntermaßen eines der Mittel zum Einfangen männlicher Unbeholfenheit. Er untersuchte die fotokopierten Finger auf Spuren eines Verlobungs- oder Traurings, fand aber nichts dergleichen. Vielleicht hatte sie ausschließlich die rechte Hand benutzt?

Schließlich nahm Bea eines Abends, als Judy noch lange am Jahrbuch der Abschlußklasse zu arbeiten hatte, Ann wirklich beiseite. Im Bett dann teilte sie Bech mit: «Es war genau, wie du vorausgesagt hast. Sie war nicht wütend, weil ich was wußte, sondern wirkte erleichtert. Sie hat in meinen Armen geweint, wollte mir aber nicht versprechen, daß sie damit aufhört. Sie weiß nicht, ob sie den Jungen liebt, doch sie findet ihn schrecklich nett. Wir haben uns schließlich darauf geeinigt, daß ich sie bei Doktor Landis anmelde, damit er ihr ein Pessar einsetzt.»

«Na bitte», sagte er, «und dazu all das Theater.»

«Entschuldige», bat Bea. «Ich weiß, ich war in letzter Zeit abgelenkt. Möchtest du jetzt mit mir schlafen?»

«Grundsätzlich schon», sagte Bech, «aber ich bin kaputt. Ich mußte mit Donald drüben im Bowlingparadies den ganzen Abend ‹Abräumen› spielen, meine Schulter tut richtig weh. Außerdem habe ich überlegt, daß ich morgen mit dem Zug in die Stadt fahren könnte.»

«Ach ja?»

«Ich muß mit Flaggerty verschiedenes bezüglich der Fahnen durchsprechen. Das machen wir am besten an Ort und Stelle. Bei dem Kerl muß man aufpassen. Er ist die Liebenswürdigkeit in Person, und im nächsten Augenblick setzt er dir das Messer an die Kehle.»

«Ich dachte, du hättest gesagt, er mischt sich nicht ein, im Unterschied zu dem Lektor, den du vor Jahren da hattest.»

«Hat er zuerst auch nicht, aber jetzt rückt er mit diesem und jenem raus. Vermutlich hat er mich erst mal mit Samthandschuhen angefaßt, weil ich eine lebende Legende bin.»

«Na schön, mein Liebling, wenn du das sagst. Schlaf gut.»

«Schlaf gut», echote Bech und ließ sein Denken in dunkle Tiefen sinken, es sich in einen Papierflieger verwandeln, der mit einem Schwupp von der zerbröselnden Kante des Bewußtseins gestoßen wird.

In diese Auflösungsstimmung brach Bea mit dem laut zur Decke hin geäußerten Gedanken ein: «Was nur Judy sagen wird? Sicher ist es ihr nicht recht. Sie wird denken, ich war zu nachsichtig mit dem Kind, zu weich.»

Seine süße sanfte Schöne aus der Vorstadt, dachte Bech, während er zischende Laute von sich gab, und schlief ein.

Auf seine Bitte hin machte ihn Flaggerty am nächsten Tag mit seiner Mitarbeiterin bekannt. «Arlene Schoenberg», stellte er vor und beugte sich in seinem Hemd aus Matratzendrell vor wie ein riesiger Schiedsrichter, der den Korbsprung zweier gegnerischer Spieler bei einem Basketballspiel zwischen Zwergenmannschaften beobachtet. Die junge Frau war zierlich, schlank, gepflegt und trug ihr Haar im Kaskadenschnitt. Das Kinn war einen Zentimeter länger, als unbedingt nötig gewesen wäre, und ihre schwarzglänzenden Augen tanzten vor Freude unter dem Geflecht aus klebenden Lidern, als sie Henry Bech vorgestellt wurde.

«Mr. Bech, ich bewundere Sie schon *so lange* –»

«Ich komm mir richtig steinalt vor», beendete Bech den Satz für sie.

«Aber *nein*», wehrte die junge Frau entsetzt ab.

«Sie also machen die Knochenarbeit für unseren Mr. Jim hier», spöttelte Bech.

«Arlene macht alles und kann es ganz hervorragend», erklärte Flaggerty, mit den Füßen scharrend, als wolle er auf der Stelle die Fliege machen.

Bech hatte ihre Hand eine halbe Sekunde länger als nötig festgehalten. Ihr liebes fleißiges kundiges Händchen. Die Hand war viel weißer als auf den Fotokopien und pulste erkennbar in seiner.

Er glitt zurück nach Ossining, als die frühwinterliche Dämmerung die Signallaternen einhüllte, die sparsam leuchtenden Lampen auf dem Bahnsteig, das verletzliche Gold von Wohnungsfenstern, die aus der Ferne herüberbrannten, alles gedämpft von den zögernden Anfängen eines Schneefalls. Kopf und Lenden waren ihm trunken von nichts anderem als Gedankenflügen, denn Flaggerty hatte ihn zum Essen in ein Gesundheitsrestaurant mitgenommen, das keine alkoholischen Getränke servierte, und als sie zum Verlag zurückkehrten, war Arlene in die Stadt gegangen, etwas erledigen. Bech fuhr in seinem alten Ford – lediglich 53 000 km in achtzehn Jahren – den Rest des Weges vom Bahnhof durch das kosmische Pulsen heim. Eine Furie begrüßte ihn. Bea zerrte ihn in die Gästetoilette im Erdgeschoß, um ihm dort die schreckliche neueste Neuigkeit zu eröffnen. «Jetzt will Judy auch eins!»

«Ein was?» Nachdem er sich die ganze einschläfernde Bahnfahrt hindurch mit Arlenes dunklen, schwer von Lidern verhangenen Augen beschäftigt hatte, wirkten Beas so offen und blau, daß er sich zu der Vorstellung zwingen mußte, hinter diesem puppenhaften Starren liege eine Seele.

«Ein Pessar!» antwortete Bea und unterdrückte gewaltsam ihr Bedürfnis, es laut hinauszuschreien. «Auf meine Frage, ob es einen Grund dafür gibt, hat sie gesagt: ‹Nein›, und dann hab ich erklärt, daß man keins einsetzen kann, wenn das Jungfernhäutchen noch heil ist. Dann hat sie behauptet, ihrs wär vor Jahren beim Reiten gerissen, und jetzt weiß ich nicht, ob sie lügt oder nicht. Sie war schrecklich großspurig, Henry; ich weiß jetzt, daß ich es bei Ann falsch gemacht hab, ich *weiß* es.» All das entströmte ihr unter Tränen; er mußte sie hier unten in der Gästetoilette, dem kleinsten Zimmer dieses großen Hauses, tröstend in die Arme nehmen.

Es blieb ihm nichts anderes übrig als zu sagen: «Das war schon richtig», denn sie hatte seinen Rat befolgt.

«Aber warum mußte Ann dann gleich zu ihr laufen und es ihr sagen?» fragte Bea, sich verraten fühlend.

«Angeberei», tat er es ab, bereits gelangweilt. Er spürte, wie sich der Geist dieser Frau dem Strudel einer ablaufenden Badewanne gleich auf eine Besessenheit mit den Vaginen ihrer Töchter hin verengte. Es mußte im Leben noch etwas anderes geben. Er fragte Bea: «Was hätte denn Rodney in dieser Lage getan?»

Diesen Namen hätte er nicht nennen dürfen. «Wäre Rodney noch hier, wäre diese Situation erst gar nicht entstanden», sagte Bea, indem sie kleine Fäuste machte und sie Bech auf die Brust legte, statt damit zu trommeln.

«Tatsächlich?» fragte er und überlegte, ob das stimmen konnte. Rodney hatte sich *in absentia* aus einem Kotzbrocken und Halunken reinsten Wassers zum eigentlichen Eckpfeiler der Weltordnung gemausert – der Mechanismus des Theistengottes, den romantische Auflehnung übereilt beiseite geschoben hatte. «Hätte er tatsächlich verhindern können, daß die Mädchen erwachsen werden?»

Auf Beas verzerrtem Gesicht lag ein tiefer rosafarbener Schleier der Trauer um Rodney. Von einem bestimmten Alter an bekommen Tränen einer Frau nicht mehr gut. Bech schüttelte die Macht ab, die sie mit ihrer geistesabwesenden Haltung auf ihn ausübte, und sagte schroff: «Es gibt eine ganz einfache Lösung. Sag Judy, sie soll losziehen und sich vögeln lassen, eher gibt's kein Pessar.»

Ein Pessar auf die althergebrachte Weise bekommen, zog es ihm durch den Sinn. *Es verdienen.* Er ließ Bea schluchzend in dem winzigen Raum mit den altehrwürdigen soliden Leitungen aus der Zeit der Jahrhundertwende zurück und warf einen Blick aus den Erkerfenstern nach draußen. Es schneite jetzt so heftig wie bei einer Konfettiparade. Die Masse des Gehölzes hinter dem Haus war dem Blick gerade noch erahnbar, und im Vordergrund des Sehfeldes schwang das kugelförmige Vogelhäuschen aus Aluminium vor der alten Weinlaube sanft wie eine Glockenboje in einer flüsternden weißen See hin und her. Donald versuchte bereits auf den nicht einmal drei Zentimetern frischgefallenem Schnee Schlitten zu fahren, und die Zwillinge saßen kichernd dicht aneinandergedrängt auf dem großen orangefarbenen Sofa im Fernsehzimmer, das man ein Jahrhundert zuvor als Bibliothek vorgesehen hatte. Auf den Regalen warteten Bechs Bücher immer noch darauf, in die Reihen der bereits dort befindlichen aufgenommen zu werden. Rodney hatte sich sehr für Geschichte interessiert und Bücher über die Seefahrt gesammelt. Die Gesichter der beiden Mädchen sahen vor Geheimnistuerei förmlich fiebrig aus. Ihr Gekicher hörte auf, als Bech im Türrahmen aufragte. «Warum hört ihr beiden Engel nicht einfach auf», fragte er sie, «eurer Mutter mit euren ekelhaften kleinen Mösen Sorgen zu bereiten?»

«Leck mich, Onkel Henry», brachte Judy heraus; in beider grauen Augen lag Furcht.

Statt sich in die Rolle des Unmenschen hineinzusteigern, erklomm Bech die Stiege zu seinem Silberzimmer und las die eine Stunde, die bis zum Abendessen blieb, Korrektur. Mortimer Zenith, eine Nebenfigur, die im dritten Kapitel eine unerwartet bedrohliche Dimension und Dynamik gewonnen hatte, malt der armen, dicken, schniefnäsigen Alkoholikerin Ginger Greenbaum, der das Leben übel mitgespielt hat, die möglichen finanziellen Wunderwirkungen einer Scheidung aus. Er hat auch mit der hübschen Olive verschiedenes vor, sobald er seine Pläne verwirklicht hat: er will ins Fernsehshow-Geschäft einsteigen, und dafür erhofft er sich Gingers Unterstützung, sobald sie ihren Anteil an Tads Geld eingestrichen hat. Trotz ihrer Verzweiflung und Verworrenheit vermag sich Ginger ein Leben ohne Tad nicht so recht vorzustellen, auch wenn dessen Wutausbrüche und Zeiten langer Abwesenheit durch die nachmittäglichen Tröstungen des jungen Filipinos Emilio mehr oder weniger gelindert werden, der auf ihrem im Staat Connecticut neuerworbenen Besitz als Zureiter tätig ist. Was Bech beim Schreiben und jetzt beim Umschreiben auf der Fahne auffiel, war das Licht in den großen Scheiben von Greenbaums Penthousewohnung, während Mort und Ginger leise miteinander sprechen und Autohupen zehn Stockwerke unter ihnen immer dringlicher – er strich ‹flimmern› durch – blöken. Aus dem harten Mittagskobalt hat der Himmel eine Art Rosabraun herausgefiltert, das sich hinter den dunkler werdenden Umrissen der Wolkenkratzer zeigt, während hier und dort im ersterbenden Licht aus dem Westen eine Wolkenwächte oder ein Wasserspeier in Dämonengestalt aufflammt. Erneut Stoßverkehr. Mit einemmal sieht Bech eine Taube von der Fensterbank draußen starten, was die beiden ränkeschmiedenden glattgekämmten Köpfe dazu veranlaßt, sich gleichzeitig umzuwenden. Vor seinem eigenen Fenster lag eine durchsichtige graue Decke. Einzelne Schneekörnchen klopften wie ein winziger Hilferuf an die eisigen Scheiben. Unten erhob sich ein Frauenstimmenterzett; es besang in gequälter Gleichgestimmtheit die skandalöse kurze Unterhaltung Bechs mit den Zwillingen. Die Haustür schlug hinter dem verfroren hereinkommenden Donald ins Schloß, er klagte laut über die jämmerliche Leistung seines Schlittens. Oben herrschte Glückseligkeit, während sich immer mehr Zusätze auf den Rändern der Fahnen ringelten und die elektrischen Heizöfchen Bechs Schienbeine warm bestrahlten. Erneut warf er einen Blick zu seinem Fenster hinüber und sah überrascht, daß dort keine einzige Taube saß, mit schiefgelegtem Kopf und ihrer Art zu gehen wie Charles Chaplin als Landstreicher, das Knopfauge wachsam auf mögliche milde Gaben gerichtet. *Poch, poch.* Schneestürme sind ideal zum Korrekturlesen, dachte er. Eingesperrt. Byrd am Südpol, Sir Walter Raleigh im Tower.

Der Schneesturm wirkte erregend, aber unter dem daunenweichen Windstoß wimmerte Bea: «Es tut mir so leid, Liebling. Die Sache mit den Mädchen hat mich furchtbar mitgenommen. Judy, Ann und ich haben uns richtig über all das ausgeheult, trotzdem bin ich noch ganz aus dem Häuschen.» Der Wind fuhr sacht durch den Rauchfang des Schlafzimmerkamins mit der schadhaften Luftklappe. Vorsichtig versuchte seine Hand den Flanell ihres Nachthemds hochzuschieben. «O Henry, ich kann wirklich nicht», flehte Bea. «Nach alldem fühl ich mich da unten so richtig schmutzig.» Als ihre Atemzüge in die Regelmäßigkeit des Schlafs übergingen und das Haus in allen Mauern ächzte, während der Sturm es mit rhythmischen Luftstößen berannte, masturbierte Bech, von den meteorologischen Ereignissen verzückt, und stellte sich dabei statt seiner eigenen klobigen Hand die feine dunkle schmutzige fotokopierte vor.

Es schneite 48 Stunden lang, und weitere zwei Tage lang waren sie eingeschneit. Die Meute pickliger Wölfe, die Anns und Judys Sexualduftstoffe ans Haus lockten, versammelte sich jetzt nicht in den Autos ihrer Väter, sondern auf Langlaufskiern und in einem besonders gut ausgerüsteten Fall auf einem Kawasaki-Schneemobil; die von ihren Parkas zum Umfang von Michelinmännchen aufgeblähten Burschen polterten durch die Diele herein und hinaus, schleppten Schnee ins Haus und atmeten Dampf aus. Auch Beas Nachbarn kamen hereingepoltert, um eingeweckte Lebensmittel und Berichte über eingefrorene Wasserleitungen und abgetaute Kühltruhen auszutauschen. Die mündliche Überlieferung schien in Amerika noch nicht tot zu sein: Geschichten von eingeschneiten Autos, unter der Schneelast zusammengebrochenen Balkonverglasungen und ungeheuren Schneebergen, die sich neben den freigepflügten Parkplätzen in der Stadt erhoben, kamen ins Haus gepurzelt. Die für Ossining schlimmste Entbehrung schien zu sein, daß die *New York Times* einige Tage lang nicht kam; Entzugserscheinungen zeigten sich an Frühstückstischen und suchten phlegmatische Bankmenschen heim, während sie ihrer verschneiten Garagenauffahrt mit Schaufeln zu Leibe rückten. Sie waren sich der leichtsinnigen Unwissenheitsblasen in ihrem Blutstrom bewußt, die möglicherweise ihr Herz erreichen konnten. Den ganzen Tag, während Schneefedern von den Kanten der Wehen herabrieselten, Kinder Tunnel gruben und Apportierhunde im Gestöber wie Delphine auf und ab sprangen, unterhielten sich Menschen mit gedämpfter Stimme darüber, wie skandalös es war, ohne die *Times* auskommen zu müssen. Im Fernsehen wurde die erste Seite gezeigt, wohl um die Menschen in den von der Welt abgeschnittenen Bezirken davon zu überzeugen, daß das Blatt noch erschien, und das *Citizen Register* (Lokalzeitung für Ossining, Briarcliff, Croton, Buchanan und Cortlandt) erweiterte seinen den In- und Auslandsnachrichten gewidmeten Teil. Doch verstärkte all das nur noch das Gefühl dringlicher Notlage, den Eindruck, fern jeglicher Wirklichkeit zu leben. Bech zog sich vor dem *times*losen Getriebe in seine silbern ausgeschlagene Klause zurück und fügte seinen Fahnen weitere Schnörkel hinzu, so, wie ein auf Zahnstocher gespießter Avocadokern Wurzeln in ein wassergefülltes Glas hinabschickt. Zum erstenmal überlegte Bech, daß er möglicherweise tatsächlich etwas Handfestes in der Hand hielt. Vielleicht war er wirklich wieder da.

Die neunmonatige Trächtigkeitsdauer gebot, daß ‹Think Big› im Sommer erschien, und das bekam dem Buch: Es brauchte sich nicht mit der muskelbepackten herbstlichen Bande von maßgeblichen Biographien oder von Romanen mit eindrucksvollen Titeln wie ‹Sinnenrausch› oder ‹Delaware› herumzuschlagen, die Leben und Schicksale zahlreicher Generationen beschrieben und auf deren Dank-und-Anerkennung-Seiten sich die Namen von Menschen drängten, die beim Zusammentragen des Materials geholfen hatten. Ebensowenig mußte es in Konkurrenz zu den voluminösen Frühjahrsbänden von Romanautorinnen und Feministinnen treten, die gegen das Privatleben geiferten. ‹Think Big› gesellte sich mit seinem wasserblauen Schutzumschlag als eines der heiteren Dinge jenes Sommers dem Eis am Stiel und den Achterbahnen zu, den Baseballspielen und den Strandpicknicks. «Es zergeht im Mund und hinterläßt Sand zwischen den Zehen», schrieb der Rezensent des *East Hampton Star* über ‹Think Big›. «Das schmutzige Buch, das wir alle verdienen», behauptete Alfred Kazin in der *New York Times Book Review,* und John Lennard bezeichnete es in der *Times* als «eine betörend festliche Katastrophe». «Kein ganz so alter Hut, wie ich zu fürchten Anlaß hatte», erklärte Gore Vidal in *The New York Review of Books.* «Wieder eine Gelegenheit, darüber zu jubeln, daß unsereins als Frau auf die Welt gekommen ist», teilte Ellen Willis in der *Village Voice* mit. Und Benjamin De Mott ließ in *Partisan Review* verlauten: «Ein Anlaß, erneut Emersons Warnung zu beherzigen, daß Bücher richtig gebraucht zum Besten, mißbraucht aber zum Schlechtesten gehören.» «Eine weitere Gelegenheit», äußerte sich George Steiner im *New Yorker,* «darüber zu staunen, daß es seit dem Hellas des Perikles keine Kombination aus intellektueller Fähigkeit, Bildungsbreite und radikaler intuitiver Abenteuerlichkeit gegeben hat, die sich diesem Glanz mitteleuropäischen Mittelschicht-Judentums etwa auf halbem Weg zwischen Sigmund Freuds ersten zögernden Experimenten mit der Hypnose und Isaac Babels tragischem Verschwinden in Stalins sibirischen Beinhäusern an die Seite stellen ließe.»

In *People* hieß es einfach: «Enorm, wenn man die Umgebung außer acht läßt», und ein Bild zeigte Bech und Bea, wie sie in Zimmermannsoveralls im Partnerlook ihre Weinlaube reparierten. Noch bevor die glänzenden Kritiken eingingen, war die Schönwetterflagge gehißt worden. Jill Krementz fotografierte Bech, der Karikaturist David Levine zeichnete und Michiko Kakutani interviewte ihn. Der führende Buchklub bot ‹Think Big› als dritten Vorschlagsband für Juli an, nicht ohne eine besondere Warnung für zartbesaitete Mitglieder. Bantam Books und Pocket Books überboten sich bei den Taschenbuchrechten gegenseitig, was dazu führte, daß schließlich in allen Medien ein Betrag genannt wurde, der mehr Nullen aufwies, als eine Hand Finger hat. «Bech ist *in*!» verkündete die Zeitschrift *Vogue* in einer Balkenüberschrift schräg über ein Bild, das ihn mit Kordsamtmantel und geripptem Rollkragenpullover zeigte. «Bech überrascht», gab *Times* in einem verspäteten Nachzüglerartikel zu; sie hatten ‹Think Big› in der Veröffentlichungswoche zugunsten einer Sammelrezension von Kochbüchern für Schlankheitskost links liegengelassen. Was Bech in jenem bemerkenswert schönen Sommer überraschte, war, daß sein Buch tatsächlich gelesen wurde – am Strand und an Schwimmbecken, von leicht angerösteten Jugendlichen, dunkelgebratenen Matronen und sogar, wie er bei seinen immer häufigeren Fahrten nach New York sah, von allen männlichen Mitpendlern im Zug. Die Vorstellung, daß jene hin- und hereilenden Augen das feine und fiebrige Wechselspiel zwischen Tad und Thelma oder Olive und Mort oder gar das zwischen Ginger und ihrem Filipino in sich aufnahmen, bei dem blütenschwere Fliederzweige in die geöffnete obere Hälfte der Stalltür drängten und der Hafergeruch sich mit menschlichem Moschus vermischte – diese Vorstellung war Bech peinlich; er hatte den Impuls, das Buch den Lesern zu entreißen und ihnen zu erklären, es stünden darin lediglich seine müßigen Träume aus seiner Haftzeit in Sing Sing, nicht wert, daß sie ihre Zeit oder gar ihr Geld darauf verschwendeten.

Eines Tages, als er Don in Beas und Rodneys ehemaligen Klub zum Schwimmen mitgenommen hatte, sah er eine wohlgebräunte knackige junge Frau auf einer kunststoffbespannten Liege das Buch gegen die Sonne halten und es durch ihre Sonnenbrille lesen, deren Gestell mit Rheinkieseln besetzt war. «Wie liest es sich so?» fragte er laut, vom Gefühl der Schuld an der Mühsal überwältigt, die er ihr gewiß verursachte – das Zwinkern, der schmerzhaft hochgehaltene Arm. Sie ließ das Buch sinken und sah ihn benommen und ärgerlich an; es schien, als habe er geweckt. An der Art, wie sie ihre zinkweißen Lippen zusammenzog, erkannte er, daß sie keine Beziehung zwischen der Welt herstellte, in die sie eingetaucht gewesen war und diesem untersetzten, behaarten männlichen Eindringling in seiner altmodischen Badehose mit Schottenmuster, und daß sie nach dem Bademeister rufen würde, wenn er nicht sofort verschwände. Doch hatte sie eine verlockende Figur und mußte innerlich von einer

Leere sein, die sein Buch auf die eine oder andere Weise füllte. Er war sein eigener Nebenbuhler. Mit der Zeit zuckte er beim Anblick der wasserblauen Schutzumschläge zusammen; sie fielen seinem empfänglichen Auge auf wie Schwimmbecken, über die man im Flugzeug hinwegfliegt. Er hatte die Welt mit kleinen Zerrspiegeln angefüllt. ‹Think Big› erlebte im September seine sechste Auflage, und Big Billy schickte von Hawaii ein Glückwunschtelegramm: WERD ALT MIT MIR DAS BESTE KOMMT NOCH.

Nicht einmal in ein einfaches italienisches Restaurant konnte er mit Arlene Schoenberg essen gehen, ohne daß irgendein Dummkopf auf einem Fetzen Papier ein Autogramm von ihm haben wollte. Gewöhnlich war das ein Handzettel, wie man sie in der ganzen sündigen Stadt in die Hand gedrückt bekam und die zum Besuch von ‹Gesundheitsklubs› aufforderten, in denen Masseusen oben ohne arbeiteten. Bei jedem weiteren Autogrammsammler bekam Arlene angesichts von Bechs Ruhm glänzendere Augen, und die Aussicht, sie zu verführen, rückte weiter in die Ferne. Die Welt hatte ihm, durch einen der wirtschaftlichen Ausgleichsmechanismen, nach denen sie funktioniert, zugleich Erfolg verliehen und den Hauptvorteil des Autorseins genommen: seine Privatsphäre. Ihre fesselnden kleinen Hände spielten lockend mit Messer und Gabel, liebkosten das Campariglas und sanken ihr dann in den Schoß. Nach wenigen Augenblicken tauchte eine von ihnen wie eine Primadonna, die den Beifall des Publikums entgegennimmt, erneut wieder auf und bearbeitete mit einem Fingernagel ein unsichtbares Jucken an der Seite ihres etwas lang geratenen Kinns. Arlene fragte ihn, ob er seine Einfälle aus dem Leben beziehe oder aus seiner Vorstellungskraft, und ob er meine, ein Autor schulde der Gesellschaft etwas oder ausschließlich sich selbst. Sie wollte wissen, ob er schon immer so sauber Maschine geschrieben und die Rechtschreibung so gut beherrscht habe; von ihren jüngeren Geschwistern sei in Rechtschreibung keiner besonders stark – eigentlich schlimm, man frage sich unwillkürlich, ob es in zwanzig Jahren noch Bücher geben wird, wenn alles so schrecklich weitergeht. Bech erklärte, alles Lob für sein Maschineschreiben und seine Rechtschreibung gebühre Mae, einem dunkelhäutigen Genie, das seine Frau in Ossining für ihn aufgetrieben habe. Beim Versuch, Fräulein Schoenbergs gespannte Aufmerksamkeit von seinem beruflichen Ich abzulenken, sprach er ziemlich viel über Bea. Er sang ihr Lob, weil sie ihn endlich dazu gebracht hatte, sich an die Maschine zu setzen und das Buch fertigzuschreiben. Er gestand überdies, und schob damit die

Vertrautheit eine Stufe höher, daß er bei ihrer Eheschließung noch gar nicht gemerkt hatte, wie sehr sie sich beständig über alles mögliche Sorgen machte. Im Unterschied zu ihrer schwierigen Schwester Norma hatte sie stets gelassen und verständnisvoll gewirkt, richtig mütterlich. Und als mütterlich hatte sie sich auch erwiesen: Sie dachte unentwegt an ihre Kinder und wurde fast verrückt, als eine ihrer Töchter anfing – Bech zögerte, denn dies ruhmhörige Biest war ja auch jemandes Tochter, und möglicherweise würde ein Ausdruck wie ‹vögeln› oder ‹ficken›, der seinen Gedanken wie eine Art Wegbereiter vorauslief, sie in eine Abwehrhaltung drängen – «unpassenden Umgang zu pflegen», wie er schließlich sagte. Während er sprach, nahm das Haus in Ossining mit seinem Kuppelrasen, seinem groben grünen Außengerippe und dem kühlen silbrig ausgeschlagenen Zufluchtsraum eine unbehagliche Wirklichkeit an. Die äußeren Doppelfenster waren erst zur Hälfte eingesetzt. Das Isoliermaterial in seinem Arbeitszimmer mußte zum Teil festgeklebt und angenagelt werden. Bech überlegte, ob nicht die zauberische Lockung der fotokopierten Hände, die sich auf den Rändern seiner Fahnenabzüge zeigten, ein Trugbild gewesen sein konnte, das der Abgeschlossenheit jener klösterlichen Umgebung eigen war. Gewiß ließ Fräulein Schoenberg, wie sie ihm in ihrem sperlingsfarbenen Pullover so keß gegenübersaß, Anzeichen von Gewöhnlichkeit erkennen.

«Mit einem Schriftsteller verheiratet zu sein stelle ich mir schrecklich aufregend vor», sagte sie. «Ich meine, Ihre Frau weiß ja wohl nie, was Sie denken?»

«Ach, die erfährt schon, was sie wissen möchte.»

«Ich meine, wenn Sie sie ansehen, hat sie doch bestimmt den Eindruck, wie von Röntgenstrahlen durchschaut zu werden. Sie schreiben so gut über Frauen, sie kommt sich sicher nackt dabei vor.»

Campari mit Soda verursachte Bech jedesmal dieselbe Empfindung, wie wenn er eine Aspirintablette schluckte: ein brennendes Gefühl oben in der Speiseröhre. Beim Wort ‹nackt› sah er düster und ausdruckslos auf Arlenes dünnfädigen Pullover, er fand ihn äußerst undurchsichtig. Ob sie darinnen wohl Brüste hatte oder Farbbandspulen? Um den Hals trug sie ein dünnes Goldkettchen, das ihr bisher noch niemand abgerissen hatte. Und sie fuhr fort: «Autoren haben ein so reiches Innenleben, sie sind so voller Phantasie, das macht wohl ihre Anziehungskraft auf Frauen aus.»

«Meinen Sie, mehr Phantasie als beispielsweise Mr. Flaggerty?»

Die Frage erwies sich als genial gestellt. Pikiert gab sie zurück: «Ach, *der*. Seine Phantasie beschäftigt sich höchstens mal mit Hockeymannschaften – heute die Mets, morgen die Jets – und vielleicht noch damit, wo man guten mexikanischen Stoff bekommen kann, solcher, mit dem sie sich als Studenten angetörnt haben, als er gegen die Armee demonstriert hat, mit Dylan mitgezogen ist und all so was.»

«Sie scheinen ihn», mutmaßte Bech, «ziemlich gut zu kennen.»

Zum erstenmal verloren ihre Augen ihren berühmtheitssüchtigen Glanz und verengten sich belustigt und mit einer Andeutung von Lockung. «Ach, doch. Er ist ein guter Vorgesetzter. Ich hatte schon schlimmere.»

Sehnsuchtsvoll wünschte Bech, er wäre daheim und rechte seinen Rasen. Doch Arlene Schoenberg entspannte sich jetzt erst richtig, während ihre hübschen Händchen geschickt grüne Fettucini auf eine Gabel wickelten. Die Restaurantfertigkeiten von New Yorkerinnen: wie Gottesanbeterinnen, die sich auf den Zweigen eines Kreosotstrauchs tummeln. Er hätte in seinem Buch mehr Restaurantmahlzeiten à la Gotham unterbringen sollen. Und über die Art, wie sich die Tische nach draußen auf die Straße begeben, in den Ruß. Sein Schweigen ließ ein feines Lächeln auf Arlenes Gesicht treten, wobei ein aufreizender Zahnfleischrand sichtbar wurde. «Sehen Sie», sagte sie, «ich habe keine Ahnung, was Sie jetzt denken.»

«Ich überlegte», teilte er ihr mit, «ob es eine Möglichkeit gibt, Vellum die Rechnung für dies Essen zuzuschanzen. Können Sie Flaggertys Unterschrift fälschen, oder stehen Sie noch nicht auf so vertrautem Fuß miteinander?»

Ihre Augen wurden erneut zu feierlich hellen Kreisen. «Aber nein.»

«Na schön, dann zahl ich's eben. Was kann ich noch für Sie tun?»

«Nun ja» – in Gedanken verschlang sie spielerisch das Goldkettchen zu einem Knoten und quetschte ihren Finger so darin, daß seine Spitze brennend rot wurde – «ich soll Sie für meinen Bruder fragen, ich hab Ihnen von ihm erzählt, ob Sie nicht vor seiner siebten Klasse sprechen könnten. Er ist an einer Sonderschule für Legastheniker draußen in Richtung auf Glen Cove, und die Schüler wären ja *so,* Sie können es sich denken –»

Bech erkannte seine Gelegenheit und nutzte sie. Er tätschelte ihre nackte Hand, die abwesend auf dem karierten Tischtuch lag. «Liebend gern», sagte er, «aber es geht nicht. Als ich das vorige Mal in einer Schule gesprochen habe, bin ich in eine schreckliche Affäre mit einer Frau hineingeschliddert, die nur an meinem literarischen Ich interessiert war. Den Mann hat sie verschmäht. War das nicht niederträchtig von ihr?»

«Da müßte ich die näheren Umstände kennen», gab Arlene Schoenberg ihre wohlüberlegte Meinung kund; als habe es nie eine sexuelle Revolution gegeben, zog ihre Hand zurück und beschäftigte sich weiter mit ihren Fettucine.

Auf dem Weg vom Restaurant zurück zum Verlag kamen sie am Schaufenster der Buchhandlung Doubleday vorüber, mit einer ganzen Pyramide von ‹Think Big› darin. Bech taten seine Bücher immer leid, wenn er ihnen in Buchläden begegnete; sie wirkten so in der Minderzahl. Er hatte sie mit unzulänglicher Rüstung in den Kampf geschickt, mit Schußwaffen, die Ladehemmung hatten. Jene ungekauften Exemplare begannen unter der täglichen Sonneneinstrahlung zu vergilben und wellig zu werden. Im Zug heimwärts sah er, daß viele der sich bereits verfärbenden Bäume schon kahl waren. Bald war ein Jahr seit Beendigung des Buchs herum. Im Haus waren Veränderungen eingetreten: die Mädchen studierten, Ann besuchte das Massachusetts Institute of Technology und Judy das Duke College, und der kleine Donald erwartete von seinem Stiefvater nicht mehr, daß er mit ihm hierhin und dorthin ging. Früher hatten sie jeden Herbst gemeinsam das Footballspiel der High School von Ossining besucht. Die meisten Spieler waren Schwarze, und auf dem Platz konnte man die aufgewühlte Erde riechen und die anfeuernden Rufe der Cheerleader dünn vor dem Himmel widerhallen hören. In diesem Herbst hatte der Junge, seit kurzem dreizehn, verächtlich dreinblickend verzichtet. Die ihm durch die Gene weitergegebene Hochnäsigkeit des Vaters kam in ihm zum Ausbruch. Statt dessen war Rodney mit Donald ins Palmer Stadion gegangen, zum Spiel Harvard gegen Princeton.

Das Haus ächzte im Gebälk, jetzt, wo die Zentralheizung wieder lief und das Temperaturgefälle ein Kraftmoment bewirkte. Handwerker waren im und am Haus beschäftigt: Da Bech mit seinem Buch eine Million Dollar verdient hatte, wurde die Nordseite des Mansardendachs neu mit Schiefer eingedeckt, und nachdem das linke Geländer der großen Aufgangstreppe zehn Jahre lang zur Hälfte wiederhergestellt herumgestanden hatte, wurde jetzt die ganze Treppe instandgesetzt. Als ein Fernsehteam zur Aufzeichnung von *Sixty Minutes* ins Haus kam und alle Möbel hin- und herrückte, wurde deutlich, wie abgewohnt sie waren. Bech ging Bea in den vielen Räumen ein wenig aus dem Weg, sie wollte vor allem über die Haushaltsausgaben mit ihm reden oder sich über Donald beklagen, der nach Feierabend auf das Gerüst der Dachdecker geklettert war. «Er hat jetzt so schreckliche Freunde, Henry, lauter Halbkriminelle. Dabei hatte ich gedacht, jetzt, wo Ann und Judy fort sind, hätten wir ein wenig Ruhe im Haus.»

«Was ist damals eigentlich aus der Sache mit den Pessaren geworden?»

Sie sah ihn verständnislos an. Wenn es etwas gab, das Bech an Frauen nicht gefiel, dann war es die Art, wie sie sich selbst so rasch die Hysterie verziehen, mit der sie anderen auf die Nerven gegangen waren. Er half ihrer Erinnerung auf: «Du weißt doch, auch Judy wollte eins, sie war aber noch Jungfrau . . .»

«Ach so. Hab ich dir das nicht erzählt? Es war ganz einfach. Ich versteh gar nicht, warum wir nicht gleich darauf gekommen sind. Doktor Landis hat Ann eins eingepaßt und mir dann ein Rezept für zwei von der Größe gegeben. Es sind schließlich *Zwillinge*.»

«Glänzend», seufzte Bech.

«Liebling, hättest du eine Minute Zeit, damit wir uns mal den Möbelkatalog von Sloane's hier ansehen können? Ich hätte am Kamin gern so 'ne Art Plauderecke, ohne daß es gleich aussieht wie auf einer Skihütte. Findest du eigentlich, daß moderne Kastenmöbel auf 'nem großen Perser blöd wirken?»

Die Gelenke seiner Kinnlade schmerzten vor unterdrücktem Gähnen. «Ich finde», brachte er zustande, «daß das Zimmer jetzt ganz gut aussieht.»

«Du siehst nicht richtig hin. Gegen die neugemachte Treppe sticht alles andere als schäbig ab. Falls du dir Sorgen machst wegen der Kosten: Sheila Warburton hat gesagt, bei der unsicheren Lage im Mittleren Osten ist *jeder* Orientteppich, den man kauft, eine bessere Geldanlage als Aktien, Gold –»

«Die alten Ohrensessel mag ich», sagte Bech. Abends saß er in einem von ihnen, die Füße auf einem umgedrehten Kaminholzkorb, und las – Thomas Mann über Goethe, Wagner, Nietzsche, Schopenhauer und Freud. Das waren tolle Burschen gewesen!

«Die Sessel gehörten Rodneys Mutter, und wir müßten sie ihm jetzt wirklich zurückgeben, wo er doch die größere Wohnung hat.»

«Weißt du, Bea, wir *haben* die Million noch nicht. Vorerst sind das nur ein paar Bits im Computer bei Vellum. Mein erstes Honorar kommt frühestens im August.»

«Ach, richtig, dazu hat Sheila Warburton gesagt, du hättest bei der gegenwärtigen Inflation unbedingt einen saftigen Vorschuß verlangen müssen.»

«Der Teufel soll deine Sheila mitsamt ihrem aufgeblasenen Paul holen. Kein Mensch konnte wissen, daß sich das Buch so verkaufen würde. Früher hat ein anständiger Autor *nie* Vorschuß verlangt, höchstens die unbegabten Hungerleider aus Greenwich Village.»

Bea, die nachdenklich in ihrem in Gedanken von ihr eingerichteten Zimmer stand, war nur schwer zu erschüttern. Allmählich kam sie zu Bewußtsein, erkannte seinen gekränkten Ton, trat auf ihn zu und umarmte ihn. Sie hatte in einem sich aufribbelnden Skipullover, der muffig nach Blattfäule und hohem Herbstgras roch, Laub gerecht. «Aber es ist nicht mehr wie früher, Henry», sagte sie, so daß ihn ihr Atem am Ohr kitzelte. «Heutzutage kostet es ein Vermögen, im Village zu wohnen. Und du bist auch nicht mehr der Henry von früher.» Sie erschauerte vor Glück und drückte ihn krampfhaft. «Wir sind ja alle so *stolz* auf dich!»

Wenn es noch etwas gab, das Bech bei Frauen mißfiel, war es die Art, wie sie alles umschlangen und darauf bedacht waren, wann immer es ihnen paßte, die vernünftige Trennung zwischen Ich und Du aufzuheben. Anverwandlung, die heimtückischste Form der Eroberung. Er wurde zu einem Stückchen faulenden Laubs. «Mit dem Buch weiß ich nicht so recht», begann er.

«Es ist großartig», fiel sie ihm mit rasch atmender Ungeduld ins Wort. «Wann fangen wir mit dem nächsten an?»

«Das nächste?» Die bloße Vorstellung verursachte ihm Übelkeit. Sich wieder eine ganze Latte von Namen ausdenken, dann ein Sujet, das man wie einen Tumor aus sich heraus ernähren mußte, ein von Seite zu Seite beizubehaltendes Handlungsmuster ... Seine süße sanfte Vorstadtschönheit, das Stückchen Land, das er beackerte, war unersättlich.

«Na klar», sagte Bea munter und tat einen Schritt von ihm zurück. «Die Vorsatzfenster sind drin, du hast so viel Werbung getrieben, wie die Medien vertragen, zwanzig Interviewern dasselbe gesagt – was willst du mit deiner freien Zeit anfangen?»

«Nun, ich habe einige Einladungen zu Lesungen an Colleges. Die von einem kleinen Landwirtschaftscollege in West Virginia klang ganz verlockend, und dann eine Indianerschule in South Dakota –»

«Das hast du doch alles schon *hinter* dir», gab Bea zurück. «Du hast es doch wahrhaftig nicht nötig, dich für ein Taschengeld da hinzustellen oder die kleinen Studentinnen in einem von diesen Kettenhotels zu bumsen. Meinst du, ich wüßte nicht, warum du in Wirklichkeit all diese Vorträge gehalten hast?» Der Seitenblick, den sie auf ihn warf, war zugleich feindselig und kokett – eine in der Ehe häufige Kombination.

Ihm mißfiel, wie Bea bestimmte Dinge *wußte*, verschämt in sein Inneres eindrang, in allen Bereichen seiner Persönlichkeit totalitäre Statthalter einsetzte. Sein Geist, Leib, Mund, seine Zeugungsorgane – sie alle hatte Bea besessen, hatte entlang allen Fluchtwegen Kontrollpunkte eingerichtet. Sein «Triumph» (um noch einmal *Vogue* zu zitieren) war mehr ihrer als seiner: Als sie an jenem Abend im Bett auf der Kopulation bestand, erreichte sie, wie er es empfand, mit dem Leib ihrer eigenen triumphierenden Weiblichkeit den Orgasmus. Dabei gurrte sie über ihm und ging erst dann zu den immer höher werdenden Wimmerlauten über, die zumindest bei dieser Gelegenheit bewirkten, daß sein eigener Höhepunkt als etwas vergleichsweise Banales darin aufging. Zunehmend häufiger bevorzugte sie die Position über ihm. Da es im Schlafzimmer jahreszeitlich bedingt kälter wurde, behielt sie ihr Nachthemd an und wurde so im Dunkeln zu einem Zelt aus Chiffon, Spitze und gelöstem blondem Haar, eine opernhafte Erscheinung, die ihn mit ungesehenem feuchten Griff umhüllte und machtvoll zur Männlichkeit emporzog, zur Leistung, zu Reichtum und erneuertem Ruhm, zu klebrigem Feuerwerk und Nervenentspannung. Keuchend sackte sie ihm auf die Brust.

«Ich fühle mich so rundum wohl bei dir», vertraute sie ihm an.

«Ich mich bei dir auch», erwiderte er und hoffte, seine vorgefertigte und wortkarge Reaktion werde nicht ihr Mißtrauen erregen.

Sie hörte den Vorbehalt. «Bist du mit etwas nicht zufrieden?» wollte sie wissen. «Nicht nur, was das Buch angeht, sondern *uns*? Sag's mir.»

«Doch, ich bin zufrieden. Natürlich.»

«Du warst früher ein so trauriger Mensch, Henry.» Früher. Bevor ihre Ehe sich in jeder seiner Zellen breitgemacht hatte und ihm Tag für Tag Konversationsbrocken und Nacht für Nacht Samen entlockte.

«War ich das?»

«Dachte ich», sagte Bea. «Du hast mir immer richtig angst gemacht, und anderes auch. Traurig war ich. Ein angenehmer Mann, aber, ich weiß nicht, steril. Zu Donald bist du so lieb.»

Ihr Arm lag herrlich schwer quer über seiner Brust. Er fühlte sich festgenagelt: und das Bild von Donald war ein weiterer leuchtender Nagel. «Wir kommen miteinander aus», gab er zu. «Aber der Junge wird bald erwachsen.»

Bea ließ nicht zu, daß ein noch so geringer Mangel an Übereinstimmung bestehen blieb. «Er mag dich sehr», erklärte sie, und als sie schlief, sah er im Mondlicht ein Lächeln auf ihren Zügen liegen und die nicht im Kissen vergrabene Wange runden.

Im Traum ist er frei. Die Landschaft läßt an Europa denken – tiefhängender grauer Himmel, leuchtendgrüne Felder, Schlammboden, den Reifen und Soldatenstiefel durchgeknetet haben. Er ist von irgendwo entwichen; Furcht vermischt sich säuerlich mit dem Schuldgefühl, das er empfindet, weil er alle anderen in der Gefangenschaft zurückgelassen hat. Doch vorerst muß er sich den Forderungen der Flucht stellen: hinter ihm bellen Hunde, eine Hecke bietet ein Versteck. Er drückt sich hinein, sein Herz klopft riesig. Auf dem Boden zu seinen Füßen weggeworfenes Bonbonpapier. Die Hecke ist noch wintrig kahl; man wird ihn entdecken. In der dichten grauen europäischen Wolle zu seinen Häupten dröhnt ein einzelnes ungesehenes Bombenflugzeug, seine einzige Hoffnung, weiß er instinktiv, auch wenn es Zerstörung bringen wird. Er erwacht und merkt, daß das Dröhnen von dem mehrere Stockwerke unter ihm befindlichen Brenner der Heizung kommt. Die Hunde in der Nachbarschaft haben etwas aufgestöbert, vielleicht einen Waschbären, und unten hat Max schläfrig einen oder zwei ärgerliche Beller beigetragen. Doch nur langsam schwanden Bechs Angst und Schuldgefühl.

An jenem Tag holte Bea Donald von der Schule ab, weil sie mit ihm zum Kiefernchirurgen mußte, anschließend wollte sie ihm etwas anzuziehen kaufen, denn er war aus seinen Schulsachen herausgewachsen. Um das Lächeln des Kindes herum lag rührender Bartflaum, und die ersten Pickel, Vorboten unschöner Männlichkeit, verunzierten die einst vollkommene Knabenhaut. Sie würden keinesfalls vor sechs heimkommen. Bech zog mit dem undeutlichen Gefühl eines Verlusts durch das große Haus, ein sein Labyrinth unruhig durchstreifender Minotaurus. Gegen vier klingelte es an der Tür. Er erwartete einen UPS-Paketboten zu sehen oder eine von Beas Süffeltanten aus Ossining; doch vor der Tür stand Norma Latchett, Beas Schwester.

Während die reiferen Jahre Bea hatten fülliger machen lassen, hatte Norma abgenommen, so daß sie noch dürrer, nervöser und hektischer wirkte als früher. Zwar färbte sie ihr ergrauendes dunkles Haar nicht, das sie streng zurückgekämmt trug, doch war ihr schwarzes Wollkostüm schick, hatten Lippenstift und Augen-Make-up die Farbe der Saison und waren in der richtigen Menge aufgetragen, und auf ihrem Gesicht zuckten, als sie sah, wer ihr öffnete, alle Empfindungen einer Frau, die der Anblick eines früheren Liebhabers zuerst beunruhigt, die sich dann aber zusammennimmt, um sich seinem Urteil zu stellen. «Wo ist Bea?» wollte sie wissen.

Bech teilte es ihr mit und lud sie ein, hereinzukommen und im Haus ihre Rückkehr abzuwarten.

Norma zögerte, hielt ihre Handtasche fest umklammert. Sie sah ein wenig zu geschniegelt aus, wie eine Vertreterin für Avon-Kosmetik. «Ich bin auf dem Weg nach Poughkeepsie, wo ich einen Vortrag halte, und da dachte ich, daß ich einmal hereinschauen könnte. Außerdem habe ich ein paar Papiere mit, die Bea unterschreiben muß. Ihr beide kommt ja gar nicht mehr nach New York.»

«Bea mag die Stadt nicht», sagte Bech. «Über welches Thema sprichst du? Komm doch rein. Nur Max und ich sind hier, und wir beißen heute beide nicht.»

«Das Übliche», sagte Norma. Sie sah irritiert aus, trat aber in die große, frisch renovierte Diele, die seither glänzte wie die Kabine einer Jacht. «Die schrecklichen Ikonen.» Seit vielen Jahren hatte Norma hin und wieder in Museen gearbeitet, sich im letzten Jahrzehnt, als ihre Hoffnungen auf eine Ehe dahinschwanden, ernsthaft mit der Materie beschäftigt, und war jetzt eine Expertin für byzantinische und russische Kirchenkunst. Da Ikonen immer «sammelwürdiger» wurden, kamen zu ihren Vorträgen neben Studenten auch Bankiers. Sie zündete sich eine von blaßgrünem Papier umhüllte Zigarette an und sah sich unruhig nach einem Aschenbecher um.

«Laß uns ins Wohnzimmer gehen», schlug Bech vor. «Ich mach Feuer im Kamin.»

«Du brauchst mich nicht zu unterhalten. Ich kann ohne weiteres nach Vassar weiterfahren und mich vom Direktor des kunsthistorischen Instituts zum Abendessen einladen lassen. Allerdings esse ich ungern vor einem Vortrag, das ganze Blut geht in den Magen und macht einen so schrecklich dumm.»

«Ich kann mir nicht vorstellen, daß dich irgend etwas *schrecklich* dumm macht», kommentierte er galant. Während er ihr an der Prunktreppe vorbei folgte, erinnerte er sich an die überraschende Fülle, die ihr Körper verbarg – beispielsweise waren ihre Hüften so breit, als hätte eine Geburt, die nie stattgefunden hatte, ihre Bekkenknochen geweitet, so daß sich ihre Schenkel kaum berührten, was sie nackt oder im Badeanzug rührend x-beinig wirken ließ. Er nahm drei der großen Scheite, die er im vergangenen Winter in der Hoffnung gehackt hatte, die körperliche Betätigung werde seine Lebenserwartung steigern, inzwischen ließ sie sich in einem der Ohrensessel nieder, seinem liebsten, dem mit rötlichbraunem Brokat bezogenen, in dem er gewöhnlich las. Das Streichholz flammte auf. Die zusammengeknüllte *Times* fing Feuer. Die Kiefernspäne begannen zu knistern. Er richtete sich auf und fragte: «Tee?» Sein Herz pochte wie im Traum der vergangenen Nacht. In den Räumen des Hauses um sie herum lag Stille wie im Auge eines Wirbelsturms. Max kam auf leisen Pfoten herein und ließ sich tief seufzend auf dem Vorleger vor dem langsam größer werdenden Feuer nieder. Ein goldenes Auge mit einem geröteten Unterlid warf Bech einen fragenden Blick zu, bevor es sich schloß. «Oder etwas Schärferes?» beharrte Bech. «Ich bin nicht sicher, ob wir weiße Crème de Menthe dahaben, Bea und ich trinken nicht besonders viel.» Norma hatte eine Vorliebe für exotische Cocktails, fiel ihm ein, zum Beispiel Black Russian – Wodka mit Tia Maria –, lauter Zeug, das kein normaler Mensch im Haus hat.

«Vor einem Vortrag trinke ich nie», gab sie mit Schärfe in der Stimme zurück. «Allerdings sollte ich wohl besser meine Dias reinholen. Wenn man sie zu lange in einem ausgekühlten Wagen läßt, platzen manchmal die Gläser von der Wärme des Projektors.»

Während Bech den grauen Metallkasten aus dem Kofferraum ihres Wagens holte, trabte Max neben ihm her, verewigte sich an einem von Normas Reifen und rannte rasch zu dem Waldmurmeltier hinüber, das sich unter der Veranda zum Winterschlaf einzurichten im Begriff stand. Auf dem Rückweg ins Haus schlug Bech dem enttäuscht dreinblickenden Hund die Tür vor der Nase zu. Drei sind einer zuviel.

Nachdem Norma die Dias sicher unter ihrem Sessel verstaut hatte, neben ihrer riesigen Alligatorledertasche, fragte sie: «Nun, wie fühlst du dich?»

«Bei was?» Diesmal war das Zigarettenpapier violett. Vermutlich waren in einer Schachtel verschiedene Farben, wie bei Gummibärchen.

«Na, bei dem Erfolg.»

«Wieso?» Den Nylonschimmer ihrer Fesseln färbte das Kaminfeuer orange; in ihren Augen zuckten feuchte, wütende Blitze.

«Stell dich nicht so dumm», sagte sie. «Bea hat dich doch dazu gebracht, mit dem Buch eine Million zu verdienen. Bea, das fleißige Bienchen. Summ, summ.»

«Sie hat mich zu gar nichts gebracht, das hat sich einfach so ergeben und eine Eigengesetzlichkeit entwickelt. Jetzt wollen sie es auch verfilmen. Willst du wirklich keinen Tee?»

«Hör auf, dich so lächerlich aufzuführen. Setz dich, wenn ich schon in deinem Sessel sitz.»

«Woher weißt du das?»

«Von deinem Gesichtsausdruck, als ich mich gesetzt hab. Von wegen, es hat sich so ergeben. Bea prahlt damit herum, wie sie dir dein *Zimmer* eingerichtet und gesagt hat, schreib *jeden* Tag ein paar Seiten und mach *auch dann* ruhig weiter, wenn es nichts *taugt,* und wie jetzt das große Geld bei euch anrollt. Wie fühlt man sich als Kieselstein, den jemand zum Diamanten geschliffen hat?»

Er hatte gedacht, ein kleiner Schlagabtausch mit den Sechzehn-Unzen-Handschuhen, aber es schien in eine richtiggehende Messerstecherei auszuarten. Norma war wütend. Die Knochen ihrer Fußgelenke schienen förmlich zu knacken, während sie abwechselnd die Beine übereinanderschlug und nebeneinanderstellte. «Hast du es denn gelesen?» erkundigte sich Bech mit Sanftmut in der Stimme.

«Soweit es mir möglich war. Das Buch ist beschissen, Henry. Früher hättest du so was nie verlegen lassen. Es ist geschludert, gefühlsselig und *behaglich.* Diese Behaglichkeit finde ich unverzeihlich. Sieh nur, wie es allen gefällt. Das ist ein schreckliches Zeichen.»

«Mm», rang er seinem Mund einen Laut ab, wie ein Pfeifen aus dem Schornstein, ein Knistern im Gebälk des Hauses.

«Dir werf ich nichts vor, nur Bea. Sie hat es aus dir herausgepreßt, sie mit ihrer Vorstellung von behaglichem Eheleben, ihrem Wunsch, sich ein Denkmal zu errichten. Ein Denkmal aus den Leibern all deiner früheren Freundinnen, und *sie* ist der alles beherrschende Geist, sie streicht den Gewinn ein. Läuft den anderen den Rang ab. So war sie immer schon. Du hättest sie beim Tennis erleben sollen, bevor sie so dick geworden ist.» Normas Augen sprühten Feuer. Die Dämonen der Rache und der Wahrheit waren in sie gefahren – es war sehenswert.

«Leiber früherer Freundinnen –» setzte Bech zögernd an.

«Gott im Himmel, Henry, ein Scheiterhaufen war das. Der Rauch stieg zum Himmel, zum Ruhm der dicken fetten Bea. Vielen

Dank übrigens, daß du mich Thelma genannt hast, jetzt wissen doch wenigstens alle, die mich kennen, daß ich gemeint bin.»

«Thelma war eigentlich nicht ...» setzte er an, doch als er an Bea dachte, ihren weichen Leib im Bett, die Art, wie sie ihre Augenlider und ihre Nase rotrieb, wenn sie traurig war oder es sie fror, wußte er, daß Wiedergeburt und Wachstum von ‹Think Big› nicht ganz so vor sich gegangen waren, wie Norma beschrieben hatte; sie hatte die geduldige Arbeit all der Monate, die er inmitten von Baumwipfeln und fliegenden Eichhörnchen tippend verbracht hatte, als etwas Plötzliches und Plebejisches hingestellt. Dennoch hatte sie ihm das Buch in einem neuen Licht gezeigt, und das ist immer befreiend. «*Natürlich* freut sich Bea über das Geld», gab er zu, «sie will das ganze Haus neu einrichten.»

«Das kann ich mir denken», gab Norma zur Antwort. «Du hättest sie sehen sollen, wie sie sich das Puppenhaus unter den Nagel gerissen hat, das meine Eltern uns beiden zugedacht hatten. Sie ist habgierig, Henry, materialistisch und engstirnig. Warum will sie, daß du hier draußen bei all diesen beknackten Pendlern wohnst? Die eigentliche Frage aber ist: Warum läßt du das zu? Du warst immer schon schwach, aber auf deine eigene Weise, nicht auf die anderer. Vielleicht sollte ich doch besser eine Tasse Tee trinken. Damit ich den Mund halte.» Zur Unterstreichung des Gesagten kniff sie ihre langen Lippen zusammen und wandte ihren Kopf so, daß ihr Profil im Feuerschein präraffaelitisch wirkte. Einige Haarsträhnen hatten sich aus der strengen Zucht befreit, als bliese ein leichter Wind.

Er beugte sich aus dem zitronenfarbenen Ohrensessel vor und wollte wissen: «Hat dir nicht wenigstens die Stelle gefallen, wo Mort Zenith schließlich Olive allein in der Strandhütte hat?»

«Das Buch liegt schief, Henry. Sogar an guten Stellen liegt es schief. Aber hör nicht auf mich, ich bin nur eine abgetakelte ehemalige Geliebte. Du hast Prescott und Cavett auf deiner Seite, und auf die kommt es an.»

In der ungeheuer großen alten Küche, in der sich das Holz des Fleischhackstocks verzog und die an der Wand hängenden kupfernen Stieltöpfe dringend geputzt werden mußten, brauchte das Teewasser endlos lange, bis es heiß wurde: Bech brannte darauf, zu seiner kostbaren Wahrheit zurückzukehren, die einem Pfeil gleich in Ossining eingetroffen war. Er zitterte. Draußen legte sich die Abenddämmerung über das Land. Max jaulte eintönig an der Hintertür, wo er zu dieser Stunde gewöhnlich eingelassen wurde und zu fressen bekam. Als Bech mit zwei dampfenden Henkelbechern und einer Untertasse voll Gebäck ins Wohnzimmer zurückkehrte, erhob sich Norma. Ihr Wollkostüm umstrahlte eine randunscharfe Korona, auf ihrem Gesicht, das im Schatten lag, waren keine Züge zu erkennen. Er stellte das Tablett sorgfältig auf den umgedrehten Holzkorb und reagierte, wie sie es offenbar erwartete, indem er sie hielt und küßte. Ihr Mund war breiter und feuchter als Beas und, bedingt durch die längere Bekanntschaft, vertrauter. «Ich muß dich was fragen», sagte er. «Vögelst du eigentlich vor einem Vortrag?»

Sie gingen mit der größten Umsicht zu Werke, ließen Max ein und verschlossen die Küchentür, benutzten Donalds Bett, weil niemand merken würde, daß es zerwühlt war, denn es wurde nie gemacht. Auf den Regalen im Zimmer des Jungen stand noch das Spielzeug seiner Kindheit. Eine mit Heftzwecken an der Wand befestigte Weltkarte in einer Projektion, die die Erde wie eine flachgelegte Apfelsinenschale erscheinen läßt, füllte Bechs Gesichtsfeld mit ihren gedämpften Rosa- und Blautönen, als er verstohlen seine Augenlider hob. *Das also ist Ehebruch,* dachte er: dies vertraute, angenehme Reinstecken. Ein Erlebnis, das ihm ohne die Ehe versagt geblieben wäre. Ein heiliges Erlebnis, wie wenn man Vater und Mutter nicht ehrt. Die gute alte Norma, immer noch fühlten sich ihre Hinterbacken leicht sandig an und immer noch genoß sie es, wenn man ihre Brustwarzen endlos lange mit der Zunge bearbeitete. Sie kam schweigend, geradezu mürrisch, ohne Beas engelhaftes Gurren und Wimmern. Aufmerksam behielten sie das Clownsgesicht auf dem Zifferblatt von Donalds Plastikuhr, die auf der Ahornkommode stand, im Auge; und um halb sechs war Bech unten und schüttete Futter in Max' Napf. Der Hund fraß gierig, würde ihm aber nie verzeihen. Bech räumte die verräterischen unberührten Teebecher ab, spülte und trocknete sie ab und hängte sie auf ihre Haken zurück. Wie weiter? Norma, die er zuletzt in sorgloser Nacktheit ins Badezimmer der Zwillinge hatte gehen sehen, um zu duschen, zog sich unglaublich langsam an, und es dauerte unendlich lange, bis sie schließlich herunterkam; ginge sie doch, warum verschwand sie nicht ruhig für immer. Aber sie hatte in ihrer großen Reptilledertasche Dokumente aus dem Nachlaß des alten Richters Latchett mitgebracht – es ging um die Veräußerung einiger Investmentfondanteile, die nichts mehr abwarfen, für die Beas Unterschrift unerläßlich war. So warteten sie in den beiden Ohrensesseln, diesmal nahm Bech den rötlichbraunen. Max rollte sich demonstrativ an der Haustür zusammen. Norma räusperte sich und sagte: «Mir hat die Stelle mit Zenith und deiner Heldin tatsächlich gefallen. Das Buch hat viele gute Passagen. Ich mag nur nicht mit ansehen, wie du auch einer von diesen Skribenten wirst. Deine Schreiblähmung war so schön, so ... statuarisch.»

Dies mit sanfter Stimme vorgetragene Eingeständnis ließ sie anrührend erscheinen. Nichts weiter als eine Frau, abgemagert und alternd, hockte sie im Sessel; seinen Samen und Schweiß hatte sie unter der Dusche abgespült. Auch wenn sie sein Buch nur zurückhaltend lobte, war ihr finsterer Zauberbann gebrochen. Normas Schönheit hatte in der schlechten Nachricht gelegen, die sie überbrachte. Jetzt wurde sie angesichts des zu haltenden Vortrags nervös. «Wenn sie um Viertel nach sechs nicht da sind, muß ich *wirk*lich gehen.»

Doch um zehn nach sechs kehrten Donald und Bea zurück, stürmten mit knisternden Paketen durch die Tür, während der Hund an ihnen hochsprang, um ihre Gesichter zu lecken. Donalds Gesicht trug den gedehnten Ausdruck, den es annahm, wenn er tapfer war; er hatte erfahren, daß er noch zwei Jahre lang eine Zahnspange tragen mußte. Selbstverständlich war Bea überrascht zu sehen, wie ihre Schwester und ihr Mann so züchtig zu beiden Seiten eines verlöschenden Feuers saßen. «Hat Henry dir nicht wenigstens was zu trinken angeboten?»

«Doch, aber ich wollte nichts. Sonst müßte ich womöglich mitten in meinem Vortrag austreten.»

«Du Arme», sagte Bea. «Ich an deiner Stelle wäre entsetzlich nervös.» Sie wußte es. Irgendwie wußte sie es, ob durch die theatralische Reinheit, mit der die beiden warteten, die Stellung von Max' Ohren oder einfach durch Latchett-Telepathie. Beas blaue Augen wanderten über Bechs Gesicht wie über ein Stück blauen Himmel zwischen Tunneln hoch oben in den Bergen. Auch der kleine Donald wußte es, während er mit argwöhnischer Altklugheit den Blick von Norma zu Bech wandern ließ, als meine er, dies ganze feste Haus sei an Fäden über ihm aufgehängt, die nicht wesenhafter waren als die unsichtbaren Strömungen zwischen diesen erwachsenen Menschen.

Weiß in Weiß

K aum war der große Erfolg von ‹*Think Big*› ins allgemeine Bewußtsein der Gesellschaft an der oberen East Side gesickert,
als in Bechs Heim in Ossining Einladungen auf Stahlstichkarten
einzutreffen begannen. Nach seinem Auszug adressierte Bea all
diese steifen cremefarbenen Umschläge, auch die an «Mr. und
Mrs.» gerichteten, mit ihrer ordentlichen blauen Handschrift an
Bechs zwei trübe Zimmerchen um, die er im Westteil der 72. Straße
in Untermiete bewohnte. (Er hatte sie übereilt von einem etwas
anrüchigen Bekannten Flaggertys gemietet, und obwohl ihm die
verwohnte alte LSD-Rausch-Ausstattung – Strohmatten und Fransenkissen – mißfiel, überraschte es ihn, um wieviel besser er hier
schlief als in bukolischer Pracht, umgeben von Kubikmetern kni-

Mr. und Mrs. Henderson Hyde III

sowie

Colortron Photographics, Inc.

würden Sie gern bei einer Gesellschaft begrüßen,

die anläßlich der Veröffentlichung von

«Weiß in Weiß»

von Angus Desmouches, Esquire,

am Freitag, dem dreizehnten April

ab achtzehn Uhr stattfindet.

R.s.v.p.　　　　　　　　*Erwünschte Garderobe*
124-7777　　　　　　　*Ganz in Weiß*

sternden tiefschwarzen Raums, für dessen Unterhalt und Wartung er zumindest zur Hälfte die Verantwortung übernommen hatte.) Viele der Einladungen versenkte er in seinem Kunststoff-Papierkorb, nachdem er sie liebevoll als Musterbeispiele für die Kunst des Stahlstechens und das Gewerbe des Papierwarenhandels betastet hatte; doch neigte er dann dazu, anzunehmen, wenn der leiseste Hauch oder ein noch so dünner Faden einer früheren persönlichen Beziehung zu erkennen war. Nachdem sich seine Ehe wie die luftigen Mauern eines fertiggestellten Romans um ihn herum aufgelöst hatte, interessierte Bech jeder, der ihn ‹damals› gekannt hatte, als eine Spur in seine Vergangenheit und damit in seine Zukunft.

Bech erinnerte sich, daß der junge und strebsame Angus Desmouches ihn einst für die längst eingegangene Zeitschrift *Flair* fotografiert hatte, Mitte der fünfziger Jahre, als ‹*Travel Light*› herausgekommen und von kaum jemandem zur Kenntnis genommen worden war. Der jugendliche Fotograf wirkte auf den ersten Blick, als betrachte man ihn durch ein Weitwinkelobjektiv; er schrumpfte unter seinem breiten, gebräunten und aztekisch anmutenden Gesicht, über dem buschiges schwarzes Drahthaar lag, zu einer schmalen Taille und winzigen unermüdlichen Füßchen; mit Verschlußklicken und Zungenschnalzen war er Bech durch die Täler und über die Radwege des Prospect Park gefolgt, hatte ihn dann als Kontrast dazu mit der U-Bahn ins südliche Manhattan verfrachtet und ihn dort mit steinernem Gesicht vor granitenen Wolkenkratzern posieren lassen. Bech war seither nur selten in den Finanzbezirk zurückgekehrt, obwohl es dort jetzt einen Rechtsanwalt gab, der mit viel wohlhonoriertem Kopfschütteln versuchte, ihn und seine jüngsten Einnahmen vor Bea und ihrer eigenen Equipe von Kopfschüttlern zu bewahren. In einem Buchlädchen, das sich im düsteren Glanz der Wall Street verborgen hielt, hatte Bech ein angeschmuddeltes Ansichtsexemplar von ‹*Weiß in Weiß*› durchblättert (128,50 Dollar bis Weihnachten, danach 150 Dollar): saubere und scharfe Hochglanzbilder einer Zigarettenkippe auf einer weißen Porzellanuntertasse, ein weißes Kätzchen auf einem Eisbärenfell, ein Ei inmitten von Federn, ein nackter weiblicher Fuß auf einem zerknüllten Bettlaken, ein Stück Würfelzucker zwischen entblößten Zähnen, ein Klecks von etwas, das Sperma sein mochte, auf einem Buchrand, ein weißglühendes Eisen tief in den Schnee gegraben.

Bech ging hin. Der Butler an der Wohnungstür sah aus wie ein Tänzer in einem alten Fred Astaire-Film, weißer Querbinder, cremefarbener Frack und Stehkragen mit umgeschlagenen Ecken. Die

Wände hinter ihm waren mit gebleichtem Musselin behängt; statt der gewöhnlich in der Wohnung befindlichen Möbel standen dort weiße Korbsessel mit großen Segeltuchkissen; mit weißer Farbe besprühte Zweige und Trockenblumen nahmen die Stelle von Grünpflanzen ein; und am bemerkenswertesten war in dem Teil, der mit einer sieben Meter hohen Deckenkuppel die Höhe von zwei Geschossen einnahm, ein kalkweißes Klavier und eine ebensolche Harfe nebeneinander auf einem Podium – zusammen mit einem hohen Aquarium voller unruhig hin- und herschwimmender glotzender tropischer Albinofische. Angus Desmouches eilte herbei, auf den ersten Blick nur wenig verändert – wie eh und je braunes Mopsgesicht und heitere homosexuelle Betriebsamkeit – nur war sein einst schwarzer Schopf, der hochstand, als habe man ihn mit einer Stärkepaste behandelt, ganz und gar weiß. So ganz und gar, daß Bech vermutete, das Haar sei gefärbt und nicht von selbst so geworden; die Augenbrauen hatten dieselbe Farbe, es war zu perfekt. Trotz der Jahre, die den kleinen Fotografen mit Ruhm und Reichtum überhäuft hatten, war sein Hüftumfang unverändert. Er sah glänzend aus in einem Kolonialanzug aus Satin. Bech kam sich richtig fehl am Platz vor mit seinem verschossenen Rohleinenjakkett zu weißen Jeans und Tennisschuhen, die er eigens aus Ossining geholt hatte.

«Mensch, wie schön, Ihr Fleisch zu drücken», rief Desmouches aus, und jeder Kubikzentimeter seines eigenen Fleisches schien zu beteuern, daß es ihm ernst damit war. «Wie lange liegt das denn nun schon wieder zurück?»

«1955», sagte Bech. «Nicht mal 25 Jahre. Ist wie gestern.»

«Sie waren ein so reizendes Sujet, das weiß ich noch. So geduldig, witzig und klug. Ich habe damals ein paar allerliebste Aufnahmen gemacht, vor allem unten in der Stadt, aber die dummen, *dummen* Leute bei der Zeitschrift haben keine davon verwendet, sondern ein langweiliges Brustbild unter einer *Trauer*weide gebracht. Ich hatte immer Sorge, Sie würden *mir* die Schuld daran geben.»

«Ach was», sagte Bech. «In diesem Geschäft können Sie doch gar nichts dazu. Übrigens, Ihr Buch ist klasse.»

Die winzigen, aber kräftigen Hände des anderen strebten in einer Geste himmelwärts, in der sich Abstreiten und Flehen vermischten. «Der Gedanke kam mir, als mir eine Kopfschmerztablette in die Badewanne fiel und ich sie ewig nicht wiederfinden konnte. Der Gedanke, nicht wahr, festzustellen, mit wie wenig Kontrast man noch eine Fotografie machen kann.» Er drückte seine Handflächen nach außen, als lehne er sich seitlich an eine Glasscheibe. «Wie man bei etwas an die Grenze geht.»

«Das haben Sie getan», teilte Bech der Luft mit, denn wie das Tuch eines Zauberkünstlers war Desmouches verschwunden, um weitere Gäste in diesem Weiß in Weiß-Gedränge zu begrüßen. Bech bedauerte, daß er gekommen war. In Ossining war niemand daheim gewesen, Donald in der Schule und Bea unter irgendeinem Kirchturm, wo sie ihrer neuen Tätigkeit als Teilzeit-Sekretärin einer Kirchengemeinde in der Nähe von Brewster nachging. Max hatte auf der kalten Vorderveranda zusammengerollt gelegen, mit seiner Schnauze Bechs Hand umfaßt und versucht, ihn zur Haustür zu zerren. Sie war verschlossen, und Bech hatte keinen Schlüssel mehr. Doch er wußte, wie man durch das Kellerfenster, vorbei an den stinkenden Öltanks, hineingelangen konnte. Das leere Haus sah aus wie eine ungeheure verletzliche Muschel, eine Titanic, die mit langsamer Fahrt erst später auf ihren Eisberg treffen sollte. Die Leere hieß ihn merkwürdigerweise nicht besonders willkommen. Im hirnlosen kurzen Gedächtnis dieser Sessel und schräggelegten Läufer war er bereits vergessen; winzige Veränderungen allerorten bezeugten seine Abwesenheit. Beas Kleider hingen in ihrem Schrank wie kühle Textilmesser, die ihm ihre Schneide zeigten, und aus der Art, wie man seine zurückgelassenen Schuhe und seinen Tennisschläger achtlos auf dem Boden seines Schranks hatte liegenlassen, las er ein gewisses Maß an Mißachtung heraus. Er drehte das Thermostatventil etwas weiter auf, damit die Leitungen nicht einfroren, verließ dann verstohlen das Haus wieder durch den Keller und ging die drei Kilometer zum Bahnhof durch die sich neigenden Straßen der Stadt, in der er sich immer wie ein fahrender Sänger vorgekommen war.

Weder die bei dieser Gesellschaft servierten Getränke noch der Barkeeper waren weiß. Eine ebenholzschwarze Hand reichte ihm das Glas mit dem goldschimmernden Bourbon. Der Gastgeber kam samt Gattin herbei, und sie beteuerten, welche Freude Bechs Anwesenheit ihnen bereite. Zwar war Henderson Hyde der dritte seines Namens, doch stammte er nicht aus einer alten Dynastie, sondern kam aus einer biederen Stadt im Mittleren Westen. Dennoch besaß er die übersprudelnde Urbanität derer, die sich Manhattan wie einen üppig wallenden Umhang um die Schultern gelegt haben. Auch seine Frau war eine dritte – ehemaliges Modell, ihre einst hochgeschätzte Schlankheit wirkte mit zunehmendem Alter klapprig und dürr. Ihr großes, mit glänzenden Lippen sich ausbreitendes Lächeln spannte zu viele Sehnen in ihrem Nacken an; Modell-kleider hingen eine Spur zu steif an ihr herunter, jetzt, wo es ihre eigenen waren; ihre Ansprüche als fest etablierte Ehefrau waren in das Stadium der Kostspieligkeit eingetreten. Das Kleid des heutigen Abends war aus zahllosen mondsichelförmigen Scheibchen (Quarz?) zusammengesetzt und wirkte wie die Gewandung einer Eismaid, die der Nikolaus in einem Augenblick als Helferin eingestellt hat, als seine rosenwangige Frau Nikolaus unachtsam war. Bis zu seiner Heirat mit Bea hatte Bech gemeint, Pfingsten habe etwas mit Weihnachten zu tun. Das war, wie sich zeigte, keineswegs der Fall. Dann gab es da noch eine ganze, als Karwoche bezeichnete, Woche, die den sieben Pessachtagen entsprach. Tatsächlich fielen sie zeitlich zusammen.

«Hinreißendes Buch», sagte Hyde und quetschte dabei Bechs Oberarm unmittelbar über dem Ellbogen so gekonnt kameradschaftlich, wie ein Arzt mit dem Hämmerchen unterhalb der Kniescheibe die Reflexe prüft.

«Haben Sie es ganz gelesen?» fragte Bech verblüfft. Sein Musikantenknochen summte.

Mrs. Hyde schaltete sich ein. «Ich hab es ihm erzählt», sagte sie. «Er konnte gar nicht einschlafen, weil ich neben ihm beim Lesen immer lachen mußte. Die Szene mit den Kameraleuten!»

«Es steht als Nummer eins auf der Liste der Bücher, die ich diesen Sommer als Lektüre mit auf die Insel nehme. Gott im Himmel, das werden auch immer mehr», knurrte Hyde. Er trug, merkte Bech erst jetzt in der See aus Weiß, einen riesigen leuchtenden Turban und einen mit dem Wahrzeichen seines Fernsehnetzes bestickten Kaftan.

«Ich weiß, wie schlecht man zum Lesen kommt», räumte Bech ein, «wenn man einen Brotberuf hat.»

Jemand hatte begonnen, auf dem Klavier herumzuklimpern: *Die weißen Klippen von Dover ... Vögel fliegen über sie dahin.*

«Wie schade, daß Ihre Frau nicht kommen konnte», bedauerte die Gastgeberin im Davonschreiten.

«Ja, nicht», sagte Bech. Er hatte keine Lust zu erklären und vermutete, daß sie ohnehin Bescheid wußten. «Wie gewonnen, so zerronnen.» Gemeint hatte er das als beschwichtigende Bemerkung, aber ein Ausdruck der Beunruhigung glitt über die anmutigen, doch überelastischen Züge von Mrs. Hyde III.

Die Harfe fiel ein, und aus der Melodie wurde *Weiße Weihnacht. Erinnerungen an früher.* Jemand, den er kannte, kam zu ihm herüber, auch ein Autor, der Liberale Maurie Leonard. Trotz seines hohen

Wuchses und seiner breiten Brust und Schultern wirkte er wie jemand, der den ganzen Tag am Schreibtisch hockte, so daß eine Kraftwirkung lediglich von seiner Stimme ausging, die als drängendes Keuchen kam, Metall auf Metall. Geist auf Materie. «Toller Laden hier, was?» äußerte er. «Du weißt ja wohl, womit Hyde sein Vermögen gemacht hat?» Eher ein Radikaler als ein Liberaler, gewann Maurie, dessen zweimal wöchentlich erscheinende Spalten von Wahlbeamten mißbilligt wurden und dessen gebundene Aufsätze man aus den Regalen allgemeinbildender Schulen entfernte, unschuldig stolze Lust aus der schrecklichen Art und Weise, wie der Kapitalismus funktioniert.

«Nein. Womit denn?» erkundigte sich Bech.

«Im Fernsehshow-Geschäft!» Maurie preßte diese Worte durch eine Heiterkeit heraus, die seine Wangen dicht an die Augen heranschob, um die herum Falten wie die einer Walnußschale lagen. *Hyde-Jinks, Hyde-'n'-Seek*. Hast du noch nie davon gehört? Du hast doch gerade ein ganzes Buch über die Industrie geschrieben!»

«Das war eine romanhafte Darstellung», erklärte Bech.

Auch Maurie quetschte Bechs Oberarm und murmelte dabei vertraulich: «Man sollte es nicht glauben, wenn man den verklemmten Arsch so sieht, aber der Mann ist ein Genie. Er ist wie Hitler – denk dir das Schlimmste aus, was du kannst, und er hat es schon vor dir gedacht und getan. Kennst du seinen letzten Dreh?»

«Nein», sagte Bech und begann zu wünschen, daß diese Stelle kein Dialog sei, sondern eine einfache Darlegung.

«Damenringkämpfe im Schlamm», knurrte Maurie, und ein Dutzend Fältchen strahlten aus jedem Winkel seiner lebensklugen Tatarenaugen nach oben. «In Bikinis. Damit schwimmt er auf der Arsch-und-Titten-Welle. Nicht etwa die üblichen Nutten, sondern Mädchen von nebenan; sie kommen mit ihrem Mann, ihrer Mutter und ihren verdammten Gymnastiklehrerinnen, erzählen, wie sie für ihren Heimatort, Jesus und den Amerikanischen Frontkämpferverband gewinnen wollen und klatschen im nächsten Augenblick der anderen Tunte eine Faustvoll Schlamm irgendwo hin und beißen sie in den Hintern. Gott, es ist köstlich. Ein oder zwei Ausrutscher und sie sind splitternackt. Mittwochs um halb sechs, gleich vor den Nachrichten, Wiederholung samstags um Mitternacht, für Paare im Bett. Bech, ich wette, du kannst es dir nicht ansehen, ohne daß du einen Steifen kriegst.»

Dieser Mann liebt Amerika, dachte Bech für sich, *und er schreibt, als hasse er es*. «Leichtverdientes Geld», sagte er laut.

«Du ahnst nicht, wieviel. Wenn du meinst, das hier wär was, sieh dir mal Hydes Landhaus in Amagansett an, und seine Pferdefarm in Connecticut.»

«Also hatte ich recht mit dem, was ich geschrieben hab», sagte Bech leise vor sich hin.

«Du warst höchstens noch zu zurückhaltend», versicherte ihm Leonard. Sogar seine Ohren waren jetzt in die sich ausbreitenden Glücksfalten mit einbezogen, so daß seine großen behaarten Ohrläppchen Grübchen bekamen.

«Wie traurig», sagte Bech. «Welchen Sinn haben dann Romane noch?»

«Sie bringen die Revolution voran», behauptete Leonard und sagte als Abschiedsgruß mit erhobener flacher Hand: «Nächstes Jahr in Jerusalem!»

Bech brauchte noch einen Drink. Klavier und Harfe spielten jetzt *Frosty der Schneemann*, und schließlich bot die Harfe solo *Smoke Gets in Your Eyes*. Der Raum füllte sich mit Weiß wie ein Dampfbad. Am Rand der sich um die Bar drängenden Menge drückte eine über einsachtzig große junge Frau in einem Rüschennachthemd von Dior Bech ihr leeres Glas in die Hand und bat ihn, ihr einen gespritzten Chablis zu bringen. Er tat, wie ihm geheißen und sah, als er zurückkehrte und sich neben sie stellte, daß sie unter dem Nachthemd einen schokoladenbraunen Gymnastikanzug trug. Ihr Haar war von unwirklichem Rot und fiel ihr in einer steifen Ginger Rogers-Tolle schwer auf die Schultern; ihr Pony war so geschnitten, daß er mit ihren geraden schwarzen Augenbrauen eine Linie bildete. Sie war überall füllig, sah Bech, aber hübsch, mit marmorhaftem humorlosem Blick. «Mit wem sind Sie verheiratet?» wollte er wissen.

«Das ist eine frauenfeindliche Anrede.»

«Ich versuch nur, höflich zu sein.»

«Mit keinem. Und Sie?»

«Mit keiner. Sozusagen.»

«Ach ja? Wie zu sagen?»

«Ich bin noch verheiratet, aber wir leben getrennt.»

«Was hat Sie getrennt?»

«Ich weiß nicht. Vielleicht war es schlecht für ihr Ichgefühl. Frauen müssen wohl heutzutage selbst was machen. Haben Sie ja vorhin schon durchblicken lassen.»

«Ja.» Sie sagte es ohne jede Tonmelodie, so daß es zwischen einer Zustimmung und einem Knurren lag.

«Und was machen *Sie*?»

«War in 'n paar von Hendys Programmen.»

Aha. Eine Schlammringerin. Maurie Leonard bekam in seiner Begeisterung für die Revolution nicht immer alles richtig mit. Die Schlammringerinnen waren *doch* Nutten. Die nichts preisgebenden Augen. Die gelassene Starre, steif wie ein Soldat, unter den Rüschen. «Gewinnen oder verlieren Sie?» erkundigte sich Bech. Er stellte sich vor, daß Ringerinnen nach einer vorher festgelegten Stallregie kämpften.

«So ist das bei uns nicht – es geht nicht um Gewinnen oder Verlieren. Es ist eher wie ein Tanz. Am Ende gibt es immer großes Gelächter, und natürlich wird der Schiedsrichter eingetunkt.»

«Ich wollte immer schon wissen, wie es ist, wenn man Schlamm in die Augen bekommt.»

«Dann zwinkert man. Sind Sie der Schriftsteller?»

«Einer von den vielen.»

«Ich hab Sie in der Dick Cavett-Talkshow gesehen. Nett. Flott, aber nicht zu sehr. Bleiben Sie noch lange?»

«Das hab ich mich auch schon gefragt», gab er zurück.

Sie wandte ihm ihr Gesicht ein wenig zu – ein erregender Anblick, wie der alles bestreichende Lichtstrahl eines Leuchtturms oder die leicht hüpfende Bewegung eines Tiefbaggers, so viel geschmeidige Jugend und Gesundheit lagen unten an ihrer Kehle, wo der Spitzenrand des Nachthemds den Blick auf das Wesentliche versperrte. Er spürte ihren schweren Blick auf seinem Kopf ruhen. «Wir könnten doch nachher zusammen irgendwo 'nen Happen essen», schlug sie vor. «Wenn wir uns mit allen unterhalten haben. Das soll ich nämlich.»

«Ich vermutlich auch», gab Bech zu. Sein Körper war betäubend um sein neues Geheimnis gehüllt, eine Art Krebs, eine wuchernde Vervielfachung. Männer und Frauen: was für ein Gehakel. Neue Bedingungen, derselbe alte Vertrag. «Ich heiß Lorna», teilte ihm seine Schlammringerin mit und zog davon, der Gymnastikanzug hing wie eine muskulöse Vase in der Chiffonhülle ihres Kostüms. Ihm fielen Beas wallende Nachthemden ein, und mit einem Schlag schwand seine Erregtheit und ließ einen bitteren Geschmack zurück. Am besten nichts Starkes mehr trinken, es sah ganz nach einer langen Nacht aus.

O glänze, Herbstmond, wurde jetzt gespielt, und dann etwas, das er seit Frankie Carles' Tagen nicht mehr gehört hatte: «Glühwürmchen». *Flimmre, schimmre*. Die Musik hüllte den zunehmend mehr mit Menschen gefüllten Raum – vielleicht waren es auch mehrere Räume – ein wie mit sich aufwickelnden Rollen aus Lametta, die Gesellschaft schwappte über in den riesigen doppelstöckigen Raum, bis an eine Stelle, von wo aus man die Zimmer mit den zeitweise ausgelagerten Möbeln in den verschiedensten Farben sehen konnte; dort hingen Bilder, die Regenbogen und Akte zeigten, Frauen, die ausgepeitscht wurden, Farborgien wie die wilden Quasare am Rand des Raums, in den unsere Teleskope reichen. In der Menge aus wirbelndem Weiß standen unerschüttert die Ringerinnen, kräftige, breitschultrige junge Frauen mit silberfarbenen Perücken und Kaninchenfellwesten über den weißen Strumpfhosen, wie sie Krankenschwestern tragen, in satinglänzenden Sprinterhosen, wallenden weißen Gewändern, als wären sie lauter Lady Macbeths, oder in sterilisierten Pyjamas und eckigen Mützen von Laboranten, die mit Bakterien oder winzigen Transistoren umgehen; wie Karyatiden standen sie fest im bleichen Gischt.

Bech mußte sich zu seinem Bourbon durchkämpfen. Klavier und Harfe wurden mitten in *Stardust* angestupst und verstummten entrüstet. Wie eine aus einem Trockner geschleuderte pelzige Socke kam auf Bech das formlose Gesicht Vernon Kleggs zugeschossen, der amerikanische Kafka, dessen schmucklose und sparsame Beschreibung von Küchenklatsch und klapprigen Wohnmobilen bei den Schriftsteller-Gesprächsrunden im Winter sowie bei allen für Kunstförderung zuständigen Organen im Land Furore machten. Im tiefsten Innern von Kleggs Werk lag ein bedrückendes Rätsel verborgen. Warum kreischten seine Heroinen? Warum gingen seine Helden bankrott, glitt ihr Geschäft vom Zustand der Vernachlässigung so widerstandslos in den vollständigen Untergang? Warum waren die von ihm geschilderten Kinder so unhöflich, so wütend und entfremdet? Das Rätsel verlieh Kleggs Schilderung der Situation des Menschen eine ihrem Wesen nach als amerikanisch bejubelte Hohlheit; er wurde in der Sowjetunion getreulich als einer der Autoren gedruckt, die den sicheren Untergang des Westens schildern, und er war allenthalben das Schoßkind der linken Intellektuellen. Doch brauchte man kein sehr enger Freund von ihm zu sein, um zu wissen, daß das rätselvolle Gewebe seines Werks einer einfachen persönlichen Ursache entsprang: Mit Ausnahme jener einen Stunde zu Anbruch eines jeden Tags, in der Klegg, vom Kater und vom beginnenden Durst gepeinigt, mit gespitztem Bleistift und gelbem Schreibblock seine paar hundert Wörter wunderschön sparsamer Prosa niederschrieb – Substantive, Verben, Substantive –, war er betrunken. Diesem völlig hilflosen Alkoholiker entglitten Ehefrauen, Haushaltspflichten, akademische Anstellungen und ganze Nachbarschaften in durcheinandergebrachter Reihenfolge mit geheimnisvoller Leichtigkeit. Typisch für ein Klegg-*conte* war, daß der Held plötzlich merkte: er hielt ein Fleischermesser in Händen, oder die abgerissenen oberen Zweige eines Gummibaums, oder die Hinterbacken einer Halbwüchsigen, die zum Kinderhüten im Haus war. Alkohol kam in Kleggs Welt nur äußerst selten vor, und möglicherweise erkannte er sich selbst nicht als das Element, das diese Welt in fortwährender zentrifugaler Bewegung hielt. Am Kinn seines durch einen weißen Borstenkranz noch verbreiterten aufgedunsenen Gesichts war der Rand in einem kreisförmigen Bereich noch dunkel, so daß es wie die Zeichnung eines Pandabären aussah. In dieser Umgebung wirkte er nicht ganz unnüchtern. «Ich hab gehört, Sie wollten am Dakota Sioux Tech nicht lesen», sprach er Bech an.

«Auf Anraten meiner Frau.»

«Wußte gar nicht, daß Sie noch eine haben.»

«Ach ja, war mir ganz entfallen.»

«So was kommt vor. Meine vierte ist kürzlich abgehauen, weiß Gott warum. Sie hat von jetzt auf nachher verrückt gespielt.»

«Bei meiner war's genauso», erklärte Bech. «Unsere moderne Zeit belastet die Frauen sehr stark. Zu viele Entscheidungen.»

«Der Herr schütze sie», sagte Klegg. «Wer sind eigentlich all die Weiber, die wie Bullen hier rumstehen?»

«Schlammringerinnen. Der neueste Heuler. Tolle Weiber. Sehr diszipliniert.»

«Wurde auch Zeit, daß so jemand auftaucht», gab Klegg zurück. «Ich weiß gar nicht mehr, wo die Bar ist.»

«Immer der Menge nach», riet ihm Bech und wandte sich von dem Kollegen ab, zu einem Bezirk, wo die Leiber weniger dicht standen und er den intergalaktischen Staub atmen konnte. Der Anblick eines in Frottee eingewickelten stattlichen Geschöpfes zog seine Aufmerksamkeit auf sich; ihr Gesicht war nicht einfach weiß, sondern weiß bemalt, so daß die Augen mitsamt den Wimpern wie aus einer Art Maske herausschauten. Sie lächelte zum Willkommen, und das Rot ihrer Lippen und des Zahnfleischs schien von einem inneren Gesicht aus Blut zu künden.

«He, Mann.»

«He», gab er zurück.

«Mit was für 'nem Saft stärkst *du* dich denn?»

«Edle Teilnahmslosigkeit», gab er zur Antwort.

Ihre Hände, erkannte Bech, waren schwarz, mit fliederfarbenen Nägeln und Handflächen. Aha, eine Schwarze. Die Wahrheit. Der Zauber des Alkohols liegt nicht darin, daß er Wahrnehmungen verzerrt. Nein, er hebt sie lediglich aus ihrer gewöhnlichen Umgebung der Ängstlichkeit heraus. Im tiefsten Inneren ist Amerika schwarz, sah er. Wenn wir uns dem Jazz anschmiegen, der unseren Knochen zusingt, spüren wir, daß der Schwarze als Verkörperung der Wahrheit benachteiligt und nackt unter uns lebt und ein schwarzer Gott uns erlösen wird, wenn unser Kartenhaus aus Kreditkarten einstürzt. Der Autor hätte gern mehr zu dieser lächerlichen Erscheinung mit ihrer Kehle aus schwarzer Seide unter der Reismaske gesagt, aber Lorna, seine erste Schlammringerin, schob sich an ihn heran und sagte: «Sie unterhalten sich ja gar nicht mit allen.» Ihr Haar war von so gleichmäßiger glühender Röte wie die nackte Spirale des Elektroherds, auf der er sein einsames Frühstück zuzubereiten pflegte.

«Schon Zeit zu gehen?» fragte er wie ein Kind.

«Noch 'ne halbe Stunde. Für Sie ist das nur ein Spaß, aber uns Mädchen sieht Hendy scharf auf die Finger. Wenn ich früh verdufte, kann das meiner Einstufung schaden.»

«Das wollen wir natürlich nicht.»

«Nicht wahr, alter Junge?» Bevor sie erneut fortging, streifte ihn ihr Körper mit voller Absicht, mit einer Bewegung, in der nur eine winzige Bedrohung lag; bei der leichten Berührung fühlte sich ihre Brust so hart an wie ihre Hüfte. Ein jiddisches Wort aus seiner lange zurückliegenden Vergangenheit stieg in ihm auf und enthüllte sich seinem Bewußtsein: *kurve*, die Fremde, die sich dir nähert.

Erneut wurden Klavier und Harfe unterbrochen, diesmal mitten in *Sterne fielen auf Alabama*. Henderson Hyde stand auf der Klavierbank und hielt eine Ansprache über Angus Desmouches' ungewöhnliches Buch: «... Horizonte ... seit Atget und Steichen nicht ... die Grenzen des fotografischen Universums erweitert ...» Die Albinofische im senkrecht aufragenden Aquarium schwammen nervös und glotzend hin und her, erschreckt durch die neuen Schwingungen, stets im Profil. *Wieso ist ein Fisch wie ein Autor?* fragte Bech sich. *Weil beide nur in zwei Dimensionen existieren.* Seit er die Weißfärbung der Schwarzen durchschaut und seinen vierten Bourbon erobert hatte (pur, das Wasser wurde bei der Gesellschaft allmählich knapp), spürte Bech, wie seine Hellsehergabe zunahm, Flächen trennten sich voneinander; er hatte es geschafft, er besaß den Röntgenblick. Das Weiß dieser Gesellschaft war ein Krankenhausnachthemd, und unter ihm wiesen Lungen dunkle Flecken auf, pulsten schlammgefüllte Arterien träge. Jetzt stand Angus Desmouches auf der Klavierbank und verkündete, daß er alles der Aufopferung seiner Mutter verdanke wie auch seinen geschickten und einfühlsamen Studiohelfern, die zu zahlreich seien, als daß er sie einzeln namentlich aufführen könne. Ganz zu schweigen von der wahrhaft exzellenten Mannschaft bei Colortron Photographics. Eine begrenzte Anzahl signierter Exemplare von ‹Weiß in Weiß› sei in der Diele zum Vorweihnachtspreis erhältlich. Vielen Dank. Sie sind alle großartig. Wirklich großartig. Die Menge von Albinos stob unruhig auseinander, auf der Suche nach den nächsten Krümeln. In der Ansammlung von Weiß trieben Köpfe und Schultern wie Fotos auf der Rückseite von Schutzumschlägen dahin. Bech erkannte zwei Autoren, beide jünger als er, weitschweifiger und weitläufiger, und sah durch sie hindurch. Die elegante, schlanke, mit Diamanten behängte Lucy Ebright, Verfasserin blendend intellektueller Gebilde und sechshundertseitiger Exkurse in die ferneren Gefilde der Geschichte: In ihrem Werk verhängte eine gewichtige Gewandtheit dem Leser die Augen allenthalben mit Schleiern, außer wenn, immer seltener, von ihrer eigenen abgewetzten Mädchenzeit in Altoona die Rede war. Dann zeigte sich gleichsam ein wirkliches Stück glühender Schlacke inmitten des großen, nicht entzündeten Feuers der Erfindung. Denn das einzige, wovon diese schöne Beschwörerin der Reichtümer der Welt wirklich etwas verstand, war die Armut; die Demütigung, von anderen abgelegte Kleidungsstücke tragen zu müssen, der ruhmlose Schmerz vernachlässigter Zähne, die Schande, zusehen zu müssen, wie die unverständlichen Eltern vor Leuten katzbuckelten, die Geld besaßen oder Arbeitsplätze zu vergeben hatten – wo immer solche Bilder aufstiegen, selbst in einem psychoallegorischen Reißer, der am Hof des Kubla Khan spielte, trat an die Stelle der flüssigen Gewandtheit eine schmerzende Echtheit, und der Blick des Lesers traf unbehaglich auf die nackte Wahrheit: *Ich war arm.* Lucy plauderte jetzt, der Schwung ihres langen Halses wurde immer aristokratischer, je erfolgreicher ihre Träume im Druck Leben gewannen, mit dem brillanten und gewinnend wirkenden Seth Zimmerman, dessen auf Welterkenntnis gründende Komödien von sexuellen Verwicklungen und moralischen Verwirrungen Bechs väterlicher Hellsichtigkeit eine bittere, beschränkte und beharrliche Botschaft enthüllten. *Ich hasse euch alle,* sagten Seths Komödien, *weil ihr Jesus im Stich gelassen habt.* Eine puritanische Sehnsucht, ein unvernünftiges Verlangen nach dem barbarischen Versprechen ewigen Lichts jenseits des mit einem Stein gekennzeichneten Grabes, ein Zorn auf jeglichen Unglauben einschließlich seines eigenen verlieh Zimmermans wohlgezimmerten Handlungsrahmen ihre sich auf keinen speziellen Mittelpunkt konzentrierende Intensität und seiner munteren Offenheit ihre feindselige Kälte. Die beiden im Aufstieg begriffenen Autoren kamen auf Bech zu und erklärten allen Ernstes, wie sehr ihnen ‹*Think Big*› gefallen habe.

«Es dürfte ruhig länger sein», sagte Lucy mit ihrer trägen, nasalen Stimme.

«Es dürfte ruhig noch schmutziger sein», sagte Seth und schnaubte vor Selbstzufriedenheit.

«Ach, Unsinn», erklärte Bech. Obwohl er seine Kollegen wegen ihres Alabasteraufzugs mochte und weil sie gleich ihm durch verzweifelten Einsatz von Geist und erlernter Tippfertigkeit aus der Alltagsmühsal die luftige Höhe dieses Apartments erklommen hatten, ließ er immer wieder Blicke zwischen ihren Schultern schweifen, um zu sehen, ob seine neue Freundin mit ihrem Nachthemd und ihrer Perücke aufkreuze, um ihn abzuschleppen. Da Klavier und Harfe nichts Weißes mehr einfiel, spielten sie jetzt *Rote Segel im Abendrot*, danach *Blauer Himmel*. Strahlendes Amerika – wo, wenn nicht hier? Dennoch war Bech, während er mit beschwingtem Blick die Versammlung absuchte, nicht ganz zufrieden. Ein weiteres jiddisches Wort fiel ihm ein: *trefe*, unrein.

Anhang A

Wir sind dankbar für die Erlaubnis, zusätzlich Auszüge aus Henry Bechs bisher unveröffentlichtem ‹Russischen Tagebuch› abdrukken zu dürfen. Es handelt sich dabei um ein verschossenes rotes Ausgabenbüchlein von 187 × 165 mm, das Flecken von Moskauer Weinbrand aufweist und von kaukasischem Tee wellig geworden ist. Die Notizen, die letzten mit rotem Kugelschreiber, reichen vom 20. Oktober 1964 bis zum 6. Dezember 1964. Die ersten Eintragungen sind die ausführlichsten. Hg.

I

20. Okt. Abflug Mitternacht, nicht geschlafen, immer wieder neue Mahlzeiten von Pan Am. Flug gegen Sonne, bald Tagesanbruch. Paris vom Bus aus seltsam; zerfledderte und klischeehafte Sepiabilder zweitklassiger Oper werden durch die Stadt geschoben, falscher Frohsinn von Café-Markisen, die auf den Chor der Laternenanzünder warten. Von Orly nach Le Bourget. Moskau-Maschine eine neue Welt. Männer in dunklen Mänteln standen wartend beieinander. Finster wie Verbrecher. Hörte von oben das erste russische Wort, das ich verstand: *Amerikanski*, von einem Mann mit unregelmäßigen Zähnen, der seinen unförmigen Mantel in der Gepäckablage über den Sitzen verstaute. Sie besteht aus geflochtenen Schnüren, in der Fluggastkabine sieht man die Rippen des Rumpfs, nix kapitalistische Kunststoffkaschierung. Stewardessen nicht unsere stromlinienförmigen Flittchen, sondern dralles Fleisch; servierten richtige Kartoffeln, echte Würste, Borschtsch. Aeroflot ein Festmahl in den Lüften. Geruch nach enggedrängtem glücklichem Stall, animalische Wärme in kaltem Stall acht Kilometer über der Erde. Hinterzimmer meines Onkels in Williamsburg. Um mich Geplapper, Fremdsprachen seltsam beruhigend, in Babel daheim. Am Busen des Nichts eingeschlafen, dankbar zu leben, daheim zu sein. Erwachte im Dunkeln. Die Erdrotation mir genau entgegen. Moskau blaß auf Ozean aus Schwärze, feiner zerrissener Schleier, elektrizitätsscheu, nicht wie New York, dieser obszöne Fleck. Vorahnung; keiner zum Abholen. Autor Hinter Eisernem Vorhang

Verschwunden. Am Bekanntesten Bechs Frühwerk. Eine Abordnung mit Rosen wartet hinter der gläsernen Trennwand auf mich, stundenlang, am Rande Rußlands, auf kleiner Flamme, Zeitbegriff hier anders, Steppen von Zeit, langes trüb beleuchtetes Abfertigungsgebäude, ohne Werbung. Limousine von stimmlosem Hinterkopf gefahren, Troikakutscher bei Tolstoj, weit bis Moskau, Reichtum an Finsternis, graue Birken, schlank, jung, kein Vergleich mit knorrigen amerikanischen Wäldern. Buchstabierte im Hotel этаж beim Warten auf den Aufzug. Französisch unter Kyrillischem verborgen. Geheimnisse allenthalben.

II

23. Okt. Traf Sobaka, Vors. Schriftstellerverb. Gebäude Tolstojs altes Herrenhaus, Eßzimmer feudale Eiche. Literaten leben wie Aristokraten. Sobaka lippenloser Mund, grollende Stimme, hat wohl schon Männer mit bloßen Händen erwürgt. Berichtet lange über Liebe von Bergleuten im Ural zu seiner Lyrik. Skip dolmetscht: «... dann, hier auf der ... tiefsten Sohle der Grube ... nur vom Licht der ... äh ... Kohlelampe am Helm der Männer ... trug ich drei Stunden lang vor ... aus meinen Jugendwerken ... Gedichte über die Felder und Wälder Weißrußlands. Nie sah ich solche Begeisterung. Nie war ich so inspiriert, reichte mein Gedächtnis so weit zurück. Schließlich ... weinten sie bei meinem Weggehen ... diese einfachen Bergleute ... auf ihren kohlegeschwärzten Gesichtern lagen Streifen, äh, Silberadern ihrer Tränen.»

«Phantastisch», erkläre ich.

«Fantastitschni», dolmetscht Skip.

Sobaka fragt mich über Skip, ob mir das Bild von den Silberadern auf ihren kohlegeschwärzten Gesichtern gefällt.

«Es ist gut», erkläre ich.

«Koroscho», sagt Skip.

«Die Erde weint Edelmetall», füge ich hinzu. «Die Werktätigen der Welt weinen über die Unterdrückung durch das Kapital.»

Skip kann sich vor Lachen nicht halten, dolmetscht aber, und Sobaka kneift mich unter dem Tisch mit einem mörderischen Griff des Einverständnisses in die Oberschenkel.

12. Nov. Wieder in Moskau. Frühstück beim SV: Sobaka heute glänzender Laune. Hat wohl schon jemandem den Zeigefinger abgehackt. Erklärt Reise nach Irkutsk gefährlich, Flughafen könnte

einschneien. Hähähä. Schlägt statt dessen Kasachstan vor. Ich darauf: Warum nicht? – *nitschewo*. Aug in Aug. Er trinkt auf Jack London, ich auf Puschkin. Er auf Hemingway, ich auf Turgenjew. Mein Trinkspruch auf Nabokow kontert er mit einem auf John Reed. Sein Mund umschließt das Glas, man hört es knirschen. Was wohl mein Zahnarzt dazu sagen würde, meine wunderschönen Goldkronen ...

19. Nov. Ich frage Kate nach Sobaka, sie überhört es. Erfahre später von Skip: Er war mit Chrusch. befreundet, ging noch eine Weile gut, jetzt Unperson. Er fehlt mir. Meine eigentümliche Schwäche für Polizisten und Mörder: ihr Sinn für handwerkliches Können?

III

1. Nov. Ab in den Kaukasus mit Skip, Mrs. R., Kate. Nebel, keine Flüge in den nächsten 24 Stunden. Flughafen vollgestopft mit Horden Schlafender. Soldaten, Bauern, epische Geduld. Schlafen auf Kleiderhaufen übereinander, kein Ton der Klage. Vielerlei Uniformarten bei den Soldaten, lange Mäntel. Kate verschafft uns nach zwölf Stunden durch Anschnauzen Platz in einer Maschine, streicht mich als Staatsgast heraus, gelungene Vorstellung. Motoren kreischen, Beamte kreischen, sie kreischt. Gehen um zwei Uhr nachts an Bord, umgeben von Bündeln, Hühnern, Zigeunern, sitze zwei Wahrsagerinnen gegenüber, die bis Tiflis stöhnen und sich immer wieder (sehr diskret) übergeben. Ohren schmerzen im Sinkflug, keine Druckkabine. Vögel am Flughafen, hin und her, erinnert an San Juan. Glücklich, schlaflos. Sonne auf den Bergen, Blüten wie Oleander. Hotel wie auf Inseln vor Florida in Bogartfilmen, mürrische Frühmorgenbedienung, belebendes Gefühl des Unheilverkündenden. Hohes faustschüttelndes Lenindenkmal mitten im Kreisverkehr. Fliegen summen im Zimmer.

2. Nov. Bis Mittag geschlafen. Reynolds weckt mich mit Anruf. Er hat samt Frau späteren Flug bekommen. Räuber und Gendarmen, sogar meine Bewacher werden überwacht. In zwei Wagen fahren wir zum Pantheon auf dem Berg, georgischer Begleiter, hohlwangiger Ästhetikprofessor. Friedhof voll mit komischem Alphabet, großer Stein, sagt er fast mit Tränen in den Augen, heißt einfach «Mutter». Leise flüstert mir Reynolds zu, Stalins Mutter. War mal ein Denkmal von S. hier, so groß, daß es beim Einreißen zwei Ar-

beiter erschlagen hat. Abendessen mit zahlreichen georgischen Dichtern, Trinksprüche mit Weißwein, in meinen heißen sie immer «Russen», was Kate beim Dolmetschen in «Georgier» verbessert. Autor eines Epos von Mrs. R. hingerissen, Rotblonde aus Wisconsin, legt ihr seine Hände auf die Schenkel, küßt ihre Kehle. Skip grinst verlegen, soll hier schließlich die Beziehungen verbessern. Seilbahn den Berg hinab, Tiflis glitzert unter uns, alle betrunken, Gesang kommt tief aus der Kehle mit Gefühl und Vibrato, sentimentale Trauer, ab ins Bett, dieselben Fliegen summen.

3. Nov. Autofahrt nach Mzcheta, älteste Kirche der Christenheit, Ästhetikprofessor macht sich über Gott und Keuschheit lustig, alles zuckt zusammen. Sengender klarer blauer Himmel, die Kirche eine rötliche achteckige Ruine mit etwas Altem und Heidnischem in der Mitte. Aß mit weißhaarigem Maler von Brüsten zu Mittag. Dieser Maler einer locker gehandhabten urwüchsigen Weichheit, Fleisch wie pastellfarbene Landschaften, Landschaften wie pastellfarbenes Fleisch. Wo sind die richtigen Maler, die Zeichner, die *Krokodil* mit fangzähnigen Bankiers und leichenhaften Adenauern füllen, die namenlosen Chardins industriellen Details? Mir verborgen, wie Raketenabschußrampen und Seehäfen. Vom russischen Kuchen bekomme ich nur Zuckerguß. Im Zug nach Armenien. Alle gemeinsam in einem Vierbett-Schlafwagenabteil, Damen ziehen sich unter mir aus. Sehe Kates Hand etwas beigefarbenes Leinwandartiges aufknöpfen und einen Reif aus Spitze an Ellen Reynolds bleichem rundem Knie vorbeihuschen. Vermute eingeschlossen mit Frauenfleisch und Skips hochnäsigem Geschnarche wachzubleiben, schlafe aber im oberen Bett ein wie ein Säugling inmitten von Kinderschwestern. Bahnhof Eriwan im Morgengrauen. Die Frauen behaupten mit verschwiemelten Augen und zerknitterten Gesichtern, keine Minute geschlafen zu haben. Schwierigkeit von Frauen, in Zügen, auf Schiffen zu schlafen, wo Männer eingelullt werden. Mißtrauen gegenüber der Technik? Sexuelle Erregung. Claire sagte, sie habe immer einen Orgasmus bekommen, wenn sie in einem ratternden U-Bahnwagen in New York saß, nie auf der Linie IRT, immer nur IND. Mußte mindestens fünf Bahnhöfe drinbleiben.

4. Nov. Swartnoz. Armenische Kirche. Altes Gebein von Goldbändern umschlossen. Unser Begleiter hat atrophierten Arm, Kriegsverletzung, freundliches Lächeln, schreibt langen Roman über die Revolution von 1905. Die Neustadt rosa und malvenfarbige Mau-

ern, die Altstadt asiatische Steinhaufen. Alexanders Palast, kam auf dem Zug nach Indien hier durch. Schlucht, zum Schluchzen schön.

5. Nov. Sewan-See, trübes graues Schwefelufer, Spiegel um mehrere Meter gesenkt, um Land zu bewässern. Erde trocken und rosafarben. Im Hotel betritt ein Mann die Halle, erkennt mich, kommt aus Fresno, besucht hier Verwandte, sagt, er hat ‹The Chosen› nicht zu Ende lesen können, möchte ein Autogramm. Abendessen mit armenischen SF-Autoren, Kate in ihrem Element, wollen wissen, ob ich Ray Bradbury, Marshall McLuhan, Vance Packard und Mitchell kenne. Nein. Oh. Ich sag, daß ich Norman Podhoretz kenne, und sie wollen wissen, ob er ‹Nackt und Tot› geschrieben hat.

6. Nov. Lange Fahrt zu einem ‹funktionierenden› Kloster. Zwei Mönche leben dort. Kapelle aus dem gewachsenen Fels herausgehauen, Büsche voll kleiner Stoffetzen, Menschen wünschen sich was. Kate leiht sich mein Taschentuch, reißt einen Streifen ab, bindet ihn an den Busch, wünscht etwas. Errötet, als ich mich überrascht zeige. Boden mit Opferknochen übersät. Im Hof feiern Bauern große Grillparty zu Ehren der Geburt eines Stammhalters. Wollen unbedingt, daß wir mitfeiern, die beiden Reynolds freuen sich wie Schneekönige. Teilnahme an solcher Fete für US-Diplomaten seltener Glücksfall, Menschen zum Anfassen. Priester im Lotterlook, Fuchsgesicht, mit aus dem Bart vorstehenden Goldzähnen. Alle Armenier tragen Turnschuhe, sehen aus wie Gestalten bei Saroyan. Fliegen im Weinglas, warme Lammfleischbrocken, Segenswünsche, Trinksprüche vorwiegend für unsere kichernde rotblonde Ellen R. mit den runden Knien. Beim Fortgang Blick auf richtigen Mönch erhascht, der an eingestürzter Brustwehr entlangspaziert. Überraschend jung. Bleich, ausdruckslos, sehr abwesend. Ein Spion? In trockenen Ländern gedeihen die besten Heiligen. Beiden Reynolds ist schlecht vom Festmahl des einfachen Volks, müssen im Hotel bleiben, während Kate und ich, verstockte Sünder, gußeiserne Mägen, mit dem weißhaarigen Maler gewinnender Gesichter, schlehenfarbiger Augen, Obst von Menschengestalt usw. zum Abendessen gehen.

7. Nov. Erwache von Blasmusikklängen; heute Jahrestag der Revolution. Sollte eigentlich auf Rotem Platz sein, aber Kate hat es mir ausgeredet. Kleinere, ganz ähnliche Parade hier, auf dem Platz vor dem Hotel. Sehe sie mir beim Frühstück (Blini und Kaviar) an: Sol-

daten, rote Fahnen, Waffen starren phallisch empor bis hin zu Raketen, dann Athleten in verschiedenen Farben wie Gummibärchen,
hintendran ein Schwarm aus Kindern, Leuten, Bürgern, rote Kleider springen ins Auge. Kate macht fortwährend «tsk, tsk», sagt, sie
verabscheut Krieg. Die Reynolds immer noch wacklig auf den Beinen, essen kaum etwas. Ellen bewundert meine robuste Verdauung, Lob läßt mich kalt. Verliebe ich mich in Kate? Fühle mich fern
von ihr unsicher, höre zu, wie sie sich im Zimmer neben meinem
räuspert und im Bett herumwirft. Wir gehen im Sonnenschein spazieren, ich dränge mich zwischen sie und den atrophierten Arm, bin
eifersüchtig, wenn sie *Russki* miteinander sprechen, erinnere mich
an ihr Erröten, als sie mein halbes durchgerissenes Taschentuch an
den Wunderstrauch hängte. Was hat sie sich gewünscht? Zeit, das
romantische Armenien zu verlassen. Um zehn zurück in Moskau,
Ohren schmerzen schrecklich beim Niedergehen. Eiskalt, Schnee-
staub. Napoleon erzittert.

IV

Dieser nie abgeschickte Brief lag zwischen den Seiten des Tagebuchs.
‹Claire› scheint in Bechs Zuneigung Miss Norma Latchetts Vorgängerin
gewesen zu sein. Nachdruck mit Erlaubnis des Autors, alle Rechte © bei
Henry Bech.

Liebe Claire,
Ich bin wieder in Moskau, nach drei Tagen Leningrad, italienische
Opernkulisse, rußig von Jahren der Aufbewahrung im arktischen
Magazin und bevölkert von einer Million arbeitsloser, Bariton sin-
gender Schurken. Heute Essen zu meinen Ehren beim amerikanischen Botschafter; Russen waren keine da, weil sie glaubten, wir
hätten im Kongo irgendwas angestellt. Hab mich die ganze Zeit mit
der Botschaftersgattin über Schuhe unterhalten; ihr ursprünglicher
Heimathafen, wie sie es formulierte, ist Charleston. Sie hat sogar
einen Schuh ausgezogen, damit ich ihn in die Hand nehmen konnte
– er war eigentümlich, warm und klein. Wie geht es dir? Kannst du
meine überholte Glut spüren? Den Weinbrand schmecken? Ich lebe
im Luxus, hier im Hotel wohnen die Sendboten des Kaisers von
China, und Araber in weißen Gewändern lassen auf den Korridoren Ölspuren zurück. Man hat ein ganzes Stockwerk für englische
Homosexuelle, die sich in den Osten abgesetzt haben, nach dem
Muster von Studentenbuden in Cambridge umgebaut, und da
wohnen sie jetzt. Gott, ist das einsam hier, und Teile von Dir – die

seidige Vertiefung neben Deinen Fesseln, der flaumige Rhombus unten an Deinem Rücken – bedrängen mich nachts, wenn ich hier in der Majestät des Exils ruhe, während fünf Dutzend Grünschnäbel vom GPU mein schweres Atmen auf Band nehmen. Du warst so schön. Was ist geschehen? Lag alles an mir, an meiner schrecklichen, mir von Berufs wegen entströmenden Düstergestimmtheit, meiner flaubertschen syphilitischen Impotenz? Oder lag es an Deiner Go-go-Frechheit, die wie ein pornographischer Roman in einer Schreibtischschublade (Deine linke Brustwarze war der Zugknopf, der sie öffnete) einen Quäkerstudenten vom Darien College, der in allen Übungen Einsen schreibt, in seinen Bann schlug? Mir kam es vor, als hätten wir einer beim anderen das Innerste nach außen gekehrt und alle Steakrestaurants zwischen der 50. und 60. Straße wie unter Beschuß liegende Harems in Brand gesetzt. So jung werde ich nie wieder sein. Man transportiert mich hier wie eine zerbrechliche Kuriosität von Ort zu Ort; schließ mich an die nächstgelegene Steckdose, und ich speie rot, weiß und blau. Die Sowjets mögen mich, weil ich sie an die bedrückenden dreißiger Jahre erinnere. Ich mag sie aus demselben Grund. Du hingegen warst ein Musterbild der sechziger, ein Bad aus Pailletten und glühenden Schamhaar-Ringellöckchen. Verzeih meine gewissenlose Ferne, unseren grotesken und hochmütigen Abschied, die Art, wie unsere wunderbar gleichzeitigen Orgasmen verpufften, gleich Sterngeburten. Ach, ich schick dir so viel vergebliche Luftpost-Liebe, Claire, von diesem sehr imaginären Ort, vielleicht ist der Brief schneller als die Rückflugmaschine und hüpft in Deinen Kühlschrank, wo er sich an die festlich beleuchtete Petersilie kuschelt, als hätten wir nie unverzeihliche Dinge gesagt.

H.

In den Brief hineingefaltet, wie eine Art Nachschrift, eine Ansichtskarte. Auf der Bildseite in schlechten Farben das eherne Standbild eines Mannes. Auf der Schreibseite nachstehende Mitteilung:

Liebe Claire: Was ich in meinem nicht abgeschickten Brief sagen wollte, war, daß Du so gut zu mir warst, gut für mich, da war eine Güte in mir, die Du ins Leben gerufen hast. Tugend ist so selten, ich danke Dir ewig. Der Mann vorn ist Majakowski, er hat sich erschossen und damit Stalins immerwährende Zuneigung erworben.

Henry

Voll bunter Sputnikmarken war sie unzensiert durch die Post gegangen und hatte ihn erwartet, als er schließlich von seinen Reisen heimkehrte und den Schlüssel in der Tür zu seiner stickigen, luftlosen, unveränderten Wohnung drehte. Sie lag auf dem Boden, energischer Poststempel-Abdruck. Claire hatte sie unter der Tür hindurchgeschoben. Daß keine Mitteilung beilag, sprach Bände. Sie nahmen nie wieder Verbindung auf, obwohl Bech eine Zeitlang das Telefonbuch auf der Seite mit ihrer eingekreisten Nummer aufzuschlagen und es auf den Knien zu halten pflegte. Hg.

Anhang B

Literaturangaben

1. Bücher von Henry Bech (geb. 1923, gest. 19–)

Travel Light, Roman. New York (The Vellum Press) 1955. London (J. J. Goldschmidt) 1957

Brother Pig, Novelle. New York (The Vellum Press) 1957. London (J. J. Goldschmidt) 1958

When the Saints, gesammelte Schriften. (Enthält: «Uncles and Dybuks», «Subway Gum», «A Vote For Social Unconsciousness», «Soft-Boiled Sergeants», «The Vanishing Wisecrack», «Graffiti», «Sunsets Over Jersey», «The Arabian Nights At Your Own Pace», «Orthodoxy and Orthodontics», «Rag Bag» [Buchrezensionen], «Displeased in the Dark» [Kinorezensionen] und 43 unbetitelte Absätze unter dem Obertitel «Tumblers Clicking».) New York (The Vellum Press) 1958

The Chosen, Roman. New York (The Vellum Press) 1963. London (J. J. Goldschmidt) 1963

The Best of Bech, Anthologie. London (J. J. Goldschmidt) 1968 (enthält Brother Pig und ausgewählte Schriften aus «When The Saints»)

Think Big, Roman (im Entstehen)

2. Unselbständig veröffentlichte Artikel und Kurzgeschichten

«Stee-raight 'n Yo 'Shouldduhs, Boy!», Liberty, XXXIV. 33 (21. August 1943), S. 62–63

«Home for Hannukah», Saturday Evening Post, CCXVII. 2 (8. Januar 1944), S. 45–46, 129–133

«Kosher Konsiderations», Yank, IV. 4 (26. Januar 1944), S. 6

«Rough Crossing», Collier's, XLIV, (22. Februar 1944), S. 23–25

«London Under Buzzbombs», New Leader, XXVII. 11 (11. März 1944), S. 9

«The Cockney Girl», Story, XIV. 3 (Mai/Juni 1944), S. 68–75

«V-Mail from Brooklyn», Saturday Evening Post, CCXVII. 25 (31. Juni 1944), S. 28–29, 133–137

«Letter from Normandy», New Leader, XXVII. 29 (15. Juli 1944), S. 6

«Hey, Yank!», Liberty, XXXV. 40 (17. September 1944), S. 48–49

«Letter from the Bulge», New Leader, XXVIII. 1 (3. Januar 1945), S. 6

«Letter from the Reichstag», New Leader, XXVIII (9. Juni 1945), S. 4

«Fräulein, kommen Sie her, bitte», The Partisan Review, XII, (Oktober 1945), S. 413–431

«Rubble» (Gedicht), Tomorrow, IV.7 (Dezember 1945), S. 45

«Soap» (Gedicht), The Nation, CLXII (22. Juni 1946), S. 751

«Ivan In Berlin», Commentary, I.5 (August 1946), S. 68–77

«Jig-a-de-Jig», Liberty, XXVII.47 (15. Oktober 1946), S. 38–39

«Novels from the Wreckage», New York Times Book Review, LII (19. Januar 1947), S. 6

Die Mehrzahl von Bechs Rezensionen, Artikeln, Essays und Prosagedichten, die im Zeitraum von 1947 bis 1958 entstanden, sind in ‹When the Saints› (s. o.) abgedruckt. Nur die darin nicht enthaltenen sind im folgenden berücksichtigt.

«My Favorite Reading in 1953», New York Times Book Review, LXVII (25. Dezember 1953), S. 2

«Smokestacks» (Gedicht), Poetry, LXXXIV.5 (August 1954), S. 249–50

«Larmes d'huile», (Gedicht), Accent, XV.4 (Herbst 1955), S. 101

«Why I Will Vote for Adlai Stevenson Again» (Auszug aus einer bezahlten politischen Wahlanzeige in diversen Zeitungen), Oktober 1956

«My Favorite Salad», McCall's, XXXIV.4 (April 1957), S. 88

«Nihilistic? Me?» (Interview mit Lewis Nichols), New York Times Book Review, LXI (12. Oktober 1957), S. 17–18, 43

«Rain King for a Day», New Republic, CXL.3 (19. Januar 1959), S. 22–23

«The Eisenhower Years: Instant Nostalgia», Esquire, LIV.8 (August 1960), S. 51–54

«Lay Off, Norman», The New Republic, CXLI.22 (14. Mai 1960), S. 19 bis 20

«Bogie: The Tic That Told All», Esquire, LV.10 (Oktober 1960), S. 44–45, 108–111

«The Landscape of Orgasm», House and Garden, XXI.3 (Dezember 1960), S. 136–141

«Superscrew», Big Table, II.3 (Sommer 1961), S. 64–79

«The Moth on the Pin», Commentary, XXXI (März 1961), S. 223–224

«Iris and Muriel and Atropos», New Republic, CXLIV.20 (15. Mai 1961), S. 16-17

«M-G-M and the USA», Commentary, XXXII (Oktober 1961), S. 305 bis 316

«My Favorite Christmas Carol», Playboy, VIII.12 (Dezember 1961), S. 289

«The Importance of Beginning with a B: Bart, Borges, and Others», Commentary, XXXXII (Februar 1962), S. 136–142

«Down in Dallas», (Gedicht), New Republic, CXLVI.49 (Dezember 1963), S. 28

«My Favorite Three Books of 1963», New York Times Book Review, LXVII (19. Dezember 1963), S. 2

«Daniel Fuchs: An Appreciation», Commentary, XLI.2 (Februar 1964), S. 39–45

«Silence», The Hudson Review, XVII (Sommer 1964), S. 258–275

«Rough Notes From Tsardom», Commentary, XLII.2 (Februar 1965), S. 39–47

«Frightened Under Kindly Skies» (Gedicht), Prairie Schooner, XXXIX.2 (Sommer 1965), S. 134

«The Eternal Feminine As It Hits Me» (Beitrag zu einem Symposium), Rogue, III.2 (Februar 1966), S. 69

«What Ever Happened to Jason Honeygale?», Esquire, LXI.9 (September 1966), S. 70–73, 194–198

«Romanticism Under Truman: A Reminiscence», New American Review, III (April 1968), S. 59–81

«My Three Least Favorite Books of 1968», Book World, VI (Dezember 1968), S. 13

3. Ausgewählte Sekundärliteratur

Prescott, Orville: «More Dirt», New York Times (12. Oktober 1955)

Weeks, Edward: «Travel Light Heavy Reading», Atlantic Monthly, CCI.10 (Oktober 1955), S. 131–132

Kirkus Service, Virginia: «Search for Meaning in Speed», XXIV (11. Oktober 1955)

Time: «V-v-vroom!», LXXII.17 (12. Oktober 1955), S.98

Macmanaway, Fr. Patrick X.: Spiritual Emptiness Found Behind Handlebars», Commonweal, LXXII.19 (12. Oktober 1955), S. 387–388

Engels, Jonas: «Consumer Society Burlesqued», Progressive, XXI.35 (20. Oktober 1955), S. 22

Kazin, Alfred: «Triumphant Internal Combustion», Commentary, XXIX (Dezember 1955), S. 90–96

Time: «Puzzling Porky», LXXIV.3 (19. Januar 1957), S. 75

Hicks, Granville: «Bech Impressive Again», Saturday Review, XLIII.5 (30. Januar 1957), S. 27–28

Callagan, Joseph, S. J.: «Theology of Despair Dictates Dark Allegory», Critic, XVII.7 (8. Februar 1957), S. 61–62

West, Anthony: «Quinck, Quinck», New Yorker, XXXIII.4 (14. März 1957), S. 171–173

Steiner, George: «Candide as Schlemiel», Commentary, XXV (März 1957), S. 265-270

Maddocks, Melvin: «Un Unmitigated Masterpiece», New York Herald Tribune Book Review (6. Februar 1957)

Hyman, Stanley Edgar: «Bech Zeroes In», New Leader, XLII.9 (1. März 1957), S. 38

Poore, Charles: «Harmless Hodgepodge», New York Times (19. August 1958)

Marty, Martin: «Revelations Within The Secular», Christian Century, LXXVII (20. August 1958), S. 920

Aldridge, John: «Harvest of Thoughtful Years», Kansas City Star (17. August 1958)

Time: «Who Did the Choosing?», LXXXIII.26 (24. Mai 1963), S. 121

Klein, Marcus: «Bech's Mighty Botch», Reporter, XXX.13 (23. Mai 1963), S. 54

Thompson, John: «So Bad It's Good», New York Review of Books, II.14 (15. Mai 1963), S. 6

Dilts, Susan: «Sluggish Poesy Murky Psychology», Baltimore Sunday Sun (20. Mai 1963)

Miller, Jonathan: «Oopsie!», Show, III.6 (Juni 1963), S. 49–52

MacDonald, Dwight: «More In Sorrow», Partisan Review, XXVIII (Sommer 1963) S. 271–279

Kazin, Alfred: «Bech's Strange Case Reopemed», Evergreen Review, VII.7 (Juli 1963), S. 19–24

Podhoretz, Norman: «Bech's Noble Novel, A Case Study in the Pathology of Criticism», Commentary, XXXIV (Oktober 1963), S. 277–286

Gilman, Richard: «Bech, Gass and Nabokov: The Territory Beyond Proust», Tamarack Review, XXXIII.1 (Winter 1963), S. 87–99

Minnie, Moody: «Myth and Ritual in Bech's Evocations of Lust and Nostalgia», Wisconsin Studies in Contemporary Literature, V.2 (Winter/Frühjahr 1964), S. 1267–1279

Terral, Rufus: «Bech's Indictment of God», Spiritual Rebels in Post-Holocaustal Western Literature, hg. von Webster Schott, Las Vegas (University of Nevada Press) 1964

L'Heureux, Schwester Marguerite: «The Sexual Innocence of Henry Bech», America, CX (11. Mai 1965), S. 670–674

Brodin, Pierre: «Henri Bech, le juif réservé Écrivains Americains d'aujourd'hui», Paris, (N. E. D.) 1965

Elbek, Leif: «Damer og dæmoni», Vindrosen, Kopenhagen (Januar–Februar 1965), S. 67–72

Wagenbach, Rolf: «Bechkritik und Bechwissenschaft», Neue Rundschau, Frankfurt/M. (September–Januar 1965–66), S. 477–481

Fiedler, Leslie: «Travel Light: Synopsis and Analysis», E–Z Outlines, Nr. 403, Akron, O. (Hand-E Student Aids) 1966

Tuttle, L. Clark: «Bech's Best Not Good Enough», The Observer (London), (22. April 1968)

Steinem, Gloria: «What Ever Happened to Henry Bech?», New York, II.46 (14. November 1969), S. 17–21

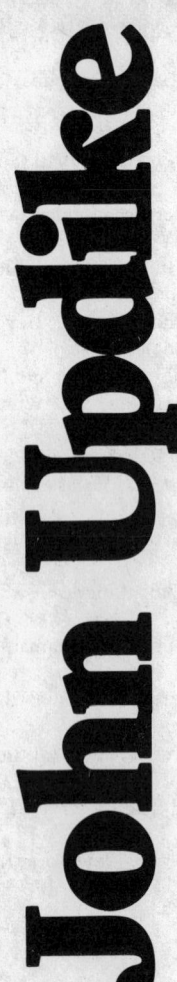

John Updike

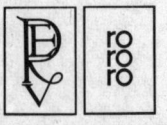

C 740/11

ro
ro
ro

C 57/29

rororo

C 57/29-29a